JEFF LONG

Im Abgrund

Buch

Der erfahrene Himalaya-Experte Dwight David Crockett, genannt Ike, sucht mit seiner Expeditionsgruppe Schutz vor einem Unwetter in einer Höhle in Nepal. Zu ihrem Entsetzen stoßen sie dort auf die Leiche eines Mannes, die über und über mit unbekannten Schriftzeichen bedeckt ist. Wenig später sind alle Mitglieder der Gruppe tot, und Ike wird für lange Monate Gefangener der »Hadals«. Jahre später ist es fast schon zur Selbstverständlichkeit geworden, dass die Erde von einem tief liegenden Tunnelsystem unterminiert ist, das von den Hadals bewohnt wird. Niemand weiß wer – oder was – sie sind, aber wenn sie erscheinen, verheißt das nichts Gutes. Eines Tages wird eine wissenschaftliche Expedition zusammengestellt, mit dem Auftrag, das Tunnelsystem zu kartografieren, Ressourcen zu entdecken – und das Geheimnis des Lebens in der ewigen Dunkelheit zu ergründen. Gibt es eine natürliche Erklärung, wie die Wissenschaftler es hoffen? Oder hat das Phänomen übernatürliche Ursachen? Ist der rätselhafte Anführer der Hadals nur ein charismatischer Freak oder tatsächlich Satan, die Verkörperung des Bösen? Die junge Nonne Ali, die sich seit Jahren mit primitiven Sprachen und Kulturen beschäftigt, schließt sich dieser Reise in die steinerne Unterwelt an. Und in diesen gefährlichen Abgründen, in denen Wissenschaftler und Militärs nicht nur Opfer ihrer Angreifer werden, sondern auch ihrer eigenen Gier und Unmenschlichkeit, trifft sie den einen Mann, der einen klaren Kopf behält: Ike...

Autor

Jeff Long ist ein erfolgreicher Extrem-Bergsteiger, der seine eigenen Erfahrungen im Himalaya in seine Romane einfließen lässt. Nach seinem erfolgreichen Bergsteigerdrama *»Tödliches Eis«* (35151) ist nun mit *»Im Abgrund«* sein neuer Roman erschienen, der in den USA bereits Furore macht. Jeff Long lebt in Boulder, USA.

Von Jeff Long ist bereits erschienen

Tödliches Eis. Roman (35151)

JEFF LONG

Im Abgrund

Roman

Aus dem Amerikanischen
von Gerald Jung

BLANVALET

Die Originalausgabe erschien 1999 unter dem Titel
»The Descent« bei Crown Publishers,
a division of Random House, Inc., New York.

Umwelthinweis:
Alle bedruckten Materialien dieses Taschenbuches
sind chlorfrei und umweltschonend.

Blanvalet Taschenbücher erscheinen im Goldmann Verlag,
einem Unternehmen der Verlagsgruppe Bertelsmann.

Deutsche Erstveröffentlichung Januar 2001

Umschlaggestaltung: Design Team München
Satz: Uhl + Massopust, Aalen
Druck und Bindung: GGP Media, Pößneck
Verlagsnummer: 35359
Lektorat: Maria Dürig
Redaktion: Anne Stalfort
Lektorat TEXT + STIL, Hamburg
Herstellung: Heidrun Nawrot
Made in Germany
ISBN 3-442-35359-9
www.blanvalet-verlag.de

1 3 5 7 9 10 8 6 4 2

BUCH EINS

Die Entdeckung

> In die Hölle hinabzusteigen
> ist nicht schwer. Aber wieder
> heraufzusteigen,
> die eigenen Schritte zum Tageslicht
> zurückzuverfolgen, darin liegt
> die Schwierigkeit.
>
> VERGIL, Äneis

1
Ike

HIMALAYA-GEBIRGE, AUTONOME REGION TIBET
1988

Am Anfang war das Wort.

Sie ließen die Lampen ausgeschaltet. Die erschöpften Bergwanderer drängten sich in der dunklen Höhle eng aneinander und betrachteten die merkwürdige Inschrift. Sie musste mit einem Stock hingekritzelt worden sein, einem dünnen, in flüssiges Radium oder eine andere radioaktive Farbe getauchten Stock, denn die fluoreszierenden Piktogramme schienen in den dunklen Nischen und Winkeln zu schweben. Ike überließ die Gruppe dieser willkommenen Ablenkung. Keiner von ihnen schien in der Stimmung zu sein, sich auf das Unwetter zu konzentrieren, das draußen gegen den Berghang antobte.

Jetzt, da die Nacht über sie hereinbrach, Schnee und Wind ihren Pfad verweht hatten und die meuternden Yak-Treiber mit beinahe ihrer gesamten Ausrüstung und Verpflegung geflohen waren, war

Ike froh, überhaupt einen Unterschlupf gefunden zu haben. Den Expeditionsteilnehmern gegenüber tat er immer noch so, als gehöre das alles zum Programm. In Wirklichkeit waren sie so gut wie verschollen. Er hatte noch nie zuvor von diesem abgelegenen Versteck gehört und auch die im Dunkeln leuchtenden Höhlenmalereien waren ihm völlig unbekannt.

»Runen«, flüsterte eine weibliche Stimme entzückt. »Heilige Runen, die ein Wandermönch hier zurückgelassen hat.«

Die fremdartige Kalligrafie glomm mit einem hellvioletten Schimmer in den kalten Eingeweiden der Höhle und erinnerte Ike an die Schwarzlichtposter in seiner alten Studentenbude. Es fehlte nur noch ein Peitschenschlag von Hendrix' Gitarre und eine süßliche Wolke von hawaiianischem Hasch … Was auch immer, wenn es nur das grässliche Heulen des Windes ausblenden würde. *Outside in The cold distance, a wildcat did growl …*

»Das sind keine Runen«, sagte ein Mann. »Das ist Bonpo.« Der Brooklyn-Akzent war nicht zu überhören, es konnte also nur Owen sein. Ike war mit neun Kunden unterwegs, nur zwei davon Männer. Sie waren leicht im Zaum zu halten.

»Bonpo!«, blaffte eine der Frauen zurück. Dieser Hexenzirkel schien großes Vergnügen daran zu finden, Owen und Bernard, den zweiten Mann, immer wieder fertig zu machen. Bislang war Ike verschont geblieben. Sie behandelten ihn wie einen harmlosen Hinterwäldler. Damit konnte er gut leben.

»Aber die Bonpo waren präbuddhistisch!«, erläuterte die Frau.

Fast alle Frauen studierten Buddhismus an irgendeiner New Age-Universität. Solche Details waren ihnen überaus wichtig. Ihr gemeinsames Ziel war der Berg Kailas, ein pyramidenförmiger Riese gleich jenseits der Grenze zu Indien. Besser gesagt: Er war ihr Ziel gewesen. Ike hatte diese Bergwanderung als »Canterbury-Erzählung für Weltenpilger« angekündigt, als *kor*, eine Art tibetanischen Rundweg um den heiligsten Berg der Welt. Achttausend Dollar pro Kopf, Räucherstäbchen inklusive. Das einzige Problem bestand darin, dass er es fertig gebracht hatte, irgendwann unterwegs den Berg aus den Augen zu verlieren. Sie hatten sich verirrt. Seit Tagesanbruch hatte sich der Himmel von blau zu einem milchigen Grau verfärbt. Die Yak-Treiber hatten sich heimlich, still und leise mit den Packtieren aus dem Staub gemacht. Bislang hatte er den anderen noch nicht offenbart, dass sie sowohl ihre Zelte als auch die Verpflegung vergessen konnten. Erst vor einer Stunde hatten die ersten matschigen Schneeflocken ihre Goretex-Kapuzen geküsst, und Ike hatte diese Höhle als Unterschlupf gewählt. Es war eine gute Wahl. Bis jetzt war er der Einzige, der wusste, dass sie jetzt ein zünftiges Himalaya-Unwetter erleben würden.

Ike spürte, wie jemand an seinem Anorak zupfte. Wahrscheinlich wollte Kora mit ihm unter vier Augen sprechen.

»Wie schlimm ist es?«, flüsterte sie. Je nach Gelegenheit und Bedürfnislage war Kora seine Geliebte, seine rechte Hand im Basislager oder seine Geschäftspartnerin. In letzter Zeit fiel es ihm immer schwerer einzuschätzen, was für sie an erster Stelle rangierte, das Geschäft mit dem Abenteuer oder die Abenteuer der Geschäftswelt. So oder so – ihre kleine Bergwanderfirma genügte ihr nicht mehr.

Ike sah keinen Sinn darin, die Sache allzu schwarz zu malen.

»Wir haben eine großartige Höhle gefunden«, sagte er.

»Na toll.«

»Zahlenmäßig gesehen sind wir immer noch im schwarzen Bereich.«

»Unser Zeitplan ist gestorben. Wir sind sowieso schon hinterhergehinkt.«

»Das haut schon hin. Wir knapsen eben an Siddhartas Geburtsstätte was ab.« Er ließ seine Stimme möglichst unbesorgt klingen, doch er wusste, dass ihn diesmal sein sechster Sinn im Stich gelassen hatte, und das ärgerte ihn. »Außerdem können sie hinterher prima damit angeben, wenn wir uns ein bisschen verlaufen haben.«

»Sie wollen nicht angeben. Sie wollen ihren Zeitplan einhalten. Du kennst diese Leute nicht. Das sind nicht deine Freunde. Wenn die am Neunzehnten ihren Rückflug mit der Thai Air nicht erwischen, verklagen sie uns.«

»Wir sind hier in den Bergen«, erwiderte Ike. »Sie werden das schon verstehen.« Hier oben war nicht einmal der nächste Atemzug selbstverständlich.

»Nein, Ike. Sie werden es nicht verstehen. Diese Leute haben Jobs. Verpflichtungen. Familien.« Da war es wieder. Kora wollte mehr vom Leben. Sie wollte mehr von ihm.

»Ich tue mein Bestes«, sagte Ike.

Draußen peitschte der Sturm ohne Unterlass gegen den Höhleneingang. Für Anfang Mai war das sehr ungewöhnlich. Eigentlich hätte Ike mehr als genug Zeit gehabt, diesen Haufen hier zum Kailas, um ihn herum und wieder zurückzubringen. Normalerweise reichte die Wucht des Monsuns, dem Schrecken der Bergsteiger, nicht so weit über die Gipfelkette nach Norden. Als ehemaliger Everester hätte Ike es jedoch besser wissen müssen und sich nicht auf Regenschatten oder Statistiken verlassen dürfen. Oder auf sein Glück. Diesmal hatte es sie erwischt. Der Schnee schnitt ihnen bis Ende August den Rückweg ab. Das bedeutete, dass er Plätze auf einem chinesischen Lastwagen kaufen und die Teilnehmer über Lhasa zurücktransportieren lassen musste, alles aus eigener Tasche. Er versuchte, die Kosten im Kopf zu überschlagen, wurde jedoch von einer lautstarken Auseinandersetzung zwischen seinen Kunden abgelenkt.

»Du weißt ganz genau, was ich mit Bonpo meine«, sagte eine Frau. Selbst nach neunzehn gemeinsam unterwegs verbrachten Tagen brachte Ike ihre spirituellen Spitznamen nicht mit den Namen in ihren Pässen zusammen. Eine Frau, war es Ethel oder Winifred, wollte jetzt lieber Grüne Tara heißen, wie die tibetische Muttergottheit. Eine vorlaute Doris-Day-Kopie behauptete steif und fest, eine gute Freundin des Dalai Lama zu sein. Seit Wochen schon lauschte Ike ihren Hymnen auf das herrliche Leben der Höhlenbewohnerinnen. Na schön, Ladys, dachte er, da habt ihr eure Höhle. Viel Spaß.

Sie waren sich darüber einig, dass sein Name – Dwight David Crockett – genau wie die ihren reine Erfindung sei, und sie ließen sich nicht davon abbringen, dass er einer von ihnen war und ebenfalls in seinen früheren Leben herumstocherte. Einmal, abends am Lagerfeuer in Nordnepal, hatte er Geschichten von Andrew Jackson, dem Flusspiraten auf dem Mississippi und von seinem eigenen, legendären Tod im Alamo erzählt. Es war ein Witz gewesen, doch Kora war die Einzige, die das kapiert hatte.

»Eigentlich müsstest du wissen, dass es in Tibet vor dem fünften Jahrhundert überhaupt keine Schriftsprache gab«, fuhr die Frau fort.

»Keine uns *bekannte* Schriftsprache«, erwiderte Owen.

»Gleich wirst du behaupten, dass es eine Yeti-Sprache ist.«

So ging es schon seit Tagen. Eigentlich müsste ihnen inzwischen längst die Luft ausgegangen sein. Aber je höher sie stiegen, desto heftiger stritten sie sich.

»Das haben wir jetzt davon, dass wir uns an Zivilisten verhökern«, flüsterte Kora Ike zu. Zivilisten, das war Koras Sammelbegriff für Ökotouristen, pantheistische Scharlatane, gelangweilte Erben, selbst ernannte Spezialisten.

»So schlimm sind sie doch gar nicht«, beschwichtigte er. »Sie suchen einfach nur einen Weg ins Zauberland Oz. Genau wie wir.«

»Zivilisten.«

Ike seufzte. Bei solchen Gelegenheiten stellte er sein selbst auferlegtes Exil in Frage. Es war nicht einfach, außerhalb der Welt zu leben. Auch dieser Weg forderte seinen Tribut. Mal mehr, mal weniger. Er war schon lange nicht mehr der rotbackige junge Bursche, der mit dem Peace Corps hierher gekommen war. Zwar hatte er immer noch die ausgeprägten Wangenknochen, die kräftige Stirn und die struppige Mähne, doch auf einer seiner Touren hatte ihm ein Dermatologe geraten, sich von der Höhensonne fern zu halten, wenn er nicht wollte, dass sich seine Haut bald in Stiefelleder verwandelte. Ike hatte sich noch nie als Geschenk Gottes an die Frauen dieser Welt betrachtet, wollte es aber trotzdem nicht darauf anlegen, seine Trümpfe leichtsinnig zu verspielen. Zwei Backenzähne hatte er bereits dem Zahnärztemangel Nepals geopfert, einen anderen Zahn bei einem Steinschlag auf der Rückseite des Everest eingebüßt. Und vor nicht allzu langer Zeit, in den Tagen von Johnny Walker und filterlosen Camels, hatte er sich gründlich der Selbstzerstörung hingegeben und mit der tödlichen Westwand des Makalu geflirtet. Danach hatte er Knall auf Fall mit dem Rauchen und Trinken aufgehört. Der Makalu wartete immer noch darauf, von ihm besiegt zu werden, auch wenn Ike sich inzwischen manchmal fragte, ob das wirklich nötig war.

Selbstverständlich hatte ihn sein Exil weitaus tiefer als nur kosmetisch oder gesundheitlich verändert. Mit der Zeit kamen Selbstzweifel auf, Gedanken daran, wie es wohl gelaufen wäre, wenn er zu Hause in Jackson geblieben wäre. Ein Job auf einer Bohrinsel?

Als Trucker? Elektriker? Kleine Gaunereien? Schuften auf dem Bau? Vielleicht hätte er sein Geld mit Bergführungen durch die Tetons verdient oder Ausrüstung an Jäger verkauft. Keine Ahnung. Die letzten acht Jahre hatte er in Nepal und Tibet damit verbracht, sich dabei zuzusehen, wie er sich vom Goldjungen des Himalaya in ein vergessenes Überbleibsel des amerikanischen Imperiums verwandelte. Er war innerlich gealtert. Selbst heute gab es Tage, an denen sich Ike wie achtzig fühlte. Dabei wurde er in der kommenden Woche erst einunddreißig.

»Seht euch das mal an!«, rief eine Frau mit lauter Stimme. »Was ist denn das für ein Mandala? Die Linien sind total verworren!«

Ike betrachtete den Kreis, der wie ein leuchtender Mond an der Wand hing, genauer. Mandalas waren Meditationshilfen, Entwürfe für die Paläste der Götter. Normalerweise bestanden sie aus ineinander liegenden Kreisen, die wiederum rechteckige Linien umfingen. Blickte man längere Zeit konzentriert darauf, schien über der flachen Oberfläche des Mandalas vor dem Auge des Betrachters ein dreidimensionales Bild zu entstehen. Dieses hier sah jedoch eher wie durcheinander gequirlte Schlangen aus. Ike schaltete seine Lampe an. Ende der Vorstellung und des Mysteriums, beglückwünschte er sich.

Selbst er war von dem Anblick, der sich ihnen bot, wie gelähmt.

»Mein Gott«, sagte Kora.

Wo eben noch die fluoreszierenden Worte wie durch Zauberkraft in der Luft schwebten, stand jetzt ein aufrecht gegen die Höhlenwand gelehnter Leichnam auf einem Steinsockel. Die Worte waren nicht auf den Stein, sondern auf den toten Körper gemalt. Nur das Mandala war ein Stück weiter rechts auf den Stein gezeichnet.

Mehrere aufgeschichtete Steinblöcke bildeten eine primitive Treppe zu dieser Bühne. Anscheinend hatten frühere Besucher *katas,* lange weiße Gebetsschals, in die Spalten der Felsnische gesteckt. Die *katas* wehten im Windzug sanft hin und her, wie aufgescheuchte Gespenster.

Die Mumifizierung ließ den Mann mit leicht vorstehenden Zähnen entrückt grinsen, und seine Augen waren zu kreidigen blauen Murmeln verkalkt. Ansonsten hatten ihn die extreme Kälte und die Höhe vorbildlich konserviert. Im Licht von Ikes Stirnlampe waren die Buchstaben blassrot auf den ausgemergelten Gliedern sowie auf Bauch und Brust zu lesen.

Es lag auf der Hand, dass es sich um einen Reisenden handelte. In dieser Region war jeder ein Pilger, Nomade, Salzhändler oder Flüchtling. Nach seinen Narben, dem metallenen Reifen um seinen Hals und dem gebrochenen, nur plump geschienten linken Arm zu schließen, hatte dieser Marco Polo eine Reise jenseits aller Vorstellungskraft hinter sich. Wenn das Fleisch die Erinnerung bewahrt, dann legte sein Körper beredtes Zeugnis einer langen Geschichte von Misshandlung und Sklaverei ab.

Sie standen unter dem Felsvorsprung und starrten auf das Bild des Leidens. Drei Frauen und Owen begannen zu weinen. Ike war der Einzige, der sich näher herantraute. Hier und dort mit dem Lichtstrahl in die Ritzen leuchtend, streckte er die Hand aus und stieß mit seiner Eisaxt gegen ein Schienbein. Es war hart wie versteinertes Holz.

Unter den vielen Verstümmelungen des Mannes war seine teilweise Kastration die auffälligste. Einer der Hoden war abgerissen – nicht abgeschnitten, nicht einmal abgebissen, denn dazu waren die Ränder der Wunde zu zerfetzt – und die Wunde mit Feuer ausgebrannt. Die Brandwunden fächerten in einem haarlosen Narbenstern von seinen Lenden aus. Ike konnte den abgrundtiefen Sadismus, der dieser Tat zu Grunde lag, kaum fassen. Die empfindlichste Stelle des Mannes, erst verstümmelt und dann mit einer Fackel verarztet.

»Seht nur«, jammerte jemand. »Was haben sie bloß mit seiner Nase angestellt?«

Mitten in dem übel zugerichteten Gesicht steckte ein Ring, wie er noch nie einen gesehen hatte. Das war kein silbernes Body Piercing der Generation X. Der blutverkrustete Ring maß ungefähr drei Zoll im Durchmesser und war weit oben in die Nasenscheidewand getrieben worden, fast schon in den Schädelknochen hinein. Er hing, schwarz wie der Bart des Mannes, bis zur Unterlippe herunter. Durchaus zweckmäßig angebracht, dachte Ike, und groß genug, um ein Stück Vieh daran herumzuführen.

Als er näher heranging, wich sein Ekel einer anderen Empfindung. Der Ring war brutal. Blut, Rauch und Dreck hatten ihn geschwärzt, doch darunter sah Ike den stumpfen Schimmer massiven Goldes.

Als sich Ike zu seiner kleinen Schar umdrehte, blickten ihn zehn Augenpaare unter Kapuzen und Mützenschirmen flehentlich an. Inzwischen hatten alle ihre Lampen angeschaltet. Die Streitereien waren verstummt.

»Warum nur?«, schluchzte eine der Frauen.

Einige der anwesenden Buddhisten waren zum Christentum zurückgekehrt, auf die Knie gesunken und bekreuzigten sich. Owen wankte von einer Seite zur anderen und murmelte das Kaddisch vor sich hin.

Kora kam näher heran.

»Du kommst uns wie gerufen, du Ungeheuer«, kicherte sie. Ike sah sie verdutzt an. Sie redete mit der Leiche.

»Was soll das?«

»Wir sind gerettet. Jetzt kommt bestimmt keiner von denen mehr auf die Idee, uns auf Schadenersatz zu verklagen. Den heiligen Berg können wir getrost vergessen. Das hier ist um Längen besser.«

»Hör schon auf, Kora. Sei nicht so gemein. Schließlich sind sie keine Leichen fressenden Dämonen.«

»Nicht? Sieh dich doch um!«

Tatsächlich wurden hier und dort schon die ersten Kameras gezückt. Ein Blitzlicht flammte auf, dann noch eins. Der erste Schock war blanker Sensationsgier gewichen.

Innerhalb kürzester Zeit blitzte die gesamte Truppe mit ihren 800-Dollar-Autofocuskameras wie wild drauflos. Das leblose Fleisch zuckte in ihren künstlichen Gewittern. Ike bewegte sich aus dem Bild heraus und bedankte sich insgeheim bei seinem kalten Retter. Es war unglaublich. Ausgehungert, halb erfroren und verirrt wie sie waren, hätten sie nicht glücklicher sein können.

Eine der Frauen war die Stufen emporgeklettert und kniete jetzt mit leicht geneigtem Kopf neben dem nackten Toten. Dann drehte sie sich zu den anderen um und sagte: »Er ist einer von uns.«

»Was soll das denn heißen?«

»Einer von uns, einer wie du und ich. Ein Weißer.«

Ein anderer drückte es etwas feiner aus: »Einer aus unserer westlichen Zivilisation?«

»Das ist doch Schwachsinn!«, widersprach eine andere Stimme. »Hier? In diesem Niemandsland?«

Ike wusste, dass sie Recht hatte. Die weiße Haut, die Haare auf Unterarmen und Brust, die blauen Augen, die eindeutig nichtasiatischen Wangenknochen. Doch die Frau zeigte nicht auf die haarigen Arme, die blauen Augen oder die schmalen Wangenknochen. Sie zeigte auf die Hieroglyphen auf seinem Oberschenkel. Ike richtete den Strahl seiner Lampe auf den anderen Schenkel und erstarrte.

Der Text war in englischer Sprache geschrieben. Heutigem Englisch. Er stand lediglich auf dem Kopf.

Jetzt dämmerte es ihm. Der Körper war nicht nach dem Tod bemalt worden. Der Mann hatte sich noch vor seinem Tod selbst beschriftet. Er hatte seinen eigenen Körper als Unterlage benutzt. Er hatte seine Reisenotizen auf das einzige Pergament gekritzelt, das garantiert mit ihm reisen würde. Erst jetzt erkannte Ike, dass die Buchstaben nicht nur einfach aufgemalt, sondern grob eintätowiert waren.

Der Mann hatte an sämtlichen Stellen, die er erreichen konnte, sein Vermächtnis hinterlassen. Einzelne Passagen waren von Abschürfungen und Schmutz unkenntlich gemacht worden, insbesondere unterhalb der Knie und rings um die Knöchel. Den Rest hätte man leicht als zufälliges oder irres Gekritzel abtun können. Wörter, Zahlen und Sätze purzelten wild durcheinander, besonders an den äußeren Bereichen der Oberschenkel, die er offensichtlich für weitere Einträge vorgesehen hatte. Die deutlichste Passage zog sich quer über seinen Unterbauch.

»Dass alle Welt sich in die Nacht verliebt«, las Ike laut vor. »Und niemand mehr der eitlen Sonne huldigt.«

»Dummes Zeug«, blaffte Owen, offensichtlich bis ins Mark erschrocken.

»Bibelzeug«, pflichtete ihm Ike bei.

»Ist es nicht!«, meldete sich Kora. »Das stammt nicht aus der Bibel. Das ist aus Shakespeare. Romeo und Julia.«

Ike spürte den Widerwillen in der Gruppe. Warum sollte sich

diese gemarterte Kreatur ausgerechnet die berühmteste Liebesgeschichte der Welt als Nachruf ausgesucht haben? Die Geschichte zweier verfeindeter Sippen. Ein Märchen, in dem die Liebe über die Gewalt obsiegt. Dieser arme Wicht war wohl vor Sauerstoffmangel und Einsamkeit durchgedreht. Es war kein Zufall, dass ausgerechnet in den am höchsten gelegenen Klöstern der Welt von den herrlichsten Erscheinungen berichtet wurde. Hier oben waren Halluzinationen an der Tagesordnung. Sogar der Dalai Lama machte seine Scherze darüber.

»Na schön«, sagte Ike. »Er ist also europäischer Abstammung. Er kannte Shakespeare. Also kann er nicht älter als zwei- oder dreihundert Jahre sein.«

Es wurde das reinste Gesellschaftsspiel. Ihre Angst schlug in morbides Entzücken um. Gerichtsmedizinische Vermutungen als Volkssport.

»Wer dieser Kerl nur sein mag?«, fragte sich eine Frau.

»Ein Sklave vielleicht?«

»Ein entlaufener Gefangener?«

Ike sagte nichts. Er stellte sich von Angesicht zu Angesicht vor das hagere Antlitz und suchte darin nach Hinweisen. *Erzähl mir von deiner Reise,* dachte er. *Verrate mir, wie du geflohen bist. Wer hat dich in Gold geschlagen?* Keine Antwort. Die Marmoraugen scherten sich nicht um seine Neugier.

Owen war zu ihnen auf den Vorsprung gestiegen und las von der anderen Schulter: »Raf.«

Tatsächlich wies der linke Deltamuskel eine Tätowierung mit dem Schriftzug RAF unter einem Adler auf. Sie war richtig herum geschrieben und zeugte von professioneller Qualität. Ike fasste den kalten Arm an.

»Royal Air Force«, übersetzte er.

Die Teile des Puzzles setzten sich allmählich zusammen. Sogar der Shakespeare war damit halbwegs erklärt, wenn auch nicht die Auswahl der Verse.

»War das ein Pilot?«, fragte ein Bubikopf aus Paris. Sie schien davon angetan zu sein.

»Pilot, Navigator, Bomberschütze.« Ike zuckte mit den Schultern. »Keine Ahnung.«

Wie ein Kryptograph, der versucht, einen geheimen Code zu knacken, beugte sich Ike über die Wörter und Zahlen, mit denen die Haut übersät war. Jeden Zusammenhang zwischen den Zeichen, jede mögliche Spur verfolgte er Zeile für Zeile. Hier und da verpasste er vollständig ausgeführten Gedanken mit seiner Fingerspitze einen Schlusspunkt. Die Bergwanderer wichen ein Stück zurück, damit er sämtliche Zeichen ungestört begutachten konnte. Er schien zu wissen, was er tat.

Ike fing wieder von vorne an und versuchte, die Zeichen von hinten aufzurollen, doch auch das ergab keinen Sinn. Er zog seine topographische Himalaya-Karte hervor, suchte eine geographische Länge und Breite, schnaubte jedoch spöttisch, als er ihren Kreuzungspunkt erkannte. Das kann nicht sein, dachte er und ließ den Blick über den malträtierten Menschenkörper wandern. Dann blickte er wieder auf die Karte. Oder doch?

»Auch einen Schluck?« Der Geruch frisch gepressten französischen Gourmetkaffees ließ ihn erstaunt aufsehen. Eine Plastiktasse schob sich in sein Gesichtsfeld. Ike schaute in Koras blaue Augen, in denen sich Versöhnung spiegelte. Das wärmte ihn mehr auf als der Kaffee. Er murmelte einen Dank, nahm die Tasse und stellte plötzlich fest, dass er wahnsinnige Kopfschmerzen hatte. Stunden waren vergangen. In den tieferen Regionen der Höhle machten sich Schatten wie nasser Schlamm breit.

Ike sah eine kleine Gruppe, die wie die Neandertaler um einen kleinen Gaskocher hockte, Schnee schmolz und Kaffee braute. Der deutlichste Beweis für dieses Wunder war die Tatsache, dass Owen jetzt tatsächlich seinen Privatvorrat an Kaffee mit ihnen teilte. Eine der Frauen mahlte die Bohnen in einer Plastikmühle, eine andere drückte den Pressfilter herunter, und die dritte streute etwas Zimt auf den Inhalt jeder Tasse. Sie arbeiteten tatsächlich im Team. Zum ersten Mal seit einem Monat konnte sich Ike beinahe vorstellen, sie zu mögen.

»Alles in Ordnung mit dir?«, erkundigte sich Kora.

»Mit mir?« Es kam ihm merkwürdig vor, dass sich jemand nach seinem Wohlbefinden erkundigte.

Als müsste er sich nicht ohnehin über genügend andere Dinge den Kopf zerbrechen, kam Ike plötzlich der Verdacht, Kora wolle ihn verlassen. Vor ihrer Abreise aus Katmandu hatte sie verkündet, dieses sei ihr letzter Trip für die Firma. Und da die Firma »Himalaya Hochgebirgstouren« nur aus ihr und ihm bestand, würde diese Ankündigung weitere Unannehmlichkeiten nach sich ziehen. Es hätte ihm weniger ausgemacht, wenn sie ihn wegen eines anderen Mannes, eines anderen Landes, eines besseren Einkommens oder höherer Risiken wegen verlassen hätte. Doch ihr Grund war einzig und allein er gewesen. Ike hatte ihr Herz gebrochen, weil er Ike war, voller Träume und jugendlicher Naivität. Einer, der sich auf dem Strom des Lebens nach Herzenslust treiben lässt. Ausgerechnet das, was sie früher am meisten fasziniert hatte, verärgerte sie jetzt: seine Einsamer-Wolf-Hochgebirgsmarotte. Ihrer Meinung nach hatte er keinen Schimmer, wie die Menschen wirklich funktionierten, und vielleicht hatte sie damit nicht ganz Unrecht. Er hatte gehofft, die Tour würde die Kluft zwischen ihnen irgendwie überbrücken, Kora wieder mit dem Zauber infizieren, der auch ihn immer wieder in seinen Bann schlug. Aber in den letzten beiden Jahren war sie dessen überdrüssig geworden. Unwetter und finanzielle Pleiten hatten für sie nichts Magisches mehr an sich.

»Ich habe mir dieses Mandala genauer angeschaut«, sagte sie und zeigte auf den gemalten Kreis mit den gekreuzten Linien. Im Dunkeln hatten die Farben geleuchtet, waren fast lebendig gewesen. Bei Licht wirkte die Zeichnung stumpf. »Ich habe schon Hunderte von Mandalas gesehen, aber aus dem hier werde ich nicht schlau. Diese Striche und Schnörkel sehen wie das reinste Chaos aus. Außerdem scheint es keinen Mittelpunkt zu haben.« Sie sah zu der Mumie auf, dann fiel ihr Blick auf Ikes Notizen. »Was denkst du? Hast du eine Idee?«

Er hatte eine Skizze gezeichnet, auf der sich einzelne Worte und zusammenhängender Text in Sprechblasen über den verschiedenen Körperteilen drängten und mit einem Wirrwarr aus Pfeilen und Linien miteinander verbunden waren.

Ike nahm einen Schluck Kaffee. Wo sollte er anfangen? Die Hautkritzeleien beschrieben ein Labyrinth, sowohl inhaltlich als auch in der Art und Weise, wie sie erzählten. Der Mann hatte Zeugnis von seinem Schicksal abgelegt, so wie es ihm widerfahren war, wozu auch gehörte, dass er sich verbesserte, widersprach und seine Weisheit mit ihm reifte. Er war wie ein schiffbrüchiger Tagebuchschreiber, der plötzlich zu Schreibzeug gekommen war und nicht mehr aufhören konnte, alte Details hinzuzufügen.

»Zunächst einmal«, fing Ike an, »war sein Name Isaak.«

»Isaak?«, ertönte Darlenes verwunderte Stimme aus dem Kreis der Kaffeebrauer. Sie hatten eine Pause eingelegt und hörten ihm aufmerksam zu.

Ike fuhr mit dem Finger von Brustwarze zu Brustwarze. Die Aussage war eindeutig. Zumindest teilweise. *Ich bin Isaak,* hieß es dort, gefolgt von: *In meinem Exil / In meiner Agonie des Lichts.*

»Und hier diese Zahlen«, sagte Ike. »Das müsste eine Seriennummer sein. Und 10/03/23 könnte sein Geburtsdatum sein, oder?«

»Neunzehnhundertdreiundzwanzig?«, fragte jemand. Sie wirkten so enttäuscht wie kleine Kinder, wenn der Zoobesuch ausfällt. Offensichtlich reichten fünfundsechzig Jahre nicht aus, um Isaak als echte Antiquität durchgehen zu lassen.

»Tut mir Leid«, sagte Ike und fuhr fort: »Seht ihr dieses andere Datum hier?« Er schob das, was von der Schambehaarung übrig war, zur Seite. »4/7/44. Der Tag, an dem er abgeschossen wurde. Vermute ich.«

»Abgeschossen?«

»Oder abgestürzt.«

»Was soll das nun wieder heißen?«

Sie waren völlig aus dem Häuschen. Er fing noch einmal von vorne an und erzählte ihnen diesmal die Geschichte, die er nach und nach zusammengesetzt hatte. »Seht ihn euch an. Er ist einmal ein junger Bursche gewesen. Einundzwanzig Jahre alt. Der zweite Weltkrieg tobte. Er hat sich freiwillig gemeldet oder wurde eingezogen. Daher die RAF-Tätowierung. Er wurde nach Indien abkommandiert. Seine Aufgabe bestand darin, über den Buckel zu fliegen.«

»Über den Buckel?«, fragte Bernard fast flehentlich und hackte die Neuigkeiten wie wild in seinen Laptop.

»So hieß sie bei den Piloten, die Versorgungsgüter in die Lager in Tibet und China flogen«, antwortete Ike. »Die Himalaya-Kette.

Damals war diese ganze Region hier Teil einer orientalisch-westlichen Front. Ziemlich gefährliches Gebiet. Immer wieder stürzten Flugzeuge ab. Die Besatzung überlebte nur selten.«

»Ein gefallener Engel«, seufzte Owen, und er war mit seiner Meinung nicht allein. Jetzt waren alle wieder Feuer und Flamme für ihren Fund.

»Ich kann mir nicht vorstellen, wie du dir das aus ein paar Zahlen und Buchstaben zusammenreimen kannst«, sagte Bernard und zielte mit einem Stift auf Ikes letzte Zifferngruppe. »Für dich ist es der Tag, an dem er abgeschossen wurde, aber warum sollte es sich nicht um seinen Hochzeitstag handeln, oder den Tag seines Examens in Oxford, oder den Tag, an dem er seine Jungfräulichkeit verloren hat? Ich will nur darauf hinweisen, dass der dort kein junger Bursche mehr ist. Er sieht aus wie Vierzig. Meiner Meinung nach hat er sich irgendwann in den letzten paar Jahren bei einer wissenschaftlichen Expedition oder bei einer Klettertour verirrt. Jedenfalls ist er nicht 1944 im Alter von 21 Jahren gestorben, so viel dürfte klar sein.«

»Richtig«, nickte Ike, und Bernard sah aus, als hätte man ihm die Luft herausgelassen. »Hier steht auch etwas von Gefangenschaft. Ziemlich lange. Dunkelheit. Hunger. Schwerstarbeit.« *Die geheiligte Tiefe.*

»Ein Kriegsgefangener? Der Japaner?«

»Das weiß ich nicht«, sagte Ike.

»Vielleicht chinesische Kommunisten?«

»Oder Russen?«, vermutete ein anderer.

»Nazis.«

»Drogenbarone.«

»Tibeter?«

Die Vermutungen waren alles andere als unbegründet. Tibet war schon lange ein Schachbrett des Großen Spiels.

»Wir haben gesehen, dass du auf die Karte geschaut hast. Was hast du gesucht?«

»Anhaltspunkte«, antwortete Ike. »Einen Ausgangspunkt.«

»Und?«

Ike zeigte auf eine weitere Zahlenfolge am Oberschenkel des Mannes. »Das hier sind Koordinaten.«

»Des Punktes, an dem er abgeschossen wurde. Nicht unsinnig.« Bernard war wieder aufgesprungen. »Meinst du, sein Flugzeug liegt hier irgendwo in der Nähe?«

Der Berg Kailas war vergessen. Die Aussicht auf eine Absturzstelle versetzte sie in Begeisterung.

»Nicht ganz«, meinte Ike.

»Spuck's schon aus, Mann! Wo ist er runter?«

»Östlich von hier«, sagte Ike ruhig.

»Wie weit östlich?«

»Ein Stück nördlich von Burma.«

»Burma!« Bernard und Cleopatra bemerkten sofort, wie unwahrscheinlich das war. Die anderen hockten stumm da.

»Auf der Nordseite des Massivs«, sagte Ike, »ein kleines Stück nach Tibet hinein.«

»Aber das ist über fünfzehnhundert Kilometer entfernt.«

»Weiß ich.«

Es war weit nach Mitternacht, doch nach den vielen Milchkaffees und dem Adrenalinstoss war noch lange nicht an Schlaf zu denken. Sie saßen aufrecht oder standen in der Höhle, während sie sich allmählich über die weite Reise dieser Gestalt bewusst wurden.

»Wie ist er hierher gekommen?«

»Keine Ahnung.«

»Hast du nicht gesagt, er sei ein Gefangener?«

Ike atmete bedächtig aus. »So was in der Art.«

»In der Art?«

»Tja.« Er räusperte sich leise. »Eher so etwas wie ein Haustier.«

»Was?«

»Ich weiß es auch nicht genau. Er benutzt ein ungewöhnliches Wort, genau hier: ›cosset‹. Das ist doch ein von Hand aufgezogenes Hauskalb, oder?«

»Mensch, Ike, hör schon auf! Wenn du es nicht weißt, brauchst du auch nichts erfinden…«

Er zuckte die Achseln. Auch in seinen Ohren hörte es sich wie irres Gefasel an.

»Eigentlich ist es ein französischer Ausdruck«, warf eine Stimme ein. Cleo, die Bibliothekarin. »Cosset heißt Lämmchen, nicht Kälbchen. Aber sonst hat Ike Recht. Es bezeichnet ein Lieblingstier, das man hätschelt und sich zum Vergnügen hält.«

»Lämmchen?«, widersprach jemand in einem Ton, als hätte Cleo – oder der Tote, oder beide – ihre geballte Intelligenz beleidigt.

»Ganz recht«, antwortete Cleo. »Lämmchen. Lieblingstier. Ziemlich provokante Wortwahl, findet ihr nicht?«

Dem Schweigen der Gruppe nach zu schließen, hatte noch keiner von ihnen darüber nachgedacht.

»Das hier?«, fragte Kora und berührte den eiskalten Leichnam fast mit den Fingerspitzen. »Das soll ein Liebling sein? Bevorzugt vor welchen anderen? Und, vor allen Dingen, von wem? Wer ist sein Herr und Meister?«

»Du reimst dir was zusammen«, sagte eine Frau.

»Schön wär's«, sagte Cleo. »Aber seht euch das an.«

Ike musste die Augen zusammenkneifen, um die verblassten Buchstaben, auf die sie zeigte, lesen zu können. *Corvée* hieß es da.

»Was bedeutet das?«

»Ungefähr das Gleiche«, antwortete sie. »Unterwerfung. Vielleicht war er wirklich ein Gefangener der Japaner. Hört sich ziemlich nach *Die Brücke am Kwai* oder so was an.«

»Abgesehen davon, dass ich noch nie davon gehört habe, dass die Japaner ihren Gefangenen Ringe durch die Nase bohren«, sagte Ike.

»Die Geschichte der Unterwerfung treibt seltsame Blüten.«

»Aber Nasenringe?«

»Alle möglichen unaussprechlichen Dinge sind geschehen.«

»Goldene Nasenringe?«, fragte Ike mit mehr Nachdruck.

»Gold?« Kora sah genauer hin, als er mit dem Lichtstrahl über den stumpfen Glanz strich.

»Du hast es selbst gesagt. Ein Lieblingslämmchen. Und du hast die Frage gestellt, wer diesem Lämmchen den Vorzug gab.«

»Weißt du es?«

»Sagen wir mal so: Er hier glaubte es jedenfalls zu wissen. Siehst du das?« Ike schob das eine kalte Bein zur Seite. Dort, auf dem linken Oberschenkelmuskel, beinahe unsichtbar, stand ein einziges Wort.

»Satan.« Ihre Lippen bildeten das Wort beinahe stumm.

»Und noch mehr«, sagte er, wobei er die Haut ein wenig drehte. *Existiert,* stand dort.

»Und auch das gehört dazu«, nickte er. Es stand wie ein Gebet oder ein Gedicht auf einem Stück Haut. *Bein von meinem Bein / Fleisch von meinem Fleisch.* »Aus der Genesis. Der Garten Eden.«

Er spürte förmlich, wie Kora verzweifelt versuchte, sich eine Gegenargumentation zusammenzubauen. »Er war ein Gefangener«, setzte sie an. »Er schrieb über den Teufel. Im Allgemeinen. Das besagt nichts. Er hasste seine Unterdrücker. Er nannte sie Satan. Belegte sie mit dem schlimmsten Namen, den er kannte.«

»Du tust das Gleiche, was ich auch getan habe«, sagte Ike. »Du kämpfst gegen das Offensichtliche an.«

»Das glaube ich nicht.«

»Was ihm widerfuhr, war sehr schlimm. Aber er hasste es nicht.«

»Selbstverständlich hasste er es.«

»Nein. Es gibt noch etwas anderes.«

»Ich weiß nicht so recht«, sagte Kora.

»Etwas zwischen den Worten. Ein Zwischenton. Spürst du es nicht?«

Ihrem Gesichtsausdruck nach zu urteilen, spürte es Kora, doch sie weigerte sich, es zuzugeben. Ihre Skepsis war nicht nur akademisch zu begründen.

»Ich habe keinerlei Warnungen gefunden«, sagte Ike. »Kein ›Vorsicht!‹. Kein ›Hütet euch!‹«

»Worauf willst du hinaus?«

»Gibt es dir nicht zu denken, dass er aus *Romeo und Julia* zitiert und zugleich vom Satan redet, so wie Adam über Eva sprach?«

Kora zuckte zusammen.

»Das Sklavendasein machte ihm nichts aus.«

»Wie kannst du so etwas sagen?«, flüsterte sie.

»Er war sogar dankbar dafür.«

Sie schluckte. »Ich verstehe nicht, wie jemand, der so schrecklich …«

»Kora.« Sie sah ihn an. In einem Auge stand eine Träne. »Es steht über seinen ganzen Körper geschrieben.«

Sie schüttelte abwehrend den Kopf.

»Du weißt, dass es wahr ist.«
»Nein! Ich weiß nicht, wovon du sprichst!«
»Doch, das weißt du«, erwiderte Ike. »Er war verliebt.«

Der Hüttenkoller setzte ein. Am zweiten Morgen fand Ike Schneewehen bis zur Höhe von Basketballkörben vor dem Höhleneingang aufgetürmt. Inzwischen hatte der tätowierte Leichnam seinen Sensationswert eingebüßt, und in der Gruppe machte sich gefährliche Langeweile breit. Ein Walkman nach dem anderen erstarb wegen Batterieschwäche und ließ sie verlassen zurück, ohne ihre Musik, ihre Engelszungen, den Worten von Drachen, Erdtrommeln und Seelenklempnern. Bald darauf ging dem Gaskocher der Saft aus, was zur Folge hatte, dass mehrere Süchtige unter Koffeinentzug zu leiden hatten. Die Situation verbesserte sich nicht unbedingt dadurch, dass kurz darauf das Toilettenpapier zur Neige ging.

Ike tat, was er konnte. Damals, höchstwahrscheinlich als einziges Kind in ganz Wyoming, das klassischen Flötenunterricht nahm, hatte er seine Mutter für ihre Prophezeiungen verspottet, er würde ihr dafür noch einmal auf Knien danken. Jetzt musste er ihr Recht geben. Er hatte eine Plastikblockflöte dabei, deren Töne sich in der Höhle sehr schön anhörten. Seine Kunden applaudierten, nachdem er einige Mozartstückchen zum Besten gegeben hatte, doch dann zogen sie sich rasch wieder in ihre Verdrossenheit zurück.

Am Morgen des dritten Tages war Owen verschwunden. Ike wunderte sich nicht darüber. Er hatte schon andere von Unwettern überraschte Hochgebirgsexpeditionen erlebt und wusste, dass sich die Gruppendynamik in völlig unerwartete Richtungen entwickeln konnte. Aller Wahrscheinlichkeit nach war Owen nur deshalb wegspaziert, um genau die Aufmerksamkeit zu erlangen, die ihm nun zuteil wurde. Kora war der gleichen Meinung.

»Er spielt uns nur etwas vor«, sagte sie. Sie lagen beieinander in ihren gekoppelten Schlafsäcken. Selbst die Wochen voller Anstrengung und Schweiß hatten den Geruch ihres Kokosnuss-Shampoos nicht vertreiben können. Auf Ikes Empfehlung hin hatten sich auch die meisten anderen der Wärme wegen jeweils zu zweien zusammengelegt, sogar Bernard. Offensichtlich war Owen derjenige gewesen, der buchstäblich allein in der kalten Welt zurückgeblieben war.

»Er muss in Richtung Eingang marschiert sein«, brummte Ike. »Ich gehe mal nachsehen.« Widerwillig öffnete er den Reißverschluss und spürte, wie seine und Koras Körperwärme in die frostige Höhlenluft entwich.

Er sah sich in dem steinernen Gewölbe um. Es war dunkel und eiskalt. Der nackte Leichnam über ihnen ließ Ike an eine Gruft denken. Nachdem er auf den Beinen war und das Blut langsam wieder in seinen Füßen zu zirkulieren begann, wollte ihm der Anblick ganz und gar nicht behagen. Schneller als erwartet würden sie hier alle sterbend auf dem Boden liegen.

»Ich komme mit«, sagte Kora.

Sie brauchten drei Minuten bis zum Eingang.

»Ich höre keinen Wind mehr«, sagte Kora. »Vielleicht hat es aufgehört zu schneien.«

Doch der Zugang war von einer über drei Meter hohen Schneewehe versiegelt, an deren oberen Rand sich eine hässliche Wechte nach innen neigte. Weder Licht noch Geräusche drangen von der Außenwelt herein.

»Nicht zu fassen«, sagte Kora.

Ike rammte seine Stiefelkappen in die harte Kruste und kletterte so weit hinauf, bis er mit dem Kopf an die Decke stieß. Dann schlug er mit der Handkante ein kleines Guckloch in die vereiste Mauer. Draußen herrschte graues Zwielicht, und orkanartige Winde peitschten mit dem Gebrüll eines Güterzuges über die Berghänge. Noch während er hinausspähte, schloss sich seine kleine Öffnung wieder. Sie waren eingeschlossen. Er ließ sich wieder zum Fuß der Schneewand herunterrutschen und hatte für einen Moment den fehlenden Kunden ganz vergessen.

»Was nun?«, fragte Kora hinter ihm. Ihr Vertrauen in ihn war ein Geschenk, das er dankbar annahm. Kora und die anderen brauchten ihn. Stark und entschlossen.

»Eins ist sicher«, sagte er. »Unser Ausreißer hat nicht diesen Weg eingeschlagen. Es sind nirgendwo Fußspuren zu sehen, und durch diesen Schnee hätte er es ohnehin nicht hinausgeschafft.«

»Wohin kann er sonst gegangen sein?«

»Vielleicht gibt es ja noch einen anderen Ausgang«, erwiderte Ike und fügte dann hinzu: »Könnten wir gut gebrauchen.«

Er war sich ohnehin fast sicher, dass ein zweiter Ausgang existierte. Ihr toter RAF-Pilot hatte geschrieben, er sei aus einem »mineralischen Schoß« wieder geboren worden und in eine »Agonie des Lichts« hinaufgestiegen. Andererseits konnte Isaak damit ebenso gut die Erfahrung jedes Asketen beim Wiedereintritt in die Wirklichkeit nach einer ausgedehnten Meditation beschrieben haben. Doch Ike hielt die Worte inzwischen für mehr als nur spirituelle Metaphern. Schließlich war Isaak Soldat gewesen, ein für Extremsituationen ausgebildeter Mann. Alles um ihn herum sprach von der nüchternen physischen Welt. Zumindest wollte Ike daran glauben, dass der Tote von einer unterirdischen Passage berichtete. Wenn er durch diesen Gang bis *hierher* hatte fliehen können, dann schafften sie es eventuell auf dem gleichen Weg bis *dorthin*, wo immer das auch sein mochte.

Wieder in der Haupthöhle angekommen, entfachte er neues Leben in der Gruppe. »Leute«, verkündete er, »wir brauchen Hilfe.«

Aus einem Wust aus Goretex und Fiberfill stieg das Ächzen einer der Frauen auf: »Sag bloß«, stieß sie mit rauer Stimme hervor, »wir müssen ihn jetzt auch noch retten.«

»Wenn er einen Weg hier heraus gefunden hat«, erwiderte Ike, »dann hat er *uns* gerettet. Aber zuerst müssen wir ihn finden.«

Murrend erhoben sie sich. Die Reißverschlüsse von Schlafsäcken ratschten, und im Lichtstrahl seiner Stirnlampe sah Ike ihre Körperwärme in dunstigen Fahnen wie verlorene Seelen davontreiben. Er führte sie in den hinteren Teil der Höhle, wo ein Dutzend Eingänge wie Bienenwaben in den Felswänden gähnten. Nur zwei davon waren etwa mannshoch. Mit aller Autorität, die er aufbringen konnte, bildete Ike zwei Teams: er ging allein und die anderen blieben zusammen.

»Auf diese Weise bewältigen wir die doppelte Wegstrecke«, erläuterte er.

»Du lässt uns im Stich«, jammerte Cleo verzweifelt. »Er will sich selbst retten.«

»Du kennst Ike nicht«, sagte Kora.

Ike blickte Cleo streng an. »Das würde ich nie tun.«

Die allgemeine Erleichterung zeigte sich in langen Fahnen ausgeatmeten Raureifs.

»Ihr müsst auf jeden Fall zusammenbleiben«, ermahnte er sie ernst. »Marschiert langsam. Bleibt immer in Lampenabstand. Geht kein Risiko ein. Ich habe keine Lust auf verknackste Knöchel. Wenn ihr müde werdet und euch eine Weile hinsetzen müsst, achtet darauf, dass immer noch einer bei euch bleibt. Noch Fragen? Nicht? Sehr gut. Uhrenvergleich...«

Er gab der Gruppe drei so genannte Leuchtkerzen mit, sechs Zoll lange Chemiefackeln, die durch eine simple Drehung aktiviert wurden. Das grüne Leuchten strahlte nicht sehr viel Licht aus und hielt lediglich zwei bis drei Stunden an. Aber es konnte alle paar hundert Meter als Leuchtfeuer dienen: Krumen auf dem Waldboden.

»Lass mich mit dir gehen«, murmelte ihm Kora zu. Ihr Wunsch erstaunte ihn.

»Du bist die Einzige, der ich sie anvertrauen kann«, sagte er. »Du nimmst den rechten Tunnel, ich den linken. In einer Stunde treffen wir uns wieder hier.« Er wandte sich um und wollte losgehen. Aber sie rührten sich nicht von der Stelle. Erst jetzt wurde ihm klar, dass sie nicht nur ihn und Kora beobachteten, sondern auf seinen Segen warteten.

»Vaya con Dios«, sagte er schroff.

Und dann, vor aller Augen, küsste er Kora. Er gab ihr einen langen Kuss, einen richtigen atemberaubenden Dauerbrenner. Einen Augenblick klammerte sich Kora an ihm fest, und er wusste, dass alles zwischen ihnen wieder ins Lot kommen würde, dass sie eine Lösung finden würden.

Ike hatte sich noch nie viel aus Höhlenkletterei gemacht. Die Enge machte ihn klaustrophobisch. Trotzdem besaß er einen guten Instinkt dafür. Oberflächlich betrachtet, war das Bergsteigen das genaue Gegenteil eines Abstiegs in die Tiefen der Erde. Ein Berg gab einem Freiheiten, die im gleichen Maße erschreckend und befreiend sein konnten. Ikes Erfahrung nach beraubten einen Höhlen dieser Freiheit im gleichen Maße. Ihre Dunkelheit und ihre schiere Erdenschwere waren erdrückend. Sie beengten die

Vorstellungskraft und deformierten den Geist. Trotzdem ging es bei Bergen genau wie bei Höhlen ums Klettern. Und wenn man es genau nahm, bestand zwischen Aufstieg und Abstieg kein Unterschied. Es war alles ein Kreislauf. Mit diesen Gedanken im Kopf kam er rasch voran.

Nach fünf Minuten Klettern hörte er ein Geräusch und blieb stehen. »Owen?«

Alle seine Sinne waren in Bewegung, nicht nur von Dunkelheit und Stille geschärft, sondern auch merkwürdig verändert. Es war schwer in Worte zu fassen. Der saubere, trockene Geruch vom Staub der Berge, die sich immer noch emporwölbten, die schuppige Berührung von Flechten, die noch nie Sonnenlicht gesehen hatten. Auf die Augen war kein unbedingter Verlass mehr. Man sah wie in sehr dunklen Nächten auf einem Berg, ein Tunnelblick auf die Welt, nur einen Lichtstrahl weit, eingeschränkt, beschnitten.

Eine gedämpfte Stimme drang an sein Ohr. Er wünschte, es sei Owen, damit die Suche ein Ende hatte und er zu Kora zurück konnte. Doch offensichtlich waren die beiden Tunnel nur durch eine dünne Wand getrennt. Ike lehnte den Kopf an den Stein. Er war kühl, aber nicht eiskalt. Jetzt hörte er Bernard nach Owen rufen.

Ein Stück weiter verengte sich Ikes Tunnel zu einem schulterhohen Durchlass. »Hallo?«, rief er in den Gang hinein. Er spürte, wie sich seine Instinkte sträubten. Es war, als stünde er am Eingang eines unergründlichen, dunklen Hinterhofs. Nichts war ungewöhnlich. Und doch schien die bloße Existenz der Felswände und des blanken Steins eine unheimliche Bedrohung auszustrahlen.

Ike leuchtete mit der Lampe in den Gang hinein und blickte in eine Röhre zerklüfteten Kalksteins, die sich in der Dunkelheit verlor. Nichts, wovor er sich fürchten musste. Trotzdem war die Luft so eigenartig. So gar nicht menschlich. Die Gerüche waren so schwach und unverfälscht, dass sie beinahe an Geruchlosigkeit grenzten, vollkommen, rein wie Wasser. Es war beinahe erfrischend. Und gerade das machte ihm noch mehr Angst.

Der Gang führte schnurgerade in die schwarze Finsternis hinein. Er schaute auf die Uhr: zweiunddreißig Minuten waren vergangen. Höchste Zeit, den Rückweg anzutreten und sich wieder mit der Gruppe zu treffen. So hatten sie es verabredet: eine Stunde, hin und zurück. Doch dann sah er am anderen Ende des Lichtstrahls etwas aufblinken.

Ike konnte nicht widerstehen. Das dort drinnen sah aus wie eine winzige Sternschnuppe. Wenn er sich beeilte, dauerte die ganze Übung nicht länger als eine Minute. Er fand einen Halt für den Fuß und zog sich in den Gang. Der Spalt war gerade groß genug, um sich mit den Füßen voran hindurchzuquetschen.

Auf der anderen Seite sah es genauso aus wie vor dem Durchbruch. Ikes Lampe entdeckte in der Ferne das gleiche Glitzern, das durch die Dunkelheit zu ihm herblinkte. Langsam stellte er die Lampe zu seinen Füßen ab. Neben seinem Stiefel fand er eine weitere Reflektion, die genau wie die in der Ferne glitzerte und das gleiche schwache Leuchten verströmte.

Es war eine Goldmünze. Misstrauisch beugte er sich hinunter. Das Blut pochte in seinen Adern. Eine leise Stimme warnte ihn davor, die Münze aufzuheben. Aber es gab keine andere Möglichkeit.

Das Alter der Münze war sinnlich spürbar. Ihre Prägung war schon vor langer Zeit abgerieben worden, und ihre Form war asymmetrisch, keinesfalls von einer Maschine ausgestanzt worden. Nur auf einer Seite zeugte eine konturlose, unkenntliche Büste von einem König oder einer Gottheit.

Ike richtete den Lichtstrahl weiter in den Tunnel hinein. Hinter der nächsten Münze sah er eine Dritte im Dunkeln aufblinken. War das denn möglich? War der nackte Isaak aus einem verborgenen unterirdischen Gehege entflohen und hatte unterwegs sein gestohlenes Vermögen verloren?

Die Münzen glitzerten wie die Augen wilder Tiere. Der felsige Schlund lag vor ihm, zu hell im Vordergrund und weiter hinten zu dunkel. Fein säuberlich reihte sich eine Münze an die andere. *Und wenn die Münzen nicht verloren worden waren? Wenn sie dort hingelegt wurden?* Der Gedanke durchfuhr ihn wie kalter Stahl. *Als Köder!*

Er ließ sich mit dem Rücken gegen den kalten Stein fallen. Die Münzen waren eine Falle. Er schluckte schwer und zwang sich, den Gedanken zu Ende zu denken.

Die Münze in seiner Hand war eiskalt. Mit dem Fingernagel

kratzte er einen Belag verkrusteten Gletscherstaubs ab. Sie musste schon jahrelang hier liegen, vielleicht sogar seit Jahrzehnten oder Jahrhunderten. Je länger er darüber nachdachte, desto größer wurde sein Grauen.

Die Falle war nicht ihm persönlich gestellt worden. Sie wollte nicht ihn, Ike Crockett, in die Tiefe locken. Im Gegenteil, es handelte sich um einen auf gut Glück ausgelegten Köder. Zeit spielte dabei keine Rolle. Nicht einmal Geduld hatte etwas damit zu tun. So wie Restefischer den Fangabfall einsammelten, hatte es hier jemand auf in dieser Gegend verirrte Reisende abgesehen. Man streute ein paar Brocken aus, vielleicht biss etwas an, vielleicht auch nicht. Aber wer kam schon hierher? Das war nicht schwer zu erraten. Leute wie er: Mönche, Händler, verlorene Seelen. Aber warum sie tiefer in den Berg locken? Wohin?

Seine Köderanalogie entfaltete sich. Diese Methode war weniger wie Restefischen, sondern eher wie eine Bärenhatz. Ikes Vater hatte solche Jagden im Gebiet rings um den Wind River für reiche Texaner organisiert, die dafür gezahlt hatten, in einem Versteck zu hocken und von dort aus Braun- und Schwarzbären zu schießen. Alle Ausstatter in dieser Branche taten das, es war ein ganz normaler Job, so wie Viehzüchten. Man legte ungefähr zehn Reitminuten von den Hütten entfernt einen Müllhaufen an, damit sich die Bären an geregelte Futterzeiten gewöhnten, und wenn die Jagdsaison heraufzog, fing man an, kleine ausgesuchte Leckerbissen auszulegen. Um ihnen das Gefühl zu geben, ihr Scherflein beizutragen, wurden Ike und seine Schwester nach Ostern immer dazu aufgefordert, ihre Marshmallow-Häschen rauszurücken. Kurz vor seinem zehnten Geburtstag war es so weit, dass Ike seinen Vater begleiten durfte, und erst an diesem Tag sah er, wohin seine Süßigkeiten verschwanden.

Die Bilder überschlugen sich. Die rosafarbenen Leckereien eines Kindes einsam im schweigenden Wald zurückgelassen. Tote, im Herbstlicht aufgehängte Bären, Häute, die wie von Zauberhand gelöst schwer herabfielen, nachdem die Messer hier und dort präzise Schnitte angebracht hatten. Und darunter Körper fast wie Menschen, nass und glitschig wie Schwimmer.

Raus, dachte Ike. Nichts wie raus hier. Ohne es zu wagen, den

Lichtstrahl vom Berginneren abzuwenden, schob sich Ike durch den Spalt zurück, verfluchte seine laut raschelnde Jacke, verfluchte die Steine, die unter seinen Sohlen wegrutschten, verfluchte seine Habgier. Er hörte Geräusche, von denen er wusste, dass sie nicht existierten. Schreckte vor Schatten zurück, die er selbst warf. Das Grauen wollte nicht mehr von ihm weichen. Er konnte an nichts anderes mehr denken als an Flucht.

Atemlos erreichte er die Hauptkammer der Höhle. Noch immer standen ihm sämtliche Körperhaare zu Berge. Sein Rückweg konnte nicht länger als fünfzehn Minuten in Anspruch genommen haben. Ohne auf die Uhr zu sehen, schätzte er seinen gesamten Hin- und Rückweg auf weniger als eine Stunde.

In der Höhle war es stockfinster. Er war allein. Er lauschte angestrengt, während sich sein Herzschlag allmählich beruhigte, doch bis auf das dumpfe Pochen in seiner Brust war kein Geräusch, weder Scharren noch Schlurfen zu vernehmen. An der gegenüberliegenden Wand des Gewölbes sah er die sanft fluoreszierende Schrift, die sich wie eine zahme exotische Schlange um den dunklen Leichnam wand. Ike schaltete die Lampe an und richtete den Strahl quer durch den Felsendom auf den Leichnam. Der goldene Nasenring blinkte. Und noch etwas anderes. So wie man manchmal noch einmal zu einem Gedanken zurückkehrt, fuhr er ein zweites Mal mit dem Lichtstrahl über das Gesicht.

Der Tote lächelte.

Ike schwenkte die Lampe hin und her. Es musste eine optische Täuschung sein – oder er litt an Gedächtnisschwund. An eine starre Grimasse konnte er sich erinnern, aber nicht an dieses irre Lächeln. Dort, wo er zuvor lediglich die Spitzen einiger weniger Zähne gesehen hatte, spielte jetzt Freude, ja, ausgelassene Fröhlichkeit in seinem Lichtstrahl. *Reiß dich zusammen, Crockett.*

Sein Verstand wollte sich nicht beruhigen. Was, wenn die Leiche selbst ein Köder war? Plötzlich nahm der Text eine groteske Eindeutigkeit an. *Ich bin Isaak.* Der Sohn, der sich selbst als Opfer hingab. Um die Liebe des Vaters zu erlangen. *Im Exil. In meiner Agonie des Lichts.* Aber was hatte das alles zu bedeuten?

Ike hatte genug bitterernste Rettungsaktionen mitgemacht und wusste, was zu tun war. Wobei hier nicht allzu viele Möglichkeiten zur Auswahl standen. Ike schnappte sich seine 9-mm-Seilrolle, stopfte sich die letzten vier Batterien in die Tasche und blickte sich um. Was noch? Zwei Proteinriegel, eine Velcro-Fußklammer, der Erste-Hilfe-Kasten. Im Ernstfall wenig genug, aber ihre Ausrüstung gab kaum noch etwas her.

Kurz vor dem Verlassen der Haupthöhle ließ Ike den Lichtstrahl noch einmal durch den Raum wandern. Auf dem Boden lagen die Schlafsäcke wie verlassene Kokons verstreut. Er betrat den rechten Tunnel. Der Gang wand sich mit gleichmäßigem Gefälle nach unten, erst nach links, dann nach rechts, dann wurde er etwas steiler. Was für ein Fehler, sie wegzuschicken, auch wenn sie alle zusammen waren. Ike konnte nicht glauben, dass er seine kleine Herde tatsächlich einem derartigen Risiko ausgesetzt hatte. Ebenso unfassbar war es, dass sie es eingegangen waren. Aber schließlich wussten sie es nicht besser.

»Hallo!«, rief er. Bei jedem Meter, den er weiter nach unten schritt, wurde sein schlechtes Gewissen größer. War es sein Fehler, dass sie ihr Vertrauen in einen Glücksritter und Aussteiger gesetzt hatten?

Es ging langsamer voran. Wände und Decken waren von sich in Schichten abblätterndem Gestein aufgeraut. Ein falscher Griff, schon konnte die ganze Masse ins Rutschen kommen. Ike schwankte zwischen Bewunderung und Verachtung. Seine Pilger waren sehr mutig. Seine Pilger waren sehr leichtsinnig. Und jetzt war auch er in Gefahr.

Ohne Kora hätte er sich wohl rasch davon überzeugt, dass es Schwachsinn sei, noch weiter hinabzusteigen. In gewisser Hinsicht war sie der Sündenbock seines Mutes geworden. Er wollte umdrehen und fliehen. Die gleiche Vorahnung, die ihn im anderen Tunnel gelähmt hatte, befiel ihn auch hier. Seine Muskeln wollten ihm den Dienst verweigern, Glied für Glied und Gelenk für Gelenk rebellierte. Er zwang sich, weiter hinabzusteigen.

Schließlich kam er an einem steil abfallenden Schacht an und blieb stehen. Wie ein unsichtbarer Wasserfall strömte eine Säule frostiger Luft an ihm vorbei, eine Luft aus Regionen, die sein Lichtstrahl nicht mehr erreichte. Er streckte die Hand aus, und der kalte Strom floss durch seine Finger.

Unmittelbar am Rande des Abgrunds blickte Ike sich suchend um und fand zu seinen Füßen eine seiner chemischen Kerzen. Das grüne Leuchten war so schwach, dass er es beinahe übersehen hätte. Er hob die Plastikröhre an einem Ende hoch, schaltete seine Lampe aus und versuchte zu schätzen, wie lange es her sein mochte, dass sie die Mixtur aktiviert hatten. Vor mehr als drei Stunden, weniger als sechs. Die Zeit floss dahin, entzog sich seiner Kontrolle. Nur für alle Fälle roch er am Plastik. Es war zwar unmöglich, doch es schien ihm ein Hauch von Kokosnuss anzuhaften.

»Kora!«, brüllte er in den Luftschacht hinein.

Von dort, wo Felsvorsprünge dem Windstrom im Weg standen, antwortete ihm eine kleine Sinfonie aus Pfiffen, Sirenengesang und Vogelschreien, eine Musik aus Stein. Ike schob die Kerze in eine seiner Taschen.

Die Luft roch frisch, beinahe wie draußen in der Welt, Ike atmete mehrere Male tief durch. Unterschiedliche Gefühlseindrücke ballten sich zu einer Empfindung zusammen, die man nur als Kummer bezeichnen konnte. In diesem Augenblick sehnte er sich nach etwas, das er noch nie wirklich vermisst hatte. Er sehnte sich nach der Sonne.

Ike suchte die Ränder des Schachts mit seinem Lichtstrahl ab, suchte nach Anzeichen dafür, dass seine Gruppe diesen Weg eingeschlagen hatte. Zwar entdeckte er hier und dort einen möglichen Halt, einen winzigen Vorsprung, auf dem man sich hätte ausruhen können, aber eigentlich war niemand – nicht einmal Ike in seinen besten Zeiten – im Stande, dort mit heiler Haut hinunterzuklettern. Der Schwierigkeitsgrad des Schachtes überstieg sogar das Talent seiner Gruppe für blindes Vertrauen. Sie mussten umgekehrt sein und einen anderen Weg gewählt haben. Ike raffte sich auf.

Hundert Meter zurück fand er die Stelle, an der sie abgebogen waren. Auf seinem Weg nach unten war er dicht an der Öffnung vorbeigekommen. Jetzt, auf dem Rückweg, sprang einem das Loch direkt ins Auge ... insbesondere sein grünes Leuchten, das aus seinem abgewinkelten Schlund wehte. Um sich durch die schmale Öffnung zwängen zu können, musste er sein Gepäck abnehmen. Direkt dahinter lag die zweite Chemiekerze.

Anhand des Kerzenvergleichs – diese hier glomm noch viel heller – ließ sich die Route der Gruppe chronologisch festmachen. Seine Leute waren tatsächlich hier vom Hauptgang abgewichen. Er versuchte sich vorzustellen, welcher Pioniergeist die Gruppe dazu veranlasst haben mochte, in diesen Seitentunnel einzusteigen, und er wusste, dass dafür nur eine Person in Frage kam.

»Kora«, flüsterte er. Sie würde Owen ebenso wenig aufgeben wie er. Sie allein würde darauf bestehen, tiefer und tiefer in das Tunnelsystem vorzudringen.

Die Abzweigung führte zu weiteren Verästelungen. Ike folgte dem Seitentunnel bis zur ersten Gabelung, dann zur zweiten und dritten. Das Geflecht, das sich vor ihm auftat, erschreckte ihn. Unwissentlich hatte Kora sie alle in die Tiefen eines unterirdischen Labyrinths geführt. Zunächst hatte die Gruppe sich noch die Zeit genommen, ihren Weg zu markieren. Ein paar Gabelungen wurden mit einfachen, aus Steinen geformten Pfeilen angezeigt. Einige andere wiesen mit einem großen, an die Felswand gekratzten X den richtigen Weg. Doch bald schon suchte er diese Zeichen vergebens. Wahrscheinlich von ihrem raschen Voranschreiten ermutigt, hatte die Gruppe einfach aufgehört, ihren Pfad zu markieren. Bis auf einige abgeschabte Stellen an der Wand oder eine frische Bruchstelle, wo jemand sich festgehalten und ein Stück Stein herausgerissen hatte, fand Ike nur noch wenige Anhaltspunkte.

Seine Überlegungen, welchen Weg sie wohl genommen haben mochten, verschlangen viel Zeit. Ike sah auf die Uhr. Inzwischen war es schon weit nach Mitternacht. Das bedeutete, dass er Kora und die anderen schon seit über neun Stunden verfolgte. Und das wiederum hieß, dass sie sich hoffnungslos verlaufen hatten.

Sein Kopf schmerzte. Er war müde. Das Adrenalin war längst aufgebraucht. Die Luft roch schon lange nicht mehr nach Berggipfeln. Hier roch es nach dem Erdinneren, nach den Lungen des Berges. Das war der Geruch der Dunkelheit.

Er kam zu einem ehemaligen Vulkanschlot, einem gewaltigen Hohlraum mitten im Berg. Sogar in seinem erschöpften Zustand wurde er von Ehrfurcht ergriffen. Gigantische Säulen aus Kalkstein hingen von der gewölbten Decke herab. An eine Wand war ein übergroßes OM-Symbol gemalt. Und Dutzende, vielleicht sogar Hunderte uralter mongolischer Rüstungen hingen an Lederriemen, die an Buckeln und Vorsprüngen im Stein festgeknotet waren. Der Anblick ließ an eine komplette Geisterarmee denken. Eine besiegte Armee.

Der helle Kalkstein sah im Licht seiner Taschenlampe wunderschön aus. Die Rüstungen schaukelten im leichten Luftzug und warfen den Strahl millionenfach gebrochen zurück. Ike bewunderte die an den Wänden aufgespannten *Thangka-Gemälde* auf weichem Leder. Erst als er eine ausgefranste Ecke anfasste, erkannte er, dass die Fransen eigentlich Menschenfinger waren. Entsetzt ließ er sie los. Bei dem Leder handelte es sich um Menschenhaut. Er wich zurück und zählte die *Thangkas.* Es waren mindestens fünfzig. Hatten sie einst dieser mongolischen Horde gehört?

Er sah nach unten. Seine Stiefel waren zur Hälfte über ein weiteres Mandala gelaufen. Dieses hier maß gut sieben Meter im Durchmesser und war aus farbigem Sand gefertigt. Er hatte solche Mandalas schon in tibetischen Klöstern gesehen, aber niemals so groß. Wie dasjenige in der Höhle neben Isaak enthielt es Details, die weniger geometrisch als organisch wirkten: Wie Würmer, dachte er. Seine Spuren waren nicht die einzigen, die das Kunstwerk ruiniert hatten. Andere waren darüber hinweggetrampelt, vor noch nicht allzu langer Zeit. Kora war mit ihrer Truppe hier entlanggekommen.

An der nächsten Weggabelung waren keinerlei Hinweise mehr zu entdecken. Ike stand vor dem sich immer weiter verzweigenden Tunnelsystem, und eine Erinnerung aus seiner Kindheit übermittelte ihm die Antwort auf alle Labyrinthe: Gehe entweder nach links oder nach rechts, aber bleibe dann dabei. Da sie sich in Tibet befanden, dem Land, in dem man im Uhrzeigersinn um heilige Tempel und Berge ging, entschied er sich für links.

Ike ging durch eine Kalksteinhöhle, deren weiße, glatte Oberfläche die Dunkelheit förmlich zu verschlucken schien. Die Wände bogen sich ohne Winkel. Der Fels wies weder Risse noch Vorsprünge auf, nur Runzeln und sanfte Wölbungen. Nirgendwo verfing sich der Lichtstrahl, nichts warf einen Schatten. Das Ergebnis war reines, unverfälschtes Licht. Ganz gleich, wohin Ike seine Lampe richtete, er war immer von einem milchigen Strahlen umgeben.

Dann sah er Cleo. Ike kam um eine Biegung und ihr Licht vereinigte sich mit seinem. Sie saß in der Lotusposition mitten auf dem leuchtenden Weg. Mit den zehn vor ihr liegenden Goldmünzen erinnerte sie fast an einen Bettler.

»Bist du verletzt?«, fragte Ike.

»Nur mein Knöchel.« Cleo lächelte. Ihre Augen strahlten diesen heiligen Glanz aus, nach dem sie alle trachteten, teils Weisheit, teils Seelenheil. Ike ließ sich nicht beirren.

»Los, komm!«, befahl er.

»Geh du vor«, hauchte Cleo mit Engelsstimme. »Ich bleibe noch ein Weilchen.«

Manche Leute kommen mit der Einsamkeit klar. Manche glauben nur, sie könnten es. Ike hatte die Opfer der Einsamkeit in den Bergen und in Klöstern gesehen, und einmal sogar im Gefängnis. Manchmal brachte sie die Isolation zur Strecke. Manchmal waren es Kälte oder Hunger oder auch nur unprofessionelle Meditation. Bei Cleo war es von allem ein bisschen. Er warf einen Blick auf die Uhr. Drei Uhr morgens. »Was ist mit den anderen? Wo sind sie hin?«

»Nur ein Stückchen weiter«, sagte sie. Das war eine gute Nachricht. Dann kam die schlechte Nachricht. »Sie wollten dich suchen.«

»Mich suchen?«

»Du hast immer wieder um Hilfe gerufen. Wir wollten dich nicht allein lassen.«

»Ich habe überhaupt nicht um Hilfe gerufen.«

Sie tätschelte ihm nachsichtig das Bein.

»Einer für alle, alle für einen«, versicherte sie ihm.

Ike hob eine der Münzen auf. »Wo hast du die gefunden?«

»Überall«, antwortete sie. »Es wurden immer mehr, je tiefer wir hineingingen. Ist das nicht wunderbar?«

»Ich suche die anderen. Dann kommen wir alle zurück und nehmen dich mit«, sagte Ike und wechselte dabei die ersterbenden Batterien in seiner Stirnlampe aus. »Versprich mir, dich nicht von hier wegzurühren.«

»Mir gefällt es sehr gut hier.«

Er ließ Cleo in einem Meer alabasterfarbenen Glanzes zurück.

Die Kalksteinröhre trieb ihn tiefer in den Berg. Sie senkte sich gleichmäßig, und er fand überall bequemen Halt für seine Sohlen. Überzeugt davon, dass er die anderen bald einholen würde, verfiel er in einen leichten Trab. Die Luft nahm einen kupferhaltigen Beigeschmack an, unbestimmt und doch irgendwie vertraut. Nur ein Stückchen weiter, hatte Cleo gesagt.

Die ersten Blutspuren sah er um drei Uhr siebenundvierzig.

Da sie zuerst als hellrote Handabdrücke auf dem weißen Stein auftauchten, und weil der Stein so porös war, dass er die Flüssigkeit praktisch aufsaugte, hielt Ike sie zunächst für primitive Kunst und verlangsamte seinen Gang. Der malerische Effekt wirkte in seiner verspielten Zufälligkeit direkt ansprechend. Ike gefiel die Vorstellung, dass sich hier unbekümmerte Höhlenmenschen verewigt hatten.

Dann trat er in eine Pfütze, die der Stein noch nicht völlig absorbiert hatte. Die dunkle Flüssigkeit spritzte auf und klatschte in leuchtenden Streifen an die Wand, rot auf weiß. Blut, erkannte er.

»O Gott!«, entfuhr es ihm, und er sprang reflexartig zur Seite. Ein weiterer Schritt auf Zehenspitzen, dann berührte die gleiche blutige Sohle den Boden und rutschte seitlich weg. Im Fall schlug er mit dem Gesicht an die Felswand. Die Lampe flog ihm aus der Hand, das Licht verlosch. Tastend hielt er sich am kalten Kalkstein fest und blieb stehen. Es war, als hätte man ihn beinahe bewusstlos geschlagen. Die undurchdringliche Dunkelheit brachte alles zum Stillstand. Sogar sein Atem stoppte. So sehr er sich nach einer gnädigen Ohnmacht sehnte, er blieb doch hellwach.

Mit einem Mal wurde der Gedanke, sich einfach nicht mehr zu bewegen, unerträglich. Er rollte sich von der Wand weg, ließ sich von der Schwerkraft geleitet auf alle viere nieder und tastete mit bloßen Händen, zwischen Ekel und Grauen hin und her gerissen, in immer größer werdenden Kreisen in dem klebrigen Schlamm nach der Lampe. Er konnte das Zeug sogar auf seinen Zähnen schmecken. Er presste die Lippen zusammen, doch es roch weiterhin nach Wild, dabei gab es hier drinnen gar kein Wild. Nur Kora und seine Gruppe. Ein geradezu monströser Gedanke.

Endlich erwischte er das Verbindungskabel der Lampe, ging in die Hocke und fingerte am Schalter herum. Ein Geräusch ertönte. Ob von nah oder fern, wusste er nicht zu sagen.

»He?«, rief er auffordernd, verstummte dann aber sofort wieder, lauschte, hörte aber nichts.

Gegen die eigene Panik ankämpfend schaltete Ike den Schalter an und aus und wieder an. Es war, als wollte man ein Feuer entfachen, während die Wölfe näher und näher kamen. Wieder dieses Geräusch. Diesmal konnte er es besser lokalisieren. Waren das Fingernägel, die über den Fels kratzten? Ratten? Der Blutgeruch wurde intensiver. Was ging hier vor?

Murmelnd verfluchte er die erloschene Lampe, fuhr mit den Fingerspitzen über das Glas und suchte nach Sprüngen. Vorsichtig schüttelte er sie, in banger Erwartung des Klirrens der zersplitterten Birne. Nichts.

Was blind, but not I see… Die Worte wirbelten durch seinen Kopf, und er war nicht sicher, ob er das Lied wirklich hörte, oder nur die Erinnerung daran in seinem Schädel widerhallte. Der Klang wurde lauter: *Twas grace that taught my heart to fear.* Es wehte von ganz ferne herbei, die kräftige Stimme einer Frau, die »Amazing Grace« sang. In diesen zuversichtlichen Silben lag etwas, das weniger an einen Choral als an eine trotzige Hymne erinnerte. Die Hymne vor dem letzten Gefecht.

Es war Koras Stimme. Für ihn hatte sie nie gesungen. Und doch war es eindeutig sie, die da anscheinend für sie alle sang. Ihre Anwesenheit, wenn auch in weiter entfernten Tiefen dieses Labyrinths, beruhigte ihn.

»Kora!«, rief er. Mit in der Dunkelheit weit aufgerissenen Augen und auf allen vieren kriechend, rief sich Ike zur Ordnung. Wenn es nicht am Schalter oder an der Birne lag, dann vielleicht am Kabel. Es saß an beiden Enden fest, war auch nirgendwo durchgerissen. Er öffnete das Batteriefach, wischte sich die Finger sauber und trocken und zog leise zählend eine schlanke Batterie nach der anderen heraus: »Eins, zwei, drei, vier.« Bei einer nach der anderen säuberte er die Enden an seinem Unterhemd, wischte auch die Kontakte im Fach selbst ab und schob die Batterien wieder hinein. Links herum, rechts herum, links, rechts. Die Dinge hatten ihre bestimmte Ordnung. Er gehorchte ihr. Dann ließ er den Deckel über dem Fach einrasten, zog vorsichtig am Draht, nahm die Lampe in die Hand – und schaltete sie ein. Nichts. Das Kratzgeräusch wurde lauter, kam ihm schon ziemlich nah vor. Er wollte weglaufen, irgendwohin, egal um welchen Preis, einfach fliehen.

»Hiergeblieben!«, befahl er sich selbst. Er sagte es laut. Es war so etwas wie ein Mantra, sein eigenes Mantra, etwas, das er immer dann vor sich hin murmelte, wenn der Fels zu steil, die Vorsprünge zu schmal oder die Windböen zu stürmisch wurden.

Ike biss die Zähne zusammen und atmete flach. Noch einmal nahm er die Batterien heraus. Diesmal tauschte er sie gegen den Satz beinahe leerer Batterien in seiner Tasche aus. Er schaltete ein.

Licht. Herrliches Licht.

Er atmete es ein. In einem Schlachthaus aus weißem Stein.

Das Bild des Gemetzels stand einen Augenblick vor ihm, dann ging das Licht mit einem kurzen Flackern aus.

»Nein!«, brüllte er in die Dunkelheit und schüttelte die Lampe. Das Licht ging noch einmal an, wenn auch sehr schwach. Die Birne glomm in einem Rostorange, wurde noch schwächer und dann wieder ein wenig heller. Sie gab kaum noch ein Viertel ihrer Leuchtkraft her. Mehr als genug. Ike löste den Blick von der kleinen Birne und wagte es, sich noch einmal umzuschauen.

Der Tunnelabschnitt war der reinste Horror. Ike erhob sich in seinem kleinen Kreis gelben Lichts und bewegte sich dabei sehr vorsichtig. Die Wände ringsum waren mit hellroten Zebrastreifen übersät. Die Leichen lagen nebeneinander aufgereiht.

Wer sich mehrere Jahre in Asien aufhält, bekommt auch seinen Anteil an Toten mit. Wie oft hatte Ike in Pashaputanath vor den brennenden *ghats* gesessen und zugesehen, wie die Flammen das Fleisch von den Knochen schälten. Und heutzutage durchkletterte niemand das Südjoch des Everest, ohne an einem toten südafrikanischen Träumer vorbeizukommen, oder an der Nordseite an einem französischen Herrn, der in 7000 Metern Höhe schweigend am Wegesrand sitzt. Oder damals, als die Königliche Armee das Feuer auf die in den Straßen von Katmandu revoltierenden Sozialdemokraten eröffnet hatte und Ike zur Identifizierung eines Kameramannes der BBC ins Krankenhaus von Bir gegangen war und dort die eilig auf dem Fliesenboden nebeneinander aufgereihten Leichen gesehen hatte. Jener Anblick erinnerte ihn an das Bild, das er jetzt vor Augen hatte.

Auch das Schweigen der Vögel stieg wieder in seiner Erinnerung auf. Und wie die Hunde der Splitter aus geborstenen Fensterscheiben wegen noch tagelang durch die Straßen gehumpelt waren. Und vor allem die Erkenntnis, dass ein menschlicher Körper, wenn man ihn über den Boden schleifte, unweigerlich entkleidet wurde.

Da lagen sie vor ihm, seine Leute. Lebendig waren sie in seinen Augen Narren gewesen. Im Tod, so halb nackt und hilflos, wirkten sie nur noch erbärmlich. Nicht närrisch. Einfach nur schrecklich erbärmlich. Der Geruch aufgerissener Därme und rohen Fleisches hätte ihn beinah in Panik versetzt.

Ihre Wunden… Zuerst konnte Ike nichts anderes als diese schrecklichen Wunden sehen. Er konzentrierte sich auf ihre Nacktheit. Er schämte sich für diese armen Leute und für sich selbst. Es kam ihm wie die Sünde selbst vor, diese Vielfalt an Schambehaarung, entblößter Schenkel und wahllos dargebotener Brüste vor sich zu sehen. Bäuche, die nicht mehr eingezogen, Brustkörbe, die nicht mehr gereckt werden konnten.

Schockiert stand Ike vor ihnen und ließ die Einzelheiten auf sich einwirken: da eine matte Rosentätowierung, dort die Narbe eines Kaiserschnitts, die Spuren von Chirurgen und Unfällen, die Ränder von Bikinibräune. Einiges davon war nicht für fremde Augen bestimmt, nicht mal denen der Geliebten, anderes war gelegentlichem Entblößen vorbehalten. Nichts davon sollte auf diese Art und Weise gesehen werden.

Ike zwang sich, die Sache hinter sich zu bringen. Fünf Leichen lagen vor ihm, eine davon männlich – Bernard. Dann fing er an, die Frauen zu identifizieren, doch in einem Anfall von Erschöpfung wollte ihm kein einziger Name mehr einfallen. Momentan gab es nur eine, die wirklich zählte, und die war nicht dabei.

Die zersplitterten Enden sehr weißer Knochen staken aus Wunden, die aussahen, als hätte sie ein Rasenmäher verursacht. Unterleibshöhlen klafften auf. Einige Finger waren verdreht, andere gleich an der Wurzel herausgerissen. Oder abgebissen? Der Kopf einer Frau war völlig eingeschlagen. Sogar ihr Haar war unter dem geronnenen Blut nicht zu erkennen, doch Gott sei Dank war dieses arme Geschöpf nicht Kora.

Jetzt setzte die Vertrautheit ein, die man als Betrachter auch mit

Opfern eingeht. Ike legte eine Hand an den stechenden Schmerz hinter seinen Augen und machte sich abermals an die Arbeit. Sein Licht wurde schwächer. Er fand keine Erklärung für das Massaker. Was auch immer ihnen zugestoßen sein mochte, konnte jederzeit auch ihm zustoßen.

»Hiergeblieben, Crockett!«, befahl er. Eins nach dem anderen. Er zählte sie an den Fingern ab: sechs hier, Cleo weiter oben im Tunnel, Kora irgendwo anders. Also fehlte Owen immer noch.

Ike trat zwischen die Leichen und suchte nach Hinweisen. Mit derart extremen Wunden hatte er nur sehr wenig Erfahrung, doch ein paar Dinge ließen sich von ihnen immerhin ablesen. Den Blutspuren nach zu schließen, musste es sich um einen Hinterhalt gehandelt haben. Und der Kampf hatte sich ohne Schusswaffengebrauch abgespielt. Es gab keine Schusswunden. Auch gebräuchliche Messer kamen nicht in Frage. Die Fleischwunden waren zu tief und so eigenartig verteilt – da quer über den Oberkörper, dort an der Hinterseite der Beine –, dass Ike sich nur eine mit Macheten bewaffnete Bande vorstellen konnte. Dabei sah es eher wie der Angriff wilder Tiere aus, insbesondere die grauenhafte Verletzung, bei der ein Schenkel fast ganz vom Knochen gerissen war.

Aber welche Tiere lebten kilometertief im Inneren der Berge? Welches Tier legte seine Opfer ordentlich in Reih und Glied? Welches Tier legte eine so unbeherrschte Wildheit und zugleich ein derart methodisches Vorgehen an den Tag? Eine so systematisch durchgeführte Raserei? Die Extreme deuteten auf einen psychotischen Zustand hin. Und das wiederum war sehr menschlich.

Vielleicht gab es ja Menschen, die so etwas anrichten konnten. Aber Owen? Er war kleiner als die meisten dieser Frauen. Und langsamer. Trotzdem waren diese bedauernswerten Leute wenige Meter voneinander entfernt überfallen und niedergemetzelt worden. Ike versuchte, sich in die Lage des Mörders zu versetzen, sich die Geschwindigkeit und die Kraft vorzustellen, deren es bedurfte, um eine solche Tat zu begehen.

Es gab noch mehr Geheimnisse. Erst jetzt fielen Ike die wie Konfetti um die Toten verstreut herumliegenden Goldmünzen auf. Es sah beinahe wie eine Abrechnung aus, dachte er, ein Entgelt dafür, dass man sie ihres Eigentums beraubt hatte. Denn den

Toten fehlten Ringe, Armbänder, Halsketten und Uhren. Alles weg. Handgelenke, Finger und Hälse waren nackt. Ohrringe waren aus den Läppchen gerupft, Bernards Augenbrauenring einfach abgerissen worden.

Bei diesen Schmucksachen hatte es sich um wenig mehr als Glasperlen, Modeschmuck und anderen Nippes gehandelt, denn Ike hatte seine Leute ausdrücklich darauf hingewiesen, ihre Wertsachen zu Hause in den Vereinigten Staaten oder wenigstens im Hotelsafe zurückzulassen. Trotzdem hatte sich jemand die Mühe gemacht, das ganze Zeug mitgehen zu lassen – und anschließend als Bezahlung echte Goldmünzen zurückgelassen, die tausendmal mehr wert waren als das, was gestohlen worden war.

Das ergab keinen Sinn. Noch sinnloser war es, hier herumzustehen und zu versuchen, dem Ganzen einen Sinn zu verleihen. Normalerweise war Ike nicht der Typ, der nicht wusste, was zu tun war, weshalb ihn seine Ratlosigkeit umso heftiger traf. Sein moralischer Kodex schrieb ihm vor, an Ort und Stelle auszuharren, das Verbrechen zu untersuchen und, wenn schon nicht seine Weggefährten, so doch wenigstens einen lückenlosen Bericht von ihrem Ableben zurückzubringen. Die Ökonomie der Angst gebot ihm, schleunigst das Weite zu suchen und zu retten, was noch zu retten war. Aber wohin sollte er fliehen, welches Leben gab es noch zu retten? Das war die Qual der Wahl: In einer Richtung wartete Cleopatra in Lotosposition im weißen Licht, in der anderen wartete, nicht ganz so sicher, Kora. Aber hatte er sie nicht eben noch singen gehört?

Sein Lichtkegel trübte sich braun ein. Ike zwang sich, die Taschen seiner toten Schutzbefohlenen zu durchwühlen. Ganz bestimmt hatte einer von ihnen noch Batterien oder eine zweite Taschenlampe oder etwas zu essen. Doch sämtliche Taschen waren aufgeschlitzt und geleert worden. Der Wahnsinn dieses Gedankens traf ihn mit voller Wucht. Warum die Taschen und sogar das Fleisch darunter zerfetzen? Das war kein gewöhnlicher Raubüberfall. Ike kämpfte seinen Ekel nieder und versuchte, die Einzelheiten zu bündeln: den Verstümmelungen nach zu urteilen, ein im Rausch der Raserei begangenes Verbrechen, zog man jedoch den Diebstahl in Betracht, ein irrsinniges Beschaffungsdelikt. Es ergab immer noch keinen Sinn.

Mit einem letzten Flackern erlosch seine Lampe. Dunkelheit umfing ihn. Das Gewicht des Berges schien ihn niederzudrücken. Ein Windhauch, den Ike zuvor nicht wahrgenommen hatte, ließ an eine gewaltige mineralische Atmung denken, als erwachte ein Moloch zum Leben. Der Atem führte einen feinen Gasgeruch mit sich, nicht unangenehm, aber er schien von sehr, sehr weit herzukommen.

Mit einem Mal musste er sich nicht mehr auf seine Vorstellungskraft verlassen. Dieses kratzende Geräusch von Fingernägeln auf Stein meldete sich zurück. Diesmal gab es an seiner Wirklichkeit nichts zu deuten. Es kam aus dem oberen Tunnel auf ihn zu. Und diesmal war Koras Stimme ein Teil des Geräuschs.

Sie hörte sich an wie in Ekstase, wie kurz vor dem Orgasmus. Oder wie seine Schwester damals, in dem Augenblick, in dem ihre kleine Tochter aus ihrem Schoß ins Licht der Welt drängte. Entweder das oder es handelte sich um den Ausdruck abgrundtiefer, namenloser Todesqualen. Das Stöhnen oder Brüllen oder Gewinsel bettelte um ein Ende.

Beinahe hätte er sie gerufen. Doch dieses andere Geräusch schnürte ihm die Kehle zu. Der Kletterer in ihm hatte es als absichtlich kratzende Fingernägel identifiziert, wobei das zerrissene Fleisch, das dort in der Dunkelheit lag, eher die Vorstellung von Krallen und Klauen hervorrief. Erst sträubte er sich gegen die Logik, nahm sie dann jedoch rasch an. Na schön. Klauen. Ein wildes Tier. Ein Yeti. Das musste es sein. Was jetzt?

Das grauenhafte Duett aus Frauenstimme und wildem Tier kam näher. Kämpfen oder flüchten? Weder noch. Beides war aussichtslos. Er tat das, was er tun musste, besann sich auf den Trick der Überlebenskünstler: Er versteckte sich am Ort des Geschehens. Wie ein Gebirgsbewohner, der in den warmen Bauch des toten Büffels kriecht, legte sich Ike zwischen die Leichen auf den kalten Boden und zog die Toten über sich.

Es war abscheulich, die reinste Sünde. Während er sich in absoluter Dunkelheit zwischen die Leichname drängte, einen glatten weichen Schenkel über sein Bein und einen kalten Arm über seine Brust legte, spürte Ike die Last der Verdammnis. Indem er sich tot stellte, ließ er einen Teil seiner Seele fahren. Im vollen Besitz seiner geistigen Kräfte gab er alle Aspekte seines Lebens auf, um es zu erhalten. Der einzige Anhaltspunkt für die Gewissheit, dass ihm das hier tatsächlich widerfuhr, war die Tatsache, dass er es nicht glauben wollte.

»Lieber Gott«, flüsterte er.

Die Geräusche wurden lauter. Jetzt galt es nur noch eine letzte Wahl zu treffen: die Augen zu schließen oder sie für ohnehin nicht zu sehende Anblicke zu öffnen. Er schloss sie.

Mit dem unterirdischen Hauch wehte Koras Geruch über ihn hinweg. Er hörte sie stöhnen. Ike hielt den Atem an. Noch nie zuvor hatte er so viel Angst gehabt. Seine Feigheit war wie eine Offenbarung.

Sie – Kora und ihr Peiniger – kamen um die Ecke. Ihre Atmung klang gequält. Sie lag im Sterben. Ihre Qual war unermesslich, jenseits aller Worte.

Ike spürte Tränen über sein Gesicht rinnen. Er weinte um sie. Weinte um ihre Qual. Er weinte auch um seinen verlorenen Mut. Dass er einfach nur still dalag und ihr nicht half. Er war keinen Deut besser als jene Bergsteiger, die ihn einmal auf einem Grat zurückgelassen hatten, weil sie ihn für tot hielten. Noch während er dem hämmernden Pochen seines Herzens lauschte und spürte, wie ihm die Toten in ihrer Umarmung näher kamen, gab er Kora für sein eigenes Leben auf. Mit jeder vergehenden Sekunde gab er sie mehr auf. Er war verdammt.

Ike blinzelte seine Tränen weg, verachtete sie, schämte sich seines Selbstmitleids. Dann öffnete er die Augen, um sich der Situation wie ein Mann zu stellen. Vor Überraschung hätte er sich beinahe verschluckt.

Es war immer noch dunkel, aber nicht mehr so pechschwarz. In der Dunkelheit standen Worte geschrieben. Sie leuchteten und wanden sich wie Schlangen.

Er war es.

Isaak war auferstanden.

Haben Sie sich je in dichtem Nebel auf See befunden, der einen wie eine greifbare, weiße Finsternis einzuschließen scheint, während das große Schiff seinen Kurs längs der Küste verfolgt und man mit klopfendem Herzen irgendein Ereignis erwartet?

Helen Keller
Mein Weg aus dem Dunkel

2
Ali

Südafrika, nördlich von Askam, in der Wüste Kalahari
1995

»Mutter?« Die Stimme des Mädchens drang in Alis Hütte.

Genau so mussten wohl die Geister singen, dachte Ali, in diesem Bantu-Singsang, dieser Melodie auf der Suche nach einer Melodie. Sie schaute von ihrem Koffer auf. Auf der Schwelle stand ein Zulu-Mädchen, mit jenem erstarrten und aufgerissenen Grinsen im Gesicht, das Lepra im fortgeschrittenen Stadium anzeigte. Lippen, Augenlider und Nase waren bereits weggefressen.

»Kokie«, sagte Ali. Kokie Madiba. Vierzehn Jahre alt. Die anderen nannten sie Hexe.

Hinter dem Rücken des Mädchens erblickte Ali sich und Kokie in einem Wandspiegel. Der Kontrast gefiel ihr nicht. Ali hatte im letzten Jahr ihr Haar wachsen lassen. Direkt neben der zerstörten Haut des schwarzen Mädchens nahm sich ihr goldenes Haar wie erntereifer Weizen neben einem versteppten Acker aus. Ihre Schönheit kam ihr obszön vor. Ali rückte ein Stück zur Seite, um ihr Spiegelbild verschwinden zu lassen. Eine Zeit lang hatte sie sogar versucht, ihren kleinen Spiegel von der Wand zu nehmen, ihn jedoch in der verzweifelten Erkenntnis, dass Verleugnung noch eitler als Eitelkeit sein konnte, schließlich wieder aufgehängt.

»Wir haben doch schon so oft darüber gesprochen«, sagte sie. »Ich bin Schwester, nicht Mutter.«

»Ja, richtig, wir haben darüber gesprochen«, erwiderte die Waise, »Schwester, Mutter.«

Manche von ihnen hielten sie für eine Heilige, für eine Königin. Oder eine Hexe. Eine unverheiratete Frau, schon gar eine Nonne, war hier draußen im Busch nur schwer vorstellbar. Wenigstens einmal hatte ihr ihre Extravaganz geholfen. Die Menschen in der Kolonie waren zu dem Schluss gekommen, dass die Nonne ebenso wie sie von der Gesellschaft gemieden wurde und hatten sie bei sich aufgenommen.

»Was wolltest du denn, Kokie?«

»Ich bringe dir das hier.« Das Mädchen hielt ihr eine Halskette mit einem kleinen, verschrumpelten, perlenbestickten Beutel entgegen. Das Leder sah noch frisch aus, wie eilig gegerbt. Hier und da standen noch kleine Haare davon ab. Sie hatten sich beeilt, um mit dem Geschenk rechtzeitig fertig zu werden. »Du musst das tragen. Hält das Böse fern von dir.«

Ali nahm die Kette von Kokies staubiger Handfläche und bewunderte die geometrischen, aus roten, weißen und grünen Perlen gebildeten Muster. »Hier«, sagte sie und gab sie Kokie zurück. »Lege sie mir um.«

Ali beugte sich vornüber und hielt ihr Haar in die Höhe, damit das leprakranke Mädchen ihr die Halskette anlegen konnte. Sie teilte Kokies feierlichen Ernst. Dieses Geschenk war kein Touristenplunder. Es war ein Teil von Kokies Überzeugung. Wenn jemand das Böse in der Welt kennen gelernt hatte, dann dieses Kind.

In dem allgemeinen Chaos nach der Aufhebung der Apartheid und der raschen Verbreitung von AIDS durch die aus Simbabwe und Mosambik nach Süden drängenden Arbeit Suchenden in den

Gold- und Diamantenminen, hatte sich unter der armen schwarzen Bevölkerung Hysterie breit gemacht. Alter Aberglaube war wieder erwacht. Es war ein offenes Geheimnis, dass Sexualorgane, Finger und Ohren, sogar Hände voll menschlichen Fettgewebes, aus Leichenhallen gestohlen und als Fetische benutzt wurden. Immer wieder wurden Leichen nicht begraben, weil die Familienmitglieder davon überzeugt waren, die Toten würden wieder lebendig werden.

Mit Abstand am schlimmsten war die Hexenjagd. Die Leute behaupteten, das Böse komme tief aus der Erde zu ihnen herauf. So weit Ali wusste, wurde dergleichen seit Anbeginn der Menschheit behauptet. Jede Generation hatte ihre eigenen Alpträume. Sie war überzeugt davon, dass diese Schreckgespenster von den Arbeitern in den Diamantenminen ins Leben gerufen worden waren, um den Hass der Öffentlichkeit von sich selbst abzulenken. Sie behaupteten, sie wühlten so tief in der Erde, dass sie bis zu den Behausungen fremder Wesen gedrungen seien. Die Bevölkerung hatte diesen Unsinn in eine Hexenkampagne verwandelt. Im ganzen Land waren bereits Hunderte unschuldiger Frauen mit einem brennenden Reifen um den Hals gestorben, mit Macheten niedergemacht oder vom abergläubischen Pöbel gesteinigt worden.

»Hast du deine Vitaminpillen genommen?«, fragte Ali.

»Ja.«

»Wirst du sie auch dann nehmen, wenn ich weg bin?«

Kokies Blick huschte über den Lehmboden. Alis Weggang war besonders schmerzhaft für sie. Wieder einmal wunderte sich Ali darüber, wie rasch alles gekommen war. Erst vor zwei Tagen hatte sie den Brief mit den neuen Anweisungen erhalten.

»Die Vitamine sind wichtig für dein Baby, Kokie.«

Das leprakranke Mädchen berührte seinen Bauch. »Ja, das Baby«, flüsterte es freudig. »Jeden Tag. Wenn die Sonne aufgeht. Die Vitaminpille.«

Ali liebte Kokie, weil Gottes Mysterium in all seiner Grausamkeit ihr gegenüber so offenkundig war. Zweimal hatte Ali sie gerettet. Vor acht Monaten hatten ihre Selbstmordversuche aufgehört. Damals hatte Kokie erfahren, dass sie schwanger war.

Ali wunderte sich immer noch darüber, wenn nachts die Geräusche der Liebenden an ihr Ohr drangen. Die Lektion war einfach und tiefgründig. Diese Leprakranken waren füreinander nicht hässlich. Selbst in ihrer erbärmlichen Gestalt waren sie gesegnet und schön.

Mit dem neuen Leben, das in ihr heranwuchs, hatten Kokies Knochen mehr Fleisch angesetzt. Sie hatte wieder angefangen zu sprechen. Jeden Morgen lauschte Ali ihren gemurmelten Melodien, diesem eigenartigen Mischdialekt aus Siswati und Zulu, der schöner als der Gesang der Vögel klang.

Auch Ali fühlte sich wie neu geboren. Sie fragte sich, ob es sie vielleicht deshalb nach Afrika verschlagen hatte. Es war, als spräche Gott durch Kokie und all die anderen Leprakranken und Flüchtlinge zu ihr. Seit Monaten wartete sie jetzt schon auf die Geburt von Kokies Kind. Bei einem ihrer seltenen Ausflüge nach Johannesburg hatte sie von ihrem eigenen schmalen Gehalt Vitamine und mehrere Bücher über Geburtshilfe für Kokie gekauft. Ein Krankenhaus kam für Kokie nicht in Frage, und Ali wollte vorbereitet sein. In letzter Zeit hatte sie wiederholt davon geträumt. Die Geburt ereignete sich in einer von Dornen umgebenen Hütte mit Blechdach, vielleicht in dieser Hütte, in diesem Bett. In ihre Hände wurde ein gesundes Kind gelegt, das alle Sorgen und Ängste dieser Welt für nichtig erklärte. Ein einfacher Akt, in dem die Unschuld triumphierte.

An diesem Morgen jedoch wurde Ali die unweigerliche Tatsache schmerzhaft klar: *Ich werde dieses Kind niemals sehen.* Denn Ali war versetzt worden. Abermals in den rauen Wind der Welt geworfen. Immer wieder. Es spielte keine Rolle, dass sie ihre Aufgabe hier noch nicht beendet hatte. Dass sie eigentlich kurz vor der Wahrheit stand. *Drecksäcke!* Der Ausdruck bezog sich eindeutig auf Männer. Bischöfe.

Ali faltete eine weiße Bluse zusammen und legte sie in den Koffer. *Entschuldige bitte die harten Worte, oh Herr.* Aber sie bekam immer mehr das Gefühl, ein Brief ohne Adressat zu sein.

Seit dem Tag, an dem sie ihr Ordensgelübde abgelegt hatte, war dieser kobaltblaue Samsonite-Koffer ihr treuer Begleiter gewesen. Zuerst nach Baltimore, Ghetto-Arbeit, dann nach Taos, um ein wenig frischen Klosterwind zu tanken, dann zur Columbia University, wo sie ihre Dissertation durchpeitschte. Anschließend noch mehr Straßenarbeit in Winnipeg. Dann, nach dem Doktorexamen ein Jahr Forschungsarbeit in den Archiven des Vatikans, dem »Gedächtnis der Kirche«. Anschließend der unverhoffte Ruf: neun Monate als *addetti di nunziatura,* als Attaché des Vatikans, eine Funktion, in der sie die päpstliche diplomatische Delegation bei den NATO-Gesprächen zur Nichtweiterverbreitung von Nuklearwaffen unterstützte. Hartes Brot für ein siebenundzwanzigjähriges Landei aus West-Texas. Man hatte sie nicht nur auf Grund ihrer langjährigen Verbindung zur US-Senatorin Rebecca January, sondern auch wegen ihrer linguistischen Ausbildung für den Job ausgewählt. Natürlich hatten sie sie auf dem großen Spielfeld der Politik nur als kleinen Bauern eingesetzt. *Gewöhn dich daran,* hatte ihr January eines Abends geraten. *Jedenfalls kommst du auf diese Weise viel rum.* Aber sicher, dachte Ali und sah sich in ihrer Hütte um.

Es lag auf der Hand, dass die Kirche sie in ihrem Sinne knetete, nur wofür, das konnte sie nicht genau sagen. Bis vor einem Jahr hatte ihr Lebenslauf einen gleichmäßigen Aufstieg gezeigt. Mit einem Mal, ohne Vorwarnung und ohne weitere Erklärung, hatte man sie in diese Flüchtlingskolonie im Hinterland der Buschleute geschickt. Von den glitzernden Kathedralen der westlichen Zivilisation direkt in die Steinzeit. Ans Ende der Welt hatte man sie expediert, wo sie sich bei dieser angeblichen Mission in der Wüste Kalahari in Geduld üben durfte.

Ihrer Veranlagung gemäß hatte Ali das Beste daraus gemacht. In Wahrheit war es ein schreckliches Jahr gewesen. Aber sie war zäh. Sie hatte sich arrangiert. Angepasst. Bei Gott, sie war sogar erfolgreich gewesen. Hatte damit angefangen, die Geschichten von einem »älteren« Stamm aufzudröseln, der sich angeblich im Hinterland versteckte. Wie alle anderen hatte Ali zunächst die Vorstellung von einem steinzeitlichen Stamm, der an der Schwelle zum 21. Jahrhundert noch immer unentdeckt geblieben war, von sich gewiesen. Natürlich war das ganze Gebiet Wildnis, aber doch eine Wildnis, die inzwischen hinlänglich von Bauern, Fernfahrern, Buschpiloten und Feldforschern aufgesucht oder durchfahren worden war – von Leuten also, die zumindest stichhaltige Hinweise auf einen derartigen Stamm hätten finden müssen. Erst nach drei Monaten hatte Ali sich etwas ernsthafter mit den Gerüchten der Eingeborenen befasst.

Am spannendsten fand sie die Vorstellung, dass ein solcher Stamm tatsächlich zu existieren schien, und dass die Belege dafür hauptsächlich linguistischer Natur waren. Wo auch immer sich dieser merkwürdige Stamm verbergen mochte, seine verborgene Sprache schien überall im Busch lebendig zu sein, und jeden Tag schien sie dem Phänomen einen Schritt näher zu kommen.

Zum größten Teil hing ihre Jagd mit dem Khoisan, der Schnalz-Sprache der Buschleute, der San, zusammen. Sie machte sich keine Illusionen darüber, diese Sprache jemals selbst zu beherrschen, insbesondere die vielen verschiedenen dentalen, palatalen und labialen stimmhaften, stimmlosen oder nasalen Lautsysteme. Aber mit Hilfe eines San-Kung-Übersetzers hatte sie sich allmählich eine ganze Reihe von Worten und Lauten angeeignet, die die San nur in einer bestimmten Tonlage ausdrückten. Diese Tonlage war ehrerbietig, religiös und uralt, und die Worte und Laute unterschieden sich von allem, was sonst auf Khoisan ausgedrückt wurde. Sie wiesen auf eine Wirklichkeit hin, die sowohl alt als auch neu war. Dort draußen war jemand – oder hatte sich zumindest vor langer Zeit dort aufgehalten. Oder war vor kurzem zurückgekehrt. Aber um wen es sich auch handeln mochte, sie sprachen eine Sprache, die noch vor der prähistorischen Sprache der San datierte.

Und jetzt war dieser Mittsommernachtstraum jäh unterbrochen worden. Sie holten sie von ihren Ungeheuern weg. Von ihren Flüchtlingen. Ihren Beweismitteln.

Kokie hatte angefangen, leise vor sich hinzusingen. Ali machte sich wieder ans Packen, wobei sie ihren Gesichtsausdruck vor dem Mädchen hinter dem aufgeklappten Kofferdeckel verbarg. Wer sollte sich von nun an um diese Menschen kümmern? Was würden sie Tag für Tag ohne sie anfangen? Was würde sie, Ali, ohne ihre Schutzbefohlenen anfangen?

»… uphondo lwayo/yizwa imithandazo yethu/Nkosi sikelela/Thina lusapho iwayo …«

Die Worte drängten sich in düstere Gedanken. Im vergangenen Jahr hatte sie sich in den Sprachmischmasch, der in Südafrika gesprochen wurde, regelrecht verbissen, besonders in Nguni, zu der auch die Sprache der Zulu gehörte. Einzelne Bruchstücke aus Kokies Lied offenbarten sich ihr: Gott segne uns Kinder/Komm, oh Geist, komm Heiliger Geist/Gott segne uns Kinder.

»O feditse dintwa/Le matswenyecho…« – Beende die Kriege und all unsere Sorgen…

Ali seufzte. Diese Leute wollten nicht mehr als Frieden und ein bisschen Glück. Bei ihrer Ankunft hatte hier alles wie am Morgen nach einem Wirbelsturm ausgesehen. Die Kranken hatten im Freien geschlafen, fauliges Wasser getrunken und auf den Tod gewartet. Mit ihrer Hilfe hatten sie jetzt wenigstens behelfsmäßige Unterkünfte, einen Brunnen und den Ansatz zu einer ländlichen Industrie, in der riesige Ameisenhügel als Schmieden zur Herstellung einfacher bäuerlicher Werkzeuge wie Hacken und Schaufeln benutzt wurden. Sie hatten Alis Erscheinen nicht gerade freudig begrüßt, damit hatten sie sich Zeit gelassen. Doch ihre Abreise verursachte ihnen echten Schmerz. Sie hatte ein wenig Licht in ihre Dunkelheit gebracht, oder zumindest Medizin und Ablenkung.

Es war einfach nicht fair! Ihre Anwesenheit hatte ihnen viel Gutes gebracht. Und jetzt wurden sie für ihre Sünden bestraft. Es gab keine plausible Erklärung dafür. Sie würden nicht begreifen, dass es sich lediglich um die Taktik der Kirche handelte, Ali kleinzukriegen.

Sie hätte vor Wut aus der Haut fahren können. Vielleicht war sie ein bisschen zu stolz, manchmal auch ein bisschen ketzerisch. Launisch auch, ja. Und ganz gewiss taktlos. Sie hatte den einen oder anderen Fehler begangen, aber wer wollte sich ernsthaft davon freisprechen? Sie war sicher, dass ihre Versetzung von Afrika weg etwas damit zu tun hatte, dass sie irgendwo irgendjemandem auf die Füße getreten war. Vielleicht wurde sie auch nur wieder von ihrer Vergangenheit eingeholt.

Mit zitternden Fingern glättete Ali ein Paar Khaki-Shorts, und der alte Monolog rumorte wieder in ihrem Kopf herum wie eine gesprungene Schallplatte. Tatsache war, dass sie keine halben Sachen mochte. Sie rannte nun mal nicht mit der Meute, sondern immer vorneweg.

Vielleicht hätte sie sich die Veröffentlichung dieses Gastkommentars in der *Times* noch einmal gründlich überlegen sollen, in dem sie darauf anspielte, der Papst verweigere sich hartnäckig allen Dingen, die etwas mit Abtreibung, Geburtenkontrolle und dem weiblichen Körper im Allgemeinen zu tun hatten. Oder ob sie diesen Essay über Agatha von Aragonien, die mystische Jungfrau, die Liebesgedichte verfasste und Toleranz predigte, hätte schreiben sollen. So etwas kam bei den Jungs von der alten Garde nicht sonderlich gut an. Und sich vor vier Jahren dabei erwischen zu lassen, als sie in der Kapelle von Taos die Messe abhielt, war reine Torheit gewesen. Selbst leere Kirchenwände hatten noch um drei Uhr morgens Augen und Ohren. Noch idiotischer war es gewesen, sich, nachdem sie ertappt worden war, der Äbtissin zu widersetzen und darauf zu bestehen, dass auch Frauen das liturgische Recht zum Weihen der Hostien besäßen, als Priester zu amtieren und natürlich auch als Bischöfe und Kardinäle. Sie hätte mit ihrer Liturgie durchaus noch weiter ausgeholt und auch den Papst miteinbezogen, hätte der Erzbischof sie nicht mit einem Blick zum Erstarren gebracht.

Ali war um Haaresbreite an einer offiziellen Rüge vorbeigeschrammt. Sie schien ständig kurz vor dem Rausschmiss zu stehen. Streit und Meinungsverschiedenheiten folgten ihr wie ausgehungerte Hunde. Nach dem Zwischenfall in Taos hatte sie es »auf die orthodoxe Weise« versucht. Es war vor einem guten Jahr gewesen, in der Altstadt von Den Haag, bei einem vornehmen Cocktail-Empfang mit Generälen und Diplomaten aus einem Dutzend Ländern, anlässlich der Unterzeichnung eines obskuren NATO-Papiers. Der päpstliche Nuntius war ebenfalls anwesend. Auch der Ort war unvergessen, ein unter dem Namen Rittersaal bekannter Trakt des Binnerhof-Palastes, ein mit Kostbarkeiten aus der Renaissance überladener Raum, darunter sogar ein echter Rembrandt. Ebenso lebhaft erinnerte sie sich an die Manhattans, die ein gut aussehender Colonel auf Geheiß ihrer boshaften Mentorin January ohne Unterlass für sie anschleppte.

Ali hatte dieses Teufelszeug noch nie getrunken, und es war schon einige Jahre her, dass sie ein edler Ritter derart bedrängt hatte. Alles zusammen hatte ihr die Zunge gelöst. Sie hatte sich heftig in eine Diskussion über Spinoza verrannt und war irgendwie bei einem leidenschaftlichen Vortrag über Glasdeckenkonstruktionen in patriarchalischen Institutionen und die ballistische Energie eines unschuldigen Steines angelangt. Ali errötete noch heute, wenn sie sich an die Totenstille im ganzen Saal erinnerte. Zum Glück hatte January sie gerade noch rechtzeitig mit ihrem tiefen schwarzen Lachen gerettet, sie rasch zuerst zur Damentoilette und anschließend ins Hotel und unter die kalte Dusche gezerrt. Gott mochte ihr vergeben haben – der Vatikan nicht. Innerhalb weniger Tage war Ali ein Ticket nach Pretoria und in den Busch zugestellt worden. Einfache Fahrt.

»Sie kommen, guck, Mutter, sieh doch.« Kokie zeigte mit ihrer verstümmelten Hand aus dem Fenster.

Ali sah kurz auf und klappte den Koffer zu. »Peter?«, fragte sie. Peter war ein verwitweter Bure, der ihr gerne einen Gefallen tat und sie bei Bedarf mit seinem Kleinlaster, den die Eingeborenen *bakkie* nannten, in die Stadt fuhr.

»Nein, Mum.« Kokies Stimme wurde ganz leise. »Casper kommt.«

Ali trat neben Kokie ans Fenster. Und wirklich kam da draußen ein gepanzerter Truppentransporter vor einem langen Federbusch roten Staubs auf sie zugebraust. Die Casspirs waren bei der schwarzen Bevölkerung sehr gefürchtet, denn sie brachten den Tod. Ali hatte keine Ahnung, warum man sie von einem Militärfahrzeug abholen ließ und verbuchte es auf der langen Liste gedankenloser Einschüchterung.

»Keine Sorge«, sagte sie zu dem verängstigten Mädchen.

Der Casspir kam über die Ebene gerumpelt. Er war immer noch mehrere Kilometer entfernt, und auf dieser Seite des ausgetrockneten Sees wurde die Straße noch zerfurchter. Ali schätzte, dass das Fahrzeug bis zu ihren Hütten noch mindestens zehn Minuten brauchte.

»Sind alle so weit?«, fragte sie Kokie.

»Alles fertig, Mum.«

»Dann wollen wir noch rasch unser Foto machen.« Ali nahm ihre Kamera von der schmalen Pritsche und hoffte, dass die Winterhitze ihren einzigen Fuji Velvia-Film nicht zerstört hatte. Kokie betrachtete die Kamera voller Freude. Sie hatte noch nie zuvor ein Foto von sich gesehen.

Trotz aller Trauer gab es für Ali gute Gründe, für ihre Versetzung dankbar zu sein. Obwohl sie sich dabei ein wenig egoistisch vorkam, wusste Ali, dass sie das Zeckenfieber, die Giftschlangen und die aus Dung und Lehm gefertigten Wände nicht vermissen würde. Auch nicht die niederschmetternde Unwissenheit dieser sterbenden Bauern und die Hassausbrüche der schweinsäugigen Afrikaner mit ihrer feuerwehrroten Naziflagge und ihrem brutalen, menschenfressenden Kalvinismus. Und schon gar nicht die Hitze.

Ali duckte sich unter dem niederen Türsturz und trat hinaus ins Morgenlicht. Noch vor den Farben überwältigte sie der Geruch. Sie saugte das Aroma tief in die Lungen, schmeckte den wilden Aufruhr blauer Töne auf der Zunge.

Sie hob den Blick. Rings um das Dorf erstreckte sich über mehrere Morgen Land ein Teppich von Kornblumen. Das war ihr Werk. Sie mochte kein Priester sein, aber sie konnte trotzdem ein Sakrament spenden. Kurz nachdem der Dorfbrunnen gebohrt war, hatte sie eine Spezialmischung Wildblumensamen bestellt und eigenhändig ausgesät. Die Beete waren geradezu explodiert. Die Ernte war eine einzige Freude gewesen und hatte den Ausgestoßenen zu einem gewissen Stolz verholfen, einem Gefühl, das sie kaum mehr kannten. Die Kornblumen waren zu einer kleinen Legende geworden. Die Farmer – Buren und Engländer – kamen aus einem Umkreis von mehreren Hundert Kilometern mit ihren Familien angefahren, um dieses Blumenmeer zu bewundern. Eine kleine Gruppe urzeitlicher Buschleute war zu Besuch gekommen und hatte erschrocken und mit aufgeregtem Getuschel reagiert, weil sie sich fragten, ob hier womöglich ein Stück des Himmels gelandet sei. Ein Geistlicher der christlich-zionistischen Kirche hatte eine Messe unter freiem Himmel abgehalten. Schon bald würden die Blumen verblühen. Doch die Legende war da. In gewisser Hinsicht hatte Ali diese Aussätzigen von ihrer Ausgestoßenheit befreit und ihren Anspruch auf Menschlichkeit wiedererweckt.

Die kleine Gemeinde wartete am Bewässerungsgraben auf sie, der vom Brunnen zu den Mais- und Gemüsebeeten führte. Als sie die Idee von einem Gruppenfoto geäußert hatte, wollten sie es unbedingt an dieser Stelle aufnehmen lassen. Das hier war ihr Garten, ihre Nahrung, ihre Zukunft.

»Guten Morgen«, begrüßte sie Ali.

»Guten Morgen, Fundi«, erwiderte eine feierliche Frauenstimme. Fundi war eine Abkürzung für *umfundisi*. Das bedeutete Lehrerin und war in Alis Augen die allerhöchste Auszeichnung.

Einige spindeldürre Kinder lösten sich aus der Gruppe, und Ali ging in die Hocke, um sie zu umarmen. Sie rochen richtig gut, besonders an diesem Morgen, denn ihre Mütter hatten sie gründlich gewaschen.

»Wie seht ihr denn aus?«, rief Ali. »So ordentlich und sauber. Wer von euch will mir helfen?«

»Ich, ich! Ich will helfen, Mum!«

Ali beauftragte die Kinder damit, ein paar Steine aufzuhäufen und einen Stock in das provisorische Stativ zu stecken.

»Jetzt geht alle zurück, sonst kippt es um«, sagte sie. Sie erledigte die paar Handgriffe rasch. Das Herannahen des Casspir sorgte bereits für einige Unruhe, und sie wollte, dass alle auf dem Bild glücklich aussahen. Sie richtete die Kamera auf dem Stativ aus und schaute durch den Sucher. »Näher zusammen«, sagte sie und winkte. »Ihr müsst näher zusammenrücken.«

Das Licht war gerade richtig. Es kam von schräg oben und war noch nicht zu hart. Es würde ein freundliches Bild werden. Natürlich ließen sich die Verwüstungen der Krankheit und der Verbannung nicht vertuschen, doch sie würden das Lächeln und das Leuchten der Augen dieser Menschen umso deutlicher hervorheben. Während sie die Schärfe einstellte, fing sie an zu zählen. Zählte noch einmal. Jemand fehlte.

In der ersten Zeit nach ihrer Ankunft hatte sie nicht daran gedacht, sie jeden Tag zu zählen, denn sie war zu sehr damit beschäftigt gewesen, ihnen Hygiene beizubringen, sich um die Kranken zu kümmern, Nahrungsmittel zu verteilen, die Brunnenbohrung zu organisieren und dafür zu sorgen, dass die Dächer gedeckt wurden. Doch nach einigen Monaten fiel ihr auf, dass es immer weniger wurden. Als sie sich danach erkundigte, wurde ihre Sorge mit einem Achselzucken und der Erklärung abgetan, die Leute kämen und gingen. Die schreckliche Wahrheit kam erst an dem Tag ans Licht, als sie sie auf frischer Tat ertappte.

Beim ersten Mal, als sie mitten im Busch auf sie stieß, hatte Ali zuerst gedacht, da machten sich Hyänen über einen Springbock her. Vielleicht hätte sie schon früher Verdacht schöpfen sollen. Bestimmt hätte ihr jemand etwas darüber erzählen können. Ohne zu überlegen hatte Ali die beiden abgemagerten Männer von der alten Frau, die sie gerade erwürgten, weggerissen, einen mit einem Stock geschlagen und sie davongejagt. Sie hatte alles missverstanden: das Motiv der Männer und auch die Tränen der alten Frau.

Es handelte sich um eine Kolonie sehr kranker und elender menschlicher Wesen. Doch obwohl ihnen wenig mehr als die Verzweiflung geblieben war, so kannten sie doch noch so etwas wie Erbarmen. Tatsache war, dass die Aussätzigen Euthanasie betrieben.

Es war eines der schlimmsten Probleme, mit denen Ali jemals zu kämpfen hatte. Es hatte nichts mit Gerechtigkeit zu tun, denn sie besaßen den Luxus der Gerechtigkeit. Diese Aussätzigen – gejagt, gequält, terrorisiert – verbrachten ihre letzten Tage am Rande der unwirtlichen Wildnis. Mit der Aussicht, bis zum Tode mehr oder weniger qualvoll dahinzusiechen, blieben ihnen nicht viele Möglichkeiten, Liebe zu zeigen oder einander Respekt zu erweisen. Letztendlich hatte sie akzeptiert, dass Mord eine davon war.

Sie töteten nur diejenigen, die ohnehin im Sterben lagen und darum baten. Es geschah stets ein Stück weit vom Lager entfernt und wurde von zwei oder mehr Leuten so rasch wie möglich erledigt. Ali hatte eine Art Burgfrieden mit dieser Praxis geschlossen. Sie versuchte, die erschöpften Seelen, die auf Nimmerwiedersehen in den Busch davonwankten, nicht zu bemerken. Sie versuchte, die Häupter ihrer Herde nicht zu zählen. Doch ihr Verschwinden hob die Verschwundenen umso deutlicher hervor, selbst wenn es sich um die Stillen handelte, die man sonst eigentlich kaum wahrgenommen hatte.

Abermals ließ sie den Blick über die Gesichter schweifen. Jimmy Shako, der Lagerälteste, fehlte. Ali war nicht aufgefallen, dass Jimmy Shako so krank gewesen war. Außerdem hielt sie ihn nicht für so großzügig, die Kolonie von seiner Gegenwart zu erlösen. »Mr. Shako fehlt«, sagte sie sachlich.

»Er ist weg«, nickte ihr Kokie zustimmend zu.

»Möge er in Frieden ruhen«, sagte Ali, hauptsächlich zu ihrer eigenen Beruhigung.

»Glaub ich nicht, Mutter. Für den gibt's keinen Frieden. Wir haben ihn getauscht.«

»Was habt ihr getan?« Das war eine neue Variante.

»Dies für das. Wir haben ihn weggegeben.«

Mit einem Mal war Ali nicht mehr ganz so sicher, ob sie wirklich wissen wollte, was Kokie damit meinte. Es gab Zeiten, in denen sich Afrika ihr geöffnet und sie seine Geheimnisse kennen gelernt hatte. Dann wiederum, bei Gelegenheiten wie dieser, klafften seine Geheimnisse abgrundtief. Trotzdem fragte sie nach: »Was redest du da, Kokie?«

»Ihn. Für dich.«

»Für mich.« Alis Stimme klang in ihren eigenen Ohren leise und zerbrechlich.

»Jawohl, Mum. Dieser Mann war nicht gut. Sagte immer, er kommt und gibt dich nach unten. Aber wir haben ihn gegeben.« Das Mädchen streckte die Hand aus und berührte zärtlich die Perlenkette um Alis Hals. »Jetzt ist alles wieder in Ordnung. Wir beschützen dich, Mutter.«

»Aber… wem habt ihr Jimmy denn gegeben?« Etwas rauschte im Hintergrund. Ali erkannte, dass es die Kornblumen waren, die sich in der sanften Brise wiegten. Das Rascheln der Stängel hörte sich so gewaltig an wie Donnergrollen. Sie schluckte, um ihre trockene Kehle zu benetzen.

Kokies Antwort war einfach.

»Ihm«, sagte sie. Das Meeresrauschen der Kornblumen ging in das Motorengeräusch des näher kommenden Casspir über. Alis Zeit war gekommen.

»Älter-als-Alt, Mutter. Ihm.« Dann sprach sie einen Namen aus, der mehrere Schnalzlaute und ein Flüstern in diesem angehobenen Tonfall enthielt.

Ali starrte sie an. Kokie hatte gerade einen kurzen Satz auf Ur-Khoisan gesagt. Ali versuchte ihn laut nachzusprechen.

»Nein. So«, sagte Kokie und wiederholte die Worte und die Schnalzer. Diesmal machte es Ali richtig und übergab die Laute ihrem Gedächtnis.

»Was bedeutet das?«, fragte sie.

»Gott. Der hungrige Gott.«

Ali hatte geglaubt, sie kenne diese Leute, doch sie waren ganz anders. Sie nannten sie Mutter und sie hatte sie wie ihre Kinder behandelt, aber das waren sie nicht. Sie wich von Kokie zurück.

Der Ahnenkult bedeutete diesen Leuten alles. Wie die Römer des Altertums oder die heutigen Shinto unterwarfen sich die Khoikhoi in spirituellen Belangen ihren Toten. Sogar schwarze evangelische Christen glaubten an Geister, lasen aus Knochen die Zukunft, opferten Tiere, nahmen Zaubertränke, trugen Amulette und praktizierten *gei-xa*-Magie. Die Lobedu hatten ihre Regenkönigin Mujaji. Die Pedi beteten Kgobe an. Für die Zulu hing die Welt von einem allmächtigen Wesen ab, dessen Name übersetzt Älter-als-Alt bedeutete. Und jetzt hatte Kokie genau diesen Namen in dieser Ursprache ausgesprochen. In der Muttersprache.

»Ist Jimmy tot oder nicht?«

»Kommt drauf an, Mutter. Wenn er gut ist, lassen sie ihn da unten leben. Sehr lange.«

»Ihr habt Jimmy getötet?«, fragte Ali entsetzt.

»Nicht getötet. Nur ein bisschen geschnitten.«

»Ihr habt *was* getan?«

»Nicht wir«, sagte Kokie.

»Älter-als-Alt?« Ali versuchte sich an dem Namen mit den Schnalzlauten.

»Ja, genau. Den Mann geschnitten. Und uns dann die Teile gegeben.«

Ali fragte nicht weiter nach, was Kokie damit meinte. Sie hatte auch so schon genug gehört.

Kokie legte den Kopf zur Seite, und auf ihrem erstarrten Lächeln zeichnete sich ein Anflug von Zufriedenheit ab. Einen Augenblick lang sah Ali die ungelenke Halbwüchsige vor sich stehen, die ihr mit der Zeit so sehr ans Herz gewachsen war, das Mädchen mit dem besonderen Geheimnis. Jetzt verriet sie es. »Mutter«, sagte Kokie, »ich habe zugeschaut. Ich habe alles gesehen.«

Ali wollte weglaufen. Ob unschuldig oder nicht, dieses Kind war ein Unhold.

»Auf Wiedersehen, Mutter.«

Bringt mich weg, dachte sie. So ruhig wie es ihr unter diesen

Umständen möglich war, drehte sich Ali um und wollte mit tränenblinden Augen von Kokie weggehen.

Plötzlich war ihr der Weg versperrt. Eine Wand aus großen Männern. Tränenblind setzte sich Ali gegen sie zur Wehr, schlug mit Fäusten und Ellbogen um sich. Dann wurden ihre Arme von jemand sehr Kräftigem an ihren Körper gedrückt.

»Langsam, langsam, immer mit der Ruhe«, sagte eine Männerstimme. »Was soll der Unsinn?«

Ali sah auf und blickte in das Gesicht eines Weißen mit von der Sonne verbrannten Wangen und der gelbbraunen Buschmütze der Armee. Im Hintergrund brummte der Casspir im Leerlauf, eine dumpfe Maschine mit schaukelnder Funkantenne und aufgesetztem Maschinengewehr. Kniende und hockende Soldaten sicherten schussbereit nach allen Seiten. Sie hörte auf, sich zu wehren.

Kurz darauf wehte die rote Staubfahne des Transporters wie ein flüchtiger Sturm über den freien Platz. Ali drehte sich noch einmal um, doch die Aussätzigen hatten sich bereits im dornigen Unterholz verkrochen. Bis auf die Soldaten war sie ganz allein in diesem Mahlstrom.

»Sie haben ziemliches Glück gehabt, Schwester«, sagte der Soldat. »Die Kaffern wetzen wieder ihre Speere.«

»Was?«

»Ein Aufstand. Irgendeine Kaffern-Sekte oder so was. In der vergangenen Nacht haben sie Ihren Nachbarn überfallen, und auch die übernächste Farm. Wir kommen direkt von dort. Alle tot.«

»Ihre Tasche?«, fragte ein anderer Soldat. »Steigen Sie ein. Wir befinden uns hier in großer Gefahr.«

Schockiert ließ sich Ali von ihnen in das schwülheiße Innere des Vehikels schieben. Nach ihr kamen die Soldaten herein, sicherten die Gewehre und verschlossen die Luken. Der Geruch ihrer Körper unterschied sich deutlich von dem der Aussätzigen. Angst war das vorherrschende Element darin. Sie hatten auf eine Weise Angst, die den Aussätzigen fremd war. Es war die Angst von Beutetieren. Der Transporter rumpelte los, und Ali wurde gegen eine breite Schulter geschleudert.

»Souvenir?«, fragte jemand. Er zeigte auf ihre Perlenhalskette.

»Ein Geschenk«, antwortete Ali. Sie hatte gar nicht mehr daran gedacht.

»Geschenk!«, stieß ein anderer Soldat hervor. »Wie niedlich.«

Ali legte die Hand schützend an die Kette und fuhr mit den Fingerspitzen über die kleinen Perlen, die das schwarze Lederstück einrahmten. Die Tierhärchen kitzelten sie an den Fingern.

»Sie haben wohl keine Ahnung, was?«, sagte ein Mann.

»Wie bitte?«

»Diese Haut.«

»Was ist damit?«

»Männlich, oder was meinst du, Roy?«

»Aber sicher«, antwortete Roy grinsend.

Ali verlor die Geduld mit ihnen. »Was soll der Blödsinn?«

Woraufhin die Männer laut loslachten. Sie besaßen einen groben, gewalttätigen Humor, was Ali nicht sehr erstaunte.

Jetzt tauchte ein Gesicht aus der Dunkelheit auf. In seinen Augen spiegelte sich das durch den Geschützschlitz hereinfallende Licht. Vielleicht war er ein guter katholischer Junge. Aber wie auch immer, er schien nicht sehr amüsiert zu sein. »Das ist ein Geschlechtsteil, Schwester. Von einem Menschen.«

Alis Fingerspitzen erstarrten. Dann war es an ihr, *sie* zu schockieren. Alle erwarteten, dass sie sich den Talisman kreischend vom Hals riss. Stattdessen setzte sie sich auf, lehnte den Hinterkopf an die Stahlwand, schloss die Augen und ließ den Talisman, der sie gegen das Böse schützte, über ihrem Herzen hin und her schaukeln.

Da sprach der Herr:
Mein Geist soll nicht immerdar
im Menschen walten,
denn auch der Mensch ist Fleisch.

GENESIS, 6:3

3
Branch

CAMP MOLLY, OSKOVA, BOSNIEN-HERZEGOWINA
NATO FRIEDENSTRUPPEN (IFOR)
FIRST AIR CAVALRY / U.S. ARMY
1996

02.10 Uhr

Es regnete. Straßen und Brücken waren weggeschwemmt, die Flüsse blockiert. Sämtliche Einsatzkarten mussten neu geschrieben werden. Überall steckten Fahrzeugkonvois fest. Erdrutsche spülten lauernde Minen auf Landstraßen, die eben erst mühsam geräumt worden waren.

Wie der auf dem Berggipfel gestrandete Noah hockte Camp Molly hoch über einem Staatenbund aus Schlamm und Dreck. Seine Sünder waren ruhig gestellt, die Welt fürs Erste in Schach gehalten. Bosnien, fluchte Branch. Armes Bosnien.

Der Major eilte über einen Bohlenweg, der wie im wilden Westen durch den Schlamm gelegt worden war, damit wenigstens die Stiefel sauber und trocken blieben. *Wir stehen Wacht gegen ewige Dunkelheit, geleitet von unserer Rechtschaffenheit.* Es war das große Mysterium in Branchs Leben, dass er zweiundzwanzig Jahre, nachdem er St. John's entkommen war, um Hubschrauber zu fliegen, immer noch an so etwas wie Erlösung glauben konnte.

Suchscheinwerfer geisterten durch schlampig aufgestellte Stacheldrahtverhaue, über Panzersperren, Minen und noch mehr Stacheldraht. Die schweren Panzerfahrzeuge der Kompanie hielten ihre Kanonen und Maschinengewehre auf die fernen Hügel gerichtet. Die Dunkelheit verwandelte die Rohre der Raketenwerferbatterien in Orgelpfeifen barocker Kathedralen. Branchs Hubschrauber schimmerten wie große, vom frühen Wintereinbruch überraschte Libellen im Regen.

Branch konnte das Lager um sich herum spüren, seine Abgrenzungen, seine Wachtposten. Er wusste, dass die Wachen diese schlimme Nacht in Schutzpanzern ertragen mussten, die zwar die Kugeln von Heckenschützen, aber nicht den Regen abhielten. Er fragte sich, ob die Kreuzritter, die hier auf ihrem Weg nach Jerusalem durchgezogen waren, ihre Kettenhemden ebenso gehasst hatten wie diese Ranger ihr Kevlar. *Jede Festung ein Kloster,* bestätigte ihm ihre Wachsamkeit, *jedes Kloster eine Festung.*

Obwohl es offiziell keinen Feind für sie gab, waren sie von Feinden umgeben. Zwar ging die Zivilisation in Elendslöchern wie Mogadischu, Kigali und Port au Prince im großen Stil den Bach runter, aber die »neue« Armee war an einen strikten Befehl gebunden: Du sollst keinen Feind haben. Keine Verluste, kein Geländegewinn. Man besetzte einen sicheren Standort, und zwar genau so lange, wie die Politfritzen brauchten, um kräftig mit den Säbeln zu rasseln und sich wieder wählen zu lassen. Und dann ging es sofort ab zum nächsten hoffnungslosen Fall. Die Landschaften veränderten sich. Der Hass blieb überall der gleiche. Beirut. Irak. Somalia. Hatai. Seine Akte las sich wie eine Verwünschung. Und jetzt das hier. Das Dayton-Abkommen hatte diesen geographischen Kunstgriff namens Separationszone zwischen Muslimen, Serben und Kroaten geschaffen. Wenn sie dieser Regen voneinander abhielt, dann hoffte er, er würde niemals aufhören.

Im Januar, als die First Air Cavalry auf einer Pontonbrücke über die Drina herübergekommen war, hatten sie ein Land vorgefunden, das an die aufgewühlten Schlachtfelder des Ersten Weltkrieges erinnerte. Die Felder, auf denen wie Soldaten drapierte Vogelscheuchen flatterten, waren kreuz und quer von Schützengräben durchzogen. Schwarze Raben befleckten den weißen Schnee. Skelette knackten unter den Rädern ihrer Jeeps. Aus den zerschossenen Häusern tauchten Menschen auf, die mit Steinschlossgewehren, manchmal sogar mit Armbrüsten und Speeren bewaffnet waren. Die Stadtguerilla grub ihre eigenen Rohrleitungen aus, um daraus Waffen zu bauen. Branch verspürte nicht die geringste Lust, sie zu retten, denn sie waren brutal und grausam und wollten nicht gerettet werden.

Jetzt hatte er den Kommandobunker erreicht, in dem Stab und Nachrichtenzentrale untergebracht waren. Einen Moment lang ragte der Erdhügel im dunklen Regen wie ein halb fertiger Zikkurat vor ihm auf, primitiver noch als die ersten ägyptischen Pyramiden. Er erklomm ein paar Stufen und stieg dann steil zwischen aufgestapelten Sandsäcken hinab. Drinnen reihten sich an der gegenüberliegenden Wand elektronische Konsolen aneinander. Davor saßen uniformierte Männer und Frauen, die Gesichter von den Bildschirmen ihrer Laptops gespenstisch angestrahlt. Die Deckenbeleuchtung war wegen der besseren Lesbarkeit der Bildschirme reduziert.

Das Publikum bestand aus ungefähr drei Dutzend Leuten. Es war ziemlich früh und kalt für eine solche Zusammenkunft. Unablässig prasselte der Regen gegen die Gummilappen des Eingangs schräg hinter ihm.

»Hallo, Major, herzlich willkommen. Hier, ich dachte mir gleich, dass das für jemanden reserviert ist.«

Branch sah die Tasse heißer Schokolade auf sich zukommen und wehrte sie mit gekreuzten Fingern ab. »Weiche, Satanas«, sagte er, nur halb im Scherz. Die Versuchung lag in den kleinen Dingen. Es war absolut möglich, direkt an der Front zu verweichlichen, insbesondere in einem Kampfgebiet, das so hervorragend versorgt wurde wie das hier in Bosnien. Im Geiste der Spartaner wies er auch die Doritos zurück.

»Hat sich schon was getan?«, erkundigte er sich.

»Nicht die Bohne.« Mit einem gierigen Schluck machte McDaniels Branchs Kakao zu seinem Eigentum.

Branch blickte auf die Uhr. »Vielleicht ist die Sache damit gegessen. Vielleicht ist ja überhaupt nichts geschehen.«

»Oh, Ihr, die Ihr schwachen Glaubens seid«, sagte der dürre Kampfhubschrauberpilot. »Ich hab's mit eigenen Augen gesehen, so wie wir alle.«

Alle bis auf Branch und seinen Kopiloten Ramada. Sie hatten die letzten drei Tage damit verbracht, den Südteil des Landes auf der Suche nach einem vermissten Konvoi des Roten Halbmonds zu überfliegen. Sie waren hundemüde zu dieser mitternächtlichen Veranstaltung zurückgekehrt. Ramada war schon da und überflog auf einem nicht benötigten Bildschirm eifrig seine E-Mails von zu Hause.

»Warte, bis du die Bandaufnahmen gesehen hast«, sagte McDaniels. »Komisches Zeugs. Drei Nächte hintereinander. Gleiche Zeit. Gleicher Ort. Inzwischen schon fast eine angesagte Nummer. Wir sollten Eintrittskarten verkaufen.«

Es gab nur Stehplätze. Nur wenige Soldaten saßen hinter ihren Computerplätzen, die mit der Eagle-Basis unten in Tusla vernetzt waren. Am heutigen Abend bestand die Mehrheit aus Zivilisten mit Pferdeschwänzen, üblen Ziegenbärtchen oder T-Shirts mit Aufdrucken wie ICH ÜBERLEBTE OPERATION JOINT ENDEAVOUR oder BEAT ALL THAT YOU CAN BEAT, worunter natürlich mit Leuchtmarker MEAT gekritzelt stand.

Branch ließ den Blick über die Gesichter wandern. Viele von ihnen kannte er. Einige konnten sich einen Dr. oder Prof. vor den Namen klemmen. Alle rochen nach Grab. In Einklang mit dem surrealen Alltag in Bosnien hatten sie sich selbst den Namen Zauberer gegeben, Zauberer wie in Oz. Das UN-Kriegsverbrechertribunal hatte gerichtsmedizinische Ausgrabungen an Hinrichtungsstätten in ganz Bosnien angeordnet. Die Zauberer waren ihre Totengräber. Tagein, tagaus bestand ihre Aufgabe darin, die Toten sprechen zu lassen. Da die meisten Massaker im amerikanisch kontrollierten Sektor auf das Konto der Serben gingen, die jeden dieser professionellen Spürhunde sofort umgebracht hätten, hatte Colonel Frederickson beschlossen, die Zauberer im Militärlager unterzubringen. Die Leichen selbst wurden in einer ehemaligen Kugellagerfabrik am Stadtrand von Kalejisa aufbewahrt.

Die Anwesenheit des Wissenschaftlervölkchens hatte sich als ziemlich anstrengend herausgestellt. Zunächst gingen die Respektlosigkeit, die Scherze und die Pornofilme der Zauberer als willkommene Abwechslung durch, doch im Laufe des Jahres waren sie zu einer ausgenudelten Blödelklamotte heruntergekommen. Sie futterten mit größter Begeisterung ungenießbare Fertignahrung und tranken den gesamten Vorrat an Cola-light weg.

Mit dem miesen Wetter war alles noch schlimmer geworden. In den vergangenen beiden Wochen hatte sich die Anzahl der Wissenschaftler verdreifacht. Jetzt, nachdem die Wahlen in Bosnien vorüber waren, nahm die IFOR ihre Präsenz nach und nach zurück. Die Soldaten durften wieder nach Hause, ganze Camps wurden geschlossen. Die Zauberer verloren ihren bewaffneten Geleitschutz. Sie wussten, dass sie ohne Schutz nicht bleiben konnten. Eine große Anzahl von Massengräbern und Massakern würde unentdeckt bleiben.

In ihrer Verzweiflung hatte Christie Chambers, Dr. med., einen Aufruf über das Internet losgelassen. Von Israel bis Spanien, von Australien bis Seattle hatten Archäologen ihre Schaufeln fallen gelassen, Labortechniker unbezahlten Urlaub genommen, Ärzte ihren Tennisurlaub abgebrochen und Professoren ihre besten Studenten losgeschickt, damit die Exhumierungen weitergeführt werden konnten. Ihre eilig zusammengeschusterten ID-Marken lasen sich wie ein Who-is-Who der Nekro-Wissenschaften. Alles in allem, das musste Branch zugeben, waren sie nicht die schlechteste Gesellschaft, wenn man auf einer einsamen Insel wie Camp Molly gestrandet war.

»Verbindung steht«, verkündete Sergeant Jefferson von ihrem Bildschirm.

Der ganze Raum schien den Atem anzuhalten. Hinter ihm bildete sich eine Traube. Alle wollten sehen, was KH-12, der Spionagesatellit, zeigte. Links und rechts flimmerte auf sechs Bildschirmen das gleiche Bild. McDaniels, Ramada und drei weitere Piloten kauerten vor einem eigenen Schirm. »Branch«, sagte einer, woraufhin sie ihm eilig Platz machten.

Der Bildschirm war prächtig mit lindgrüner Geographie überzogen. Ein Computer legte eine geisterhafte Landkarte über das Satellitenbild und die Radardaten.

»Zulu Vier.« Ramada zeigte zuvorkommend mit seinem Kugelschreiber auf einen bestimmten Punkt.

Direkt unter seinem Stift geschah es wieder. Das Satellitenbild blühte in einem rosafarbenen Hitzeausbruch auf.

Die Sergeantin markierte das Bild und gab eine andere Suchmaske ein. Die Darstellung wechselte von Wärmestrahlen zu einer anderen Strahlung. Die gleichen Koordinaten, nur andere Farben. Dann arbeitete sie sich methodisch durch mehrere weitere Variationen des gleichen Themas. Am Bildschirmrand sammelten sich kleine Aufnahmen säuberlich in einer Reihe untereinander, bei denen es sich um PowerPoint-Dias handelte, visuelle Situationsberichte aus vorangegangenen Nächten. In der Bildschirmmitte war die Realzeit zu sehen. »SLR. Jetzt UV«, kommentierte Jefferson. Mit ihrer tiefen Altstimme hätte sie Gospels singen können. »Das dort ist Spectro. Gamma.«

»Halt! Sehen Sie's?« Eine helle Lichtpfütze breitete sich in Zulu Vier aus.

»Und was zum Teufel bedeutet das?«, raunzte einer der Zauberer am Bildschirm direkt neben Branch. »Was sind das für Messwerte? Strahlung, Chemikalien, oder was?«

»Stickstoff«, erwiderte sein fetter Nachbar. »Genau wie in der letzten Nacht. Und in der vorletzten.«

Branch lauschte ihrer Unterhaltung. Ein anderes Wunderkind pfiff durch die Zähne. »Seht euch nur diese Konzentration an. Normalerweise sind in der Atmosphäre so an die achtzig Prozent Stickstoff, stimmt's?«

»Achtundsiebzigkommazwo.«

»Hier haben wir es mit fast neunzig zu tun.«

»Es verändert sich. In den letzten beiden Nächten hatten wir beinahe sechsundneunzig Prozent. Aber dann wird es immer weniger. Bei Sonnenaufgang ist es kaum mehr über normal.«

Branch bemerkte, dass er nicht der Einzige war, der die Ohren spitzte. Auch seine Piloten hatten die Lauscher aufgestellt, den Blick fest auf die Monitore gerichtet.

»Ich kapier das nicht«, sagte ein junger Kerl mit Aknenarben im Gesicht. »Wo kommt dieser ganze Stickstoff her?«

Branch wartete das allgemeine Schweigen ab. Vielleicht hatten die Zauberer ja eine Antwort parat.

»Ich sag's euch doch schon die ganze Zeit, Leute.«

»Hör schon auf, Barry, und verschone uns mit deinem Schwachsinn.«

»Aber ich sage euch doch, dass ...«

»Erzählen Sie es mir«, sagte Branch. Drei Brillen wandten sich zu ihm um.

Der junge Bursche namens Barry schien sich nicht wohl in seiner Haut zu fühlen. »Ich weiß, es hört sich verrückt an. Aber ... es sind die Toten. Das alles ist kein großes Geheimnis. Organische Stoffe zerfallen. Totes Gewebe setzt Ammoniak frei. Und das ergibt, falls ihr das vergessen habt, Stickstoff.«

»Und dann oxidiert Nitrosomonas das Ammoniak zu Nitrat. Und Nitrobacter oxidiert das Nitrat zu anderen Nitraten.« Der fette Nachbar leierte seinen Text wie von einer Schallplatte herunter. »Die Nitrate werden von Grünpflanzen aufgenommen. Mit anderen Worten: der Stickstoff taucht niemals an der Erdoberfläche auf. Es muss sich um etwas anderes handeln!«

»Du redest von nitrierenden Bakterien, aber wie du sicherlich weißt, gibt es auch denitrierende Bakterien. Und die dringen auch nach oben durch.«

»Wollen wir doch einfach festhalten, dass der Stickstoff von der Verwesung herrührt«, sagte Branch zu dem Burschen namens Barry. »Das liefert uns trotzdem keine Erklärung für eine derartige Konzentration, oder?«

Barry holte weit aus. »Es gab Überlebende«, erklärte er. »Es gibt immer Überlebende. Von ihnen wissen wir, wo wir überhaupt graben müssen. Drei von ihnen sagten, dass es sich hier um eine der großen Hinrichtungsstätten handelt, die in einem Zeitraum von mehr als elf Monaten benutzt wurde.«

»Ich höre«, sagte Branch, der nicht genau wusste, worauf die Ausführungen abzielten.

»Wir haben dreihundert Leichen dokumentiert, aber es gibt noch mehr. Vielleicht eintausend. Vielleicht noch viel mehr. Allein aus Srebrenica gibt es noch fünf- bis siebentausend ungeklärte Fälle. Wer weiß, was wir unter dieser obersten Schicht finden? Wir waren gerade dabei, Zulu Vier zu öffnen, als uns der Regen in die Quere kam.«

»Elender Regen!«, fluchte die Brille zu seiner Linken.

»Das sind ziemlich viele Leichen«, sagte Branch geduldig.

»Genau. Ziemlich viele Leichen. Ziemlich viel Verwesung. Ziemlich viel Ausstoß von Stickstoff.«

»Alles Blödsinn.« Der Fette wandte sich jetzt mit mitleidigem Kopfschütteln an Branch. »Barry sieht schon wieder Gespenster. Der Körper des Menschen besteht nur zu drei Prozent aus Stickstoff, sagen wir also drei Kilogramm pro Person. Macht zusammen 15 000 Kilo. Die rechnen wir in Liter und dann in Kubikmeter um. Das reicht höchstens aus, um einen Würfel von dreißig Metern Kantenlänge zu füllen. Wir haben es hier jedoch mit wesentlich mehr Stickstoff zu tun, der zudem jede Nacht austritt und gegen Morgen wieder verschwindet. Es muss sich um etwas anderes handeln.«

Branch lächelte nicht. Seit Monaten musste er mit ansehen, wie sich die Leichenexperten gegenseitig makabre Streiche spielten, angefangen von dem Totenschädel im Telefonzelt bis zu oberschlauen Wortgefechten wie diesem Kannibalengeschwätz hier. Sein Unverständnis hatte weniger mit ihrem Geisteszustand, als mit dem Empfinden seiner eigenen Leute für Recht und Unrecht zu tun. Über den Tod machte man keine dummen Witze.

Er sah Barry fest in die Augen. Der Bursche war nicht dumm. Er hatte darüber nachgedacht. »Wie erklären sich die Veränderungen?«, wollte Branch wissen. »Wie lässt sich das Ansteigen und Abklingen des Stickstoffgehalts durch die Verwesung erklären?«

»Was ist, wenn die Ursache regelmäßig wiederkehrt? Wenn die Überreste durcheinandergewühlt werden, aber nur zu bestimmten Stunden?«

»Blödsinn.«

»Immer mitten in der Nacht.«

»Blödsinn.«

»Wenn sie logischerweise annehmen, wir könnten sie nicht sehen?«

Wie zur Bestätigung von Barrys Theorie bewegte sich der Fleck auf dem Bildschirm abermals.

»Was zum Teufel...!«

Branch löste sich von Barrys ernstem Blick und schaute auf den Bildschirm. Das Telefoto sprang in peristaltischen Zuckungen dichter ans Geschehen heran. »Näher geht's nicht«, sagte der Captain. »Das sind zehn Quadratmeter.«

Man konnte die kreuz und quer durcheinander liegenden Knochen im Negativ erkennen. Hunderte menschlicher Skelette stapelten sich dort in einer riesigen, unkoordinierten Umarmung.

»Warte mal...«, murmelte McDonald, »seht doch...«

Branch konzentrierte sich auf den Bildschirm. »Da.« Es sah aus, als hätte sich der Leichenberg von unten her bewegt.

»Diese verdammten Serben«, fluchte McDaniels. Niemand widersprach seiner Einschätzung. In letzter Zeit benahmen sich die Serben so, als könnten sie tun und lassen, was sie wollten. Jede Seite hatte im Namen Gottes oder der Geschichte oder im Namen nationaler Grenzen oder der Rache die entsetzlichsten Gräueltaten begangen. Aber besonders die Serben waren dafür bekannt, dass sie sich Mühe dabei gaben, ihre Sünden zu vertuschen. Bis zum Eintreffen der First Air Cavalry hatten die Serben längst überall Massengräber ausgehoben, die Überreste ihrer Opfer in Bergwerksschächte geworfen oder mit schwerem Gerät zu Dünger zerschrotet.

»Also was jetzt, Bob?«

Branch blickte auf, weniger irritiert von der Stimme, als von ihrer Unverfrorenheit in Anwesenheit Untergebener. Denn Bob war der Colonel. Was wiederum nur heißen konnte, dass die fragende Stimme Maria-Christina Chambers gehörte, der Königin der Leichenfledderer. Branch hatte sie nicht bemerkt, als er den Raum betreten hatte.

Chambers war Professorin für Pathologie an der Oklahoma University, befand sich gerade in ihrem Sabbatjahr und verfügte über genügend graues Haar und einflussreiche Vorfahren, um in jeder Gesellschaft Zutritt zu haben. Als Krankenschwester in Vietnam hatte sie an mehr Kampfeinsätzen als die meisten Green Berets teilgenommen. Der Legende zufolge hatte sie sich bei der Tet-

Offensive sogar selbst ein Gewehr geschnappt. Sie verabscheute Mikrowellenfraß, schwor auf Coors-Bier und benahm sich auch sonst gerne so ungehobelt wie ein Bauernbursche aus Kansas. Die Soldaten mochten sie. Branch war da keine Ausnahme. Auch der Colonel kam gut mit ihr aus. Nicht jedoch, was diese Angelegenheit anging.

»Sollen wir schon wieder vor diesen Scheißkerlen kuschen?«

Es wurde so still im Raum, dass Branch Finger über die Tastatur laufen hörte.

»Dr. Chambers ...«, versuchte ein Corporal zu vermitteln.

»Klappe!«, zischte ihn Chambers an. »Ich rede gerade mit deinem Boss.«

»Christie«, flehte sie der Colonal an.

Chambers ließ sich an diesem Morgen gar nichts bieten. Man musste ihr jedoch hoch anrechnen, dass sie diesmal unbewaffnet war, nicht einmal ein Reagenzglas stand in Reichweite. Sie schleuderte wütende Blicke um sich.

»Kuschen?«, fragte der Colonel.

»Genau.«

»Was sollen wir denn sonst tun, Christie?«

Jedes schwarze Brett im Camp war dienstbeflissen mit dem von der NATO herausgegebenen Steckbrief bestückt, den die Gesichter der fünfundvierzig Männer zierten, die der schlimmsten Kriegsverbrechen angeklagt waren. Die Einsatztruppen der IFOR hatten den Auftrag, jeden dieser Männer bei Antreffen sofort festzunehmen. Wundersamerweise hatte die IFOR es in neun Monaten trotz groß angelegter Geheimdienstunterstützung nicht geschafft, auch nur einen von ihnen aufzuspüren. Wie allgemein bekannt war, hatte die IFOR sogar mehr als einmal in die andere Richtung geschaut, um nicht mitanzusehen, was sich direkt vor ihren Augen abspielte. Man hatte seine Lektion aus Somalia gelernt. Dort waren bei der Jagd auf einen Tyrannen vierundzwanzig Angehörige eines Kommandotrupps in einen Hinterhalt geraten, abgeschlachtet und an den Füßen hinter Armeelastwagen herbeigeschleift worden. Branch selbst war dem Tod in jener Gasse nur um wenige Minuten entronnen.

Hier ging es in erster Linie darum, jeden einzelnen Soldaten heil und gesund bis Weihnachten nach Hause zurückzubringen. Selbstschutz war angesagt. Selbst um den Preis wichtiger Beweise. Selbst um den Preis der Gerechtigkeit.

»Ihr wisst nicht, was sie da treiben«, sagte Chambers.

Das Knochenfeld tanzte in dem schillernden Stickstoffflecken.

»Nein, wissen wir nicht.«

Chambers ließ sich nicht einschüchtern. Sie war einfach großartig.

»Ich werde nicht zulassen, dass sich in meiner Gegenwart irgendwelche Abscheulichkeiten abspielen«, zitierte sie dem Colonel. Sie zog ihre Argumentation sehr geschickt auf, indem sie verkündete, dass sie und die Wissenschaftler in ihrer Abscheu nicht allein standen. Das Zitat stammte von der Truppe des Colonels selbst. In den ersten vier Wochen ihres Einsatzes in Bosnien war eine Patrouille Zeuge einer Vergewaltigung geworden. Man hatte den Soldaten befohlen, sich nicht von der Stelle zu rühren und nicht einzugreifen. Der Zwischenfall hatte sich rasch herumgesprochen. Aufgebrachte einfache Soldaten hatten sich in diesem und in anderen Camps geschworen, sich fortan nach ihrem eigenen Verhaltenscodex zu richten. Vor hundert Jahren hätte jede Armee der Welt angesichts dieser Unverschämtheit sofort zur Peitsche gegriffen. Zwanzig Jahre zuvor hätte der Chef der Militärgerichtsbarkeit ein paar Köpfe rollen lassen. Doch in der modernen Freiwilligenarmee ging so etwas unter der Rubrik »Regel Sechs« als Initiative von unten durch.

»Ich sehe nirgendwo Gräueltaten«, sagte der Colonel. »Ich sehe keine Serben herumhantieren und auch sonst kein menschliches Tun. Es könnte sich ebenso gut um Tiere handeln.«

»Verdammt noch mal, Bob!« Sie hatten das alles schon ein Dutzend Mal durchgekaut, wenn auch nicht in aller Öffentlichkeit. »Meine Leute haben Zulu Vier lokalisiert, das Massengrab geöffnet und fünf wertvolle Tage damit zugebracht, die oberste Leichenschicht auszugraben, bevor uns dieser elende Regen zwang, die Arbeit einzustellen. Es handelt sich um den Schauplatz des bei weitem größten Massakers. Dort liegen mindestens noch achthundert Leichen. Bis jetzt ist unsere Dokumentation tadellos gewesen. Die Beweise, die uns Zulu Vier liefert, dürften die schlimmsten

Übeltäter überführen – aber nur, wenn wir unsere Arbeit beenden können. Ich bin nicht bereit zuzulassen, dass sie von Hyänen in Menschengestalt zunichte gemacht wird. Ein Massaker anzurichten ist schon schlimm genug, aber anschließend auch noch die Leichen zu fleddern? Es ist eure verdammte Aufgabe, diesen Ort zu schützen!«

»Nein, das ist nicht unsere Aufgabe«, erwiderte der Colonel. »Wir müssen hier keine Gräber bewachen.«

»Die Menschenrechte hängen davon ab, dass …«

»Die Menschenrechte sind nicht unsere Aufgabe.«

Plötzlich wirbelte ein Schwall atmosphärischen Knisterns herein, einzelne Worte wurden verständlich, dann war alles wieder still.

»Ich sehe ein Grab, das seit zehn Tagen strömendem Regen ausgesetzt ist«, fuhr der Colonel fort. »Ich sehe die Natur am Werk, und sonst nichts.«

»Lass uns sicher gehen, wenigstens dieses eine Mal.« Chambers blieb hartnäckig. »Mehr verlange ich nicht.«

»Nein.«

»Einen Hubschrauber. Eine Stunde.«

»Bei dem Wetter? Nachts? Sieh dir die Gegend doch an! Alles voller Stickstoff!«

Die elektrische Einfärbung auf allen sechs Bildschirmen pulsierte im Gleichtakt. Ruhet in Frieden, dachte Branch. Aber die Knochen bewegten sich schon wieder.

»Direkt vor euren Augen …«, murmelte Christie.

Mit einem Mal fühlte sich Branch überwältigt. Es kam ihm geradezu obszön vor, dass diese Menschen der einzigen Geborgenheit, die ihnen geblieben war, beraubt werden sollten. Auf Grund der schrecklichen Art und Weise, auf die sie ums Leben gekommen waren, waren diese Toten dazu verurteilt, von der einen oder anderen Partei zurück ans Tageslicht gezerrt zu werden, und das womöglich immer wieder. Wenn nicht von den Serben, dann von Chambers und ihren Bluthunden. In diesem grauenhaften Zustand würden sie ihre Angehörigen noch einmal sehen, und der Anblick würde sie bis ans Ende ihrer Tage heimsuchen.

»Ich fliege hin«, hörte er sich sagen.

Als der Colonel sah, dass diese Worte von Branch kamen, fiel ihm die Klappe herunter.

»Major?«, fragte er.

In diesem Moment taten sich Abgründe im Universum auf, die Branch bislang nicht wahrgenommen, ja, von denen er nicht einmal geträumt hatte. Zum ersten Mal wurde ihm klar, dass er eine Art Lieblingssohn war, in dessen Hände der Colonel die Division eines Tages gerne übergeben hätte. Zu spät erkannte er das Ausmaß seines Verrats.

Branch fragte sich, was ihn dazu veranlasst hatte. Ebenso wie der Colonel war er ein Mustersoldat. Er kannte die Bedeutung von Pflicht und Gehorsam, sorgte für seine Männer, sah im Krieg weniger eine Berufung als einen Beruf, drückte sich vor keinerlei Unannehmlichkeiten und war so mutig, wie es seiner Klugheit und seinem Dienstgrad zustand. Er hatte seinen Schatten unter fremden Sonnen über den Boden wandern sehen, hatte Freunde begraben, Wunden empfangen und Leid über seine Feinde gebracht. Trotzdem betrachtete sich Branch nicht als Vorturner. Er glaubte nicht an Helden. Dazu waren die Zeiten zu verworren. Und doch war er es, Elias Branch, der den Vorschlag unterstützte.

»Jemand muss schließlich den Anfang machen«, knurrte er mit schmerzhafter Selbsterkenntnis.

»Jemand«, echote der Colonel.

Da er seiner Sache selbst nicht ganz sicher war, versuchte Branch nicht, seine Andeutung genauer auszuführen. »Sir, jawohl, Sir«, sagte er stattdessen.

»Halten Sie es für so dringend notwendig? Es ist nur, weil wir schon so weit vorangeschritten sind. Was erhoffen Sie sich von einer derartigen Aktion?«

»Vielleicht«, entgegnete Branch, »können wir ihnen diesmal in die Augen schauen.«

»Und dann?«

Branch kam sich idiotisch und allein vor. »Bringen wir sie dazu, zu antworten.«

»Woraufhin sie wiederum lügen werden«, sagte der Colonel. »So wie immer. Was dann?«

Branch war verwirrt.

»Wir bringen sie dazu, das Terrain zu verlassen.« Er schluckte.

Ungebeten kam Ramada Branch zu Hilfe. »Bitte um Erlaubnis, Sir«, sagte er, »und melde mich freiwillig, mit Branch zu gehen, Sir.«

»Ich auch«, sagte McDaniels.

Aus den verschiedenen Ecken des Raums meldeten sich noch drei andere Freiwillige. Ohne darum zu bitten, stand Branch jetzt ein ganzes Expeditionskorps an Kampfhubschraubern zur Verfügung. Es war eine schreckliche Tat, eine demonstrative Unterstützung, die dicht an Vatermord herankam. Branch senkte den Kopf. Der Colonel seufzte und Branch fühlte sich für alle Zeiten aus dem Herzen des Alten entlassen. Es war die Freiheit der Einsamkeit, die er nie gewollt hatte, doch jetzt gehörte sie ihm.

»Dann gehen Sie«, sagte der Colonel.

04.10 Uhr

Branch flog tief an, mit ausgeschalteten Scheinwerfern. Die beiden anderen Apache-Hubschrauber pirschten wie grimmige Wölfe links und rechts von ihm. Er gab dem Vogel vollen Stoff: 145 km/h. Er wollte die Sache hinter sich bringen.

Branch führte sie mit Hilfe von Instrumenten durch die Dunkelheit, die er verachtete. Seiner Meinung nach genossen Nachtsichtinstrumente ein ungerechtfertigtes Vertrauen, das er nicht teilte. Aber in dieser Nacht, in der sich außer seiner Truppe nichts am Himmel bewegte, und in der die eigentliche Gefahr, diese Stickstoffwolke, für das bloße Auge nicht sichtbar war, verließ sich Branch doch auf das Zielerfassungs-Monokel seines Helms und das Display.

Auf dem Bildschirm war ein vom Camp übermitteltes virtuelles Bosnien zu sehen. Ein Softwareprogramm namens PowerScene synchronisierte alle aktuellen Satellitenbilder, die Aufnahmen einer in großer Höhe kreisenden Boeing 707 Night Stalker sowie Tageslichtfotos von ihrem Einsatzgebiet zu einer fast in Realzeit erstellten 3D-Simulation. Vor ihnen lag, wie schon einige Sekunden zuvor, die Drina. Auch auf ihrer virtuellen Karte würden Branch und Ramada Zulu Vier erst dann erreichen, wenn sie tatsächlich dort angekommen waren. Man musste sich nur ein wenig daran gewöhnen. Die 3D-Bilder waren so gut, dass man bereitwillig an sie glaubte, und doch zeigten ihre Karten keineswegs an, wo man sich augenblicklich befand. Sie zeigten lediglich an, wo man gerade eben gewesen war, wie eine Erinnerung an die eigene Zukunft.

Zulu Vier befand sich fünfzehn Kilometer südöstlich von Kalejisa in Richtung Srebrenica und anderer Orte des Grauens am Ufer der Drina. Die schlimmsten Massaker hatten entlang dieses Flusses unweit der Grenze zu Serbien stattgefunden.

»Meine Güte!«, murmelte Ramada vom Rücksitz des fliegenden Schlachtschiffes, als ihr Zielgebiet in Sicht kam. Branch löste den Blick von PowerScene und widmete seine Aufmerksamkeit dem Echtzeit-Nachtsichtgerät. Ein Stück weiter vorne sah er, was Ramada gemeint hatte.

Die Gaskuppel über Zulu Vier erhob sich tiefrot und bedrohlich vor ihnen. Es sah aus wie ein biblischer Beweis für einen Riss im Universum. Beim Näherkommen nahm der Stickstoff die Gestalt einer riesenhaften Blume an, deren Blütenblätter sich dort, wo die Gase auf kalte Luft trafen und wieder nach unten sanken, unter dem Baldachin aus Mischwolken kräuselten. Selbst als sie die tödliche Blume bereits erreicht hatten, erschien das Gebilde noch immer mit einem Balken ständig erweiterter Information in Leuchtschrift auf ihrem PowerScene. Die Perspektive wechselte. Branch betrachtete seine Apaches aus Satellitenperspektive, wie sie gerade an der Stelle ankamen, die sie soeben passiert hatten.

»Riecht ihr das auch? Over.« Das musste McDaniels sein, der schräg hinter ihm die Flanke deckte.

»Riecht wie ein Eimer Spülmittel.« Auch diese Stimme kannte Branch sehr gut: Teague bildete die Nachhut.

Jemand fing an, die Melodie aus der Werbung zu summen.

»Riecht eher wie Pisse.« Ramada. Schonungslos wie immer. Branch bekam eine erste Nase von dem Duft und atmete sofort wieder aus. Salmiakgeist. Das Nebenprodukt von Stickstoff. Es roch nach Pisse, abgestandener Morgenpisse, ungefähr zehn Tage alt.

»Masken«, sagte er und drückte sich seine eigene fest aufs Gesicht. Lieber kein Risiko eingehen. Der Sauerstoff strömte kühl und sauber in seine Atemwege.

Die Giftwolke brütete breit und flach, ungefähr eine Viertelmeile hoch über dem Gelände. Branch versuchte, die Gefahren mit Hilfe seiner Instrumente und künstlicher Lichtfilter einzuschätzen, aber sie verrieten ihm nicht viel. Elendes Zeug! Sie mussten sich eben vorsehen.

»Alle herhören!«, sagte er. »Lovey, Mac, Schulbe, Teague. Ihr geht alle einen guten Kilometer von dem Ding entfernt in Stellung und rührt euch nicht, während Ram und ich das Monster im Uhrzeigersinn umrunden.« Er dachte sich das alles beim Reden aus. Warum nicht im entgegengesetzten Uhrzeigersinn? Warum nicht darüber hinweg? »Wir fliegen eine weite, hohe Spirale und stoßen dann wieder auf eure Gruppe. Wir lassen uns mit dem verflixten Ding erst dann näher ein, wenn wir näher darüber Bescheid wissen.«

»Klingt wie Musik in meinen Ohren«, pflichtete ihm Ramada auf dem Navigator-Pilot-Kanal bei. »Keine Abenteuer. Keine Helden.«

Abgesehen von einem Schnappschuss, den er Branch gezeigt hatte, hatte Ramada seinen neu geborenen Sohn zu Hause in Oklahoma noch kein einziges Mal gesehen. Er hätte nicht zu diesem Ausflug mitkommen müssen, aber er wollte nicht zurückbleiben. Sein Vertrauensvotum bereitete Branch ein noch schlechteres Gewissen. In Zeiten wie diesen hasste Branch sein eigenes Charisma. Es lastete auf ihm wie ein Fluch. Mehr als ein Soldat war schon daran gestorben, dass er ihm auf dem Pfad zum Bösen gefolgt war.

»Noch Fragen?« Branch wartete. Keine Fragen.

Er schwenkte nach links und scherte in einer scharfen Kurve aus dem Verband aus. Im Uhrzeigersinn pirschte er sich an, flog zunächst eine großzügige Spirale und zog die Kreise dann immer enger. Das wolkige Gebilde hatte ungefähr zwei Kilometer Durchmesser. Das vor Maschinengewehren und Raketen starrende Schlachtschiff vollführte die erste Umkreisung bei Höchstgeschwindigkeit, eine reine Sicherheitsmaßnahme, falls dort unten auf dem Waldboden irgendein Spatzenhirn mit mehr Sliwowitz als Blut in den Adern und einer SAM auf der Schulter auf sie lauerte.

Branch war nicht hier, um einen Krieg zu provozieren, sondern um dieses eigenartige Gebilde zu erkunden. Irgendetwas ging hier draußen vor sich. Aber was?

Am Ende der ersten Runde drosselte er abrupt die Geschwindigkeit und entdeckte in einiger Entfernung seine anderen Helikopter als dunkle Verdichtungen mit blinkenden roten Positionslichtern. »Sieht nicht gerade sehr belebt aus«, sagte er. »Hat von euch jemand was gesehen?«

»Nada«, meldete sich Lovey.

»Bei uns auch nix«, meinte McDaniels.

Die Meute im Camp teilte Branchs elektronisch ergänzte Aussicht. »Ihre Sicht taugt keinen Schuss Pulver, Elias.« Das war Maria-Christina Chambers höchstpersönlich.

»Doktor Chambers?«, antwortete er. Was tat sie denn im Netz?

»Es ist immer wieder der gleiche Mist, Elias. Man sieht den Wald vor lauter Bäumen nicht. Wir verlassen uns viel zu sehr auf diesen hoch technisierten optischen Firlefanz. Die Kameras sind auf den Stickstoff getrimmt, also kriegen wir auch nichts anderes als Stickstoff zu sehen. Besteht die Möglichkeit, dass Sie mal kurz reingehen und persönlich ein Auge riskieren?«

So gut Branch sie leiden konnte, und so gern er genau das getan hätte – sich persönlich an Ort und Stelle von den obskuren Vorgängen überzeugen –, so klar war es auch, dass diese Dame in seiner Befehlskette nichts zu suchen hatte.

»Solche Anweisungen müssen vom Colonel kommen. Over«, sagte er.

»Der Colonel hat uns verlassen. Meiner bescheidenen Meinung nach hat er ihnen völlige Entscheidungsfreiheit eingeräumt.«

Die Tatsache, dass Christie Chambers ihre Anfrage direkt über die Einsatzverbindung laufen ließ, konnte nur bedeuten, dass der Colonel die Kommandozentrale tatsächlich verlassen hatte. Die Botschaft war unmissverständlich: Wenn Branch schon so verdammt unabhängig war, dann sollte er seinen Kram gefälligst auch selbst erledigen.

»Verstanden«, erwiderte Branch, um Zeit zu gewinnen. Was jetzt? Zurückfliegen? Bleiben? Weiter nach dem vergrabenen Schatz suchen? »Mache mich an nähere Einschätzung der Gegebenheiten«, funkte er. »Werde meine Entscheidung durchgeben. Ende.«

Er hielt den Apache knapp außerhalb der dichten, undurchsichtigen Masse in der Luft und schwenkte die in der Nase des Hubschraubers installierte Kamera und die Sensoren hin und her. Es war, als stünde man dem ersten Atompilz Auge in Auge gegenüber. Wenn er nur etwas sehen könnte! Voller Abneigung der modernen Technologie gegenüber stellte er das Infrarot-Nachtsichtgerät einfach ab, stieß das Okular zur Seite und schaltete die Fahrwerkscheinwerfer ein. Sofort war die geisterhafte Erscheinung der purpurfarbenen Riesenwolke verschwunden.

Jetzt sah Branch, dass sich vor ihm ein Wald erstreckte. Scharf geschnittene Schatten flohen vor dem grellen Scheinwerferlicht. Um den Mittelpunkt des Wäldchens waren die Bäume blattlos. Der in den vorangegangenen Nächten ausgetretene Stickstoff hatte sie entlaubt.

»Großer Gott!« Chambers' Stimme tat ihm in den Ohren weh.

Im Funknetz brach das reinste Inferno los.

»Was zum Teufel war das denn?«, brüllte jemand.

Branch kannte die Stimme nicht, aber dem Hintergrund nach zu schließen, klang es, als sei in Camp Molly das reinste Tohuwabohu losgebrochen. »Bitte um Wiederholung. Over«, sagte er.

Jetzt meldete sich wieder Chambers: »Sagen Sie nicht, Sie hätten das nicht gesehen. Als Sie die Scheinwerfer einschalteten...«

Die Zentrale summte und zwitscherte wie eine Schar aufgeregter tropischer Vögel. Jemand schrie: »Holt den Colonel! Auf der Stelle!« Und eine andere Stimme brüllte: »Zurückspulen! Ich will das sofort noch einmal sehen!«

»Was zum Henker ist da los?«, meldete sich McDaniels aus dem undifferenzierten Geschnatter.

Branch und seine Piloten warteten und lauschten dem Chaos im Lager. Dann meldete sich eine militärische Stimme. Es war Master Sergeant Jefferson. »Echo Tango, hört ihr mich? Over.«

»Hier Echo Tango an Basis«, antwortete Branch. »Empfang laut und deutlich. Ist Gefahr im Verzug? Over.«

»Einspeisung von LandSat meldet massive Bewegung. Irgendetwas geht da drinnen vor sich. Das Infrarot zeigt einfach nur mehrere unidentifizierbare Bewegungen. Ist bei euch wirklich nichts zu sehen? Over.«

Branch blinzelte durch das Blätterdach. Der Regen lag wie flüssiges Plastik auf seiner Plexiglasscheibe und verwischte ihm die Sicht. Er neigte den Apache, um Ramada ungehinderte Sicht zu verschaffen. Aus dieser Entfernung sah das Gelände zwar toxisch, sonst aber friedlich aus. Er zog ein Stück zur Seite, um einen besseren Ausgangspunkt zu haben, und richtete die Scheinwerfer direkt auf das Ziel. Zulu Vier lag nicht weit vor ihnen, zwischen den wie nackte Spieße aufragenden Stämmen des vernichteten Waldes.

»Dort drüben«, sagte Chambers.

Man musste wissen, wonach man zu suchen hatte. Es war eine große Grube, offen und von Regenwasser überflutet. Auf der Oberfläche des Tümpels schwammen Stöcke. Knochen, schoss es Branch durch den Kopf.

»Können wir eine Vergrößerung bekommen?«, fragte Chambers.

Branch blieb auf Position, während die Spezialisten im Lager am Bild herumfummelten. Dort draußen, hinter dem Plexiglas, lag die Apokalypse: Seuchen, Tod, Krieg. Das komplette Programm, bis auf den letzten Reiter, die Hungersnot. *Was um alles in der Welt hast du hier verloren, Elias?*

»Das reicht nicht«, beschwerte sich Chambers in seinem Kopfhörer. »Wir vergrößern lediglich die Verzerrung.«

Branch wusste, dass sie ihre Frage wiederholen würde. Es war der logische nächste Schritt. Aber sie kam nicht mehr dazu.

»Da! Schon wieder, Sir!«, kam die Stimme des Master Sergeant über den Funk. »Ich zähle drei, Berichtigung, vier Wärmeechos, Gestalten, die sich bewegen. Ganz deutlich. Sehr lebendig. Bei euch immer noch nichts zu sehen? Over.«

»Nichts. Was denn für Gestalten, Basis? Over.«

»Sehen aus wie etwa menschengroß. Sonst keine Einzelheiten. Der LandSat gibt einfach keine bessere Auflösung her. Wiederhole. Wir haben hier mehrere Gestalten auf dem Schirm, direkt auf dem Gelände oder in nächster Umgebung. Darüber hinaus jedoch keine genauere Bestimmung.«

Branch saß da mit dem vibrierenden Steuerknüppel in der

Hand. Auf dem Gelände oder in nächster Umgebung? Branch schwenkte nach rechts, suchte sich einen besseren Beobachtungspunkt, glitt seitwärts, dann höher, ohne auch nur einen Zentimeter dichter heranzugehen. Ramada drosselte das Licht und suchte das Terrain ab. Dann stiegen sie bis über die abgestorbenen Bäume. Direkt von oben gesehen, war die Wasseroberfläche sichtlich aufgewühlt. Es war keine wilde Erschütterung, aber es handelte sich auch nicht um das zarte Wellenkräuseln, das beispielsweise von fallenden Blättern hervorgerufen wird. Dazu war das Muster zu arythmisch. Zu lebhaft.

»Wir beobachten dort unten eine gewisse Bewegung«, gab Branch über Funk weiter. »Ist so etwas auch auf euren Kamerabildern festzustellen, Basis? Over.«

»Sehr gemischte Ergebnisse, Major. Nichts Genaues. Ihr seid zu weit weg.«

Branch beobachtete den Tümpel mit finsterer Miene und versuchte, sich eine logische Erklärung dafür zurechtzuschustern. Nichts auf der Erdoberfläche konnte das Phänomen erläutern. Weder Menschen noch Wölfe noch irgendwelche Aasfresser. Abgesehen von der Bewegung, die die Wasseroberfläche aufwühlte, war das Gebiet absolut leblos. Was auch immer diese Unruhe auslöste, musste sich im Wasser selbst befinden. Fische? Nicht ganz abwegig, denn Flüsse und Bäche waren über die Ufer getreten und erstreckten sich bis in den Wald hinein. Welse womöglich, oder Aale? Jedenfalls musste es sich um Gründlinge handeln, groß genug, um von einer Infrarot-Satellitenaufnahme wahrgenommen zu werden.

Es bestand keine unmittelbare Notwendigkeit, der Sache näher nachzugehen. Wäre er allein gewesen, hätte Branch sich trotzdem nicht davon abhalten lassen, genauer nachzusehen. Er brannte förmlich darauf, näher heranzugehen und dem Wasser sein Geheimnis zu entreißen. Aber es stand ihm nicht frei, seinen Impulsen nachzugehen. Er hatte Männer dabei, die seinem Kommando unterstanden. Hinter ihm saß ein frisch gebackener Vater. So wie er es gelernt hatte, verwarf Branch seine Neugier und gehorchte seiner Pflicht.

Plötzlich streckte sich das Grab nach ihm aus. Ein Mensch richtete sich aus dem Wasser auf.

»Jesus!«, zischte Ramada.

Branchs erschrockener Reflex ließ den Apache scheuen. Ohne den Blick von dem unheimlichen Bild zu lösen, tarierte Branch den Helikopter wieder aus.

»Echo Tango Eins?« Der Corporal war erschüttert.

Der Mann war schon seit vielen Monaten tot. Bis zur Hüfte schob sich das, was von ihm übrig war, langsam aus dem Wasser. Der Kopf war nach hinten gekippt, die Handgelenke mit Draht gefesselt. Einen Moment sah es so aus, als starrte er zum Hubschrauber herauf, Branch direkt in die Augen. Selbst aus der Entfernung konnte Branch so einiges über den Mann sagen. Er war wie ein Lehrer oder ein Beamter gekleidet, zweifellos kein Soldat. Den Verpackungsdraht um seine Handgelenke hatten sie schon bei anderen Gefangenen aus dem serbischen Sammellager bei Kalejsia gesehen. Das Austrittsloch der Kugel gähnte deutlich sichtbar auf der linken Seite seines Hinterkopfes.

Der menschliche Kadaver tanzte ungefähr zwanzig Sekunden wie eine Schaufensterpuppe auf der Stelle. Dann kippte die makabre Marionette zur Seite, fiel schwer auf den Rand der Grube und blieb halb im Wasser liegen. Es sah beinahe so aus, als hätte jemand eine Requisite achtlos zur Seite geworfen, nachdem ihr Schockeffekt verpufft war.

»Elias?«, fragte Ramada flüsternd.

Branch reagierte nicht. *Du hast es herausgefordert. Da hast du den Salat.*

Er rief sich Regel Sechs in Erinnerung. *Ich werde nicht zulassen, dass sich in meiner Gegenwart irgendwelche Abscheulichkeiten abspielen.* Die Abscheulichkeit war bereits geschehen: die Ermordung und Verscharrung wehrloser Zivilisten. Alles bereits Vergangenheit. Das hier jedoch, diese Entweihung, ereignete sich in der Gegenwart. Seiner Gegenwart.

»Ram?«, fragte er. Ramada wusste, worauf er hinaus wollte.

»Klare Sache«, lautete seine Antwort.

Doch Branch ging nicht sofort runter. Er war ein umsichtiger Mensch. Zuerst galt es noch ein paar Einzelheiten zu klären.

»Basis? Ich brauche ein paar Informationen«, gab er über Funk durch. »Meine Turbine atmet Luft. Verträgt sie auch diese Stickstoff-Atmosphäre?«

»Tut mir Leid, Echo Tango«, sagte Jefferson. »Davon weiß ich nichts.«

Chambers schaltete sich aufgeregt dazwischen. »Womöglich kann ich Ihre Frage beantworten, Major. Augenblick, ich erkundige mich rasch bei unseren Leuten.«

Bei deinen Leuten? Die Dinge gerieten allmählich außer Kontrolle. Chambers hatte bei dieser Entscheidung absolut nichts mitzureden. Kurz darauf meldete sie sich wieder. »Sie können es auch gleich aus erster Hand hören, Elias. Hier ist Cox, unser Chemiker von der Uni Stanford.«

Eine neue Stimme war zu hören. »Habe Ihre Frage vernommen«, sagte der Bursche aus Stanford. »Sie wollen wissen, ob ein Luftatmer Ihr gepanschtes Konzentrat verträgt.«

»So was in der Richtung«, erwiderte Branch.

»Äh… Hmm«, sagte Stanford. »Ich sehe gerade auf die chemische Analyse, die vor fünf Minuten vom LandSat heruntergeladen wurde. Aktueller kriegen wir's nicht. Die Wolke weist 89% Stickstoff auf. Ihr Sauerstoff ist runter auf 13%, nirgendwo annähernd normal. Sieht aus, als hätte es den Wasserstoffanteil am meisten erwischt. Kaum was da. Dann also zu Ihrer Frage, Major.«

Er machte eine Pause, und Branch sagte: »Wir sind ganz Ohr.«

»Ja«, meldete sich Stanfords Stimme wieder.

»Ja was?«, wollte Branch wissen.

»Ja, Sie können rein. Ich rate Ihnen, das Gebräu nicht unbedingt einzuatmen, aber Ihre Turbinen schlucken das Zeug. *Nema problema.*«

Das universelle Achselzucken hatte auch schon das Serbokroatische erobert. »Verraten Sie mir nur noch eines«, hakte Branch nach. »Wenn es kein Problem gibt, warum soll ich dieses Zeug dann nicht einatmen?«

»Darum«, sagte der Chemiker. »Es wäre wahrscheinlich nicht besonders, äh, umsichtig.«

»Meine Parkuhr läuft ab, Mr. Cox«, sagte Branch. Umsichtig! Meine Fresse!

Er hörte den Tausendsassa aus Stanford schlucken. »Äh, verstehen Sie mich bitte nicht falsch«, sagte der Mann. »Stickstoff ist ein hervorragendes Stöffchen. Der Großteil von dem, was wir einatmen, besteht aus Stickstoff. Ohne Stickstoff gäbe es überhaupt kein Leben. In Kalifornien drüben bezahlen die Leute einen Haufen Geld dafür, um die Stickstoffproduktion auszuweiten. Schon mal was von Blaualgen gehört? Der Trick dabei ist, Stickstoff organisch zu produzieren. Mit seiner Hilfe funktioniert das Gedächtnis angeblich bis in alle Ewigkeit.«

»Ist das Zeug ungefährlich?«, unterbrach ihn Branch.

»Ich würde an Ihrer Stelle nicht landen, Sir. Gehen Sie auf keinen Fall runter. Es sei denn, Sie sind inzwischen gegen Cholera, sämtliche Arten von Gelbsucht und eventuell Beulenpest immun. Mit all der Sepsis im Wasser dürfte die biologische Verseuchung dort unten jede Skala sprengen. Der ganze Hubschrauber müsste unter Quarantäne gestellt werden.«

»Klartext«, versuchte es Branch abermals, diesmal mit gepresster Stimme. »Kann meine Maschine da drin fliegen oder nicht?«

»Klartext: ja«, fasste der Chemiker zusammen.

Der faulige Wassertümpel kräuselte sich direkt unter ihnen. Bleiche Kronen tanzten auf seiner Oberfläche. Blasen blubberten wie auf der geologischen Ursuppe. Wie tausend Lungen, die noch einmal ausatmeten. Und ihre Geschichte erzählen wollten.

Branch traf seine Entscheidung. »Sergeant Jefferson«, gab er über Funk durch. »Haben Sie Ihre Handfeuerwaffe parat?«

»Jawohl, Sir, selbstverständlich, Sir«, kam die Antwort. Es war vorgeschrieben, auch im Lager jederzeit eine Schusswaffe bei sich zu führen.

»Laden Sie sie durch, Sergeant.«

»Sir?« Die Vorschrift besagte ebenfalls, dass die Waffe niemals geladen sein durfte, es sei denn bei einem direkten Angriff.

Elias wollte den Witz nicht noch mehr in die Länge ziehen. »Der Mann, der da eben über Funk zu hören war«, sagte er. »Sollte sich herausstellen, dass er sich geirrt hat… Erschießen Sie ihn.«

»Ins Bein oder Kopfschuss, Sir?«

Solche Scherze waren ganz nach McDaniels Geschmack.

Es dauerte nur ein paar Sekunden, bis Branch die anderen Helikopter rings um die Gaswolke positioniert, seine Bewaffnung abermals überprüft und die Sauerstoffmaske festgezurrt hatte. »Na schön«, sagte er dann. »Schauen wir uns die Sache mal an.«

Er tauchte von oben in die Wolke ein. Seinen getreuen Navigator hinter sich wissend, wollte er ganz langsam heruntergehen. Nur nichts überstürzen. Immer schön eine Gefahr nach der anderen. Mit den drei Schlachtschiffen im Rücken hatte Branch das Gefühl, dieses verdammte Gelände von oben bis unten im Griff zu haben.

Aber der Chemiespezialist aus Stanford hatte sich getäuscht. Apaches kamen mit dieser stickstoffhaltigen Brühe keineswegs zurecht. Er war kaum zehn Sekunden drinnen, als der säurehaltige Dunst anfing, wie wild Funken zu sprühen. Die Funken löschten die bereits in der Turbine brennende Pilotflamme aus und lösten durch weitere Entladungen eine zweite kleine Explosion unter den Rotoren aus. Die Abgastemperaturanzeige schnellte in den roten Bereich, die Pilotflamme verwandelte sich in eine Feuersbrunst von knapp einem Meter Durchmesser.

Es war Branchs Aufgabe, auf alle Notfälle vorbereitet zu sein. Ein Teil der Pilotenausbildung bestand darin, den schlimmstmöglichen Fall zu entwerfen, ein anderer Teil, sich auf den eigenen Absturz vorzubereiten. Ein mechanisches Versagen dieses Kalibers war ihm zwar noch nie untergekommen, doch auch für diesen Notfall verfügte er über die notwendigen Reflexe. Als die Rotoren durchdrehten, korrigierte er die Unregelmäßigkeiten. Als die Maschine nach und nach ihren Geist aufgab und sämtliche Instrumente ausfielen, geriet er nicht in Panik. Dann fiel mit einem Schlag alles aus.

»Ich schmiere ab«, gab Branch seelenruhig durch. Ein Sauerstoffschwall hüllte die Stromführungen über ihren Köpfen in bläulich leuchtendes Elmsfeuer ein. »Autorotation«, gab er durch, als die Maschine – logischerweise – überhaupt nicht mehr reagierte. Autorotation war ein Zustand mechanischer Lähmung. »Wir stürzen ab«, kommentierte er. Ohne Gefühlsregung. Ohne Schuldzuweisung. Völlig konzentriert auf das Hier und Jetzt.

»Haben Sie einen Treffer erhalten, Major?« Der gute alte Mac.

»Negativ«, beruhigte ihn Branch. »Keine Feindberührung. Unsere Turbine ist hochgegangen.«

Mit Autorotation konnte Branch umgehen. Es war einer seiner

ältesten Instinkte, den Steuerknüppel herunterzudrücken und in dieses steile, sichere Gleiten überzugehen, das einen kontrollierten Flug imitierte. Selbst wenn der Motor aus war, drehten sich die Rotorblätter auf Grund der Zentrifugalkraft weiter und ermöglichten so eine einigermaßen kontrollierte Bruchlandung. Jedenfalls theoretisch. Wenn man mit einer Geschwindigkeit von knapp 600 Metern in der Minute fiel, schnurrte die ganze Theorie auf 30 Sekunden Entscheidungsspielraum zusammen.

Branch hatte solche Situationen schon tausendfach geübt, aber noch nie mitten in der Nacht und erst recht nicht mitten in einem von Giftschwaden geschwängerten Wald. Mit dem Antrieb waren auch die Scheinwerfer ausgefallen. Die Dunkelheit sprang ihn so jäh von allen Seiten an, dass er erschrak. Seine Augen hatten nicht genug Zeit, sich an die neuen Sichtverhältnisse anzupassen, und es blieb auch keine Zeit, den Nachtsicht-Sucher herunterzuklappen. *Scheiß auf die Instrumente!* Wenn sie schon abstürzten, verließ er sich lieber auf die eigenen Augen. Zum ersten Mal empfand er so etwas wie Angst.

»Ich bin blind«, gab Branch mit monotoner Stimme durch.

Er schob die Vorstellung beiseite, im nächsten Moment von Bäumen oder Ästen aufgespießt zu werden und ergab sich voll und ganz seinem Fliegerinstinkt. *Nicht zu steil runter, sonst geraten die Rotoren ins Trudeln.* In seiner Vorstellung raste der tote Wald wie offene Springmesser in einer dunklen Gasse auf sie zu. Er wusste genau, dass diese Bäume sie alles andere als abfedern würden. Er wollte sich bei Ramada entschuldigen, dem Vater, der jung genug war, um sein Sohn zu sein. *Wo habe ich uns nur hineingeritten?*

Erst jetzt gab er zu, dass er die Kontrolle verloren hatte. »Mayday«, schickte er über Funk hinaus.

Mit einem metallischen Kreischen tauchten sie in die Baumwipfel ein. Äste durchbohrten die Aluminiumhülle, zerschmetterten die Kufen und streckten sich aus, um der Maschine ihre Menschenseelen zu entreißen. Ein paar Sekunden noch glich ihr Niedergang eher einem Gleiten als einem Sturz. Die Rotoren enthaupteten Baumwipfel, dann schnitten die Bäume die Rotoren ab. Der Wald nahm sie gefangen. Der Apache brach in Stücke.

Der Lärm verhallte. Mit der Nase nach unten um einen Baumstamm gewickelt, schaukelte die Maschine im strömenden Regen wie in einer Wiege. Branch nahm die Fäuste von den Instrumenten. Er ließ los. Es war vollbracht. Ohne jede Vorwarnung wurde er ohnmächtig.

Würgend erwachte er wieder. Seine Maske war voller Erbrochenem. Von Dunkelheit und Rauch umgeben, zerrte er an den Riemen, befreite sich von der Gesichtsschale und japste nach Luft. Sofort schmeckte und roch er das in seine Lungen und in sein Blut eindringende Gift. Es brannte im Hals. Er fühlte sich krank, wie von einer altertümlichen Krankheit befallen, bis in die Knochen verseucht. *Maske,* dachte er alarmiert.

Ein Arm ließ sich nicht bewegen. Er baumelte schlaff vor ihm hin und her. Mit der gesunden Hand tastete er nach der eben vom Gesicht gerissenen Maske, kippte die Sauerei aus und drückte das Gummi fest ans Gesicht. Der Sauerstoff brannte kalt in den Stickstoffwunden in seiner Kehle.

»Ram?«, krächzte er.

Keine Antwort.

»Ram?«

Er konnte die Leere hinter sich körperlich spüren. Angeschnallt, mit dem Kopf nach unten, mit gebrochenen Knochen und gestutzten Flügeln tat Elias das Einzige, wozu er noch in der Lage war, das, weshalb er hergekommen war. Er hatte diesen dunklen Wald betreten, um zum Zeugen begangener Missetaten zu werden. Also zwang er sich dazu, sich umzusehen. Er verweigerte sich dem Delirium und schaute um sich. Er blickte in die Dunkelheit. Und wartete.

Die Dunkelheit lichtete sich. Es war nicht die aufziehende Morgendämmerung, sondern seine Augen gewöhnten sich nach und nach an die Dunkelheit. Umrisse nahmen Gestalt an. Ein Horizont von Grautönen.

Jetzt bemerkte er auf der anderen Seite der Plexiglasscheibe ein eigenartiges Blitzen. Zuerst hielt er es für schmale Gasschwaden, die vom Gewitter entzündet wurden. Die Lichtblitze zeichneten die Silhouetten mehrerer Objekte auf dem Waldboden nach, ohne sie direkt anzuleuchten. Branch bemühte sich, aus den Eindrücken ringsum etwas herauszulesen, begriff jedoch nur, dass er aus dem Himmel herabgefallen war.

»Mac«, rief er ins Mikro. Er verfolgte das Verbindungskabel bis zum Helm. Abgerissen. Er war allein. Seine Anzeigen gaben immer noch kleine Lebenszeichen von sich. Hier und da glommen ein paar grüne und rote, von irgendwelchen Batterien gespeiste Lämpchen, die jedoch allenfalls bestätigten, dass der Hubschrauber so gut wie tot war.

Branch sah, dass der Absturz ihn in ein Wirrwarr umgestürzter Bäume unweit von Zulu Vier geschleudert hatte. Er spähte durch das von feinen Spinnweben überzogene Plexiglas und sah in einiger Entfernung ein graziles Kruzifix. Er fragte sich, ja er hoffte geradezu, dass ein serbischer Soldat diese ziemlich große, zerbrechlich wirkende Ikone vielleicht als Sühnezeichen für dieses Massengrab aufgestellt habe. Doch dann erkannte er, dass es sich um eines seiner abgerissenen Rotorblätter handelte, das sich im rechten Winkel in einem Baum verfangen hatte. Wrackstücke rauchten auf dem mit nassen Baumnadeln und Blättern bedeckten Boden. Die Nässe war wahrscheinlich Regen. Ziemlich spät dämmerte ihm, dass es sich ebenso gut um seinen auslaufenden Sprit handeln konnte.

Am meisten Sorgen bereitete ihm die Trägheit seiner Reaktionen. Es schien, als begriffe er nur durch einen Nebel hindurch, dass sich der Treibstoff entzünden könne und es höchste Zeit sei, sich und seinen Kopiloten – ob nun tot oder lebendig – aus der Kanzel zu ziehen. Er wollte schlafen. *Nein.*

Elias hyperventilierte mit dem Sauerstoff aus der Maske und versuchte, sich auf den zu erwartenden Schmerz einzustellen. Er richtete sich auf, drückte sich mit der Schulter an die seitliche Kabinenwand, und spürte, wie Knochen auf Knochen knirschte. Das ausgerenkte Knie schnappte ein, dann wieder aus. Er brüllte vor Schmerz.

Die Kabinentür ließ sich mühelos aufklappen. Er saugte den Sauerstoff tief in die Lungen, als könnte er ihn den bevorstehenden Schmerz vergessen lassen. Im Hinterkopf sagte er die Namen gebrochener Knochen auf. Seine Wunden waren so eloquent. Jede einzelne wollte sich genau und detailliert vorstellen, und alle gleichzeitig. Der Schmerz war ungeheuerlich.

Er starrte mit wildem Blick in den entschwundenen Himmel.

Keine Sterne waren dort oben. Kein Himmel. Nur Wolken und wieder Wolken. Eine endlose Wolkendecke. Jetzt bekam er Platzangst. *Mach, dass du rauskommst!* Nach einem letzten tiefen Zug ließ er die Maske los und trennte sich von seinem nutzlosen Helm.

Elias zog sich mit dem gesunden Arm aus dem Cockpit. Dann fiel er auf den Boden. Die Schwerkraft machte sich über ihn lustig. Es kam ihm vor, als würde er immer tiefer in sich selbst hineingetaucht.

Innerhalb dieses Schmerzes trieb eine ferne Ekstase seltsame Blüten. Die ausgerenkte Kniescheibe schnappte in ihr Gelenk zurück – eine Erleichterung von geradezu orgiastischer Intensität. »O Gott«, stöhnte er. »Gott sei Dank!«

Hektisch keuchend hielt er, mit der Wange im Schlamm liegend, inne und konzentrierte sich auf dieses Glücksgefühl. Er stellte sich eine Tür vor. Wenn er sie nur erreichen könnte, würden alle seine Schmerzen ein Ende haben.

Nach ein paar Minuten fühlte sich Branch ein wenig gestärkt. Die gute Nachricht war die, dass seine Gliedmaßen durch die Übersättigung seines Kreislaufs mit dem Stickstoff taub wurden. Die schlechte Nachricht war das Gas selbst. Das Zeug roch ziemlich übel. Und es schmeckte wie altes Heu.

»... Tango Eins ...«, hörte er.

Branch hob den Blick zur zerdrückten Kabine seines Apache. Die elektronische Stimme kam vom Rücksitz. »Echo ... bestätigen ...«

Er erhob sich von der schnöden Verlockung des Waldbodens, wobei er nicht einmal nachvollziehen konnte, wie er sich überhaupt bewegen konnte. Aber er musste sich um Ramada kümmern. Er zog und stemmte sich hoch, bis er einigermaßen aufrecht an der kalten Aluminiumhülle lehnte. Sein Schlachtschiff lag auf der Seite und war schwerer beschädigt, als er angenommen hatte. Branch hielt sich an einem Griff fest und warf, auf das Schlimmste gefasst, einen Blick in den hinteren Teil der Kabine.

Der Rücksitz war leer. Ramadas Helm lag auf dem Sitz. Die Stimme meldete sich wieder, jetzt ganz leise und aus weiter Ferne: »Echo Tango Eins ...«

Branch nahm den Helm und stülpte ihn über den Kopf. Er erinnerte sich daran, dass im Inneren des Helms ein Foto des Neugeborenen klebte.

»Hier Echo Tango Eins«, sagte er. Seine Stimme hörte sich in den eigenen Ohren lächerlich an, elastisch und piepsig, wie in einem Zeichentrickfilm.

»Ramada?« Das war Mac, wütend und zugleich erleichtert. »Hör endlich auf mit dem Scheiß und erstatte Bericht. Seid ihr Jungs in Ordnung? Over.«

»Hier Branch«, identifizierte sich Branch mit seiner absurden Stimme. Hatte er eine Gehirnerschütterung? Der Absturz musste sein Gehör durcheinander gebracht haben.

»Major? Sind Sie das?« Macs Stimme streckte sich quasi nach ihm aus. »Hier Tango Echo Zwo. Wie sieht es bei euch aus? Erbitte Bericht. Over.«

»Ramada ist verschwunden«, sagte Branch. »Die Mühle ist Schrott.«

Mac brauchte einige Sekunden, bis er die Information verdaut hatte. Als er sich wieder meldete, gab er sich absolut professionell: »Wir haben Sie auf dem Thermalscanner lokalisiert, Major. Direkt neben Ihrem Vogel. Bleiben Sie, wo Sie sind. Wir kommen sofort zu Ihnen. Over.«

»Nein«, quäkte Branch mit seinem Vogelstimmchen. »Negativ. Haben Sie verstanden?«

Keine Antwort von Mac und den anderen Hubschraubern.

»Auf keinen Fall, ich wiederhole, auf keinen Fall näher kommen. Eure Maschinen vertragen diese Luft nicht.«

Widerstrebend akzeptierten sie seine Erklärung. »Äh, in Ordnung. Roger«, sagte Schulbe.

Dann wieder Mac: »In welcher Verfassung befinden Sie sich, Major?«

»Meine Verfassung?« Abgesehen von starken Schmerzen und einem Totalschaden? Keine Ahnung. Vergänglich? »Halb so wild.«

»Major.« Mac machte eine peinliche Pause. »Was ist mit Ihrer Stimme, Major?«

Konnten sie das auch hören?

»Das liegt am Stickstoff«, diagnostizierte Dr. Christie Chambers, die vom Lager aus ebenfalls zuhörte. Woran sonst, dachte Branch. »Besteht die Möglichkeit, dass Sie wieder an Sauerstoff herankommen, Elias? Versuchen Sie es, es ist wichtig.«

Branch tastete sich umständlich an Ramadas Sauerstoffmaske heran, doch sie musste beim Sturz abgerissen sein. »Ganz vorne.«

»Dann gehen Sie dorthin«, wies ihn Christie an.

»Geht nicht«, erwiderte Branch. Dazu hätte er sich wieder bewegen müssen. Schlimmer noch, dazu musste er Ramadas Helm und damit seinen Kontakt zur Außenwelt aufgeben. Nein, die Funkverbindung war ihm wichtiger als der Sauerstoff. Kommunikation bedeutete Information. Information war Pflichterfüllung. Und Pflichterfüllung war seine Rettung.

»Sind Sie verletzt?«

Er sah an seinen Gliedmaßen herunter. Merkwürdige elektrische Farbstreifen huschten über seine Schenkel, und mit einem Mal wurde ihm bewusst, dass es sich dabei um Laserstrahlen handelte. Seine Schlachtschiffe durchstreiften damit das ganze Gebiet, um Ziele für ihre Waffensysteme zu finden.

»Ich muss Ramada finden«, sagte er. »Habt ihr ihn nicht auf dem Scanner?«

Mac ließ nicht locker. »Können Sie sich bewegen, Sir?«

Was redeten sie da bloß? Branch lehnte sich erschöpft an seinen Hubschrauber.

»Können Sie gehen, Major? Können Sie aus eigener Kraft von dort weg?«

Branch überlegte kurz, zog auch die dunkle Nacht in Betracht. »Negativ.«

»Ruhen Sie sich aus, Major. Bleiben Sie, wo Sie sind. Wir haben ein BioChem-Team losgeschickt. Hilfe ist unterwegs, Sir.«

»Aber Ramada ...«

»Nicht Ihre Aufgabe, Major. Wir finden ihn schon. Am besten, Sie setzen sich einfach hin.«

Wie konnte ein Mann so einfach verschwinden? Selbst wenn er tot war, musste sein Körper noch einige Stunden Wärme ausstrahlen. Branch hob den Blick und versuchte, Ramada irgendwo dort oben in den Ästen zu entdecken. Vielleicht hatte es ihn auch in diesen Grabtümpel geschleudert.

Jetzt meldete sich eine andere Stimme. »Echo Tango Eins, hier Basis.«

Das war Master Sergeant Jefferson mit ihrer üppigen, tiefen Stimme. Elias hätte am liebsten seinen Kopf an diesen volltönenden Busen gelegt.

»Sie haben Gesellschaft«, sagte Jefferson. »Ich muss Sie davon unterrichten, Major, dass LandSat unidentifizierte Bewegungen nordnordwestlich von Ihnen anzeigt.«

Nordnordwestlich? Seine Instrumente waren tot, er hatte nicht einmal einen Kompass zur Verfügung. Aber Branch beschwerte sich nicht.

»Das ist Ramada«, behauptete er zuversichtlich. Wahrscheinlich war der Navigator aus dem geborstenen Hubschrauber geklettert und tat das, was Navigatoren normalerweise tun: die Lage peilen.

»Major.« Jeffersons Stimme klang jetzt anders. Obwohl alle anderen zuhörten, galt diese Nachricht ihm allein. »Machen Sie, dass Sie da wegkommen.«

Branch klammerte sich an die Seitenwand des Wracks. Wegkommen? Er konnte sich kaum auf den Beinen halten.

»Jetzt hab ich's auch.« Das war Mac. »Ungefähr fünfzehn Meter weg von Ihnen. Kommt direkt auf Sie zu. Aber wo zum Henker ist der hergekommen?«

Branch warf einen Blick über die Schulter. Die dichten Schwaden lichteten sich wie eine Fata Morgana. Die Gestalt kam aus dem Walddickicht auf ihn zugewankt. Laserstrahlen huschten hektisch über ihre Brust, Schultern und Beine, was sie wie mit moderner Kunst überzogen aussehen ließ.

»Ich bin dran«, gab Mac durch.

»Ich auch.« Teagues tonlose Stimme.

»Verstanden«, sagte Schulbe. Als belauschte man Haie auf der Jagd.

»Sagen Sie wann, Major, und er geht in Rauch auf.«

»Bleibt weg!«, befahl ihnen Branch mit gepresster Stimme. Ihre Lichter versetzten ihn in Panik. *So fühlt man sich also, wenn man mein Feind ist.* »Nicht schießen! Es ist Ramada...«

»Ich habe noch mehr Ziele auf dem Radar«, berichtete Master Sergeant Jefferson. »Zwei, vier, fünf weitere Wärmesignale, zweihundert Meter in südöstlicher Richtung, Koordinaten Charlie Mike acht drei ...«

Mac schaltete sich ein. »Sind Sie sicher, Major? Absolut sicher?«

Die Laserstrahlen lösten sich nicht auf, sondern fuhren fort, den verlorenen Soldaten mit ihren wild zuckenden Mustern zu bekritzeln. Selbst mit Unterstützung ihrer neurotischen Krakel, selbst mit der faktischen Eindeutigkeit der unmittelbaren Nähe zu Ramada, war sich Branch nicht sicher, ob er sicher sein wollte, dass es sich um seinen Navigator handelte. Er identifizierte den Mann anhand dessen, was von ihm übrig war. Seine Freude erlosch. »Er ist es«, sagte Branch düster. »Er ist es.«

Bis auf seine Stiefel war Ramada völlig nackt. Er blutete am ganzen Körper, sah wie ein gerade eben ausgepeitschter Sklave aus. An seinen Fußknöcheln zog er irgendwelche Fetzen hinter sich her. Waren das die Serben, fragte sich Branch verwundert. Er erinnerte sich an den aufgebrachten Pöbel in Mogadischu, an die toten Ranger, die man wie den gefällten Achilles hinter den Lastwagen hergeschleift hatte. Aber eine derartige Grausamkeit verlangte eine gewisse Zeit und Hingabe, doch seit ihrem Absturz waren zehn, höchstens fünfzehn Minuten vergangen. Vielleicht rührten die Verletzungen ja vom Absturz her, überlegte er, vom geborstenen Plexiglas. Was sonst hätte ihn so schrecklich zerfetzen können?

»Bobby«, rief er leise.

Roberto Ramada hob den Kopf.

»Nein!«, entfuhr es Branch.

»Was geht dort vor, Major? Over.«

»Seine Augen«, sagte Branch. Sie hatten ihm seine Augen genommen.

»Wir verlieren Sie ... Tango ...«

»Wiederholen bitte, wiederholen ...«

»Seine Augen sind weg.«

»Wiederholen bitte, Augen sind ...«

»Diese Drecksäcke haben ihm die Augen rausgerissen.«

Einige Sekunden herrschte Stille. Dann meldete sich die Basis wieder: »... neue Sichtung, Echo Tango Eins. Haben Sie verstanden?«

Macs Cyberstimme meldete sich wieder: »Wir haben hier mehrere Gestalten auf dem Schirm, Major. Fünf Wärmequellen. Zu Fuß. Nähern sich Ihrer Position.«

Branch hörte ihm kaum zu. Ramada kam stolpernd heran, als machten ihm ihre Laserstrahlen schwer zu schaffen. Jetzt wurde Branch die Sache allmählich klar. Ramada hatte versucht, durch den Wald zu fliehen, aber nicht die Serben hatten ihn zur Umkehr gezwungen. Der Wald selbst hatte ihm den Durchgang verwehrt.

»Tiere«, murmelte Branch.

»Wiederholen Sie bitte, Major.«

Wilde Tiere. An der Schwelle zum 21. Jahrhundert war Branchs Navigator soeben von wilden Tieren bei lebendigem Leib halb aufgefressen worden. Der Krieg hatte aus Haustieren wilde Tiere gemacht. Raubtiere waren aus Zoos und Zirkussen entflohen und durchstreiften die Wildnis. Die Anwesenheit wilder Tiere überraschte Branch nicht. Die verlassenen Kohlenschächte in der Umgebung boten ihnen einen hervorragenden Unterschlupf. Aber welches Tier riss seinem Opfer die Augen aus? Krähen vielleicht, die allerdings nicht in der Nacht, jedenfalls hatte Branch davon noch nie etwas gehört. Oder Eulen? Aber doch sicher nicht, solange die Beute noch am Leben war?

»Echo Tango Eins…«

»Bobby«, sagte Branch noch einmal.

Ramada drehte sich in die Richtung, aus der er seinen Namen vernommen hatte und öffnete den Mund. Er wollte etwas antworten, doch aus seinem Mund quoll nur Blut hervor. Er hatte keine Zunge mehr. Und dann sah Branch den Arm. Unterhalb des Ellbogens waren Ramada Haut und Fleisch weggerissen. Die Knochen des Unterarms lagen blank.

Der geblendete Navigator flehte seinen Erlöser an, brachte jedoch nicht mehr als ein klägliches Wimmern zu Stande.

»Echo Tango Eins, nehmen Sie bitte zur Kenntnis, dass…«

Branch schob sich den Helm vom Kopf und ließ ihn an den Kabeln außerhalb des Cockpits herabbaumeln. Mac, Sergeant Jefferson und Christie Chambers würden sich einen Augenblick gedulden müssen. Er musste jetzt Barmherzigkeit walten lassen. Wenn er Ramada nicht zu sich holte, stolperte der Mann womöglich wieder ins unwegsame Gelände hinaus, wo er entweder im

Massengrab ertrinken oder vollends von den Raubtieren zerrissen wurde.

Branch nahm all seine Kraft zusammen, richtete sich auf und stieß sich von der Hubschrauberkabine ab. Langsam tappte er seinem Navigator entgegen. »Alles wird gut werden«, sprach er beruhigend auf seinen Freund ein. »Kannst du näher zu mir kommen?«

Ramada war nur noch bedingt ansprechbar. Aber er reagierte auf die Worte und wandte sich in Branchs Richtung. Der schreckliche Knochen hob sich, um Branchs Hand zu schütteln, obwohl ihm selbst die Hand fehlte. Branch wich dem Stummel aus, legte einen Arm um Ramadas Hüfte und zog ihn an sich. Dann kippten sie beide gegen die Überreste des Helikopters.

In gewisser Weise war Ramadas grauenhafter Zustand ein Segen. Im Vergleich dazu fühlte sich Branch wie befreit, denn jetzt musste er sich mit weitaus schlimmeren Wunden als seinen eigenen beschäftigen. Er bettete den Navigator in seinen Schoß und wischte ihm mit der Handfläche Schmutz und Blut aus dem Gesicht. Während er seinen Freund in den Armen hielt, lauschte Branch dem hin und herschaukelnden Helm.

»... Echo Tango Eins ...«, leierte das Mantra weiter.

Er saß im Schlamm, den Rücken an sein Schlachtschiff gelehnt und hielt seinen gefallenen Engel umschlungen: eine Pietà im Dreck.

»Major«, zirpte Jeffersons Stimme in die beinahe absolute Stille. »Sie befinden sich in Gefahr. Haben Sie verstanden?«

»Branch.« Mac klang von dort oben aggressiv, erschöpft und sehr besorgt. »Sie haben es auf Sie abgesehen, Major. Falls Sie mich hören: Gehen Sie in Deckung. Sie müssen sich verstecken.«

Sie kapierten es nicht. Jetzt war doch alles in Ordnung. Er wollte schlafen.

»... dreißig Meter noch!«, schrie Mac weiter. »Sehen Sie etwas?«

Wäre er an den Helmfunk herangekommen, hätte Branch ihnen gesagt, sie sollten sich nicht so aufregen. Der Radau, den sie veranstalteten, machte Ramada nur unruhig. Offensichtlich konnte er sie hören. Je mehr sie schrien, desto mehr stöhnte und wimmerte der arme Roberto.

»Schsch, Bobby.« Branch streichelte ihm den blutverschmierten Kopf.

»Noch zwanzig Meter. Direkt vor Ihnen, Major. Sehen Sie etwas? Hören Sie mich?«

Branch gab Macs aufgeregter Stimme nach. Er blinzelte in die salpetrige Fata Morgana, die ihn und Ramada umfing. Es war in etwa so, als starrte man in ein Glas Wasser. Man konnte kaum sechs, sieben Meter weit sehen, dahinter stand eigenartig verzerrt und wie in einem Traum der Wald. Das angestrengte Starren verursachte ihm Kopfschmerzen, und beinahe hätte er es wieder bleiben lassen. Dann sah er etwas.

Die Bewegung geschah am Rande seiner Wahrnehmung und unterstrich die Tiefe des Bildes eher noch, wirkte wie ein bleicher Schatten vor dem dunkleren Wald. Als er den Blick direkt darauf richtete, war sie auch schon verschwunden.

»Sie schwärmen aus, Major. Sie kreisen Sie ein. Wie Raubtiere. Falls Sie mich hören, hauen Sie ab!«

Ramada röchelte. Branch versuchte ihn zu beruhigen, doch der Navigator wurde von einer panischen Angst erfasst. Er schob Branchs Hand weg und heulte ängstlich in Richtung des toten Waldes.

»Sei ruhig«, flüsterte Branch.

»Wir sehen Sie auf dem Infrarot, Major. Gehen davon aus, dass Sie sich nicht bewegen können. Wenn Sie mich hören, halten Sie Ihren Arsch aus der Schusslinie.«

Ramada würde sie mit seinem Lärm ohnehin verraten. Branch sah sich um, und dort, in unmittelbarer Nähe, baumelte seine Sauerstoffmaske von der Kabine herab. Branch packte sie und hielt sie vor Ramadas Gesicht.

Es funktionierte. Ramada hörte auf zu heulen und saugte mit mehreren vollen Atemzügen Sauerstoff ein. Die Krämpfe setzten einen Augenblick später ein.

Später machte niemand Branch für Ramadas Tod verantwortlich. Doch selbst nachdem die Gerichtsmediziner der Armee zu dem Schluss gekommen waren, Ramadas Tod sei durch einen Unfall erfolgt, glaubten nur wenige daran, dass Branch ihn nicht mit Absicht getötet hatte. Einige waren davon überzeugt, er habe dadurch sein Mitleid mit dem verstümmelten Opfer ausgedrückt. Andere meinten, es sei vielmehr ein Beweis für den Selbsterhaltungstrieb eines Soldaten, dass Branch unter diesen Umständen keine andere Wahl geblieben sei.

Ramada krümmte sich in Branchs Umarmung. Die Sauerstoffmaske löste sich. Ramadas Todesqual verschaffte sich in einem lauten Heulen Luft.

»Alles wird gut«, murmelte ihm Branch zu und drückte ihm die Maske wieder aufs Gesicht.

Ramada blies die Wangen auf und saugte sie wieder ein. Er klammerte sich an Branch, ließ nicht locker. Er drückte die Maske auf Ramadas Gesicht, als handelte es sich um Morphium. Nach und nach hörte Ramada auf zu kämpfen. Branch war sicher, dass er eingeschlafen war. Der Regen trommelte gegen den Apache. Ramada erschlaffte.

Branch hörte Schritte. Das Geräusch verlor sich in der Ferne. Er zog die Maske weg. Ramada war tot. Entsetzt fühlte Branch nach dem Puls. Er schüttelte den von allen Qualen erlösten Körper. »Was habe ich getan?«, fragte Branch laut und wiegte den Navigator in den Armen.

Der Helm sprach mit vielen Zungen: »... in Deckung ... überall ...«

»Kontakt ... Klar zum Feuern ...«

»Tut uns Leid, Major ... jetzt Deckung ... ausdrücklicher Befehl ...«

Die Schritte kehrten zurück, viel zu schwer für menschliche Wesen, viel zu schnell. Branch sah gerade rechtzeitig hoch. Der salpetrige Schleier klaffte auf. Er hatte sich getäuscht. Was da aus dem Nebel sprang, waren keine Tiere, jedenfalls keine, die die Erde bewohnten. Trotzdem erkannte er sie wieder.

»Mein Gott«, stieß er mit weit aufgerissenen Augen hervor.

»Feuer«, sagte Mac.

Branch hatte schon so manche Gemetzel miterlebt, aber nichts glich dem, was er jetzt erlebte. Das war keine Schlacht. Es war das Ende der Zeiten. Der Regen verwandelte sich in Metall. Die elektronischen Mini-Granatwerfer beharkten den Boden, pflügten die Deckschicht unter, zerstäubten Blätter, Pilze und Wurzeln. Bäume stürzten reihenweise um. Seine Feinde verwandelten sich in etwas, das aussah wie Fleischklumpen am Straßenrand.

Die Apaches hingen unsichtbar in einem Kilometer Entfernung in der Luft, und so sah Branch in den ersten paar Sekunden, wie das Innere der Erde in vollkommener Stille nach außen gekehrt wurde. Der Waldboden brodelte von einschlagenden Geschossen.

Kurz nachdem die Raketen einschlugen, kam der Artilleriedonner an. Die Dunkelheit verschwand mit einem Schlag. Kein Mensch war geschaffen, ein solches Feuerwerk zu überleben. Es dauerte eine Ewigkeit.

Als sie Branch fanden, saß er immer noch an das Wrack seines Hubschraubers gelehnt auf dem Boden und hielt den toten Navigator im Schoß. Das Wrack war schwarz versengt und so heiß, dass man es kaum anfassen konnte. Wie ein negativer Schatten zeichnete sich Branchs Silhouette auf dem Aluminium ab. Das Metall war unversehrt geblieben, geschützt von seinem Körper und seinem Geist.

Danach war Branch nie wieder der Alte.

Deshalb ist es notwendig, daß
wir jenen Gesellen ausfindig machen
und erkennen und uns vor ihm
in Acht nehmen, auf daß er uns nicht
betöre.

RUDOLPH WALTER,
Der Antichrist (1576)

4
Perinde ac Cadaver

JAVA
1998

Es war wirklich ein Liebesmahl. Frisch gepflückte Himbeeren von den gipfelnahen Hängen des Gunung Merapi, eines üppig bewachsenen Vulkans, der direkt unter der Sichel des Mondes in den Himmel ragte. Kaum zu glauben, dass der alte, blinde Mann todkrank war, so ungebremst war seine Begeisterung für die Himbeeren. Kein Zucker, auch keine Sahne. De l'Ormes Freude an den reifen Früchten war wirklich sehenswert, und so füllte Santos die Schüssel des alten Mannes Beere für Beere aus seiner eigenen Schüssel nach.

De l'Orme hielt inne und wandte den Kopf zur Seite.

»Das müsste er sein«, sagte er.

Santos hörte nichts, wischte sich aber die Finger an einer Serviette ab.

»Entschuldige mich«, sagte er und erhob sich rasch, um die Tür zu öffnen. Er spähte in die Nacht hinaus. Der Strom war abgeschaltet, und er hatte eine große Kohlenschale aufstellen lassen, um den Pfad zu erhellen. Da er niemanden sah, dachte er schon, de l'Ormes scharfe Ohren hätten ihn dieses Mal betrogen. Doch dann erblickte er den Reisenden.

Der Mann kniete vor ihm in der Dunkelheit und wischte sich mit einer Hand voll Blätter den Straßenstaub von den schwarzen Schuhen. Seine Hände waren breit wie die eines Maurers, sein Haar war weiß.

»Kommen Sie doch herein«, sagte Santos. »Kann ich Ihnen behilflich sein?« Doch er machte keine Anstalten dazu.

Dem alten Jesuiten fielen solche Dinge auf, die Kluft zwischen einem Wort und einer Tat. »Schon gut«, sagte er und hörte mit der Wischerei auf. »Ich muss heute Nacht noch ein ganzes Stück weiterlaufen.«

»Lassen Sie die Schuhe draußen«, wies ihn Santos an, versuchte dann jedoch, seinen Zorn in Großzügigkeit umzuwandeln. »Ich wecke den Jungen, der soll sie putzen.«

Der Jesuit erwiderte nichts. Er blickte Santos nur an, wobei sich der junge Mann nicht sehr wohl in seiner Haut fühlte. »Er ist ein guter Junge.«

»Wie Sie wünschen«, sagte nun der Jesuit, zog kurz an seinem Schnürsenkel, und der Knoten löste sich mit einem leisen Ploppen. Dann band er den anderen Schuh auf und erhob sich.

Santos wich einen Schritt zurück. Er hatte weder diese Körpergröße noch dermaßen grobe, kräftige Knochen erwartet.

»Thomas.« De l'Orme stand im Halbschatten einer Walfängerlampe, die Augen hinter einer kleinen Brille verborgen. »Du kommst spät. Ich dachte schon, die Leoparden hätten dich erwischt. Und jetzt, sieh nur, haben wir das Abendessen ohne dich beendet.«

Thomas trat auf das spärliche, aus Obst und Gemüse bestehende Bankett zu und erblickte die kleinen Knochen einer Taube, der örtlichen Delikatesse. »Mein Taxi hat schlappgemacht«, erklärte er. »Der Fußmarsch dauerte länger, als ich dachte.«

»Du musst erschöpft sein. Ich hätte Santos in die Stadt geschickt, um dich abzuholen, aber du sagtest, du kennst dich auf Java aus.«

Das Licht der Kerzen auf dem Fensterbrett tauchte seinen kahlen Schädel in einen milchigen Heiligenschein. Thomas vernahm ein leises, klapperndes Geräusch vom Fenster, als werfe jemand Münzen gegen die Scheibe. Aus der Nähe sah er, dass es sich um Riesenmotten und stabförmige Insekten handelte, die wie von Sinnen an das Licht heranzukommen versuchten.

»Lange her«, sagte Thomas.

»Sehr lange«, lächelte de l'Orme. »Wie viele Jahre? Aber jetzt sind wir wieder vereint.«

Thomas blickte sich um. Das Zimmer war groß für das Gästezimmer eines ländlichen *pastoran,* dem niederländisch-katholischen Gegenstück eines Pfarrhauses, auch wenn es sich um einen so erlesenen Gast wie de l'Orme handelte. Wahrscheinlich war sogar eine Wand entfernt worden, um de l'Orme mehr Bewegungsfreiheit zu verschaffen. Mit Überraschung registrierte er die vielen Landkarten, Werkzeuge und Bücher. Mit Ausnahme eines blank polierten, von Papier überquellenden Sekretärs im Kolonialstil sah das Zimmer überhaupt nicht nach de l'Orme aus.

Es gab die übliche Ansammlung von Tempelfigürchen, Fossilien und Kunstgegenständen, mit der jeder Ethnologe auf Feldforschung seine Behausung dekorierte. Doch diesem Durcheinander aus Fundstücken und alltäglichem Krimskrams lag ein Ordnungsprinzip zu Grunde, das ebenso viel Auskunft über das Genie de l'Orme gab, wie über die Themen, mit denen er sich vorrangig beschäftigte. De l'Orme war nicht gerade bescheiden, aber er gehörte auch nicht zu den Leuten, die ein ganzes Regal mit eigenen veröffentlichten Gedichten und ihren zweibändigen Memoiren sowie ein weiteres mit mehreren Metern Monografien über Verwandtschaft, Paläotechnologie, Stammesmedizin, Botanik, Religionswissenschaft und dergleichen voll stopften. Ebenso wenig wäre er auf die Idee gekommen, sein berüchtigtes Buch *Eine Angelegenheit des Herzens,* eine marxistische Verteidigung Teilhard de Chardins im obersten Regal wie in einem Schrein aufzustellen. Auf das ausdrückliche Verlangen des Papstes hatte de Chardin damals widerrufen, was ihn seine Reputation unter den zeitgenössischen Wissenschaftlern gekostet hatte. De l'Orme hatte nicht widerrufen, was den Papst gezwungen hatte, seinen verlorenen Sohn in die Dunkelheit zu verstoßen.

Thomas kam zu dem Schluss, dass es für diese stolze Zurschaustellung der Werke in diesem Raum nur eine Erklärung geben konnte: der Geliebte. Wahrscheinlich wusste de l'Orme nicht einmal, dass seine Bücher förmlich auf dem Präsentierteller standen.

»War mir klar, dass ich dich, einen alten Ketzer, ausgerechnet zwischen Priestern antreffen muss«, rügte Thomas seinen alten Freund und machte eine Handbewegung in Richtung Santos. »Und dann auch noch im Zustand der Sünde. Oder, sag an, ist er etwa einer von uns?«

»Siehst du?«, wandte sich de l'Orme lachend an Santos. »Ungehobelt wie eine Dachlatte, hab ich's dir nicht gesagt? Aber lass dich nicht davon täuschen!«

Santos war keineswegs beschwichtigt. »Einer wovon, wenn Sie sich bitte näher erklären würden? Einer Ihrer Sorte? Mit Sicherheit nicht. Ich bin Wissenschaftler.«

Aha, dachte Thomas, also ist dieser stolze Bursche mehr als ein Blindenhund. De l'Orme hatte sich endlich dazu durchgerungen, einen seiner Favoriten anzulernen. Er musterte den jungen Mann auf der Suche nach einem zweiten Eindruck, doch der fiel nur wenig besser als der Erste aus. Santos trug langes Haar, ein Ziegenbärtchen und ein sauberes weißes Hemd. Nicht einmal unter seinen Fingernägeln war Dreck.

De l'Orme kicherte weiter in sich hinein.

»Aber Thomas ist doch ebenfalls Wissenschaftler«, zog er seinen jungen Gefährten auf.

»Was du nicht sagst«, konterte Santos.

De l'Ormes Grinsen verflüchtigte sich. »Allerdings«, sagte er bestimmt. »Und zwar ein hervorragender Wissenschaftler. Mit allen Wassern gewaschen. Bewährt. Der Vatikan kann sich glücklich schätzen, ihn zu haben. Seine wissenschaftliche Reputation verschafft denen in Rom die einzige Glaubwürdigkeit, die ihnen in der modernen Zeit noch geblieben ist.«

Thomas fühlte sich von dieser Verteidigungsrede nicht geschmeichelt. De l'Orme nahm das Vorurteil, ein Geistlicher könne kein Denker in der wirklichen Welt sein, allzu persönlich, denn indem er der Kirche die Stirn geboten und die Kutte trotzdem anbehalten hatte, hatte er die Kirche in gewisser Weise bestätigt. Insofern sprach hier die eigene Tragödie aus seinem Mund.

Santos wandte den Kopf zur Seite. Im Profil wirkte sein Ziegenbärtchen wie ein Schnörkel an seinem sonst makellosen Michelangelo-Kinn. Wie alle Erwerbungen de l'Ormes war er körperlich so perfekt, dass man sich unwillkürlich fragte, ob der blinde Mann wirklich blind war. Vielleicht, rätselte Thomas, besaß ja auch die Schönheit eine ganz besondere geistige Dimension.

Aus der Ferne wehte diese unirdische, Gamelan genannte Musik herein. Angeblich brauchte man ein Leben lang, um die aus fünf Noten bestehenden Akkorde vollends genießen zu können. Gamelan hatte noch nie beruhigend auf ihn gewirkt. Das Geklimper machte ihn eher nervös. Java war nicht der beste Ort, um einfach irgendwo hineinzuplatzen.

»Vergib mir«, sagte er, »aber mein Zeitplan ist diesmal sehr gedrängt. Sie haben mich bereits für morgen Nachmittag auf die Fünf-Uhr-Maschine in Jakarta gebucht. Das heißt, ich muss bis Tagesanbruch wieder in Jogya sein, obwohl ich bereits jetzt schon viel Zeit mit meinem Zuspätkommen vergeudet habe.«

»Dann bleiben wir zwei eben die ganze Nacht auf«, knurrte de l'Orme. »Dabei möchte man meinen, sie ließen zwei alten Männern ein bisschen Zeit miteinander.«

»In dem Fall sollten wir uns eine von denen hier genehmigen.« Thomas klappte seine Ledermappe auf. »Und zwar schnell.«

De l'Orme klatschte laut in die Hände. »Der Chardonnay? Mein zweiundsechziger?« Dabei wusste er genau, dass es nichts anderes sein konnte. So wie immer. »Den Korkenzieher, Santos. Warte nur, bis du den hier probiert hast. Und ein wenig *gudeg* für unseren Vagabunden. Eine Spezialität des Landes, Thomas, Hühnchen und Tofu in Kokosmilch gekocht …«

Mit einem leidenden Blick machte sich Santos auf, um den Korkenzieher zu holen und das Essen aufzuwärmen. De l'Orme wiegte zwei der drei Flaschen, die Thomas vorsichtig aus der Tasche zog, in den Armen. »Atlanta?«

»Zentrale Seuchenkontrolle«, berichtigte Thomas. »Es gab Berichte von mehreren neuen Arten von Viren in der Region um Kap Horn …«

Von Santos umhegt, verbrachten die beiden Männer die folgende Stunde am Tisch und hechelten ihre Abenteuer durch. Sie hatten sich tatsächlich schon siebzehn Jahre nicht mehr gesehen. Schließlich kamen sie auf die anstehende Arbeit zu sprechen.

»Eigentlich darfst du dort unten überhaupt keine Ausgrabungen machen«, sagte Thomas.

Santos saß zur Rechten von de l'Orme und stützte die Ellbogen auf den Tisch. Genau darauf hatte er den ganzen Abend gewartet. »Das hier kann man nicht unbedingt als Ausgrabung bezeichnen«, mischte er sich ein. »Terroristen haben eine Bombe hochgehen lassen. Wir sind lediglich zufällige Passanten, die sich eine offene Wunde ansehen.«

Thomas überhörte das Argument geflissentlich. »Borobudur ist für sämtliche archäologischen Tätigkeiten gesperrt. Insbesondere die unteren Bezirke direkt am Berg dürfen auf keinen Fall angerührt werden. Die UNESCO hat sich dafür ausgesprochen, dass keine der verborgenen Stützmauern ausgegraben oder sonst wie freigelegt werden soll. Die indonesische Regierung hat jegliche Art von Forschungsarbeiten unterhalb der Erdoberfläche kategorisch verboten. Dort darf weder ein Graben ausgehoben noch sonst wie herumgebuddelt werden.«

»Entschuldigung, aber ich muss mich wiederholen: Wir graben dort nicht. Da ist eine Bombe hochgegangen. Wir riskieren lediglich einen Blick in das dabei entstandene Loch.«

De l'Orme versuchte es mit einer Ablenkung. »Manche Leute glauben, es habe sich um eine von muslimischen Extremisten gezündete Bombe gehandelt, aber meiner Meinung haben wir es wieder mit dem alten Problem zu tun. *Transmigrai.* Die Bevölkerungspolitik der Regierung. Sie ist höchst unbeliebt. Sie zwingen Leute dazu, von überfüllten Inseln auf weniger besiedelte umzuziehen. Das ist übelste Tyrannei.«

Thomas ging nicht auf seine Abschweifungen ein. »Du hast dort unten nichts zu suchen«, wiederholte er. »Das ist unbefugtes Betreten, und du bist daran schuld, wenn dort auch in Zukunft keine Grabungen mehr stattfinden dürfen.«

Auch Santos ließ sich nicht ablenken: »Monsieur Thomas«, sagte er, »entspricht es denn nicht den Tatsachen, dass es die Kirche war, die die UNESCO und die Indonesier dazu überredet hat, sämtliche Grabungen in dieser Tiefe zu untersagen? Und dass Sie höchstpersönlich der Bevollmächtigte waren, der die Bemühungen der UNESCO um die Restaurierung zum Stillstand brachte?«

De l'Orme lächelte unschuldig, als wundere er sich selbst darüber, woher sein Schützling über derlei Dinge Bescheid wusste.

»Die Hälfte dessen, was Sie da sagen, ist wahr«, erwiderte Thomas.

»Dann kamen die Anweisungen also von Ihnen?«

»Ich habe sie nur weitergeleitet. Die Restaurierung war abgeschlossen.«

»Die Restaurierung schon, aber die Ermittlungen offensichtlich noch nicht. Die Gelehrten haben hier acht verschiedene große Kulturen gezählt, eine über der anderen. Und jetzt, innerhalb von zwei Wochen, haben wir darunter sogar Hinweise auf zwei weitere gefunden.«

»Wie auch immer«, meinte Thomas, »ich bin jedenfalls hier, um die Grabungen abzubrechen. Ab heute Nacht ist Schluss damit.«

Santos schlug mit der flachen Hand aufs Holz.

»Eine Schande! Sag doch etwas!«, appellierte er an de l'Orme.

Die Antwort war nicht mehr als ein Flüstern: *»Perinde ac Cadaver.«*

»Wie bitte?«

»Wie ein Leichnam«, sagte de l'Orme. »Das *Perinde* ist das erste Gebot des jesuitischen Gehorsams. Ich gehöre nicht mir, sondern Ihm, der mich geschaffen hat, Ihm und Seinen Stellvertretern. Ich muss gehorchen wie ein Kadaver, dem weder Wille noch Verstand eigen ist.«

Der junge Mann erbleichte.

»Stimmt das?«, fragte er.

»Allerdings«, antwortete de l'Orme.

Das *Perinde* schien sehr viel zu erklären. Thomas beobachtete, wie Santos de l'Orme einen mitleidigen Blick zuwarf, deutlich erschüttert von dem schrecklichen Kodex, der seinen gebrechlichen Mentor einst gefangen gehalten hatte. »Schön und gut«, wandte sich Santos schließlich an Thomas. »Aber für uns zählt das nicht.«

»Nicht?«, fragte Thomas.

»Wir verlangen die freie Entfaltung unserer Ansichten. Und zwar uneingeschränkt. Euer Gehorsam hat nichts mit uns zu tun.«

Uns, nicht mir. Der junge Mann wurde Thomas allmählich sympathisch.

»Aber jemand hat mich hierhergebeten, damit ich mir ein in Stein gehauenes Bild ansehe«, sagte Thomas. »Ist das nicht auch Gehorsam?«

»Glaub mir, mein Freund, das war ganz gewiss nicht Santos«, lächelte de l'Orme. »Im Gegenteil, er hat stundenlang zu verhindern versucht, dich zu informieren. Er hat mir sogar gedroht, als ich dir das Fax schickte.«

»Warum das denn?«

»Weil das Bild natürlich ist«, erwiderte Santos. »Und Sie werden jetzt versuchen, es zu etwas Übernatürlichem zu machen.«

»Das Angesicht des absolut Bösen?«, fragte Thomas. »So hat es mir de l'Orme beschrieben. Ich weiß nicht, ob es natürlichen Ursprungs ist oder nicht.«

»Es ist nicht das wahre Gesicht. Nur eine Interpretation. Der Albtraum eines Bildhauers.«

»Wenn es aber nun doch ein reales Gesicht darstellt? Ein Gesicht, das uns von anderen Artefakten und anderen Ausgrabungsstätten her bekannt ist? Wie kann es dann etwas anderes als natürlich sein?«

»Da haben wir's schon!«, beschwerte sich Santos. »Dass Sie mir die Worte im Mund umdrehen, ändert nichts an Ihrer Zielsetzung. Sie wollen dem Teufel in die Augen sehen, auch wenn es nur die Augen eines Menschen sind.«

»Ob Mensch oder Dämon, das obliegt meiner Entscheidung. Es gehört zu meiner Aufgabe, all das zu sammeln, was seit Menschengedenken aufgezeichnet wurde, und es zu einem schlüssigen Bild zusammenzusetzen. Einen Beweis für die Existenz der Seele zu liefern. Habt ihr Fotos davon gemacht?«

Santos war verstummt.

»Zweimal sogar«, beantwortete de l'Orme seine Frage. »Aber der erste Film ist einem Wasserschaden zum Opfer gefallen. Und wie mir Santos berichtete, sind die Aufnahmen des Zweiten so dunkel geworden, dass man nichts darauf erkennen kann. Und die

Akkus der Videokamera sind leer. Wir sind hier schon tagelang ohne Strom.«

»Dann vielleicht ein Gipsabdruck? Die Darstellungen sind doch Hochreliefs, oder nicht?«

»Dazu war keine Zeit. Die Erde rutscht nach oder das Loch füllt sich mit Wasser. Wir haben keinen sauber ausgehobenen Graben, und dieser Monsun ist die reinste Plage.«

»Willst du damit sagen, dass es davon überhaupt keine Aufnahmen, keinerlei Aufzeichnungen gibt? Nach drei Wochen? Überhaupt nichts?«

Santos machte einen verlegenen Eindruck. De l'Orme kam ihm zu Hilfe: »Morgen Abend haben wir Material in Hülle und Fülle. Santos hat geschworen, nicht eher aus der Tiefe heraufzusteigen, ehe er nicht das gesamte Bildnis aufgezeichnet hat. Danach kann die Grube selbstverständlich wieder verschlossen werden.«

Angesichts des Unvermeidlichen zuckte Thomas die Achseln. Es war nicht an ihm, de l'Orme und Santos persönlich davon abzuhalten. Die Archäologen wussten es zwar noch nicht, aber sie befanden sich in einem Wettlauf nicht nur mit der Zeit. Morgen würden indonesische Einheiten einrücken, um die Grabungsstätte zu schließen und die mysteriösen Steinsäulen unter Tonnen vulkanischer Erde zu begraben. Thomas war froh, dass er bis dahin längst wieder weg war. Er machte sich nicht besonders viel daraus, einen Blinden gegen Bajonette argumentieren zu sehen.

Es war schon fast ein Uhr morgens. In der Ferne wehte die Gamelan-Musik zwischen den Vulkanen, vermählte sich mit dem Mond, verführte das Meer.

»In diesem Fall würde ich das Fresko gern selbst sehen«, sagte Thomas.

»Jetzt?«, fuhr ihn Santos an.

»Genau das habe ich erwartet«, meinte de l'Orme. »Er ist fünfzehntausend Kilometer gereist, da darf er auch einen kurzen Blick darauf werfen. Gehen wir.«

»Von mir aus«, brummte Santos. »Aber er geht mit mir. Du brauchst deine Ruhe, Bernard.«

Thomas registrierte die Zärtlichkeit. Einen Augenblick war er fast neidisch.

»Dummes Zeug«, sagte de l'Orme. »Ich gehe mit.«

Sie stiegen im Licht der Taschenlampen und unter schimmelig riechenden Regenschirmen mit klebrigen Bambusgriffen den Pfad hinauf. Die Luft war so feucht, dass es schon fast keine Luft mehr war. Es sah aus, als müsste der Himmel jeden Augenblick aufbrechen und sich in einen Wasserfall verwandeln. Diese Monsunschauer in Java konnte man nicht einfach als Regen bezeichnen. Es waren Naturschauspiele, eher Vulkanausbrüchen vergleichbar. Sie bläuten einem so viel Demut ein wie Jehovah persönlich. Man konnte sogar die Uhr nach ihnen stellen.

»Thomas«, sagte de l'Orme, »was wir gefunden haben, datiert weiter zurück, als alles andere, was wir kennen. Es ist unsagbar alt. Zu jener Zeit kletterte die Menschheit noch auf Bäumen herum, erfand gerade mal das Feuer und schmierte mit Fingerfarbe an Höhlenwände. Das ist es, was mir Angst macht. Diese Leute, wer sie auch gewesen sein mögen, dürften eigentlich noch keine Werkzeuge gehabt haben, um Feuerstein zu bearbeiten, geschweige denn, um etwas derartig Kunstvolles aus dem Stein herauszumeißeln. Oder Porträts auf eigens dafür errichteten Säulen zu schaffen. So etwas dürfte überhaupt nicht existieren.«

Thomas dachte nach. Es gab nicht viele Orte auf der Welt, an denen es ältere Beweise für das erste Auftreten der Menschheit gab als auf Java. Der Javamensch – *Pithecanthropus,* besser bekannt als *Homo erectus* – war nur wenige Kilometer von ihrem Standpunkt entfernt bei Trinil und Sangiran am Solo-Fluss gefunden worden. Eine Viertelmillion Jahre lang hatten sich die Vorfahren des heutigen Menschen von den Früchten der Bäume ernährt – und sich auch gegenseitig umgebracht und aufgefressen. Auch davon gaben die fossilen Funde unzweifelhaft Zeugnis.

»Du erwähntest einen Fries mit grotesken Figuren.«

»Monströse Gestalten«, bestätigte de l'Orme. »Genau dorthin bringen wir dich jetzt. Zum Sockel von Säule C.«

»Könnte es sich um Selbstporträts handeln? Vielleicht waren es ja Hominiden. Vielleicht waren sie ja mit Talenten gesegnet, die wir ihnen bislang nicht zugetraut hätten.«

»Vielleicht«, antwortete de l'Orme. »Andererseits ist da dieses Gesicht.«

Das Gesicht war es, das Thomas von so weit her an diesen Ort gelockt hatte. »Du sagtest, es sei abscheulich.«

»Nein, das Gesicht selbst ist überhaupt nicht abscheulich. Das ist ja das Problem. Es ist ein vertrautes Gesicht. Das Gesicht eines Menschen.«

»Eines Menschen?«

»Es könnte dein Gesicht sein.«

Thomas warf dem Blinden einen strengen Blick zu.

»Oder meines«, fügte de l'Orme hinzu. »Abscheulich ist nur der Kontext. Dieses ganz normale Gesicht blickt gelassen auf Szenen der Grausamkeit, der Entwürdigung und der Ungeheuerlichkeit.«

»Und?«

»Das ist alles. Es schaut zu. Und man sieht genau, dass es nie mehr wegschauen wird. Dieser Zuschauer wirkt irgendwie zufrieden. Ich bin mit den Fingern über die Szene gefahren«, sagte de l'Orme. »Sogar die Berührung damit ist widerlich. Dieses Nebeneinander von Normalität und Chaos ist höchst ungewöhnlich. Und es ist so banal, so prosaisch. Das ist am verblüffendsten. Es steht völlig außerhalb jeden Zusammenhangs mit seiner Entstehungszeit, welche Zeit das auch immer gewesen sein mag.«

Von den weit auseinanderliegenden Dörfern wehte das Geräusch von Feuerwerkskörpern und Trommeln herüber. Ramadan, der muslimische Fastenmonat, war am gestrigen Tag zu Ende gegangen. Thomas sah, wie sich die Neumondsichel zwischen die Berge schob. In den Familien wurde ausgelassen gefeiert. Ganze Dorfgemeinschaften blieben bis zum Morgengrauen wach, schauten sich ihre *wayang* genannten Schattenspiele mit den Scherenschnittpuppen an, die Geschichten von Liebe und grausamen Schlachten auf ein weißes Laken warfen. Bis zum Morgengrauen würde das Gute über das Böse triumphiert haben, das Licht über die Dunkelheit. Das übliche Märchen.

Einer der Berge unter dem Mond teilte sich im Mittelgrund und verwandelte sich in die Ruinen von Borobudur. Der gewaltige Stupa stellte den Berg Meru dar, eine Art kosmischen Mount Everest. Borobudur war die größte Ruine des schon seit über eintausend Jahren bei einem Ausbruch des Gunung Merapi begrabenen Komplexes. In diesem Sinne war es ein Palast des Todes und eine

Kathedrale in einem, ein südostasiatisches Gegenstück zu den ägyptischen Pyramiden.

Der Eintrittspreis war, zumindest symbolisch, der Tod. Man betrat das Gebilde durch den aufgesperrten Rachen eines wilden, gierigen, alles verschlingenden, mit Menschenschädeln umkränzten Untiers – der Göttin Kali. Direkt dahinter stand man in einem labyrinthischen Jenseits. Jeder Reisende musste an einer über zehntausend Quadratmeter großen, fünf Kilometer langen, in Stein gemeißelten »Geschichtenwand« vorbei. Die Geschichte, die hier erzählt wurde, glich bis auf wenige Details der von Dantes *Inferno* und *Paradiso.* Ganz unten stellten die in Stein gemeißelten Bildplatten die in Sünde gefangene Menschheit dar, inklusive scheußlicher Bestrafungen durch höllische Dämonen. Bis zu dem Punkt, an dem man zu einem Plateau kugelförmiger Stupas aufgestiegen war, hatte Buddha die Menschheit aus ihrem Zustand des Samsara heraus und zur Erleuchtung geführt. Dafür war in dieser Nacht nicht genug Zeit. Es ging bereits auf 2 Uhr 30 zu.

»Pram?«, rief Santos in die Dunkelheit vor ihnen. *»Asalamu alaikum.«* Thomas kannte diesen Gruß. Friede sei mit dir. Aber es kam keine Antwort.

»Pram ist ein bewaffneter Posten, den ich zur Bewachung der Stätte angeheuert habe«, erläuterte de l'Orme. »Er war früher ein berühmter Guerilla. Wie du dir vorstellen kannst, ist er inzwischen schon ziemlich alt. Und wahrscheinlich betrunken.«

»Merkwürdig«, murmelte Santos. »Bleibt hier. Ich gehe nachsehen.« Mit diesen Worten stieg er den Pfad höher hinauf und war kurz darauf nicht mehr zu sehen.

»Warum dieser dramatische Auftritt?«, erkundigte sich Thomas.

»Santos? Er meint es gut. Er wollte einen guten Eindruck auf dich machen. Aber du machst ihn nervös. Ihm bleibt heute Nacht, wie ich leider zugeben muss, nur noch seine gespielte Tapferkeit, mehr nicht.«

De l'Orme legte eine Hand auf Thomas' Unterarm. »Sollen wir?«

Sie setzten ihren Spaziergang fort. Man konnte sich hier nicht verlaufen. Der Pfad lag wie eine geisterhafte Schlange vor ihnen. Borobudur ragte im Norden vor ihnen auf.

»Wo gehst du von hier aus hin?«, fragte Thomas.

»Sumatra. Ich habe dort eine Insel gefunden, Nias. Angeblich ist es die Stelle, an der Sindbad der Seefahrer damals gelandet ist und den alten weisen Mann des Meeres getroffen hat. Ich fühle mich bei den Eingeborenen dort sehr wohl, und Santos hat seine Beschäftigung mit einigen Ruinen aus dem 4. Jahrhundert, die er im Dschungel ausfindig gemacht hat.«

»Und der Krebs?«

De l'Orme antwortete nicht mal mit einem seiner Scherze.

Santos kam völlig verdreckt mit einem alten japanischen Karabiner in der Hand den Pfad heruntergerannt. »Verschwunden«, keuchte er. »Und das Gewehr hat er in einem Erdhaufen zurückgelassen. Aber zuvor hat er sämtliche Kugeln verschossen.«

»Wenn du mich fragst, ist er nach Hause, um mit seinen Enkelkindern zu feiern«, sagte de l'Orme.

»Da bin ich mir nicht so sicher.«

»Erzähl mir bloß nicht, die Tiger hätten ihn geholt.«

Santos senkte den Gewehrlauf. »Natürlich nicht.«

»Wenn du dich damit sicherer fühlst, kannst du das Ding ja nachladen«, meinte de l'Orme.

»Wir haben keine Kugeln mehr.«

»Um so sicherer sind wir. Ziehen wir also weiter.«

Unweit des Mauls der Kali, am Sockel des Monuments, bogen sie vom Pfad ab und kamen an einem aus Bananenblättern gefertigten Unterschlupf vorbei, wo der alte Pram wohl seine Nickerchen gehalten hatte.

»Seht ihr?« sagte Santos. Der Boden war wie von einem Kampf aufgewühlt.

Thomas sah sich auf der Ausgrabungsstätte um. Es sah eher wie eine Schlammschlacht aus. In den Dschungelboden senkte sich eine tiefe Grube, daneben lag ein großer Haufen Erde und Wurzeln. Auf einer Seite befanden sich die Steinplatten, von denen de l'Orme erzählt hatte, groß wie Gullydeckel. »Was für ein Durcheinander«, kommentierte Thomas. »Ihr habt ja förmlich gegen den Dschungel selbst gekämpft.«

»Ehrlich gesagt, bin ich froh, dass wir das hinter uns haben«, nickte Santos.

»Befindet sich der Fries dort unten?«

»In zehn Metern Tiefe.«

»Darf ich?«

»Aber sicher.«

Thomas hielt sich an der Bambusleiter fest und kletterte vorsichtig hinab. Die Sprossen waren glitschig, und seine Sohlen waren nicht zum Leitern steigen, sondern eher für Straßenpflaster gedacht.

»Sei vorsichtig«, rief ihm de l'Orme nach.

»Alles klar, ich bin schon unten.« Thomas blickte nach oben. Es sah aus, als schaute man aus einem tiefen Grab heraus. Schlamm quoll zwischen den Bambusmatten auf dem Boden hervor, und die hintere, vom Regenwasser gesättigte Wand, drückte ihre Bambusverschalung bedenklich nach innen. Es sah aus, als würde hier im nächsten Augenblick alles zusammensacken und einbrechen.

Jetzt kam de l'Orme herunter. Das jahrelange Herumklettern auf wackligen Ausgrabungsgerüsten war ihm zur zweiten Natur geworden. Seine dürre Gestalt brachte die primitive Leiter kaum zum Wackeln.

»Du bewegst dich immer noch flink wie ein Äffchen«, frozzelte Thomas.

»Das ist nur die Schwerkraft«, grinste de l'Orme. »Warte nur, bis ich mich wieder heraufquälen muss.« Er legte den Kopf zur Seite und rief Santos hinauf: »Alles klar. Die Leiter ist frei. Du darfst dich uns anschließen.«

»Gleich. Ich will mich nur noch einmal umsehen.«

»Na, was hältst du davon?«, fragte de l'Orme Thomas, sich dessen nicht bewusst, dass Thomas in völliger Dunkelheit stand und auf die leistungsstärkere Taschenlampe von Santos gewartet hatte. Jetzt zog er seine kleinere Leuchte aus der Tasche und schaltete sie an.

Die Säule aus Magmagestein war recht dick und eigenartigerweise vom Wüten des Dschungels und dem Zahn der Zeit völlig unbehelligt geblieben. »Sauber, sehr sauber«, sagte er. »Die Konservierung erinnert mich eher an eine Wüstenumgebung.«

Er führte den Lichtstrahl an den Rand der Steinmetzarbeiten: Die Details sahen aus wie neu, kein bisschen verwittert. Dieses Gebäude musste sehr tief in der Erde begraben gewesen sein, und das seit spätestens einhundert Jahren nach seiner Fertigstellung.

De l'Orme streckte eine Hand aus und legte die Fingerspitzen auf das Bild, um sich zu orientieren. Er hatte sich die gesamte Oberfläche allein durch seine Berührung eingeprägt und fing jetzt an, etwas Bestimmtes zu suchen. Thomas folgte seinen Fingern mit dem Lichtstrahl.

»Entschuldige, Richard«, sprach de l'Orme zu dem Stein, und jetzt erblickte Thomas die so angesprochene, vielleicht zehn Zentimeter hohe Ungeheuerlichkeit, die ihre eigenen Eingeweide wie eine Opfergabe darbot. Blut ergoss sich über den Boden, und aus der Erde entsprang eine Blume.

»Richard?«

»Ach, ich habe all meinen Kindern einen Namen gegeben«, sagte de l'Orme.

Richard war nur eine von vielen dieser Kreaturen. Die Säule war so dicht mit Missgestalten und Marterungen bedeckt, dass das ungeübte Auge nur mit Mühe eine von der anderen unterscheiden konnte.

»Hier, Susanne ... sie hat ihre Kinder verloren«, stellte ihm nun de l'Orme eine Frauengestalt vor, der an jeder Hand ein kleines Kind baumelte. »Und diese drei Herren hier habe ich die Musketiere getauft.« Er wies auf ein schauerliches Trio, das sich gegenseitig auffraß. »Einer für alle, alle für einen.«

Es war entschieden abscheulicher als nur eine Aneinanderreihung von Perversionen. Hier war jede Spielart des Leidens dargestellt. Die Kreaturen waren zweibeinig und verfügten über opponierende Daumen, einige von ihnen trugen Tierfelle und sogar auch Hörner. Abgesehen davon hätten es Paviane sein können.

»Du könntest mit deinem ersten Eindruck richtig liegen«, sagte de l'Orme. »Ich hielt diese Geschöpfe zuerst für Mutationen oder Missgeburten. Inzwischen frage ich mich jedoch, ob sie nicht ein Fenster zu einer mittlerweile ausgestorbenen Menschenart sind.«

»Könnte es sich nicht ebenso gut um eine Zurschaustellung psychosexueller Phantasien handeln?«, fragte Thomas. »Vielleicht die Albträume des von dir erwähnten Gesichts?«

»Man wünschte sich beinahe, dem wäre wirklich so«, erwiderte de l'Orme. »Aber das glaube ich nicht. Nur einmal angenommen, unser Meisterbildhauer hier hat irgendwie sein Unterbewusstsein angezapft. Damit ließen sich einige der Gestalten erklären. Aber was du hier siehst, ist keinesfalls die Arbeit der Hand eines Einzelnen. Um diese und die anderen Säulen zu bebildern, hätten mehrere Generationen einer ganzen Künstlerschule im Einsatz sein müssen. Verschiedene Bildhauer hätten unterschiedliche Auffassungen, vielleicht sogar ihr eigenes Unterbewusstsein hinzugefügt. Abgesehen davon: Findest du nicht, dass wir hier eher Szenen des bäuerlichen und des höfischen Lebens, Jagdszenen oder Götterbilder vorfinden müssten? Stattdessen haben wir nur ein einziges großes Bild der Verdammnis vor uns.«

»Aber du glaubst doch nicht, dass es sich dabei um ein Abbild der Realität handelt?«

»Ehrlich gesagt: doch. Es ist alles viel zu realistisch und ohne einen Anflug von Erlösung, um nicht die Wirklichkeit zu sein.« De l'Orme fand eine Stelle unweit der Mitte des Steins. »Und dann das Gesicht selbst«, sagte er. »Es schläft nicht, und es träumt oder meditiert auch nicht. Es ist hellwach.«

»Richtig, das Gesicht«, ermutigte ihn Thomas.

»Urteile selbst.« Mit einer schwungvollen Gebärde legte nun de l'Orme die flache Hand in die Mitte der Säule, ungefähr auf Kopfhöhe. Doch noch während sich seine Handfläche auf den Stein senkte, verwandelte sich de l'Ormes Gesichtsausdruck. Er sah aus wie jemand, der sich zu weit nach vorne gebeugt und plötzlich die Balance verloren hat.

»Was ist denn?«, erkundigte sich Thomas.

De l'Orme nahm die Hand weg. Unter ihr befand sich nichts. »Das ist doch nicht möglich!«, rief er.

»Was denn?« fragte Thomas.

»Das Gesicht. Das ist die Stelle, an der es war. Jemand hat das Gesicht zerstört.«

Unter de l'Ormes ausgestrecktem Finger war ein großer aus dem Relief herausgemeißelter Kreis zu sehen, an dessen Rändern noch immer ein paar fein ausgemeißelte Haare und der Ansatz eines Nackens zu sehen waren. »Das war das Gesicht?«, fragte Thomas.

»Jemand hat es mutwillig zerstört!«

Thomas ließ den Blick aufmerksam über die Darstellungen im näheren Umfeld wandern. »Und den Rest unberührt gelassen. Aber warum?«

»Das ist entsetzlich!«, heulte de l'Orme. »Und wir haben keine einzige Aufzeichnung davon. Wie konnte so etwas nur geschehen? Santos war gestern den ganzen Tag hier. Und Pram schob hier Dienst, bis er seinen Posten verlassen hat, der elende Kerl!«

»Könnte es Pram gewesen sein?«

»Pram? Wie kommst du denn darauf?«

»Wer hat sonst noch davon gewusst?«

»Das ist die Frage.«

»Bernard«, sagte Thomas. »Die Sache ist sehr ernst. Es ist fast so, als wollte jemand verhindern, dass ich dieses Gesicht zu sehen bekomme.«

Der Gedanke ließ de l'Orme auffahren. »Oh, das ertrage ich nicht. Warum sollte jemand ein solches Kunstwerk zerstören, nur um ...«

»Meine Kirche sieht durch meine Augen«, sagte Thomas. »Jetzt wird sie niemals sehen, was es hier zu sehen gab.«

De l'Orme hielt beunruhigt die Nase an den Stein. »Die Beschädigung ist erst vor wenigen Stunden erfolgt«, teilte er Thomas mit. »Man kann immer noch den frischen Stein riechen.«

Thomas untersuchte die Narbe. »Eigenartig. Keine Meißelspuren. Diese Rillen sehen eigentlich eher wie die Krallenspuren von einem wilden Tier aus.«

»Absurd. Welches Tier würde so etwas tun?«

»Da hat du Recht. Jemand muss ein Messer eingesetzt haben, um das Gesicht wegzureißen. Oder eine Ahle.«

»Das ist ein Verbrechen!« De l'Orme kochte vor Wut.

Von oben fiel Licht auf die beiden alten Männer tief unten in der Grube. »Ihr seid ja immer noch dort unten«, rief Santos.

Thomas hob die Hand, um seine Augen vor dem Lichtstrahl abzuschirmen. Santos hielt die Lampe weiterhin direkt auf sie gerichtet. Thomas kam sich plötzlich sehr angreifbar und gefangen vor. Bedroht. Die Respektlosigkeit des Mannes dort oben machte ihn wütend. De l'Orme bekam von der stummen Provokation nicht das Geringste mit.

»Was treiben Sie da eigentlich?«, wollte Thomas wissen.

»Genau«, pflichtete ihm de l'Orme bei. »Während du dich irgendwo herumtreibst, haben wir eine schreckliche Entdeckung gemacht.«

Santos bewegte seinen Lichtstrahl zur Seite. »Ich habe Geräusche gehört und gedacht, vielleicht ist es Pram.«

»Vergiss Pram. Die Ausgrabung ist sabotiert worden, das Gesicht verstümmelt.«

Santos kam mit kräftig ausholenden Schritten herabgestiegen. Die Leiter bebte unter seinem Gewicht. Thomas zog sich ans Ende der Grube zurück, um ihm Platz zu machen.

»Diebe«, stieß Santos hervor. »Tempeldiebe... der Schwarzmarkt...«

»Hör auf«, unterbrach ihn de l'Orme. »Das hier hat nichts mit Diebstahl zu tun.«

»Es war auch nicht Pram«, sagte Thomas.

»Nicht? Woher wollen Sie das wissen?«

Thomas leuchtete mit seiner Lampe in eine Ecke hinter der Säule. »Ich stelle lediglich Vermutungen an. Es könnte ebenso gut jemand anderes gewesen sein. Schwer zu erkennen, wer das ist. Außerdem habe ich den Mann nie kennen gelernt.«

Santos drängte sich hinter die Säule, und richtete seinen Lichtstrahl in den Spalt auf die Überreste. »Pram«, würgte er und übergab sich dann in den Schlamm.

Es sah wie ein Betriebsunfall unter Einwirkung schweren Geräts aus. Der Körper war in eine sechs Zoll breite Spalte zwischen zwei Säulen gerammt worden. Die Kraft, die nötig war, um die Knochen zu brechen, den Schädel zu zerquetschen und den ganzen Körper mit Haut, Fleisch und Kleidern in den engen Zwischenraum zu zwängen, war jenseits aller Vorstellungskraft.

Thomas bekreuzigte sich.

Wie rasch wir doch aufbrausen,
wir Menschen auf Erden.

Homer, Odyssee

5
Schlechte Nachrichten

Fort Riley, Kansas
1999

Auf diesen endlosen, vom Sommer versengten und vom Dezemberwind geknechteten Ebenen hatten sie einst aus Elias Branch einen Krieger gemacht. Hierher war er zurückgekehrt, tot und doch nicht tot, ein lebendes Rätsel. Vor den Augen der Öffentlichkeit verborgen, verwandelte sich der Mann auf Station G in eine Legende.

Eine Jahreszeit ging in die andere über. Weihnachten nahte. Zwei Zentner schwere Rangers tranken im Offizierskasino auf die überirdische Zähigkeit des Majors. Nach und nach sickerte seine merkwürdige Geschichte nach draußen: Kannibalen mit Brüsten. Selbstverständlich glaubte niemand daran.

Eines Nachts stieg Branch um Mitternacht einfach aus dem Bett. Es gab keine Spiegel. Am nächsten Morgen konnten sie aus seinen blutigen Fußabdrücken schließen, dass er hinausgeschaut hatte, sie wussten, was er durch die Lamellen vor seinem Fenster gesehen hatte: jungfräulichen Schnee.

Pappelwälder leuchteten in sattem Grün. Sommerferien. Zehnjährige Kinder von Armeeangehörigen rannten zum Angeln oder Schwimmen am Hospital vorbei und zeigten auf den Zaun, der Station G umgab. Dort spielte sich eine Horrorgeschichte mit umgekehrten Vorzeichen ab: Das medizinische Personal versuchte nämlich, die Entwicklung eines Monsters *rückgängig* zu machen.

An Branchs Verunstaltungen konnte man nichts ändern. Die künstliche Haut hatte ihm zwar das Leben, nicht aber sein gutes Aussehen gerettet. Das Gewebe war dermaßen zerstört gewesen, dass nach dem Heilungsprozess nicht einmal er selbst die Schrapnellwunden zwischen all den Brandnarben entdecken konnte. Sogar sein eigener Körper hatte Probleme, die Regeneration zu verstehen. Die Knochen heilten so rasch, dass die Ärzte keine Chance hatten, sie korrekt auszurichten. Narbengewebe bildete sich mit derartiger Geschwindigkeit auf seinen Verbrennungen, dass man Nähte und Schläuche durch frische Haut bohren musste. Einzelne Bruchstücke aus Raketenmetall verschmolzen mit seinen Organen und seinem Skelett. Sein Körper bestand fast nur aus Narben und Wundgewebe.

Branchs Überlebenswille und seine Metamorphose brachten die Mediziner völlig durcheinander. Sie redeten offen vor ihm über seine Verwandlungen, als wäre er ein außer Kontrolle geratenes Laborexperiment. Seine Zellenüberproduktion ähnelte in manchen Aspekten Krebs, nur erklärte das in keiner Weise die Verdickung seiner Gelenke, die neue Muskelmasse, den Marmoreffekt in der Pigmentierung seiner Haut, die kleinen, mit Kalzium angereicherten Wülste um seine Fingernägel. Kalziumwucherungen überzogen auch seinen Schädel. Sein Schlafrhythmus war völlig aus dem Gleichgewicht geraten. Sein Herz war vergrößert und er verfügte über doppelt so viele rote Blutkörperchen als normal.

Sonnenlicht und sogar Mondschein bereiteten ihm körperliche Qualen. In seinen Augen hatte sich Tapetum gebildet, eine reflektierende Schicht, die geringste Lichtquellen verstärkte. Bisher war der Wissenschaft nur ein höher entwickelter Primat bekannt gewesen, der als Nachttier durchging, nämlich der Aotus oder Nachtaffe. Branchs Nachtsehvermögen übertraf das des Aotus um ein Dreifaches. Das Verhältnis Kraft zu Körpergewicht schnellte bei ihm auf das Doppelte eines normalen Menschen herauf. Er war doppelt so belastbar wie halb so alte Rekruten und verfügte über die unglaublichen sensorischen Fähigkeiten sowie den Sauerstoffverbrauch eines Schimpansen. Irgendetwas hatte ihn in den Supersoldaten verwandelt, nach dem sie so lange gesucht hatten.

Die Weißkittel versuchten alles auf eine Kombination aus Steroiden, gepanschten Drogen und Geburtsfehlern zu schieben. Jemand stellte die Theorie auf, seine Mutationen könnten eine Spätwirkung von in vorangegangenen Einsätzen eingefangenen Nervengasen sein. Einer beschuldigte ihn sogar der Autosuggestion. In gewissem Sinne war er, da er der Zeuge unseliger Ereignisse geworden war, selbst zum Feind geworden. Seine Unerklärbarkeit machte ihn zu einer inneren Bedrohung. Er widersprach nicht nur ihrem Bedürfnis nach orthodoxem Denken. Seit jener Nacht in den bosnischen Wäldern war Branch ihr persönliches Chaos geworden.

Psychiater nahmen sich seiner an. Sie spotteten über seine Geschichte von Grauen erregenden Furien mit Frauenbrüsten, die sich zwischen den toten Bosniern erhoben hatten, und erläuterten geduldig, er habe durch den Raketenbeschuss eine extreme Traumatisierung durchlitten. Einer bezeichnete seine Geschichte als phantastische Vermengung nuklearer Kindheitsalbträume mit Sciencefictionfilmen und dem Morden, dessen Zeuge er geworden oder an dem er selbst teilgenommen hatte, eine Art großamerikanischer feuchter Traum. Ein anderer verwies auf ähnliche Erzählungen von »wilden Menschen« in den Waldlegenden aus dem mittelalterlichen Europa und vermutete, Branch plagiiere altbekannte Mythen.

Schließlich begriff er, dass sie nichts anderes wollten, als dass er widerriefe. Branch tat ihnen freudig diesen Gefallen. Jawohl, sagte er, das war alles nur Einbildung. Eine geistige Verwirrung. Zulu Vier hat sich nie ereignet. Aber sie nahmen ihm seinen Widerruf nicht ab.

Nicht alle widmeten sich seinen Hirngespinsten mit solcher Hingabe. Ein aufsässiger Arzt namens Watts bestand darauf, dass die Heilung absoluten Vorrang habe. Gegen den Wunsch der Forscher versuchte er, Branchs Kreislauf mit Sauerstoff zu fluten und bestrahlte ihn mit ultraviolettem Licht. Schließlich beruhigte sich Branchs Metamorphose. Die Kalziumauswüchse auf seinem Kopf bildeten sich zurück. Seine Wahrnehmung näherte sich wieder normalen Werten an. Er konnte wieder bei Sonnenschein sehen. Trotz allem war Branch nach wie vor missgestaltet. Hinsichtlich seiner Verbrennungsnarben und seiner Albträume konnten sie nicht viel tun. Aber es ging ihm besser.

Eines Morgens, elf Monate nach seiner Ankunft, wurde Branch, dem es in grellem Tageslicht und an der frischen Luft nicht besonders gut ging, mitgeteilt, er könne seine Sachen packen und gehen. Man hätte ihn wohl einfach entlassen, doch die Army hatte etwas gegen Freaks mit Kriegsmedaillen, die auf Amerikas Straßen herumlungerten. Also schickte man ihn kurzerhand nach Bosnien zurück. Da wusste man wenigstens, wo man ihn bei Bedarf finden würde.

Bosnien hatte sich verändert. Branchs Einheit war längst weitergezogen. Camp Molly war eine schwache Erinnerung auf einer Hügelkuppe. Unten im Basislager Eagle unweit von Tusla wusste man nicht, was man mit einem Hubschrauberpiloten anfangen sollte, der nicht mehr fliegen konnte, und so teilte man Branch ein paar Fußsoldaten zu, verbunden mit der Aufforderung, sich irgendwie nützlich zu machen. Selbstverwirklichung in Tarnkleidung: Es gab schlimmere Schicksale. Mit dem Persilschein eines Verbannten machte er sich mit seinem Zug sorgloser Schützen auf nach Zulu Vier.

Es waren allesamt Kids, die erst vor kurzem das Saufen und Gammeln, das Herumhängen in Gangs oder die Internet-Surferei aufgegeben hatten. Keiner von ihnen hatte echte Fronterfahrung. Als sich herumsprach, dass Branch vorhatte, bewaffnet unter die Erde zu gehen, prügelten sich diese acht Jungs förmlich darum dabei zu sein. Endlich Action.

Zulu Vier war so weit zur Normalität zurückgekehrt, wie man das vom Schauplatz eines Massakers behaupten kann. Das Gas hatte sich verzogen. Das Massengrab war platt gewalzt worden. Die Stelle war von einer Betontafel mit einem islamischen Halbmond und einem Stern gekennzeichnet. Man musste sehr genau suchen, um noch Bruchstücke von Branchs fliegendem Schlachtschiff zu finden.

Die Hänge und Täler der Umgebung waren von Kohlebergwerken förmlich perforiert. Branch suchte sich irgendeinen Schacht aus, und die Jungs folgten ihm hinein. In späteren Geschichtsbüchern wurde ihre spontane Erforschung als erste Sondierung durch nationale Militäreinheiten berühmt. Sie markierte den Beginn dessen, was schon bald nur noch »der Abstieg« genannt wurde.

Sie gingen so vorbereitet an ihre Aufgabe heran, wie es in jenen frühen Tagen eben üblich war: mit Hand-Taschenlampen und einer einzigen Seilrolle. Einem Pfad der Bergarbeiter folgend, gingen sie – sämtliche Sicherheitsvorkehrungen ignorierend – aufrecht durch enge, mit Holzpfeilern und Deckenstützen ausgekleideten Tunnels. Nach drei Stunden kamen sie an einen Riss in der Wand. Da überall Steinschutt auf dem Boden verstreut lag, sah es ganz so aus, als habe sich jemand aus dem Stein herausgegraben.

Einer plötzlichen Eingebung folgend, führte sie Branch in diesen Nebentunnel. Entgegen aller Erwartungen verzweigte er sich zu einem immer weiter und tiefer reichenden Netzwerk. Diese Gänge hatte kein Bergarbeiter gegraben. Die Passage war kaum ausgebaut, aber uralt, ein natürlicher Spalt, der unablässig nach unten verlief. Weiter unten war der Weg hier und da ein wenig ausgebessert worden: Enge Durchgänge waren breiter gekratzt, instabile Decken mit übereinandergestapelten Felsbrocken gestützt worden. Einigen Steinarbeiten haftete so etwas wie eine römische Qualität an, einige der Bögen verfügten über grobe Schlusssteine. An anderen Stellen hatte tropfendes, mineralisches Wasser Kalksteinstangen geschaffen, die von der Decke bis auf den Boden reichten.

Wieder eine Stunde weiter fanden die GIs an einer Stelle Knochen. Jemand hatte Leichenteile bis hierher hereingeschleppt. Überall auf dem Weg lagen billiger Schmuck und noch billigere osteuropäische Armbanduhren verstreut. Die Grabräuber waren sehr nachlässig und in großer Eile gewesen. Die verstreuten makabren Überreste erinnerten Branch an die aufgerissene Halloween-Tüte eines Kindes.

Sie drangen immer weiter vor, leuchteten in Seitengänge und

murrten über möglicherweise drohende Gefahren. Branch sagte, sie könnten jederzeit zurückgehen, aber sie blieben bei ihm. In tiefer gelegenen Tunneln fanden sie noch tiefere Tunnel. Am Ende dieser Tunnel entdeckten sie wieder weitere Tunnel.

Als sie endlich von einem weiteren Abstieg absahen, hatten sie keine Ahnung, wie weit sie bereits in die Tiefe vorgedrungen waren. Sie kamen sich vor wie im Bauch des Wals.

Die Geschichte menschlicher Expeditionen in die Unterwelt, die Überlieferungen vorsichtiger Forschungsunternehmungen waren ihnen nicht bekannt. Sie waren nicht aus Begeisterung für Höhlenwanderungen in diesen bosnischen Höllenschlund hinabgestiegen. Es handelte sich um ganz normale Männer in ziemlich normalen Zeiten, von denen keiner darauf versessen war, den höchsten Berg zu bezwingen oder den Ozean im Alleingang zu überqueren. Keiner von ihnen sah sich als neuer Columbus oder Balboa oder Magellan oder Cook oder Galilei, keiner hatte es darauf abgesehen, neue Kontinente, neue Handelswege oder neue Planeten zu entdecken. Sie wollten nicht einmal dorthin, wo sie eigentlich landeten. Und doch waren sie es, die dieses Tor zum Hades, das Höllentor aufstießen.

Nach zwei Tagen in dem eigenartigen, gewundenen Korridor, war Branchs Trupp an den Grenzen seiner Möglichkeiten angekommen. Die Männer bekamen es mit der Angst zu tun. Denn dort, wo sich die Tunnel zum aberhundertsten Male verzweigten und immer weiter in die Tiefe wanden, trafen sie auf eine Spur. Einen Fußabdruck, der nicht unbedingt menschlich zu nennen war. Jemand machte eine Polaroidaufnahme, und dann sahen sie zu, dass sie schleunigst wieder an die Oberfläche kamen.

Der Abdruck auf dem Polaroidfoto des GI löste eine Paranoia von dem Kaliber aus, wie sie sonst nur nuklearen Unfällen und anderen militärischen Ausrutschern vorbehalten war. Er wurde zur Geheimsache erklärt. Der Nationale Sicherheitsrat trat zusammen. Am folgenden Morgen trafen die Kommandeure der NATO in Brüssel zusammen. Unter allerhöchster Geheimhaltung kamen die Streitkräfte von zehn Staaten überein, auch den Rest von Branchs Albtraum zu erforschen.

Branch stand vor dem versammelten Generalstab. »Ich weiß nicht, was das für Wesen waren«, sagte er bei einer erneuten Beschreibung seiner Absturznacht damals in Bosnien. »Aber sie ernährten sich von den Toten, und sie waren nicht wie wir.«

Die Generäle ließen das Foto mit der Tierfährte herumgehen. Es zeigte einen bloßen Fuß, breit und flach, und mit einer seitlich wie ein Daumen abstehenden großen Zehe.

»Wachsen Ihnen da Hörner am Kopf, Major?«, fragte einer von ihnen.

»Die Ärzte nennen sie Osteophyten«, antwortete Branch und betastete seinen Schädel. Er hätte gut und gerne das Ergebnis einer Artenmischung sein können, eines Unfalls zwischen zwei Spezies. »Sie fingen bei unserem Abstieg wieder an zu wachsen.«

Die Generäle kamen letztendlich zu dem Schluss, dass es mit diesem Kohlenschacht irgendwo auf dem Balkan mehr auf sich hatte. Branch kam sich plötzlich nicht mehr wie angeschlagenes Stückgut vor, sondern wie ein Prophet wider Willen. Wie durch ein Wunder wurde er wieder in sein altes Kommando eingesetzt und durfte nach eigenem Ermessen schalten und walten. Aus seinen acht Soldaten wurden achthundert. Schon bald schlossen sich ihnen andere Armeen an. Aus den achthundert Mann wurden achttausend und bald darauf noch mehr.

Ausgehend von den Kohlebergwerken nahe Zulu Vier, drangen die Aufklärungspatrouillen der NATO immer tiefer und weiter in das Tunnelsystem vor und trugen nach und nach das Bild eines gigantischen Netzwerks Tausende von Metern unterhalb Europas zusammen, wobei jeder Pfad des Systems mit den anderen in Verbindung stand. Man konnte in Italien hinabsteigen und in Tschechien, Spanien, Mazedonien oder Südfrankreich wieder herauskommen. Hinsichtlich der generellen Ausrichtung dieses Wegenetzes jedoch bestand schon bald kein Zweifel mehr: die Höhlen, Gänge und Schächte führten ausnahmslos nach unten.

Das alles wurde streng geheim gehalten. Natürlich gab es Verletzungen, auch einige Todesfälle. Doch die Verluste ließen sich allesamt auf eingebrochene Decken, gerissene Seile oder irgendwo in tiefe Löcher gestürzte Soldaten zurückführen: Betriebsunfälle und menschliches Versagen. Alles hatte eben seinen Preis.

Das Geheimnis konnte selbst dann noch gewahrt werden, als ein Zivilist, ein Höhlentaucher namens Harrigan in eine Kalksteindoline namens Jacob's Well in Süd-Texas hinabstieg, die angeblich die Edwards Aquifer durchschnitt. Er behauptete, in einer Tiefe von 1600 Metern eine ganze Reihe von Nebengängen gefunden zu haben, die immer noch tiefer hinabführten. Außerdem schwor er, an den Wänden Malereien aus der Zeit der Maya und Azteken gesehen zu haben. In gut anderthalb Kilometern Tiefe! Die Medien sprangen zunächst darauf an, sahen sich ein bisschen um und verwarfen die Sache prompt als entweder absichtliche Falschmeldung oder durch Drogen hervorgerufene Wahnvorstellung. Am Tag, nachdem sich der Texaner öffentlich zum Narren gemacht hatte, verschwand er. Die Leute aus der Gegend vermuteten, er habe die peinliche Situation nicht ausgehalten und sich aus dem Staub gemacht. Tatsächlich war Harrigan von den SEALS gekidnappt worden. Dann hatte man ihm ein saftiges Beratergehalt angeboten, einen Eid auf die nationale Sicherheit schwören lassen und ihn dann darauf angesetzt, das unterirdische Amerika zu enträtseln.

Die Jagd war eröffnet. Nachdem die psychologische Barriere von »Minus Fünf« gefallen war – die magischen fünftausend Fuß oder sechzehnhundert Meter –, die den Höhlenkletterern so viel Respekt einflößte, wie einst der Himalaya mit seinen 8000 Meter hohen Bergriesen die Bergsteiger mit Ehrfurcht erfüllt hatte, gab es kein Halten mehr. Einer von Branchs Spähtrupps stieß eine Woche nach Harrigans Coup bis zu einer Tiefe von Minus Sieben vor. Im fünften Monat verzeichneten die Militärs einen Rekord von Minus Fünfzehn. Die Unterwelt war allgegenwärtig und erstaunlich zugänglich. Unter jedem Kontinent taten sich weit verzweigte Tunnelsysteme auf. Unter jeder Stadt.

Die Armeen schwärmten immer tiefer aus und lernten die ausgedehnte und komplexe Subgeographie unter den Eisenbergwerken von West Cumberland in Südwales, dem Hölloch in der Schweiz und der Kluft von Epos in Griechenland, den Picos Mountains im Baskenland, den Kohlengruben in Kentucky, den Cenotes von Yucatan, den Diamantenminen von Südafrika und unter Dutzenden anderer Orte kennen. Die Nordhalbkugel der Erde war besonders reich an Kalkstein, der in tieferen Schichten in wärmeren Marmor und schließlich, viel tiefer, in Basalt überging. Dieses Fundament war so dick und widerstandsfähig, dass es die gesamte Erdoberfläche stützte. Da der Mensch diese Schicht nur selten – anlässlich einiger Probebohrungen nach Erdöl und des schon längst abgebrochenen Moho-Projekts – angebohrt hatte, hatten die Geologen den Basalt stets als feste, komprimierte Masse angesehen. Jetzt hingegen entdeckte man dort ein planetenumspannendes Labyrinth. Geologische Kapillaren erstreckten sich über Tausende von Kilometern, und man munkelte sogar, sie reichten bis weit unter die Ozeane.

Neun Monate vergingen. Tag für Tag trieben die Armeen ihr kollektives Wissen ein kleines Stück weiter, ein kleines Stück tiefer. Die Budgets der Armee- und Marinepioniere explodierten förmlich. Sie wurden zur Ausschalung von Tunnels, zur Konstruktion neuer Transportsysteme, zum Bohren von Versorgungsschächten, zum Bau von Aufzügen, zum Drillen von Kanälen und zur Einrichtung ganzer unterirdischer Lager eingesetzt. Sie pflasterten sogar Parkplätze, tausend Meter unterhalb der Erdoberfläche. Straßen führten durch Höhleneingänge tiefer in die Berge hinein, dienten als Zufahrten für Panzer, Humvees und Anderthalbtonner, die pausenlos Geschütze, Truppen und Nachschub ins Erdinnere transportierten.

Über ein halbes Jahr lang ergossen sich internationale Patrouillen zu Hunderten in die geheimen Winkel und Nischen der Erde. In den Ausbildungslagern wurde das Programm von Grund auf umgestellt. Alte Hasen saßen in Lehrfilmen für Bergarbeiter über Grundtechniken der Verstrebung und des Umgangs mit einer Karbidlampe. Ausbildungsleiter fingen an, ihre Rekruten zu mitternächtlicher Stunde zu den Schießständen zu treiben, um dort mit ihnen im Dunkeln Schießen und Abseilen mit verbundenen Augen zu üben. Assistenzärzte und Sanitäter wurden angehalten, ihre Studien der Histoplasmose zu widmen, eine durch Fledermaus-Guano ausgelöste Pilzinfektion, bei der die Lungen in sich zusammenfielen, außerdem Mulu-Fuß, eine tropische Höhlenkrankheit. Keinem von ihnen wurde mitgeteilt, welchen praktischen Nutzen das letztendlich haben sollte – bis sie eines Tages in den Schoß der Erde einfuhren.

Woche für Woche steigerte sich das Ausmaß dreidimensionaler, vierfarbiger Wurmfortsätze horizontal und vertikal unter der Landkarte Europas und Asiens. Ältere Unteroffiziere wollten ihrem glücklichen Schicksal kaum glauben: Vietnam ohne Vietnamesen! Der Feind stellte sich als Hirngespinst eines einzelgängerischen, entstellten Majors heraus. Niemand außer Branch konnte für sich in Anspruch nehmen, Dämonen mit fischweißer Haut gesehen zu haben.

Nicht, dass es keine »Feinde« gegeben hätte. Die Hinweise auf eine Besiedlung waren verblüffend, manchmal sogar schauerlich. Selbst in dieser Tiefe wiesen Spuren auf eine erstaunliche Vielfalt von Lebensformen hin, angefangen bei Tausendfüßlern über Fische bis hin zu einem etwa menschengroßen Zweibeiner. Ein Fetzen eines ledrigen Flügels ließ Spekulationen über unterirdische Flugwesen aufkommen und die Visionen des Heiligen Hieronymus von fledermausartigen dunklen Engeln aufleben.

In Ermangelung eines handfesten Exemplars hatten die Wissenschaftler den Feind auf den Namen *Homo hadalis* getauft, obwohl sie die Ersten waren, die zugaben, dass niemand sagen konnte, ob er überhaupt hominid war. Allgemein sprach man schon bald nur noch von den Hadal. Abfallhaufen bezeugten, dass diese affenartigen Kreaturen halbnomadische Gemeinschaftswesen sein mussten. Das Bild eines rauen, mühevollen Daseins entstand, das das entbehrungsreiche Leben der mittelalterlichen Landbevölkerung vergleichsweise angenehm erscheinen ließ.

Aber wer auch immer dort unten lebte – und die Beweise für eine primitive Besiedlung waren in den unteren Schichten unleugbar –, war verscheucht worden. Man traf auf keinerlei Widerstand, nicht der geringste Kontakt kam zu Stande. Kein einziges lebendes Wesen wurde gesichtet. Nur jede Menge Höhlenmenschen-Souvenirs: behauene Keile aus Feuerstein, zurechtgeschnitzte Tierknochen, Höhlenmalereien und stapelweise von der Oberfläche gestohlener Plunder wie zerbrochene Bleistifte, leere Cola-Dosen und Bierflaschen, Münzen, Glühbirnen und ausgebrannte Zündkerzen. Die Feigheit des Feindes wurde offiziell mit seiner Aversion gegen das Licht entschuldigt. Die Soldaten konnten es kaum erwarten, endlich zuzuschlagen.

Die militärische Inbesitznahme dehnte sich immer tiefer und weiter in der atemberaubenden Stille unter der Erde aus. Geheimdienste erfreuten sich an Nachrichtensperren für die Post nach Hause sowie Ausgangssperren für die Einheiten und einem Medien-Embargo.

Die Militärexpedition ging in ihren zehnten Monat. Es hatte den Anschein, als sei diese neue Welt am Ende doch leer, und die Nationalstaaten müssten es sich einfach nur in ihren Kellergeschossen bequem machen, ihren Besitzstand katalogisieren und Feinabstimmungen hinsichtlich der neuen unterirdischen Grenzen vornehmen. Die Eroberung entpuppte sich als Kinderspaziergang. Branch mahnte immer wieder zur Vorsicht, doch die Soldaten hielten es schon bald nicht mehr für nötig, Waffen zu tragen. Patrouillen nahmen den Charakter von Picknickausflügen oder einer fröhlichen Suche nach Pfeilspitzen an. Es gab ein paar Knochenbrüche, den einen oder anderen Fledermausbiss. Hin und wieder brach eine Decke herunter, oder jemand verschwand in einem abgrundtiefen Nebenschacht. Insgesamt gesehen war es um die Sicherheit sogar besser als sonst bestellt. Bleibt auf der Hut, predigte Branch seinen Rangers, doch mittlerweile hörte er sich schon wie ein Gewohnheitsnörgler an, selbst in den eigenen Ohren.

Und dann passierte es. Am 24. November kehrten Soldaten aus dem ganzen Bereich des Subplaneten nicht mehr zu ihren Höhlencamps zurück. Suchtrupps wurden losgeschickt. Nur wenige kamen zurück. Sorgfältig installierte Verbindungsleitungen verstummten. Ganze Tunnel brachen ein.

Es war, als hätte der gesamte Subplanet die Klospülung betätigt. Von Norwegen bis Bolivien, von Australien bis Labrador, von weit vorgeschobenen Posten bis zu kaum zehn Meter vom hellen Sonnenlicht entfernten Lagern verschwanden ganze Armeen spurlos. Später sprach man von Dezimierung, was genau genommen den Tod eines jeden zehnten Soldaten bedeutete. Was am 24. November – und danach immer wieder – geschah, war jedoch das genaue Gegenteil: am Ende kam im Schnitt weniger als einer von zehn Soldaten mit dem Leben davon. Es war der älteste Trick in der Geschichte der Kriegsführung. Man wiegt den Feind in Sorglosigkeit. Man lockt ihn immer tiefer aufs eigene Terrain. Dann schneidet man ihm den Kopf ab. Buchstäblich.

Unterhalb Polens fand man auf Minus Sechs einen Tunnel mit den Schädeln von dreitausend russischen, deutschen und britischen NATO-Soldaten. Dreihundert Meter unter Kreta wurden acht Teams von LRRPS und Navy SEALS in einer Höhle gekreuzigt aufgefunden. Sie waren an weit voneinander entfernten Orten lebendig gefangen genommen, zusammengetrieben und dann zu Tode gefoltert worden.

Wahlloses Morden war eine Sache, doch das hier schien auf etwas völlig anderes abzuzielen. Hier war eindeutig eine höhere Intelligenz am Werk. Die Untaten waren genau geplant, aufeinander abgestimmt und auf Kommando exakt durchgeführt worden. Jemand – oder eine bestimmte Gruppe – hatte auf einem Gebiet von dreißigtausend Quadratkilometern eine groß angelegte Schlächterei choreographiert. Es war, als wäre eine Rasse Aliens an den Gestaden der Menschheit gelandet.

Branch lebte, aber nur, weil er auf Grund einer immer wieder ausbrechenden Malaria krankgeschrieben war. Während sich seine Leute weiter in die Tiefe vorankämpften, lag er unter einem Berg Eisbeutel in der Krankenstation und halluzinierte. Als er die schrecklichen Nachrichten auf CNN hörte, glaubte er zunächst an eine weitere Ausgeburt seines Deliriums.

Halb im Fieberwahn verfolgte Branch am 2. Dezember die Ansprache seines Präsidenten an die Nation, zur besten Sendezeit. Diesmal erschien er ohne Make-up. Er hatte geweint.

»Liebe amerikanische Mitbürger«, verkündete er. »Es ist meine schmerzliche Pflicht…« In düsteren Tönen gab das Staatsoberhaupt die Verluste bekannt, die das amerikanische Militär in der vergangenen Woche erlitten hatte: alles in allem 29 543 Vermisste. Man befürchtete das Schlimmste. Im Lauf von drei schrecklichen Tagen hatten die Vereinigten Staaten halb so viele Tote zu beklagen wie im ganzen Vietnamkrieg. Der Präsident ging mit keiner Silbe auf die weltweiten Verluste ein, die sich auf die unglaubliche

Zahl von einer Viertelmillion Soldaten beliefen. Er hielt inne. Er räusperte sich unbehaglich, raschelte mit seinen Unterlagen, schob sie zur Seite.

»Die Hölle existiert.« Er hob das Kinn. »Es gibt sie wirklich, es ist ein geologischer, historischer Ort direkt unter unseren Füßen. Und sie ist bewohnt. Von grausamen Kreaturen.« Seine Lippen wurden ganz schmal. »Den grausamsten überhaupt«, fügte er hinzu, und einen Augenblick war sein unbändiger Zorn sichtbar.

»Das ganze vergangene Jahr über führten die Vereinigten Staaten, in Absprache und in Allianz mit anderen Staaten, die systematische Untersuchung der Ränder dieses gewaltigen unterirdischen Territoriums durch. Auf meinen Befehl machten sich 43 000 amerikanische Soldaten an seine Erforschung und Durchsuchung. Unsere Erkundungen ergaben, dass das Gebiet jenseits dieser Grenzen von unbekannten Lebensformen bewohnt ist. Daran ist nichts Übersinnliches. Im Laufe der kommenden Tage und Wochen werden Sie sich wahrscheinlich fragen, wie es möglich ist, dass wir diese Wesen noch nie zuvor bemerkt, keines von ihnen je zu Gesicht bekommen haben. Die Antwort lautet: Wir haben sie gesehen. Seit Anbeginn der Menschheit haben wir ihre Anwesenheit mitten unter uns vermutet. Wir haben sie gefürchtet. Gedichte über sie geschrieben, Religionen gegen sie errichtet. Bis vor kurzem wussten wir nicht, wie viel wir tatsächlich wissen. Bis vor wenigen Tagen galten diese Kreaturen entweder als längst ausgestorben oder aber man ging davon aus, dass sie sich vor unseren militärischen Stoßtrupps zurückzogen. Jetzt wissen wir es besser.«

Der Präsident verstummte. Der Kameramann zog das Bild auf und wollte gerade ausblenden, als der Präsident noch einmal die Stimme erhob: »Verstehen Sie mich nicht falsch«, sagte er. »Wir werden dieses Reich der Finsternis niederzwingen. Wir werden diesen Erzfeind besiegen. Wir werden unser schreckliches Schwert auf die Mächte der Dunkelheit niederfahren lassen. Und wir werden gewinnen. Im Namen Gottes und der Freiheit! Wir werden siegen!«

Das Bild wechselte sofort zum Presseraum eine Etage tiefer. Der Sprecher des Weißen Hauses und ein Pentagon-Bulle standen vor den sich dort drängenden Journalisten. Selbst im Fieber erkannte Branch General Sandwell, vier Sterne und eine Brust wie ein Fass.

»Elender Drecksack«, murmelte er dem Fernseher zu.

Eine Dame von der L. A. Times erhob sich, sichtlich erschüttert: »Befinden wir uns im Krieg?«

»Bislang hat niemand einen Krieg erklärt«, antwortete der Sprecher.

»Krieg gegen die Hölle?«, fragte der Miami Herald.

»Kein Krieg.«

»Aber gegen die Hölle?«

»Wir sprechen von einer oberen lithosphärischen Umgebung. Einer abyssalen, von Löchern durchzogenen Region.«

General Sandwell drängte den Sprecher zur Seite. »Vergessen Sie alles, was Sie zu wissen glauben«, sagte er ins Mikrofon. »Es ist einfach nur ein Ort. Aber ohne Licht. Ohne Himmel. Ohne Mond. Die Zeit läuft ganz anders dort unten.« Sandy hat schon immer großen Unterhaltungswert gehabt, dachte Branch.

»Haben Sie Verstärkung losgeschickt?«

»Momentan verhalten wir uns abwartend und halten die Augen offen. Niemand wird runtergeschickt.«

»Müssen wir eine Invasion befürchten, Herr General?«

»Negativ.« Er blieb hart. »Jeder Eingang ist streng bewacht.«

»Aber... Kreaturen, Herr General?« Der Reporter von der New York Times schien beleidigt zu sein. »Sprechen wir hier von Teufeln und Dämonen mit Mistgabeln und Zangen? Haben unsere Widersacher Hufe und Schwänze und Hörner auf dem Kopf? Haben sie Flügel? Wie würden Sie diese Monster beschreiben, General?«

»Das ist noch geheim«, antwortete Sandwell. Aber die Bezeichnung »Monster« schien ihm sehr zu gefallen. Die Medien fingen bereits an, den Feind zu dämonisieren. »Letzte Frage.«

»Glauben Sie an den Satan, Herr General?«

»Ich glaube nur an den Sieg.« Der General schob das Mikro zur Seite und verließ den Raum mit energischen Schritten.

Branch fiel in ständig neue Fieberträume. Ein junger Kerl mit einem gebrochenen Bein im Nachbarbett schaltete pausenlos durch die Kanäle. Die ganze Nacht über, jedes Mal, wenn Branch die Augen öffnete, zeigte das Fernsehbild ein anderes Stadium der Surrealität. Der Tag brach an. Die örtlichen Nachrichtensprecher waren gut vorbereitet worden. Sie verbannten jegliche Hysterie aus der Stimme und hielten sich strikt an den vorgefassten Text. *Momentan haben wir nur sehr wenige Informationen. Bleiben Sie dran, wir geben jede neue Meldung sofort weiter. Bitte verhalten Sie sich ruhig.* Am unteren Rand des Bildschirms lief pausenlos eine Textzeile durch, auf der für die Öffentlichkeit zugängliche Kirchen und Synagogen angezeigt waren. Zur Beratung der Angehörigen der vermissten Soldaten wurde von Seiten der Regierung eine Webseite eingerichtet. Die Börsenkurse stürzten radikal ab. Eine unselige Mixtur aus Kummer, Angst und Ausgelassenheit machte sich breit.

Nach und nach tauchten die ersten Überlebenden an der Oberfläche auf. Militärhospitäler nahmen blutbefleckte Soldaten auf, die wie kleine Kinder von Untieren, Vampiren, Zombies und Scheusalen plapperten. Aus Mangel an Worten für die finsteren Ungeheuerlichkeiten tief unten in der Erde, behalfen sie sich mit Bibelgeschichten, Horrorfilmen und Phantasien aus der Kindheit. Chinesische Soldaten sahen Drachen, buddhistische Dämonen. Jungs aus Arkansas sahen Beelzebub und Außerirdische.

Die Schwerkraft trug den Sieg über menschliche Zeremonien davon. In den Tagen, die auf die große Dezimierung folgten, sah man ein, dass man einfach nicht über die Möglichkeiten verfügte, alle Leichen an die Oberfläche zu transportieren, nur um sie anschließend wieder zwei Meter tief in der Erde zu vergraben. Es war nicht einmal genug Zeit, um in den Höhlen Massengräber auszuheben. Stattdessen wurden die Leichen in Seitentunnels aufgeschichtet und die Eingänge mit Plastiksprengstoff versiegelt. Bei den wenigen Beerdigungen mit richtigen Leichen blieben die Särge verschlossen, die Deckel unter dem Sternenbanner waren fest angeschraubt. »Keine Besichtigung.«

Die Aufklärung der Zivilbevölkerung wurde der Bundesnotstandsbehörde übertragen. Aus Mangel an handhabbaren Informationen holte man bei der BNB die antiquierten Broschüren mit den Verhaltensmaßregeln für Atomangriffe aus den siebziger Jahren aus der Mottenkiste und verteilte sie an Gouverneure, Bürgermeister und Stadträte. *Lassen Sie Ihr Radio angeschaltet. Legen Sie sich Lebensmittelvorräte an. Sorgen Sie für ausreichend Wasser. Halten Sie sich von den Fenstern fern. Bleiben Sie im Keller. Beten Sie.*

Diese Ratschläge hatten als böses Omen leer gekaufte Lebensmittelläden und Waffengeschäfte zur Folge. Bald begleiteten Kamerateams Nationalgardisten, die sich entlang der Schnellstraßen aufstellten und Ghettos einkreisten. Umleitungen führten zu Straßensperren, an denen Kraftfahrer durchsucht und um Waffen und Alkohol erleichtert wurden. Die Dämmerung senkte sich herab. Polizei- und Armeehubschrauber patrouillierten über den Himmel und tauchten potenzielle Krisengebiete in grelles Scheinwerferlicht.

Zuerst brach es eines Nachts in South Central Los Angeles los, was niemanden sonderlich überraschte. Dann kam Atlanta an die Reihe. Feuersbrünste und Plünderungen. Schießereien. Vergewaltigungen. Bandenkriminalität. Die ganze Palette. Es folgten Detroit und Houston. Miami. Baltimore. Die Garde sah dem Treiben aufmerksam zu, gemäß ihres Befehls, den tobenden Pöbel in seinen eigenen Stadtvierteln zu belassen und sich nicht einzumischen.

Dann gingen die Vorstädte in Flammen auf, und darauf war niemand vorbereitet gewesen. Von Silicon Valley bis Highlands Ranch und Silver Springs ließen die Pendler aus den Schlafstädten mal so richtig die Sau raus. Jetzt wurden die Gewehre ausgepackt, und mit ihnen der ganze unterschwellige Hass und Neid. Die so genannte Mittelschicht brach auseinander. Es begann mit Terroranrufen von Haus zu Haus, und der ungläubige Schrecken verwandelte sich rasch in die Gewissheit, dass der Tod direkt unter den Rasensprengern lauerte. Wie sich herausstellte, hatte sich auch in den besseren Wohnsiedlungen so einiges angestaut, was jetzt herauswollte. Die Brandstiftungen und Gewalttaten in den Vororten stellten sogar die Ghettos in den Schatten. Im Nachhinein blieb den Befehlshabern der Garde nichts anderes zu berichten, als dass sie gerade von den Leuten, die einen sauber gemähten Vorgarten ihr Eigen nannten, ein derartig unzivilisiertes Benehmen nicht erwartet hätten.

Auf Branchs Fernseher sah das alles aus wie die letzte Nacht auf Erden. Was es für viele Menschen auch war. Als die Sonne am folgenden Morgen aufging, beschien sie ein Szenario, das die USA seit den Tagen der Angst vor der Bombe befürchtet hatten. Sechsspurige Autobahnen waren von den zerfetzten, ausgebrannten Autos und LKWs derjenigen verstopft, die dem Chaos zu entrinnen versucht hatten. Es hatten sich erbitterte Kämpfe abgespielt. Banden hatten die Staus durchkämmt und ganze Familien erschossen und erstochen. Überlebende wankten im Schockzustand auf der Suche nach Wasser umher. Schmutziger Rauch wälzte sich über den Himmel urbaner Ansiedlungen. Es war der Tag der Sirenen. Wetterhubschrauber und ausschwärmende Sendewagen streiften an den Rändern zerstörter Innenstädte entlang. Auf allen Kanälen gab es nichts als Verwüstung zu sehen.

Im amerikanischen Abgeordnetenhaus verlangte der Mehrheitsführer C. C. Cooper, ein Selfmade-Milliardär mit Ambitionen in Richtung Weißes Haus, lauthals nach dem Kriegsrecht. Er hielt neunzig Tage für einen angemessenen Zeitraum, um wieder zur Besinnung zu kommen. Ihm widersprach als Einzige eine schwarze Frau, die Ehrfurcht einflößende Rebecca January. Branch hörte zu, wie sie seinen Antrag mit ihren behäbigen texanischen Vokalen auseinander pflückte.

»Nur neunzig Tage, mehr nicht?«, donnerte sie vom Podium herab. »Auf keinen Fall, mein Herr, nicht mit mir. Das Kriegsrecht ist eine Schlange, Herr Senator. Der Same der Tyrannei. Ich fordere meine verehrten Kollegen mit allem Nachdruck auf, gegen diese Maßnahme zu stimmen...« Der Antrag wurde mit 99 zu 1 angenommen. Der Präsident, eingefallen und übernächtigt, griff mit beiden Händen nach dem politischen Schutzmäntelchen und rief das Kriegsrecht aus.

Um 13 Uhr EST setzten die Generäle Amerika unter Arrest. Die Ausgangssperre war von Freitag ab Sonnenuntergang bis Montag Sonnenaufgang angesetzt. Es war reiner Zufall, doch die Beruhigungsperiode fiel genau auf den kirchlichen Ruhetag. Seit den Tagen der Puritaner hatte das Alte Testament keine derartige Gewalt mehr über Amerika ausgeübt: Ehre den Sabbat, oder du wirst ohne Vorwarnung erschossen!

Es funktionierte. Die erste große Woge des Schreckens verebbte.

Eigenartigerweise war Amerika den Generälen dankbar. Die Autobahnen wurden freigeräumt, Plünderer niedergeschossen. Am Montag durften die ersten Supermärkte wieder eröffnen. Am Mittwoch gingen die Kinder wieder zur Schule. Fabriken öffneten ihre Tore. Der Gedanke war der, möglichst schnell zur Normalität zurückzukehren, wieder gelbe Schulbusse auf den Straßen fahren zu sehen, das Geld in Umlauf zu bringen, dem Land das Bewusstsein zu vermitteln, zu sich selbst zurückgekehrt zu sein.

Misstrauisch traten die Leute vor ihre Häuser und klaubten die Überreste der Krawalle aus ihren Vorgärten. In den Vorstädten halfen Nachbarn, die kurz zuvor einander an die Kehle gegangen waren, sich gegenseitig beim Wegrechen der Glasscherben und beim Auffegen der Asche. Prozessionen von Müllwagen zogen durch die Straßen. Das Wetter war prächtig für Anfang Dezember. In den Nachrichtensendungen sah Amerika wieder aus wie zuvor.

Quasi über Nacht blickte der Mensch nicht mehr zu den Sternen empor. Die Astronomen fielen in Ungnade. Es war an der Zeit, nach innen zu blicken. Diesen gesamten ersten Winter hindurch wurden große, eilig mit Veteranen, Polizisten, Sicherheitsdienstlern und sogar Söldnern aufgefüllte Armeen an den weit verstreuten Eingängen zur Unterwelt stationiert, wo sie ihre Gewehrläufe in die Dunkelheit richteten und abwarteten, dass die Regierungen und die Industrie weitere Rekruten und Waffen zusammenkratzten, um eine überwältigende Streitmacht aufzustellen.

Einen ganzen Monat lang ging niemand mehr hinunter. Das CEOS, Verwaltungsräte und religiöse Einrichtungen setzten den Generälen und Politikern zu, die Wiedereroberung und ihre Forschungsexpeditionen wieder aufzunehmen. Doch inzwischen belief sich der Blutzoll auf über eine Million Menschen, darunter fast die gesamte afghanische Taliban-Armee, die auf der Jagd nach ihrem islamischen Satan komplett in den Abgrund gegangen war.

Die Generäle verwahrten sich dagegen, weitere Truppen hinunterzuschicken. Eine kleine Roboterlegion aus dem Marsprojekt der NASA wurde abkommandiert und in den Dienst der Untersuchung des neuen Planeten innerhalb des eigenen Planeten gestellt. Die Maschinen krochen auf metallenen Spinnenbeinen durch die Gänge und waren mit einer ganzen Phalanx an Sensoren und Videogeräten ausgerüstet, die es mit den unwirtlichsten Bedingungen auf weit entfernten Planeten aufnehmen konnten. Es gab dreizehn Roboter, jeder war an die fünf Millionen Dollar wert – und die Marsforscher wollten sie alle intakt zurückbekommen.

Die Roboter wurden von sieben verschiedenen Stellen aus immer paarweise losgeschickt – bis auf den verbleibenden Einzelkämpfer. Heerscharen von Wissenschaftlern kontrollierten jeden Einzelnen von ihnen rund um die Uhr. Die »Spinnen« hielten sich recht gut. Als sie tiefer in die Erde vordrangen, wurde die Verbindung immer schlechter. Ihre elektronischen Signale, die von den alluvialen Ebenen und den Polen des Mars einwandfrei empfangen werden konnten, wurden von den dicken Steinschichten gestört. Die Signale mussten computerverstärkt, interpretiert und zusammengesetzt werden. Manchmal dauerte es viele Stunden, bis eine Übertragung zur Oberfläche durchdrang, dazu mehrere Stunden oder gar Tage, um das elektronische Häcksel zu entwirren. Immer weniger Übertragungsdaten gelangten nach oben.

Was jedoch ankam, zeigte ein derartig phantastisches Erdinneres, dass die Planetologen und Geologen sich weigerten, ihren Instrumenten zu glauben. Die elektronischen Spinnen brauchten eine Woche, bis sie die ersten Bilder von Menschen sendeten. Tief in der Kalksteinwildnis von Terbil Tem unter Papua-Neuguinea waren Knochen als ultraviolette Stäbe auf den Computerschirmen zu sehen. Schätzungen reichten von fünf bis zwölf Skeletten in einer Tiefe von viertausend Metern. Einen Tag darauf fanden sie viele Kilometer im Inneren der vulkanischen Bienenwaben rings um den Akiyoshi-dai in Japan Belege dafür, dass man ganze Menschengruppen in zuvor unerforschte Tiefen getrieben und dort niedergemetzelt hatte. Andere Roboter fanden tief unter dem algerischen Djurdjura-Massiv, unter der Tiefebene des Nanxu in der chinesischen Provinz Kwangsi, weit unterhalb der Höhlen des Mt. Carmel und tief unter Jerusalem die Überreste von Kampfhandlungen in engen Kammern, Kriechgängen und gewaltigen Höhlen.

»Schlimm, sehr schlimm«, keuchten auch die abgebrühtesten

Betrachter. Die Soldaten waren entkleidet und verstümmelt worden. Meistens fehlten die Köpfe ganz oder waren wie Bowlingkugeln zu Haufen aufgeschichtet. Schlimmer noch: Ihre Waffen waren verschwunden. Überall waren lediglich nackte Leichen zu sehen, die sich, unkenntlich gemacht, allmählich in bloße Knochenhaufen verwandelten. Man konnte nicht mehr erkennen, wer diese Männer und Frauen einmal gewesen waren.

Eine Spinne nach der anderen stellte ihre Übertragungen ein. Eigentlich hätten ihre Batterien noch viel länger halten müssen, und nicht alle waren bis zur Grenze ihrer Reichweite vorgedrungen. »Die killen unsere Roboter«, vermuteten die Wissenschaftler. Ende Dezember war nur noch einer übrig, ein einsamer Satellit, der in Tiefen herumkroch, in denen eigentlich nichts mehr leben konnte.

Tief unter Kopenhagen fing das Roboterauge ein merkwürdiges Detail ein: die Nahaufnahme eines Fischernetzes. Die Computercowboys klackerten an ihren Geräten herum und versuchten, das Bild besser aufzulösen, doch es gab nicht viel mehr her als überdimensionierte Verknüpfungen von Schnüren oder dünnen Seilen. Sie befahlen der Spinne, ein Stück weit zurückzugehen, um einen größeren Winkel einzufangen. Es verging fast ein ganzer Tag, bis die Spinne zurückfunkte, und was sie zeigte, war so dramatisch wie damals, als das erste Bild von der Rückseite des Mondes empfangen wurde. Was zuerst wie Fäden oder Seile ausgesehen hatte, entpuppte sich als miteinander verbundene Eisenringe. Bei dem Netz handelte es sich um ein Kettenhemd, die Rüstung eines frühen skandinavischen Kriegers. Das Wikingerskelett darin war schon längst zu Staub zerfallen. Dort, wo ein verzweifelter dunkler Kampf stattgefunden hatte, war die Rüstung selbst mit einem Eisenspeer an die Wand gespießt.

»So ein Schwachsinn!«, sagte jemand.

Doch als sich die Spinne auf Befehl im Kreis drehte, sahen sie, dass die gesamte Höhle mit Waffen und zerbrochenen Helmen aus der Eisenzeit angefüllt war. Also waren die NATO-Truppen, die afghanischen Taliban und die Soldaten eines Dutzend anderer moderner Armeen keinesfalls die Ersten, die in diese Höllenwelt vorgedrungen waren und die Waffen gegen die Dämonen der Menschen erhoben hatten.

»Was geht dort unten bloß vor sich?«, fragte der Einsatzleiter.

Nach einer weiteren Woche zeigten die sporadischen Übertragungen nur noch verwaschene Geräusche und elektromagnetische Impulse zufälliger Beben. Dann hörte die Spinne ganz zu senden auf. Man wartete noch drei Tage, dann wurde Befehl zur Auflösung der Station gegeben – als plötzlich doch noch ein »Piep« durchkam. Eilig wurden die Monitore wieder eingestöpselt.

Und endlich kriegten die Wissenschaftler ihr Gesicht.

Das statische Rauschen löste sich auf. Etwas bewegte sich über den Schirm, und im nächsten Augenblick wurde der Schirm schwarz. Sie spielten das Band in Zeitlupe ab und rangen ihm kleinste elektronische Teilchen eines Bildes ab. Das Wesen hatte allem Anschein nach mehrere Hörner oder ein Geweih und einen Schwanzstummel sowie je nach Kamerafilter rote oder grüne Augen. Dazu einen Mund, der vor Wut oder Entsetzen – oder aus mütterlichem Schutzinstinkt? – laut schreiend aufgerissen war, als sich die Kreatur auf den Roboter stürzte.

Es war Branch, der der Fassungslosigkeit ein Ende setzte. Sein Fieber ließ nach, und er übernahm wieder das Kommando über das, was inzwischen zu einem Geisterbataillon geworden war. Er beugte sich über die Karten und versuchte herauszufinden, wo sich seine Einsatzgruppen an jenem fatalen Tag aufgehalten haben mochten.

»Ich muss meine Leute finden«, funkte er seinen Vorgesetzten, aber sie wollten nichts davon hören.

»Bleiben Sie, wo Sie sind«, lautete ihr Befehl.

»Das ist nicht richtig«, sagte Branch, setzte sich aber nicht weiter mit ihnen auseinander. Er wandte sich vom Funkgerät ab, schulterte sein Sturmgepäck und schnappte sich sein Gewehr. Er marschierte an der Reihe deutscher Panzerfahrzeuge vorbei, die rings um den Eingang der Höhlen in den Leoganger Steinbergen in den Bayerischen Alpen geparkt waren, und achtete nicht auf die Offiziere, die lauthals »Halt!« brüllten. Die letzten seiner Ranger, insgesamt zwölf Mann, folgten ihm wie schwarze Gespenster, und die Besatzungen auf den Leopard-Panzern bekreuzigten sich.

Vier Tage lang waren die Tunnel geisterhaft verlassen, nicht der geringste Hinweis auf Gewaltanwendung, kein Hauch von Kordit, keine einzige Kugelschramme an der Wand. Sogar die Glühbirnen an den Wänden und Decken funktionierten. Doch dann, in einer Tiefe von minus 4150 Metern, brannten die Lichter nicht mehr. Die Soldaten schalteten ihre Stirnlampen an. Ab jetzt ging es langsamer voran.

Schließlich, sieben Camps weiter unten, enträtselten sie das Geheimnis von Kompanie A. Der Tunnel weitete sich zu einer großen Kammer mit hoher Decke. Sie bogen nach links ab und erreichten ein ausgedehntes Schlachtfeld. Es sah aus wie ein abgelassener See voller ertrunkener Schwimmer. Die Toten lagen einer über dem anderen und waren in diesem wirren Knäuel vertrocknet. Hier und da waren Leichen aufrecht gesetzt worden, damit sie ihren Kampf im Jenseits weiterführen konnten. Branch führte seine Leute weiter, ohne den Toten große Beachtung zu schenken. Sie fanden 7,62-mm-Munition für M16-Sturmgewehre, ein paar Gasmasken, einige zerschlagene Stahlhelme. Außerdem jede Menge primitiver Kultgegenstände.

Einige der toten Kämpfer waren wie am Knochen gedörrt und ihre zu engen Hautsäcke hatten sie verzerrt. Die verbogenen Wirbelsäulen, die aufgerissenen Münder und die Verstümmelungen schienen die zwischen ihnen hindurchmarschierenden Gaffer anzukläffen und anzuheulen. Es war die Hölle, wie man sie Branch früher in der Schule beschrieben hatte. Goya und Blake hatten anscheinend ihre Hausaufgaben ausgezeichnet gemacht.

Der Trupp bewegte sich mit hin und her schwankenden Lichtstrahlen durch die grässliche Szenerie. »Major«, flüsterte der Maschinengewehrschütze. »Die Augen.«

»Schon gesehen«, erwiderte Branch und ließ den Blick über die sich aufbäumenden und umgestürzten Leichname wandern. Bei jedem Gesicht waren die Augen ausgestochen worden. Er hatte begriffen. »Nach dem Gefecht am Little Big Horn«, sagte er, »kamen die Frauen der Sioux und durchstachen die Ohren der Soldaten. Man hatte die Soldaten davor gewarnt, die Stämme zu verfolgen, deshalb öffneten die Frauen ihnen die Ohren, damit sie beim nächsten Mal besser zuhörten.«

»Aber ich sehe hier keine Überlebenden«, stöhnte ein junger Bursche.

»Ich sehe auch keinen Haddie«, sagte ein anderer. Haddie war ihr neuester Spitzname für die Hadal – ein schwächlicher Versuch, den Schrecken zu bannen.

»Haltet die Augen auf«, brummte Branch. »Und wenn ihr schon dabei seid, sammelt die Hundemarken. Zumindest können wir ihre Namen mit nach oben nehmen.«

Manche Toten waren von Unmengen durchsichtiger Käfer und Albinofliegen bedeckt. Bei anderen hatten sich rasch vermehrende Pilzsporen nur noch die Knochen übrig gelassen. In einer Mulde waren die toten Soldaten in einer mineralischen Flüssigkeit glasiert und verwandelten sich bereits in einen Teil des Bodens. Die Erde selbst zehrte sie auf.

»Major«, sagte eine Stimme. »Das müssen Sie sich ansehen.«

Branch folgte dem Mann zu einem steilen Vorsprung. Die Toten waren säuberlich in einer langen Reihe einer neben den anderen gelegt worden. Im Licht von einem Dutzend Lampen sah der Trupp, dass die Leichen mit einem hellroten, pudrigen Ockerstaub bedeckt und dann mit leuchtend weißem Konfetti überstreut worden waren. Es sah direkt schön aus.

»Haddie?«, keuchte der Soldat.

Unter der Ockerschicht lagen tatsächlich Leichen ihrer Feinde. Branch kletterte zu dem Vorsprung hinüber. Aus der Nähe erkannte er, dass es sich bei dem weißen Konfetti um Zähne handelte. Es mussten Hunderte, ja Tausende sein – und es waren Menschenzähne. Er hob einen auf, einen Eckzahn, und sah, dass er an einigen Stellen abgeplatzt war. Dort musste er mit einem Stein aus dem Mund eines GI ausgeschlagen worden sein. Vorsichtig legte er ihn wieder zurück.

Die Köpfe der Hadalkrieger waren auf menschliche Schädel gebettet. Zu ihren Füßen lagen Opfergaben.

»Mäuse?«, fragte Sergeant Dornan verwundert. »Vertrocknete Mäuse?« Es gab jede Menge davon.

»Nein«, erwiderte Branch. »Genitalien.«

Die Leichname waren unterschiedlich groß. Einige waren größer als die Soldaten und hatten Schultern wie Massai-Krieger. Neben ihren säbelbeinigen Kameraden nahmen sie sich merkwürdig aus. Einige von ihnen hatten seltsam geformte Klauen anstelle von Finger- und Zehennägeln. Abgesehen davon, was sie mit ihren Zähnen angestellt hatten, und von den aus Knochen geschnitzten Penishüllen, sahen sie beinahe menschlich aus.

Zwischen den toten Hadal verstreut lagen außerdem fünf schlankere Gestalten, grazil, feingliedrig, feminin, aber doch eindeutig männlich. Auf den ersten Blick hatte Branch sie für Jugendliche gehalten, doch die Gesichter unter dem roten Ocker waren genauso gealtert wie die der anderen. Alle fünf hatten verformte Schädel und abgeflachte Hinterköpfe, die durch enge Fesseln in der Kindheit hervorgerufen wurden. Bei diesen kleinsten Hadal waren die übergroßen Eckzähne auch am deutlichsten ausgeprägt; manche so lang wie bei ausgewachsenen Pavianen.

»Wir müssen ein paar dieser Kadaver mit nach oben nehmen«, sagte Branch.

»Warum das denn, Major?«, fragte ein junger Kerl. »Das sind doch die Bösen.«

»Genau. Und sie sind tot«, meinte sein Kumpel.

»Sie sind ein positiver Beweis dafür, dass es sie überhaupt gibt. Und sie werden uns dabei helfen, mehr über sie in Erfahrung zu bringen«, erwiderte Branch. »Bislang kämpfen wir gegen etwas, das wir noch nie richtig gesehen haben. Wir kämpfen gegen unsere eigenen Albträume.« Die US-Army hatte bisher noch kein einziges Exemplar in die Hände bekommen. Die Hisbollah im Südlibanon behauptete, einen von ihnen lebendig gefangen zu haben, aber das glaubte niemand.

»Ich rühre diese Dinger nicht an. Nein, das sind Teufel, seht doch nur hin!«

Sie sahen wirklich eher wie Teufel als Menschen aus. Wie von Karzinomen überzogene Tiere. Wie ich, dachte Branch. Es fiel ihm schwer, ihre Menschengestalt mit den korallenartigen Hörnern in Verbindung zu bringen, die ihnen aus der Stirn wucherten. Nicht wenige sahen aus, als könnten sie jederzeit die Krallen ausstrecken und wieder lebendig werden. Er machte seinen Leuten aus ihrem Aberglauben keinen Vorwurf.

Sie hörten alle das Funkgerät gleichzeitig. Ein kratzendes Geräusch, das mitten in einem Haufen Trophäen ertönte. Branch wühlte sich vorsichtig durch Fotos, Armbanduhren und Eheringe, bevor er das Walkie-Talkie herauszog. Er drückte dreimal auf die Sendetaste. Es klickte dreimal zur Antwort.

»Da unten ist jemand«, sagte ein Ranger.

»Genau. Bloß wer?« Sie überlegten. Menschenzähne knackten unter ihren Stiefeln.

»Identifizieren Sie sich. Over«, sprach Branch ins Funkgerät.

Sie warteten. Die Stimme, die antwortete, sprach Amerikanisch. »Es ist so dunkel hier drin«, stöhnte sie. »Lasst uns hier nicht zurück, Leute.«

Branch legte das Funkgerät auf den Boden und wich entsetzt zurück.

»Moment mal«, sagte der Schütze. »Das war doch die Stimme von Scoop D.! Den kenne ich! Aber er hat seinen Standort nicht durchgegeben, Major.«

»Still«, flüsterte Branch seinen Leuten zu. »Sie wissen, dass wir hier sind.«

Sie flohen.

Wie Arbeiterameisen, die jede ein großes weißes Ei vor sich hertrugen, eilten die Soldaten durch die dunkle Vene im Gestein. Nur dass es sich dabei nicht um Eier handelte, sondern um Lichtkugeln, die jeder Soldat aus seiner Stirnlampe vor sich hertrieb. Von den dreizehn Mann am Vortag waren nur noch acht übrig. Wie ausgelöschte Seelen waren die anderen mitsamt ihren Lichtern entschwunden, ihre Waffen dem Feind in die Hände gefallen. Einer der Verbliebenen, Sergeant Dornan, hatte mehrere gebrochene Rippen zu beklagen.

Seit fünfzig Stunden schon hielten sie immer nur ganz kurz an, um in der pechschwarzen Dunkelheit hinter ihnen Feuer zu legen. Jetzt ertönte Branchs geflüsterter Befehl von der tiefsten Stelle: »Bildet hier die erste Reihe.«

Die Worte wurden vom stärksten Glied der Kette zum angeschlagensten weitergegeben. An einer Gabelung blieben die Ranger stehen. Diese Stelle hatten sie schon einmal passiert. Die drei orangenen Streifen Sprühfarbe auf den neolithischen Wandmalereien waren ein willkommener Anblick. Es waren die Leuchtmarkierungen ihrer eigenen Einheit; die drei Streifen zeigten ihr drittes Lager auf dem Weg nach unten an. Der Ausgang befand sich jetzt nur noch drei Tage weiter oben.

Sergeant Dornans leiser Seufzer der Erleichterung hallte in der Kalksteinstille wider. Der Verwundete setzte sich auf, bettete seine Waffe zwischen Armbeuge und Oberkörper und lehnte den Kopf an den Fels. Die anderen machten sich daran, ihre letzte Verteidigungsstellung einzurichten.

Ein Hinterhalt war ihre letzte Hoffnung. Wenn sie hier versagten, würde keiner von ihnen das Tageslicht jemals wieder sehen, das für sie inzwischen sämtliche Bedeutungen gewonnen hatte, die sie aus der Bibel kannten. Die Herrlichkeit der Erleuchtung.

Zwei Tote, drei Vermisste, und Dornans gebrochene Rippen. Und ihr Maschinengewehr, um Himmels willen! Das Meisterstück von General Electric mitsamt der Munition, einfach spurlos aus ihrer Mitte geklaut. So eine Waffe verlor man nicht einfach. Nicht nur, dass ihre Truppe jetzt ohne massiven Feuerschutz auskommen musste, hinzu kam, dass eines schönen Tages Draufgänger wie sie in eine solide Wand aus Maschinengewehrsalven bester amerikanischer Qualität laufen würden.

Inzwischen war ihnen eine große Gruppe Verfolger immer näher gerückt. Die Mikrofone, die sie bei ihrem Rückzug versteckt hatten, kündigten ihre Anwesenheit über die Funkgeräte unzweifelhaft an. Selbst bei hochgedrehter Lautstärke bewegte sich der Feind leise, mit schlangenhafter Leichtigkeit, dabei unglaublich rasch. Hin und wieder streifte einer die Felswand. Wenn sich ihre Verfolger verständigten, dann in einer Sprache, die keiner dieser Infanteristen verstand.

Ein neunzehnjähriger Funkspezialist klammerte sich mit zitternden Fingern an seinen Rucksack. Branch ging zu ihm. »Hör nicht hin, Washington«, sagte er. »Versuch es gar nicht erst zu verstehen.«

Der verängstigte Junge sah auf. Und erblickte Frankenstein. *Ihren* Frankenstein. Branch kannte diesen Blick.

»Sie sind ganz nahe!«

»Nur keine Panik«, sagte Branch.

»Nein, Sir.«

»Wir drehen den Spieß einfach um. Jetzt bestimmen wir, was geschieht.«

»Jawohl, Sir.«

»Die Claymores, mein Junge. Wie viele hast du in deinem Rucksack?«

»Drei. Mehr sind's nicht mehr, Major.«

»Mehr brauchen wir wohl auch nicht, was? Ich würde sagen, eine hierhin, eine dorthin. Da liegen sie richtig gut.«

»Jawohl, Sir.«

»Wir halten sie genau hier auf.« Branch hob die Stimme nur so weit an, dass ihn auch die anderen Ranger verstehen konnten. »Hier ist die Grenze. Bis hierher und nicht weiter. Dann können wir nach Hause. Wir sind so gut wie draußen, Jungs. Ihr könnt schon mal die Sonnencreme auspacken.«

Auf solche Witze standen sie. Bis auf den Major waren sie alle schwarz.

Er ging die Verteidigungslinie Mann für Mann ab, ließ sie die Claymore-Minen optimal verteilen, wies jedem sein Schussfeld zu, bastelte sich seinen Hinterhalt so gut es eben ging. Der Kampfplatz dort unten war gespenstisch, selbst wenn man die hier und dort schimmernden Höhlenmalereien, die eigenartig geschnitzten Formen, die jäh abfallenden Felswände, die mineralisierten Skelette und die Minen einmal beiseite ließ. Der Ort selbst war der reinste Horror. Die Tunnelwände komprimierten das ganze Universum zu einer winzigen Kugel. Die Dunkelheit schleuderte es in freiem Fall weit von sich. Mit geschlossenen Augen konnte einen diese Mischung zum Wahnsinn treiben.

Branch sah seinen Leuten die Erschöpfung an. Sie waren schon seit zwei Wochen ohne Funkverbindung zur Außenwelt. Aber selbst wenn, hätten sie weder Artillerie noch Verstärkung noch Bergungskommandos anfordern können. Sie steckten tief unter der Erde, waren allein und wurden von Spukgestalten verfolgt, von denen nicht alle nur in ihrer Einbildung existierten.

Branch blieb neben einem prähistorischen Bison stehen, der an die Wand gemalt war. Aus der Schulter des Tieres ragten lange Speere heraus, in wilder Flucht zertrampelte es die eigenen Eingeweide. Es war tödlich getroffen, ebenso wie der Jäger, der es zur Strecke gebracht hatte. Von den langen Hörnern aufgespießt, kippte das Strichmännchen nach hinten um. Jäger und Beute, im Geiste vereint. Branch pflanzte die letzte seiner Claymores zu Füßen des Bisons auf ihr kleines Stativ.

»Sie kommen näher, Major.«

Branch sah sich um. Es war der Funker, mit aufgesetzten Kopfhörern. Ein letztes Mal kontrollierte er seinen Hinterhalt, malte sich aus, wie die Minen hochgingen, wo sich die Sprengkraft ungebremst entfalten, wo sie mit verhängnisvoller Wucht abprallen würde, und welche Nischen dem Inferno aus Licht und Metall womöglich entgingen. »Alles hört auf mein Kommando«, sagte er. »Vorher geschieht nichts.«

»Ich weiß«, antworteten sie im Chor. Drei Wochen mit Branch an der Front reichten aus, um seinen Regeln bedingungslos zu folgen.

Der Funker schaltete sein Licht aus. Jenseits der Gabelung löschten auch die anderen Soldaten ihre Stirnlampen. Branch spürte, wie schwarze Dunkelheit sie überflutete.

Sie hatten ihre Gewehre voreingestellt. Branch wusste, dass in der schrecklichen Finsternis jeder Soldat im Geiste den gleichen Feuerstoß von links nach rechts probte. Ohne Licht waren sie blind, und später würden sie vom Licht geblendet sein. Ihr Mündungsfeuer machte ihre Fähigkeit, bei schwachen Lichtverhältnissen zu sehen, gleich wieder zunichte. Am besten war es, so zu tun, als könne man sehen und der Vorstellungskraft das Zielen zu überlassen. Die Augen schließen. Erst aufwachen, wenn alles vorbei war.

»Näher«, flüsterte der Funker.

»Ich kann sie hören«, sagte Branch. Er hörte, wie der Funker sein Gerät vorsichtig ausschaltete, den Kopfhörer beiseite legte und seine Waffe schulterte.

Die Meute kam im Gänsemarsch auf sie zu. Die Weggabelung bestand aus zwei etwa mannsbreiten Röhren. Eine der Gestalten ging am Bison vorbei, dann eine Zweite. Branch verfolgte sie im Geiste. Sie trugen keine Schuhe, und der Zweite trottete sofort langsamer, als der Erste einhielt.

Können Sie uns wittern? Branch war besorgt, hielt den Befehl aber immer noch zurück. Es war reine Nervensache. Erst wenn alle drin waren, konnten sie die Tür zumachen. Dabei war er jederzeit bereit, die Claymores zu zünden, falls einer seiner Soldaten durchdrehte und das Feuer eröffnete.

Die Wesen stanken nach Körperfett, Mineralien, tierischer Wärme und verkrusteten Fäkalien. Etwas Knochiges schabte an einer Wand entlang. Branch spürte, wie sich die Kreuzung füllte. Sein Eindruck hatte weniger mit den Geräuschen als mit einem Gespür für die Luft zu tun. Der Luftzug hatte sich verändert, wenn auch kaum wahrnehmbar. Das vielköpfige Atmen sowie die Bewegung der Körper riefen kleine Luftwirbel im Raum hervor. Ungefähr zwanzig, schätzte Branch. Vielleicht dreißig. Möglicherweise Kinder Gottes. *Aber jetzt gehören sie mir.*

»Jetzt!«, stieß er hervor und drehte den Zünder um.

Die Claymores blitzten in einer einzigen farblosen Kaskade auf. Splitter spritzten gegen den Fels, ein tödlicher Schwarm winziger Geschosse. Acht Gewehre stimmten in den Hagel der Vernichtung ein und ließen ihre Garben in dem Dämonenrudel hin und her wandern. Die Mündungsblitze zuckten durch Branchs Finger, die er vor seine Brille hielt, und selbst als er die Augen nach oben verrollte, um sich nicht zu blenden, drang das Automatikfeuer immer noch durch. Nicht völlig blind, aber trotzdem ohne etwas zu sehen, zielte er mit stakkatoartigen Salven in den Feind.

Der Gestank des Pulverdampfs, der sich in den niedrigen Gängen sammelte, kratzte in ihren Lungen. Branchs Herz hämmerte wie wild. Eine der vielen schreienden Stimmen erkannte er als seine eigene. *Gott steh mir bei,* betete er mit der Wange am Gewehrkolben. In dem ohrenbetäubenden Getöse musste sich Branch in Erinnerung rufen, dass sein Gewehr erst dann leer geschossen war, wenn es nicht mehr gegen die Schulter zuckte. Zweimal wechselte er das Magazin. Beim dritten Wechsel legte er eine Pause ein, um den Stand des Gemetzels abzuschätzen.

Rechts und links von ihm feuerten seine Leute unablässig aus vollen Rohren in die Dunkelheit. Er wollte den Feind um Gnade winseln hören. Oder auch heulen. Doch was er stattdessen hörte, war Gelächter. *Gelächter?*

»Feuer einstellen!«, brüllte er.

Sie hörten nicht auf ihn. Im Blutrausch ballerten sie unvermindert drauflos, luden nach und ballerten weiter.

Er brüllte seinen Befehl noch einmal. Langsam kam einer nach dem anderen zu sich und hielt inne. Die Echos verhallten in den ferneren Gängen. Sofort breitete sich der beißende Geruch von Blut und frisch abgeplatztem Gestein aus, so intensiv, dass man ihn quasi ausspucken konnte. Das merkwürdig unschuldig klingende Gelächter hielt an.

»Licht an!«, befahl Branch, der versuchte, die Oberhand zu behalten. »Nachladen. Bereithalten. Erst schießen, später nachsehen. Absolute Kontrolle, Jungs!«

Die Stirnlampen gingen an. Weißer Rauch hing im ganzen Tunnel. Frisches Blut klebte auf den Höhlenmalereien. Aus der Nähe betrachtet, war das Blutbad perfekt gelungen. Verzerrte Körper lagen in einer nebligen unkenntlichen Masse übereinander. Das warme Blut dampfte auf den Körpern und erhöhte die Luftfeuchtigkeit noch.

»Tot. Tot. Tot«, sagte ein Soldat. Jemand kicherte. Entweder das, oder er schluchzte. Sie hatten das angerichtet. Das hier war ihr ganz persönliches Massaker.

Mit nach links und rechts sichernden Gewehrläufen näherten sich die Ranger fasziniert ihrem dampfenden Wild. *Am letzten Tag,* dachte Branch, *erblicket die Augen toter Engel.* Er schob ein Reservemagazin nach, hielt im oberen Tunnel nach verborgenen Eindringlingen Ausschau und erhob sich dann. Mit größter Vorsicht schritt er den Raum in einer Kreisbewegung ab, leuchtete zuerst in den linken, dann in den rechten Tunnel hinein. Leer. Leer. Sie hatten das ganze Kontingent ausgeschaltet. Nirgendwo waren Versprengte zu sehen, keine verräterischen Blutspuren, die irgendwo hinführten. Abrechnung Hundert Pro.

Sie versammelten sich nicht weit von den Toten entfernt im Halbkreis. Dort, bei den übereinander liegenden Gefallenen, blieben seine Männer wie erstarrt stehen und hielten ihre Strahler zu einem gemeinsamen Lichtkreis nach unten. Branch drängte sich zwischen sie. Und genau wie sie erstarrte er.

»Verdammte Scheiße«, murmelte einer der Soldaten finster.

Auch sein Nachbar wollte nicht glauben, was er da sah. »Was machen die denn hier? Was haben die denn verdammt noch mal hier verloren?«

Jetzt wurde Branch klar, warum sich sein Feind so demütig hatte abschlachten lassen.

»Herrje«, keuchte er. Auf dem Boden lagen mindestens zwei Dutzend Leichen. Sie waren nackt und sahen erbärmlich aus. Und menschlich. Es waren Zivilisten. Unbewaffnet. Obwohl sie von Gewehrsalven und Schrapnellsplittern durchsiebt waren, ließ sich noch erkennen, wie ausgemergelt sie waren. Ihre verzierte Haut spannte sich straff über die hageren Brustkörbe. Die Gesichter waren eine Studie des Hungers: eingefallene Wangen, tief in den Höhlen liegende Augen. Füße und Beine waren von Geschwüren übersät, die Lenden in alte Wollabfälle gehüllt. Es gab nur eine Erklärung für ihre Existenz.

»Gefangene«, sagte Washington.

»Gefangene? Wir haben doch keine Gefangenen gekillt!«

»Klar doch«, meinte Washington. »Das waren Gefangene.«

»Nein«, sagte Branch. »Sklaven.«

Stille.

»Sklaven? So was gibt's doch gar nicht mehr, Major.«

Er zeigte ihnen die Brandzeichen, die Farbstreifen, die Seile, die von einem Hals zum anderen führten.

»Seht ihr diese offenen Stellen auf Schultern und Rücken?«

»Na und?«

»Abschürfungen. Sie haben schwere Lasten getragen. Gefangenenarbeit – Sklaven.«

Jetzt sahen sie es auch. Auf einen Wink Branchs hin schwärmten sie aus.

Entgeistert und mit vorsichtigen Schritten stelzten die Soldaten zwischen den Gliedmaßen herum. Die meisten der Gefangenen waren Männer. Abgesehen von den Stricken, die sie am Hals aneinander fesselten, waren viele mit Lederriemen an den Knöcheln gefesselt. Bei den meisten war eine Art Klammer durch die Ohren getrieben worden, oder die Ohren waren aufgeschlitzt oder ausgefranst, so wie Cowboys ihr Vieh markierten.

»Na schön, es sind Sklaven. Wo sind dann ihre Besitzer?«

Alle waren sich einig. »Einen Aufseher muss es doch geben. So eine Truppe braucht einen Aufseher.«

Sie durchsuchten den Leichenberg weiter, machten sich mit der Ungeheuerlichkeit vertraut und wiesen den Gedanken von sich, dass Sklaven womöglich selbst Sklaven hielten. Doch nachdem alle Leichen gesichtet waren, hatten sie immer noch keinen Sklavenaufseher gefunden.

»Kapier ich nicht. Kein Essen, kein Wasser ... Wie haben die überlebt?«

»Wir sind an einem Rinnsal vorbeigekommen.«

»Damit hätten wir Wasser. Aber ich hab keine Fische gesehen.«

»Da haben wir's. Seht mal her. Dörrfleisch.« Einer der Ranger hielt ein etwa dreißig Zentimeter langes Stück Trockenfleisch hoch. Es sah eher wie ein vertrockneter Stock oder verschrumpeltes Leder aus. Sie fanden noch mehr solcher Stücke, die meisten hinter die Fesseln geschoben oder von den toten Händen umklammert.

Branch untersuchte ein Stück, bog es, roch an dem Fleisch.

»Ich weiß nicht, was das sein könnte«, sagte er. Aber er wusste es. Es war Menschenfleisch.

Man kam zu dem Schluss, dass es sich um eine Karawane gehandelt hatte, und zwar eine ohne Fracht. Niemand konnte sich vorstellen, was die Gefangenen geschleppt hatten, aber geschleppt hatten sie etwas, und zwar erst kürzlich und über weite Strecken. Wie Branch sogleich aufgefallen war, wiesen die ausgezehrten Körper frische Scheuerwunden auf Schultern und Rücken auf, Wunden, die jeder Soldat kannte, der schon viel zu lange mit viel zu schwerem Gepäck marschiert war.

Die Ranger gingen mit ernsten und zornigen Mienen zwischen den Toten herum. Auf den ersten Blick sahen die meisten dieser Leute aus, als stammten sie aus Zentralasien. Das erklärte die fremdartige Sprache. Afghanen, vermutete Branch der blauen Augen wegen. Für seine Leute waren es Brüder und Schwestern. Daran hatten sie mächtig zu kauen.

Also benutzte der Feind sie als Lasttiere? Die ganze Strecke von Afghanistan bis hierher? Sie befanden sich tief unterhalb von Bayern. Im einundzwanzigsten Jahrhundert. Die Folgerungen waren Schwindel erregend. Wenn der Feind dazu in der Lage war, ganze Kolonnen von Gefangenen über derartige Entfernungen zu treiben, dann konnte er auch seine Armeen so weit... Und das alles direkt unter den Füßen der zivilisierten Menschheit. Wenn sie hier unten wirklich über derartige Möglichkeiten verfügten, dann saßen die Menschen oben auf dem Präsentierteller wie Blinde, die nur darauf warteten, ausgeraubt zu werden. Der Feind konnte überall auftauchen, jederzeit, wie Präriehunde oder Feuerameisen.

Was war so überraschend daran? Waren die Kinder der Hölle nicht von Anfang an immer wieder inmitten der Menschen aufgetaucht? Hatten sich Sklaven geholt und Seelen gestohlen? Waren über den Garten des Lichts hergefallen? Diese Idee war zu folgenschwer, als dass Branch sie so einfach hätte akzeptieren können.

»Hier ist er. Ich habe ihn gefunden«, rief Washington vom anderen Ende des Leichenhaufens. Er stand knietief in den zerrissenen Leibern und zielte mit dem Gewehrlauf und seiner Lampe auf etwas auf dem Boden. »Klar, der muss es sein! Das ist ihr Boss. Ich hab den verdammten Saukerl.«

Branch und die anderen gingen eilig zu ihm und stellten sich vor dem Ding auf. Stocherten und traten eine Weile hinein.

»Es ist einwandfrei tot«, sagte der Sanitäter und wischte sich, nachdem er den Puls gesucht hatte, die Finger ab. Das beruhigte sie ein wenig. Sie rückten näher heran.

»Er ist größer als die anderen.«

»Der König der Affen.«

Zwei Arme, zwei Beine. Der Körper, der dort verdreht zwischen den anderen Leichen lag, sah lang gestreckt und durchtrainiert aus. Er war mit geronnenem Blut überzogen, das, seinen Wunden nach zu schließen, zumindest teilweise von ihm stammte.

»Ist das so eine Art Helm?«

»Er hat da Schlangen... Dem wachsen Schlangen aus dem Kopf.«

»Ach was, schau doch hin. Das sind Rastalocken, verschmiert mit Dreck oder so.«

Das Haar war tatsächlich verfilzt und schmutzig, das reinste Medusen-Nest. Schwer zu sagen, ob einige dieser verkrusteten

Haarschwänze auf seinem Kopf aus Knochen bestanden oder nicht, aber er wirkte eindeutig dämonisch. Und etwas in seinem Aussehen – die Tätowierungen, der eiserne Ring um den Hals… Er war größer als diese Furien, die Branch damals in Bosnien gesehen hatte, und er wirkte viel kräftiger als die anderen Toten. Trotzdem war er nicht unbedingt das, was Branch erwartet hatte.

»Packt ihn ein«, sagte Branch. »Dann nichts wie weg hier.«

Washington war nervös wie ein Rennpferd. »Besser, ich erschieß ihn noch mal.«

»Wozu soll denn das gut sein?«

»Ist besser so. Er hat die anderen getrieben. Er muss böse sein.«

»Er hat genug«, erwiderte Branch.

Murrend versetzte Washington der Kreatur einen kräftigen Tritt in die Herzgegend und wandte sich ab. Als erwachte ein Tier zum Leben, saugte der große Brustkorb einen großen Zug Luft ein, dann noch einen. Washington hörte die Atemgeräusche und warf sich mit einem Hechtsprung zwischen die Leichen.

»Er lebt! Er wird wieder lebendig!«, schrie er noch im Abrollen.

»Immer langsam«, schrie Branch. »Nicht auf ihn schießen!«

»Aber die sterben nicht, Major, schauen Sie doch hin!«

Das Wesen zwischen den Leichen rührte sich.

»Nicht durchdrehen!«, rief Branch. »Lasst uns die Sache vernünftig angehen, ein Schritt nach dem anderen. Mal sehen, was da los ist. Ich will ihn lebend.« Sie waren nicht mehr allzu weit von der Oberfläche entfernt. Wenn sie Glück hatten, konnten sie ein lebendes Exemplar mit nach oben bringen. Falls es unterwegs Schwierigkeiten gab, konnten sie ihren Gefangenen immer noch ausknipsen und weiterlaufen. Branch musterte das Ding im Licht ihrer Stirnlampen.

Irgendwie hatte es dieser eine geschafft, ihrem Feuerzauber zu entgehen. So wie Branch die Claymores gesetzt hatte, hätte eigentlich jeder in der Kolonne eine Ladung abkriegen müssen. Dieser hier musste etwas gehört haben, was den Sklaven entgangen war, und sich rechtzeitig unter den tödlichen Explosionen weggeduckt haben. Mit derartig hoch entwickelten Instinkten hatten sich die Hadal dem Zugriff der Menschen im Laufe der Geschichte immer wieder entziehen können.

»Sicher, der ist ganz klar der Boss«, sagte jemand. »Der muss es sein. Wer denn sonst?«

»Vielleicht«, meinte Branch. Ihr Verlangen nach Vergeltung war kaum zu bändigen.

»Sieht man doch. Sehen Sie ihn bloß an!«

»Erschießen Sie ihn, Major«, verlangte Washington. »Der stirbt sowieso.«

Es bedurfte nur seines Wortes. Noch einfacher: Es bedurfte nur seines Schweigens. Branch müsste sich lediglich wegdrehen, und die Sache wäre erledigt.

»Sterben?«, sagte das Ding, öffnete die Augen und sah sie an. Branch war der einzige, der keinen Sprung zurück machte.

»Freut mich, Sie kennen zu lernen«, sagte es zu ihm.

Die Lippen zogen sich zurück und entblößten weiße Zähne. Es war das Grinsen eines Mannes, dem nichts mehr als eben jenes Grinsen geblieben war.

Und dann fing er an zu lachen, dieses Lachen, das sie schon früher vernommen hatten. Die Heiterkeit war ungespielt. Er lachte über sie. Über sich. Über seine Qual. Seine verzweifelte Lage. Über das Universum. Es war die größte Unverfrorenheit, die Branch jemals untergekommen war.

»Macht das Ding kalt«, sagte Sergeant Dornan.

»Nein!«, fuhr Branch dazwischen.

»Ah, na los schon«, sagte das Wesen. Der Akzent war eindeutig amerikanischer Westen. Wyoming oder Montana.

»Macht schon«, sagte er. Und hörte auf zu lachen.

In die Stille hinein lud jemand durch.

»Nein«, sagte Branch. Er kniete nieder. Monster neben Monster. Nahm den Medusen-Kopf in beide Hände.

»Wer bist du?«, fragte er. »Wie heißt du?« Als nähme er jemandem die Beichte ab.

»Ist das ein Mensch? Ist das einer von uns?«, murmelte ein Soldat ungläubig.

Branch beugte sich näher heran und sah ein jüngeres Gesicht, als er erwartet hätte. Erst jetzt fiel ihnen etwas an ihm auf, das man keinem der anderen Gefangenen zugefügt hatte. Dort, wo der Hals auf den Schultern saß, stand ein Eisenring heraus, den man in seiner Wirbelsäule befestigt hatte. Ein kurzer Ruck an diesem Ring, und der Bursche verwandelte sich in einen Kopf auf einem toten Körper. Der Gedanke jagte ihnen einen heiligen Schrecken ein. Was für eine Willenskraft, wenn sie durch solch drastische Mittel gebändigt werden musste.

»Wer bist du?«, fragte Branch.

Aus einem Auge des Wesens rollte eine Träne. Der Mann erinnerte sich. Er offenbarte seinen Namen, als überreichte er seinem Bezwinger sein Schwert. Er sprach so leise, dass Branch sich zu seinem Mund hinunterneigen musste.

»Ike.«

Stelle dir vor zum ersten
daß unten die Erde überall
ist mit Höhlen durchsetzt,
die von Winden durchweht sind,
daß sie sodann auch Seen und
zahlreiche Wasserbehälter
heget in ihrem Schoße
und schroffes Geklippe,
daß auch viele verborgene Ströme
die Fluten und Steine unter dem Rücken
der Erde mit Macht fortwälzen, ist unglaublich.

LUKREZ; Über die Natur der Dinge (55 v. Chr.)

6
Pappbecher

UNTER ONTARIO
Drei Jahre später

Der gepanzerte Eisenbahnwagen bremste auf dreißig Stundenkilometer herunter, als er aus dem Wurmkanal in die riesige unterirdische Grotte einfuhr, in der sich Camp Helena befand. Die Schienen folgten dem gewölbten Klippenrand und senkten sich dann auf den Boden der gewaltigen Höhle. Im Inneren des Wagens wanderte Ike rastlos und mit gezückter Flinte auf und ab, wobei er über erschöpfte Männer, Kampfausrüstungen und Blutlachen steigen musste. Durch die vordere Scheibe erblickte er die Lichter der Oberwelt. Im Rückfenster entfernte sich das scheußliche, schmutzige Loch, das in noch fernere Tiefen hinabführte. Es kam ihm vor, als würde sein Herz zwischen Zukunft und Vergangenheit entzweigerissen.

Sieben dunkle Wochen lang hatte seine Gruppe in einem der Tunnel Haddie gejagt. Vier Wochen davon hatten sie mit dem Finger am Abzug gelebt. Eigentlich sollten firmeneigene Söldner die tieferen Stellungen bewachen, aber irgendwie war nun doch wieder das Militär daran beteiligt. Und kriegte dabei ordentlich was ab. Jetzt saßen sie auf den brandneuen kirschroten Plastiksitzen, die verdreckte Ausrüstung zwischen den Beinen und einen sterbenden Soldaten auf dem Boden vor sich.

»Endlich zu Hause«, sagte einer der Ranger.

»Wie schön für Sie«, erwiderte Ike und fügte ein verspätetes »Lieutenant«, hinzu. Sie waren wieder in der Welt, doch es war nicht die seine.

»Hören Sie mal zu«, sagte Lieutenant Meadows mit gesenkter Stimme, »was da passiert ist… vielleicht muss ich nicht alles in den Bericht schreiben. Eine einfache Entschuldigung vor den Männern hier…«

»Sie wollen mir verzeihen?«, schnaubte Ike verächtlich. Die müden Männer blickten auf. Meadows zog die Augen zu schmalen Schlitzen zusammen, und Ike nahm eine Gletscherbrille mit fast schwarzen Gläsern aus der Tasche. Er hakte sich die Bügel hinter die Ohren und legte das Plastik eng an die Tätowierung, die sich von der Stirn über die Wangen bis zum Kinn erstreckte.

Er wandte sich von dem Dummkopf ab und blickte aus den Fenstern hinaus auf die ausufernde Gefechtsstellung unter ihnen. Der Himmel über Camp Helena war ein Gewitter aus künstlichen Lichtern. Von diesem Zenit aus bildeten die hin- und herschwenkenden Laser einen rechteckigen Baldachin von ungefähr anderthalb Kilometern Seitenlänge. In der Ferne flammten Röhrenblitze auf. Seine auf Schulterlänge gestutzten Dreadlocks halfen Ike dabei, die Augen abzuschirmen, aber es reichte nicht. Ike, der in den finsteren Abgründen so energisch und kraftvoll war, schreckte vor dem Normalzustand zurück.

Auf Ike wirkten diese Siedlungen immer wie gestrandete Schiffe in der Arktis, kurz vor Einbruch des Winters, eine Erinnerung daran, dass eine Passage nur zeitlich begrenzt war. Jede Vertiefung, jeder Schacht, jedes Loch in den steil aufragenden Wänden des Gewölbes war von Licht durchflutet, und trotzdem konnte man immer noch geflügelte Tiere in dem domartigen »Himmel« herumflattern sehen, der sich hundert Meter über dem Lager spannte.

Hin und wieder wurden die Tiere müde, schraubten sich zum Rasten oder zur Nahrungssuche herunter und wurden prompt beim ersten Kontakt mit dem Laserbaldachin gegrillt. Die Arbeitsstätten und Unterkünfte im Lager waren vor diesem Niederschlag aus Knochen und Kohle sowie vor gelegentlichem Steinschlag durch steile, fünfzig Meter hohe Dachfirste mit einem Außenrahmen aus Titaniumlegierung geschützt. Von Ikes Waggonfenster aus wirkte die Siedlung wie eine Stadt voller Kathedralen in einer gigantischen Höhle.

Gleichzeitig sah sie aus wie die Hölle. In den seitlichen Stollen verschwanden Förderbänder, Schornsteine ragten in großer Zahl und Form aus den Dächern und ein Leichentuch aus Petroleum bedeckte alles. Auf den Förderbändern bewegte sich ein unablässiger Strom von Lebensmitteln, Nachschub und Munition in die Stollen. Im Gegenzug kam Eisenerz in die Stadt gerattert.

Der Waggon hielt vor dem Haupttor. Die Ranger stiegen einer nach dem anderen aus. Angesichts von so viel Schutz und Sicherheit beinahe beschämt, zugleich jedoch versessen auf ein paar kalte Biere und ein warmes Bett, konnten sie es kaum erwarten, den Stacheldraht hinter sich zu lassen. Was Ike anging, wäre er mit einer ausgeruhten Mannschaft zufrieden gewesen. Er war schon wieder zum Abmarsch bereit.

Ein Sani-Team kam mit einer Trage herbeigeeilt, und als sie das Tor passierten, ließ sie ein Lichtstreifen von einer der Bogenlampen weiß wie Engel aussehen. Ike kniete sich neben seinen Verwundeten, einmal, weil sich das so gehörte, aber auch, weil er um seine Fassung rang. Die Bogenlampen waren so angebracht, dass sie alles und jeden, der sie passierte, in grelles Licht tauchten, und all das töteten, was sich dort unten mit Hilfe von Licht töten ließ.

»Wir übernehmen ihn«, sagten die Sanitäter, und Ike ließ die Hand des Jungen los. Er war der Letzte noch im Waggon Verbliebene. Die anderen Ranger waren einer nach dem anderen durch das Tor gegangen und hatten sich nacheinander in Explosionen gleißenden Lichts verwandelt.

Ike wandte sich dem Tor des Camps zu und kämpfte gegen den Impuls an, sofort die Flucht in die Dunkelheit anzutreten. Der Drang war so stark, dass er ihn schmerzte wie eine Wunde. Nur wenige Leute konnten das verstehen. Er hatte dieses radikale Stadium erreicht, bei dem es nur Dunkelheit oder Licht gab, und es hatte ganz den Anschein, als verfüge er über keinerlei Grautöne mehr. Mit einem leisen Aufschrei schützte er die Augen mit den Händen und sprang mit einem Satz hindurch. Das Licht bleichte ihn so fleckenlos rein wie eine zum Himmel emporsteigende Seele. Und so betrat er abermals das Lager. Die Prozedur kam ihm jedes Mal schwerer zu bewältigen vor.

Jenseits des mit scharfen Klingen versehenen Stacheldrahts und der Sandsäcke atmete Ike tief durch. Vorschriftsgemäß zog er sein Magazin aus dem Gewehr und feuerte den Lauf in die Sandkiste neben dem Bunker leer. Anschließend zeigte er den in Kevlar-Schutzkleidung steckenden Wachtposten seine Marke.

CAMP HELENA, stand darauf. BLACKHORSE 11. ARMORED CAV' war ausgestrichen und durch WOLFHOUNDS, 27. INFANTRY ersetzt worden. Diese Beschriftung war wiederum von den Namen eines halben Dutzends weiterer hierher versetzter Einheiten übermalt worden. Der einzige Eintrag, der immer gleich blieb, war die Höhenangabe in der rechten oberen Ecke: Höhe: MINUS 5.410 M.

Unter seiner schweren Kampfausrüstung gebeugt, trottete Ike an Soldaten in Trainingsanzügen oder in Feld-Ninjas vorbei, schwarzen Tarnanzügen, die eigens für den Einsatz in der Tiefe entworfen worden waren. Doch egal, ob sie zum Training oder zum Kasino unterwegs waren, zum Basketballkäfig oder zur Kantine, um sich einen Sixpack Schokotrunk oder ein paar Kräutertees abzugreifen, sie trugen ausnahmslos Gewehr oder Pistole bei sich – in steter Erinnerung an das große Massaker vor zwei Jahren.

Ike warf unter seinen drahtigen Haarwürsten kurze Blicke auf die Zivilisten, die hier allmählich die Macht übernahmen. Die meisten waren Bergleute und Bauarbeiter, dazwischen einige Söldner und Missionare, die Vorhut der Kolonisation. Als er zwei Monate zuvor aufgebrochen war, hatte er hier gerade mal ein paar Dutzend von ihnen gesehen. Jetzt schienen sie den Soldaten zahlenmäßig bereits überlegen zu sein. Auf jeden Fall strahlten sie die Arroganz der Mehrheit aus.

Er hörte helles Lachen und staunte über den Anblick von drei Prostituierten, etwa Ende zwanzig. Eine von ihnen hatte die reinsten Volleybälle chirurgisch an ihrem Brustkorb befestigen lassen. Sie war beim Anblick von Ike sogar noch überraschter. Der Strohhalm ihres Getränks entfiel ihren erdbeerroten Lippen, und sie starrte ungläubig herüber. Ike wandte sich ab und ging rasch weiter.

Camp Helena wuchs und wuchs. Und zwar sehr schnell. Wie bei einer Vielzahl anderer Siedlungen auf der ganzen Welt ließ sich das durch die ständige Vermessung neuer Quadranten und immer neuer Siedler von der Oberfläche festmachen. Beton war das Geheimnis. Holz war Luxus hier unten, und die Produktion von Blech zog sich in die Länge, weil die erstrebte Kosteneffektivität von den richtigen Erzen abhing. Beton hingegen musste man nur aus dem Boden und den Wänden herausziehen. Billig und schnell aufzustellen und dabei äußerst widerstandsfähig, war Beton gleichbedeutend mit Bevölkerungszuwachs. Beton feuerte den Pioniergeist an.

Ike betrachtete einen neuen Quadranten, der noch vor zwei Monaten zum Areal der Ranger-Kompanie gehört hatte. Aber der Abseilturm, der Schießstand und die behelfsmäßige Aschenbahn waren erobert worden. Eine Horde illegaler Siedler hatte alles in Beschlag genommen. Ein Geschwür von Zelten, Schuppen und Verschlägen breitete sich immer weiter aus. Der Lärm der Stimmen sprang ihn wie ein übler Geruch an. Zwei mit Isolierband zusammengehaltene Bürowürfel waren alles, was vom Hauptquartier der Einheit übrig geblieben war. Ike lehnte seinen Rucksack an die Außenwand, nahm ihn dann aber nach einem misstrauischen Blick auf die überall herumlungernden Desperados lieber mit hinein. Er kam sich ein bisschen dämlich vor, wie er da an eine Papptür klopfte.

»Herein«, bellte eine Stimme.

Branch redete gerade mit einem tragbaren Computer, den Helm auf der einen Seite, das Gewehr auf der anderen griffbereit.

»Elias«, begrüßte ihn Ike.

Branch freute sich nicht sonderlich, ihn zu sehen. Seine Maske aus Narbengewebe und Zysten verzog sich zu einem wütenden Knurren. »Aha, unser verlorener Sohn«, sagte er. »Gerade reden wir von dir.«

Er drehte den Laptop so weit herum, dass Ike das Gesicht auf dem kleinen Bildschirm erkennen und die Computerkamera ihrerseits Ike erfassen konnte. Sie waren mit Jump Lincoln, einem von Branchs alten Fliegerkumpeln verbunden, zur Zeit Lieutenant Meadows' befehlshabender Offizier.

»Haben Sie völlig den Verstand verloren?«, schrie Jumps Bildschirmgesicht Ike an. »Man hat mir gerade einen Einsatzbericht auf den Schreibtisch geknallt. Darin steht, dass Sie sich einem direkten Befehl widersetzt haben. Und das vor der versammelten Patrouille! Und dass Sie auf drohende Weise eine Waffe geschwenkt haben. Haben Sie etwas dazu zu sagen, Crockett?«

Ike stellte sich nicht dumm, aber er hatte auch nicht vor, klein beizugeben. »Der Lieutenant ist aber schnell mit seinem Bericht«, bemerkte er. »Wir sind erst vor zwanzig Minuten zurückgekommen.«

»Haben Sie einen Offizier bedroht?« Jumps Bellen hörte sich über den Computerlautsprecher eher blechern an.

»Einspruch.«

»Im Einsatz, vor seinen Leuten?«

Branch saß da und schüttelte in brüderlichem Ekel den Kopf.

»Dieser Lieutenant hat hier draußen nichts zu suchen«, erwiderte Ike. »Er hat einen der Jungs wegen eines falschen Signals in Stücke schießen lassen. Ich sah keinen Grund, das Verhalten des Lieutenants zu unterstützen. Ich habe ihn dazu gebracht, Vernunft anzunehmen.«

Jump kochte vor Wut. »Ich dachte, es handelte sich um einen abgesicherten Teilbereich«, sagte er schließlich. »Es sollte nur eine Testrunde für Meadows sein. Und Sie erzählen mir, Sie seien auf Hadal gestoßen?«

»Fallen«, sagte Ike. »Alt. Schon Jahrhunderte alt. Ich bezweifle, dass dort seit der letzten Eiszeit jemand durchgegangen ist.« Es machte ihm nichts aus, dass man ihn als Babysitter eines frisch gebackenen ROTC-Studenten losgeschickt hatte.

»Wo sind die bloß alle hin?«, fragte Jump. »Schon seit Monaten haben wir keinen direkten Kontakt mehr mit dem Feind.«

»Keine Sorge«, meinte Ike. »Die sind irgendwo dort unten.«

»Da bin ich mir nicht so sicher. Manchmal glaube ich wirklich, dass sie vor uns davonlaufen. Oder dass sie irgendeine Krankheit dahingerafft hat.«

Bei diesem Zwischenspiel klinkte sich Branch wieder ein: »Mir kommt die Geschichte wie ein echtes Patt vor«, sagte er zu Jump. »Mein Clown sticht deinen aus. Ich glaube, wir sind quitt.«

Beide Majors wussten, dass Meadows eine Katastrophe war. Und es war klar, dass sie ihn nie wieder mit Ike zusammen hinausschicken würden.

»Ach, scheiß drauf«, sagte Jump. »Den Bericht verbrenne ich. Aber nur dieses eine Mal!«

Branch starrte Ike immer noch wütend an. »Ich weiß nicht, Jump«, sagte er. »Vielleicht sollten wir diesen Kerl hier nicht mehr so verhätscheln.«

»Ich weiß, dass er dir besonders am Herzen liegt, Elias«, erwiderte Jump. »Aber ich habe es dir schon einmal gesagt: Häng dich nicht zu sehr rein. Nicht ohne Grund behandeln wir die Pappbecher mit so viel Vorsicht. Das sind echte Schätzchen, lass es dir gesagt sein.«

»Vielen Dank für den kostenlosen Ratschlag. Ich stehe in deiner Schuld.« Branch drückte auf den Aus-Knopf des Computers und drehte sich zu Ike um. »Gute Arbeit«, sagte er. »Verrate mir nur eins: Hast du vor, dir selbst einen Strick zu drehen?«

Falls er auf Zerknirschung und Reue aus war, war er bei Ike an der falschen Adresse. Ike griff sich ein paar Kisten und baute sich daraus einen Sessel. »Pappbecher«, sagte er. »Das ist neu. Armee-Slang?«

»Nein, Geheimdienst, wenn du's unbedingt wissen willst. Es bedeutet: einmal benutzen und dann wegwerfen. Früher hat der CIA seine einheimischen Guerilla-Agenten so genannt. Heute bezieht es sich auch auf Cowboys wie dich, die wir aus der Tiefe heraufziehen und als Kundschafter einsetzen.«

»Man gewöhnt sich irgendwie daran«, sagte Ike.

Branchs Laune besserte sich nicht. »Dein Gespür für den richtigen Zeitpunkt ist phänomenal. Der Kongress macht unser Lager hier dicht. Verkauft es. An das nächste Rudel gieriger Geschäftsleute. Ehe man sich umdrehen kann, hat die Regierung schon dem nächsten Kartell nachgegeben. Wir machen die Drecksarbeit, dann kommen die Multis mit ihren Kaufmilizen und Landentwicklern, und der Bergbau geht los. Wir müssen bluten, und sie streichen den Profit ein. Man hat mir nicht mehr als drei Wochen zugestanden, um die gesamte Einheit in ein provisorisches Lager zweitausend Fuß unterhalb von Camp Alison zu verlegen. Mir bleibt nicht viel Zeit, Ike. Ich habe mir den Arsch aufgerissen, um euch dort unten am Leben zu erhalten. Und jetzt kommst du und bedrohst einen Offizier im Einsatz?«

Ike hob zwei gespreizte Finger vor sich in die Luft: »Frieden, Daddy.«

Branch schnaubte hilflos und blickte sich verächtlich in seiner winzigen Bürobude um. Irgendwo in der Nähe dröhnte Countrymusik. »Sieh uns doch nur an«, sagte Branch. »Wie erbärmlich. Wir halten den Kopf hin. Die großen Firmen fahren den Profit ein. Wo bleibt dabei die Ehre?«

»Welche Ehre?«

»Komm jetzt bloß nicht damit. Ja, die Ehre! Nicht das Geld. Nicht die Macht. Nicht der Besitz. Sondern schlicht und einfach die Überzeugung, die Verpflichtung einem bestimmten Kodex gegenüber. Das hier!« Er zeigte auf sein Herz.

»Vielleicht glaubst du zu viel«, meinte Ike.

»Du vielleicht nicht?«

»Ich bin kein Berufssoldat. Aber du.«

»Du bist überhaupt nichts«, sagte Branch und ließ die Schultern sinken. »Sie haben oben mit deinem Prozess vor dem Kriegsgericht weitergemacht. In deiner Abwesenheit. Nicht zu fassen. Während du noch draußen an der Front warst. So was hätte sich nicht mal Kafka ausdenken können. Eine unerlaubte Entfernung von der Truppe wird plötzlich zu einer Anklage wegen Flucht vor dem Feind.«

Ike war nicht besonders niedergeschlagen. »Dann gehe ich eben in die Revision.«

»Das war bereits die Revision.«

Ike ließ sich nicht die geringste Sorge anmerken.

»Immerhin gibt es noch einen Funken Hoffnung, Ike. Man hat dich zur Urteilsverkündung nach oben berufen. Ich habe mich mit der JAG in Verbindung gesetzt, und sie sind der Meinung, dass du dich der Gnade des Gerichts überlassen solltest. Ich habe dort oben für dich sämtliche Hebel in Bewegung gesetzt. Ich habe ihnen gesagt, was du hinter den feindlichen Linien getan hast. Einige sehr wichtige Leute haben versprochen, ein gutes Wort für dich einzulegen. Es ist zwar nicht amtlich, aber es sieht ganz so aus, als ließe das Gericht Nachsicht walten. Was bei Gott auch angebracht wäre.«

»Das soll mein Hoffnungsfunken sein?«

Branch ging nicht näher darauf ein. »Du könntest wirklich schlechter dran sein.«

Sie hatten sich über diese Sache bereits bis zum Erbrechen gestritten. Ike hielt sich mit seiner Antwort zurück. Die Armee war für ihn weniger eine Familie als ein Pferch gewesen. Nicht die Armee hatte ihn aus der Sklaverei befreit, in die Arme der Menschheit zurückgeholt, ihn von seinen Fesseln befreit und dafür gesorgt, dass seine Wunden behandelt wurden. Das hatte Branch getan. Ike würde ihm das niemals vergessen.

»Du könntest es jedenfalls versuchen«, sagte Branch.

»Ich muss das nicht tun«, antwortete Ike leise. »Ich muss da nie wieder hinaufgehen.«

»Aber hier unten ist es gefährlich.«

»Nicht schlimmer als oben.«

»Du kannst allein nicht überleben.«

»Ich kann mich immer irgendeinem Trupp anschließen.«

»Was redest du da eigentlich? Hier geht es um unehrenhafte Entlassung, vielleicht sogar Knast. Du wirst ein Unberührbarer sein.«

»Es gibt auch noch anderes zu tun.«

»Als Glücksritter?« Branch sah ihn angewidert an. »Du?«

Ike winkte ab.

Beide Männer verfielen in Schweigen. Schließlich rückte Branch damit heraus, ganz leise.

»Tu's für mich«, schluckte er.

Wären ihm diese Worte nicht so schwer gefallen, hätte Ike sich geweigert. Er hätte sein Gewehr in die Ecke gestellt, seinen Rucksack ins Zimmer geschleudert, sich seine verdreckten Ninjas abgestreift und den Rangers und der gesamten Armee ein für alle Mal den Rücken zugedreht. Aber Branch hatte soeben etwas getan, was

Branch normalerweise niemals tat. Und weil dieser Mann, der ihm das Leben gerettet, ihn wieder gesund gepflegt hatte und wie ein Vater zu ihm gewesen war, weil dieser Mann seinen Stolz vor Ikes Füßen in den Staub gelegt hatte, tat Ike das, was er sich geschworen hatte, nie wieder zu tun. Er fügte sich.

»Wo muss ich hin?«, fragte er.

Beide versuchten, Branchs Freude nicht zu beachten.

»Du wirst es nicht bereuen«, versprach Branch.

»Hört sich ganz nach Hinrichtung an«, scherzte Ike ohne das geringste Lächeln.

Washington D.C.

Auf halber Höhe der Rolltreppe, die so steil wie eine aztekische Treppe nach oben führte, konnte Ike nicht mehr. Es lag nicht nur an der unerträglichen Helligkeit. Seine Reise aus dem Bauch der Erde war grauenhaft zermürbend geworden. Alle seine Sinne waren völlig durcheinander geraten. Die Welt war wie auf den Kopf gestellt.

Als die stählerne Rolltreppe sich jetzt dem Erdgeschoss näherte und das Brausen und Hupen des Straßenverkehrs auf ihn herabstürzte, musste sich Ike am Laufband festklammern. Oben angekommen, spie ihn die Treppe auf einen Bürgersteig. Die Menge schob und drängelte ihn sogleich vom U-Bahn-Eingang weg. Ike wurde von Geräuschen und zufälligen Remplern in die Mitte der Independence Avenue getragen.

Er hatte schon so manches Mal mit Höhenangst zu tun gehabt, aber das hier war etwas völlig anderes. Der Himmel bauschte sich faserig über ihm. Der breite Boulevard ergoss sich nach allen Seiten. Wie seekrank torkelte er in das Blöken der Autohupen und wehrte sich gegen die beängstigenden Eindrücke dieser grenzenlosen Umgebung. Durch die winzige Öffnung seines Tunnelblicks kämpfte er sich auf eine in Sonnenlicht gebadete Mauer zu.

»Verpiss dich!«, kreischte jemand mit einem Hindi-Akzent. Dann erblickte der Ladeninhaber Ikes Gesicht und zog sich schleunigst zurück.

Ike lehnte die Wange an den Backstein.

»Ecke Achtzehnte und C-Street«, flehte er einen Passanten an. Es war eine Frau in hochhackigen Schuhen, deren Stakkato sofort einen weiten, eiligen Bogen um ihn herum machte. Ike zwang sich von der Wand weg. Auf der anderen Straßenseite angekommen, machte er sich daran, einen kleinen Hügel zu ersteigen, der von amerikanischen Fahnen umgeben war. Als er aufsah, erblickte er das Washington Monument, das sich steil in den strahlend blauen Himmel bohrte. Es war Kirschblütenzeit, so viel war klar. Ike konnte wegen der Pollen kaum atmen.

Gnädig trieb eine Herde Wolken herbei und verschwand kurz darauf wieder. Das Sonnenlicht war schrecklich. Mit brennender Haut ging er weiter. Grellbunt leuchtende Tulpen zersplitterten sein Gesichtsfeld wie Musketenfeuer. Die Sporttasche in seiner Hand, sein einziges Gepäck, wurde ihm schwer. Er rang keuchend nach Luft, und das stachelte seinen alten Stolz wieder an: ein Himalaya-Bergsteiger auf Meereshöhe in solch einem Zustand! Mit fest hinter der dunklen Gletscherbrille zusammengekniffenen Augen zog sich Ike in eine schattige Allee zurück.

Irgendwann ging endlich die Sonne unter. Sein Unwohlsein verflog. Er konnte die Brille abnehmen. Eilig wie ein Flüchtender durchstreifte er die dunkelsten Gegenden der Stadt. Es war seine erste Nacht draußen, seit er vor so langer Zeit in Tibet eingeschneit worden war. Keine Zeit, um etwas zu essen. Auch der Schlaf konnte warten. Erst musste er alles sehen. Wie ein Tourist mit der Ausdauer eines olympischen Sprinters warf er sich ausgehungert auf die Stadt. Da gab es heruntergekommene Straßenzüge und an Paris erinnernde Boulevards, hell erleuchtete Restaurantviertel und von majestätisch anmutenden Einfriedungen umgebene Botschaften. Letztere mied er vorsichtshalber und hielt sich an die verlasseneren Orte.

Die Nacht war herrlich. Trotz des Lichterscheins der Stadt waren die Sterne am Himmel zu sehen. Ike atmete die vom Meer heranwehende Salzluft. Die Bäume waren von Knospen übersät. Es war schließlich April. Trotzdem war es für Ike, als er so über das Gras und den Bürgersteig eilte, über Zäune sprang und Autos auswich, eher November in seinem Herzen. Ein Urteil würde über ihn gefällt werden. Er würde sich nicht lange in dieser Welt aufhalten können. Also prägte er sich den Mond und das Sumpfland und die verzweigten Eichen und das Muster der Wirbel auf dem träge dahinfließenden Potomac ein.

Ohne es zu wollen, stand er plötzlich auf einem grasbewachsenen Hügel vor der National Cathedral. Es war, als stürzte man ins finsterste Mittelalter zurück. Auf dem Gelände hatte sich eine bunt zusammengewürfelte Menge Gläubiger eingefunden, deren windschiefe Zeltstadt nur von Kerzen und Laternen beleuchtet war. Nach kurzem Zögern ging Ike weiter. Dann wurde ihm klar, dass offensichtlich Familien und ganze Kirchengemeinden hierher gekommen waren, um mit den Armen, Verwirrten, Kranken und Süchtigen zusammenzuleben.

Von hölzernen Masten wehten riesige, an Kreuzzüge erinnernde Banner mit roten Kreuzen herab, und die gotischen Zwillingstürme der Kathedrale zuckten im Widerschein lodernder Scheiterhaufen. Hausierer verhökerten Kruzifixe, New Age-Engel, Blaualgenpillen, Indianerschmuck, mit Weihwasser besprengte Munition und Charterflüge nach Jerusalem hin und zurück. Eine Bürgerwehr, die so genannten »Wehrfähigen Christen«, rekrutierte Freiwillige zur Durchführung des Krieges gegen die Hölle. Auf dem Musterungstisch stapelten sich Söldnermagazine, dahinter standen Angeber mit Sportstudiobizeps und schicken Modewaffen. Auf einem miserablen Ausbildungsvideo waren eine brennende Sonntagsschule und einige schlechte Schauspieler zu sehen, die als verdammte Seelen verkleidet um Hilfe flehten.

Rechts neben dem Fernseher stand eine Frau mit nacktem Oberkörper, der ein Arm und beide Brüste fehlten. Voller Stolz präsentierte sie ihre Narben und feuerte die Unentschlossenen an. Ihr Akzent klang sehr nach Täufersekte, wahrscheinlich Louisiana, und in einer Hand hielt sie eine Giftschlange. »Ich war eine Gefangene der Teufel«, bezeugte sie lauthals, »aber ich wurde gerettet. Aber nur ich, nicht meine armen Kinder, und auch nicht die anderen guten Christenmenschen. Alles gute Christenmenschen, die mit Recht nach Erlösung dürsten. Steigt hinunter, ihr Brüder mit den starken Armen. Bringt die Schwachen wieder herauf zu uns. Tragt das Licht des Herrn in diese Dunkelheit. Nehmt mit euch den Geist Christi, des Vaters und des Heiligen Geistes ...«

Ike wich zurück. Wie viel bekam diese Schlangenfrau wohl dafür, dass sie ihr nacktes Fleisch zur Schau stellte und diese leichtgläubigen Männer bekehrte? Ihre Wunden sahen verdächtig nach Operationsnarben aus, doch auch abgesehen davon redete sie nicht wie eine ehemalige Gefangene. Dafür war sie viel zu selbstbewusst.

Selbstverständlich hielten sich die Hadal gefangene Menschen. Aber diese Leute dürsteten nicht unbedingt nach Errettung. Diejenigen, die Ike gesehen hatte, diejenigen, die es geschafft hatten, zumindest eine gewisse Zeit bei den Hadal zu überleben, hatten eher wie die Quersumme von Null gewirkt. Denn wer erst einmal dort angekommen war, für den bedeutete die Vorhölle auch eine Art Zuflucht vor der eigenen Verantwortung. So etwas öffentlich zu sagen, schon gar inmitten fanatischer Patrioten wie diesen hier, wäre natürlich selbstmörderisch, doch Ike selbst hatte die verbotene Verzückung verspürt, mit der man sich voll und ganz der Autorität eines anderen Wesens unterwirft.

Ike stieg die vor Menschentümelei klebrigen Stufen weiter hinauf und betrat das mittelalterliche Querschiff. Auch das zwanzigste Jahrhundert hatte einige Spuren hinterlassen: In den Steinboden waren Staatswappen eingelegt, und auf einem bunten Glasfenster sah man die Astronauten auf dem Mond. Abgesehen davon hätte er ebenso gut durch den Höhepunkt einer Pest-Hysterie wandeln können. Die Luft war von Qualm und Weihrauch sowie dem Gestank ungewaschener Körper geschwängert. Von den nackten Steinwänden hallten Gebete wider. Ike hörte, wie das Confiteor in das Kaddisch überging. Gebete an Allah mischten sich mit Hymnen aus den Appalachen. Priester verkündigten die Wiederkehr Christi, beschworen das Zeitalter des Wassermanns, den einzig wahren Gott und sämtliche Engel.

Noch vor dem Morgengrauen kehrte er, wie er es Branch versprochen hatte, zur Ecke Achtzehnte und C-Street zurück, wo er sich melden sollte. Er ließ sich an einem Ende der Granitstufen nieder und wartete, bis es neun Uhr wurde. Trotz seiner Vorahnungen redete Ike sich ein, dass es kein Zurück gab. Mit seiner Ehre war es so weit gekommen, dass sie von der Gnade fremder Leute abhing.

Die Sonne ging nur langsam auf, schob sich wie ein Parademarsch durch die Schluchten zwischen den Bürohochhäusern. Ike sah zu, wie seine Fußabdrücke auf dem Raureif des Rasens schmolzen, und bei diesem Anblick wollte ihn der Mut verlassen. Eine überwältigende Traurigkeit befiel ihn, das Gefühl eines abgrundtiefen Verrats. Welches Recht hatte er überhaupt, in die Welt zurückzukehren? Welches Recht hatte die Welt, ihn zurückzubekommen? Mit einem Mal kam ihm die Vorstellung, hier zu sein und zu versuchen, seine innersten Beweggründe Fremden verständlich zu machen, wie eine schreckliche Taktlosigkeit vor. Warum sollte er sich opfern? Und wenn sie ihn dennoch schuldig sprachen?

Für einen kurzen Augenblick, der in seinen Gedanken eine kleine Ewigkeit dauerte, befand er sich wieder in Gefangenschaft. Das Gefühl hatte kein bestimmtes Bild. Da war das Gefühl eines zu Tode erschöpften Mannes in seinen Schultern. Der Duft von Mineralien. Und der Geruch von Ketten. Wie verwehte Musikfetzen, nie ganz im Takt, nie eine zusammenhängende Melodie. Würden sie ihm das antun? Noch einmal? Lauf weg, dachte er.

»Ich hätte nicht geglaubt, dass Sie tatsächlich kommen«, sprach ihn eine Stimme an. »Ich dachte, man müsste Sie erst einfangen.«

Ike blickte auf. Ein sehr breit gebauter Mann von vielleicht fünfzig Jahren stand vor ihm auf dem Bürgersteig. Trotz der adretten Jeans und des Designerparkas verriet seine ganze Haltung den Soldaten. Ike blinzelte nach links und rechts, aber sie waren allein.

»Sind Sie der Anwalt?«, fragte er.

»Anwalt?«

Ike war verwirrt. Kannte ihn der Mann oder kannte er ihn nicht? »Für die Verhandlung vor dem Kriegsgericht. Ich weiß nicht, wie man Sie nennt. Mein Advokat?«

Jetzt verstand ihn der Mann und nickte. »Richtig, doch, so können Sie mich nennen.«

Ike erhob sich.

»Dann bringen wir die Sache hinter uns«, sagte er. Er hatte große Angst, sah jedoch keine Alternative mehr zu dem Geschehen, das bereits ins Rollen gekommen war.

»Sind Ihnen die leeren Straßen nicht aufgefallen?«, fragte der Mann belustigt. »Hier ist niemand. Sämtliche Gebäude sind geschlossen. Heute ist Sonntag.«

»Was tun wir dann hier?«, fragte Ike.

»Wir kümmern uns um unsere Angelegenheiten.«

Ike wurde misstrauisch. Irgendetwas stimmte nicht. Branch hatte ihm gesagt, er solle sich zu diesem Zeitpunkt an diesem Ort einfinden. »Sie sind nicht mein Anwalt.«

»Mein Name ist Sandwell.«

Die folgende Denkpause half Ike auch nicht weiter. Als dem Mann klar wurde, dass Ike noch nie von ihm gehört hatte, lächelte er beinahe mitleidig.

»Ich war eine Zeit lang der Vorgesetzte Ihres Freundes Branch«, fuhr er dann fort. »Damals, in Bosnien, vor seinem Unfall. Bevor er sich veränderte. Er war ein anständiger Mann.« Nach einer weiteren kleinen Pause fügte er hinzu: »Ich bezweifle, dass sich das geändert hat.«

Ike stimmte ihm zu. Manche Dinge ändern sich nie.

»Ich habe von Ihren Problemen erfahren«, sagte Sandwell. »Ich habe Ihre Akte gelesen. Sie haben uns im Lauf der vergangenen fünf Jahre gute Dienste geleistet. Alle loben Sie in den höchsten Tönen: Spürhund. Kundschafter. Killer. Nachdem Branch sie gebändigt hatte, haben wir großen Nutzen von Ihnen gehabt. Und Sie haben Ihren Nutzen von uns gehabt, stimmt's? Sie haben sich von den Haddie das eine oder andere zurückgeholt.«

Ike wartete ab. Sandwells »wir« ließ darauf schließen, dass er noch aktiv im Dienst war. Doch etwas anderes an ihm – und das waren nicht seine Designerklamotten – ließ vermuten, dass er noch andere Eisen im Feuer hatte.

Ikes Schweigen fing an, Sandwell zu verärgern. Ike hörte es aus der nächsten Frage heraus, die ihn aus der Reserve locken sollte: »Als Branch Sie fand, trieben Sie Sklaven durch die Gänge. Stimmt doch, oder? Sie waren ein Kapo. Ein Aufseher. Einer von denen.«

»Wie auch immer Sie es nennen wollen«, erwiderte Ike. Dieser Idiot. Wollte er einen Stein ohrfeigen, um ihn für seine Vergangenheit anzuklagen?

»Ihre Antwort ist wichtig. Sie sind zu den Hadal übergewechselt oder nicht?«

Sandwell täuschte sich. Was Ike sagte, war unwichtig. Seiner Erfahrung nach fällten die Leute ihre Urteile unabhängig von der Wahrheit. Sogar dann, wenn die Wahrheit deutlich vor ihnen lag.

»Genau aus diesem Grund können wir euch Befreiten ja nie mehr richtig vertrauen«, sagte Sandwell. »Ich habe jede Menge psychologische Evaluationen gelesen. Ihr seid wie die Tiere der Dämmerung. Ihr lebt zwischen den Welten, zwischen Licht und Dunkelheit. Weder richtig noch falsch. Bestenfalls leicht psychotisch. Unter normalen Umständen wäre es verrückt, wenn sich das Militär im Feld auf Leute wie Sie verließe.«

Ike kannte die Ängste und die Verachtung. Nur sehr wenige Menschen hatten aus der Gefangenschaft der Hadal befreit werden können, und die meisten waren schnurstracks in die Gummizelle gewandert. Ein paar Dutzend von ihnen waren wieder hergestellt worden und konnten wieder arbeiten, meistens als Blindenhunde für Bergleute oder religiöse Kolonien.

»Ehrlich gesagt, ich mag Sie nicht«, fuhr Sandwell fort. »Aber ich glaube nicht, dass Sie sich vor achtzehn Monaten unerlaubt von der Truppe entfernt haben. Ich habe Branchs Bericht über die Belagerung von Albuquerque 10 durchgelesen. Ich glaube, dass Sie hinter die feindlichen Linien gegangen sind. Aber es war keine Heldentat, um Ihre Kameraden im Lager zu retten. Sie haben es getan, um diejenigen zu töten, die Ihnen das hier angetan haben.« Sandwell wies auf die Narben und Male auf Ikes Gesicht und Händen. »Hass kann ich gut verstehen.«

Da Sandwell so von sich überzeugt wirkte, widersprach ihm Ike nicht. Sandwell ging automatisch davon aus, dass Ike die Soldaten aus Rache gegen seine früheren Unterdrücker ins Feld geführt hatte. Ike hatte aufgegeben zu erklären, dass für ihn auch die Armee ein Unterdrücker war. Hass kam in dieser Gleichung überhaupt nicht vor. Es war schlicht unmöglich, andernfalls hätte er sich schon längst umgebracht. Was ihn tatsächlich antrieb, war Neugier.

Ohne darauf zu achten, war Ike vor den über die Stufen wandernden Sonnenstrahlen immer weiter zur Seite ausgewichen. Als er Sandwells Blick bemerkte, hielt er inne.

»Sie gehören nicht nach hier oben«, grinste Sandwell. »Und ich glaube, Sie wissen das.«

Der Kerl war ein tolles Begrüßungskomitee. »Sobald es mir erlaubt ist, verschwinde ich wieder. Ich bin nur hergekommen, um meinen Namen rein zu waschen. Anschließend mache ich mich sofort wieder an die Arbeit.«

»Sie hören sich an wie ein Branch. Aber es ist nicht so einfach, Ike. Die sind hier mit der Todesstrafe rasch bei der Hand. Die Bedrohung durch die Hadal ist vorüber. Sie sind weg.«

»Seien Sie da mal nicht so sicher.«

»Alles eine Frage der Wahrnehmung. Die Leute wollen den Drachen besiegt und erschlagen sehen. Das wiederum bedeutet, dass wir keine Verwendung mehr für Außenseiter und Rebellen haben. Wir haben keinen Platz mehr für diese Probleme, Störungen und unangenehmen Erinnerungen. Sie, Ike, jagen uns Angst ein. Sie sehen aus wie der Feind. Wir wollen nicht mehr daran erinnert werden. Vor einem oder zwei Jahren hätte das Gericht sich auf Ihre Fähigkeiten und Ihren Nutzen draußen im Feld besonnen. Heute wollen sie klar Schiff machen. Kurz gesagt: Sie sind tot. Nehmen Sie es nicht persönlich. Sie stehen nicht als Einziger vor dem Kriegsgericht. Sämtliche Armeen sind dabei, ihre Reihen von Ungereimtheiten und Unannehmlichkeiten zu säubern. Mit eurer Sorte ist es aus und vorbei. Die Kundschafter und Guerillas müssen gehen. So etwas geschieht am Ende jedes Krieges. Frühjahrsputz.«

Pappbecher. Branchs Worte hallten in Ikes Schädel wider. Er musste vom bevorstehenden Großreinemachen gewusst, zumindest etwas geahnt haben. Es waren einfache Wahrheiten. Aber Ike war nicht bereit, sie zu schlucken. Er fühlte sich verletzt, und das war wie eine Offenbarung. Konnte er so etwas tatsächlich noch fühlen?

»Branch hat Sie dazu überredet, sich der Gnade des Gerichts zu überantworten«, konstatierte Sandwell.

»Was hat er Ihnen sonst noch erzählt?« Ike fühlte sich schwerelos wie ein totes Blatt.

»Branch? Wir haben uns seit Bosnien nicht mehr gesprochen. Ich habe diese kleine Diskussion über einen meiner Adjutanten arrangiert. Branch glaubt, dass Sie einen Anwalt treffen, der ein Freund eines Freundes ist.«

Warum diese Doppelzüngigkeit? fragte sich Ike.

»Man braucht nicht besonders viel Phantasie dazu«, fuhr Sandwell fort. »Warum sollten Sie sich all dem aussetzen, wenn nicht um der Gnade willen? Aber wie ich bereits sagte, zieht diese Geschichte weitaus größere Kreise. Ihr Fall ist längst entschieden.«

Sandwells Ton – nicht spöttisch, nur unsentimental – bestätigte Ike, dass es keine Hoffnung gab. Er vergeudete keine Zeit mehr mit der Frage nach dem Urteil. Ihn interessierte nur noch das Strafmaß.

»Zwölf Jahre«, sagte Sandwell. »Zwölf Jahre Bau. Leavenworth.«

Ike spürte, wie der Himmel über ihm in kleine Stücke zerbarst. Nicht denken, rief er sich zur Ordnung. Nicht fühlen. Doch die Sonne stieg und strangulierte ihn mit seinem eigenen Schatten. Sein dunkler Doppelgänger lag zerbrochen unter ihm auf den Stufen.

Er war sich bewusst, dass Sandwell ihn aufmerksam beobachtete.

»Sind Sie hergekommen, um mich zusammenbrechen zu sehen?«, wagte er zu fragen.

»Ich bin gekommen, um Ihnen eine Chance zu geben.« Sandwell reichte ihm eine Visitenkarte. Auf ihr stand der Name Montgomery Shoat zu lesen. Weder Titel noch Adresse. »Rufen Sie diesen Mann an. Er hat Arbeit für Sie.«

»Welche Art von Arbeit?«

»Das wird Ihnen Mr. Shoat selbst sagen. Wichtig ist, dass sie Sie tiefer hinabführt, als der Arm des Gesetzes reicht. Es gibt Zonen, in denen Auslieferungsverträge nicht gelten. So weit unten wird man Sie nicht behelligen können. Aber Sie müssen sofort handeln.«

»Arbeiten Sie für ihn?«, wollte Ike wissen. *Reg dich nicht auf,* sagte er sich. *Finde ihre Fußabdrücke, verfolge die Spur ein Stück zurück, suche dir einen Ausgangspunkt.*

Aber Sandwell rückte mit nichts heraus. »Ich wurde gebeten, jemanden mit bestimmten Qualifikationen ausfindig zu machen. Es war reines Glück, Sie in einer derart prekären Situation anzutreffen.«

Das war auch eine Information. Sie verriet ihm, dass Sandwell und Shoat etwas Ungesetzliches vorhatten.

»Sie haben Branch belogen«, sagte Ike. Das gefiel ihm nicht. Es ging um ein Versprechen. Wenn er jetzt davonlief, hieß es, die Armee ein für alle Mal aus seinem Leben zu verbannen.

Sandwell suchte nicht nach einer Entschuldigung. »Sie müssen sehr vorsichtig sein«, sagte er. »Wenn Sie sich für unsere Sache entscheiden, wird man eine Suchaktion nach Ihnen starten. Und die Ersten, die sie ausfragen, sind die Leute, die Ihnen am nächsten stehen. Deshalb mein Rat: Kompromittieren Sie niemanden. Rufen Sie Branch nicht an. Er hat auch so genug Probleme.«

»Soll ich einfach so verschwinden?«

Sandwell lächelte. »Sie haben ohnehin nie richtig existiert.«

> Es gibt nichts, was einen mehr in den Bann zieht,
> als die Verlockung eines tiefen Abgrundes.
>
> JULES VERNE,
> Reise zum Mittelpunkt der Erde.

7
Der Auftrag

MANHATTAN

Ali kam in Sandalen und einem Sommerkleid herein, als könnte sie damit den Winter wie mit einem Zauberstab in Schach halten. Der Wachmann strich ihren Namen auf einer Liste durch und bemängelte, dass sie zu früh und ohne ihre Gruppe gekommen war. Mit atemberaubender Geschwindigkeit ratterte er eine ganze Wegbeschreibung herunter und ließ sie passieren. Das ganze Metropolitan Museum of Art gehörte ihr.

Es war, als wäre sie der letzte Mensch auf der Welt. Ali blieb bei einem kleinen Picasso stehen, dann vor einem riesigen Gemälde vom Grand Canyon. Schließlich kam sie zu einem Transparent, das mit dem Schriftzug ERNTE AUS DER HÖLLE die Hauptausstellung ankündigte. Der Untertitel war: DOPPELT ERBEUTETE KUNST. Die meisten Exponate dieser Ausstellung, die sich Kunstgegenständen aus der Unterwelt widmete, waren von Soldaten und Bergleuten mit nach oben gebracht worden. Die meisten waren den Menschen irgendwann gestohlen und in den Subplaneten verschleppt worden, daher doppelt erbeutet.

Ali war viel früher gekommen als sie mit January vereinbart hatte, teilweise, weil sie das Gebäude sehr mochte, in erster Linie jedoch, weil sie sehen wollte, wozu der *Homo hadalis* fähig war. Besser gesagt, wozu er nicht fähig war. Die Kernaussage dieser Ausstellung war folgende: Der *Homo hadalis* war nicht mehr als eine Beutelratte in menschlicher Größe. Die Kreaturen aus dem Subplaneten klauten schon seit Urzeiten die Erfindungen der Menschen. Von Töpferware aus dem Altertum bis zu Colaflaschen aus Plastik, von Voodoo-Fetischen über Keramiktiger aus der Han-Dynastie bis zu einer archimedischen Schraube oder einer Skulptur von Michelangelo, die man für längst zerstört gehalten hatte.

Neben den Exponaten, die von Menschen hergestellt waren, gab es auch mehrere, die *aus* Menschen angefertigt waren. Ali kam zu dem berüchtigten »Beachball« aus verschiedenfarbiger Menschenhaut. Niemand kannte seinen Zweck, aber dieses Ding – ursprünglich aufgeblasen, inzwischen in Form einer perfekten Kugel geschrumpft – war für die Besucher besonders beleidigend, weil sie auf so schnöde Weise die unterschiedlichen Rassen als bloße Gewebespielart darstellte.

Der bei weitem faszinierendste Gegenstand war ein aus einer Wand unter der Erde herausgerissener Steinbrocken. Er war mit mysteriösen Hieroglyphen bedeckt, die an Kalligrafie erinnerten. Da man ihn in diese Ausstellung aufgenommen hatte, hielten ihn die Kuratoren wohl für von Menschenhand geschaffene Graffiti, die irgendwann in den Abgrund verschleppt worden war. Doch als Ali vor der Steinplatte stand, kamen ihr Zweifel. Die Zeichen hatten keine Ähnlichkeit mit den vielen Schriften, die ihr bislang untergekommen waren.

»Da bist du ja, Kindchen.«

»Rebecca?«, sagte Ali und drehte sich um.

Die Frau, die ihr gegenüberstand, kam ihr wie eine Fremde vor. January war immer unbesiegbar gewesen, eine Amazone mit ausgreifenden Umarmungen und straffer schwarzer Haut. Diese Person hingegen sah aus, als hätte man ihr die Luft abgelassen. Da eine

Hand schwer auf einem Gehstock ruhte, konnte die Senatorin nur mit einem Arm ausholen. Ali beugte sich rasch nach vorne, um sie zu umarmen, und sie spürte dabei Januarys Rippen auf dem Rücken.

»Oh, mein Kindchen«, flüsterte January glücklich, und Ali drückte die Wange gegen ihr kurz geschorenes und inzwischen weißes Haar. Sie atmete Januarys Geruch ein.

»Das Wachpersonal hat uns erzählt, dass du schon seit einer Stunde hier bist«, sagte January und drehte sich dann zu dem großen Mann um, der ein Stück hinter ihr stand: »Hab ich's nicht gesagt, Thomas? Immer muss sie schon vor der Kavallerie da sein, schon von Kindesbeinen an. Nicht ohne Grund hieß sie früher Mustang Ali, die Legende von Kerr County. Und siehst du, wie schön sie ist?«

»Rebecca«, rügte sie Ali. January war die bescheidenste Frau der Welt, und zugleich die schlimmste Aufschneiderin. Selbst kinderlos, hatte sie im Lauf der Jahre mehrere Kinder adoptiert, und sie alle hatten gelernt, diese Ausbrüche von Mutterstolz zu ertragen.

»Dabei weiß sie es nicht einmal, so wahr ich hier stehe«, fuhr January unbeirrt fort. »Sie schaut nicht einmal in den Spiegel. Es war ein schwarzer Tag, als sie ins Kloster eintrat. Bärenstarke Texaner haben geweint wie die Witwen unter dem Mond von Goliad und Alamo.« Und ebenso January, wenn sich Ali noch recht an den Tag erinnerte. Sie hatte die ganze Fahrt über geheult und sich dabei immer wieder dafür entschuldigt, dass sie Alis Berufung nicht verstand. Ali verstand sie inzwischen selbst nicht mehr.

Thomas hielt sich lieber heraus. Momentan ging es um das Wiedersehen der zwei Frauen, also blieb er im Hintergrund. Ali schenkte ihm nur einen kurzen Blick. Er war ein großer, schlanker Mann, Ende sechzig, mit den Augen eines gebildeten Menschen und einer zähen Statur. Ali kannte ihn nicht, und obwohl er keinen Kragen trug, war er eindeutig Jesuit: Sie hatte einen siebten Sinn für diese Leute. Vielleicht lag es an der ihnen allen gemeinsamen Kauzigkeit.

»Du musst mir verzeihen, Ali«, sagte January. »Ich habe dir gesagt, es sei ein Treffen unter vier Augen. Ich habe nun doch ein paar Freunde mitgebracht. Es ließ sich nicht vermeiden.«

Erst jetzt sah Ali am anderen Ende der Halle zwei Menschen durch die Ausstellung wandern, einen gebrechlichen Blinden, der von einem größeren und jüngeren Mann geführt wurde. Durch eine weiter entfernte Tür betraten noch mehr ältere Leute den Raum.

»Die Schuld liegt ganz bei mir.« Thomas streckte die Hand zur Begrüßung aus. Offensichtlich hatte das Treffen zwischen Ali und January sein Ende gefunden. Sie hatte geglaubt, January und sie hätten den ganzen Tag für sich, aber das Geschäftliche hatte sie wieder eingeholt. »Ich habe mich sehr darauf gefreut, Sie kennen zu lernen. Gerade jetzt, bevor Sie sich auf den Weg in die arabische Wüste machen.«

»Dein Sabbatjahr«, sagte die Senatorin. »Ich war der Meinung, es macht dir nichts aus, wenn ich ihm davon erzähle.«

»Saudi-Arabien«, fuhr Thomas fort. »Heutzutage nicht gerade der angenehmste Ort für eine junge Frau. Seit die Fundamentalisten die Königsfamilie niedergemetzelt und die Macht übernommen haben, ist die Scharia dort eisernes Gesetz. Ich beneide Sie nicht darum, den ganzen Tag in eine *abaya* gehüllt zu sein.«

»Ich bin auch nicht gerade davon begeistert, ständig wie eine Nonne verkleidet herumzulaufen«, erwiderte Ali.

January lachte. »Ich werde dich wohl nie verstehen«, sagte sie zu Ali. »Sie geben dir ein Jahr frei, und du hast nichts Besseres zu tun, als zurück in deine Wüste zu gehen.«

»Aber ich kenne das Gefühl«, schaltete sich Thomas wieder ein. »Sie müssen darauf brennen, die Glyphen zu sehen.« Ali wurde aufmerksamer. Davon hatte sie January weder geschrieben noch etwas erzählt. An January gewandt, erklärte Thomas: »Die südlichen Regionen in der Nähe des Jemen sind besonders reich damit gesegnet. Protosemitische Piktogramme aus dem *ahl aljahiliya*, dem so genannten Zeitalter des Unwissens.«

Ali zuckte die Achseln, als müsse das ohnehin allgemein bekannt sein, doch ihr Alarmsystem war angesprungen. Der Jesuit wusste einiges über sie. Was noch? War es möglich, dass er auch den anderen Grund dafür kannte, weshalb sie ein Jahr weg wollte, weshalb sie ihr letztes Gelübde noch einmal verschoben hatte? Der Orden nahm dieses Zögern sehr ernst, und die Wüste war ebenso

Austragungsort ihrer Glaubenszweifel wie ihrer wissenschaftlichen Ambitionen. Sie fragte sich, ob die Mutter Oberin ihr diesen Mann gesandt hatte, damit er sie unmerklich beeinflusste, verwarf den Gedanken aber sofort wieder. Das würden sie nicht wagen. Sie allein musste diese Wahl treffen, nicht irgendein Jesuit.

Thomas schien ihr die Befürchtungen vom Gesicht abzulesen. »Ich verfolge Ihre Karriere schon eine ganze Weile«, sagte er, »und ich dilettiere gelegentlich selbst in der anthropologischen Linguistik. Ihre Arbeiten über die neolithischen Inschriften und Muttersprachen sind, wie soll ich sagen, weitaus eleganter, als es Ihren jungen Jahren zustünde.«

Er war klug genug, ihr nicht zu sehr zu schmeicheln. Andererseits, dachte Ali, hatte ihn January mit ihrer Bemerkung hinsichtlich des Mondes über Goliad deutlich gewarnt. So leicht ließ sie sich keinen Honig ums Maul schmieren.

»Ich habe alles von Ihnen gelesen, was ich finden konnte«, sagte er. »Sehr gewagte Sachen sind das, insbesondere für eine Amerikanerin. Sonst beackern vor allem die russischen Juden in Israel das Feld der Ursprache. Exzentriker, denen keine andere Wahl bleibt. Sie aber sind jung, Ihnen stehen alle Möglichkeiten offen, und trotzdem entscheiden Sie sich für diesen radikalen Forschungszweig. Den Ursprung der Sprache.«

»Warum sollte diese Arbeit als so radikal angesehen werden?«, fragte Ali. »Indem wir uns zu den ersten Worten zurücktasten, versuchen wir, unseren eigenen Ursprung zu ergründen. Und das bringt uns der Stimme Gottes um vieles näher.«

Thomas schien mit ihrer Antwort überaus zufrieden zu sein. Wobei es ihr nicht unbedingt darauf ankam, ihn zufrieden zu stellen. »Verraten Sie mir doch«, bat er, »was Sie, als Fachkundige, von dieser Ausstellung halten.«

Man stellte sie auf die Probe, und January wusste Bescheid. Ali spielte fürs Erste mit, blieb jedoch auf der Lauer. »Zunächst einmal überrascht mich die Vorliebe für religiöse Gegenstände«, äußerte sie und zeigte auf die Gebetsperlenschnüre, die ursprünglich aus Tibet, China, Sierra Leone, Peru, Byzanz, dem Dänemark der Wikinger und Palästina stammten. Gleich daneben lag ein Schaukasten mit Kruzifixen, Handschriften und Abendmahlskelchen aus Gold und Silber. »Wer hätte gedacht, dass sie derartig auserlesene Stücke sammeln? Damit hätte ich nicht gerechnet.«

Sie ging an einer mongolischen Rüstung aus dem zwölften Jahrhundert vorbei. Sie war mehrfach durchbohrt und immer noch blutbefleckt. Andernorts waren Waffen, Rüstungen und Folterinstrumente zu sehen, die von brutalem Gebrauch zeugten, obwohl die Begleittexte den Betrachter immer wieder daran erinnerten, dass die Gegenstände eigentlich menschlichen Ursprungs waren.

Vor einer Vergrößerung der berühmten Aufnahme eines Hadal, der gerade dabei war, einen frühen Aufklärungsroboter mit einer Keule zu zerstören, blieben sie stehen. Es versinnbildlichte den ersten öffentlichen Kontakt der modernen Menschheit mit »ihnen«, eines jener Ereignisse, bei dem sich die Leute später stets daran erinnerten, wo sie gerade waren oder was sie gerade taten, als es passierte. Das Wesen sah dämonisch aus, mit hornartigen Auswüchsen auf dem Albinoschädel.

»Schade nur«, sagte Ali, »dass wir womöglich nie erfahren, wer die Hadal wirklich sind, bis es zu spät ist.«

»Es könnte schon jetzt zu spät sein«, meinte January.

»Das glaube ich nicht«, sagte Ali.

Thomas und January tauschten einen Blick. Er gab sich einen Ruck.

»Wir möchten gerne eine ganz bestimmte Angelegenheit mit Ihnen besprechen«, sagte er.

Ali wusste sofort, dass diese Angelegenheit der eigentliche Grund ihrer Reise nach New York war, die January arrangiert und bezahlt hatte.

»Wir gehören einer Gesellschaft an«, setzte January zu ihrer Erklärung an. »Thomas trommelt uns schon seit Jahren auf der ganzen Welt zusammen. Wir nennen uns den ›Beowulf-Kreis‹. Er ist ziemlich informell, unsere Treffen finden nur unregelmäßig statt. Wir versammeln uns an unterschiedlichen Orten, um unsere Erkenntnisse auszutauschen und …«

Bevor sie noch mehr sagen konnte, bellte ein Museumswächter: »Legen Sie das sofort hin!«

Sofort setzten sich mehrere Wächter eilig in Bewegung. Ziel ihrer Aufgeregtheit waren zwei der Leute, die nach Thomas und

January hereingekommen waren, genauer gesagt, der jüngere Mann mit den langen Haaren. Er war gerade dabei, ein Eisenschwert aus einer der Vitrinen zu heben.

»Verzeihung, es ist meine Schuld«, sagte sein blinder Gefährte beschwichtigend und ließ sich das schwere Schwert auf die Handflächen legen. »Ich bat meinen Begleiter Santos …«

»Das geht in Ordnung, meine Herren«, rief January den Wächtern zu. »Dr. de l'Orme ist ein anerkannter Spezialist.«

»Bernard de l'Orme?«, hauchte Ali. Der Mann hatte in ganz Asien auf der Suche nach Ausgrabungsstätten Flüsse bezwungen und Dschungel durchquert. Da sie bislang nur über ihn gelesen hatte, hatte sie ihn für einen körperlichen Riesen gehalten.

Unbeeindruckt vom Aufruhr fuhr de l'Orme fort, Klinge und lederumhüllten Griff des Schwertes aus der frühen Zeit der Angelsachsen zu betasten und es mit den Fingerspitzen zu betrachten. Er roch an dem Leder, leckte am Eisen.

»Wunderbar«, verkündete er.

»Was tun Sie da?«, fragte ihn January.

»Ich erinnere mich an eine Geschichte«, antwortete er. »Ein argentinischer Dichter erzählte einmal eine Geschichte von zwei Gauchos, die sich auf eine tödliche Messerstecherei einlassen, weil das Messer selbst sie dazu verleitet.«

Der blinde Mann hielt das Schwert in die Höhe, das sowohl von Menschen als auch von ihren Dämonen benutzt worden war.

»Ich habe gerade über das Gedächtnis von Eisen nachgedacht«, sagte er.

»Meine Freunde«, hieß Thomas seine Verschwörer willkommen, »lasst uns endlich anfangen.«

Ali sah die Angesprochenen wie aus dem Nichts zwischen den Reihen der dunklen Bibliothek auftauchen und kam sich plötzlich fast nackt vor. In dieser Umgebung unterstrich ihr Sommerkleid die Hinfälligkeit dieser alten Leute, die offensichtlich sogar hier drinnen froren. Einige trugen modische Anoraks, andere zitterten unter mehreren Schichten Wolle und Tweed.

Sie versammelten sich um einen Tisch, der schon vor der Zeit der großen Kathedralen aus englischer Eiche geschnitten und glatt poliert worden war. Er hatte Kriege und Schreckenszeiten überstanden, Könige, Päpste und Bürgertum, ja sogar mehrere Generationen von Forschern. Die nautischen Karten an den Wänden ringsum waren gezeichnet worden, bevor man je das Wort Amerika gehört hatte.

Hier war der Satz schimmernder Instrumente, die Kapitän Bligh benutzt hatte, um seine Schiffbrüchigen sicher in die Zivilisation zurückzuführen. Auf einem Glasregal stand eine Karte aus Stöcken und Muscheln, wie sie die mikronesischen Fischer benutzten, um den Meeresströmungen zwischen den Inseln zu folgen. In der Ecke stand das komplizierte ptolemäische Astrolabium, das bei Galileos Ketzerverhandlung eine Rolle gespielt hatte. Ein Stück darüber hing Kolumbus' ungenaue und sehr exotische Landkarte der Neuen Welt, auf Schafshaut gemalt und mit den Beinen nach den vier Himmelsrichtungen ausgerichtet. Auch Bud Parsifals berühmter Schnappschuss, der die große blaue Murmel vom Mond aus gesehen im All schwebend zeigt, fehlte nicht. Der ehemalige Astronaut stellte sich unbescheiden direkt unter seine Aufnahme, und Ali erkannte ihn. January wich, hin und wieder Namen flüsternd, nicht von ihrer Seite, und Ali war ihr für ihre Anwesenheit dankbar.

Kaum hatten alle Platz genommen, ging die Tür auf und der letzte Nachzügler kam hereingehumpelt. Zuerst dachte Ali, es sei ein Hadal. Wie es schien, war sein Gesicht mit geschmolzenem Plastik überzogen. Eine dunkle Skibrille haftete an dem unförmigen Kopf. Der Anblick erschreckte sie. Sie hatte noch nie einen Hadal gesehen, weder tot noch lebendig, und zuckte unwillkürlich zusammen. Er suchte sich den Sessel direkt neben ihr aus, und sie hörte, dass er schwer atmete.

»Ich dachte nicht, dass Sie es noch schaffen«, sagte January an Ali vorbei zu ihm.

»Bisschen Ärger mit dem Magen«, erwiderte er. »Vielleicht das Wasser. Es dauert immer ein paar Wochen, bis ich mich daran gewöhnt habe.«

Erst jetzt erkannte Ali, dass es ein Mensch war. Seine Atembeschwerden waren ein Symptom, unter dem viele Veteranen litten, wenn sie von weit unten heraufkamen. Noch nie zuvor hatte sie jemanden gesehen, den die Tiefe so zugerichtet hatte.

»Ali, darf ich dir Major Branch vorstellen? Er ist so etwas wie ein Geheimnis. Er arbeitet für die Armee und ist für uns eine Art inoffizieller Verbindungsoffizier. Ein alter Freund. Ich habe ihn vor vielen Jahren in einem Armeehospital aufgespürt.«

»Manchmal denke ich, Sie hätten mich besser dort gelassen«, scherzte er und streckte Ali die Hand entgegen. »Nennen Sie mich Elias.« Er zog eine Grimasse, und erst dann erkannte sie, dass es wohl ein Lächeln sein sollte. Ein Lächeln ohne Lippen. Die Hand war wie Stein. Trotz der mehr als kräftigen Muskeln war es unmöglich, sein Alter zu schätzen. Flammen und Wunden hatten die üblichen Anhaltspunkte ausgelöscht.

Außer Thomas und January zählte Ali noch elf andere, darunter de l'Ormes Protegé Santos. Mit Ausnahme von ihr, Santos und dem Kerl neben ihr waren alle alt. Insgesamt verkörperten sie wohl fast siebenhundert Jahre Lebenserfahrung und Geist, ganz zu schweigen von einem hochtourig arbeitenden Archiv der gesamten aufgezeichneten Geschichte. Sie waren allesamt höchst ehrwürdig, wenn auch ein wenig vergessen. Die meisten hatten die Universitäten, Firmen oder Regierungen, in denen sie sich hervorgetan hatten, schon längst verlassen. Ihre Auszeichnungen und ihre Reputation waren nicht mehr von Nutzen. Ihre Knochen waren brüchig.

Der Beowulf-Kreis war ein merkwürdig verschworenes Grüppchen. Ali ließ den Blick über die fröstelnde Versammlung wandern, kramte Gesichter aus ihrem Gedächtnis hervor und erinnerte sich an Namen. Ohne nennenswerte Überschneidungen repräsentierten sie mehr Fachgebiete, als die meisten Universitäten aufzunehmen im Stande gewesen wären. Wiederum wünschte sie, sie hätte etwas anderes als dieses Sommerkleid angezogen. Ihr langes Haar kitzelte sie im Rücken. Sie spürte ihren Körper unter den Kleidern.

»Sie hätten uns etwas früher sagen sollen, dass Sie uns ausgerechnet jetzt aus unseren Familien wegholen«, grummelte ein Mann, dessen Gesicht Ali aus alten Time-Heften kannte. Desmond Lynch, Mediävist und Peacenik. Für seine Biografie von Duns Scotos, Philosoph aus dem dreizehnten Jahrhundert, hatte er 1952 den Nobelpreis erhalten. Den Nobel hatte er streitlustig als Kanzel benutzt, von der aus er gegen McCarthys Hexenjagd, die

Atombombe und später gegen den Vietnamkrieg wetterte. Inzwischen war das alles Geschichte. »So weit weg von zu Hause«, sagte er. »Bei dem Wetter! Und das zu Weihnachten!«

»Ist es wirklich so schlimm?«, Thomas grinste ihn an.

Lynch setzte hinter seinem knotigen Gehstock eine finstere Miene auf und knurrte missmutig: »Haltet unsere Anwesenheit bloß nicht für selbstverständlich!«

»In dieser Hinsicht können Sie sich auf mich verlassen«, erwiderte Thomas jetzt ernsthaft. »Ich bin alt genug, um nicht den kleinsten Herzschlag für selbstverständlich zu halten.«

Sie hörten ihm zu. Alle. Thomas' Blick wanderte von einem Gesicht zum nächsten. »Wäre die Lage nicht so kritisch«, sagte er, »hätte ich es nicht gewagt, Sie mit einer derartig gefährlichen Mission zu behelligen. Aber ich musste handeln. Und jetzt sind wir hier versammelt.«

»Aber ausgerechnet hier?«, fragte eine winzige Frau in einem Kinderrollstuhl. »An den Feiertagen? Es kommt mir so unchristlich von Ihnen vor, Vater.«

Ali erinnerte sich. Vera Wallach. Die Medizinerin aus Neuseeland. Sie allein hatte die Kirche und die Bananenrepublikaner in Nicaragua besiegt und dort während der sandinistischen Revolution die Geburtenkontrolle eingeführt. Sie hatte sich Bajonetten und Kreuzen entgegengestellt und es dabei geschafft, den Armen ihr Sakrament zu bringen: Kondome.

»Allerdings«, grummelte ein schmächtiger Mann. »Der Termin ist unter aller Kanone.« Es war Hoaks, der Mathematiker. Ali hatte ihn zuvor mit einer Karte spielen sehen, auf der die Kontinentalplatten umgedreht waren und eine Ansicht der Erdkruste vom Inneren des Globus gewährten.

»Aber so ist es doch immer«, konterte January. »Das ist Thomas' Art, uns seine Mysterien anzudrehen.«

»Es könnte schlimmer sein«, formulierte Rau, der Unberührbare, auch er ein Nobelpreisträger. Obwohl er in Uttar Pradesh in der niedrigsten Kaste geboren war, war es ihm gelungen, bis ins Unterhaus des Indischen Parlaments aufzusteigen, wo er seiner Partei lange Jahre als Sprecher gedient hatte. Erst später erfuhr Ali, dass Rau kurz davor gewesen war, der Welt zu entsagen, Kleidung und Namen abzustreifen und wie ein frommer Saddhu von einem Tag zum anderen zu leben.

Thomas gewährte ihnen noch ein paar Minuten, um einander zu begrüßen und ihn zu verwünschen. Flüsternd fuhr January fort, Ali die eine oder andere Persönlichkeit näher zu beschreiben. Dort saß Mustafah, der einer in Alexandria ansässigen Familie koptischer Christen angehörte, die sich mütterlicherseits bis zu Cäsars Familie zurückverfolgen ließ. Obwohl von Haus aus Christ, war er ein Experte für die Scharia, das Gesetz des Islam, dazu einer der wenigen, der in der Lage war, es Leuten aus dem westlichen Kulturkreis zu erklären. Von Emphysemen gequält, konnte er jeweils nur kurze Sätze hervorbringen.

Ihm gegenüber saß ein Industrieller namens Foley, der mehr als ein Vermögen gemacht hatte, eins davon im Zweiten Weltkrieg mit Penicillin, ein anderes in der Blut- und Plasmaindustrie, bevor er angefangen hatte, sich nebenbei für die Bürgerrechte zu engagieren und für so manchen Märtyrer die Kaution übernommen hatte. Er unterhielt sich lebhaft mit Bud Parsifal, dem Astronauten. Jetzt fiel Ali auch dessen Geschichte wieder ein: Nach seiner Stippvisite auf dem Mond hatte sich Parsifal am Berge Ararat auf die Suche nach Noahs Arche gemacht, geologische Beweise für die Teilung des Roten Meeres gefunden und sich an einer Reihe anderer verrückter Rätsel versucht. Es stand außer Frage, dass es sich bei dem Beowulf-Kreis um eine Ansammlung von Außenseitern und Anarchisten handelte.

Schließlich ergriff Thomas offiziell das Wort. »Ich bin glücklich, solche Freunde zu haben.«

Ali staunte. Die anderen hörten zu, doch die Worte waren direkt an sie gerichtet. »Solche edlen Seelen. Über all die Jahre, auf meinen vielen Reisen, habe ich mich an ihrer Gesellschaft erfreut. Ein jeder von ihnen hat hart gearbeitet, die Menschheit von ihren zerstörerischen Impulsen abzubringen. Ihr Lohn«, an dieser Stelle setzte er ein schiefes Lächeln auf, »ist ihre Berufung in diesen erlauchten Kreis.«

Er benutzte das Wort »Berufung«, und es war nicht zufällig gewählt. Er musste irgendwie erfahren haben, dass diese Nonne schwer an ihrem Gelübde zweifelte.

»Wir leben lange genug, um zu wissen, dass das Böse existiert – und nicht zufällig«, fuhr Thomas fort. »Im Laufe der Jahre haben wir versucht, es zu benennen. Das haben wir getan, indem wir einander unterstützten und indem wir unsere verschiedenen Fähigkeiten und Beobachtungen zusammentrugen. So einfach ist das.«

Es hörte sich viel zu einfach an. Als ob diese alten Leute eben mal so in ihrer Freizeit gegen das Böse in der Welt kämpften.

»Seit jeher ist unsere stärkste Waffe unsere Gelehrsamkeit gewesen«, fügte Thomas hinzu.

»Dann sind Sie also eine akademische Gesellschaft«, bemerkte Ali.

»Ach, eher eine Tafelrunde edler Ritter«, erwiderte Thomas. Hier und da tauchte ein Lächeln auf. »Ich will Satan finden.«

Sein Blick traf den Alis, und sie sah, dass er es ernst meinte. Alle hier meinten es ernst. Ali konnte sich nicht beherrschen: »Den Teufel?«

Diese Gruppe Nobelpreisträger und Gelehrter gab dem Bösen den Charakter eines Katz-und-Maus-Spiels.

»Der Teufel«, schnaufte Mustafah, der Ägypter, angestrengt. »Ein Altweibermärchen.«

»Satan«, korrigierte January, eindeutig an Ali gewandt.

Jetzt konzentrierten sich alle auf Ali. Keiner stellte ihre Anwesenheit in der Runde in Frage, was bedeutete, dass sie ihnen allen längst wohl bekannt war. Thomas' Vortrag über ihre Pläne hinsichtlich Saudi-Arabiens, der präislamischen Glyphen und ihrer Suche nach der Ursprache erhielt noch mehr an Gewicht. Diese Leute hatten sie beobachtet. Man wollte sie rekrutieren. Was ging hier vor? Warum hatte January sie da hineingezogen? »Satan?«, entfuhr es ihr.

»Genau«, bestätigte January. »Wir haben uns dieser Idee verschrieben. Der Realität dieser Idee.«

»Welche Realität denn?«, fragte Ali. »Die Spukgestalt aus Albträumen geplagter, unterernährter und an Schlafmangel leidender Mönche? Oder der heldenhafte Rebell, als den ihn Milton schildert?«

»Ich bitte dich, Ali!« January schüttelte den Kopf. »Wir sind zwar alt, aber nicht verblödet. Satan ist ein Oberbegriff. Es konkretisiert unsere Theorie von einer zentralisierten Führung alles Bösen. Nenne ihn wie du willst, Maximum Leader, Dschingis Khan oder Sitting Bull, der Rat weiser Männer oder Kriegsherr. Das Konzept ist nur folgerichtig. Logisch.«

Ali zog es vor zu schweigen.

»Es ist nicht mehr als ein Wort, ein Name«, sagte Thomas zu ihr. »Der Begriff Satan bezeichnet eine historische Figur. Ein fehlendes Bindeglied zwischen unseren Märchen von der Hölle und ihrer geologischen Tatsache. Denken Sie mal darüber nach. Wenn es einen historischen Christus geben kann, warum dann nicht einen historischen Satan? Denken Sie an die Hölle. Die jüngste Geschichte lehrt uns, dass sich die Märchen getäuscht und trotzdem Recht haben. Die Unterwelt ist nicht voller toter Seelen und Dämonen, und doch gibt es dort gefangene Menschen und eine eingeborene Bevölkerung, die – bis vor kurzem – ihr Territorium hartnäckig verteidigte. Doch trotz der vielen tausend Jahre, in denen sie in den Sagen und Legenden der Menschen verdammt und dämonisiert wurden, scheinen die Hadal uns nicht unähnlich zu sein. Wussten Sie, dass sie über eine Schriftsprache verfügen?«, fragte er sie. »Zumindest hat es irgendwann einmal eine Schrift gegeben. Diese Runen belegen, dass sie eine bemerkenswerte Zivilisation aufgebaut hatten. Womöglich haben sie sogar«, sagte er und holte tief Atem: »Seelen.«

Ali konnte nicht glauben, dass ein Priester solche Dinge sagte. Menschenrechte waren eine Sache, aber die Fähigkeit, Gottes Gnade zu erlangen, eine völlig andere. Selbst wenn man den Hadal eine genetische Verbindung zum Menschen nachweisen konnte, war die Möglichkeit, dass sie eine Seele besaßen, theologisch unwahrscheinlich. Die Kirche sprach auch Tieren keine Seele zu, nicht einmal den höheren Primaten. Nur der Mensch war der Erlösung würdig. »Habe ich das richtig verstanden?« hakte sie nach. »Sie suchen nach einem Wesen namens Satan?«

Niemand widersprach ihr.

»Aber warum denn?«

»Frieden«, sagte Lynch. »Wenn er ein großer Anführer ist und wir ihn verstehen lernen, ist es uns vielleicht möglich, einen dauerhaften Frieden zu schmieden.«

»Erkenntnis«, sagte Rau. »Bedenken Sie nur, was wir womöglich erfahren werden, wohin er uns führen könnte.«

»Und wenn er nicht mehr als ein alter Kriegsverbrecher ist«, sagte der Soldat Elias, »sorgen wir für Gerechtigkeit. Für seine Bestrafung.«

»So oder so«, warf January ein, »wollen sie Licht ins Dunkel bringen. Oder die Dunkelheit ans Licht.«

Das klang alles so naiv. So jugendlich beschwingt. So verführerisch und hoffnungsfroh. Beinahe plausibel, dachte Ali, zumindest hypothetisch. Aber – ein Nürnberger Prozess gegen den Fürsten der Hölle?

Ali wurde zunehmend betrübt. Thomas hatte sie in die Welt zurückgeholt, gerade als sie sich von ihr verabschieden wollte.

»Und wie wollen Sie dieses Wesen, diese Kreatur, dieses Ding aufspüren?«, fragte sie. »Welche Chance haben Sie, auch nur einen Flüchtling zu finden, wenn sämtliche Armeen keinen einzigen Hadal mehr zu Gesicht bekommen? Ich höre immer wieder, dass sie vielleicht sogar ausgestorben sind.«

»Sie sind skeptisch«, nickte Vera anerkennend. »Sonst hätten wir Sie auch nicht gebrauchen können. Ihre Skepsis ist eine Grundvoraussetzung. Ohne sie wären Sie für uns nutzlos. Glauben Sie mir, als Thomas uns seine Ideen auftischte, haben wir anfangs auch nicht anders reagiert. Und doch kommen wir jetzt, Jahre später, immer wieder zusammen, wenn Thomas uns ruft.«

»Gelehrsamkeit«, mischte sich der Mathematiker Hoaks ein. »Durch wiederholte Untersuchung von Ausgrabungsstätten und genauester Prüfung der Fundstücke haben wir ein ziemlich klares Bild entwerfen können. Eine Art Verhaltensprofil.«

»Ich nenne es ›komprimierte Satanstheorie‹«, sagte Foley. Sein Geschäftssinn war auf Strategie und Ergebnisse programmiert. »Einige von uns besuchen Bibliotheken, archäologische Ausgrabungen oder Wissenschaftszentren auf der ganzen Welt. Andere führen Interviews, befragen Überlebende, folgen Hinweisen. Auf diese Art hofften wir, ein psychologisches Muster herauszubilden.«

»Es hört sich alles … so abenteuerlich an«, sagte Ali. Sie wollte niemanden vor den Kopf stoßen.

Thomas meldete sich wieder zu Wort. Die Beleuchtung spielte Ali einen Streich. Mit einem Mal schien er tausend Jahre alt zu sein. »Er ist dort unten«, sagte er. »Jahr für Jahr versuche ich vergeblich, ihn ausfindig zu machen. Aber das können wir uns nicht länger leisten.«

»Genau das ist das Dilemma«, sagte de l'Orme. »Das Leben ist zu kurz für Zweifel und zu lang für den Glauben.«

Ali erinnerte sich an seine Exkommunikation. Es musste damals grausam für ihn gewesen sein.

»Unser Problem besteht darin, dass sich Satan vor aller Augen versteckt«, sagte de l'Orme. »Wie er es seit jeher getan hat. Er verbirgt sich inmitten unserer Realität. Sogar in unserer visuellen Realität. Der Trick, den wir allmählich lernen, ist der, in die Illusion einzutreten. Auf diese Weise hoffen wir ihn ausfindig zu machen. Würdest du Mademoiselle bitte unser kleines Foto zeigen?«, bat er seinen Assistenten.

Santos breitete eine lange Rolle glänzenden Kodakpapiers aus. Darauf war das Bild einer alten Karte zu sehen. Ali musste aufstehen, um die Einzelheiten zu erkennen. Die anderen scharten sich um sie.

»Meine Kolleginnen und Kollegen hatten schon mehrere Wochen die Gelegenheit, sich dieses Foto anzusehen«, erläuterte ihr de l'Orme. »Es ist eine Straßenkarte, bekannt unter dem Namen ›Peutingersche Tafel‹, im Original fast sieben Meter lang und gut dreißig Zentimeter hoch. Darauf ist sehr penibel ein Netz mittelalterlicher Straßen verzeichnet, insgesamt 120 000 Kilometer, und zwar von den Britischen Inseln bis nach Indien. Entlang der Strecken gab es Rastplätze, Mineralquellen, Brücken, Flüsse und Meere. Höhen- und Breitengrade waren irrelevant. Die Straße selbst war alles.«

Der Archäologe hielt kurz inne. »Ich habe Sie alle gebeten zu versuchen, auf dem Foto etwas Ungewöhnliches zu entdecken, insbesondere lenkte ich Ihre Aufmerksamkeit auf den lateinischen Satz ›Hier gibt es Drachen‹, ziemlich genau in der Mitte der Karte. Ist jemandem etwas Ungewöhnliches aufgefallen?«

»Es ist halb acht Uhr morgens«, sagte eine Stimme. »Klären Sie uns bitte auf, damit wir uns dem Frühstück widmen können.«

»Würdest du bitte…«, sagte de l'Orme zu seinem Gehilfen. Santos hob eine Holzkiste auf den Tisch, aus der er eine dicke Schriftrolle zog, die er auch sogleich sorgsam aufrollte. »Das hier ist die Originaltafel«, sagte de l'Orme. »Sie wird hier im Museum aufbewahrt.«

»Deshalb mussten wir alle nach New York kommen?«, murrte Parsifal.

»Bitte sehr, vergleichen Sie selbst«, forderte de l'Orme sein Publikum auf. »Wie Sie unschwer erkennen können, gibt das Foto das Original eins zu eins wieder. Was ich hier demonstrieren will, ist die Tatsache, dass man etwas zwar sehen kann, aber nicht unbedingt daran glauben muss. Santos?«

Der junge Mann streifte ein Paar Latex-Handschuhe über, zog ein Skalpell hervor und beugte sich über das Original.

»Was haben Sie vor?«, kreischte ein ausgezehrter Mann entgeistert. Seine Name war Gault, und Ali erfuhr später, dass er ein Enzyklopädist der alten Diderotschen Schule war, die davon überzeugt war, dass man alles wissen und alphabetisch ordnen konnte. »Diese Karte ist unersetzlich«, protestierte er.

»Schon in Ordnung«, meinte de l'Orme. »Er enthüllt lediglich einen Einschnitt, den wir bereits vorgenommen haben.«

Die Aufregung, Zeugen eines Aktes von Vandalismus zu werden, machte alle hellwach. Man drängte sich dicht um den Tisch. »Es handelt sich um ein Geheimnis, das der Kartograf in dieser Karte versteckt hat«, fuhr de l'Orme fort. »Ein wohl gehütetes Geheimnis, das wahrscheinlich niemals gelüftet worden wäre, wäre die Karte nicht einem Blinden unter die Fingerspitzen gekommen. Unsere Ehrfurcht vor Altertümern hat auch eine abträgliche Seite. Wir sind so weit, dass wir die Dinge selbst mit so viel Sorgfalt behandeln, dass sie ihre ursprüngliche Wahrheit verloren haben.«

»Aber was soll das jetzt?«, fragte jemand atemlos.

Santos schob sein Skalpell an der Stelle in das Pergament, an der der Kartograf ein kleines Wäldchen eingezeichnet hatte, aus dem ein Fluss entsprang. »Meine Blindheit erlaubt mir den einen oder anderen Regelverstoß«, sagte de l'Orme. »Ich fasse die meisten Dinge an, die andere Leute nicht anfassen dürfen. Vor mehreren Monaten spürte ich an dieser Stelle der Karte eine leichte Erhebung. Wir ließen das Pergament durchleuchten, und es zeigte sich, dass unter den Pigmenten ein Geisterbild aufzutauchen schien. Woraufhin wir einen chirurgischen Eingriff vornahmen.«

Santos öffnete ein winziges, verstecktes Türchen, und der Berg klappte an dünnen Fadenscharnieren auf. Darunter kam das vereinfachte, aber deutlich erkennbare Bildnis eines Drachen zum Vorschein, dessen Klauen den Buchstaben B umschlossen.

»Das B steht für Beliar«, erklärte de l'Orme. »Lateinisch für wertlos. Ein anderer Name für Satan. Das war die Manifestation Satans zur Zeit der Entstehung der Peutingerschen Tafel. Im Evangelium des Bartholomäus, einem Traktat aus dem dreizehnten Jahrhundert, wird Beliar aus dem Abgrund heraufgezerrt und einer Befragung unterworfen. Bartholomäus liefert uns die Autobiografie des gefallenen Engels.«

Die Gelehrten bewunderten die Findigkeit und die künstlerische Fertigkeit des Kartenmachers und beglückwünschten de l'Orme zum Erfolg seiner Detektivarbeit.

»Das ist belanglos. Unbedeutend. Der Berg über diesem Zugang liegt im Karstgebirge des ehemaligen Jugoslawien. Der Fluss, der an seinem Fuß entspringt, ist die Pivka, die aus einer Höhle in Slowenien namens Postojnska jama hervortritt.«

»Die Postojnska jama?«, platzte es aus Gault heraus. »Aber das war doch Dantes Höhle!«

»Genau«, sagte de l'Orme und überließ Gault die weitere Erläuterung.

»Es ist eine sehr große Höhle«, erklärte Gault. »Sie war bereits im 13. Jahrhundert eine berühmte Touristenattraktion. Adelige und Landbesitzer ließen sich von Einheimischen hinführen. Dante stattete ihr einen Besuch ab, als er gerade an der Recherche für …«

»Mein Gott«, entfuhr es Mustafah. »Seit tausend Jahren war die Legende von Satan genau hier angesiedelt. Wie können Sie diese Erkenntnis trivial nennen?«

»Weil sie uns irgendwo hinführt, wo wir nicht ohnehin bereits gewesen sind«, antwortete de l'Orme. »Die Postojnska jama ist heute eines der größten Tore für Verkehr aller Art in den Abgrund. Der Fluss wurde weggesprengt. Eine Asphaltstraße führt in die Tiefe, der Drache ist geflohen. Eintausend Jahre lang hat uns diese

Karte gesagt, wo er einst hauste, oder wo sich zumindest einer seiner Zugänge in die Unterwelt befand. Inzwischen hat sich Satan allerdings woanders hin verzogen.«

Jetzt übernahm Thomas wieder.

»Vor uns liegt ein weiterer Grund dafür, weshalb wir nicht in dem Glauben, die Wahrheit zu kennen, zu Hause sitzen bleiben dürfen. Wir müssen unsere Instinkte im gleichen Maße aufgeben, wie wir uns auf sie verlassen müssen. Wir müssen unsere Hände auf das Unberührbare legen. Auf seine Bewegung lauschen. Er ist irgendwo da draußen, in alten Büchern und Ruinen und Kunstgegenständen. Tief in unserer Sprache und unseren Träumen. Und trotzdem wollen wir den Beweisen keinen Glauben schenken. Wir müssen zu ihm hin, wo auch immer es sich aufhalten mag, sonst blicken wir lediglich in selbsterdachte Spiegel. Verstehen Sie mich? Wir müssen *seine* Sprache lernen. Wir müssen *seine* Träume kennen lernen. Und ihn vielleicht in die Familie der Menschen zurückholen.«

Thomas stützte sich auf die Tischplatte. Sie ächzte leise unter seinem Gewicht. Sein Blick fiel auf Ali. »Die Wahrheit ist die, dass wir hinaus in diese Welt gehen müssen. Wir müssen alles riskieren. Und wir dürfen nicht mit leeren Händen zurückkehren.«

»Selbst wenn ich an euren historischen Satan glaube«, sagte Ali, »ist es noch lange nicht meine Angelegenheit, gegen ihn anzutreten.«

Das Treffen war vertagt worden. Stunden waren vergangen. Die Gelehrten des Zirkels waren weggegangen und hatten sie mit January und Thomas allein gelassen. Sie war müde und gleichzeitig elektrisiert, gab sich jedoch Mühe, dass man ihr weder das eine noch das andere anmerkte. Thomas war ihr ein Rätsel. Er machte sie für sich selbst zu einem Rätsel.

»Ich stimme Ihnen zu«, erwiderte Thomas. »Aber Ihre Leidenschaft für die Ursprache wäre eine große Hilfe bei unserem Kampf. An dieser Stelle kommen unsere Interessen zusammen.«

Sie warf January einen flüchtigen Blick zu. Ihr Blick hatte sich irgendwie verändert. Ali brauchte eine Verbündete, doch alles was sie sah, waren Verpflichtung und Dringlichkeit. »Was genau wollen Sie von mir?«

Was ihr Thomas als Nächstes erzählte, übertraf ihre kühnsten Vorstellungen. Er spielte mit einem vergilbten Globus, ließ ihn kreisen, bremste die Drehung dann ab und zeigte auf die Galápagos-Inseln. »In sieben Wochen wird von hier aus eine wissenschaftliche Expedition durch den Meeresboden des Pazifik in das Tunnelsystem der Nazca-Platte eingeschleust. Das Unternehmen besteht aus ungefähr fünfzig Wissenschaftlern und Forschern, die in der Hauptsache aus amerikanischen Universitäten und Laboren rekrutiert wurden. Sie werden ein ganzes Jahr lang in einem erstklassig eingerichteten Forschungsinstitut arbeiten. Es soll sich in einer abgelegenen Bergwerksstadt befinden. Wir versuchen gerade herauszubekommen, in welcher, und ob diese wissenschaftliche Station überhaupt existiert. Major Branch hat uns dabei sehr geholfen, aber selbst der militärische Geheimdienst kann sich keinen Reim darauf machen, warum Helios dieses Projekt vorantreibt und was sie damit eigentlich im Schilde führen.«

»Helios?«, sagte Ali. »Der Wirtschaftsmulti?«

»Helios ist ein multinationales Kartell, bestehend aus Dutzenden großer Firmen, total diversifiziert. Fertignahrung für Babys, Immobilien, Autofabriken, Plastikwiederaufbereitung, Buchverlage, dazu Film- und Fernsehproduktionen, auch Fluggesellschaften. Sie sind unberührbar. Jetzt aber hat dieser Koloss, dank seines Gründers C.C. Cooper, eine scharfe Kursänderung vorgenommen. Nach unten, direkt in den Subplaneten.«

»Der Präsidentschaftskandidat«, murmelte Ali. »Sie haben doch im Senat mit ihm gearbeitet.«

»Meistens gegen ihn«, erwiderte January. »Er ist ein kluger Kopf. Ein wahrer Visionär. Ein verkappter Faschist. Und jetzt ein verbitterter und paranoider Verlierer. Seine eigene Partei wirft ihm die Schmach der Wahlniederlage vor. Der Oberste Gerichtshof hat seine Klage wegen Wahlbetrugs abgewiesen. Mit dem Ergebnis, dass er jetzt tatsächlich davon überzeugt ist, dass die ganze Welt es auf ihn abgesehen hat.«

»Seit seiner Niederlage habe ich nichts mehr von ihm gehört«, sagte Ali.

»Er hat den Senat verlassen und ist zu Helios zurückgekehrt«, sagte January. »Wir waren uns eigentlich sicher, dass er jetzt Ruhe geben und sich wieder ganz dem Geldscheffeln widmen würde. Selbst die Leute, die solche Geschichten im Auge behalten, bemerkten lange nichts. C. C. benutzte seine Marionetten, Stellvertreter und Scheinfirmen, um sich Zugangsrechte, Tunnelbaugeräte und Unter-Tage-Technologie zu sichern. Er traf Abkommen mit den Regierungen von neun verschiedenen Pazifik-Anrainern, die sich an den Bohrarbeiten beteiligen und Arbeitskräfte stellen, und auch das wiederum sehr geheim. Das Ergebnis ist folgendes: Während wir damit beschäftigt waren, die unterirdischen Regionen unter unseren Städten und Kontinenten zu befrieden, ist Helios allen anderen in Bezug auf unterseeische Forschung und Entwicklung zuvorgekommen.«

»Ich dachte, die Kolonisierung fände unter internationaler Ägide statt«, sagte Ali.

»Das stimmt«, erwiderte January. »Innerhalb der Grenzen internationalen Rechts. In nicht eigenstaatlichen Gebieten greift das internationale Recht allerdings nicht, und was die Offshore-Gebiete betrifft, hinkt das Gesetz den unterirdischen Entwicklungen noch weit hinterher.«

»Ich habe das auch nicht ganz begriffen«, mischte sich Thomas wieder ein. »Es ist aber wohl so, dass die Gebiete unter dem Meeresboden so eine Art Wilder Westen sind und demjenigen auf Gedeih und Verderb ausgeliefert, der sie in Besitz nimmt. Im Falle des Pazifischen Ozeans bedeutet das ein Gebiet von gewaltiger Ausdehnung jenseits internationalen Zugriffs.«

»Also nichts anderes als ein hervorragendes Betätigungsfeld für einen Mann wie C. C. Cooper«, ergänzte January. »Schon heute besitzt Helios mehr unterseeische Bohrstationen als jeder andere staatliche oder private Konkurrent. Helios ist auf dem Gebiet hydroponischer Abbaumethoden führend. Helios hat die neueste Technologie für verbesserte Kommunikation durch Felsgestein. Sie sind auf die gleiche Weise an die Eroberung des Subplaneten herangegangen, wie sich die USA vor vierzig Jahren an die erste bemannte Mondlandung gewagt hat. Während der Rest der Welt auf Zehenspitzen im Keller herumschlich, hat Helios Milliarden für Forschung und Entwicklung ausgegeben und ist jetzt bereit, das Neuland auszubeuten.«

»Mit anderen Worten«, ergänzte Thomas, »Helios schickt diese Wissenschaftler nicht aus reiner Gutherzigkeit dort hinunter. Die Expedition ist vor allem mit Geowissenschaftlern und Biologen ausgestattet. Erstes Ziel dürfte es sein, das Wissen hinsichtlich der Lithosphäre zu erweitern und mehr über Bodenschätze und Lebensformen zu erfahren, insbesondere natürlich diejenigen, die sich ausbeuten lassen. Helios hat kein Interesse an unserem Ansatz, die Hadal zu humanisieren. Das heißt, die anthropologische Komponente ist sehr, sehr gering.«

Bei dem Begriff Anthropologie zuckte Ali zusammen. »Ihr wollt, dass ich mitgehe? Dort hinunter?«

»Wir sind viel zu alt dazu«, erwiderte January.

Ali war wie betäubt. Wie konnten sie so etwas von ihr verlangen? Sie hatte ihre eigenen Verpflichtungen, Pläne, Wünsche.

»Sie sollten wissen, dass nicht die Senatorin Sie ausgewählt hat«, sagte Thomas zu Ali. »Das war ich. Ich beobachte Sie schon seit Jahren und bewundere Ihre Arbeit. Sie verfügen über genau die Fähigkeiten, die wir brauchen.«

»Aber dort hinunter...« Sie hatte nie daran gedacht, an einer solchen Reise teilzunehmen. Sie hasste die Dunkelheit. Ein ganzes Jahr ohne Sonne?

»Sie gewöhnen sich daran.«

»Sie waren wohl schon einmal unten«, sagte Ali. Thomas hörte sich so überzeugend an.

»Nein«, erwiderte er. »Aber ich habe mich bei den Hadal aufgehalten, indem ich ihre Spuren in Ruinen und Museen aufsuchte. Meine Aufgabe wurde durch Äonen menschlichen Aberglaubens und menschlicher Ignoranz erschwert. Aber wenn man sich tief genug in die Geschichte der Menschheit wühlt, finden sich Hinweise darauf, wie die Hadal vor Tausenden von Jahren gewesen sein müssen. Es gab eine Zeit, da waren sie mehr als diese heruntergekommenen Kreaturen, mit denen wir es heute zu tun haben.«

Ihr Puls hämmerte. Sie wollte nicht aufgeregt sein. »Und ich soll den Anführer der Hadal ausfindig machen?«

»Aber nein.«

»Was dann?«

»Es geht uns nur um die Sprache.«

»Ich soll ihre Schrift entziffern? Aber es existieren doch nur Fragmente …«

»Wie man mir berichtete, gibt es dort unten Glyphen in Hülle und Fülle. Jeden Tag sprengen die Bergleute ganze Galerien davon weg.«

Hadal-Glyphen? Wo sollte das alles noch enden?

»Viele Leute sind der Meinung, die Hadal seien ausgestorben. Davon lassen wir uns nicht beirren«, sagte January. »Wir müssen immer noch mit dem leben, was sie waren. Und wenn sie sich nur irgendwo versteckt halten, dann müssen wir wissen, wozu sie fähig sind, und zwar nicht nur in ihrer Grausamkeit, sondern auch in der Erhabenheit, nach der sie einst strebten. Es steht außer Zweifel, dass sie einmal zivilisiert gewesen sind. Und wenn die Legende wahr ist, sind sie vor sich selbst in Ungnade gefallen. Warum? Könnte ein solcher Fall auch der Menschheit drohen?«

»Machen Sie uns ihre uralten Erinnerungen zugänglich«, sagte Thomas zu Ali. »Wenn Ihnen das gelingt, können wir Satan erst wirklich verstehen. Bislang ist es niemandem gelungen, ihre Schrift zu entziffern. Es ist eine verlorene Sprache, vielleicht. Wahrscheinlich haben auch sie, die Letzten ihrer Art, sie vergessen. Sie haben ihre eigentliche Herrlichkeit vergessen. Und Sie sind die Einzige, die mir einfällt, die in der Lage wäre, die in den Hieroglyphen und Schriften der Hadal verborgene Sprache aufzuspüren. Befreien Sie diese tote Sprache, und uns eröffnet sich vielleicht eine Möglichkeit zu verstehen, wer sie einst gewesen sind. Befreien Sie diese Sprache, und womöglich lüften Sie dabei auch das Geheimnis der Ursprache.«

»Nachdem das alles gesagt ist, Ali«, meldete sich January noch einmal zu Wort und suchte Alis Blick, »möchte ich, dass du eines weißt: Du musst nicht gehen. Du kannst auch Nein sagen, Ali.«

Aber natürlich konnte sie das nicht.

BUCH ZWEI

Inquisition

Kannst du den Leviatan fangen mit der Angel und seine Zunge mit einer Fangschnur fassen?

Hiob 40:25

8
In den Stein

Galápagos-Inseln
8. Juni

Der Hubschrauber schien immer weiter nach Westen über das kobaltblaue, uferlose Wasser zu fliegen, auf das der Sonnenuntergang rote Flecken malte. Die Nacht hetzte sie über den unendlichen Pazifik. Wie ein kleines Kind hoffte Ali, sie könnten der Dunkelheit davonfliegen.

Die Inseln waren auf einer Strecke von mehreren Kilometern von Gerüsten, Plattformen und Aufbauten überzogen, die an manchen Stellen bis zu zehn Stockwerke aufragten. Ali hatte formlose Lavahaufen erwartet und sah sich jetzt mit einer rigiden Geometrie konfrontiert. Das Nazca-Depot, das seinen Namen von der tektonischen Platte herleitete, mit der es in Verbindung stand, war nichts anderes als ein gigantisches, auf Pylonen verankertes Parkhaus. Längsseits lagen Supertanker im Wasser, die Mäuler weit aufgesperrt, in denen auf Fließbändern kleine Berge Roherz verschwanden. Lastwagen karrten Container von einer Ebene zur anderen.

Der Hubschrauber schwebte zwischen skeletthaften Türmen hindurch und landete nur kurz, um Ali auszuspucken. Bei dem stechenden Geruch der zu Nebelschwaden verwirbelten Gase zuckte Ali zusammen. Sie war gewarnt worden. Das Nazca-Depot war eine reine Arbeitszone. Es gab Baracken für die Arbeitskräfte, aber keine Aufenthaltsräume für Durchreisende, nicht einmal Feldbetten oder einen Cola-Automaten. Zufällig tauchte zwischen den Fahrzeugen und in all dem Krach ein Mann zu Fuß auf. »Entschuldigung!«, schrie Ali durch den Hubschrauberlärm. »Wie komme ich zur Nine-Bay?«

Der Blick des Mannes glitt an ihren langen Armen und Beinen hinab, dann zeigte er lustlos in eine Richtung. Sie duckte sich unter den Trägern und Dieselausdünstungen hindurch, kletterte drei Treppen zu einem Lastenaufzug hinunter, dessen Türen sich wie ein Maul öffneten und schlossen. Ein Witzbold hatte LASCIATE OGNI SPERANZA, VOI CH'ENTRATE über das Tor geschrieben, Dantes Willkommensgruß am Eingang zur Hölle.

Ali verließ den Käfig auf einer Plattform, wo hunderte von Leuten, meistens Männer, in die gleiche Richtung drängten. Obwohl eine frische Meeresbrise über das Deck wehte, roch es unangenehm nach ihren Körperausdünstungen. In Israel, Äthiopien und im afrikanischen Busch war sie oft genug inmitten von Soldaten und Arbeitern gereist: Sie rochen überall gleich. Es war der Geruch der Aggression.

Dröhnende Lautsprecherstimmen ermahnten die Neuankömmlinge, sich in einer Reihe aufzustellen, Tickets vorzuzeigen und Ausweise bereitzuhalten. »Geladene Waffen sind nicht erlaubt. Zuwiderhandelnde werden entwaffnet und ihre Waffen eingezogen.« Von Arrest oder Bestrafung war keine Rede. Anscheinend war es Strafe genug, die Ertappten ohne Artillerie nach unten zu schicken.

Die Meute schob Ali an einem fünfzehn Meter langen schwarzen Brett vorbei. Es war alphabetisch in A-G, H-P und Q-Z eingeteilt. Tausende von Nachrichten waren hier angeheftet: Ausrüstung zu verkaufen, Dienstleistungen, Termine und Örtlichkeiten für Verabredungen, E-Mail-Adressen, Verwünschungen. HINWEIS FÜR REISENDE verkündete warnend ein Plakat des Roten Kreuzes. SCHWANGEREN WIRD VON EINEM ABSTIEG DRINGEND ABGERATEN. GESUNDHEITLICHE SCHÄDEN KÖNNEN...

Ein anderer Anschlag des Gesundheitsministeriums listete eine Hitparade der zwanzig beliebtesten Tiefendrogen mitsamt ihren Nebenwirkungen auf. Ali war nicht sehr erfreut darüber, dass sie auch zwei der Drogen in ihrer Ausrüstung wieder fand. Die vorangegangenen sechs Wochen waren ein einziger Wust an Vorbereitungen inklusive Schutzimpfungen und Genehmigungen von Helios sowie körperlichen Trainings gewesen, der ihr keine Stunde Freizeit gelassen hatte. Tag für Tag hatte sie gelernt, wie wenig der Mensch wirklich vom Leben im Subplaneten wusste.

»Deklarieren Sie alle mitgeführten explosiven Stoffe«, plärrte der Lautsprecher. »Explosive Stoffe müssen deutlich gekennzeichnet und im Tunnel K nach unten transportiert werden. Zuwiderhandlungen werden...«

Die Schlange bewegte sich peristaltisch vorwärts, streckte sich und zog sich wieder zusammen. Im Gegensatz zu Alis Rucksack tendierte das Gepäck hier eher zu Metallkoffern und zentnerschweren Seesäcken mit schusssicheren Vorhängeschlössern. Noch nie in ihrem Leben hatte Ali so viele Gewehrfutterale gesehen. Es sah aus wie bei einem Treffen von Warlords, bei dem sich die Teilnehmer sämtliche Spielarten von Tarn- und Schutzkleidung, Patronengurten und Pistolenhalftern vorführten. Starke Körperbehaarung und Stiernacken waren oberstes Gebot. Ali war froh, dass es so viele waren, denn einige der Männer machten ihr allein mit ihren Blicken Angst.

In Wahrheit machte sie sich selbst Angst. Sie war völlig aus der Bahn geworfen. Selbstverständlich hatte sie diese Reise aus freiem Willen angetreten, und wenn sie aussteigen wollte, musste sie lediglich stehen bleiben.

Aber etwas nahm hier seinen Anfang.

Auf dem Weg durch die Sicherheitskontrolle sowie die Pass- und Fahrkartenkontrolle näherte sich Ali einer großen Öffnung aus schimmerndem Stahl. Fest in das solide schwarze Gestein eingepasst, sah das gewaltige Tor aus Stahl, Titan und Platin unverrückbar aus. Es war einer der fünf Fahrstuhlschächte, der das Nazca-Depot mit den oberen Regionen des Erdinneren, drei Kilometer unter ihnen, verband. Die Anlage des gesamten Komplexes aus Tunneln und Entlüftungsschächten hatte über vier Milliarden Dollar gekostet. Und mehrere hundert Menschenleben. Betrachtete man sie als öffentliches Verkehrssystem, unterschied sie sich kaum von einem modernen Flughafen oder dem amerikanischen Eisenbahnsystem vor einhundertfünfzig Jahren. Sein Sinn und Zweck bestand darin, für die kommenden Jahrzehnte der Kolonisierung Tür und Tor zu öffnen.

Notgedrungen wurde das Gedrängel der Soldaten, Siedler, Arbeiter, Ausreißer, Sträflinge, Almosenempfänger, Drogensüchtigen, Fanatiker und Traumtänzer allmählich zivilisierter, beinahe manierlich. Endlich hatten sie kapiert, dass es hier Platz für alle gab. Ali ging auf eine Reihe rostfreier Stahltüren zu. Drei waren bereits geschlossen. Als sie näher kam, schloss sich langsam eine vierte. Der Rest stand offen. Ali hielt auf den entferntesten, am wenigsten umlagerten Eingang zu. Die Kammer dahinter war wie ein kleines Amphitheater, mit konzentrischen Reihen aus Plastiksitzen, die sich bis zu einem leeren Mittelpunkt senkten. Es war dunkel und kühl, eine Wohltat nach dem Gedränge der verschwitzten Körper draußen. Sie ging auf die andere Seite, gegenüber der Tür. Nach einer Minute hatten sich ihre Augen an das dämmrige Licht gewöhnt, und sie suchte sich einen Platz aus. Mit Ausnahme eines Mannes am Ende der Sitzreihe war sie nun für kurze Zeit allein. Ali stellte ihr Gepäck auf den Boden, atmete tief ein und genoss das Gefühl der sich entspannenden Muskeln.

Der Sitz war ergonomisch geformt, mit einer geschwungenen Lehne und einem Gurt, der sich über der Brust schließen ließ. Zu jedem Sitz gehörten ein Klapptisch, ein tiefer Behälter für persönliches Hab und Gut sowie eine Sauerstoffmaske. In die Rückenlehne jedes Sitzes war ein LCD-Bildschirm eingebaut. Er zeigte einen Höhenmesser mit dem Eintrag »0000 Meter« an. Die Uhr wechselte zwischen der tatsächlichen Uhrzeit und ihrer Abfahrtszeit in Minusminuten. Der Fahrstuhl sollte in 24 Minuten abfahren.

Jetzt erst bemerkte sie ihren Nachbarn. Er saß nur wenige Plätze von ihr entfernt, aber in dem gedämpften Licht konnte sie seine Silhouette kaum erkennen. Er sah sie nicht an, doch Ali spürte instinktiv, dass sie beobachtet wurde. Er hatte das Gesicht nach vorne gerichtet und trug eine dunkle Brille, fast so eine, wie man sie beim Schweißen benutzte. Also war er ein Arbeiter, entschied sie. Bis sie seine Tarnhosen sah. Dann also ein Soldat, korrigierte sie sich. Ihr fiel auf, dass der Mann die Nase witternd in die Luft hielt. Er roch sie.

Er drehte den Kopf etwas und sah sie an. Die Brille war so dunkel und die Gläser so verkratzt, dass sie sich fragte, ob er damit überhaupt etwas sah. Einen Moment später entdeckte Ali die Muster in seinem Gesicht. Sogar im Dämmerlicht erkannte sie, dass die Tätowierungen nicht einfach mit Tinte in die Haut geritzt waren. Wer auch immer ihn verziert hatte, war mit einem Messer vorgegangen. Seine großen Wangenknochen waren eingekerbt und vernarbt. Diese offenkundige Brutalität versetzte ihr einen Schlag.

»Darf ich?«, fragte er und rückte näher heran. Um besser riechen zu können? Ali sah rasch zur Tür hinüber, durch die immer mehr Passagiere hereinmarschiert kamen.

»Was wollen Sie?«, fuhr sie ihn an. Unglaublich, aber die Brille war auf ihre Brust gerichtet. Um besser sehen zu können, beugte er sich sogar nach vorne. Er schien zu blinzeln, abzuwägen.

»Was tun Sie da?«, zischte sie.

»Es ist schon eine Weile her«, sagte er. »Früher kannte ich solche Dinger…«

Seine Unverfrorenheit verblüffte sie. Wenn er noch einen Zentimeter näher kam, würde sie ihn ohrfeigen.

»Was sind das für welche?« Er zeigte direkt auf Alis Brüste.

»Sind Sie noch ganz dicht?«, flüsterte Ali.

Er reagierte nicht darauf. Als hätte er sie überhaupt nicht gehört.

»Glockenblumen?«, fragte er und wackelte unsicher mit der Fingerspitze.

Ali seufzte erleichtert. Der Kerl betrachtete ihr Kleid.

»Immergrün«, sagte sie und sah ihn misstrauisch an. Sein Gesicht war monströs.

»Genau, so heißen sie«, murmelte der Mann vor sich hin, ging zu seinem Sitz zurück und richtete das Gesicht wieder nach vorne.

Ali fiel ein, dass sie einen Pullover im Rucksack hatte und zog ihn an. Jetzt füllte sich die Kammer rasch. Mehrere Männer besetzten die Sitze zwischen Ali und dem seltsamen Fremden. Als keine Plätze mehr frei waren, schlossen sich die Türen mit einem leisen schmatzenden Geräusch. Das LCD zeigte noch sieben Minuten an.

In der Kammer hielt sich keine andere Frau und auch kein Kind auf. Ali war froh um ihren Pullover. Einige Männer hyperventilierten und starrten mit großen Augen zur Tür. Andere ballten die Fäuste, einige klappten tragbare Computer auf, lösten Kreuzworträtsel oder drängten sich Schulter an Schulter aneinander, um zu tuscheln.

Der Mann links von ihr hatte das Tablett aus dem Vordersitz herausgeklappt und legte in aller Ruhe zwei Plastikspritzen darauf. Die Nadel der einen war von einer babyblauen Kappe geschützt, die der anderen von einer rosafarbenen. Er hielt die babyblaue Spritze hoch, damit Ali sie besser sehen konnte. »Syloban«, sagte er. »Betäubt die Zäpfchen der Netzhaut und vergrößert die Stäbchen. Mit anderen Worten: Man wird hyperlichtempfindlich. Nachtsicht. Das einzige Problem besteht darin, dass man es nicht mehr absetzen darf. Da oben gibt es viele Soldaten mit grauem Star. Haben nicht regelmäßig weitergemacht.«

»Und was ist in der anderen?«, erkundigte sie sich.

»Bro«, sagte er. »Russische Steroide. Zur Akklimatisierung. Damit haben die Russen ihre Soldaten in Afghanistan gedopt. Kann nicht schaden, stimmt's?« Er streckte ihr eine weiße Pille entgegen. »Und dieser kleine Engel hilft mir beim Schlafen.«

Er schluckte sie hinunter.

Plötzlich befiel sie Traurigkeit, und mit einem Mal wusste sie warum. Die Sonne! Sie hatte vergessen, noch einen letzten Blick auf die Sonne zu werfen. Jetzt war es zu spät.

Ali spürte einen leichten Stoß an ihrer rechten Seite.

»Hier, das ist für Sie«, raunte ein schmächtiger Mann und bot ihr eine Orange an. Ali nahm das Geschenk mit zögerlichem Dank entgegen.

»Danken Sie dem Kerl da drüben.« Er zeigte mit dem Finger auf den Fremden mit den Tätowierungen. Sie beugte sich vor, doch der Mann schaute nicht herüber.

Ali betrachtete grübelnd die Orange. War sie ein Friedensangebot? Eine Aufforderung? Wollte er, dass sie sie schälen und essen oder für später aufheben sollte? Wie die meisten Waisen hatte Ali die Angewohnheit, Geschenke sofort auf ihre Absicht hin abzuklopfen, ganz besonders die kleinen. Doch je mehr sie darüber nachdachte, umso weniger konnte sie diese Orange deuten.

»Also, ich weiß eigentlich gar nicht, was ich damit anfangen soll«, beschwerte sie sich bei ihrem Nachbarn, dem Überbringer. Er blickte von einem dicken Handbuch mit Computercodes auf.

»Das ist eine Orange«, sagte er dann.

Weit mehr als die Sache es verdiente, irritierten sie die Gleichgültigkeit des Überbringers und die Frucht selbst. Ali hatte Angst. Seit Wochen schon waren ihre Träume mit schrecklichen Bildern der Hölle bevölkert. Sie hatte Angst vor ihrem eigenen Aberglauben. Sie war sicher, dass ihre Ängste mit jedem Schritt der Reise abnehmen würden. Wenn es doch nur schon zu spät wäre, ihre Meinung noch einmal zu ändern! Die Versuchung, einen Rückzieher zu machen, war furchtbar. Und Gebete boten auch nicht mehr die Stütze, die sie ihr einst gewesen waren. Das war beunruhigend.

Ali wollte die Orange hinlegen, aber dann wäre sie von der Ablage gerollt. Der Boden war zu schmutzig. Die Orange war zu einer Verbindlichkeit geworden, die auf ihrem Schoß lag. Den Anweisungen auf dem LCD folgend, legte sie die Gurte an. Ihre Finger zitterten. Sie nahm die Orange wieder in die Hand, legte schützend die Finger darum, und das Zittern ließ nach.

Die Anzeige zählte bis auf drei Minuten herunter. Wie auf ein bestimmtes Signal hin, absolvierten die Passagiere ihre letzten Rituale. Nicht wenige Männer banden Gummischläuche um die Oberarmmuskeln und schoben sich vorsichtig Nadeln in die Venen. Diejenigen, die Pillen einnahmen, sahen aus wie Vögel, die Würmer verschluckten. Ali hörte das Zischen der Spraydosen, an denen andere saugten. Wieder andere tranken aus kleinen Fläschchen. Jeder hatte sein eigenes Druckausgleichsritual. Sie hatte nichts als diese Orange. Ihre Schale schimmerte aus der Dunkelheit ihrer gewölbten Handflächen. Licht brach sich in ihrer gefärbten Oberfläche. Alis Aufmerksamkeit veränderte sich. Mit einem

Mal wurde die Orange für sie zu einem kleinen runden Zentrum des Geschehens.

Ein kleines Glöckchen bimmelte. Ali blickte in dem Moment auf, in dem die Zeitansage auf Null umsprang. In der Kammer wurde es totenstill. Ali spürte eine leichte Bewegung. Die Kammer glitt auf einer Schiene nach hinten und blieb dann wieder stehen. Ali hörte von weiter unten ein metallisches Einrasten, woraufhin die Kammer sich ungefähr drei Meter senkte und wieder anhielt. Ein weiteres metallisches Klacken, diesmal von oben. Sie bewegten sich abermals nach unten, hielten wieder an. Ali wusste, was das bedeutete. Die Kammern wurden wie Güterwaggons aneinander gekoppelt, immer eine über der anderen. Anschließend würde der gesamte Zug ohne jegliche Kabelverankerung auf einem Luftkissen nach unten gelassen werden. Sie hatte keine Ahnung, wie die Zellen wieder nach oben transportiert wurden, aber nachdem man in den Eingeweiden des Subplaneten gewaltige Erdölvorkommen erschlossen hatte, dürfte Energie das geringste Problem sein.

Sie verdrehte den Hals, um einen Blick durch das große gewölbte Fenster an der Rückwand zu erhaschen. Während eine Zelle nach der anderen in die Tiefe glitt, gab das Fenster allmählich so etwas wie eine Aussicht preis. Dem LCD zufolge befanden sie sich sieben Meter unterhalb der Wasseroberfläche. Das Wasser hatte eine dunkeltürkise, von Scheinwerfern erhellte Färbung. Dann sah Ali den Mond. Direkt durch das Wasser. Den runden weißen Mond. Ein herrlicher Anblick.

Sie sanken noch einmal sieben Meter. Der Mond verzerrte sich und verschwand. Sie hielt die Orange in den Händen. Wieder sieben Meter tiefer. Das Wasser wurde dunkler. Ali spähte durch die Scheibe. Dort draußen war etwas. Rochen. Auf ihren muskulösen Flügeln dahinsegelnd, umkreisten sie die Röhre.

Nach weiteren sieben Metern schoben sich dicke Metallblenden vor die Plexiglasscheibe. Das Fenster wurde schwarz, ein gebogener Spiegel. Sie sah nach unten auf ihre Hände und entließ die angehaltene Luft. Und plötzlich war die Angst weg. Das Zentrum des Geschehens lag genau dort, wo es sein sollte. Sie hatte es fest im Griff. War das womöglich der tiefere Sinn des Geschenks? Sie schaute die lange Sitzreihe entlang. Der Fremde hatte den Kopf an die Stuhllehne zurückgelehnt und die Brille auf die Stirn geschoben. Auf seinen Lippen lag ein kleines, zufriedenes Lächeln. Als er ihren Blick auf sich spürte, drehte er den Kopf zur Seite und blinzelte ihr zu.

Jetzt fielen sie abrupt in die Tiefe. Das erste Aufwallen der Schwerkraft ließ Ali nach einem Halt suchen. Sie fand die Armlehnen und drückte den Kopf fest gegen die Kopfstütze ihres Sitzes. Die plötzliche Leichtigkeit ließ alle möglichen biologischen Alarmsirenen aufheulen. Ihr wurde schlecht, ein stechender Kopfschmerz meldete sich. Dem LCD zufolge wurden sie nicht langsamer. Die Geschwindigkeit blieb gleichmäßig, kompromisslose 600 Meter pro Minute. Doch der Eindruck schwächte sich allmählich ab. Ali gewöhnte sich daran, im Inneren eines rasenden Senkbleis zu sitzen. Es gelang ihr, die Fußsohlen fest auf den Boden zu setzen, den Griff etwas zu lockern und sich umzusehen. Der Kopfschmerz ließ nach, und auch mit der Übelkeit konnte sie jetzt umgehen.

Die Hälfte der Passagiere war in Schlaf oder einen drogenumnebelten Dämmerzustand versunken. Die Köpfe der Männer schaukelten auf der Brust, ihre Körper hingen schlaff in den Gurten. Die meisten sahen blass oder seekrank aus. Der tätowierte Soldat schien zu meditieren. Oder zu beten.

Sie rechnete rasch im Kopf nach. Das passte nicht zusammen. Bei 600 Metern pro Sekunde dürfte die Fahrt nicht länger als acht oder neun Minuten dauern. Aber sie hatte gelesen, dass sie erst in sieben Stunden unten ankommen würden. Sieben Stunden so dasitzen?

Die Höhenanzeige auf dem LCD raste in die Minus-Tausend und wurde dann deutlich langsamer. Bei minus 4800 kamen sie zum Stillstand. Ali erwartete eine erläuternde Durchsage, doch es kam keine. Ein Blick in die Runde belehrte sie rasch, dass in dieser geschlossenen Versammlung halb toter Mitreisender jede Information überflüssig war.

Jetzt meldete sich das Fenster zurück. Vor der Plexiglaswand der Röhre wurde die Dunkelheit von starken Scheinwerfern erleuchtet. Zu Alis großem Erstaunen blickte sie auf den Meeresboden hinaus. Es hätte ebenso gut die Mondoberfläche sein können.

Lichtstrahlen zerschnitten die ewige Nacht. Hier gab es keine Berge. Der Boden war flach, weiß und mit eigenartigen Kritzeleien überzogen. Die Kritzeleien stammten von den Bewohnern des Ozeanbodens. Ali sah ein Wesen, das sich auf stelzenartigen Beinen langsam über die Ablagerungen fortbewegte und dabei kleine Punkte auf der leeren Fläche hinterließ. Weiter draußen gingen noch mehr Lichter an. Hunderte schlaffer Kanonenkugeln lagen auf der Ebene verstreut. Aus ihrer Lektüre wusste Ali, dass es sich um Manganknötchen handelte. Dort draußen lag ein Vermögen an Manganvorkommen, das man zu Gunsten wesentlich lukrativerer Möglichkeiten weiter unten einfach ignoriert hatte.

Die Aussicht war wie ein Traum. Ali versuchte, sich selbst in dieser nichtmenschlichen Geographie zu verorten. Aber mit jedem Schritt schien sie weniger und weniger hierher zu gehören. Ein schauerlicher Fisch mit langen Zähnen und einer grünlichen Lichtknospe, mit deren Hilfe er Beute anlockte, navigierte am Fenster vorbei. Ansonsten war es dort draußen sehr einsam. Sie klammerte sich an der Orange fest.

Nach einer Stunde setzte sich die Kapsel wieder in Bewegung, diesmal langsamer. Während sie sank, stieg der Ozeanboden bis auf Augenhöhe, dann Deckenhöhe, dann war er weg. Einen kurzen Moment lang war im Fenster aufgebohrtes Gestein zu sehen, dann wurde die Scheibe rasch schwarz und sie sah nur noch sich selbst.

Hier fängt er an, dachte Ali. Der Rand der Welt. Es war, als trete man eine Reise ins eigene Innere an.

Die Frontier ist der äußerste Ausläufer der Woge, der Schnittpunkt zwischen Wildnis und Zivilisation, der Ort, an dem die Amerikanisierung am raschesten und effektivsten erfolgt. Die Wildnis beherrscht den Siedler.

FREDERIC JACKSON TURNER,
Die Bedeutung der Frontier
in der amerikanischen Geschichte

9

La Frontera – Die Frontier – Die Grenze

GALÁPAGOS-GRABENSYSTEM

Um genau 17.00 Uhr bestiegen die Expeditionsteilnehmer die Elektro-Busse. Sie wurden mit nummerierten Merkblättern, Handbüchern und Kladden versorgt, auf denen groß und deutlich GEHEIM stand. Alle trugen Kleidung mit dem Logo von Helios. Die schwarzen Kappen wirkten sehr martialisch und Ali beschränkte sich auf ein T-Shirt mit dem geflügelten Sonnenmotiv auf dem Rücken. Beinahe lautlos schoben sich die Busse aus dem ummauerten Gelände auf die Straße hinaus.

Mit seinen Horden von Fahrradfahrern erinnerte Nazca City an Peking. In derartig explodierenden Städten mit so engen Straßen war man zu den Stoßzeiten mit dem Fahrrad schneller unterwegs. Ali musterte die Gesichter, registrierte ihre Herkunft aus allen Ländern rings um den Pazifik. Landkarten, deren Geheimhaltung inzwischen aufgehoben war, wiesen Goldgräberstädte wie Nazca als echte Knotenpunkte aus, deren Nervenenden sich bis weit in die Umgebung erstreckten. Der Reiz, den sie ausstrahlten, war simpel: billige Grundstückspreise, jede Menge wertvolle Mineralien und Erdöl, keinerlei behördliche Zwänge, die Chance, noch einmal ganz von vorne anzufangen. Ali hatte eigentlich deprimierte Flüchtlinge erwartet, Existenzen, die sonst nirgendwo mehr hinkonnten. Aber was sie dort draußen erblickte, waren die Gesichter gut ausgebildeter Bürokaufleute, Bankangestellter und Unternehmer – ein kompletter, hoch motivierter Dienstleistungssektor. Als zukünftigem Umschlagplatz sprach man Nazca City ein ähnliches Potenzial wie San Francisco oder Singapur zu. In nur vier Jahren war die Stadt zur Hauptverbindung zwischen dem äquatorialen Subplaneten und den großen Städten entlang der Westküste Nord- und Südamerikas geworden.

Mit einiger Erleichterung sah Ali, dass die Bewohner von Nazca City normal und gesund aussahen. Die meisten größeren Stützpunkte wie Nazca waren nachträglich mit Lampen ausgerüstet worden, die Tageslicht simulierten, weshalb diese Fahrradfahrer so braun wie Strandläufer waren. In den letzten Jahren hatte es immer wieder Fälle von Knochenauswüchsen, vergrößerten Augen, seltsamen Krebserkrankungen und sogar Ausbildungen von Schwanzstummeln gegeben. Eine Zeit lang hatten religiöse Vereinigungen die Hölle selbst für die körperlichen Verformungen verantwortlich gemacht. Ihrer Meinung nach gab es ein riesiges Straflager unter der Erde, und jede Kontaktaufnahme zog Strafe nach sich. Wenn sich Ali jetzt umsah, hatte sie den Eindruck, als hätten die Arzneimittelfirmen die Prophylaxe für die Hölle inzwischen bestens im Griff. Offensichtlich hatte sie sich ganz umsonst davor gefürchtet, sich hier unten in eine Kröte, einen Affen oder eine Ziege zu verwandeln.

Die Stadt wirkte eher wie ein überdimensionales überdachtes Einkaufszentrum mit eingetopften Bäumen und blühenden Büschen. Es gab Restaurants, Coffee Bars und hell erleuchtete Kaufhäuser, in denen von Arbeitskleidung über sanitäre Einrichtung bis hin zu Sturmgewehren alles zur Auswahl stand. Der ordentliche Eindruck wurde lediglich von einigen Bettlern mit fehlenden

Gliedmaßen sowie den Schmugglerware feilbietenden fliegenden Händlern ein wenig getrübt.

Ali blickte hinaus. Eine lange Wurst aus Gaze zog sich neben der Straße hin, etwa sieben Meter hoch und ungefähr so lang wie ein Fußballplatz. Die Vorderseite war mit ins Auge fallenden *hangul*-Buchstaben versehen. Ali konnte kein Koreanisch, doch sie wusste sehr wohl, was ein Treibhaus war. Es gab noch mehr davon. Wie riesige plumpe Larven lagen sie auf dem Boden ausgestreckt. Durch die milchigtrüben Hüllen sah sie Feldarbeiter, die Gemüse aus dem Boden zogen oder in Obstgärten auf kleinen Leitern standen. Papageien und Aras segelten an dem Buskonvoi vorbei. Ein Affe begleitete sie eine Weile hüpfend. Den hier illegal eingedrungenen Tierarten schien es auffällig gut zu gehen.

Sie erreichten eine vor noch nicht allzu langer Zeit dem Stein abgerungene Ringstraße, die um die Stadt herumführte, und ließen das Gewühl aus Fahrradfahrern hinter sich. Mit zunehmender Geschwindigkeit erhielten sie einen neuen Eindruck von dem gewaltigen hohlen Salzdom, der diese Kolonie barg. Es war wie Leben in einem Einweckglas. Das gesamte Gewölbe, das ungefähr fünf Kilometer im Durchmesser und vielleicht dreihundert Meter in der Höhe maß, war hell erleuchtet. Oben in der richtigen Welt musste bald die Sonne untergehen. Hier unten gab es keine Nacht. Das künstliche Sonnenlicht von Nazca City brannte 24 Stunden am Tag.

Bis auf ein leichtes Dösen war in der vergangenen Nacht nicht an Schlaf zu denken gewesen. Die kollektive Aufregung der Gruppe grenzte ans Kindische, und auch Ali wurde vom Geist des Abenteuers gepackt. Die allerletzten Vorbereitungen ihrer Mitreisenden empfand sie als rührend. Sie beobachtete einen Burschen auf dem Sitz schräg gegenüber, der sich mit vornübergebeugtem Oberkörper die Fingernägel mit einer derartigen Akkuratesse schnitt, als hinge sein gesamtes zukünftiges Leben davon ab. Ein wenig neidisch hatte sie zugehört, wie die Leute noch einmal Ehegatten, Geliebte oder Eltern anriefen und ihnen versicherten, dass es hier im Subplaneten völlig ungefährlich sei. Ali sprach für sie alle ein stilles Gebet.

Die Busse hielten in der Nähe eines Bahnhofs, und die Passagiere stiegen aus. Obwohl er brandneu sein musste, wirkte der Zug altmodisch. Es gab einen Bahnsteig mit einem schwarz und entengrün bemalten Eisengeländer. Weiter hinten bestand der Zug hauptsächlich aus Güter- und Erzwagen. Schwer bewaffnete Soldaten patrouillierten die Bahnsteige am Ende des Zuges entlang, wo flache Wagen von Arbeitern mit Ausrüstungskisten beladen wurden. Die drei vorderen Waggons waren elegante, außen mit Aluminium verkleidete und innen mit imitierter Kirsche und Eiche ausgestattete Schlafwagen. Wieder einmal staunte Ali darüber, wie viel Geld in die Entwicklung hier unten gepumpt wurde. Vor nur fünf oder sechs Jahren war das alles wahrscheinlich noch Hadal-Territorium gewesen. Die luxuriösen Schlafwagen kündeten davon, wie zuversichtlich die Führungsspitze hinsichtlich der menschlichen Okkupation war.

»Wohin bringen sie uns jetzt?«, murmelte jemand laut. Er war nicht der Einzige. Stimmen waren laut geworden, Helios hülle sich hinsichtlich der einzelnen Stationen der Reise unnötig in Geheimnisse. Ohnehin wisse niemand, wo sich ihre Forschungsstation befinden.

»Punkt Z-3«, antwortete Montgomery Shoat.

»Davon habe ich noch nie gehört«, meldete sich eine Frau zu Wort, eine von den Planetologen.

»Gehört zu Helios«, erwiderte Shoat. »Ganz weit draußen.«

Ein Geologe entfaltete ein Messtischblatt, um Punkt Z-3 zu suchen. »Das finden Sie nicht auf Ihrer Karte«, fügte Shoat mit hilfsbereitem Lächeln hinzu. »Das spielt jedoch keine große Rolle, wie Sie schon bald erkennen werden.«

Seine Nonchalance rief einiges Murren hervor, was er jedoch ignorierte.

Am Abend zuvor war ihnen Shoat anlässlich eines von Helios organisierten Banketts für die frisch eingetroffenen Wissenschaftler als ihr Expeditionsleiter vorgestellt worden. Er war eine für die Aufgabe hervorragend ausgesuchte Figur mit kräftigen, an den Armen hervorstehenden Adern und unverkennbar großer sozialer Energie, gleichzeitig wirkte er auf eigenartige Weise abstoßend, was nicht nur an dem unglücklichen, vor Ehrgeiz zusammengekniffenen Gesicht mit dem schiefen Gebiss lag. Es war seine ganze Art, dachte Ali. Seine Überheblichkeit. Er bediente sich eines sehr begrenzten Repertoires an Charme, kümmerte sich aber nicht darum, ob man davon beeindruckt war. Hinterher erfuhr Ali gerüchteweise, er sei ein Stiefsohn des Heliosmagnaten C. C. Cooper. Es gab noch einen anderen, legitimen Sohn und Erben des Cooperschen Vermögens, was Shoat dazu zwang, gefährlichere Aufgaben zu übernehmen – wie z. B. Wissenschaftler zu weit abgelegenen Vorposten des Helios-Imperiums zu begleiten. Es hörte sich fast nach Shakespeare an.

»Hier drinnen werden wir uns die nächsten drei Tage aufhalten«, verkündete er ihnen. »Brandneue Waggons. Suchen Sie sich ein Abteil aus. Wenn Sie wollen, auch Einzelbelegung. Es ist genügend Platz vorhanden.« Er verfügte über die Großspurigkeit eines Mannes, der daran gewöhnt ist, den Gastgeber in einem Haus zu spielen, das ihm eigentlich nicht gehört. »Machen Sie sich's gemütlich. Einen Waggon weiter finden Sie einen Speisewagen. Wer will, kann auch den Zimmerservice rufen und sich einen Film anschauen. Wir haben keine Kosten gescheut. Helios wünscht Ihnen eine gute Reise.«

Niemand drängte weiter auf die Bekanntgabe ihres Zielortes. Ein angenehmes Bimmeln kündigte ihre Abfahrt an. Wie ein Floß, das auf einen sich träge dahinwälzenden Strom hinaustrieb, schob sich die Helios-Expedition geräuschlos tiefer ins Erdinnere. Die Geleise führten fast unmerklich nach unten. Als Hauptantriebsquelle wurde die Schwerkraft genutzt. Die Lok war hinten angehängt und nur dazu da, die Wagen zu diesem Bahnhof zurückzuziehen. Unaufhörlich vom Mittelpunkt der Erde angezogen, ließ ein Waggon nach dem anderen die funkelnden Lichter von Nazca City hinter sich.

Sie näherten sich einem Tor mit der Aufschrift PORTAL 6. Der Zug glitt durch eine schmale Wand gestauter Luft, eine Klimaschleuse, dann waren sie drinnen. Sofort sanken sowohl Temperatur als auch Luftfeuchtigkeit. Das tropische Klima von Nazca City verflüchtigte sich. In dem Eisenbahntunnel war es fünf Grad kälter, und die Luft war trocken wie in der Wüste. Ali wurde bewusst, dass sie jetzt endlich die unverfälschte Hölle betreten hatten. Doch hier gab es weder Feuer noch Schwefel. Man kam sich eher vor wie auf einer staubigen Hochebene.

Die Schienen glänzten, als sei jemand mit dem Polierlappen darüber hinweggegangen. Der Zug wurde schneller, und alle suchten ihre Plätze auf. Ali fand einen Bastkorb mit frischen Orangen, Toblerone und Keksen in ihrem Abteil vor. Der kleine Kühlschrank war gut ausgestattet. Auf dem Kopfkissen in ihrer Koje lag eine einzelne rote Rose. Als sie sich hinlegte, sah sie über sich einen Videobildschirm, auf dem man aus hunderten Titeln ausgewählte Filme ansehen konnte. Sie verrichtete ihre Nachtgebete und fiel in einen traumlosen Schlaf.

Am nächsten Morgen zwängte sich Ali in die enge Duschkabine und ließ das heiße Wasser durchs Haar rinnen. Die Annehmlichkeiten waren nicht zu fassen. Sie hatte den Zimmerservice bestellt und setzte sich zu einem Omelette mit Toast und Kaffee an das winzige Fenster. Die runde Scheibe erinnerte an das Bullauge eines Schiffes. Dahinter war nichts als Dunkelheit, was ihrer Meinung nach die kleinen Öffnungen rechtfertigte. Erst dann sah sie die Aufschrift ELLIS – SCHUSSSICHERES GLAS auf der Scheibe.

Um neun Uhr begann das Gruppentraining im Speisewagen. Am ersten Morgen im Zug beschränkte man sich auf eine kurze Rekapitulation der Kenntnisse, die sie sich in den vergangenen Monaten hatten aneignen sollen: Erste Hilfe, Klettertechniken, grundsätzliche Waffenkunde und so weiter. Die meisten hatten ihre Hausaufgaben gemacht, wodurch die Sitzung eher als Aufwärmphase diente.

Am Nachmittag weitete Shoat den Unterricht aus. An einem Ende des Speisewagens wurden Diaprojektoren und ein großer Videoschirm aufgestellt. Shoat kündigte Vorführungen von Expeditionsteilnehmern über ihre jeweiligen Spezialgebiete an. Die ersten beiden Vortragenden waren ein Biologe und ein Mikrobotaniker. Ihr Thema war der Unterschied zwischen Troglobiten, Trogloxenen und Troglophilen. Die erste Kategorie lebte tatsächlich in einer *troglo* oder höhlenartigen Umgebung. Die Hölle war ihre biologische Nische. Die Zweiten, die *xenes,* mussten sich erst allmählich daran anpassen, so wie etwa die augenlosen Salamanderarten. Die Dritte, die *troglophiles,* wie Fledermäuse und andere Nachttiere, suchten die unterirdische Welt nur gelegentlich auf der Suche nach Nahrung oder einem Nistplatz auf. Den restlichen

Nachmittag über stellte sich noch eine ganze Reihe weiterer Spezialisten vor.

Nach einem Mittagessen mit Hamburgern und kaltem Bier hatte man ihnen einen neuen Hollywood-Film versprochen. Doch der Projektor funktionierte nicht, und an diesem Punkt fing Shoat an zu straucheln. Seinen Orientierungstag hatten bisher Wissenschaftler bestritten, die daran gewöhnt waren, öffentlich zu sprechen oder zumindest ihre Themengebiete einigermaßen anschaulich zu erklären. Shoats Versuch, den Abend mit einem anderen Unterhaltungsprogramm zu beleben, war etwas ganz anderes.

»Da wir uns inzwischen besser kennen gelernt haben«, verkündete er, »möchte ich Ihnen einen Burschen vorstellen, dem wir uns alle schon bald anvertrauen werden. Wir können von großem Glück reden, dass wir ihn der U. S. Army ausspannen konnten, wo er ein berühmter Kundschafter und Fährtenleser war. Ihm eilt der Ruf voraus, ein vorbildlicher Ranger zu sein, ein wahrer Veteran der Tiefe. Dwight«, rief er. »Dwight Crockett. Ich sehe Sie dort hinten. Nur keine falsche Scham. Kommen Sie nach vorne!«

Shoats Fährtenleser war offensichtlich nicht auf so viel Rummel um seine Person vorbereitet. Er, wer auch immer er sein mochte, sträubte sich gegen Shoats Aufforderung, und nach einigen Sekunden drehte sich Ali um. Bei dem widerspenstigen Dwight handelte es sich ausgerechnet um den Fremden aus dem Fahrstuhl. Was um alles in der Welt hatte er hier verloren?

Nachdem alle Augen auf ihn gerichtet waren, stieß sich Dwight von der Wand ab und stellte sich gerade hin. Er trug neue Levis und ein weißes Hemd, das am Hals eng geschlossen und an den Handgelenken zugeknöpft war. Seine dunkle Gletscherbrille glitzerte wie die Augen eines Insekts. Er wirkte so fehl am Platz, wie manche Rancharbeiter, die Ali damals im texanischen Hügelland gesehen hatte, kauzige Einzelgänger, die sich in menschlicher Gesellschaft so unwohl fühlten, dass sie am besten in ihren einsamen Bretterbuden weit draußen aufgehoben waren. Die Tätowierungen und Narben auf seinem Gesicht ließen einen gewissen Mindestabstand ratsam erscheinen.

»Soll ich jetzt irgendetwas sagen?«, fragte er aus dem Hintergrund.

»Kommen Sie doch nach vorne, wo wir Sie alle sehen können«, forderte ihn Shoat beharrlich auf.

»Das gibt's doch nicht«, flüsterte jemand neben Ali. »Ich habe schon von diesem Kerl gehört. Ein richtiger Bandit.«

Dwight drückte sein Missfallen nur mit einem kaum wahrnehmbaren Kopfschütteln aus. Als er schließlich nach vorne kam, teilte sich die Menge.

»Dwight ist derjenige, der Ihnen wirklich etwas erzählen kann«, sagte Shoat. »Er hat keine höhere Schulbildung genossen, er verfügt über keine besondere akademische Ausbildung. Wenn es jedoch um Erfahrung draußen im Feld geht... Er hat acht Jahre in der Gefangenschaft der Hadal zugebracht. In den letzten drei Jahren hat er die Haddies für die Rangers, die Special Forces und die SEALS gejagt. Keiner von uns hat sich jemals auf die andere Seite der elektrifizierten Zone gewagt. Aber unser Freund Ike hier kann uns berichten, wie es ist. Dort draußen.«

Shoat setzte sich. Jetzt war Ike an der Reihe.

Er stand vor seinem applaudierenden Publikum, und seine Unbeholfenheit wirkte liebenswert, vielleicht sogar ein bisschen Mitleid erregend. Ali schnappte einige der gemurmelten Bemerkungen auf. Deserteur. Berserker. Kannibale. Sklaventreiber. Tier. Alle diese Kommentare wurden atemlos ausgestoßen, beinahe bewundernd. Eigenartig, dachte sie, wie sich Legenden bilden. Sie ließen ihn wie einen Soziopathen erscheinen, dabei waren sie von ihm angezogen, von der Romantik seiner angeblichen Taten fasziniert.

Dwight ließ sie in ihrer Neugier baden. Stille breitete sich aus, und die Leute fingen an, unsicher auf ihren Stühlen zu rutschen. Ali hatte schon Hunderte von Malen gesehen, wie sich Amerikaner und Europäer in Situationen des Schweigens wanden. Im Gegensatz dazu wirkte Dwight geduldig und gelassen. Schließlich wurde sein Schweigen zu viel.

»Haben Sie nichts zu sagen?«, fragte Shoat.

Dwight zuckte die Achseln. »Wissen Sie, das heute war der interessanteste Tag für mich seit langem. Ihr Leute hier versteht euer Geschäft wirklich.«

Shoat war verärgert. Vielleicht hatte er sich die ganze Sache als

Horrorkabinett gedacht. »Wie sieht's mit Fragen aus? Irgendwelche Fragen?«

»Mr. Crockett«, fing eine Frau vom MIT an. »Oder soll ich Sie lieber mit Captain oder einem anderen Rang ansprechen?«

»Nein«, antwortete er, »bei denen bin ich rausgeflogen. Ich habe keinen Rang mehr. Und den Mister können Sie auch weglassen.«

»Schön, dann also Dwight«, fuhr die Frau fort. »Ich wollte fragen, ob …«

»Nicht Dwight«, unterbrach er sie. »Ike.«

»Ike?«

»Fahren Sie fort.«

»Die Hadal sind verschwunden«, sagte sie. »Tag für Tag drängt die Zivilisation die Nacht ein kleines Stück weiter zurück. Ich möchte gerne wissen, ob es dort draußen wirklich so gefährlich ist.«

»Alle Dinge können aus dem Ruder laufen«, antwortete Ike ausweichend.

»Aber es besteht doch wohl keine Gefahr für uns?«, fragte die Frau.

Ike sah Shoat an. »Hat Ihnen dieser Mann das erzählt?«

Ali fühlte sich unwohl. Der seltsame Bursche wusste etwas, was sie nicht wussten.

Shoat trieb die Diskussion hastig voran.

»Weitere Fragen?«, sagte er.

Ali erhob sich. »Sie waren ihr Gefangener«, sagte sie. »Würden Sie uns ein wenig von ihren Erfahrungen mitteilen? Was haben sie mit Ihnen gemacht? Wie sind diese Hadal eigentlich?«

Im Speisesaal wurde es still wie in einem Grab. Das war eine Lagerfeuergeschichte, der sie die ganze Nacht hindurch lauschen würden.

Aber Ike lächelte sie abwehrend an. »Zu jener Zeit habe ich nicht viel zu sagen.«

Enttäuschung machte sich breit.

»Sind Sie der Meinung, dass die Hadal immer noch irgendwo dort draußen sind? Besteht die Chance, dass wir welche von ihnen zu Gesicht bekommen?«, fragte jemand.

»Dort, wohin wir fahren?«, fragte Ike zurück. Wenn sich Ali nicht täuschte, provozierte er Shoat absichtlich, indem er sich am

Rande von Informationen bewegte, die man ihnen bislang noch vorenthalten wollte.

Shoat wurde noch ärgerlicher.

»Wohin fahren wir eigentlich?«, wollte jetzt ein anderer Mann wissen.

»Kein Kommentar«, antwortete Shoat für Ike.

»Sind Sie schon jemals in unserem Zielgebiet gewesen?«

»Noch nie«, sagte Ike. »Natürlich habe ich schon etliche Gerüchte gehört. Aber ich hätte sie niemals für wahr gehalten.«

»Gerüchte worüber?«

Der Zug schlingerte plötzlich leicht und wurde zu einem kurzen Halt abgebremst. Alle gingen an die kleinen Fenster, und Ike war erst einmal vergessen. Shoat stellte sich auf einen Stuhl. »Schnappt euch euer Gepäck und eure Habseligkeiten, Leute. Wir müssen umsteigen.«

Ali teilte sich einen offenen Plattformwagen mit drei Männern und etlichen Frachtstücken, überwiegend schwere Maschinenteile. Sie lehnte sich an eine Kiste mit der Aufschrift SUBPLANET, DIFFERENZIALGETRIEBE. Einer der Männer hatte Blähungen und grinste die ganze Zeit über entschuldigend.

Die Fahrt verlief reibungslos. Der Tunnel mit seinem gleichmäßigen Durchmesser von sieben Metern war von Menschen geschaffen. Das Schienenbett bestand aus zermahlenem, mit Öl besprühtem Schotter. Von oben sickerte rostiges Licht aus nackten Glühbirnen herab. Ali musste die ganze Zeit über an ein sibirisches Straflager denken. An den Schachtwänden verliefen Drähte, Kabel und Rohre. Nach den Seiten gingen immer wieder Nebenschächte ab. Kein Mensch war zu sehen, immer nur Raupenfahrzeuge, Verladeeinrichtungen, Bagger, aufgestapelte Gummireifen und Betonfundamente. Die Geleise unter ihren Rädern gaben ein lückenlos dahingleitendes Geräusch von sich. Ali vermisste das Schlackern der Schienen. Sie erinnerte sich an eine Eisenbahnreise mit ihren Eltern, auf der sie bei diesem Rhythmus eingeschlafen war, während die Welt draußen vorüberzog.

Ali reichte dem Mann, der noch wach war, einen ihrer frischen Äpfel aus den Gewächshäusern von Nazca City.

»Meine Tochter mag Äpfel sehr gerne«, sagte er und zeigte ihr ein Bild.

»Ein hübsches Mädchen«, sagte Ali.

»Haben Sie auch Kinder?«, erkundigte er sich.

Ali zog sich die Jacke bis über die Knie.

»Ich glaube, ich könnte nicht ertragen, ein Kind zurückzulassen«, antwortete sie rasch. Der Mann zuckte zusammen. »So habe ich es nicht gemeint«, fügte Ali rasch hinzu.

Der Zug glitt gleichmäßig dahin, ohne abzubremsen, ohne jemals stehen zu bleiben. Ali und ihre Nachbarn improvisierten eine Latrine mit einem Minimum an Privatsphäre, indem sie einige Kisten auseinanderschoben. Sie aßen gemeinsam zu Mittag, wobei jeder seinen Teil beisteuerte. Gegen Mitternacht hellten die Wände von Zimt zu hellgelb auf. Als der Zug an einer langen Reihe maritimer Fossilien vorüberfuhr, schliefen fast alle. Hier gab es Außenskelette zu sehen, dort uraltes Seegras, dort einen Schwarm winziger Brachipoden. Der Bohrschneider hatte sich ungestraft durch den wertvollen Fund gefräst.

»Hast du das gesehen, Mapes!«, brüllte eine Stimme auf dem Wagen vor ihr. »Anthropoda!«

»Trilobitomorpha!«, kam die begeisterte Antwort von hinten.

»Sieh dir nur diese Rückenfurchen an! Mensch, ich glaub ich träume!«

»Der hier, Mapes! Frühes Ordovizium!«

»Ach was, Ordovizium!«, brüllte Mapes. »Kambrium, Mensch! Sehr frühes. Und der Stein dort! Ach du Scheiße, vielleicht sogar spätes Präkam!«

Die Fossilien sprangen, ringelten und verwoben sich in einem kilometerlangen Gobelin. Dann wurden die Wände wieder kahl.

Um drei Uhr morgens kamen sie zum ersten Mal an Spuren eines Überfalls vorbei. Zuerst sah es nach kaum mehr als einem Autounfall aus. Es begann mit einem lang gezogenen Kratzer an der linken Wand, wo irgendein Fahrzeug gegen den Fels geprallt sein musste. Die Spur sprang abrupt zur rechten Wand, wo sie zu einer tiefen Furche wurde, prallte wieder auf die gegenüberliegende Seite und abermals zurück.

Die Spuren wurden gewalttätiger, verwirrender. Abgerissene

Steinbrocken vermischten sich mit Scheinwerferglas, dann folgte ein zerrissenes Stück schweren Maschendrahts. Die Rillen und Kratzer setzten sich auf der linken Seite fort, dann wieder rechts. Das verrückte Hin- und Herspringen hörte erst mehrere Kilometer weiter unten auf. Nur ein wirres Metallknäuel war von der turbulenten Fahrt übrig geblieben.

Sie rauschten vorbei. Der Fels war rußgeschwärzt und von tiefen Rillen überzogen. Ali erinnerte sich an ihre Aufenthalte in afrikanischen Kriegsgebieten, als sie das sternförmige Spritzmuster einer Explosion erkannte.

Hinter der nächsten Kurve kamen sie an zwei weiße Kreuze, die auf lateinamerikanische Weise in einer seitlichen Grotte aufgestellt waren. In das Felsgestein waren Haarbüschel, Kleiderfetzen und Tierknochen genagelt worden. Häute. Abgezogene Haut. Es war eine Gedenkstätte.

Danach legten sie viele Kilometer in tiefem Schweigen zurück. Hier, vor ihren Augen, lagen all ihre Kindheitslegenden von verzweifelten Kämpfen gegen biblische Mutanten. Das hier war kein Fernsehbericht, den man einfach ausstellen konnte, nicht die Höllenvision eines Dichters in einem Buch, das man zurück ins Regal stellen konnte. Das hier war die Welt, in der sie jetzt lebten.

Irgendwann zweigten ungefähr jeden Kilometer Seitenwege und grob gehauene Tunnel ab, die manchmal als Lager oder Mine identifiziert wurden, anonym und abweisend. Bei einigen davon konnte man an ihren Endpunkten winzige Lichtquellen erkennen. Andere waren dunkel wie tiefe Brunnen, verlassen. Was waren das für Leute, die sich in eine solche Zurückgezogenheit begaben. H. G. Wells hatte es in seiner *Zeitmaschine* durchaus richtig beschrieben: Die Unterwelt war nicht von Dämonen, sondern von Proleten bevölkert.

Ali roch die Siedlung, lange bevor sie sie erreicht hatten. Der Dunst bestand zum Teil aus Erdöl, zum Teil aus ungeklärtem Abfall, aus Kordit und Staub. Ihre Augen tränten. Die Luft wurde dicker, dann faulig. Es war fünf Uhr morgens.

Die Tunnelwände weiteten sich und öffneten sich dann über einem von Höhlen zernarbten, im Dreck schier erstickenden

Schacht, der von türkisblauen, mit mehreren Scheinwerfern angestrahlten Klippen überragt wurde. Ansonsten war Punkt Z-3, vor Ort auch »Esperanza« genannt, nur schwach beleuchtet. Die Last der Dunkelheit wog hier offensichtlich zu schwer, als dass man sie mit der spärlichen Stromration aus Nazca City abschütteln konnte. Trotz der farbenfrohen Klippen machte der Ort keinen freundlichen Eindruck – schon gar nicht als Wohnort für das ganze kommende Jahr.

»Hier hat Helios ein Forschungsinstitut hingestellt?«, fragte einer von Alis Reisegefährten. »Wozu das denn?«

»Ich habe eigentlich etwas Moderneres erwartet«, ergänzte ein anderer. »Hier sieht's aus, als hätten sie nicht mal Wasserspülung.«

Der Zug schob sich durch eine Öffnung im funkelnden Gestrüpp eines rasiermesserscharfen Stacheldrahtverhaus. Ein Stück weiter sahen sie ziemlich weit oben einen vertrockneten Körper hängen. Das Wesen zog eine beinahe fröhliche Grimasse.

»Hadal«, sagte ein Wissenschaftler. »Muss wohl versucht haben, die Siedlung anzugreifen.«

Alle reckten die Hälse. Die Fetzen, die von dem Leichnam herabhingen, waren jedoch zweifellos amerikanische Militärkleidung. Der Soldat hatte versucht, über den Stacheldraht zu klettern. Etwas musste hinter ihm her gewesen sein.

Die Geleise endeten innerhalb eines Bunkerkomplexes, der vor blitzenden Kanonen nur so starrte. Über seine Funktion bestand nicht der geringste Zweifel. Bei einem Angriff auf die Siedlung konnten sich die Bewohner hierher zurückziehen. Der Zug war ihre letzte Chance, von hier wegzukommen.

Jetzt schob sich der Zug in den Bunker, stoppte, und sofort machten sich mehrere Gruppen von Bahnarbeitern mit großen Händen und bloßen Füßen an die Arbeit. Diese Leute waren dermaßen degeneriert, dass einige von ihnen selbst anatomisch kaum noch als Menschenwesen zu erkennen waren. Es lag nicht nur an ihren Muskelbergen, den Abraham-Lincoln-Augenbrauen oder den gutturalen Lauten, mit denen sie sich verständigten. Sie rochen auch anders, irgendwie nach Moschus. Und bei einigen wuchsen merkwürdige Knochen aus der Haut. Viele hatten sich die Köpfe mit Streifen aus Sackleinwand verbunden, um sich vor dem trüben

Licht der Verladestation zu schützen. Während Ali und die anderen von den Plattformwagen herunterstiegen, lösten die Bahnarbeiter Ketten und Haltegurte und entluden die schweren Kisten mit der Hand. Ali war von ihrer gewaltigen Kraft und ihren Verunstaltungen fasziniert. Mehrere der Riesen registrierten ihre Aufmerksamkeit und lächelten.

Zwischen Kartons, Kisten und Bergbaugeräten wanderte Ali an den Waggons entlang. Auf einem flachen Vorsprung, der dramatisch über den Rand des großen Abgrunds hinausragte, stieß sie zu den anderen. Der Vorsprung war von einem steinernen Geländer umgeben, wie man es von den Aussichtsplattformen am Grand Canyon kannte. An Stelle von Münzfernrohren war das Geländer hier jedoch mit Geschützhalterungen und Kanonen bestückt. Tief unten sah sie das obere Teilstück eines Pfades, der sich an der Wand des Absturzes entlangschlängelte, bis er von der pechschwarzen Dunkelheit verschluckt wurde.

Ein paar der Ortsansässigen gesellten sich zu den Expeditionsteilnehmern. Sie mussten sich schon seit Monaten oder Jahren nicht mehr gewaschen haben. Die Flicken auf ihrer vor Dreck starrenden Kleidung sahen nicht wie angenäht, sondern wie angelötet aus. Sie starrten die Neuankömmlinge mit ihren Bergarbeiteraugen an, weiß leuchtenden Löchern in rußverschmierten Gesichtern. Ali konnte sich nicht des Eindrucks einer milden Form von Schwachsinn erwehren, ähnlich dem stupiden Gleichmut, der manche Zootiere befällt. Die Griffe an ihren Pistolen und Macheten glänzten speckig. Offensichtlich wurden sie häufig benutzt.

Ein verhungert aussehender Mann hielt im Auftrag der Gemeinde eine Begrüßungsrede. Ali vermutete, dass er der Bürgermeister war. Er zeigte stolz hinauf zu den Türkisklippen und erging sich dann in einem historischen Abriss der Stadt Esperanza, angefangen von der ersten menschlichen Niederlassung vor vier Jahren über die Ankunft der Eisenbahn ein Jahr darauf und den zwei Jahre zurückliegenden Angriff, der von der hiesigen Bürgerwehr mutig zurückgeschlagen worden sei, bis hin zu den neuesten Gold-, Platin- und Iridiumfunden. Schließlich holte er zu einer Beschreibung der Zukunft seiner Stadt aus, den Plänen für Wolkenkratzer entlang der Steilklippe, einen Atomreaktor, Beleuchtung rund um die Uhr in der gesamten Höhle, einer professionellen Sicherheitstruppe, einen zweiten Tunnel, ja, eines Tages vielleicht sogar ein eigener Aufzugsschacht zur Oberfläche.

»Entschuldigung«, unterbrach ihn jemand. »Wir haben eine lange Fahrt hinter uns. Wir sind müde. Wenn Sie uns jetzt verraten würden, wo sich die Forschungsstation befindet?«

Der Bürgermeister starrte hilflos auf seine Notizen.

»Forschungsstation?«, fragte er verwundert.

»Das wissenschaftliche Institut«, rief ein anderer.

Shoat trat vor den Bürgermeister. »Bitte begeben Sie sich doch erst einmal hinein«, wandte er sich an die Wissenschaftler und deutete auf den Bunker. »Wir haben für warmes Essen und sauberes Wasser gesorgt. In einer Stunde gibt es für alles eine nähere Erklärung.«

»Es gibt keine Forschungsstation«, verkündete Shoat.

Erzürntes Aufheulen. Shoat wiegelte mit einer Handbewegung ab. »Keine Station«, wiederholte er. »Kein Institut. Kein Hauptquartier. Keine Labors. Nicht einmal ein Basislager. Alles reine Erfindung.«

»Was haben Sie sich nur dabei gedacht?«, schrie eine Frau.

»Im Auftrag von Helios hüte ich das größte Geschäftsgeheimnis aller Zeiten«, erwiderte Shoat. »Es handelt sich dabei um geistiges Eigentum, abgesehen von einem nicht unbeträchtlichen geographischen Besitz.«

»Was quatschen Sie da überhaupt?«

»Helios hat gewaltige Summen ausgegeben, um den Wissensstand zu entwickeln, der Ihnen alsbald zugänglich gemacht wird. Es geht um das letzte große Geheimnis dieser Welt.«

»Gefasel!«, brüllte jemand. »Sagen Sie uns sofort, wohin Sie uns entführen wollen! Sonst …«

Shoat zuckte nicht einmal mit der Wimper.

»Ich darf Ihnen den Leiter der kartografischen Abteilung von Helios vorstellen«, sagte er und öffnete eine Tür.

Der Kartograf war ein winziger Mann mit Beinstützen. Sein Kopf war zu groß für seinen Körper. Er lächelte mechanisch. Da Ali ihn nicht im Zug gesehen hatte, vermutete sie, dass er schon vorher eingetroffen war, um sich auf sie vorzubereiten. Der Mann machte das Licht aus. »Vergessen Sie den Mond«, dozierte er. »Vergessen Sie den Mars. Sie werden schon bald über den Planeten innerhalb unseres Planeten wandern.«

Ein Videoschirm flackerte auf. Das erste Bild war eine Standaufnahme einer vergilbten Landkarte von Mercator. »Hier sehen Sie die Welt von 1587«, sagte der kleine Mann, dessen Silhouette am unteren Rand des großen Bildschirms hin und her tanzte. »In Ermangelung unverbrüchlicher Tatsachen, bediente sich der junge Mercator der Berichte des Marco Polo, die ihrerseits auf unbestätigtem Hörensagen und auf Überlieferungen basierten. Zum Beispiel das hier« – er zeigte auf ein missgestaltetes Australien – »war frei nach der Phantasie gestaltet. Eine mittelalterliche Hypothese, mehr nicht. Allein die Logik besagte, dass die Kontinente im Norden von Kontinenten im Süden ausbalanciert werden mussten, also erfand man einen mythischen Ort namens Terra Australis Incognita, den Mercator auf dieser Landkarte eingetragen hat. Und jetzt kommt die wundersame Überraschung: Mit Hilfe dieser Karte fanden die Seefahrer Australien.«

Der Kartograf zeigte mit dem Stift nach oben. »Dort oben befindet sich eine zweite Landmasse, die allein Mercators Phantasie entsprang. Man nannte sie Polus Arcticus. Und auch in diesem Falle entdeckten die Forscher die Arktis, indem sie sich auf eine Fiktion davon verließen. Einhundertundfünfzig Jahre später zeichnete der französische Kartograf Philippe Buache einen gigantischen – und nicht minder phantastischen – antarktischen Pol, um Mercators imaginäre Arktis auszutarieren. Und auch diesmal wurde die Landmasse von Forschern entdeckt, die eine rein fiktive Karte benutzten. Genau so verhält es sich mit der Hölle und dem, was Sie jetzt gleich sehen werden. Man könnte sagen, meine kartografische Abteilung hat eine Realität erfunden, damit Sie sie erforschen können.«

Ali blickte sich um. Die einzige Gestalt, die ihr im Publikum auffiel, war Ike. Ihr Interesse für ihn war ihr unerklärlich. In dem verdunkelten Raum sah er mit seiner Sonnenbrille besonders merkwürdig aus.

Aus der alten Karte wurde ein großer Globus, der sich hinter dem Kartografen auf dem Bildschirm drehte. Es handelte sich um eine Satellitenaufnahme in Realzeit. Wolken ballten sich vor Bergmassiven oder trieben über blauen Meeren dahin. Auf der Nachtseite glommen die Lichter der Städte wie Waldbrände.

»Das hier nennen wir Level I«, sagte der Kartograf. Als der weite Pazifik vor ihnen lag, hielt der Globus an. »Bis zum Zweiten Weltkrieg waren wir sicher, dass der Meeresboden eine gewaltige ebene Fläche war, bedeckt von einer gleichmäßigen Schicht Meeresablagerungen. Dann wurde der Radar erfunden, was uns einen ziemlichen Schock versetzte.«

Das Videobild flackerte.

»Und siehe da, er war nicht flach.« Milliarden Tonnen Wasser verschwanden. Das Publikum genoss jetzt einen ungehinderten Blick auf den Meeresboden, der mit seinen Gräben, Verwerfungen und unterseeischen Gebirgen faltig und verwarzt aussah.

»Unter Einsatz immenser Kosten hat Helios die Zwiebel nun noch weiter abgeschält. Wir haben ein Mosaik überlappender Bilder aus Luftaufnahmen und seismischen Informationen zusammengefügt. Wir haben jede noch so kleine Information gesammelt, von Erdbebenstationen, von Sonarschlitten, die hinter Schiffen hergezogen wurden, von den Seismographen der Erdölbohrer und von Erdtomographien, die über einen Zeitraum von 95 Jahren aufgezeichnet wurden. Anschließend haben wir die Angaben mit Satellitendaten der Erhebungen auf dem Meeresboden kombiniert, sowie der Schwerkraftfelder, des Erdmagnetismus und der atmosphärischen Gase. Diese Methoden sind allesamt seit geraumer Zeit in Gebrauch, wurden aber noch nie zuvor auf diese Weise miteinander verbunden. Hier nun sehen Sie das Ergebnis, eine Folge entblätterter Ansichten der Pazifikregion, Schicht für Schicht.«

»Jetzt rückt er ja langsam raus damit«, grunzte einer der Wissenschaftler. Auch Ali spürte es. Etwas Unerhörtes kam auf sie zu.

»Sie alle haben schon einmal topographische Aufnahmen des Meeresbodens gesehen«, fuhr der Kartograf fort. »Aber dabei handelte es sich bestenfalls um einen Maßstab von 1:29 Millionen. Unsere Abteilung hat jetzt für Level II einen Maßstab entwickelt, der Sie fast auf dem Meeresboden spazieren gehen lässt: 1:16.«

Er drückte auf die Maus, die er in der Hand hielt, und die Aufnahme vergrößerte sich. Ali kam sich vor wie die schrumpfende Alice im Wunderland. Ein farbiger Punkt mitten im Pazifik raste auf sie zu und wurde zu einem gewaltigen Vulkan.

»Das hier ist der Isakov Seamount, eine unterseeische Erhebung östlich von Japan. Tiefe: 1698 Faden.«

Der Kartograf bewegte seine Maus. Ali wurde zwischen den Wänden einer Schlucht hin und her geworfen. »Vor uns liegt das Challenger-Becken, ein Teil des Marianengrabens.«

Plötzlich tauchten sie von der Ebene in eine senkrechte Spalte hinab. Sie fielen. »5971 Faden«, sagte er. »Das sind 10,8 Kilometer. Der tiefste bekannte Punkt der Erde. Bis jetzt. Wir werden beträchtlich tiefer gehen. Bis vor wenigen Jahren nahm man an, dass das Innere des Ozeangesteins nicht porös und viel zu warm und zu viel Druck ausgesetzt sei, als dass sich darin Lebewesen aufhalten könnten. Inzwischen wissen wir es besser. Die Tiefen unter dem Pazifik bestehen aus Basalt, der alle paar Hunderttausend Jahre von gewaltigen Dampfwolken aus einer Lake aus Schwefelsäure heimgesucht wird, die ihren Weg aus den tieferen Schichten herauffindet. Diese Säurelake frisst sich durch den Basalt. Wir sind davon überzeugt, dass es im Massiv unter dem Pazifik an die 9,5 Millionen Kilometer natürlicher Höhlenwege gibt, in einer durchschnittlichen Tiefe von 5100 Faden, also 30 600 Fuß oder gut 10 Kilometern unterhalb des Wasserspiegels.«

»Neun Millionen Kilometer?«, sagte jemand.

»Genau«, bestätigte der Kartograf. »Natürlich ist nur wenig davon für menschliche Wesen passierbar. Aber was für uns zugänglich ist, ist mehr als genug. Genauer gesagt sind diese Wege schon seit Tausenden von Jahren in Gebrauch.«

Hadal, dachte Ali und hörte das Schweigen um sich herum.

Der Bildschirm wurde grau, zeigte sich von Schnörkeln und Löchern durchzogen. Der Gesamteindruck war der von Würmern, die sich durch einen Lehmklumpen bohrten, wieder auftauchten und sich gleich nebenan wieder ein neues Loch fraßen.

»Von Level 15 an, in ungefähr 6 Kilometern Tiefe, erlauben die Dichte des Felsgesteins und unser begrenzter Technologiestandard einen Maßstab von 1:120000. Trotzdem ist es uns gelungen, mehr als 18 000 bedeutende unterirdische Gänge auszumachen.

Sie scheinen in Sackgassen oder auf sich selbst zurückzuführen und nirgendwo hinzuführen. Bis auf einen. Wir glauben, dass dieser eine Tunnel erst vor relativ kurzer Zeit von einer Säurewolke ausgebildet wurde, vor weniger als einhunderttausend Jahren, was in geologischen Verhältnissen nur einigen Augenblicken entspricht. Wie es aussieht, kam diese Wolke aus den Regionen unterhalb des Marianengrabens emporgequollen und bohrte sich dann in östlicher Richtung in den immer jüngeren Basalt hinein. Dieser Tunnel verläuft von Punkt A – an dem wir uns heute Morgen befinden – bis hinüber zu Punkt B.« Er spazierte vor dem Bildschirm von Osten nach Westen und zog seinen Stift quer über den gesamten pazifischen Raum. »Punkt B liegt ein Stück diesseits des Marianen-Grabens. Dort taucht der Tunnel tiefer hinab, bis unter den Graben. Wo er von dort aus hinführt, wissen wir nicht genau. Eine Vielzahl von Gängen zieht sich unter dem Asiatischen Plattensystem hin und verschafft uns so Zugang zu den Kellergeschossen Australiens, des Indonesischen Archipels, Chinas und so weiter. Zugänge zur Oberfläche gibt es dort überall, wo Sie nur wollen. Unserer Meinung nach stehen sie in Verbindung zum subpazifischen Netzwerk und unserem Punkt B, aber unsere Überprüfungen sind noch nicht abgeschlossen. Momentan stellt diese Geschichte noch einen blinden kartografischen Fleck dar, so wie einst die Quellen des Nils. Aber nicht mehr lange. In weniger als einem Jahr werden Sie mir berichten, wohin er führt.«

Ali und die anderen brauchten ein paar Sekunden, um ihm zu folgen.

»Sie wollen uns dort hinausschicken?«, keuchte jemand.

Ali war perplex. Erst nach und nach erfasste sie die Monstrosität dieses Unternehmens. Ringsum hörte sie Leute schwer atmen. Was hatte das zu bedeuten, fragte sie sich, eine derart riskante Unternehmung? Man wollte sie unter dem Pazifik durch bis nach Asien schicken? Warum? Natürlich war das alles eine strategische Kriegslist, ein geopolitischer Schachzug. Er erinnerte sie weniger an Lewis und Clarks Durchquerung des neuen Kontinents Amerika als an die großen Entdeckungsfahrten, die einst von Spanien, England und Portugal ausgingen.

Mit einem Mal sah sie klar. Ihre Reise war als Proklamation gedacht. Jeden Quadratzentimeter, den diese Expedition betrat, würde Helios als seinen Einflussbereich beanspruchen. Und der Kartograf hatte ihnen soeben offenbart, wohin die Reise ging, nämlich unter dem Äquator hindurch von Südamerika bis hinüber nach China.

Wie in einem Geistesblitz sah Ali den ganzen Plan vor sich aufleuchten. Helios, und damit Cooper, der gescheiterte Präsidentschaftskandidat, beabsichtigte, Ansprüche auf das gesamte Gebiet unterhalb des Pazifischen Ozeans geltend zu machen. Cooper wollte sich eine eigene Nation schaffen. Aber ein Staat von der Größe des Pazifischen Ozeans? Sie musste diese Information unbedingt an January weitergeben.

Ali saß in der Dunkelheit und starrte auf den Bildschirm. Ein solcher Staat wäre größer als alle anderen Staaten der Welt zusammen! Helios würde beinahe der halbe Globus gehören.

Das schiere Ausmaß des Entwurfs ließ sie vor Staunen erstarren. Was für eine imperialistische Vision! Ein ganz und gar psychotischer Gedanke! Und sie und diese Wissenschaftler sollten die Agenten dieser Landnahme werden.

Ihre Nachbarn waren in eigene Gedanken versunken. Die meisten überdachten wohl bereits die Risiken, richteten ihre Forschungsziele neu aus, gewöhnten sich an die Ungeheuerlichkeit der Herausforderung und rechneten sich aus, was für sie bei der Sache heraussprang.

»Shoat!«, brüllte ein Mann.

Shoats Gesicht tauchte entgegenkommend im Licht des Podiums auf.

»Davon hat uns niemand etwas gesagt!«, stieß der Mann wütend hervor.

»Sie haben für ein volles Jahr unterzeichnet«, wies ihn Shoat zurecht.

»Erwarten Sie tatsächlich, dass wir den Pazifischen Ozean unterqueren? Zwei bis vier Kilometer unter dem Meeresboden? Durch unerforschtes Gebiet? Durch Hadal-Territorium?«

»Ich werde Sie auf Schritt und Tritt begleiten«, sagte Shoat.

»Aber niemand wagt sich weiter nach Westen als bis zur Nazca-Platte.«

»Das ist richtig. Wir werden die Ersten sein.«

»Sie sprechen davon, ein ganzes Jahr unterwegs zu sein.«

»Genau aus diesem Grunde haben wir Ihnen in den vergangenen sechs Monaten ein sportliches Aufbauprogramm zugesandt. Die ganzen Kletterwände, Trimmgeräte und Gymnastikübungen waren nicht zu Ihrer kosmetischen Verschönerung gedacht.«

»Sie haben doch keinerlei Vorstellung davon, was uns dort draußen erwartet!«

»Das stimmt nicht ganz«, widersprach ihm Shoat. »Das eine oder andere wissen wir schon. Vor zwei Jahren hat ein militärischer Aufklärungstrupp einen Teil des Weges sondiert. Er ist hauptsächlich auf die Überreste einer prähistorischen Passage gestoßen, auf ein Netzwerk von Tunneln und Kammern, die alle wohlmarkiert und ausgebaut waren und über einen Zeitraum von mehreren tausend Jahren ihren Zweck erfüllt haben. Wir glauben, dass es sich um eine Art Seidenstraße unterhalb des Pazifischen Beckens gehandelt hat.«

»Wie weit sind die Soldaten vorgedrungen?«

»Gut vierzig Kilometer«, antwortete Shoat. »Dann machten sie kehrt und kamen wieder zurück. Sie waren nicht ausreichend ausgerüstet. Wir schon.«

»Was ist mit den Hadal?«

»Seit über zwei Jahren ist keiner mehr gesichtet worden«, sagte Shoat. »Trotzdem hat Helios zu Ihrer Sicherheit eine Schutztruppe verpflichtet. Sie wird uns den ganzen Weg begleiten.«

Ein gesetzter Herr erhob sich. Er hatte Isaac Asimov-Koteletten und eine schwarze Hornbrille. Das »Hi« auf seinem Namensanhänger hatte er durchgestrichen. Ali kannte sein Gesicht von den Umschlägen zahlreicher Bücher: Donald Spurrier, der berühmte Primatologe. »Wie steht's mit den menschlichen Grenzen? Die von Ihnen vorgegebene Route bemisst sich auf ungefähr achttausend Kilometer.«

»Unter Berücksichtigung aller Kurven und Umwege sowie der Zugewinne und Verluste durch die Höhenunterschiede beläuft sich eine genauere Schätzung sogar eher auf zwölftausend Kilometer«, dozierte Shoat.

»Zwölftausend Kilometer?«, schnaubte Spurrier. »In nur einem Jahr? Zu Fuß?«

»Unsere Zugfahrt hierher hat uns bereits locker zweitausend Kilometer davon erspart.«

»Blieben immer noch zehntausend Kilometer. Sollen wir denn ein ganzes Jahr lang dauerlaufen?«

»Mutter Natur kommt uns da ein wenig zu Hilfe«, sagte der Kartograf.

»Wir haben dort unten beträchtliche Bewegung festgestellt«, mischte sich Shoat ein. »Wir glauben, dass es sich um einen Fluss handelt.«

»Einen Fluss?«

»Der von Osten nach Westen verläuft. Über Tausende von Kilometern.«

»Ein theoretischer Fluss. Sie haben ihn noch nicht gesehen.«

»Wir werden die Ersten sein. Wir werden entspannt darauf entlangschippern.«

Allgemeine Verwirrung.

»Was ist mit unserer Versorgung? Wir können unmöglich Verpflegung für ein ganzes Jahr mitschleppen!«

»Wir fangen mit Trägern an. Danach werden wir alle vier bis sechs Wochen durch ein Bohrloch versorgt werden. Man wird von oben direkt durch den Meeresboden bohren, unsere Route anzapfen und Nahrung sowie Ausrüstungsgegenstände hinunterschaffen. An diesen Punkten haben wir übrigens Gelegenheit, Kontakt mit der Außenwelt aufzunehmen. Sie können also mit Ihren Familien sprechen und es wird sogar möglich sein, Kranke oder Verletzte zu evakuieren.«

Das alles hörte sich beinahe vernünftig an.

»Es ist das größte Abenteuer der Menschheit«, sagte Shoat voll falschem Pathos.

»Sie werden bis zum Ende Ihres Lebens Artikel und Bücher darüber schreiben können. Diese Reise verschafft Ihnen Geltung, garantiert Ihnen Preise und wissenschaftliche Anerkennung. Ihre Kinder und Enkel werden Sie immer wieder bitten, die Geschichte des Abenteuers zu erzählen, vor dem Sie heute stehen!«

»Eine gewaltige Entscheidung«, sagte ein Mann. »Das muss ich mit meiner Frau besprechen.« Allgemeines zustimmendes Gemurmel.

»Leider ist unsere Verbindung nach oben gekappt.« Ali wusste, dass das eine schamlose Lüge war. »Selbstverständlich können Sie Post aufgeben. Der nächste Zug nach Nazca City geht in zwei Monaten.« Helios spielte mit harten Bandagen: Absolute Nachrichtensperre. Shoat ließ seinen Blick mit reptilienartiger Gelassenheit über sie wandern. »Ich erwarte nicht, dass jeder, der heute Abend hier ist, auch morgen früh noch dabei sein wird. Es steht Ihnen selbstverständlich frei, nach Hause zurückzukehren.« In zwei Monaten. Mit dem Zug. Damit besaß die Expedition einen gewaltigen Vorsprung vor sämtlichen Informationen, die zu den Medien durchsickern konnten. Shoat blickte auf seine Armbanduhr.

»Es ist spät geworden«, sagte er. »Die Expedition bricht um sechs Uhr auf. Damit bleiben Ihnen nur wenige Stunden, um über Ihre Entscheidung nachzudenken. Aber das wird genügen. Ich glaube fest daran, dass jeder von uns, wenn er diese Welt betritt, seine Entscheidungen bereits getroffen hat.«

Das Licht ging wieder an. Ali blinzelte. Überall stützten sich die Leute auf Stuhllehnen, rieben sich die Hände, stellten Berechnungen an. Gesichter leuchteten vor Aufregung. Alis Gedanken überschlugen sich, sie sah sich nach Ike um, wollte den Vorschlag anhand seiner Reaktion beurteilen. Doch er hatte den Raum verlassen, als es noch dunkel war.

Wer mit Ungeheuern kämpft, mag zusehen,
daß er nicht dabei zum Ungeheuer wird.
Und wenn du lange in einen Abgrund blickst,
blickt der Abgrund auch in dich hinein.

Friedrich Nietzsche,
Jenseits von Gut und Böse.

10
Der Digitale Satan

Zentrum für Gesundheitswissenschaften, Universität Colorado, Denver

»Man hat sie in einem Pflegeheim nahe Bartlesville, Oklahoma, entdeckt«, erklärte ihnen Dr. Yamamoto. Thomas, Vera Wallach, die kampferprobte neuseeländische Ärztin, und Foley, der Industrielle, folgten der Ärztin aus ihrem Büro. Als Letzter ging Branch, der die Augen mit einer dunklen Skibrille abgeschirmt und die Ärmel an den Manschetten zugeknöpft hatte, um seine Verbrennungsnarben zu verbergen.

»Es ist eins von diesen Heimen, die größeren Kindern Albträume bescheren«, fuhr Dr. Yamamoto fort. Sie konnte nicht viel älter als siebenundzwanzig sein. Sie strahlt Vitalität und Lebensfreude aus, dachte Branch. Der Ehering an ihrem Finger sah aus, als sei er erst wenige Wochen alt.

Sie fuhren mit dem Fahrstuhl nach oben. Ein durch Blindenschrift ergänztes Schild wies auf die in den jeweiligen Stockwerken untergebrachten Abteilungen hin. Sie stiegen im obersten, nicht eigens ausgewiesenen Stockwerk aus und gingen abermals einen Korridor entlang.

»Ein echter Prachtkerl. Seine so genannte Einrichtung ist angeblich auf Alzheimerpatienten spezialisiert, doch hinter den Kulissen hält er die Leute gerade so weit am Leben, dass die Schecks vom Sozialamt und den Krankenkassen ungehindert auf seinen Tisch flattern können. Bettenarrest und so weiter, absolut grauenhafte Verhältnisse! Von ärztlichem Personal keine Spur. Offensichtlich ist es unserem Eindringling hier gelungen, sich über einen Monat dort zu verstecken.«

Die junge Ärztin blieb vor einer Tür mit einem Tastenfeld stehen.

»Da wären wir«, sagte sie und gab die Zahlenfolge ein. Lange Finger. Sanfter, aber bestimmter Druck.

»Sie spielen Geige«, riet Thomas.

Sie war entzückt. »Gitarre«, gestand sie. »Bass. Ich habe eine Band namens Girl Talk. Alles Jungs – und ich.«

Sie hielt ihnen die Tür auf. Thomas registrierte sofort die Veränderung der Beleuchtung und der Akustik. Hier drinnen gab es keine Fenster, keine hereinflutenden Sonnenstrahlen. Das leise Pfeifen des Windes an den Außenwänden war nicht mehr zu hören. Die Wände hier waren zu dick. Yamamotos Stimme passte sich der Stille an. »Wir können von Glück sagen, dass der Hausmeister etwas bemerkt hat«, fuhr sie fort. »Der Verwalter und seine Gaunerbande hätten nie und nimmer die Polizei gerufen. Um es kurz zu machen: Als die Polizei eintraf, waren die Beamten entsprechend entsetzt. Zuerst waren sie davon überzeugt, es handele sich um Tiere. Also stellte einer der Polizisten ein paar alte Fangeisen auf.«

Sie standen jetzt vor einer Doppeltür. Wieder ein Tastenfeld. Andere Zahlen, registrierte Thomas. Der Zugang erfolgte über mehrere Stufen: Zuerst ein schläfriger Wachmann, dann ein Waschraum, in dem Yamamoto ihnen beim Anlegen grüner Kittel, Gesichtsmasken und doppelter Latexhandschuhe behilflich war, dann ein Hauptraum mit geschäftig über Reagenzgläser und Tastaturen gebeugten Biotechnikern. Die Tür glitt zur Seite und Yamamoto fuhr mit ihrem Bericht fort.

»In jener Nacht kam sie zurück, wollte sich noch mehr holen. Eine der Fallen erwischte sie am Bein. Die Polizisten kamen sofort hereingestürmt und waren völlig baff. Auf so etwas waren sie natürlich nicht vorbereitet gewesen. Obwohl sie kaum einen Meter dreißig groß war und obendrein Schien- und Wadenbein gebrochen hatte, hielt sie fünf erwachsene Männer in Schach. Beinahe wäre sie entkommen, doch dann erwischten sie sie doch noch. Natürlich wäre uns ein lebendes Exemplar lieber gewesen.«

Drinnen war es nicht so kalt wie Branch erwartet hatte. Ein Wandthermometer zeigte zwei Grad Celsius an, eine Temperatur, bei der man ohne weiteres ein oder zwei Stunden arbeiten konnte. In dem Raum hielt sich allerdings niemand auf. Die ganze Arbeit wurde vollautomatisch erledigt.

Maschinen summten in gleichmäßigem, einlullendem Rhythmus. Mmschsch. Mmschsch. Mmschsch. Als sollte ein Kind in den Schlaf gewiegt werden. Bei jedem Summen blinkten mehrere Lichter auf.

»Sie haben sie also getötet?«, fragte Vera.

»Ganz so war es nicht«, antwortete Yamamoto. »Sie lebte noch, nachdem man sie mit einem Netz und Seilen eingefangen und gefesselt hatte. Aber die Falle war verrostet. Die Wunde entzündete sich. Blutvergiftung. Bevor wir eintrafen, war sie tot. Ich brachte sie in einer Kiste mit Trockeneis hierher.«

In dem Raum befanden sich vier stählerne Autopsietische. Auf jedem lag ein Klumpen blaues Gel, und jeder Klumpen lag dicht an einer Maschine. Jede Maschine blitzte alle fünf Sekunden einmal auf.

»Wir haben sie Dawn getauft«, sagte Yamamoto.

Sie blickten in das blaue Gel. Da lag sie, ihr tiefgefrorener Kadaver, in Gel gebettet und in vier Teile zerschnitten.

»Wir hatten unsere digitale Eva ungefähr zur Hälfte computerisiert, als uns dieses Exemplar in die Hände fiel.« Yamamoto zeigte auf ein Dutzend Gefrierschrankschubladen an der Wand. »Wir haben Eva wieder eingelagert und machten uns sofort bei Dawn an die Arbeit. Wie Sie sehen, haben wir ihren Körper geviertelt und die vier Teile in Gelatine gebettet. Diese Maschinen nennt man Kryomakrotome. Im Prinzip sind es bessere Fleischmesser. Alle paar Sekunden schneiden sie einen halben Millimeter vom Boden jedes Gelatineblocks ab, und eine Kamera fotografiert synchron die neue Schicht.«

»Wie lange liegt es schon hier?«, erkundigte sich Foley.

Es, nicht sie, fiel Branch sofort auf. Foley beließ die Dinge lieber auf einer unpersönlichen Ebene. Branch für seinen Teil verspürte sofort eine Art Mitgefühl. Die kleine Hand besaß vier Finger und einen Daumen.

»Zwei Wochen. Seitdem sind die Messer und die Kameras am Werk. In vier Wochen werden wir über eine Datenbank mit über 12 000 Aufnahmen verfügen. Mit Hilfe einer Maus kann man dann durch ein dreidimensionales Abbild ihres Innenlebens reisen.«

»Welchen Zweck verfolgen Sie damit?«

»Die Physiologie der Hadal«, antwortete Dr. Yamamoto. »Wir möchten wissen, inwiefern sich ihr Körper von dem des Menschen unterscheidet.«

»Gibt es eine Möglichkeit, Ihre Untersuchung zu beschleunigen?«, fragte Thomas.

»Wir wissen nicht, wonach wir eigentlich suchen, oder welche Fragen wir zu stellen haben. Eigentlich wollen wir auf Nummer sicher gehen. Man kann nie wissen, was sich hinter einem noch so kleinen Detail verbirgt.«

Sie trennten sich und traten an die verschiedenen Tische. Durch das trübe Gel erkannte Branch ein Paar Unterschenkel mit Füßen. Da war die Stelle, an der die Falle die Knochen zerschmettert hatte. Die Haut war weiß wie bei einem Fisch.

Er suchte den Teil mit dem Kopf und den Schultern. Wie eine Alabasterbüste. Die Augenlider waren halb geschlossen, sodass man die blassblauen Regenbogenhäute sehen konnte. Der Mund stand leicht offen. Das computergesteuerte Pendel, das sich vom Halsansatz nach oben arbeitete, befand sich immer noch auf der Höhe der Kehle.

»Sie haben wahrscheinlich schon viele wie Dawn gesehen«, meldete sich Dr. Yamamoto mit ernster Stimme neben ihm zu Wort.

Branch legte den Kopf ein wenig schief und schaute genauer hin, beinahe zärtlich. »Sie sehen alle verschieden aus«, sagte er. »Ungefähr so wie wir.«

Er spürte, dass sie von ihm einen eher groben Kommentar erwartet hatte. Die Stimme der Ärztin wurde weich. »Ihren Zähnen und dem noch nicht völlig ausgebildeten Beckengürtel nach zu urteilen«, sagte sie, »muss Dawn etwa zwölf oder dreizehn Jahre alt gewesen sein. Natürlich können wir mit dieser Schätzung ziemlich danebenliegen. Ohne Vergleichsmöglichkeit können wir nur raten, und bislang kam man nur sehr schwer an Exemplare heran. Dabei müsste man eigentlich annehmen, dass wir nach so viel Kontakten und so vielen Toten mehr als genug Leichen hätten.«

»Wirklich merkwürdig«, sagte Vera. »Zersetzen sie sich denn schneller als normale Säugetiere?«

»Das hängt davon ab, wie stark sie dem direkten Sonnenlicht ausgesetzt sind. Aber der Mangel an brauchbaren Exemplaren hängt eher damit zusammen, wie die Kadaver zugerichtet werden.«

Branch fiel auf, dass sie ihn nicht ansah.

»Meinen Sie damit Verstümmelungen?«

»Mehr als das.«

»Dann also Leichenschändung«, sagte Thomas. »Ein heftiger Vorwurf.«

Yamamoto ging zu der Schubladenwand und zog eine lange Bahre auf Rollen heraus. »Mag schon sein. Aber wie würden Sie das hier nennen?« Auf der Metallfläche lag ein scheußliches Wesen, schwarz verbrannt, mit gebleckten Zähnen, zerstückelt und verstümmelt. Es hätte ebenso gut achttausend Jahre alt sein können.

»Vor einer Woche gefangen und verbrannt worden«, sagte die Ärztin.

»Soldaten?«, fragte Vera.

»Nein. Das hier kam aus Orlando, Florida. Ganz normales Wohngebiet. Die Leute haben Angst. Vielleicht ist es eine Art rassische Katharsis. Überall herrschen Abscheu, Wut und Terror. Die Leute scheinen das Bedürfnis zu haben, diese Dinger zu vernichten, selbst wenn sie schon tot sind. Vielleicht glauben sie, damit das Böse auszurotten.«

»Glauben Sie das auch?«, fragte Thomas.

Ihre Mandelaugen sahen traurig aus. Dann diszipliniert. Nein, sie glaubte nicht daran, weder als Privatperson noch als Wissenschaftlerin.

»Wir haben eine Belohnung auf unbeschädigte Exemplare ausgesetzt«, erzählte sie weiter. »Aber wir bekommen einfach nichts Besseres als das hier. Dieser Bursche beispielsweise wurde von einer Gruppe Buchhalter und Software-Entwickler lebend auf einem vorstädtischen Fußballplatz gefangen. Als sie von ihm abließen, war er nur noch ein Häufchen Holzkohle.«

Branch hatte schon weitaus Schlimmeres gesehen.

»Im ganzen Land und überall auf der Welt geht das so«, sagte die Ärztin. »Wir wissen, dass sie zu uns heraufkommen. In den Städten und auf dem Land werden allein in Nordamerika stündlich mehrere von ihnen gesehen und getötet. Aber versuchen Sie mal, einen unversehrten Kadaver am Stück ins Labor zu bekommen. Es ist wirklich ein großes Problem und verlangsamt unsere Forschung ungemein.«

»Weshalb kommen sie Ihrer Meinung nach herauf, Doktor? Jeder scheint eine andere Theorie zu vertreten.«

»Von uns hier hat keiner auch nur einen Schimmer davon«, sagte Yamamoto. »Offen gesagt, bin ich nicht einmal davon überzeugt, dass die Hadal in größerer Anzahl als früher heraufkommen. Mit Sicherheit kann man jedoch sagen, dass die Menschen heutzutage für die Anwesenheit der Hadal sensibilisiert sind. Aber der größte Teil der gemeldeten Sichtungen erweist sich als falsch, das gleiche Phänomen wie bei den UFOs. Manchmal sind es bloß Zweige, die am Fenster kratzen, keine Hadal.«

»Ach«, entfuhr es Vera, »dann spielt uns nur unsere Phantasie einen Streich?«

»Keinesfalls. Die Hadal sind unbestreitbar hier, verstecken sich auf Müllkippen, in den Kellern unserer Vorstädte, in Zoos, Lagerhäusern und Nationalparks. Aber nicht annähernd in der Anzahl, wie es uns Politiker und Medien weismachen wollen. Und was die Behauptung angeht, sie fielen über uns her – ich bitte Sie, wer überfällt denn hier wen? Wir sind diejenigen, die Schächte bohren und Höhlensysteme kolonisieren.«

»Gefährliche Worte«, sagte Foley.

»Ab einem gewissen Punkt verändert uns der eigene Hass und

unsere Angst«, redete die junge Frau trotzig weiter. »In was für einer Welt wollen wir unsere Kinder großziehen? Auch das ist wichtig.«

»Dann wissen wir also so gut wie nichts über die Gründe für ihr Auftauchen?«, fragte Thomas.

»Von wissenschaftlicher Seite aus gesehen nicht. Noch nicht. Aber manchmal lassen wir – die anderen Mitarbeiter und ich – uns dazu verleiten, Lebensgeschichten für sie zu erfinden.« Die junge Ärztin zeigte auf ihr stählernes Mausoleum. »Wir geben ihnen Namen und eine Vergangenheit. Wir versuchen zu begreifen, wie es gewesen sein muss, so zu sein wie sie.« Sie legte die Hand auf den Rand des Sektionstisches mit dem Kopf des weiblichen Hadal. »Dawn ist mit Abstand der Liebling unserer Gruppe.«

»Das hier?«, fragte Vera erstaunt, war jedoch zugleich von der Humanität der Mitarbeiter angerührt.

»Es liegt wahrscheinlich an ihrem jungen Lebensalter. Und an dem entbehrungsreichen Leben, das sie geführt hat.«

»Erzählen Sie uns ihre Geschichte, wenn es Ihnen nichts ausmacht«, forderte sie Thomas auf. Branch warf dem Jesuiten einen Blick zu. Ebenso wie bei Branch verleitete sein grobes Äußeres die Leute oft dazu, ihn falsch einzuschätzen. Doch Thomas hatte eine Affinität für diese Wesen entwickelt, die momentan nicht unbedingt opportun war.

Die junge Frau sah peinlich berührt aus. »Das steht mir eigentlich nicht zu«, sagte sie. »Die Spezialisten haben noch nicht sämtliche Daten gesichtet, und alles, was wir uns ausgedacht haben, ist reine Mutmaßung.«

»Trotzdem würden wir es gern hören«, bat Vera.

»Na schön. Dawn muss von sehr weit unten gekommen sein. Dem relativ kleinen Brustkorb nach zu schließen aus einer sauerstoffreichen Atmosphäre. Ihre DNA weist einen relevanten Unterschied zu den Proben auf, die uns aus anderen Regionen der Welt zugeschickt wurden. Inzwischen besteht Konsens darüber, dass diese Hadal vom *Homo erectus* abstammen, der auch unser Vorfahr ist. Andererseits kann man das Gleiche von uns und den Orang-Utan sagen, oder den Lemuren, oder, wenn man will, von den Fröschen. An einem gewissen Punkt der Vergangenheit haben wir alle den gleichen Ursprung. Noch erstaunlicher ist daher die Tatsache, wie ähnlich uns die Hadal letztendlich sind. Haben Sie jemals von Donald Spurrier gehört?«

»Dem Primatologen?«, fragte Thomas zurück. »War er hier?«

»Jetzt ist es mir noch peinlicher«, sagte Yamamoto. »Ich hatte nie zuvor von ihm gehört, aber hinterher musste ich mir sagen lassen, dass er weltberühmt ist. Wie auch immer, eines Nachmittags kam er vorbei, um sich unser kleines Mädchen hier anzusehen, und bei dieser Gelegenheit hielt er gleich ein Stegreifseminar für uns ab. Er erzählte, dass der *Homo erectus* weitaus mehr Ableger und Varianten bildete, als jede andere menschenähnliche Gruppe. Wir sind nur eine davon. Die Hadal eine andere. *Erectus* ist offensichtlich vor Hunderttausenden von Jahren von Afrika nach Asien gewandert, und womöglich haben sich die Splittergruppen auf der ganzen Welt zu verschiedenen Formen weiterentwickelt, bevor eine davon unter die Erde ging. Aber wie gesagt, ich bin keine Expertin auf diesem Gebiet.«

Auf Branch wirkte Yamamotos Bescheidenheit sehr gewinnend, aber auch ablenkend. Sie waren heute geschäftlich hier, um sämtliche Informationen zu bekommen, die diesem Hadal-Leichnam zu entnehmen waren.

»Sie haben in groben Zügen unser Anliegen bestätigt, nämlich genauer zu verstehen, weshalb wir uns auf diese und keine andere Weise entwickelt haben«, sagte Thomas. »Was können Sie uns noch mitteilen?«

»In ihrem Gewebe findet sich eine hohe Konzentration von Radioisotopen, was jedoch bei einem Lebewesen aus dem Subplaneten, einer steinernen Höhle, die von allen Seiten von mineralischer Strahlung bombardiert wird, nicht weiter verwunderlich ist. Meine persönliche Vermutung geht dahin, dass die Strahlung eine Erklärung für die Mutationen in ihrer Bevölkerung sein könnte. Aber nageln sie mich nicht darauf fest.«

Yamamoto fuhr mit der Hand über den blauen Gelblock, als streichelte sie das ungestalte Gesicht. »In unseren Augen sieht Dawn primitiv aus. Einige unserer Besucher meinten, es handele sich um einen grotesken Rückschritt. Tatsächlich ist sie in jeder Hinsicht so weit entwickelt wie wir, nur eben in eine andere Richtung.«

Das war auch für Branch eine Überraschung. Von der breiten Masse erwartete man nichts anderes als dumpfen Rassismus und Voreingenommenheit. Wie sich herausgestellt hatte, waren auch die Wissenschaften keinesfalls dagegen gefeit. Genau genommen hatten wissenschaftliche Borniertheit und akademische Arroganz sogar dazu beigetragen, dass die Tiefe so lange unentdeckt geblieben war.

»Dawns Zahnformel ist mit Ihrer und meiner identisch.« Yamamoto drehte sich zu einem anderen Tisch um. »Die unteren Gliedmaßen sind den unseren vergleichbar, wenn auch die Gelenke der Hadal mehr Knochenschwamm aufweisen, was die Vermutung nahe legt, dass Dawn zum Laufen wahrscheinlich sogar besser geeignet war als wir. Es ist durch das Gel nur schwer zu erkennen, aber sie hat auf ihren Füßen jede Menge Kilometer zurückgelegt. Die Schwielen sind dicker als mein Daumennagel. Sie hat Senkfüße. Jemand hat sie gemessen: Größe 44.«

Die Ärztin ging zum nächsten Tisch, auf dem Brustkorb und Oberarme lagen. »Auch hier haben wir bislang wenig Überraschendes festgestellt. Das Herz-Kreislauf-System ist robust, wenn nicht sogar vorbildlich gesund. Das Herz ist vergrößert, vermutlich ist sie sehr schnell aus einer Tiefe von sechs oder sieben Kilometern nach oben gekommen. Ihre Lungen weisen chemische Vernarbungen auf, die wahrscheinlich vom Einatmen schädlicher Gase aus noch tieferen Erdregionen herrühren. Und das dort ist eine alte Bisswunde.«

Yamamoto kam zum letzten Tisch, zu Unterleib und Unterarmen. Eine Hand war geballt, die andere lag entspannt offen. »Auch hier fällt eine genaue Beurteilung nicht leicht. Aber die Fingerknochen verfügen über eine signifikante Krümmung, ungefähr zwischen Mensch und Menschenaffe. Das erklärt die Geschichten, in denen Hadal an Wänden hinaufklettern und sich durch unterirdische Nischen und Spalten hangeln.«

Yamamoto wies auf den Block mit dem Unterleib. Die Klinge hatte oben angefangen und arbeitete sich scheibchenweise zur Beckengegend vor. Das Schambein wies eine spärliche schwarze Behaarung auf.

»Einen Teil ihrer kurzen Geschichte können wir beweisen. Bevor wir sie in Gel gossen und mit dem Zerschneiden anfingen, erhielten wir die MR- und die Computertomographie-Bilder. Etwas schien mit dem Beckenboden nicht zu stimmen, also rief ich den Leiter der Gynäkologie herauf, damit er mal einen Blick darauf wirft. Er erkannte das Trauma sofort. Vergewaltigung. Massenvergewaltigung.«

»Meinen Sie das im Ernst?«, fragte Foley.

»Mit zwölf Jahren«, sagte Vera. »Kaum vorstellbar. Das erklärt jedenfalls, warum sie heraufkam.«

»Wie meinen Sie das?«, wollte Yamamoto wissen.

»Das arme Ding muss vor den Kreaturen geflohen sein, die ihr das angetan haben.«

»Ich habe nicht gesagt, dass es Hadal waren. Wir haben das Sperma untersucht. Es war ausschließlich menschlicher Herkunft. Die Verletzungen waren noch nicht sehr alt. Wir nahmen Kontakt mit dem Sheriff in Bartlesville auf, der uns vorschlug, die Aufseher im Pflegeheim zu befragen. Die Pfleger stritten alles ab. Wir könnten Proben von ihnen verlangen oder von den Polizisten, aber das ändert nichts. Ein derartiger Vorfall gilt nicht als Verbrechen. Die eine oder andere Gruppe hat sie vergewaltigt. Vielleicht sogar, nachdem sie schon tot war. Sie hatten sie immerhin einige Tage in einem Kühlfach verwahrt.«

Auch in dieser Hinsicht hatte Branch schon Schlimmeres gesehen.

»Was für eine bemerkenswerte Einbildung die Zivilisation doch ist«, sagte Thomas. Sein Gesichtsausdruck wirkte weder wütend noch traurig, eher abgeklärt. »Die Leiden dieses Kindes sind zu Ende. Doch während wir uns hier unterhalten, spielen sich an Hunderten verschiedener Orte ähnliche Gräuel ab, und zwar von beiden Seiten. Solange wir keine Ordnung errichtet haben, bleibt dem Bösen auch weiterhin Tür und Tor geöffnet.« Er sprach zum Leichnam des Kindes, aber auch, wie es schien, um sich die Sachlage selbst in Erinnerung zu rufen.

»Was noch?«, murmelte Yamamoto fast ein wenig verwirrt vor sich hin und sah sich zwischen den Körperteilen um. Sie standen noch immer vor dem Viertel mit dem Unterleib. »Ihr Stuhl«, setzte Yamamoto erneut an, »war hart und dunkel und roch sehr scharf. Die typischen Exkremente eines Fleischfressers.«

»Und wovon hat sie sich ernährt?«

»In den letzten Monaten vor ihrem Tod?«

»Ich vermute, Weizenkleiebrötchen und Fruchtsäfte. Was man so in der Küche eines Altenheimes organisieren kann«, schlug Vera vor.

»Nicht bei unserem Mädchen. Sie war eindeutig Fleischfresserin. Der Polizeibericht ließ keinen Zweifel offen, und die Stuhlprobe bestätigte die Aussage. Fleisch, und sonst nichts.«

»Aber woher ...«

»Hauptsächlich von Füßen und Waden, deshalb blieb sie so lange unentdeckt. Das Personal hatte Ratten oder eine Wildkatze in Verdacht und behalf sich lediglich mit Salben und Verbänden. Dawn kehrte in der Nacht zurück und fraß weiter.«

Vera war verstummt. Dr. Yamamotos kleines Mädchen eignete sich nur bedingt zum Liebhaben.

»Keine schöne Geschichte, ich weiß«, fuhr die Ärztin fort. »Andererseits hatte sie auch nicht gerade ein schönes Leben.«

Die Klinge zischte auf, und der Klumpen bewegte sich kaum merklich.

»Verstehen Sie mich bitte nicht falsch. Ich will dieses Raubtierverhalten nicht verteidigen. Ich verdamme es nur nicht. Für manche Menschen ist das Kannibalismus. Aber wenn wir darauf bestehen, dass die Hadal keine *Homo sapiens* sind, dann besteht kein Unterschied zu dem, was ein Berglöwe anstellt. Aber solche Zwischenfälle sind der Grund dafür, warum die Leute so viel Angst haben. Und deshalb ist es so schwierig, gute, unversehrte Exemplare zu bekommen.

Man hat uns gewisse Fristen gesetzt. Und wir haben noch keine einzige davon eingehalten«, wechselte Dr. Yamamoto plötzlich das Thema.

»Wer setzt diese Fristen?«, erkundigte sich Vera.

»Das ist das große Geheimnis. Zuerst hatten wir das Militär in Verdacht. Wir erhielten regelmäßig ungefähre Computerentwürfe zur Entwicklung neuer Waffen, bei denen wir die freien Stellen ausfüllen sollten. Gewebedichte, genauer Sitz der Organe, solche Sachen. Hauptsächlich die Unterschiede zwischen ihrer Spezies und der unseren. Dann erhielten wir Mitteilungen von Firmen, aber stets von anderen. Inzwischen sind wir uns bei ihnen auch nicht mehr so ganz sicher. Aber letztendlich spielt das für unsere Zwecke keine große Rolle, solange die Stromrechnung bezahlt wird.«

»Eine Frage«, meldete sich Thomas zu Wort. »Sie scheinen einige Bedenken zu haben, Dawn und ihre Kameraden wirklich als völlig andere Spezies anzusehen. Was sagte Spurrier dazu?«

»Er war felsenfest davon überzeugt, dass die Hadal einer anderen Spezies angehören. Taxonomie ist ein sensibles Geschäft. Momentan wird Dawn als *Homo erectus hadalis* klassifiziert. Als ich erwähnte, es sei vielleicht besser, den Namen zu *Homo sapiens hadalis* abzuändern, wurde er direkt wütend. Er sagte, der Taxon *erectus* sei Wissenschaft für den Mülleimer. Wie ich bereits sagte, dort draußen herrscht große Angst.«

»Angst wovor?«

»Es widerspricht der herrschenden Orthodoxie. Man läuft Gefahr, seine Gelder gestrichen zu bekommen. Seinen Ruf zu verlieren. Weder angestellt zu werden noch publizieren zu können. Momentan halten sich alle sehr bedeckt.«

»Und Sie?«, fragte Thomas. »Sie hatten mit diesem Mädchen zu tun, haben seine Sektion genau verfolgt. Welcher Ansicht sind Sie?«

»Das ist nicht fair«, wies Vera Thomas zurecht. »Sie hat doch gerade eben erklärt, wie gefährlich die Zeiten geworden sind.

»Schon gut«, sagte Yamamoto zu Vera und blickte dann Thomas an. *»Erectus* oder *sapiens?* Lassen Sie es mich so ausdrücken: Wenn es sich hier um ein lebendes Objekt handelte, würde ich an ihr keine Vivisektion durchführen.«

»Dann halten Sie sie also für einen Menschen?«, bohrte Foley nach.

»Nein. Ich sage nur, dass sie uns ähnlich genug ist, um vielleicht nicht einmal *erectus* zu sein.«

»Wenn Sie wollen, dürfen Sie mich einen Advokaten des Teufels nennen«, sagte Foley, »aber mir kommt sie nicht sehr ähnlich vor.«

Yamamoto ging wieder zu ihrer Schubladenwand und zog eine Bahre weiter unten heraus. Darauf ruhte eine noch groteskere Leiche als die, die sie bereits gesehen hatten. Die Haut war völlig vernarbt, die Körperbehaarung wucherte ungezügelt. Das Gesicht war von einer kohlkopfähnlichen Schale fleischiger Kalziumablagerungen fast völlig überwuchert. Mitten aus der Stirn wuchs etwas, das an das Horn eines Widders erinnerte. Sie legte eine behandschuhte Hand auf den Brustkasten der seltsamen Kreatur. »Wie ich bereits sagte, lag unser Hauptanliegen darin, Unterschiede zwischen unseren beiden Spezies herauszufinden. Diese hier fallen einem sofort ins Auge. Aber bis jetzt haben wir lediglich physiologische Ähnlichkeiten festgestellt.«

»Sie wollen also behaupten, dieses Ding hier sei uns ähnlich?«, fragte Foley.

»Genau das ist der springende Punkt. Dieses Exemplar hier hat uns der Laborchef geschickt. Eine Art Doppelblindtest, um zu sehen, was wir so alles herausfinden. Zehn von uns beschäftigten sich eine ganze Woche mit der Autopsie. Wir stellten eine Liste von fast vierzig Unterschieden zum durchschnittlichen *Homo sapiens sapiens* zusammen. Angefangen von Blutgasen über Knochenstruktur bis hin zu Deformationen und Nahrungsdiät. Wir fanden Spuren seltener Mineralien in seinem Magen. Er hatte Lehm und mehrere Fluoreszenzen gegessen. Seine Gedärme leuchteten im Dunkeln. Erst an dieser Stelle klärte uns der Laborchef auf. Es handelt sich hierbei um einen deutschen Soldaten der NATO-Streitkräfte.«

Branch hatte von Anfang an geahnt, dass es ein Mensch war, wollte aber Yamamoto nicht den Spaß verderben.

»Das kann nicht sein!« Vera fing an, chirurgische Einschnitte zu öffnen und auf den knochigen Helm zu drücken. »Und was ist damit?«, fragte sie. »Und damit?«

»Alles Überbleibsel seines letzten Einsatzes. Nebeneffekte der Drogen, die man ihm einzunehmen befohlen hat, oder der geochemischen Umgebung, in der er Dienst tat.«

Foley war sichtlich schockiert. »Ich habe ja von gewissen Veränderungen gehört, aber nicht von derartigen Entstellungen.«

Als ihm plötzlich Branch einfiel, verstummte er.

»Er sieht wirklich dämonisch aus«, kommentierte Branch.

»Jedenfalls war es für uns eine höchst lehrreiche Lektion in Anatomie«, sagte Yamamoto. »Sehr demütigend. Ich habe daraus eines gelernt: Es spielt keine Rolle, ob Dawn vom *erectus* oder vom *sapiens* abstammt. Wenn man weit genug zurückgeht, ist *sapiens* gleich *erectus.*«

»Bestehen denn sonst keinerlei Unterschiede?«, fragte Thomas.

»Viele. Aber nachdem wir gesehen haben, wie viele Nichtübereinstimmungen es von einem Menschen zum anderen geben kann, handelt es sich lediglich um eine epistemologische Frage: Woher wissen wir, was wir zu wissen glauben?« Mit dieser Frage schob sie die Schublade wieder in den Schrank.

»Sie klingen demoralisiert.«

»Nein. Eher beunruhigt. Aus der Spur geraten. Aber ich bin überzeugt davon, dass wir in drei bis fünf Monaten echte Diskrepanzen feststellen werden.«

»Ach?«, meinte Thomas.

Sie ging zu dem Tisch zurück, auf dem sich Dawns Oberkörper sehr langsam in das Pendel schob. »Nämlich dann, wenn wir in dieses Gehirn vordringen.«

Mache den Anfang mit dem Anfang...
und fahre fort, bis du ans Ende kommst;
dort höre auf.

LEWIS CARROLL,
Schildkrötensuppe

11
Das Licht schwindet

ZWISCHEN DEN CLIPPERTON- UND GALÁPAGOS-VERWERFUNGSZONEN

Sie wurden in Vierergruppen von Esperanza aus in die Tiefe abgeseilt. Fünf Winden reckten sich wie die Kanonen schwerer Kriegsschiffe über den Rand der Klippe und wickelten mit dröhnenden Motoren ihre großen Kabeltrommeln ab. Menschen und Ausrüstung wurden auf Plattformen und in Netzen 1300 Meter nach unten bugsiert. Es gab nur ziemlich mitgenommene Seile, ölige Ketten und Bodenschrauben, mit denen Kisten und Maschinen gesichert wurden. Die lebende Fracht musste selbst für sich sorgen.

Die gewaltigen Arme der Winden ächzten und knirschten. Ali schaffte es, ihren Rucksack hinter sich zu schieben und machte sich an der unteren Reling mit Karabinerhaken und einem Knoten fest. Shoat kam mit einem Klemmbrett vorbei.

»Guten Morgen«, schrie sie in den Lärm und den Qualm der Abgase.

Wie er vorausgesagt hatte, waren über Nacht einige Teilnehmer ausgestiegen. Bis jetzt fünf oder sechs, aber angesichts des Verhaltens, das Shoat und Helios an den Tag gelegt hatten, hatte Ali mit mehr Abbrechern gerechnet. Shoat offenbar auch – nach seinem zufriedenen Grinsen zu urteilen. Sie hatte noch nie persönlich mit ihm gesprochen. Alle anderen Ängste durchzuckte die plötzliche Angst, er könne sie von der Expedition ausschließen.

»Sie sind die Nonne«, sagte er. Niemand würde auf die Idee kommen, sein verkniffenes Gesicht und die gierigen Augen entwaffnend zu nennen, doch er wirkte nicht gänzlich unsympathisch. Er streckte ihr die Hand entgegen, die im Vergleich zu seinem geschwollenen Bizeps und den kräftigen Schenkeln erstaunlich schmal war.

»Ich bin als Linguistin und Spezialistin für Inschriften mitgekommen.«

»Brauchen wir so jemanden überhaupt? Sie sind sozusagen aus dem Nichts aufgetaucht«, sagte er.

»Ich habe erst sehr spät von dieser Gelegenheit erfahren.«

Er musterte sie. »Letzte Möglichkeit.«

Ali sah sich um und erblickte einige von denen, die zurückblieben. Sie sahen grimmig und auch ein wenig elend aus. Sie hatten eine Nacht des Zorns und der Tränen hinter sich, einige hatten gedroht, mit einer Gruppenklage gegen Helios vorzugehen. Sogar eine Schlägerei hatte stattgefunden.

»Ich bin mit mir im Reinen«, versicherte ihm Ali.

»So kann man es auch ausdrücken.« Shoat hakte ihren Namen auf der Liste ab.

Die Seile über ihnen spannten sich. Die Plattform hob ab. Shoat gab ihr einen kräftigen Stoß und ging davon, während sie in die Tiefe schaukelten. Jemand rief der Gruppe der zurückbleibenden Wissenschaftler einen Abschiedsgruß zu.

Das Geräusch der Motorwinden über ihnen erstarb rasch. Es war, als hätte jemand die Lichter von Esperanza ausgeknipst. Nur an einem Drahtseil hängend, sanken sie, sich langsam drehend, in die pechschwarze Tiefe. Manchmal war die Felswand so weit weg, dass die Strahlen ihrer Taschenlampen kaum zu ihr hinüberreichten.

»Wie lebende Würmer an einem Haken«, sagte irgendwann einer ihrer Nachbarn.

Das war alles. Auf dem ganzen Weg nach unten sagte keiner mehr ein Wort. Ali hatte noch nie eine so gewaltige Leere erlebt.

Stunden später näherten sie sich dem Boden. Chemikalien und menschliche Abfälle vermengten sich am Fuße der Felswand zu einem fauligen Matsch. Der Gestank drang sogar durch Alis Staubmaske. Sie hielt die Luft an und atmete den widerlichen Geruch voller Ekel ein. Als sie näher kamen, begann ihre Haut vom Säuregehalt der Luft zu brennen. Mit einem dumpfen Schlag setzte die Winde sie am Rand der Gifthalde ab. Eine fleischige Hand, der zwei Finger fehlten, ergriff die Reling vor Ali.

»Raus, schnell«, bellte der Mann. Von seinem Kopf hingen Lumpen, die entweder seinen Schweiß aufsaugten oder ihn vor den Lichtern schützten.

Ali hakte sich los und stieg hinunter. Der Kerl warf ihr ihren Rucksack hinterher. Kaum war der Letzte ihrer Mitreisenden abgesprungen, machte sich die Plattform wieder auf den Weg nach oben.

Ali sah sich die Leute an. Sie waren fünfzehn oder zwanzig, die da glitzernd im Licht der Taschenlampen beisammen standen. Einer der Männer hatte eine große Pistole gezogen und zielte damit irgendwohin in die Ferne.

»Kein guter Platz. Sie gehen besser ein Stück weiter weg, sonst fällt Ihnen noch was auf den Kopf«, sagte eine Stimme. Sie drehte sich zu einer Felsnische um. Darin saß ein Mann, das Sturmgewehr griffbereit neben sich. Er trug eine Nachtsichtbrille. »Immer dem Trampelpfad nach«, nickte er und zeigte mit dem Finger in eine Richtung. »Sie marschieren ungefähr eine Stunde. Die anderen haben Sie bestimmt bald eingeholt. Und Sie da, der Revolverheld. Stecken Sie das Ding weg, bevor jemand erschossen wird.«

Mit schaukelnden Lampen folgten sie dem Pfad, der sich in weiten Kurven um den Fuß der Felswand wand. Verlaufen konnte man sich nicht. Es war der einzige Weg. Über dem Boden schwebte ein trüber Nebel. Gasfetzen trieben ihnen gegen die Knie. Kleine giftige Wolken wirbelten auf Kopfhöhe und blitzten blendend weiß auf, wenn man sie anleuchtete. Hier und dort sprangen winzige Flämmchen wie Elmsfeuer auf und verloschen wieder.

Es war ein tödlicher, stiller Sumpf. Tiere waren zu Zehntausenden hierher gekommen. Angezogen vom Müll, den unbekannten Nährstoffen oder vom Fleisch anderer tierischer Besucher, hatten sie hier gefressen. Nun lagen ihre Knochen und andere Überreste kilometerweit zwischen den Felsen verstreut.

Ali sah mindestens ein Dutzend Skelette unterschiedlicher Größen und Formen. Ein Knochenfund hatte die Ausmaße einer kurzen Schlange mit einem großen Kopf. Eine andere Kreatur musste sich einmal auf zwei Beinen fortbewegt haben. Wieder ein anderes Tier hätte einmal ein kleiner Frosch mit Flügeln gewesen sein können. Nichts davon rührte sich mehr.

Schon bald kam sie ins Schwitzen. Sie wusste, dass es ein wenig dauerte, sich zu akklimatisieren, Beinmuskulatur aufzubauen und sich an einen neuen Tag-Nacht-Rhythmus zu gewöhnen. Der Gestank der Tierknochen und der Bergwerkskloake war dabei keine große Hilfe. Obendrein erschwerte dieser Hindernisparcours aus verrosteten Kabeln, verbogenen Schienen, unvermutet auftauchenden Leitern und Treppenstufen das Vorankommen.

Ali erreichte eine Lichtung. Eine Gruppe Wissenschaftler ruhte sich auf einer Steinbank aus. Das Mauerwerk wirkte sehr alt, durch einige neuere Zusätze ergänzt. Ali sah sich nach eingeritzten Schriftzeichen oder anderen Anzeichen der Hadal-Kultur um, konnte jedoch nichts entdecken.

»Das müssen die Letzten von uns auf dem Weg in die Tiefe sein«, sagte einer der Wanderer.

Alis Blick folgte seinem ausgestreckten Finger. Wie winzige Kometen sanken in der Ferne drei Lichtpunkte langsam und an silbrigen Fäden in die Dunkelheit herab. Viel weiter oben, am Rande des Felsvorsprungs, klebte die Stadt Esperanza in der schwarzen Nacht wie eine trübe Glühbirne. Einen Augenblick lang sah sie die bunten Klippen der Goldgräberstadt. Die hellblaue Farbe glitzerte wie ein Glücksstern im Giftnebel.

Nach der Verschnaufpause veränderte sich der Weg. Der Sumpf wich zurück, der Gestank des Todes verflüchtigte sich. Der Weg stieg mit angenehmem Gefälle bis zu einem flachen Plateau an.

»Noch mehr Tiere«, sagte jemand und deutete auf ein paar Schatten in der Ferne.

»Das sind keine Tiere. Das müssen unsere Träger sein«, sagte Ali. Ihrer Schätzung nach waren es an die hundert oder sogar noch mehr. Zigarettenrauch vermischte sich mit stechendem Körpergeruch. Dutzende blauer Plastiktonnen, die auf einer Seite so geformt waren, dass sie sich dem menschlichen Rücken anpassten, bestätigten ihre Vermutung.

Sie hatten den verabredeten Ort erreicht. Von hier aus nahm die Expedition ihren Anfang. Da sie nicht wussten, was als Nächstes geschehen würde, warteten die Wissenschaftler wie ungebetene Gäste am Rand des mit Fackeln erleuchteten Lagers. Die Träger blieben einfach liegen, reichten untereinander Zigaretten und Tassen mit heißen Getränken herum oder schliefen auf dem blanken Boden.

»Sie sehen aus wie… Bitte sagt mir, dass sie keine Hadal angeheuert haben«, flüsterte eine Frau.

»Wie sollen sie denn Hadal anheuern?«, fragte jemand. »Wir wissen nicht einmal, ob es überhaupt noch welche gibt.«

Die Hornansätze der Träger über den buschigen Augenbrauen, dazu die Körperbemalung, all das war auf eine befremdliche Weise Mitleid erregend. Ihre Kleidung war eine wilde Mischung aus Ghetto und Dschungel. Einige trugen weite, bunte Shorts und Raiders-Kappen, andere Hip-Hop-Jacken zu Lendentüchern. Die meisten waren mit Messern ausgerüstet. Ali sah auch Macheten. Die Klingen dienten der Verteidigung: gegen die Tiere, womöglich auch gegen umherstreunende Feinde, aber vor allem als Sicherheitsmaßnahme untereinander.

Um die Hälse trugen sie brandneue weiße Plastikringe. Ali hatte schon von Gefangenenarbeit und Kettensträflingen im Subplaneten gehört; vielleicht handelte es sich bei den Ringen um eine Art elektronischer Fessel. Doch diese Männer sahen einander zu ähnlich, als dass man sie für eine zusammengewürfelte Truppe von Gefangenen halten konnte. Es waren Indios, auch wenn Ali nicht näher bestimmen konnte, aus welcher Region sie kamen. Ihre Wangenknochen waren unglaublich breit und wuchtig, ihre schwarzen Augen beinahe orientalisch.

Neben ihnen tauchte ein riesiger schwarzer Soldat auf. »Wenn Sie bitte mit mir kommen würden«, sagte er. »Der Colonel hält frischen Kaffee für Sie bereit. Gerade eben kam über Funk die Nachricht, dass der Rest Ihrer Gruppe unten angekommen ist. Sie werden ebenfalls bald hier eintreffen.«

An der Kette seiner Hundemarke war ein kleines stählernes Malteserkreuz befestigt, das offizielle Emblem der Tempelritter. Nach der Wiederbelebung durch die großzügige Unterstützung eines Sportschuhherstellers hatte sich der militärisch organisierte Orden durch die Rekrutierung ehemaliger Hochschulsportler mit geringen Zukunftsaussichten hervorgetan. Die Anwerbungen hatten bei Kundgebungen der Promise Keepers begonnen und sich nach raschen Erfolgen in einer gut ausgebildeten, straff disziplinierten Söldnerarmee niedergeschlagen, die von großen Handelsgesellschaften und Regierungen angefordert werden konnte.

Als sie an einer Gruppe Indios vorbeikam, bemerkte Ali, wie einer den Kopf hob. Es war Ike. Sein Blick ruhte kaum eine Sekunde auf ihr. Sie wollte ihm immer noch für die Orange im Fahrstuhl von Nazca danken, doch er widmete seine Aufmerksamkeit gleich wieder den Trägern. Ali sah, dass zwischen ihnen Linien und Bögen auf den Steinboden gemalt waren, und dass Ike Kieselsteine und Knochenstücke von einer Stelle zur anderen verschob. Erst dachte sie an ein Spiel, doch dann erkannte sie, dass er sich bei den Indios nach dem Weg erkundigte und andere Informationen einholte. Noch etwas anderes fiel ihr auf. Neben dem einen Fuß hatte Ike einen sorgfältig aufgestapelten Blätterhaufen liegen, eindeutig ein Kauf in letzter Minute. Sie kannte diese Blätter. Er war also ein Kokablattkauer.

Ali ging weiter bis zu dem Bereich, in dem sich die Soldaten niedergelassen hatten. Hier war alles in Bewegung: Männer in Tarnuniformen liefen geschäftig hin und her oder überprüften ihre Waffen. Es waren mindestens dreißig Mann, und sie waren noch verschwiegener als die Indios. Wahrscheinlich entsprach die Legende über das Schweigegelübde der Tempelritter doch der Wahrheit, dachte sie. Mit Ausnahme von Gebeten oder der allernotwendigsten Verständigung betrachteten sie jedes Wort untereinander als unnötige Ausschweifung.

Vom Kaffeeduft angelockt tappten die Wissenschaftler auf einen über mehreren Steinen aufgebauten Herd zu und bedienten sich.

Dann fingen sie an, in den penibel aufgestellten Kisten und Plastiktonnen herumzukramen und ihre Ausrüstung zu suchen.

»Dort haben Sie nichts zu suchen«, sagte der schwarze Soldat. »Bitte verlassen Sie das Depot.« Er wollte sich ihnen in den Weg stellen, doch sie ignorierten ihn einfach.

»Meine Damen und Herren«, bat eine Stimme um ihre Aufmerksamkeit. Ali hörte sie kaum durch das Stimmengewirr der Forscher und das Poltern der Ausrüstung. Niemand schenkte ihr Beachtung.

Ein Schuss zerriss die Luft. Die Kugel war aus dem Lager hinausgefeuert worden, schräg nach unten. Dort, wo sie in ungefähr zwanzig Metern Entfernung auf den Fels traf, flammte das Geschoss in einem Schauer splitterigen Lichts auf. Alle erstarrten.

»Was war das?«, fragte ein Wissenschaftler.

»Das«, klärte sie der Schütze auf, »war eine Remington Lucifer.« Er war ein großer Mann, glatt rasiert und gertenschlank wie die Offiziere in Propagandafilmen. Er trug einen Brustriemen mit Schulterhalfter für seine relativ bescheiden aussehende Pistole. Aus seinen Stiefeln quoll eine schwarz-graue Tarnhose. Sein schwarzes T-Shirt sah sauber aus. Um den Hals baumelte ein Nachtfeldstecher. »Dabei handelt es sich um speziell für den Einsatz im Subplaneten entwickelte Munition, Kaliber 25, aus gehärtetem Plastik mit Uraniumspitze. Sie kann eine verheerende Wunde reißen, in einen Haufen pfeilscharfe Splitter zerplatzen oder aber den Gegner blenden. Diese Expedition ist zugleich das offizielle Debüt für die Lucifer und verschiedene andere technische Neuerungen.« Sein Akzent ließ auf alten Tennessee-Adel schließen.

Spurrier eilte mit aufgeplustertem Backenbart und wild gestikulierend auf den Soldaten zu. Er hatte sich selbst zum Sprecher der Wissenschaftler ernannt. »Sie müssen Colonel Walker sein!«

Walker ignorierte Spurriers ausgestreckte Hand. »Wir haben zwei Probleme, Leute. Erstens: Das Gepäck, das Sie gerade geplündert haben, wurde nach Gewicht und Tragfähigkeit verpackt. Der Inhalt ist sorgfältig inventarisiert worden. Ich habe eine Liste, auf der jedes Stück in jeder Kiste vermerkt ist. Jedes einzelne Gepäckstück ist nummeriert. Sie haben unseren Aufbruch soeben um eine halbe Stunde verzögert, in der alles wieder entsprechend verpackt werden muss. Problem Nummer zwei: Einer meiner Männer hat Ihnen eine Anweisung gegeben. Sie haben ihn einfach ignoriert.« Er blickte ihnen der Reihe nach in die Augen. »In Zukunft betrachten Sie diese Anweisungen bitte als strikte Befehle. Von mir.« Mit einem Knacken verschloss er sein Schulterhalfter.

»Geplündert?«, protestierte ein Wissenschaftler. »Das ist unsere Ausrüstung. Wir können uns doch nicht selbst ausplündern! Und wer hat hier eigentlich das Sagen?«

In diesem Augenblick traf Shoat ein, den Rucksack noch auf dem Rücken. »Wie ich sehe, haben Sie sich bereits miteinander bekannt gemacht«, sagte er und wandte sich an die Wissenschaftler. »Wie Sie wissen, ist Colonel Walker unser Sicherheitschef. Von jetzt an ist er für unsere Verteidigung und für unsere Logistik verantwortlich.«

»Müssen wir ihn etwa um Erlaubnis für unsere Forschungen bitten?«, beklagte sich jemand.

»Wir befinden uns auf einer Expedition, nicht in Ihrem Büro zu Hause«, erwiderte Shoat. »Die Antwort ist: Ja. Von jetzt an müssen Sie Ihre Anliegen einem Vertreter des Colonel vortragen, der Ihnen dann den Weg zum entsprechenden Gepäckstück weist.«

»Wir sind eine Gruppe«, sagte Walker. Mit seiner Uniform, dem militärischen Putz und der schlanken, hoch gewachsenen Statur strahlte er Autorität aus. In einer Hand trug er eine ebenfalls in Tarnfarben eingeschlagene Bibel. »Die Gruppe hat allerhöchste Priorität. Melden Sie Ihre individuellen Bedürfnisse einfach rechtzeitig an, dann wird Ihnen mein Quartiermeister behilflich sein. Um die Ordnung aufrechtzuerhalten, äußern Sie Ihre Wünsche jeweils am Ende des Tages. Nicht morgens, wenn wir zusammenpacken müssen, und auch nicht unterwegs, wenn wir vorankommen müssen.«

»Ich muss um Erlaubnis fragen, um an meine eigene Ausrüstung heranzukommen?«

»Sozusagen«, seufzte Shoat. »Colonel, möchten Sie bei dieser Gelegenheit noch etwas hinzufügen?«

Walker setzte sich gelassen auf einen Felsvorsprung. »Meine Aufgabe besteht darin, diesem Unternehmen Geleitschutz zu geben.« Er faltete ein mehrseitiges Papier auf. »Mein Vertrag mit

Helios«, sagte er und überflog ihn scheinbar. »Er enthält einige ziemlich einzigartige Punkte.«

»Colonel«, raunte Shoat warnend. Walker ignorierte ihn.

»Hier zum Beispiel findet sich eine Liste von Bonuszahlungen, die ich für jeden von Ihnen erhalte, der diese Reise überlebt.«

Der Colonel konnte sich nun ihrer ungeteilten Aufmerksamkeit sicher sein. Shoat wagte nicht mehr, ihn zu unterbrechen.

»Das erinnert mich sehr an ein Prämiensystem«, fuhr Walker fort. »Diesem Vertrag zufolge bekomme ich soundso viel für jede Hand, jeden Fuß, jedes Gliedmaß, Ohr oder Auge, das ich intakt und gesund zurückbringe.« Er hatte die Stelle gefunden. »Wie heißt es hier... Bei dreihundert Dollar pro Auge macht das sechshundert für das Paar. Aber sie bieten nur fünfhundert für unversehrte geistige Gesundheit.«

Ein Aufschrei wurde laut: »Das ist ungeheuerlich!«

Walker wedelte den Vertrag wie eine weiße Fahne hin und her. »Sie sollten noch etwas anderes wissen«, dröhnte er. Sie beruhigten sich einigermaßen. »Ich habe mein Soll hier unten bereits abgeleistet, und jetzt wäre es, wenn Sie so wollen, an der Zeit, sich auf den Lorbeeren auszuruhen. Vielleicht ein bisschen Politik machen. Einen Beratungsposten übernehmen. Zeit mit meiner Frau und meinen Kindern zu verbringen. Genau in diesem Moment sind Sie aufgetaucht.«

Sie wurden mucksmäuschenstill.

»Mein Ziel ist es«, sagte Walker, »an Ihnen unverschämt viel Geld zu verdienen. Ich habe vor, jeden einzelnen Penny dieser Bonusliste einzuheimsen. Jeden Augapfel, jede Zehe. Haben Sie sich schon jemals gefragt, wem Sie wirklich trauen können?« Walker faltete seinen Vertrag wieder zusammen. »Lassen Sie sich sagen, dass die einzige Sache, auf die Sie in dieser Welt bauen können, der Eigennutz ist. Jetzt wissen Sie jedenfalls, worauf meiner abzielt.«

Shoat hörte ihm gequält zu. Der Colonel hatte gerade eben die Eintracht der Expedition aufs Spiel gesetzt – und gewonnen. Aber warum nur, fragte sich Ali. Was führte Walker im Schilde?

Er schlug sich mit der Bibel gegen den Oberschenkel. »Wir stehen am Anfang einer großartigen Reise ins Unbekannte. Von nun an operiert diese Expedition nach meinen Vorgaben und unter dem

Schutz meiner Gerichtsbarkeit. Der beste Schutz, den wir uns verschaffen können, sind einige allgemein verbindliche Regeln. Ein Gesetz. Und dieses Gesetz, Leute, ist *mein* Gesetz. Von heute an finden die Grundsätze der militärischen Rechtsprechung Anwendung. Als Gegenleistung werde ich Sie zu Ihren Familien zurückbringen.«

Shoat ließ seinen Hals wie eine Schildkröte ein kleines Stück ausfahren. Sein Glücksritter hatte sich soeben zur höchsten rechtlichen Instanz über die Helios-Expedition für das kommende Jahr ernannt. Ali hatte noch nie etwas derart Unverfrorenes erlebt. Sie wartete darauf, dass die Wissenschaftler sich mit lautem Protest Luft verschafften.

Aber alles blieb still. Nicht ein einziger Widerspruch. Dann begriff Ali. Der Söldner hatte ihnen gerade ihr Leben versprochen.

Wie bei jeder Expedition gewöhnten sich die Teilnehmer nach und nach aneinander. Eine gewisse Routine stellte sich ein.

Um acht Uhr morgens wurde das Lager abgebaut. Walker las seiner Truppe eine Predigt vor, meistens etwas Markiges aus der Offenbarung, aus Hiob, oder am allerliebsten aus Paulus' Korintherbrief: »Die Nacht ist weit vorangeschritten, der Tag naht: Wohlan, lasset uns der Dunkelheit Werk abstreifen und die Rüstung des Lichts anlegen«. Dann schickte er ein halbes Dutzend Söldner als Spähtrupp voraus. Die Nachhut wurde von den Trägern gebildet, die wiederum vom Rest der schweigsamen Soldaten Rückendeckung erhielten – oder, wie sich bald herausstellte, angetrieben wurden. Die Arbeitsaufteilung war klar, die Grenzen unüberbrückbar.

Die Träger sprachen Quechua, die ehemalige Sprache der Inkas. Keiner der Amerikaner verstand sie, und alle ihre Versuche, auf Spanisch mit ihnen Kontakt aufzunehmen, wurden zurückgewiesen. Auch Ali versuchte es einmal, doch die Indios waren nicht interessiert. Nachts patrouillierten die Söldner in drei Schichten um das Lager, das sie weniger vor den Hadal, sondern vor der Flucht der Träger schützten.

In jenen ersten Wochen sahen sie ihren Kundschafter so gut wie nie. Ike war im Dunkel des Tunnellabyrinths verschwunden und hielt sich stets ein oder zwei Tagesmärsche vor ihnen auf. Seine Abwesenheit rief bei den Wissenschaftlern eine merkwürdige Sehnsucht nach ihm hervor. Immer wenn sie sich nach seinem Verbleib erkundigten, reagierte Walker ausweichend. Der Mann weiß, was er tut, lautete seine Standardantwort.

Ursprünglich hatte Ali geglaubt, der Kundschafter gehörte zu Walkers paramilitärischer Truppe, musste sich jedoch eines Besseren belehren lassen. Andererseits handelte er nicht nach eigenen Entscheidungen. Shoat hatte ihn anscheinend von der U. S. Army losgekauft. Also war er eigentlich so etwas wie bewegliches Eigentum, nicht viel anders als bei seinem Aufenthalt bei den Hadal. Ein Großteil seines Geheimnisses bestand darin, wie Ali vermutete, dass die Leute ihre Phantasien auf ihn übertragen konnten. Sie drängte ihr eigenes Verlangen zurück, ihn über die Ethnographie der Hadal zu interviewen und womöglich ein grundsätzliches Wörterbuch anzulegen. Auch die Orange wollte ihr nicht aus dem Kopf gehen.

Inzwischen tat Ike das, was Walker mit »seiner Pflicht« bezeichnete. Er fand den richtigen Weg für sie. Er führte sie in die Dunkelheit. Jeder von ihnen kannte seine Markierungen, ein knapp einen halben Meter großes Kreuz, mit hellblauer Farbe an die Wand gesprüht.

Shoat klärte sie darüber auf, dass sich die Farbe nach etwa einer Woche wieder abbaute, auch das ein Bestandteil seiner Geschäftsgeheimnisse. Helios war fest entschlossen, sämtliche Spuren vor möglichen Mitbewerbern zu verwischen. Wie einer der Wissenschaftler bemerkte, verwischten sie auf diese Weise auch für sich selbst sämtliche Spuren. Es war unmöglich, den eigenen Weg zurückzuverfolgen.

Shoat versuchte sie zu beruhigen, indem er ein paar kleine Kapseln hochhielt, die er als Mini-Radiosender bezeichnete und in regelmäßigen Abständen zurückließ. Sie würden so lange untätig bleiben, bis er sie mit seiner Fernbedienung zum Leben erweckte. Shoat verglich sie mit Hänsel und Gretels Brotkrumen, bis ihn jemand darauf hinwies, dass diese Krumen von den Vögeln aufgefressen worden waren.

»Warum immer so negativ«, fauchte er.

Das gesamte Team bewegte sich im Zwölf-Stunden-Turnus, machte dann Pause und zog wieder los. Die Männer ließen sich Bärte stehen, und bei den Frauen wuchsen die Haaransätze heraus, Eyeliner und Lippenstift wurden vom täglichen Programm gestrichen. Dr. Scholl's Wundpflaster für Füße entwickelte sich zur beliebtesten Währung, wertvoller noch als M&M-Tütchen.

In den ersten paar Tagen waren die Gelenke und Muskeln der untrainierten Teilnehmer überstrapaziert. Selbst die abgehärteten Sportler unter ihnen stöhnten im Schlaf und litten unter Beinkrämpfen. Ein kleiner Kult bildete sich um Ibuprofen, eine entzündungshemmende Schmerztablette. Doch jeden Tag wurden ihre Rucksäcke ein bisschen leichter, nachdem sie ihren Proviant verzehrt und Bücher, die ihnen nicht mehr notwendig erschienen, weggeworfen hatten.

Eines Morgens wachte Ali mit dem Kopf auf einem Stein auf und fühlte sich gut erholt. Ihre Bräune, ein Abschiedsgeschenk aus der Oberwelt, war dahin. Ihre Füße waren wie gehärtet, und sie gewöhnte sich immer mehr daran, auch bei Viertelbeleuchtung oder noch weniger etwas zu sehen. Am Abend genoss es Ali, in ihrem eigenen Schweißgeruch zu liegen.

Die Chemiker von Helios hatten ihre Proteinriegel mit Extraportionen Vitamin D versehen, als Ausgleich für das fehlende Sonnenlicht. Außerdem strotzten die Riegel von weiteren Zusätzen, von denen Ali noch nie etwas gehört hatte. Unter anderem verbesserte sich ihr Nachtsichtvermögen beinahe stündlich. Sie fühlte sich kräftiger. Jemand fragte sich laut, ob die Nahrungsriegel etwa auch Steroide enthielten, womit er eine närrische Gruppe wissenschaftlicher Angeber dazu brachte, einander ihre imaginären neuen Muskeln vorzuführen.

Ali mochte die Wissenschaftler. Sie verstand sie auf eine Weise, die Shoat und Walker immer fremd bleiben würde. Sie waren hier, weil sie einem inneren Ruf gefolgt waren. Sie sahen sich aus Gründen dazu gezwungen, die außerhalb ihrer selbst lagen: Wissensdurst, Selbstbeschränkung, Einfachheit. In einem gewissen Sinne taten sie es für ihren persönlichen Gott.

Natürlich dauerte es nicht lange, bis jemand einen Spitznamen für ihre Expedition in Umlauf brachte. Es stellte sich heraus, dass dieser Haufen sich am ehesten in Jules Vernes Romanen wieder fand, und so kam es, dass sie sich »Jules Verne Society« nannten, was bald darauf zu J. V. verkürzt wurde. Vor allem gefiel der J. V., dass Verne für seine *Reise zum Mittelpunkt der Erde* keine verwegenen Krieger oder Dichter zu seinen Helden erkoren hatte, sondern eben zwei Naturwissenschaftler. Und Vernes kleine Reisegruppe war am Ende auf wundersame Weise unversehrt wieder aus der Erde herausgekommen.

Die Tunnel waren geräumig. Jemand hatte, offensichtlich schon vor sehr langer Zeit, lockere Steine weggeräumt und hervorstehende Simse so bearbeitet, dass entlang des Wegs Mauern und Sitzbänke zur Verfügung standen. Einer stellte die Hypothese auf, dass diese Arbeit vor vielen Jahrhunderten von Sklaven aus den Anden verrichtet worden sei, denn die Fugen und der wuchtige Gesamteindruck der Gebilde waren mit den Maurerarbeiten von Macchu Picchu und Cuzco identisch. Jedenfalls wussten ihre Träger genau, wozu diese Sitze dienten, wenn sie schräg nach hinten gelehnt ihre schwere Last beim Ausruhen auf den alten Vorsprüngen abstützten.

Eines Nachts kampierten sie neben einem fast durchsichtigen Wald aus Quarz. Ali hörte kleine Unterweltgeschöpfe rascheln und das Geräusch von tropfendem Wasser in tiefer gelegenen Ritzen und Spalten. Es war der erste direkte Kontakt mit einheimischen Tieren, die sich allerdings vor den Lichtern der Expedition verborgen hielten. Einer der Biologen stellte jedoch ein Aufnahmegerät auf und spielte ihnen am Morgen die Rhythmen von zwei- oder dreikammrigen Herzen vor: unterirdische Fische, Amphibien und Reptilien.

Die nächtlichen Geräusche machten bald einige nervös, riefen Schreckgespenster wie raubtierhafte Hadal oder auch hochgiftige Insekten oder Schlangen hervor. Auf Ali wirkte die Nähe von Leben wie Balsam. Schließlich hatte sie die Suche nach Leben hierhergeführt, die Suche nach hadalischem Leben.

Im Großen und Ganzen waren die Arbeitsgebiete der Wissenschaftler so unterschiedlich, dass die Gefahr wissenschaftlicher Eifersüchteleien nicht erst aufkam. Das wiederum bedeutete, dass sie einander mehr halfen als sich befehdeten. Sie lauschten den Hypothesen des anderen mit himmlischer Geduld. Am Abend führten sie kleine Parodien und Satiren auf. Ein Mundharmonikaspieler gab John Mayall zum Besten. Die Geologen fanden sich zu einem Chor, den »Tectonics« zusammen. Die Hölle stellte sich als der reinste Spaß heraus.

Alis Schätzung nach legten sie pro Tag zu Fuß rund dreizehn Kilometer zurück. Bei Kilometer 100 hielten sie eine kleine Feier ab. Ali tanzte Twist und Two-Stepp. Ein Paläobiologe überredete sie zu einem komplizierten Tango, und die ganze Party erinnerte an ein trunkenes Vollmondfest.

Ali war den anderen ein Rätsel. Sie war Gelehrte, und dann war da noch diese andere Sache, die Nonne. Sie tratschte nicht und nahm auch nicht an den Plauderstunden teil, die die Mädels abhielten, wenn es mal nicht so gut lief. Die anderen wussten nichts über ihre Vergangenheit, vermuteten jedoch, dass es zumindest ein paar Lover gegeben haben musste. Sie erklärten ihre Absicht, mehr über sie herauszufinden. Ihr stellt mich ja hin wie eine Gesellschaftskrankheit, lachte Ali. Nur keine Angst, sagten sie, dich kriegen wir schon wieder hin.

Hemmungen verflüchtigten sich. Die Kleidungsordnung wurde lockerer gehandhabt. Hochzeitsringe verschwanden. Liebesaffären entfalteten sich vor aller Augen, manchmal sogar auch der Sex. Man unternahm ein paar Versuche, eine gewisse Privatsphäre zu wahren. Erwachsene Menschen tauschten heimlich Zettel aus, hielten insgeheim Händchen oder gaben vor, wichtige Dinge zu diskutieren. Spät in der Nacht hörte Ali sie dann wie Kinder der Liebe zwischen den Steinen und aufgetürmten Rucksäcken stöhnen.

In der zweiten Woche trafen sie auf Höhlenkunst, die aus den frühsteinzeitlichen Fundstätten von Altamira hätten stammen können. Wunderbar ausgeformte Tiere, dazu geometrische Formen und Schnörkel, einige nicht viel größer als Briefmarken, bedeckten die Wände. Und sie leuchteten in den schönsten Farben. In Farbe! In einer Welt der ewigen Dunkelheit!

Es gab Grillen, Orchideen und Reptilien zu sehen, aber auch albtraumhafte Gestalten, die Hieronymus Bosch gezeichnet haben könnte, Untiere, halb Fisch halb Salamander, teils Vogel, teils

Mensch, teils Ziege. Einige der Abbildungen machten von natürlichen Erhebungen im Gestein Gebrauch, um Augenstiele und Geschlechtsdrüsen zu betonen, nutzten Absplitterungen für Bauchhöhlen, mineralische Adern für Hörner oder Antennen.

»Schaltet mal die Lampen aus«, bat Ali ihre Gefährten. »So würde es im flackernden Fackellicht aussehen.«

Sie wischte mit der Hand durch den Strahl ihrer Stirnlampe, und die Tiere schienen sich im zuckenden Licht zu bewegen.

»Einige dieser Spezies sind schon seit zehntausend Jahren ausgestorben«, sagte ein Paläobiologe. »Einige haben niemals existiert.«

»Wer, glaubt ihr, waren diese Künstler?«, fragte jemand.

»Jedenfalls keine Hadal«, antwortete Gitner, dessen Spezialgebiet Petrologie war, die Geschichte und Klassifizierung von Steinen. Seit er vor einigen Jahren einen Bruder bei der Nationalgarde verloren hatte, hasste er die Hadal. »Die sind nichts als Ungeziefer, das sich in der Erde verkrochen hat. Es liegt in ihrer Natur, wie bei Schlangen oder Insekten.«

Eine der Vulkanexpertinnen meldete sich zu Wort. Mit dem geschorenen Kopf und ihren langen Beinen war Molly eine Gestalt, die sowohl die Träger als auch die Soldaten mit heiliger Ehrfurcht betrachteten. »Vielleicht gibt es aber auch eine andere Erklärung dafür«, sagte sie. »Seht euch das an.«

Sie versammelten sich unter einem breiten Abschnitt der Decke, den sie sich genauer angeschaut hatte.

»Na schön«, sagte Gitner, »ein Haufen Strichmännchen. Na und?«

Auf den ersten Blick schien es wirklich nicht mehr herzugeben. Drohend gereckte Speere und Bogen, Krieger, die einander todesmutig bekämpften. Einige von ihnen hatten Rüssel und Köpfe aus doppelten Dreiecken. Andere bestanden nur aus Strichen. In eine Ecke gedrängt standen mehrere Dutzend mit riesigen Brüsten und ausladenden Hinterteilen ausgestattete Venusfiguren.

»Die hier sehen wie Gefangene aus.« Molly zeigte auf eine Gruppe zusammengeschnürter Strichmännchen.

Ali zeigte auf eine Figur, die ihre Hand auf die Brust einer anderen legte. »Soll das ein Schamane sein, der Leute heilt?«

»Menschenopfer«, murmelte Molly. »Betrachte mal seine andere Hand.« Die Figur hielt etwas Rotes in der ausgestreckten Hand. Ihre andere Hand lag nicht auf der Brust der anderen Gestalt, sondern versank darin. Sie stellte ein Herz zur Schau.

Am Abend übertrug Ali einige ihrer Skizzen der Höhlenkunst auf ihre tägliche Karte. Eigentlich hatte sie die Karten als privates Tagebuch anlegen wollen, doch kaum waren die anderen darauf aufmerksam geworden, wurden sie zum Eigentum der Expedition erklärt, eine Art fester Bezugspunkt für alle.

Bei der Arbeit auf Ausgrabungsstellen in der Nähe von Haifa und in Island hatte Ali die Kartenführung gelernt. Sie hatte sich selbst beigebracht, mit Gitternetzen, Konturen und Maßstäben umzugehen und ging nirgendwo ohne die Ledertrommel mit ihren Papierrollen hin. Bei Bedarf konnte sie auch einen Winkelmesser führen und ohne Vorgabe eine Legende auf das Blatt werfen. Dabei handelte es sich in diesem Falle weniger um Karten als um eine Zeittafel mit Ortsangaben, eine Chronographie. Hier unten, jenseits der Reichweite von GPS-Satelliten, waren Längengrade, Breitengrade und Richtungsangaben außer Kraft gesetzt. Wegen der elektromagnetischen Störungen waren ihre Kompasse nutzlos. Also machte sie die Tage des Monats zu ihrem eigentlichen Kompass. Sie betraten Gebiete, denen Menschen keinen Namen gegeben hatten, kamen an Orten vorüber, von deren Existenz niemand wusste. Während sie immer weiter gingen, fing sie an, das Unbeschreibliche zu beschreiben, das Unbenannte zu benennen.

Tagsüber machte sie sich Notizen. Am Abend, wenn das Lager aufgebaut wurde, öffnete Ali die Ledertrommel, holte ihr Papier heraus und breitete ihre Stifte und Wasserfarben aus. Sie legte zwei Arten von Karten an: eine Überblickskarte, sozusagen eine Blaupause der Hölle, die der von Helios erstellten Computerprojektion ihrer Reiseroute entsprach. Sie war mit Angaben über die entsprechenden Höhenmaße und die ungefähre Lage unterhalb bestimmter Landschaftsformationen auf der Erdoberfläche oder dem Meeresboden versehen.

Ihr ganzer Stolz waren jedoch ihre Tageskarten, auf denen die Besonderheiten eines jeden Tages festgehalten waren. Eines Tages würden auch die Fotos von der Expedition entwickelt werden, doch bis dahin bildeten ihre kleinen Aquarelle, Strichzeichnungen und festgehaltenen Randbemerkungen das Gedächtnis der Gruppe. Sie zeichnete und malte alles, was ihr auffiel, wie etwa die Höhlenmalerei oder die versteinerten, von kirschroten Mineralien geäderten Seerosenblätter aus grünem Kalkspat, die auf stillen Teichen trieben. Manchmal versuchte sie sich vorzustellen, sie reisten durch das Innere eines lebenden Organismus, durch die Gelenke und Blutbahnen der Erde, mit einer Leber aus weichem Travertin oder Fließstein und den Synapsen ähnelnden Helictiten, die sich auf der Suche nach einer Verbindung nach oben fädelten. Sie empfand es als wunderschön. Ganz bestimmt hatte sich Gott einen Ort wie diesen nicht ausgedacht, um ihn als spirituellen GULAG zu missbrauchen.

Sogar die Söldner und Träger warfen gerne einen Blick auf Alis Karten. Sie erfreuten sich daran, wenn sie ihre Reise unter ihren Stiften und Pinseln zum Leben erweckt sahen. Ihre Karten spendeten ihnen Trost. Sie sahen sich selbst im Detail. Das Betrachten der Bilder vermittelte ihnen das Gefühl einer gewissen Kontrolle über diese unerforschte Welt.

Am 22. Juni vermerkte ihre Tageskarte eine große Aufregung. »9.55 Uhr, 4506 Faden«, stand dort. »Funksignale.«

Sie hatten das Lager an jenem Morgen noch nicht ganz abgebrochen, als Walkers Funkspezialist die Signale auffing. Die gesamte Expedition hatte gewartet, bis weitere Sensoren ausgelegt waren und die Langwellenübertragung endlich hereingeholt werden konnte. Es dauerte volle vier Stunden, um die ganze Nachricht zu empfangen, die, wenn man sie mit normaler Geschwindigkeit abspielte, kaum 45 Sekunden dauerte. Alle lauschten gebannt. Zu ihrer großen Enttäuschung war die Nachricht nicht an sie gerichtet.

Eine der Frauen sprach fließend Mandarin. Es handelte sich um das Notsignal eines rotchinesischen U-Boots. »Das Verrückte dabei ist«, sagte sie, »dass dieser Ruf vor neun Jahren ausgestrahlt wurde.«

Es wurde noch verrückter.

»25. Juni«, vermerkte Ali. »18.40 Uhr, 4618 Faden. Weitere Signale.«

Was sie diesmal nach der langen Warterei auffingen, in der sich die Wellen durch die Basalt- und Mineralienzonen filterten, war eine Nachricht, die sie selbst abgeschickt hatten, eine Nachricht, die in ihrem speziellen Expeditionscode digital verschlüsselt war. Nachdem sie sie übersetzt hatten, sprach die Nachricht von Hungertod und Verzweiflung. Das Schaurige daran war, dass diese Botschaft digital auf fünf Monate in der *Zukunft* datiert war.

Gitner trat vor und identifizierte die Stimme auf dem Band als seine eigene. Er war ein bodenständiger Kerl und verlangte empört eine Erklärung. Ein Sciencefiction-Kenner zog in Betracht, durch die geomagnetischen Schwankungen habe sich womöglich eine Zeitschleife gebildet und meinte, die Nachricht sei so etwas wie eine Prophezeiung. Gitner wies ihn unwirsch zurecht. Aber wie auch immer sie entstanden sein mochte, man war sich darüber einig, dass der Vorfall eine erstklassige Gruselgeschichte abgab.

Am 29. Juni trafen sie auf einen versteinerten Krieger. Es handelte sich um einen Menschen, ungefähr aus dem siebzehnten Jahrhundert. Sein Körper hatte sich in Kalkstein verwandelt, die Rüstung war noch intakt. Sie nahmen an, dass er von Peru her gekommen war, ein Cortez oder Don Quichotte, der diese ewige Nacht im Namen der Kirche und auf der Suche nach Ruhm oder Gold durchstreift hatte. Diejenigen mit Camcordern und Fotokameras dokumentierten den verlorenen Krieger. Einer der Geologen versuchte, ein Stück von der steinernen Ummantelung, die den Körper umgab, loszuklopfen und brach im Endeffekt ein ganzes Bein ab.

Der unabsichtliche Vandalismus des Geologen wurde schon bald durch die bloße Anwesenheit der gesamten Gruppe übertroffen. Innerhalb von drei Stunden erzeugten die biochemischen Prozesse der Atmung aus so vielen Mündern ein weintraubengrünes Moos. Es war, als würde man zusehen, wie sich ein Feuer ausbreitete. Die von der Atemluft ihrer Lungen hervorgerufene Vegetation kolonisierte in atemberaubender Schnelle die Wände und überzog den Konquistador. Das Gewölbe wurde praktisch davon aufgefressen. Sie flohen entsetzt, als flüchteten sie vor sich selbst.

Ali fragte sich, ob Ike, als er an diesem verlorenen Ritter vorübergegangen war, sich in ihm erkannt hatte.

Allein die Natur hat weislich die Augen der Liliputaner auf alle Gegenstände in ihrem Gesichtsfeld eingerichtet…

JONATHAN SWIFT
Gullivers Reisen

12
Tiere

DIE JULI-TUNNEL

Der Sterbliche labte sich in einer abgeschiedenen Granitkammer.

Das Fleisch war noch warm. Es bedeutete mehr als Nahrung, es war fast schon ein Sakrament. Fleisch war ein Orientierungspunkt, wenn man den Geschmack einordnen konnte. Wer sich die Veränderungen von Geschmack und Geruch, die Besonderheiten von Haut, Muskelfasern und Blut einprägte, fand sich bald anhand einer auf rohem Fleisch basierenden Kartografie zurecht. Dabei erwies sich der Geschmack der Leber, manchmal auch der des Herzens, als besonders ausgeprägt.

Der Sterbliche kauerte in einer dunklen Nische und hielt dieses Wesen, dessen Brustkorb weit aufklaffte, zwischen den Schenkeln fest. Er wühlte darin herum, lernte die Lage und Anordnung der Organe, prägte sich ihre Größe und ihren Geruch ein. Er kostete verschiedene Stückchen, immer nur kleine Häppchen. Seine Handfläche strich über den Schädel, hob einzelne Glieder an und glitt weiter darüber hinweg. Noch nie zuvor war er einem Wesen wie diesem begegnet. Seine Einzigartigkeit deutete nicht notgedrungen auf einen neuen Stamm oder eine neue Spezies hin. Dieses Stück Wild würde sich kaum in seiner Sprache niederschlagen. Trotzdem würde er es jederzeit wieder erkennen, bis in die kleinsten Einzelheiten.

Mit lauschend erhobenem Kopf schob er die Hände unter die Haut des Tieres und ließ seiner Neugier freien Lauf. Er ging mit äußerstem Respekt vor. Er war ein Suchender, mehr nicht. Das Tier war sein Lehrer, er sein Schüler. Es ging nicht nur darum, sich bezüglich der Himmelsrichtung zurechtzufinden. Viel wichtiger war manchmal die Tiefe, und die Konsistenz von Fleisch konnte einem gelegentlich als eine Art Höhenmesser dienen. Auf dem Meeresboden etwa hausten Tiefseeungeheuer wie der Anglerfisch mit einer Stoffwechselrate von weniger als einem Prozent der Fische, die nahe der Oberfläche lebten. Ihr Körpergewebe war wässrig, fast völlig ohne Muskeln und Fett. So ähnlich war es auch in bestimmten Regionen des Subplaneten. In den Tiefen mancher Schächte fand man Reptilien, die kaum mehr waren als Gemüse mit Zähnen. Ihr Nahrungsgehalt entsprach dem von frischer Luft. Aber auch die hatte er gegessen. Schließlich gab es noch andere Gründe, Beute zu machen, als nur den, sich den Magen zu füllen. Mit einiger Sorgfalt konnte man einen Kurs ermitteln, ein bestimmtes Ziel finden, Wasser lokalisieren, Feinde verfolgen oder den Kontakt mit ihnen vermeiden. Beute machen verwandelte das nackte Überleben in eine Reise.

Der Körper sprach zu ihm. Er tastete nach Augen, fand Stiele, versuchte, die Lider mit dem Daumen aufzuschieben, doch sie waren fest verschlossen. Blind. Die Krallen waren die eines Greifvogels, mit in Opposition stehenden Daumen. Er hatte es gefangen, als es sich im Luftzug des Tunnels treiben ließ, doch die Flügel waren zu klein, um damit wirklich fliegen zu können. Er fing noch einmal oben an. Die Schnauze. Milchzähne, aber nadelscharf. Die Art, in der sich die Glieder bewegten. Die Genitalien. Das hier war ein Männchen. Die Hüftknochen vom Streifen an den Felsen abgeschabt. Er drückte auf die Blase; ihre Flüssigkeit roch scharf. Er nahm einen Fuß, presste ihn in den weichen Boden und befühlte den Abdruck. Das alles geschah in völliger Dunkelheit.

Schließlich war Ike fertig. Er legte die Teile in die Körperhöhle zurück, faltete die Flügelarme und drückte den Körper in einen Spalt in der Wand.

Sie betraten eine Folge tiefer Gräben, die an Schluchten oben auf der Erde erinnerten, jedoch nicht von fließendem Wasser eingeschnitten worden waren. Es handelte sich vielmehr um die Überreste eines ausgedehnten, inzwischen versteinerten Meeresbodens. Sie hatten 650 Faden unter dem Boden des Pazifischen Ozeans einen knochentrockenen zweiten Meeresboden entdeckt.

In jener Nacht schlugen sie das Lager in der Nähe eines riesigen Korallenriffs auf, das sich nach links und rechts in der Dunkelheit verlor. Riesenhafte, eichenartige Äste reckten sich in grünen, blauen, rosafarbenen Pastelltönen und auch einigen kräftigen Rotschattierungen nach oben, Arme, die, ihrem Geobotanisten zufolge, von einem Vorfahren der gorgonenhaften *Corallium nobile* ausgeschieden worden waren. Unter ihren weitausladenden Tentakeln fanden sich auch verdorrte Meeresfarne, die so alt waren, dass ihre Farben bis zur Durchsichtigkeit ausgelaugt waren. Zu ihren Füßen lagen uralte, versteinerte Meerestiere.

Die Expedition war seit vier Wochen unterwegs. Shoat und Walker hatten der Bitte der Wissenschaftler um zwei Extratage Rast an diesem Ort nachgegeben. Doch bei ihrem Aufenthalt zwischen den Korallen fanden die Wissenschaftler eher noch weniger Schlaf als sonst. Sie wussten, dass sie nie wieder hierher kommen würden. Vielleicht kam nie wieder ein Mensch an diesen Ort. Also sammelten sie wie besessen die Spuren dieser alternativen Evolution. Da sie kaum etwas mitschleppen konnten, legten sie das Material zur digitalisierten Katalogisierung auf ihren Felsplatten ab. Die Videokameras surrten Tag und Nacht.

Walker brachte zwei geflügelte Tiere ins Lager. Sie lebten noch.

»Gefallene Engel«, verkündete er.

Sie lagen auf dem Bauch, waren mit einer Reißleine verschnürt und von einem Betäubungsmittel halb vergiftet. Ein Soldat war von einem dieser Viecher gebissen worden und lag röchelnd und würgend im Krankenzelt.

Natürlich handelte es sich nicht um gefallene Engel. Es waren

Dämonen, ähnlich den geflügelten, Wasser speienden Scheusalen auf den Kathedralen.

»Hadal!«, schrie jemand. »Endlich!«

Die Wissenschaftler scharten sich um den Fang und starrten, vor Scheu und Ehrfurcht ganz stumm geworden, auf die schwächlichen Bestien. Die Tiere zuckten. Eines entließ einen bogenförmigen Urinstrahl. »Wie haben Sie das geschafft, Walker? Woher haben Sie die?«

»Ich habe ihre Beute von meinen Soldaten dopen lassen. Die beiden waren gerade dabei, einen ihrer Artgenossen aufzufressen. Wir brauchten nur zu warten, bis sie zurückkehrten und weiterfraßen und sie dann einzusammeln.«

»Gibt es dort noch mehr davon?«

»Zwei oder drei Dutzend. Vielleicht sogar Hunderte. Einen ganzen Schwarm. Wie Fledermäuse.«

»Eine Brutkolonie«, sagte einer der Biologen.

»Ich habe meinen Männern befohlen, Abstand zu halten. Am Eingang des Seitentunnels haben wir eine Todeszone eingerichtet. Hier besteht keine Gefahr für uns.«

Shoat war offensichtlich dabei gewesen.

»Sie hätten ihren Dung mal riechen sollen«, sagte er.

Als ein paar Träger die Tiere erblickten, murmelten sie etwas vor sich hin und bekreuzigten sich. Walkers Soldaten verscheuchten sie schroff.

Lebende Exemplare einer unbekannten Spezies, schon gar warmblütiger Wirbeltiere, kamen nicht jeden Tag in das Lager eines Naturforschers spaziert. Die Wissenschaftler rückten mit Metermaßen, Kugelschreibern und Taschenlampen an.

Das längste Exemplar maß 53,4 Zentimeter und war eindeutig ein stillendes Weibchen. Die kräftige Färbung – ins Türkise und Beige sprenkelndes Purpur – war wieder einmal eines der vielen Paradoxe der Natur: Welchen Zweck hatte eine derartige Färbung in der Dunkelheit?

Als sie das Bewusstsein wiedererlangt hatten, ließ sie der Schock der Taschenlampen wieder in dumpfe Benommenheit zurücksinken.

»Auf keinen Fall losbinden, die Viecher beißen«, sagte Walker, als die seltsamen Wesen zu zittern und zu zerren anfingen, bevor sie wieder in ihren Dämmerzustand verfielen. Für Hadal waren sie jedenfalls viel zu klein. Wie sollten diese Wesen ganze Armeen abschlachten, Höhlenmalerei zu Stande bringen und die Menschheit seit Ewigkeiten in Angst und Schrecken versetzt haben?

»Die sind doch nicht King Kong«, sagte Ali. »Sehen Sie doch, die wiegen kaum mehr als 30 Pfund. Mit diesen Seilen bringen Sie sie um.«

»Warum haben Sie ihr bloß den Flügel gebrochen?«, sagte ein Biologe zu Walker. »Sie hat doch nur ihr Nest verteidigt.«

»Was soll das Gerede?«, fuhr Shoat dazwischen. »Ist das hier eine Konferenz für Tierschützer?«

»Eine Frage noch«, sagte Ali. »Wir wollen morgen früh aufbrechen. Was dann? Das hier sind keine Haustiere. Nehmen wir sie mit?«

Walkers selbstzufriedener Gesichtsausdruck verdüsterte sich. Er hielt sie zweifellos für undankbar.

»Jedenfalls haben wir sie jetzt hier«, meinte ein Geologe achselzuckend. »Eine Gelegenheit wie die dürfen wir nicht ungenutzt lassen.«

Sie hatten weder Netze noch Käfige noch sonst etwas dabei, um die Tiere zu verwahren. Solange sie noch relativ bewegungsunfähig waren, fesselten sie die Biologen mit einer Schnur und banden jedes mit ausgestreckten Armen und Flügeln an ein Tragegestell. Ihre Flügelspannweite war bescheiden, übertraf nicht einmal ihre Körpergröße.

»Können die denn richtig fliegen?«, fragte jemand. »Oder benutzen sie ihre Flügel nur, um sich von hohen Orten heruntergleiten zu lassen?«

»Seht euch nur dieses Gesicht an, beinahe menschlich, ähnlich wie ein Schrumpfkopf. Extreme Nachttiere«, sagte Spurrier. »Und dann dieser Nasenspiegel. Feucht wie eine Hundeschnauze. Wahrscheinlich Halbaffen. Eine eher zufällige Koloniebildung. Die unterirdische Ökonische muss für sie weit offen gestanden haben. Sie haben sich rasch vermehrt, diversierende Spezies, Sie wissen schon. Man braucht nur ein trächtiges Weibchen, das woanders hinzieht ...«

»Aber warum dann Flügel, heiliger Strohsack?«, wurde er gefragt.

Die Dämonen hatten wieder zu zappeln angefangen. Einer stieß einen Laut aus, etwas zwischen Bellen und Piepsen.

»Wovon sie sich wohl ernähren?«

»Insekten«, vermutete jemand.

»Sie könnten ebenso gut Fleischfresser sein. Bei den Schneidezähnen!«

»Wollen Sie den ganzen Tag quatschen, oder wollen Sie es herausfinden?« Das war Shoat. Ehe ihn jemand aufhalten konnte, zog er sein Kampfmesser mit der zweischneidigen Spitze heraus und schnitt dem kleineren Männchen mit einer raschen Bewegung den Kopf ab.

Sie standen wie betäubt.

Ali reagierte als Erste. Sie stieß Shoat zur Seite. Er erwiderte den Stoß mit der flachen Hand gegen ihre Schulter. Ali taumelte. Shoat streckte sofort theatralisch das Messer in die andere Richtung, als könne sie sich an der Klinge verletzen. Sie starrten einander an.

»Beruhigen Sie sich!«, sagte er.

Später würde Ali ein Reuegebet zum Himmel schicken, doch in diesem Augenblick war sie so wütend auf ihn, dass sie ihn am liebsten niedergeschlagen hätte. Es kostete sie einiges an Anstrengung, sich von ihm abzuwenden und zu dem enthaupteten Tier zu gehen. Erstaunlich wenig Blut kam aus dem Halsstumpf. Das andere Tier sträubte sich mit aller Macht gegen seine Fesseln und krallte die gebogenen Klauen ohnmächtig in die Luft.

Der Protest aus der Gruppe fiel eher schwach aus.

»Sie sind ein widerliches Ekel, Montgomery«, sagte jemand.

»Macht schon«, erwiderte Shoat. »Schneidet das Ding auf. Schiesst eure Bilder. Holt euch eure Antworten. Und dann wird gepackt.«

»Barbarisch«, murmelte jemand anderes.

»Ich bitte Sie!«, sagte Shoat und zeigte mit dem Messer auf Ali. »Unsere gute Samariterin hier hat es selbst gesagt: Das sind keine Haustiere. Wir können sie nicht mitnehmen.«

»Sie wissen genau, was ich meine«, sagte Ali zu Shoat. »Wir müssen sie freilassen. Jedenfalls den, der übrig ist.«

Die verbliebene Kreatur hatte zu zappeln aufgehört. Jetzt hob sie den Kopf, lauschte offensichtlich ihren Stimmen und hob witternd die Schnauze. Die Stimmung war zum Zerreißen gespannt. Ali wartete darauf, dass ihr die Gruppe den Rücken stärkte. Doch keiner sagte etwas. Sie war ganz auf sich allein gestellt.

Sie kam sich idiotisch vor. Dann wurde es ihr klar. Sie betrachteten das alles nur als ihre, Alis, Angelegenheit. Die Angelegenheit einer Nonne. Wie selbstverständlich war sie für die Gnade zuständig.

Und was jetzt? fragte sie sich. *Sich entschuldigen? Einfach weggehen?* Ali zog ihr Schweizer Messer und versuchte, eine Klinge herauszuklappen.

»Was haben Sie vor?«, fragte eine Biologin.

Sie räusperte sich.

»Ich lasse sie frei«, sagte sie.

»Äh, Ali, ich glaube nicht, dass das eine gute Idee ist. Das Tier hat einen Flügel gebrochen.«

»Wir hätten es überhaupt nicht einfangen dürfen«, erwiderte sie und zerrte immer noch an ihrem Messer. Aber die Klinge steckte fest. Ihr Fingernagel brach ab. Anscheinend hatte sich alles gegen sie verschworen. Sie spürte, wie ihr die Tränen in die Augen stiegen und senkte den Kopf, damit sie wenigstens vor den Blicken der anderen verborgen blieben.

»Sie stehen mir im Weg«, ertönte eine Stimme hinter der Versammlung. Der Kreis öffnete sich abrupt. Ali staunte noch mehr als die anderen, als Ike hervortrat und sich neben sie stellte.

Sie hatten ihn schon seit über zwei Wochen nicht mehr gesehen. Er hatte sich verändert. Sein Haar war zottiger, und das weiße, langärmelige Hemd war verschwunden, ersetzt durch ein schmutziges, graues T-Shirt. Eine schlecht verheilte Wunde, ein hässlicher Riss, den er mit rotem Ocker verschmiert hatte, zierte einen Arm. Ali starrte auf diese von Narben und Markierungen bedeckten Arme. An der Innenseite seiner Unterarme war sogar gedruckter Text zu lesen, wie bei einem Spickzettel.

Seinen Rucksack hatte er verloren oder irgendwo versteckt, aber die Flinte und das Messer waren noch da, dazu eine Pistole mit aufgeschraubtem Schalldämpfer. Er trug die insektenhafte Gletscherbrille und roch wie ein Jäger. Als er sie kurz mit der Schulter berührte, war seine Haut erstaunlich kalt. Dankbar und erleichtert lehnte sich Ali, wenn auch nur ganz leicht, an diesen Fels der Zuverlässigkeit.

»Wir haben uns schon gefragt, ob Sie sich wieder davongemacht haben«, sagte Colonel Walker.

Ike antwortete ihm nicht. Er nahm Ali das Taschenmesser aus der Hand und klappte die Klinge heraus.

»Sie hat Recht«, sagte er. Er beugte sich über das verbliebene Tier und murmelte etwas, das nur Ali hören konnte, etwas Beruhigendes, aber auch Feierliches. Fast schon ein Gebet. Das Tier beruhigte sich, und Ali zog an einem Strick, damit Ike ihn durchschneiden konnte.

»Jetzt werden wir ja sehen, ob diese Dinger richtig fliegen können«, sagte jemand.

Aber Ike schnitt nicht den Strick durch. Mit einer raschen Bewegung nahm er einen Einschnitt an der Halsschlagader des Tieres vor. Das kleine Maul in der Drahtschlinge schnappte nach Luft. Dann war das Wesen tot.

Ike richtete sich auf und wandte sich der Gruppe zu: »Keine lebende Beute.«

Ohne nachzudenken ballte Ali die Fäuste und trommelte ihm auf die Schulter, obwohl sie wusste, dass ihm das nicht viel ausmachte. Es war, als schlüge man ein Pferd. Tränen liefen ihr über das Gesicht.

Wie ein Fels stand Ike noch immer vor der versammelten Mannschaft und sagte: »Das war unnötig vergossenes Blut.«

»Verschonen Sie mich damit!«, sagte Walker.

Ike sah ihm direkt ins Gesicht. »Ich dachte, Sie wüssten über das eine oder andere Bescheid.«

Walker lief rot an, und Ike wandte sich wieder an die anderen. »Sie können hier nicht bleiben«, sagte er. »Wir müssen sofort aufbrechen.«

»Ike«, sagte Ali, während die Gruppe sich auflöste. Er drehte sich zu ihr um, und sie gab ihm eine Ohrfeige.

So muß der Teufel den Herrn
auf ewiglich nachäffen.

MARTIN LUTHER,
Tischgespräche (1569)

13
Das Grabtuch

VENEDIG

»Ali ist inzwischen noch tiefer unten«, berichtete January, während die Gruppe im Tresorgewölbe auf Bud Parsifal und de l'Orme wartete, die sie hierhergebeten hatten. Die energische Frau hatte beträchtlich an Gewicht verloren, und ihre Nackensehnen waren gespannt wie Fäden, die ihren Kopf aufrecht auf den Schultern hielten. Sie saß auf einem Stuhl und trank Mineralwasser. Branch kauerte neben ihr und blätterte schweigend in einem Venedigführer von Baedecker.

Es war seit mehreren Monaten die erste Zusammenkunft des Projekts Beowulf. Einige Mitglieder hatten sich die ganze Zeit über in Bibliotheken oder Museen vergraben, andere waren draußen in der Welt mit der Befragung von Journalisten, Soldaten, Missionaren und allen möglichen anderen Leuten, die Erfahrung mit der Unterwelt hatten, beschäftigt gewesen. Ihre Suche hatte sie alle völlig in Anspruch genommen.

Jetzt waren sie entzückt, sich in dieser Stadt aufzuhalten. Die verschlungenen Kanäle Venedigs führten zu tausend geheimen Orten, und auf den sonnendurchfluteten Plätzen spukte noch immer der heitere Geist der Renaissance. Es war blanke Ironie, dass sie an einem vor Licht und Kirchenglocken nur so vibrierenden Sonntag ausgerechnet im Tresorraum einer Bank zusammengekommen waren.

Die meisten von ihnen sahen jünger aus, sonnengebräunt, lockerer und energischer. In ihren Augen loderte wieder der Funke der Neugier. Jeder brannte darauf, den anderen seine Ergebnisse mitzuteilen. January machte den Anfang.

Alis Brief war ihr erst einen Tag zuvor von einem der Wissenschaftler, der die Expedition verlassen hatte und schließlich von Punkt Z-3 freigelassen worden war, überbracht worden. Der Bericht des Forschers und Alis Mitteilungen waren verstörend. Nachdem Shoat mit seiner Expedition aufgebrochen war, hatten die Dissidenten wochenlang inmitten gewalttätiger Außenseiter festgesessen. Frauen wie Männer waren verprügelt, vergewaltigt und bestohlen worden. Schließlich hatte sie der Zug nach Nazca City zurückgebracht. Nachdem sie die Oberfläche erreicht hatten, mussten sie sich alle einer Behandlung hinsichtlich exotischer lithosphärischer Pilze und unterschiedlicher Geschlechtskrankheiten unterziehen, dazu waren die gewöhnlichen Probleme mit dem Druckausgleich gekommen. Doch ihr Missgeschick verblasste im Vergleich mit den sensationellen Nachrichten, die sie mitbrachten.

January gab eine Zusammenfassung der Kriegslist von Helios. Ergänzt durch Absätze aus Alis Brief, skizzierte sie den Plan, den Pazifischen Ozean zu unterqueren und irgendwo in Asien herauszukommen. »Ali ist mitgegangen«, stöhnte sie. »Und das nur meinetwegen. Was habe ich nur getan?«

»Sie können sich nicht dafür verantwortlich machen.« Desmond Lynch stieß seinen Gehstock auf den gefliesten Boden. »Sie ist in die Sache reingerutscht. Wie wir alle.«

»Vielen Dank für den Trost, Desmond.«

»Was hinter dieser Sache bloß steckt?«, fragte jemand. »Die Kosten müssen gewaltig sein, selbst für Helios.«

»Ich kenne C.C. Cooper«, sagte January, »und deshalb befürchte ich das Schlimmste. Es sieht so aus, als buddele er sich dort unten einen eigenen Staat zusammen.« Sie hielt kurz inne. »Ich habe meine Leute ein wenig nachforschen lassen. Sie haben herausgefunden, dass Helios sich tatsächlich auf eine umfassende Inbesitznahme des gesamten Terrains vorbereitet.«

»Aber… ein eigenes Land?«, staunte Thomas.

»Vergiss nicht«, antwortete January, »dass es sich um den Mann handelt, der fest davon überzeugt ist, dass man ihm das Präsidentenamt mittels einer Verschwörung vorenthalten hat. Er scheint sich dazu entschlossen zu haben, an ganz anderer Stelle noch einmal anzusetzen. An einem Ort, an dem er die Regeln bestimmt. Und zwar alle.«

»Aber das kann er nicht tun. Damit verletzt er internationales Recht, und bestimmt…«

»Besitz ist alles«, konterte January. »Rufen Sie sich die Konquistadoren in der Neuen Welt in Erinnerung. Sobald sie zwischen sich und ihrem König einen Ozean wussten, hatten sie nichts besseres vor, als sich selbst auf den Thron ihres kleinen Königreichs zu schwingen. Diese Provokationen brachten stets das gesamte Gleichgewicht der Mächte ins Schwanken.«

Thomas machte ein grimmiges Gesicht. »Major Branch, gewiss können Sie die Expedition abfangen. Nehmen Sie Ihre Soldaten, und zwingen Sie diese Invasoren zur Rückkehr, bevor sie einen weiteren Krieg entfachen.«

Branch klappte seinen Reiseführer zu. »Ich fürchte, dazu habe ich keinerlei Ermächtigung, Pater.«

Thomas wandte sich an January: »Er ist dein Soldat. Gib ihm den Befehl dazu. Verleihe ihm die Ermächtigung!«

»So funktioniert das nicht, Thomas. Elias ist nicht mein Soldat. Er ist ein Freund. Und was die Ermächtigung angeht, so habe ich bereits mit dem Befehlshaber der Einsatzgruppen gesprochen, mit General Sandwell. Die Expedition hat die Grenze unseres militärischen Machtbereichs überschritten. Außerdem möchte er, wie du bereits erwähntest, keinesfalls einen neuen Krieg provozieren.«

»Wozu sind all Ihre Kommandotruppen und Spezialisten eigentlich gut? Helios darf seine Söldner in die Wildnis schicken, aber die U.S. Army nicht?«

Branch nickte. »Die Multis laufen dort unten Amok, aber wir müssen streng nach den Regeln spielen. Im Gegensatz zu ihnen.«

»Wir müssen sie aufhalten«, sagte Thomas. »Dieses Unternehmen kann verheerende Folgen haben.«

»Selbst wenn wir grünes Licht hätten, wäre es wahrscheinlich schon zu spät«, meinte January. »Sie haben zwei Monate Vorsprung, und seit ihrer Abreise haben wir nichts mehr von ihnen gehört. Wir wissen nicht mal genau, wo sie überhaupt sind. Helios rückt keinerlei Information heraus. Ich bin schon ganz krank vor Sorge. Ali könnte in großer Gefahr sein. Womöglich marschieren sie den Hadal direkt in die Arme.«

Daraufhin brach eine Diskussion darüber aus, wo sich die Hadal versteckten, wie viele von ihnen noch am Leben seien und welche Gefahr eigentlich von ihnen ausgehe. Desmond Lynchs Meinung nach lebten die ohnehin wenigen Hadal weit verstreut und waren bereits in der dritten oder vierten Generation vom Aussterben bedroht. Er schätzte ihre Anzahl weltweit auf nicht mehr als einhunderttausend, eher weniger.

»Sie sind eine gefährdete Spezies«, behauptete er.

»Vielleicht haben sie sich nur zurückgezogen«, mutmaßte Mustafah, der Ägypter.

»Ich habe darüber nachgedacht«, sagte Thomas. »Was wäre, wenn ihr Ziel darin bestünde, heraufzukommen? Sich ihren Platz am Licht zu suchen?«

»Glauben Sie, Satan wartet auf eine Einladung?«, fragte Mustafah. »Ich kann mir keine Gemeinde vorstellen, in der man mit solchen Nachbarn Tür an Tür wohnen wollte.«

»Es müsste natürlich ein Ort sein, den sonst niemand will, ein Ort, an den sich niemand traut. Vielleicht eine Wüste. Oder ein Dschungel. Ein Ort ohne Wert.«

»Thomas und ich haben uns bereits darüber unterhalten«, sagte Lynch. »Wo kann sich ein Flüchtiger ab einem gewissen Zeitpunkt verstecken – nur noch ganz offen, unter aller Augen. Und vielleicht gibt es dafür ja bereits hinreichend Beweise.«

Branch hörte aufmerksam zu.

»Wir haben von einem Kriegsherrn der Karen im Süden Burmas gehört, nicht allzu weit vom Territorium der Roten Khmer entfernt«, sagte Lynch. »Man sagt, er habe Besuch vom Teufel gehabt. Womöglich hat er mit unserem flüchtigen Satan gesprochen.«

»Oder aber es handelt sich bei den Gerüchten um nichts anderes als Dschungellegenden«, schwächte Thomas ab. »Trotzdem besteht die Möglichkeit, dass Satan auf der Suche nach einer neuen Zuflucht ist.«

»Wenn das stimmt, wäre es zu schön, um wahr zu sein«, sagte Mustafah. »Satan führt seine Stämme aus der Unterwelt wie Moses sein Volk nach Israel.«

»Wie können wir mehr darüber in Erfahrung bringen?«, erkundigte sich January.

»Wie du dir ausmalen kannst, kommt der Kriegsherr nicht aus seinem Dschungel heraus, um uns ein Interview zu geben«, sagte Thomas. »Es gibt auch weder telegrafische noch telefonische Verbindungen dorthin. Das gesamte Gebiet ist von Kriegsgräueln und Hungersnöten völlig zerstört. Es ist eine dieser Völkermordzonen, apokalyptisch. Vermutlich hat unser Kriegsherr die Uhr auf das Jahr Null zurückgedreht.«

»Dann bringt uns diese Information überhaupt nichts.«

»Mitnichten«, widersprach Lynch. »Ich habe mich dazu entschlossen, in den Dschungel zu reisen.«

»Das darfst du nicht, Desmond!«, stießen January, Mustafah und Rau, der Unberührbare, wie aus einem Munde hervor. »Das ist viel zu gefährlich!«

Wenn Lynchs Vorhaben zu einem Teil aus Erkenntnisgewinn bestand, so bestand der andere eindeutig aus Abenteuerlust.

»Mein Entschluss steht fest«, erklärte er, wobei er sich in der Fürsorge seiner Kollegen sonnte.

Sie befanden sich in einer Art Käfig mit einer massiven Stahltür und glänzenden Gitterstäben. Dahinter erkannte Thomas ganze Wände mit Tresorfächern und noch mehr Türen mit komplizierten Schließmechanismen. Sie warteten und diskutierten weiter.

»Er muss so eine Art Kublai Khan oder Attila sein«, behauptete Mustafah. »Ein Kriegerkönig wie Richard I., der die gesamte Christenheit zum Kreuzzug gegen die Ungläubigen aufrief. Eine Gestalt von ungeheurem Ehrgeiz, ein Alexander, Mao oder Cäsar.«

»Dem muss ich widersprechen«, sagte Lynch. »Warum ein kriegerischer Imperator? Bisher haben wir fast ausschließlich Abwehrstrategien und Guerillataktik kennen gelernt. Ich würde sagen, unser Satan ist eher ein Geronimo als ein Mao.«

»Wohl eher Lon Chaney als Geronimo, meiner Meinung nach«, meldete sich eine Stimme. »Eine Figur mit vielen Masken.« Es war de l'Orme, der unbemerkt in den hinteren Tresorraum getreten war.

Im Gegensatz zu den anderen hatte sich de l'Orme noch nicht von den Strapazen seiner monatelangen Detektivarbeit erholt. Der Krebs brannte wie ein Feuer in ihm, leckte an seinem Fleisch und seinen Knochen. Die linke Seite seines Gesichts schmolz buchstäblich dahin, die Augenhöhle versank hinter dunklem Brillenglas. Er gehörte eigentlich in ein Krankenhausbett. Doch obwohl er zwischen diesen Marmorsäulen und Stahlgittern schwach aussah, wirkte er um vieles stärker als beim letzten Treffen, ein Samson mit nur einer Lunge und einer Niere.

Neben ihm standen Bud Parsifal und zwei Dominikanermönche, flankiert von fünf mit Karabinern und Maschinenpistolen ausgerüsteten *carabinieri.* »Bitte hier entlang«, sagte Parsifal. »Wir haben nicht viel Zeit. Uns bleibt nur eine Stunde, uns das Bild anzusehen.«

Die beiden Dominikaner fingen aufgeregt miteinander zu flüstern an, offensichtlich wegen Branch. Einer der *carabinieri* stellte sein Gewehr ab und sperrte eine Gittertür auf. Als die Gruppe hindurchging, sagte einer der Dominikaner etwas zu dem *carabiniere*, woraufhin beide Branch den Eingang versperrten.

»Dieser Mann gehört zu uns«, sagte January zu dem Dominikaner.

»Verzeihung, aber wir sind die Hüter einer heiligen Reliquie«, sagte der Mönch. »Und er sieht nicht wie ein Mensch aus.«

»Ich gebe Ihnen mein Wort, dass er ein rechtschaffener Mensch ist«, mischte sich Thomas ein.

»Bitte verstehen Sie doch«, erwiderte der Mönch. »Wir leben in bewegten Zeiten. Wir müssen besonders wachsam sein.«

»Ihr habt mein Wort«, wiederholte Thomas.

Der Dominikaner bedachte die Worte des Jesuiten. Zwei konkurrierende Orden. Er lächelte und spielte seine Macht genießerisch aus. Dann wies er die *carabinieri* mit einem Nicken an, Branch durchzulassen.

Die Gruppe ging im Gänsemarsch tiefer in das Gewölbe hinein und folgte Parsifal und den beiden Mönchen in einen sogar noch größeren Raum. Der Raum blieb abgedunkelt, bis alle eingetreten waren. Dann gingen grelle Lichter an.

Das Grabtuch hing vor ihnen, fast fünf Meter hoch. So aus der Dunkelheit in gleißende Helligkeit gerissen, machte es einen dramatischen ersten Eindruck. Trotzdem wirkte die Reliquie mehr wie ein langes, ungewaschenes Tischtuch, das allzu vielen Abendessen als Unterlage gedient hatte.

Die Ränder waren angesengt, vergilbt und von Brandflecken und Flicken übersät. Die Mitte nahm, wie eine längliche Ansammlung von Resten verkleckerten Essens das blasse Abbild eines Körpers ein. Das Abbild war wie in der Mitte aufgeklappt, genau am Scheitel des Mannes, und zeigte so seine Vorder- und Rückseite. Er war bärtig und nackt.

Einer der *carabinieri* konnte sich nicht zurückhalten. Er reichte seine Waffe einem mitfühlenden Kameraden und kniete vor dem Tuch nieder. Ein anderer schlug sich auf die Brust und murmelte mehrere *mea culpas.*

»Wie Sie wissen«, hob der ältere Dominikaner an, »erlitt die Kathedrale zu Turin bei dem Brand im Jahr des Herrn 1997 großen Schaden. Nur durch heldenmütigen Einsatz konnte das geheiligte Stück selbst vor der Vernichtung bewahrt werden. Bis zum Abschluss der Renovierungsarbeiten in der Kathedrale verbleibt das heilige Tuch an diesem Ort.«

»Aber warum hier, wenn ich fragen darf?«, erkundigte sich Thomas unverfänglich. Boshaft. »Warum wurde es aus dem Tempel ausgerechnet in eine Bank gebracht? An einen Ort der Händler und Wucherer?«

Der ältere Dominikaner ließ sich nicht ködern. »Traurigerweise schrecken unsere Mafiosi und Terroristen vor nichts zurück, auch nicht davor, Kirchenrelikte zu entwenden und dafür Lösegeld zu fordern. Der Brand in der Turiner Kathedrale war letztendlich ein Anschlag auf dieses Objekt. Wir kamen überein, dass der Tresor einer Bank der sicherste Ort dafür sei.«

»Nicht der Vatikan?«, hakte Thomas nach.

Der Dominikaner verriet seine Verstimmung nur damit, dass er die Daumenspitzen kaum merklich gegeneinander schlug. Einer Antwort enthielt er sich.

Bud Parsifal blickte von den Dominikanern zu Thomas und wieder zurück. Er hielt sich für den Zeremonienmeister des heutigen Tages und wollte einfach nur, dass alles zur Zufriedenheit aller Anwesenden ablief.

»Worauf zielen Sie ab, Thomas?«, fragte Vera, ebenso verdutzt.

De l'Orme beschloss, darauf eine Antwort zu geben. »Die Kirche hat ihren Schutz verweigert«, erläuterte er. »Aus einem bestimmten Grund. Das Grabtuch ist ein interessantes Kunstwerk. Aber nicht mehr unbedingt glaubhaft.«

Parsifal war empört. Als amtierender Präsident der STURP – dem halbwissenschaftlichen Forschungsprojekt Turiner Grabtuch, Inc. – hatte er seinen ganzen Einfluss geltend gemacht, um diese Führung zu arrangieren. »Was wollen Sie damit sagen, de l'Orme?«

»Dass es eine Fälschung ist.«

Parsifal sah aus wie der Mann, der plötzlich nackt auf der Opernbühne erwischt wird. »Aber warum haben Sie mich um diesen Besuch hier unten gebeten, wenn Sie nicht daran glauben? Was tun wir denn hier? Ich dachte …«

»Oh, ich glaube sehr wohl daran«, versicherte ihm de l'Orme. »Aber an das, was es ist, nicht an das, als was Sie es gerne sehen würden.«

»Aber es ist ein Wunder«, platzte es aus dem jüngeren Dominikaner heraus. Er bekreuzigte sich fassungslos vor einer derartigen Blasphemie.

»Ein Wunder, das schon«, sagte de l'Orme. »Ein Wunder der Wissenschaft und der Kunst des 14. Jahrhunderts.«

»Die Geschichte besagt, das Abbild sei ein *achieropoietos*, nicht von Menschenhand geschaffen. Es ist das heilige Grabtuch.« Der Dominikaner zitierte: »›Und Joseph nahm den Leichnam, legte ihn in ein sauberes Leintuch und legte ihn in ein neues Grab.‹«

»Ist das Ihr ganzer Beweis, eine Stelle aus der Heiligen Schrift?«

»Beweis?«, warf Parsifal dazwischen. Auch mit fast siebzig

steckte noch so einiges von dem ehemaligen amerikanischen Supersportler in ihm. Man konnte ihn fast sehen, wie er durch die gegnerische Reihe brach und das Spiel nach vorne trieb. »Welchen Beweis brauchen Sie denn? Ich komme schon seit vielen Jahren hierher. Das Forschungsprojekt Turiner Grabtuch hat dieses Stück Dutzenden von Tests unterworfen, Hunderttausende von Stunden und Millionen von Dollar sind auf seine Untersuchung verwandt worden. Viele Wissenschaftler, darunter auch meine Wenigkeit, haben es auf alle möglichen Eventualitäten hin untersucht.«

»Aber ich dachte, Ihre Radiokarbonbestimmung habe ergeben, dass das Leinen zwischen dem 13. und 15. Jahrhundert hergestellt wurde?«

»Warum stellen Sie mich auf die Probe? Ich habe Ihnen doch bereits von meiner Blitztheorie berichtet«, erwiderte Parsifal.

»Dass eine Explosion nuklearer Energie den Leichnam Christi verklärt und dieses Abbild hinterlassen hat? Selbstverständlich ohne den Stoff in Asche zu verwandeln.«

»Ein gemäßigter Strahlenausbruch«, sagte Parsifal. »Was nebenbei auch zufällig die unterschiedliche Radiokarbondatierung erklärt.«

»Ein gemäßigter Ausbruch radioaktiver Strahlung, der ein Negativbild mit detaillierten Abdrücken von Gesicht und Körper hervorruft? Wie ist das möglich? Bestenfalls könnte so etwas eine Silhouette oder die Ahnung einer Gestalt ergeben. Eher einen großen dunklen Fleck.«

Es waren altbekannte Argumente, die Parsifal mit Standardantworten parierte. De l'Orme sprach andere Schwierigkeiten an, Parsifal gab kompliziertere Erklärungen ab.

»Ich sage doch nichts anderes«, beteuerte de l'Orme schließlich, »als dass man, bevor man niederkniet, sich sehr genau vergewissern sollte, wovor man niederkniet.« Er stellte sich direkt neben das Tuch. »Zu wissen, wer der Grabtuchmann nicht ist, ist eine Sache. Aber heute haben wir die Möglichkeit zu erfahren, wer er ist. Aus diesem Grund habe ich um diesen Besichtigungstermin gebeten.« De l'Orme lächelte.

»Der Sohn Gottes in seiner menschlichen Gestalt«, sagte der jüngere Dominikaner beinahe automatisch.

Der Ältere warf einen raschen Blick auf die Reliquie. Plötzlich weitete sich sein Gesicht vor Erstaunen, seine schmalen Lippen formten ein kleines, fast lautloses O.

Jetzt sah es auch Parsifal. Und mit ihm alle anderen. Thomas wollte seinen Augen nicht trauen.

»Was haben Sie getan?«, stieß Parsifal entsetzt aus.

Der Mann im Grabtuch war kein anderer als de l'Orme.

»Das sind Sie!«, lachte Mustafah. Er war entzückt.

De l'Ormes Abbild war nackt, die Hände waren keusch über den Genitalien verschränkt, die Augen geschlossen, und er trug eine Perücke und einen falschen Bart. Aber zweifelsfrei, der Mann und sein Ebenbild auf dem Tuch hatten die gleiche Größe, die gleiche kurze Nase, die gleichen koboldhaften Schultern.

»Jesus Christus im Himmel!«, jaulte der jüngere Mönch auf.

»Ein jesuitischer Trick!« zischte der andere. »Schwindler!«

»De l'Orme...«, sagte Foley ungläubig, »was in aller Welt...«

Die *carabinieri*, von dem plötzlichen Tumult aufgescheucht, verglichen den Mann mit dem Bild und zählten eins und eins zusammen. Vier von ihnen fielen prompt vor de l'Orme auf die Knie, einer drückte sogar die Stirn auf die Schuhe des blinden Mannes. Der fünfte Soldat aber zog sich bis zur Wand zurück.

»Richtig, das auf dem Tuch bin ich«, sagte de l'Orme. »Und ganz richtig, es handelt sich um einen Trick. Aber nicht um einen jesuitischen. Sondern um einen wissenschaftlichen. Alchimie, wenn Sie so wollen.«

»Ergreifen Sie diesen Mann«, rief der ältere Dominikaner.

»Keine Panik«, beruhigte de l'Orme die aufgeregten Dominikaner, »Ihr Original befindet sich im angrenzenden Raum in absoluter Sicherheit. Ich habe es nur zu Demonstrationszwecken gegen das hier ausgetauscht. Ihre Reaktion zeigt mir, dass die Ähnlichkeit meine geheimen Hoffnungen mehr als erfüllt.«

Der ältere Dominikaner ließ seinen zornigen Blick im ganzen Raum umherschweifen und blieb mit dem Ausdruck eines Torquemada an dem fünften *carabiniere* haften, der immer noch unglücklich an der Wand stand.

»Du!«, sagte er.

Der *carabiniere* zitterte vor Angst. Also hatte de l'Orme den

Soldaten dafür bezahlt, bei diesem kleinen Streich mitzuspielen, dachte Thomas. Der Mann hatte allen Grund dazu, Angst zu haben. Er hatte gerade einen ganzen Orden bloßgestellt.

»Suchen Sie die Schuld nicht bei ihm«, sagte de l'Orme. »Fassen Sie sich an der eigenen Nase, denn Sie selbst sind daran herumgeführt worden. Ich habe Sie auf die gleiche Weise getäuscht, wie das Tuch schon so viele andere getäuscht hat.«

»Wo ist es?«, fragte der Dominikaner erbost.

»Hier entlang, bitte«, erwiderte de l'Orme.

Sie marschierten einer nach dem anderen in den nächsten Raum. Das Grabtuch glich de l'Ormes Fälschung aufs Haar – bis auf das Bild. Der Mann auf diesem Tuch war größer und jünger. Seine Nase war länger. Seine Wangenknochen waren ausgeprägt. Die Dominikaner eilten auf ihre Reliquie zu und wussten nicht, ob sie es zuerst auf Beschädigungen untersuchen oder vor dem blinden Ganoven in Schutz nehmen sollten.

De l'Orme wurde jetzt ganz offiziell. »Ich bin überzeugt davon«, sprach er zu seinem Publikum, »dass Sie mit mir übereinstimmen, dass beide Abbilder durch den gleichen Prozess hervorgerufen wurden.«

»Sie haben das Geheimnis seiner Entstehung gelöst?«, stieß jemand hervor. »Was haben Sie genommen, Farbe?«

»Säure«, schlug ein anderer vor. »Das habe ich schon immer vermutet. Eine schwache Lösung. Gerade genug, um die Fasern anzuätzen.«

De l'Orme war sich ihrer Aufmerksamkeit sicher. »Ich habe mir sämtliche Berichte von Buds STURP wieder und wieder vorlesen lassen. Mir wurde klar, dass der Streich nicht mit Farbe funktionierte. Es gibt so gut wie keine Pigmentspuren. Die wenigen, die festgestellt wurden, stammen wahrscheinlich von Ölbildern, die an das Tuch gedrückt wurden, um von ihm gesegnet zu werden. Es war aber auch keine Säure, da in diesem Fall eine andere Färbung entstanden wäre. Nein, es war etwas völlig anderes.« An dieser Stelle machte er eine dramatische Pause. »Fotografie.«

»Unsinn«, entgegnete Parsifal. »Wir sind dieser Theorie nachgegangen. Ist Ihnen bewusst, wie avanciert dieser Prozess ist? Die dafür benötigten Chemikalien? Die einzelnen Schritte, um eine

Oberfläche vorzubereiten, ein Bild zu fokussieren, eine Belichtung zu berechnen und das Endprodukt zu fixieren? Selbst wenn es sich hierbei um ein mittelalterliches Lügengeflecht handelte, welcher Kopf hätte schon vor so langer Zeit die Prinzipien der Fotografie vorwegnehmen können?«

»Jedenfalls kein durchschnittlicher Kopf, das kann ich Ihnen versichern.«

»Sie wissen, dass Sie nicht der Erste sind«, sagte Parsifal. »Es gab vor einigen Jahren schon einmal ein paar Schwachköpfe, die mit dem Einfall kamen, es handele sich um einen Scherz von Leonardo da Vinci. Wir haben ihre verrückte Idee vom Tisch gefegt. Amateure!«

»Ich verfolge einen ganz anderen Ansatz«, konterte de l'Orme. »Eigentlich müssten Sie mir dankbar sein, Bud. Es ist eher eine Bestätigung Ihrer eigenen Theorie.«

»Ich verstehe kein Wort.«

»Ihre Blitztheorie«, antwortete de l'Orme. »Nur dass sie sogar ohne Blitz auskommt. Ihr genügt ein langsames Strahlungsbad.«

»Strahlung?«, wunderte sich Parsifal. »Wahrscheinlich erzählen Sie uns gleich, dass Leonardo Madame Curie zuvorgekommen ist.«

»Es geht hier nicht um Leonardo«, sagte de l'Orme.

»Nicht? Um wen dann? Michelangelo? Picasso?«

»Immer ruhig, Bud«, unterbrach ihn Vera sanft. »Auch wenn Sie es schon kennen, wir anderen würden es sehr gerne erfahren.«

Parsifal schäumte vor Wut. Doch jetzt war es zu spät, das Bild wieder zusammenzurollen und alle hinauszuwerfen.

»Wir haben hier das Abbild eines echten Mannes vor uns«, sagte de l'Orme. »Eines Gekreuzigten. Er ist anatomisch absolut korrekt dargestellt und keine Erfindung eines Künstlers. Beachten Sie die Verkürzung seiner Beine und die Exaktheit dieser Blutspuren, wie sie sich an den Falten in der Stirn verzweigen. Und das Nagelloch im Handgelenk. Diese Wunde ist höchst interessant. Studien zufolge, die an Leichnamen vorgenommen wurden, kann man einen Menschen nicht kreuzigen, indem man seine Handflächen ans Holz nagelt. Das Körpergewicht würde einem das Fleisch aus der Hand reißen.«

Vera, die Ärztin, nickte. Rau, der Vegetarier, schüttelte sich vor Abscheu. Diese Totenkulte gaben ihm immer wieder Rätsel auf.

»Die einzige Stelle, an der man einen Nagel in den Arm eines Menschen treiben und mit diesem Gewicht aufhängen kann, ist hier.« Er drückte einen Finger in die Mitte des eigenen Handgelenks. »Die Destotsche Lücke, ein natürliches Loch zwischen den Handgelenksknochen. Erst vor kurzem haben Gerichtsanthropologen Nagelspuren an dieser Stelle bei bekannten Kreuzigungsopfern bestätigt. Das ist ein entscheidendes Detail. Betrachtet man mittelalterliche Gemälde aus der Zeit, in der dieses Tuch geschaffen wurde, sieht man, dass die Europäer diese Praxis völlig vergessen hatten. Auf ihren Darstellungen ist Christus immer durch die Handflächen festgenagelt. Die historische Korrektheit dieser Wunde gilt oft als Beweis dafür, dass kein mittelalterlicher Fälscher dieses Tuch gefälscht haben kann.«

»Na also!«, entfuhr es Parsifal.

»Es gibt zwei Erklärungen dafür«, fuhr de l'Orme fort. »Der Vater der Gerichtsanthropologie und der Anatomie war tatsächlich da Vinci. Er hätte mehr als genug Zeit – und Anschauungsmaterial – gehabt, um mit den Techniken der Kreuzigung zu experimentieren.«

»Lächerlich«, sagte Parsifal.

»Die andere Erklärung wäre, dass wir hier die Abbildung eines tatsächlich Gekreuzigten vor uns haben.« Er hielt kurz inne. »Der aber zu der Zeit, als das Grabtuch gefertigt wurde, noch lebte.«

»Was?«, staunte Mustafah.

»Genau«, sagte de l'Orme. »Mit Hilfe von Veras medizinischer Sachkenntnis ist es mir gelungen, diese eigenartige Tatsache herauszufinden. Wir haben hier keinerlei Anzeichen nekrotischen Verfalls. Im Gegenteil: Vera machte mich darauf aufmerksam, dass bestimmte Stellen am Brustkorb verschwommen sind. Wegen der Atmung.«

»Ketzerei«, zischte der jüngere Dominikaner.

»Es ist keinesfalls Ketzerei«, konterte de l'Orme. »Wenn man davon ausgeht, dass es sich hierbei nicht um Jesus Christus handelt.«

»Aber er ist es.«

»Dann sind Sie der Ketzer, mein guter Pater. Denn Sie haben einen Riesen angebetet.«

Der Dominikaner hatte wahrscheinlich in seinem ganzen Leben noch keinen Blinden geschlagen, aber an seinen mahlenden Wangenmuskeln konnte man deutlich sehen, wie dicht davor er stand.

»Vera hat ihn gemessen. Zweimal. Der Mann auf dem Tuch misst zwei Meter fünf«, fuhr de l'Orme fort.

»Seht ihn euch an. Das ist wirklich ein riesengroßer Kerl«, bemerkte Rau. »Wie ist das möglich?«

»Gute Frage«, sagte de l'Orme. »Die Evangelien hätten doch bestimmt etwas von Christi enormer Körpergröße erwähnt.«

Der ältere Dominikaner fauchte ihm etwas zu.

»Ich glaube, jetzt ist die Zeit gekommen, den Ungeduldigen unser Geheimnis zu offenbaren«, sagte de l'Orme zu Vera. Er legte eine Hand auf den Rollstuhl, und sie führte ihn zu einem nahen Tisch. Dort hielt sie eine Pappschachtel fest, aus der er eine kleine Plastikstatue der Venus von Milo herauszog. Sie wäre ihm beinahe aus den Fingern geglitten.

»Kann ich helfen?«, fragte Branch.

»Nein danke. Es ist besser für Sie, wenn Sie ein Stück zurückbleiben.«

Sie kamen sich vor, als schauten sie zwei Jugendlichen beim Aufbau eines Jugend-forscht-Projekts zu. Als Nächstes zog de l'Orme einen Glaskrug und einen Pinsel hervor. Vera glättete ein Stück Tuch auf dem Tisch und zog ein Paar Gummihandschuhe an.

»Was treiben Sie da?«, wollte der ältere Dominikaner wissen.

»Nichts, was Ihrem Tuch schaden könnte«, antwortete de l'Orme.

Vera schraubte das Glas auf und tauchte den Pinsel ein. »Unsere ›Farbe‹«, sagte sie.

Das Glas enthielt Staub, fein gemahlen, mattgrau. De l'Orme hielt die Venus am Kopf fest, und Vera bepuderte die Figur vorsichtig mit dem Staub.

»Und jetzt«, sagte de l'Orme, wobei er die Venus ansah, »sag: Cheese.«

Vera nahm die Statue an der Taille und hielt sie waagerecht über das Tuch.

»Es dauert einen Moment«, erklärte sie.

»Sag mir bitte, wann es losgeht«, bat sie de l'Orme.

»Da!«, sagte Mustafah. Das Bild der Venus zeichnete sich auf der Leinwand ab. Als Negativ. Ein Detail nach dem anderen trat deutlich zu Tage.

»Wenn das nicht alles schlägt«, raunte Foley.

Parsifal weigerte sich, seinen Augen zu glauben. Er stand einfach nur da und schüttelte den Kopf.

»Die Strahlung erhitzt und schwächt die Leinwand auf einer Seite, erschafft dadurch ein Bild. Wenn ich meine Statue lange genug so halte, wird der Stoff ganz dunkel. Halte ich sie höher, wird das Bild größer. Halte ich sie hoch genug, wird aus meiner Miniaturvenus eine Riesin. Womit wir unseren riesenhaften Christus erklärt hätten.«

»Unsere Farbe ist ein schwach strahlendes Isotop, Newtonium«, sagte Vera. »Es kommt in der Natur vor.«

»Und … Sie haben sich selbst damit eingepinselt, um … um diese Fälschung dort draußen herzustellen?«, fragte Foley.

»Genau«, bestätigte de l'Orme. »Mit Veras Hilfe. Und ich muss sagen, sie kennt sich wirklich aus in der männlichen Anatomie.«

Der ältere Dominikaner sah aus, als würde er jeden Augenblick den Schmelz von seinen Zähnen saugen.

»Aber es ist doch radioaktiv!«, sagte Mustafah.

»Alles im Namen der Wahrheit. Aber um ehrlich zu sein: nach dieser Isotopen-Behandlung ging es meiner Arthritis ein paar Tage richtig besser. Ich dachte schon, ich hätte ganz nebenbei ein neues Heilmittel gefunden.«

»Unsinn«, fuhr Parsifal dazwischen. »Wenn das wirklich die Lösung wäre, hätten wir die Strahlung schon längst bei unseren Tests festgestellt.«

»Auf seiner Kleidung ließe sie sich nachweisen«, gab Vera zu. »Aber nur, weil wir ein bisschen Staub darauf verschüttet haben. Hätte ich mich besser vorgesehen, könnten Sie lediglich das visuelle Abbild feststellen.«

»Ich bin zum Mond und wieder zurückgeflogen«, sagte Parsifal. Immer wenn er auf seine alten Abenteuer verwies, war er mit seinem Latein so gut wie am Ende. »Ein solches mineralisches Phänomen ist mir nirgendwo untergekommen.«

»Das Problem besteht darin, dass Sie noch nie unter der Erdoberfläche gewesen sind«, sagte de l'Orme. »Ich wünschte, das könnte ich auch von mir sagen. Aber schon seit Jahren berichten Bergleute immer wieder von Geisterbildern, die sich in ihre Kisten oder auf die Seitenflächen ihrer Fahrzeuge einbrennen. Die Erklärung dafür sehen wir vor uns.«

»Sie geben demnach zu, dass es hier oben nur Spurenelemente davon gibt«, hakte Parsifal nach. »Sagten Sie nicht soeben, dass der Mensch erst vor kurzem genug von Ihrem Puder da gefunden hat, um einen derartigen Effekt hervorzurufen? Wie also soll ein mittelalterlicher Fälscher an genug von diesem Stoff herangekommen sein, um den ganzen Körper eines Menschen damit zu bedecken und dieses Abbild herzustellen?«

De l'Orme zog die Stirn kraus: »Aber ich sagte Ihnen doch, dass das hier nicht Leonardo da Vinci ist.«

»Was ich nicht verstehe«, räumte Desmond Lynch ein und pochte aufgeregt mit dem Stock auf den Boden, »ist, warum das alles? Warum die ganze Mühe? Ist das wirklich nur ein Jux?«

»Ich sagte bereits, dass es sich allein um Macht dreht«, antwortete de l'Orme. »Eine Reliquie wie diese, in derart abergläubischen Zeiten? In der allein durch die Anziehungskraft eines einzelnen Splitters vom Heiligen Kreuz ganze Glaubensgemeinschaften entstehen konnten. Wissen Sie eigentlich, wie viele Heilige Reliquien in jenen Tagen in der gesamten Christenheit im Umlauf waren? Die Kreuzritter kamen mit kistenweise heiliger Kriegsbeute nach Hause. Neben Knochen und Bibeln von Märtyrern und Heiligen gab es die Milchzähne des Jesuskindes, seine Vorhaut – insgesamt sieben davon, um genau zu sein –, und genug Splitter, um daraus einen ganzen Wald an Kreuzen zusammenzusetzen. Offensichtlich war unser Grabtuch nicht die einzige Fälschung, die in Umlauf gebracht wurde. Aber es war die unverfrorenste und wirkungsvollste.

Stellen Sie sich vor«, fuhr er fort, »jemand hätte sich dieser geistig umnachteten christlichen Einfalt planmäßig bedient. Es könnte ein Papst, ein König oder auch einfach nur ein genialer Künstler sein. Was wäre mächtiger als ein lebensgroßer Schnappschuss des gesamten Körpers von Jesus Christus, aufgenommen direkt nach seiner schwersten Prüfung am Kreuz, und kurz bevor er als Gott zum Himmel auffuhr und für immer verschwand? Richtig vorbereitet und mit einer gehörigen Portion Zynismus ausgeführt, besaß ein derartiges Artefakt die Macht, die Geschichte zu verändern, eine neue Zukunft zu schaffen, die Herzen und Geister zu lenken.«

»Aber ich bitte Sie!«, unterbrach ihn Parsifal.

»Wenn aber genau das seine Absicht war?«, fuhr de l'Orme unbeirrt fort. »Was, wenn derjenige versuchte, die christliche Kultur mit Hilfe seines eigenen Bildes zu infiltrieren?«

»Derjenige? Seines?«, fragte Desmond Lynch. »Von wem reden Sie überhaupt?«

»Natürlich von der Gestalt auf dem Grabtuch.«

»Na schön«, brummte Lynch. »Wer ist der Halunke?«

»Sehen Sie hin«, erwiderte de l'Orme.

»Wir sehen alle hin.«

»Es ist ein Selbstporträt.«

»Das Porträt eines Trickbetrügers«, sagte Vera. »Er bestäubte sich mit Newtonium und stellte sich vor ein Leinentuch. Er hat diesen schlauen Trick mit voller Absicht durchgeführt. Eine primitive Fotokopie des Gottessohnes.«

»Ich gebe auf. Kennen wir ihn denn?«

»Er sieht ein bisschen wie du aus, Thomas«, scherzte jemand. Thomas blies die Backen auf.

»Langes Haar, Ziegenbärtchen… kommt mir eher wie Ihr Freund Santos vor«, zog ein anderer de l'Orme auf.

»Jetzt, da Sie es erwähnen«, grübelte de l'Orme, »könnte es vermutlich jeder von uns sein.«

Die heikle Angelegenheit verwandelte sich in ein Ratespiel.

»Wir geben auf«, sagte January schließlich.

»Dabei waren Sie schon so dicht dran«, sagte de l'Orme.

»Es reicht«, blaffte Gault.

»Kublai Khan«, sagte de l'Orme.

»Was?«

»Das sagten Sie doch selbst.«

»Was sagte ich?«

»Geronimo. Attila. Mao. Ein Kriegerkönig. Oder ein Prophet.

Oder ein einfacher Wanderer, der sich kaum von uns unterscheidet.«

»Das meinen Sie nicht ernst?«

»Warum nicht? Warum nicht der Autor der Briefe des Priesterkönigs Johannes? Der Urheber eines Christusschabernacks? Vielleicht sogar der Urheber der Legenden von Christus und Buddha und Mohammed?«

»Wollen Sie damit sagen …«

»Genau«, erwiderte de l'Orme. »Sehr erfreut. Darf ich Sie mit Satan bekannt machen?«

Jene neuen Gebiete, die wir fanden und erforschten,
dürfen wir mit Fug und Recht eine Neue Welt nennen.
Ein Kontinent, der dichter von Menschen und Tieren
bewohnt ist als unser Europa oder Asien oder Afrika.

AMERIGO VESPUCCI,
Über Amerika

14
Das Loch

UNTER DEM COLON-RÜCKEN

»4. August«, notierte Ali. »Camp 39, 5012 Faden, 26 Grad Celsius. Erreichten heute das erste Proviantlager.« Sie sah auf, um sich die Szenerie einzuprägen. Wie ließ sich so etwas in Worte fassen?

Mozart flutete aus HiFi-Lautsprechern durch das riesige Gewölbe. Überall strahlten aus Kabeln gespeiste Lampen. Auf dem Boden lagen Weinflaschen und Hühnerknochen herum. Ein Haufen dreckiger, vom langen Marschieren abgehärteter Wissenschaftler schlängelte sich in einer Polonaise über den schräg abfallenden Boden. Zum Klang der *Zauberflöte.*

»Ausgelassenheit!«, trug sie säuberlich in ihr Heft ein.

Bis zu jenem Nachmittag hatte der unausgesprochene Zweifel über ihnen geschwebt, ob sie das Proviantlager überhaupt an der verabredeten Stelle finden würden. Aber genau wie von Shoat versprochen, hatten die Kapseln auf sie gewartet. Die Mannschaften an der Oberfläche hatten ein Loch durch den Meeresboden gebohrt und die Fracht am Zielort abgeladen, genau an der richtigen Stelle des Tunnelsystems. Ein paar Meter weiter rechts oder links, höher oder tiefer, schon hätte alles unerreichbar in solidem Felsgestein festgesteckt. Damit wäre ihre Rückkehr in die Zivilisation, vorsichtig ausgedrückt, fraglich geworden, denn inzwischen gingen ihnen allmählich die Nahrungsmittel aus. Jetzt jedoch waren sie für die nächsten acht Wochen mit ausreichend Proviant, Ausrüstung und Kleidung versorgt, dazu der Wein und die Lautsprecher für die Opernmusik, und nicht zuletzt eine holografische Rede von C.C. Cooper selbst. »Sie sind der Beginn einer neuen Geschichtsschreibung!«, hatte ihnen sein kleiner Lasergeist zugeprostet.

Zum ersten Mal seit sieben Wochen konnte Ali auf ihrer Tageskarte exakte Koordinaten verzeichnen: »107 Grad 20 Minuten West, 3 Grad 50 Minuten Nord.« Auf einer herkömmlichen Landkarte befanden sie sich irgendwo südlich von Mexiko in blauem, insellosem Wasser. Eine Karte des Meeresbodens lokalisierte ihren Standort unter einem Gebilde namens Colon-Bergrücken unweit des westlichen Randes der Nazca-Platte.

Ali nahm ein Schlückchen von dem Chardonnay, den Helios ihnen herabgeschickt hatte. Als die Königin der Nacht ihre herzzerreißende Arie sang, schloss sie die Augen. Irgendjemand dort oben hatte einen gewissen Sinn für Humor. Mozarts magische Unterwelt? Zumindest hatten sie ihnen nicht *Fausts Verdammnis* geschickt.

Die drei Zwölf-Meter-Zylinder lagen wie umgekippte Raketen im Bohrschutt. Aus ihren aufgerissenen Luken quoll Kabelsalat heraus. Aus dem Meer anderthalb Kilometer über ihnen tropfte Salzwasser herab. Mehrere Kabelstränge hingen aus dem gut einen Meter breiten Loch in der Decke, einer zur Kommunikation, zwei, um sie mit Strom von der Oberfläche zu versorgen, ein anderer, um komprimierte Video-Mail von zu Hause herunterzuladen. Einer der Träger saß neben dem zweiten Elektrokabel, wo er einen kleinen Berg Batterien für ihre Stirn- und Taschenlampen, für die Laborausrüstung und die Laptops auflud. Walkers Quartiermeister und mehrere Helfer machten Überstunden, sortierten die neue Ware, stapelten Kisten und riefen einander Nummern zu. Helios hatte ihnen außerdem Post zugestellt, 650 Gramm pro Person.

Als wäre es ein Teil ihres Armutsgelübdes, hatte sich Ali daran gewöhnt, nur wenig Neuigkeiten von zu Hause zu erhalten. Trotzdem war sie enttäuscht über den kurzen Brief, den January ihr geschickt hatte, wie immer handschriftlich auf Papier mit Senatsbriefkopf. Er war vor zwei Wochen datiert, anscheinend hatte sich zudem jemand am Umschlag zu schaffen gemacht. January hatte von ihrem geheimen Aufbruch von Esperanza gehört und machte sich die größten Sorgen darüber, dass Ali sich entschlossen hatte, tiefer hinunterzusteigen: »Bitte, komm wieder zurück. Wenn andere umkehren, schließ dich ihnen an.«

Was den Fortschritt der Beowulf-Leute anging, gab es nur eine versteckte Erwähnung. »Das verdammte Projekt geht langsam voran.« Das war ihr Code, um Satan zu benennen. »Bislang jedoch keine Lokalisierung, keine Einzelheiten, vielleicht ein neues Terrain.« Aus welchem Grund auch immer hatte January einige Aufnahmen vom Turiner Grabtuch beigefügt, dazu ein paar dreidimensionale Computerbilder des Kopfes. Ali wusste nicht, was sie damit anfangen sollte.

Sie sah sich im Lager um. Die meisten hatten ihre Pakete schon aufgerissen und zeigten jetzt Fotos von ihren Familien herum. Es schien, als habe jeder etwas bekommen, sogar die Träger und die Soldaten. Nur Ike nicht. Er beschäftigte sich mit einer neuen, rotweiß wie eine Zuckerstange gestreiften Rolle Kletterseil, maß die Schlingen ab und schmolz die abgeschnittenen Enden zusammen.

Es gab nicht nur gute Nachrichten. Am anderen Ende versuchte ein Mann Shoat dazu zu überreden, ihn durch das Bohrloch zu evakuieren. Ali hörte seine Stimme durch die Musik: »Aber meine Frau«, sagte er immer wieder. »Brustkrebs!«

Shoat ging nicht darauf ein. »Dann hätten Sie nicht mitkommen dürfen«, sagte er. »Wir bringen nur bei Lebensgefahr jemanden nach oben.«

»Es geht hier um Leben und Tod!«

»Nicht um Ihr Leben«, konterte Shoat und begab sich wieder zur Verbindung mit der Oberfläche, wo er seine Berichte durchgab, Anweisungen erhielt und die gesammelten Daten der Expedition in ein Übertragungskabel speiste. Man hatte ihnen bei jedem Proviantlager Video- und Telefonverbindung versprochen, um nach Hause telefonieren zu können, aber bis jetzt war sie Shoat und Walker vorbehalten geblieben. Shoat erfuhr, dass an der Oberfläche ein Orkan wütete und die Bohrinsel in Gefahr sei.

»Wenn die Zeit reicht, kommen Sie alle noch dran«, sagte er.

Und wenn nicht, ist das heute Abend den meisten egal, dachte Ali. Die Wissenschaftler waren mittlerweile in Hochstimmung: Sie tanzten, fielen einander in die Arme, betranken sich mit kalifornischem Wein und heulten einen unsichtbaren Mond an. Sie sahen auch anders aus. Verdreckt. Zottelig. Ali hatte sie noch nie so gesehen. Ihr wurde klar, dass sie sich seit Esperanza nur noch in einem Bruchteil der gewohnten Helligkeit aufgehalten hatten. Heute Abend jedoch sah sie ihre Weggefährten im hellen Licht der Scheinwerfer, sah sie mit all ihren Flecken und Warzen. Sie waren wundersam mit Haaren und Bärten zugewachsen, mit Dreck und Öl beschmiert und bleich wie Maden. In den Bärten der Männer klebte altes Essen, die Haare der Frauen waren verfilzt.

Ausgerechnet in diesem Moment meuchelte jemand die *Zauberflöte* und schob eine Countrymusik-CD rein. Das Tempo verlangsamte sich. Liebespaare erhoben sich, legten die Arme umeinander und schaukelten auf dem Steinboden dahin.

Alis aufmerksamer Blick blieb an der gegenüberliegenden Seite der Höhle auf Ike haften. Mit seiner abgesägten Schrotflinte erinnerte er Ali an einen Bauernjungen auf der Kaninchenjagd. Nur die Gletscherbrille wollte nicht so recht ins Bild passen. Manchmal glaubte sie, diese dunklen Gläser schützten einfach nur seine Gedanken, einen letzten Rest Privatsphäre. Mit einem Mal war sie unerklärlicherweise sehr froh, dass er da war.

In dem Augenblick, in dem ihr Blick ihn berührte, schwenkte Ikes Kopf in die andere Richtung, und erst jetzt fiel ihr auf, dass er sie beobachtet hatte. Molly und einige von Alis anderen Freundinnen hatten sie schon damit aufgezogen, dass er ein Auge auf sie geworfen habe, was sie jedoch als geschmacklose Unterstellung abgetan hatte. Das jedoch war ein erster Beweis dafür. Entweder trug der Wein dazu bei, oder die Tiefe hatte ihr ein wenig von ihrer Zurückhaltung genommen. Jedenfalls erhob sie sich und nahm sich die Freiheit heraus, direkt auf ihn zuzugehen und ihn zu fragen: »Möchten Sie tanzen?«

Er tat so, als bemerkte er sie erst jetzt. »Das ist wahrscheinlich keine so gute Idee«, sagte er. »Ich bin ziemlich aus der Übung.«

Bin ich vielleicht in Übung? fragte sie sich, sagte aber nur: »Kommen Sie schon.«

Er versuchte es auf andere Art. »Sie verstehen mich nicht«, sagte er. »Aber da singt Margo Timmins.«

»Na und?«

»Margo Timmins«, wiederholte er. »Ihre Stimme... Ich weiß auch nicht, wie sie das macht. Sie schafft es, dass man alles um sich herum vergisst.«

Ali entspannte sich. Er wies sie nicht zurück. Er flirtete mit ihr.

»Tatsächlich«, sagte sie und blieb direkt vor ihm stehen. Im schummrigen Licht der Tunnel verschmolzen Ikes Narben und Tätowierungen beinahe mit dem Gestein. Hier, bei voller Beleuchtung, sahen sie so grässlich aus wie immer.

»Vielleicht verstehen Sie es doch«, sagte er nachdenklich. Ike stand auf und nahm sein Gewehr. Der Gurt bestand aus rosafarbenem Kletterseil. Er hängte es sich mit der Mündung nach unten über die Schulter und nahm ihre Hand. Er hatte eine große Hand.

Sie gingen zu der provisorischen Tanzfläche. Ali spürte, dass ihnen viele Augen folgten. Molly und einige der anderen Frauen grinsten wie Blödsinnige zu ihr herüber. Merkwürdigerweise war Ike immer ein fester Bestandteil der Top-Ten-Männer gewesen. Er hatte eine gewisse Aura, die sogar durch seine geschundene Oberfläche drang. Die Leute machten sich Gedanken über ihn. Und jetzt kam Ali daher und schnappte ihn sich einfach.

Ike gab sich eher nüchtern, aber als er sie ansah und die Arme öffnete, spürte sie ein kurzes Zaudern, wie bei einem jungen Mann. Er war sich der Nähe ihrer Körper ebenso bewusst wie sie. Sein Lächeln verflog zwar nicht, doch sie hörte, wie er sich räusperte, als sie sich berührten.

»Ich wollte schon lange mit Ihnen reden«, sagte sie. »Sie schulden mir noch eine Erklärung.«

»Das Tier«, nickte er. Seine Enttäuschung war nicht zu überhören. Er hörte auf zu tanzen.

»Nein«, sagte sie und setzte ihn wieder in Bewegung. »Sie haben mir einmal eine Orange geschenkt. Erinnern Sie sich noch daran? Damals, auf dem Weg nach unten, von Galápagos aus.«

Er wich einen Schritt zurück und musterte sie nachdenklich. »Das waren Sie?«

Das gefiel ihr. »Wussten Sie das nicht?«

»Nein. Aber Sie sahen aus wie jemand, der dringend gerettet werden muss.« Er lächelte verschmitzt.

»Wenn Sie es so ausdrücken möchten.«

»Ich bin früher mal geklettert«, sagte er. »Der schlimmste Albtraum war immer der, gerettet werden zu müssen. Man tut sein Bestes, um die Kontrolle zu behalten. Aber manchmal gleiten einem die Dinge aus der Hand. Dann fällt man.«

»Mir ging es damals wirklich ziemlich mies.«

»Ach was.« Jetzt spielte er das Ganze wieder herunter.

»Wieso denn eine Orange?«

Auf diese Frage wollte sie keine bestimmte Antwort haben. Trotzdem musste der Kreis geschlossen werden. Etwas an dieser Orange verlangte nach einer Erklärung, die der Handlung innewohnende Poesie, seine Intuition, dass sie genau in diesem Augenblick eine solche Ablenkung gebraucht hatte. Das Geschenk war ein Rätsel geworden. Wieso eine Orange? Vielleicht hatte er in seinem früheren Leben Flaubert gelesen. Oder Durrell. Oder Anais Nin. Wunschdenken. Sie reimte sich etwas über ihn zusammen.

»Sie war einfach da«, sagte er, und sie hatte den Eindruck, als fände er Vergnügen an ihrer Verwirrung. »Ihr Name stand groß und breit darauf.« Er betrachtete ihren lang gestreckten Körper. Es war ein flüchtiger Blick. Sie bemerkte ihn trotzdem und erinnerte sich daran, wie er ihr Sommerkleid betrachtet hatte. Dann sagte er: »Sie leben gefährlich.«

»Sie nicht?«

»Mit einem Unterschied. Ich bin keine geweihte … Sie wissen schon … keine professionelle …« Er verstummte.

»Jungfrau?«, beendete sie seinen Satz unerschrocken. Seine Rückenmuskeln zogen sich unter ihren Fingern zusammen.

»Ich wollte eigentlich ›Einsiedlerin‹ sagen.«

Ali wurde sich ihres Irrtums bewusst und errötete. Ike zog sie näher an sich, bis ihre Körper aneinanderstießen. Es war ein wohliger Zusammenprall, der sich in ihren Brüsten fortpflanzte und ihr einen kleinen Seufzer entlockte. Sie tanzten eine Zeit lang ohne ein weiteres Wort. Ali versuchte, sich einfach von der Musik mitreißen zu lassen. Doch irgendwann würden die Lieder aufhören, und dann würde die Sicherheit des hell erleuchteten Tanzparketts verschwinden.

»Jetzt müssen Sie mir etwas erklären«, sagte Ike. »Was hat Sie hierher verschlagen?«

Da sie nicht wusste, wie viel er wirklich wissen wollte, hielt sie ihre Antwort in Grenzen. Doch er fragte immer genauer nach, und schon bald war sie dabei, über Ursprache und Muttersprache zu dozieren. »Wasser«, sagte sie, »heißt im Altgermanischen *wassar,* im Lateinischen *aqua.* Taucht man tiefer in die Tochtersprache ein, werden allmählich die Wurzeln sichtbar. Im Indogermanischen und in der Sprache der Indianer und Eskimo heißt Wasser *hakw,* im Ur-Kaukasischen *kwa.* Der älteste Ausdruck ist *haku,* ein vom Computer simuliertes Protowort. Natürlich verwendet es heute niemand mehr. Es ist ein vergrabenes Wort, eine Wurzel.«

»Haku«, sagte Ike, wenn auch ein wenig anders, als sie es ausgesprochen hatte, mit eher glottaler Betonung auf der ersten Silbe. »Ich kenne das Wort.«

Ali blickte ihn an.

»Von ihnen?«, fragte sie. Von seinen hadalischen Sklavenmeistern. Genau wie sie es sich erhofft hatte, konnte er mit einem Glossar aufwarten.

Er zuckte wie unter einem Phantomschmerz zusammen, und sie hielt den Atem an. Die Erinnerung, wenn es denn eine solche war, verflog wieder. Sie beschloss, nicht weiter daran zu rühren und kehrte zu ihrer eigenen Geschichte zurück, erklärte ihm, wie sie dazu gekommen war, Glyphen und Textreste der Hadal zu sammeln und zu entziffern. »Alles, was uns fehlt, ist ein Übersetzer, der ihre Schrift lesen kann«, sagte sie. »Das wäre möglicherweise der Schlüssel zu ihrer gesamten Zivilisation.«

Ikes Miene hatte sich verdüstert. »Bitten Sie *mich* darum, Sie zu unterrichten?«

Sie versuchte nicht allzu aufgeregt zu klingen: »Könnten Sie das denn, Ike?«

Er schnalzte verneinend mit der Zunge. Ali erkannte das Geräusch sofort aus ihrer Zeit bei den Buschleuten in Südafrika wieder. Die Klick-Sprache? Sie wurde immer erregter.

»Nicht einmal die Hadal können Hadal lesen«, sagte er.

»Dann haben Sie nur noch keinen Hadal lesen sehen«, korrigierte sie ihn. »Sie haben nur Analphabeten kennen gelernt.«

»Sie können die Hadal-Schrift nicht lesen«, wiederholte Ike. »Sie haben es verlernt. Ich habe nur einen getroffen, der Englisch und Japanisch lesen konnte. Aber die alte Hadal-Schrift war ihm fremd. Was ihn sehr traurig machte.«

»Warten Sie«, unterbrach ihn Ali verblüfft. Bislang hatte noch niemand so etwas in Erwägung gezogen. »Wollen Sie damit sagen, dass die Hadal moderne Sprachen lesen können? Sprechen sie unsere Sprachen auch?«

»Dieser eine konnte es«, sagte Ike. »Er war ein Genie. Die anderen sind … viel weniger als er.«

»Dann kannten Sie *Ihn* also? Den Ersten unter ihnen?« Ihr Puls raste. Von wem konnte er sonst reden, wenn nicht vom historischen Satan?

Ike hielt inne. Er sah sie mit dieser undurchdringlichen Gletscherbrille an oder durch sie hindurch. Sie konnte keinen einzigen seiner Gedanken lesen. »Ike?«

»Was wollen Sie?«, fragte er.

Sie wollte ihm vertrauen. Sie berührten sich noch immer, was kein schlechter Anfang zu sein schien. »Meine Aufgabe besteht darin, eine positive Identifikation dieses Mannes zu liefern – wer auch immer er sein mag. Mehr Informationen zu sammeln. Hinweise auf sein Verhalten. Ihm vielleicht sogar persönlich zu begegnen.«

»Das ist unmöglich.« Ikes Stimme hörte sich wie tot an. »Sobald Sie ihm so nahe kommen, sind Sie nicht mehr Sie selbst.«

Sie überlegte. Er wusste etwas, wollte aber nicht damit herausrücken.

»Sie haben ihn nur erfunden«, behauptete sie. Es war kindisch, ihr letzter Versuch.

Die Tänzer drehten sich rings um sie und Ike.

Ike streckte einen Arm aus. Drehte ihn im Licht gerade so weit, dass Ali erkannte, dass die in die Haut geritzten, erhobenen Narben eigentlich Glyphen waren. Dem bloßen Auge erschienen die Narben unter anderen auf der Hautoberfläche angebrachten Markierungen verborgen. Sie berührte sie mit den Fingerspitzen, so wie es ein Hadal in völliger Dunkelheit tun würde.

»Was bedeutet das?«, fragte sie.

»Das ist ein Besitzzeichen«, sagte er. »Der Name, den sie mir gaben. Abgesehen davon weiß ich nichts darüber. Sie imitieren einfach die Zeichnungen, die ihnen ihre Vorfahren vor langer Zeit hinterließen.«

Alis Finger tasteten über die vernarbten Stellen. »Was soll das sein, ein Besitzzeichen?«

Er zuckte die Achseln und betrachtete den Arm, als gehörte er jemand anderem. »Wahrscheinlich gibt es eine bessere Bezeichnung dafür, aber ich nenne sie so. Jeder Clan hatte seine eigenen, auch jedes einzelne Mitglied.« Er blickte sie an.

»Ich kann Ihnen noch andere zeigen«, sagte er.

Ali versuchte ganz ruhig zu bleiben. Innerlich war sie kurz davor, laut loszuschreien. Die ganze Zeit über hatte sie Ike schon als Schlüssel zu ihrer Aufgabe angesehen. Warum hatte dem Mann sonst niemand diese Fragen gestellt? Vielleicht hatte es ja jemand getan, nur war Ike damals noch nicht so weit gewesen, sie zu beantworten.

»Warten Sie«, sagte sie und zog ihn an den Rand der Tanzfläche. »Ich hole Papier.« Sie konnte sich kaum zurückhalten. Es war der Anfang ihres Glossars. Wenn sie den Code der Hadal knackte, öffnete sie dem menschlichen Verstand eine völlig neue Sprache.

»Papier?«, fragte er.

»Um die Zeichen abzumalen.«

»Aber ich habe sie doch bei mir.«

»Sie haben was?«

Er fing an, seine Tasche aufzuknöpfen, hielt dann jedoch inne. »Sind Sie sicher?«

Sie starrte ungeduldig auf die Tasche, die ihr nicht schnell genug aufklappte. »Ja.«

Er zog ein kleines Päckchen Lederflicken heraus und reichte es ihr. Jeder Einzelne war zu einem sauberen Rechteck geschnitten und gegerbt worden, damit er weich blieb. Zuerst hielt Ali die Lederstückchen für eine Art Notizbuch, auf das Ike seine Zeichen abgeschrieben hatte. Tatsächlich waren auf einer Seite verblasste Farbspuren zu sehen. Dann erst sah sie, das die Farben von einer Tätowierung stammten, dass die striemenartigen Wülste Narbengewebe waren, und sie sah auch einige kleine, farblose Haare. Das war tatsächlich Haut. Menschenhaut. Hadalhaut. Was auch immer.

Ike bekam nichts von ihren Bedenken mit, so sehr war er damit beschäftigt, die Streifen auf ihren ruhigen, leicht hohlen Handflächen zusammenzustellen. Dabei gab er ununterbrochen einen Kommentar zu den einzelnen Streifen ab, konzentriert, beinahe dozierend. »Zwei Wochen alt«, sagte er bei einem. »Beachten Sie die verschlungenen Schlangen. Dieses Motiv ist mir noch nirgendwo begegnet. Man spürt förmlich, wie sie sich umeinanderwinden, sehr gekonnt gemacht, wer auch immer sie gestochen hat.«

Er legte zwei Stücke nebeneinander. »Diese beiden habe ich von einer sehr frischen Beute. An den miteinander verbundenen Kreisen kann man ablesen, dass diese Reisenden von weit her gekommen sind, aus der gleichen Region. Ich habe dieses Muster schon bei Afghanen und Pakistanis gesehen. Bei Gefangenen, damals.«

Ali starrte ihn ebenso entgeistert an wie die Hautstücke. Sie war noch nie besonders zimperlich gewesen, doch seine Sammlung verschlug ihr die Sprache.

»Hier haben wir eine Käferform, erkennen Sie's? Sehen Sie, wie sich die Flügel gerade öffnen? Das ist wieder ein anderer Clan. Ich kenne solche mit geschlossenen und weit ausgebreiteten Flügeln. Bei dem hier bin ich ratlos, das sind alles nur Punkte. Vielleicht Fußspuren? Ein Zeitmaß? Jahreszeiten? Keine Ahnung. Das hier ist eindeutig ein Höhlenfischmuster. Sehen Sie die Laternenstiele vor seinem Maul baumeln? Solche Fische habe ich schon gesehen. Man kann sie in flachen Tümpeln ganz leicht mit der Hand fangen. Man wartet, bis das Licht aufblinkt, dann packt man sie bei den Augenstielen. Als zöge man Karotten oder Zwiebeln aus dem Boden.«

Er legte seinen letzten Hautflecken hin. »Hier kann man ein wenig von den geometrischen Mustern erkennen, die sie an den Rand ihrer Mandalas malen. Sie sind hier unten sehr verbreitet, eine Methode, um den äußeren Kreis rituell miteinzubeziehen und die Information des Mandala zusammenzuhalten. Sie haben das bestimmt schon an den Felsen gesehen. Ich hoffe, dass sich jemand in unserer Truppe einen Reim darauf machen kann. Schließlich haben wir hier jede Menge Gelehrter auf einem Haufen.«

»Ike«, unterbrach ihn Ali. »Was meinen Sie mit frischer Beute?«

Ike hob die beiden Stücke, auf die er sich bezogen hatte, vom Boden auf. »Einen Tag alt, höchstens zwei.«

»Ich meine: Was wurde getötet? Ein Hadal?«

»Einer der Träger. Seinen Namen kenne ich nicht.«

»Uns fehlt ein Träger?«

»Eher zehn oder zwölf«, erwiderte Ike. »Ist Ihnen das nicht aufgefallen? Immer zwei oder drei auf einmal, alle in der vergangenen Woche. Sie haben die Nase voll von Walkers Herumkommandiererei.«

»Weiß das jemand?« Bisher hatte ihr diesbezüglich niemand etwas erzählt. Die Neuigkeit eröffnete eine völlig andere Ebene der Expedition, eine, die dunkler und gewalttätiger war, als sie – und mit ihr die anderen Wissenschaftler – je vermutet hätten.

»Klar, damit gehen uns ganz schön viele Kräfte verloren.« Es hörte sich an, als redete Ike von Tieren in einer Maultierkarawane. »Walker lässt inzwischen mehr Soldaten am hinteren Ende patrouillieren als vorne. Außerdem schickt er sie immer wieder zurück, um einen der Ausreißer zu fangen und ein Exempel zu statuieren.«

»Um sie zu bestrafen? Weil sie ihre Arbeit aufkündigen?«

Ike sah sie verwundert an. »Wenn man eine Menschenkarawane zu beaufsichtigen hat«, sagte er, »genügt ein Quertreiber, um alles über den Haufen zu schmeißen. Die ganze Gruppe kann einem auseinander brechen. Walker weiß das. Was er jedoch nicht in seinen Schädel hineinkriegt, ist die Erkenntnis, dass man sie, wenn sie weglaufen, nicht mehr zurückhalten kann. Wären es meine Leute«, setzte er offen hinzu, »würde es anders laufen.«

Also entsprachen die Geschichten über seine Sklaventreiberei der Wahrheit. Sie hätte gerne mehr gehört, hielt sich jedoch zurück. Seine dunklen Seiten konnte sie auch später noch erforschen.

»Also haben sie einen der Ausreißer geschnappt«, vermutete Ali.

»Walkers Jungs?« Ike hielt inne. »Das sind Söldner, die gehorchen der Herdenmentalität. Sie teilen sich nicht auf, suchen auch nicht lange. Sie haben Angst. Sie lassen sich eine Stunde zurückfallen, bleiben immer hübsch beisammen und schließen dann wieder auf.«

Was, so weit Ali es beurteilen konnte, nur noch eine andere Möglichkeit offen ließ. Der Gedanke machte sie traurig.

»Dann haben Sie es also getan«, sagte sie leise.

Er zog verständnislos die Stirn kraus.

»Die Träger getötet«, sagte sie.

»Warum hätte ich das tun sollen?«

»Um ein Exempel zu statuieren. Für Colonel Walker.«

»Walker!«, schnaubte Ike verächtlich. »Der soll selbst auf die Jagd gehen!«

Sie war erleichtert. »Aber was ist dann passiert?«

Ein Mord war geschehen. Kein Unfall. Ike hatte es »Beute« genannt. Also musste eine Untersuchung durchgeführt werden, dachte Ali. Sie waren nicht hier herabgestiegen, um ihre menschlichen Grundsätze preiszugeben.

»Dieser arme Bursche ist nicht weit gekommen«, sagte Ike. »Die anderen wahrscheinlich auch nicht. Als ich ihn fand, war er schon fast völlig ausgeweidet.«

Ausgeweidet? Machte man das nicht mit Schlachttieren? Wieder war Ike ganz sachlich.

»Wer würde so etwas tun?«, fragte sie. Vielleicht war einer der geflohenen Träger durchgedreht.

»Zweifellos waren es diese beiden«, sagte Ike. Er hielt die passenden Lederflicken mit den verbundenen Narbenkreisen in die Höhe. »Ich habe sie verfolgt, während sie ihn verfolgten. Sie schnappten ihn sich gemeinsam, einer von vorne, einer von oben.«

»Und dann kamen Sie dazu?«

»Richtig.«

»Und Sie konnten sie nicht zu uns zurückbringen?«

Die Absurdität des Gedankens schockierte Ike. »Hadal?«, sagte er.

Jetzt fing sie an zu verstehen. Es handelte sich nicht um Mord. Er hatte es ihr ja gleich gesagt. Frische Beute. Es fiel Ali wie Schuppen von den Augen. »Hadal?«, sagte sie. »Das waren Hadal? Hier?«

»Jetzt nicht mehr.«

»Versuchen Sie nicht, mich zu beschwichtigen. Ich will es wissen.«

»Wir befinden uns hier in ihrem Haus. Was erwarten Sie denn?«

»Aber Shoat sagte doch, dieser ganze Tunnel sei unbewohnt.«

»Ich habe mich um das Problem gekümmert. Jetzt sind wir wieder sicher.«

Ein Teil von ihr war beruhigt, ein anderer in heller Aufregung. Lebende Hadal! Aber jetzt tote.

»Was haben Sie getan?«, fragte sie, unsicher, ob sie wirklich Einzelheiten wissen wollte.

Er zog es vor, sie zu verschonen. »Ich habe sie so zurückgelassen, dass sie anderen Herumtreibern als Warnung dienen. Wir haben bestimmt keine Probleme mehr.«

»Und woher stammen diese anderen?« Sie zeigte auf seine Ledersammlung.

»Von anderen Orten. Aus anderen Zeiten.«

Sie war erschüttert. »Tragen Sie die Dinger ständig mit sich herum?«

»Stellen Sie es sich so vor, als hätte ich ihnen den Führerschein oder die Hundemarke abgenommen. Mir hilft es, Zusammenhänge zu erkennen. Bewegungen, Wanderungen. Ich lerne viel davon, fast so, als redeten sie mit mir.« Er hob einen Flicken an die Nase und roch daran. Dann leckte er darüber. »Dieser hier kommt aus sehr großer Tiefe. Man erkennt es an der Sauberkeit.«

»Wovon reden Sie da?«

Er streckte ihr den Fetzen hin, und sie drehte den Kopf weg. »Haben Sie schon jemals Fleisch von frei laufenden Rindern gegessen? Es schmeckt anders als das von mit Getreide und Hormonen gemästeten Kühen. Hier unten gilt das Gleiche. Dieser Bursche hat in seinem ganzen Leben kein Sonnenlicht genossen. Er ist nie an der Oberfläche gewesen. Hat nie ein Tier gegessen, das oben war. Wahrscheinlich hat er sich zum ersten Mal von seinem Stamm entfernt.«

»Und Sie haben ihn getötet.«
Er blickte sie an.
»Großer Gott! Was haben die Hadal Ihnen denn getan?«
Er zuckte die Achseln. Mit nur einem Herzschlag hatte er sich tausend Meilen von ihr entfernt.
»Ich werde ihn finden«, sagte er.
»Wen?«
Er zeigte auf die wulstigen Narben auf seinem Arm.
»Ihn«, sagte er tonlos.
»Haben Sie nicht gesagt, das sei Ihr eigener Name?«
»Stimmt. Sein Name war mein Name. Ich hatte keinen anderen Namen, nur seinen.«
»Wessen?«
»Desjenigen, dem ich gehörte.«

Vier Tage später fanden sie Shoats Fluss.
Ike war vorausgeschickt worden. Er erwartete die Expedition in einem großen, von tosendem Donner erfüllten Gewölbe. In der Mitte des Bodens gähnte ein großer vertikaler Schacht, der an seinem oberen Ende wie ein Vulkanschlot geformt war. Die Öffnung hatte den Durchmesser eines Häuserblocks, und aus diesem Loch brüllte es zu ihnen herauf.
Die Wände schwitzten. Rinnsale sprudelten in den klaffenden Rachen. Die Reisenden versuchten, bis zum Boden hinunterzusehen. Ihre Lichtstrahlen beleuchteten einen tiefen pulsierenden Schlund. Ike ließ eine Stirnlampe an einem Seil hinab. Zweihundert Meter tiefer schaukelte und hüpfte das winzige Licht auf einem unsichtbaren Strom.
»Verdammt noch mal«, sagte Shoat. »Der Fluss!«
»Haben Sie ihn denn nicht erwartet?«, fragte jemand.
Shoat grinste. »Niemand wusste es mit letzter Gewissheit. Unsere kartografische Abteilung sprach von einer Chance eins zu drei. Andererseits war es die einzige logische Erklärung für ihre Daten.«
»Wir sind die ganze Zeit auf eine bloße Vermutung zumarschiert?«
Shoat zuckte unbekümmert mit der Schulter. »Ziehen Sie die

Schuhe aus«, sagte er, »keine Rucksäcke mehr. Wir sind genug gelaufen. Ab hier wird geschippert.«

»Ich finde, wir sollten zuerst die Lage peilen«, sagte ein Hydrologe. »Wir haben keine Ahnung, was uns dort unten erwartet. Wie sieht das Flussbett aus? Wie schnell fließt das Gewässer? Wohin führt es?«

»Das alles können Sie bestens von den Booten aus untersuchen«, meinte Shoat.

Die Träger kamen erst drei Stunden später an. Nach dem Abmarsch vom ersten Proviantlager waren sie doppelt so schwer beladen – für doppelten Lohn. Sie setzten ihre Lasten an einer trockenen Stelle ab und verschwanden in einer angrenzenden Höhle, wo Walker eine warme Mahlzeit für sie hatte zubereiten lassen.

Ali ging zu Ike hinüber, der am Schacht saß und Seile hinunterließ. Als sie sich nach dem Tanz getrennt hatten, war sie betrunken gewesen, übersättigt von Neugier und letztendlich Abscheu. Jetzt war sie nüchtern wie ein Kieselstein. Die Abscheu hatte sich verflüchtigt.

»Was wird jetzt aus denen?«, fragte sie in Richtung der Träger.

»Endstation«, antwortete er. »Shoat braucht sie nicht mehr.«

»Er schickt sie nach Hause? Erst lässt der Colonel die Ausreißer jagen, und jetzt lässt man sie einfach gehen?«

»Shoat hat hier das Sagen.«

»Schaffen sie es denn allein zurück?«

Es war nicht gerade der richtige Ort, jemanden zu entlassen – zwei Monate von jeder Zivilisation entfernt. Aber Ike sah keinen Sinn darin, ihre Entrüstung schon wieder anzustacheln. »Klar doch«, sagte er. »Warum nicht?«

»Ich dachte, man hätte ihnen Arbeit für ein ganzes Jahr garantiert.« Ali ließ nicht locker.

Er vertäute mit einer Hand eine Seilrolle und machte sich an den Knoten zu schaffen. »Wir haben selbst mehr als genug Probleme«, beschied er sie. »Probleme, die langsam zu einem Pulverfass werden. Sobald sie begreifen, dass wir sie einfach stehen lassen, ist es nur eine Frage der Zeit, bis sie auf uns losgehen.«

»Auf uns?«, stieß sie erschrocken aus. »Aus Rache?«

»Es ist grundlegender als das«, meinte Ike. »Sie werden unsere

Waffen haben wollen, unsere Lebensmittel, alles. Vom militärischen Gesichtspunkt aus, also aus Walkers Perspektive, wäre es am besten, sie kaltzumachen und damit Schluss.«

»Das würde er niemals wagen«, sagte Ali. »Er ist nicht gerade das, was ich mir unter einem Christen vorstelle, aber er ist immerhin bibelfest.«

»Haben Sie es nicht mitbekommen?«, fragte Ike. »Man hat die Träger von uns getrennt. Diese Nebenhöhle ist ein Käfig ohne Tür. Von dort können sie nur einzeln herauskommen, was sie zu einem leichten Ziel macht, falls sie es satt sind, zusammengepfercht dort drin hocken zu bleiben.«

Ali wollte diese andere, grausame Ebene der Expedition nicht wahrhaben. »Er wird sie doch nicht erschießen, oder?«

»Nicht nötig. Wenn die Träger sich dazu entschließen, den Kopf aus der Höhle zu strecken, sind wir wahrscheinlich schon längst auf dem Fluss unterwegs.«

Wieder ließ der Quartiermeister die Gepäckstücke öffnen und den Nachschub aus dem Proviantlager ausbreiten. Er verteilte speziell angefertigte Rettungsanzüge an die Soldaten und die Forscher. Sie bestanden aus reißfestem Stoff, der sowohl wasserdicht als auch atmungsaktiv war. Ein drahtiger Söldner erklärte ihnen, worauf es ankam. »In diesen Dingern können Sie laufen, klettern und schlafen. Falls Sie über Bord fallen, ziehen Sie an diesem Notring, dann bläst sich der Anzug von selbst auf. Er bewahrt Ihre Körperwärme und hält Sie trocken.«

Die Anzüge bestanden aus gummiartigen Shorts, einer ärmellosen Weste und einem hautengen Überzug. Das Gewebe war der Dunkelheit entsprechend aschgrau, mit kobaltblauen Streifen. Als die Wissenschaftler ihre neuen elastischen Kleider anprobierten, wirkten sie plötzlich auf beunruhigende Weise wie zweibeinige Tiger. Hier und da ertönten anerkennende Pfiffe, von Männern wie von Frauen.

Sie versuchten, eine Videokamera hinabzulassen, um die unteren Bereiche des Schachtes zu untersuchen. Als das nicht funktionierte, schickte Walker seinen Stuntman los: Ike.

Vor nicht allzu langer Zeit musste ein Pfad aus der Höhle zum Fluss hinuntergeführt haben. Ike hatte bereits einige Stunden damit verbracht, nach ihm Ausschau zu halten. Doch der Tunnel, der dafür am ehesten in Frage kam, war anscheinend von einem Beben mit schweren Felsbrocken blockiert worden. Hinweise auf die Anwesenheit von Hadal gab es überall – aus Stein gemeißelte Säulen, verwaschene Wandmalereien, Steindämme, um Rinnsale umzuleiten – aber keinerlei Anzeichen dafür, dass das Loch jemals als direkter Zugang zum Fluss benutzt worden war.

Ike ließ sich in den steinernen Schlund hinab, die Füße gegen den geäderten Stein gestemmt. Am Ende des ersten Seils, einhundert Meter tief, schaute er durch das rieselnde Wasser nach oben. Sie beobachteten ihn, warteten ab.

Der Schacht weitete sich zu einem großen Hohlraum. Ohne jede Vorwarnung tappten Ikes Füße plötzlich in finsterer Leere. Er hielt an und schaukelte in einer riesigen, stillen Kugel aus Nacht.

Dann richtete er den Lichtstrahl schräg nach unten und fand den Fluss ungefähr zwanzig Meter tiefer. Ike war in ein lang gezogenes, natürliches Kuppeldach hinabgestiegen. Eigenartigerweise hörte das donnernde Geräusch in dem Moment auf, in dem er den Schacht hinter sich ließ. Hier unten war es praktisch still. Er hörte, wie das Wasser unter ihm dahinglitt, sonst nichts.

Ohne das herabhängende Seil wäre das Einstiegsloch wahrscheinlich zwischen all den anderen unregelmäßigen Steingebilden rings um ihn verschwunden. Wände und Decke waren mit erstarrtem Magma überzogen. Er ließ sich weiter hinab und arretierte das Seil erst in Reichweite des Wassers. Es rann weich wie schwarze Seide unter ihm dahin. Versuchsweise streckte Ike die Finger hinein. Nichts schnellte heraus, um ihn zu beißen. Die Strömung war stark und gleichmäßig. Das Wasser fühlte sich kühl und schwer an. Es roch nach nichts. Falls es ursprünglich aus dem Pazifik stammte, dann war es jetzt jedenfalls kein Salzwasser mehr. Auf der langen Reise ins Erdinnere war das Salz herausgefiltert worden. Es schmeckte herrlich.

»Sieht alles sehr gut aus«, funkte Ike nach oben.

Immer mehr Leute ließen sich wie Spinnen an Seidenfäden herab. Einigen musste man erst gut zureden. *Zivilisten,* dachte Ike.

Die Boote vom Stapel zu lassen, war eine nicht ganz einfache Angelegenheit. Sie seilten die Flöße mit bereits aufgeblasenen

Schwimmern, eingesetztem Boden und Sitzen ab. Ihr erster Versuch wurde vom Fluss weggerissen. Zum Glück saß noch niemand drin. Auf Ikes Anweisung hin wurde das nächste Floß nur bis kurz über das Wasser abgeseilt, während sich ein Team von Bootsführern gleichzeitig an fünf anderen Seilen herabließ. Wie sie so in der Luft hingen, sahen sie aus wie Marionetten. Dann wurde bis drei gezählt, und die Mannschaft pendelte sich genau in dem Augenblick in das Floß, als dieses das Wasser berührte. Zwei Männer ließen ihre Seile nicht rechtzeitig los und schaukelten dann über dem Fluss hin und her, während das Floß davonschoss. Die anderen griffen sich die Paddel und fingen sofort an, mit aller Kraft auf eine riesige, glatt geschliffene Rampe nicht weit flussabwärts zuzuhalten.

Die Operation ließ sich etwas besser an, nachdem ein kleiner Motor herabgelassen und an einem der Katamaranflöße befestigt worden war. Das motorisierte Boot versetzte sie in die Lage, auf dem Fluss zu kreisen und Passagiere sowie Ausrüstungssäcke einzusammeln, die an einem Dutzend verschiedener Stellen hingen. Einige der Wissenschaftler erwiesen sich als recht kompetent im Umgang mit Seilen und Booten. Mehrere von Walkers martialischen Haudegen sahen ziemlich seekrank aus. Ike gefiel das. Das glich die Mannschaften ein wenig aus.

Es dauerte insgesamt fünf Stunden, bis sie ihre tonnenschwere Ausrüstung durch den Schacht auf die Boote geladen hatten. Die kleine Flotte trieb ein Stück flussabwärts, zu der steinernen Rampe. Dort schlugen sie das Nachtlager auf. Abgesehen von dem einen Floß hatte die Expedition keine Verluste zu beklagen. Ringsum herrschte Zufriedenheit über die reibungslose Zusammenarbeit. Die Jules Verne Society hatte damit ihre Feuertaufe bestanden und sah erhobenen Hauptes dem entgegen, was ihnen die Hölle jetzt noch zu bieten hatte.

Ali träumte in dieser Nacht von den Trägern. Sie sah ihre Gesichter langsam in der Dunkelheit verblassen.

Schickt die Besten aus, die ihr erzieht –
bannt eure Söhne ins Exil,
den Bedürfnissen eurer Gefangenen
zu dienen.

RUDYARD KIPLING,
Die Bürde des Weißen Mannes

15
Flaschenpost

LITTLE AMERICA, ANTARKTIS

January hatte eine tobende weiße Hölle erwartet, mit Orkanen und Bretterbuden. Aber die Landebahn war trocken, der Luftsack hing schlaff herab. Sie hatte nicht wenige Beziehungen spielen lassen, um sie heute hierherzubringen, war sich jedoch nicht ganz sicher, was sie vorfinden würden. Es braute sich etwas zusammen, das den gesamten Planeten in Mitleidenschaft ziehen konnte.

Das Flugzeug parkte elegant ein. January und Thomas verließen die Globemaster über die Gepäckrampe, vorbei an Gapelstaplern und Gruppen von GIs.

»Sie werden bereits erwartet«, klärte sie eine Eskorte auf.

Sie betraten einen Fahrstuhl. January hoffte nur, dass es sich um einen Raum mit Aussicht in einem oberen Stockwerk handelte. Sie wollte sich diese riesenhafte weiße Ebene und die ewige Sonne ansehen. Stattdessen ging es nach unten. Zehn Stockwerke tiefer öffneten sich die Türen wieder. Der Flur führte zu einem Besprechungsraum, in dem es dunkel und sehr still war. Zuerst dachte sie, der Raum sei leer, doch dann sagte eine Stimme weiter vorne: »Licht.« Es hörte sich an wie eine Warnung. Als es hell wurde, sah January, dass der Raum fast bis auf den letzten Platz besetzt war. Mit Ungeheuern.

Zuerst hielt sie alle für Hadal, die sich da schützend die Hände vor die Augen hielten. Aber es handelte sich ausschließlich um amerikanische Offiziere. Der Wasserkopf eines Captains vor ihr war auf die Größe und Form eines von Beulen und Furchen bedeckten Football-Helms angeschwollen. January suchte nach dem Fachausdruck… Paget-Krankheit. Sie bewirkte die Auflösung und unkontrollierte Wucherung von Knochengewebe. Die Schädelhöhle wurde dabei nicht in Mitleidenschaft gezogen, auch Bewegung und Koordination blieben davon unbehelligt. Die Missbildungen hingegen waren drastisch. Sie sah sich automatisch nach Branch um, doch dieses eine Mal stach er nicht sogleich aus der Menge der Versammelten heraus.

»Ein herzliches Willkommen unseren hochverehrten Gästen, Senatorin January und Pater Thomas.« Auf dem Podium stand General Sandwell. Er war January als Mann mit außergewöhnlichem Potential und als Intrigant bekannt. Sein Ruf als Kommandeur im Feld war nicht der beste. Und jetzt hatte er seine Leute mit dieser Begrüßung vor der Politikerin und dem Priester in ihrer Mitte gewarnt. »Wir wollten gerade anfangen.«

Das Licht ging wieder aus. Die Erleichterung war hörbar, als die Männer es sich wieder in ihren Sesseln bequem machten. Januarys Augen gewöhnten sich an die Dunkelheit. An einer Wand leuchtete ein wasserblauer Videoschirm, auf dem mehrere Landkarten sichtbar wurden. »Um es noch einmal zusammenzufassen«, sagte Sandwell, »es braut sich in unserem WestPac-Sektor, genauer gesagt am Grenzposten 1492, eine kritische Situation zusammen. Die hier Anwesenden sind Kommandeure subpazifischer Basislager, und sie sind hier zusammengekommen, um die neuesten Informationen sowie meine diesbezüglichen Befehle entgegenzunehmen.«

January wusste, dass er das eigens für sie betonte. Sie ärgerte sich nicht darüber. Allein die Tatsache, dass sie und Thomas sich in diesem Raum aufhalten durften, war Ausdruck ihrer eigenen weit reichenden Macht.

»Nachdem eine unserer Patrouillen als vermisst gemeldet wurde, gingen wir zunächst von einem Angriff aus. Wir schickten sofort Verstärkung los. Auch die Verstärkung kehrte nicht zurück. Erst dann erreichte uns die letzte Nachricht der vermissten Patrouille.«

January wurde von Reue ergriffen. Ali war irgendwo dort draußen, viel weiter unten als die vermisste Patrouille. Konzentriere dich, ermahnte sie sich, nicht den roten Faden verlieren!

»Wir nennen so etwas Flaschenpost«, erklärte Sandwell. »Ein Mitglied der Patrouille, normalerweise der Funker, hat eine Thermopylen-Box dabei. Sie sammelt pausenlos Videobilder und digitalisiert sie. Im Notfall überträgt sie ihre Daten auch automatisch, wobei die Information in den geologischen Raum geworfen wird. Das Problem besteht darin, dass verschiedene unterirdische Phänomene unsere Frequenzen in unterschiedlichem Ausmaß retardieren. In diesem Fall prallte die Information am äußeren Mantel ab und kam erst viel später durch mehrfach gefalteten Basalt bei uns oben an. Kurz gesagt, die Übermittlung blieb fünf Wochen lang im Gestein stecken. In diesem Zeitraum haben wir drei weitere Trupps zusammengestellt und losgeschickt. Und verloren. Inzwischen wissen wir, dass es kein feindlicher Angriff gewesen ist. Der Feind, mit dem wir es hier zu tun haben, kommt von innen. Es ist einer von uns. Bitte das ClipGal-Video.«

»Letzte Meldung – Grüner Falke«, kündigte ein Titel an. Aus der Dunkelheit des Bildschirms lösten sich einzelne Wärmeflecken. Sieben Mann. Sie sahen geisterhaft aus.

»Da hätten wir sie«, sagte Sandwell. »SEALS, alle von UDT Three, WestPac. Ein ganz normaler Routinegang. Ich spule die nächsten zweihundert Meter vor. Was uns interessiert, kommt erst danach.«

Sandwell spulte, und der Zug Soldaten schien durch Lichtgitter vorwärtszurasen. In jeder Zone flammten neue Scheinwerfer auf, und der Bereich dahinter wurde wieder dunkel. Es war wie ein ausgedehnter Zebrastreifen. Die sorgfältig installierte Kombination aus Licht und anderen elektromagnetischen Wellen blendete und tötete Lebensformen, die in der Dunkelheit ihr Dasein fristeten. Nachdem der Subplanet befriedet war, wurden Kernpunkte wie der gezeigte mit Anordnungen von Scheinwerfern, Infrarot-, Ultraviolett- und anderen Photontransmittern ausgerüstet, dazu kamen sensorgeführte Laser, um »den Geist in der Flasche zu lassen«. Jetzt wurden erste Anzeichen für die Anwesenheit des Geistes sichtbar. Knochen und Kadaver lagen auf dem in tödlich grelles Licht getauchten Weg. Sandwell fuhr wieder auf normale Geschwindigkeit herunter.

Als die Patrouille sich dem Ende des Tunnels näherte, wurde deutlich, dass jemand versucht hatte, die dort installierte Scheinwerferanlage zu sabotieren. Einzelne Scheinwerfer waren zerbrochen, andere mit primitiven Werkzeugen blockiert oder mit Steinen ummauert. Die SEALS blieben stehen. Direkt vor ihnen, dort, wo die Mündung des Tunnels pechschwarz gähnte, lag die unbekannte Wildnis.

January schluckte ihre Anspannung herunter. Jeden Augenblick würde etwas Schreckliches passieren. Sandwell spulte wieder vorwärts. Mit hastigen Bewegungen entledigten sich die Soldaten ihres Marschgepäcks und begannen mit den Instandsetzungsarbeiten: Teile wurden ersetzt, Glühbirnen in Wände und Decken geschraubt, Geräte wurden geschmiert und Laser neu eingestellt. Die Bildschirmuhr durchraste sieben Minuten.

»Jetzt die Stelle, an der sie es entdeckten«, sagte Sandwell. Das Video wurde wieder langsamer. Eine Gruppe SEALS stand um einen Felsen herum. Die Soldaten diskutierten offensichtlich über etwas Merkwürdiges. Der Funker ging näher heran, und seine Minikamera zeigte einen kleinen Zylinder, etwa so lang wie ein kleiner Finger, der in einer Felsspalte steckte.

»Da ist es«, kommentierte Sandwell.

Auf der Tonspur waren weder Stimmen noch andere Geräusche zu hören. Einer der SEALS streckte die Hand nach dem Zylinder aus. Ein Zweiter versuchte, ihn davon abzuhalten. Plötzlich fiel ein Mann nach hinten um. Der Rest sank einfach zu Boden. Die Minikamera wirbelte wie wild hin und her und kam dann zur Ruhe, zeigte aus seitlicher Ansicht einen Stiefel. Der Stiefel zuckte nur noch ein einziges Mal.

»Wir haben es gestoppt«, sagte Sandwell. »Es dauerte weniger als zwei Sekunden, dann waren die sieben Mann tot. Natürlich trat es hier bei seinem Austritt in konzentrierter Form auf. Aber noch Wochen später und fünf Kilometer entfernt, nachdem es sich im Luftstrom aufgelöst hatte, brauchte es nur wenig länger, um unsere Verfolgungstrupps zu töten. Es tötet auf der Stelle. Mit einer Erfolgsquote von einhundert Prozent.«

Gas, dachte January entsetzt. Oder Bakterien. Aber so schnell wirkend?

Auch die Offiziere wussten offensichtlich Bescheid: CBW, chemisch-biologische Waffen. Genau die Art von Kriegführung, mit der sie nichts zu tun haben wollten. Aber genau das hatten sie soeben gesehen.

»Unmöglich, absolut unmöglich«, sagte ein Offizier. »Die Haddies sind nicht im Entferntesten zu so etwas in der Lage. Die sind doch kaum in der Lage, Feuer zu machen. Sie benutzen vielleicht Waffen, aber sie erfinden sie nicht. Mit Speeren und einfachen Fallen ist ihre Erfindungsgabe am Ende. Sie können mir nicht weismachen, dass sie CBWs herstellen.«

»Seither«, fuhr Sandwell fort, ohne auf ihn einzugehen, »haben wir drei weitere dieser Kapseln gefunden. Ihre Zünder werden durch ein kodiertes Funksignal ausgelöst. Sind sie erst einmal aktiviert, können sie nur durch ein entsprechendes Gegensignal deaktiviert werden. Was passiert, wenn man sich sonst wie daran zu schaffen macht, haben Sie selbst gesehen. Hier eine Videoaufnahme von einem Zylinder, den wir erst vor fünf Tagen entdeckt haben.«

Diesmal steckten die Figuren auf dem Videoschirm in Biochem-Anzügen und bewegten sich mit der Langsamkeit von Astronauten in der Schwerelosigkeit. Die Kamera schwenkte zu einem Riss in der Höhlenwand. Einer der Soldaten im Anzug schob einen glänzenden Stab, den January als Zahnarztspiegel identifizierte, in den Riss. Die nächste Einstellung holte das Bild im Spiegel heran.

»Hier haben wir die Rückseite einer der Kapseln«, sagte Sandwell.

Diesmal waren die Buchstaben vollständig zu lesen, auch wenn sie auf dem Kopf standen. Man sah einen winzigen Strichcode und eine Kennung in englischer Sprache. Sandwell stellte auf Standbild. »Rechte Seite nach oben«, befahl er. Das Bild drehte sich. SP-9, stand da zu lesen, gefolgt von US-DOD.

»Ist das von uns?«, fragte eine Stimme.

»Das SP bezeichnet ein synthetisches Prion, hergestellt im Labor. Neun ist die entsprechende Generation.«

»Soll das eine gute oder eine schlechte Nachricht sein?«, fragte jemand. »Nicht die Hadal stellen das Gift her, das uns umbringt, sondern wir selbst!«

»Prion-9 verfügt über einen eingebauten Beschleuniger. Bei Hautkontakt entwickelt es fast sofort Kolonien. Der Laborleiter verglich es mit einer Art Hochgeschwindigkeitspest.« Sandwell machte eine kleine Pause. »Prion-9 wurde für den Fall entwickelt, dass die Dinge dort unten außer Kontrolle geraten. Doch dann kam man zu dem Schluss, dass nichts so sehr außer Kontrolle geraten könnte, um seinen Einsatz zu rechtfertigen. Einfacher gesagt: Es ist zu tödlich, um eingesetzt zu werden. Da es reproduktionsfähig ist, besitzen sogar kleine Mengen davon das Potenzial, eine ökologische Nische zu besetzen. In diesem Fall handelt es sich bei der Nische um den gesamten Subplaneten.«

Eine Hand schloss sich wie ein Eisenband um Januarys Arm. Thomas' Griff verursachte einen Schmerz, der sie aufschreien ließ. Er zog die Hand weg.

»Tut mir Leid«, flüsterte er.

January wusste, dass man eine militärische Besprechung nicht einfach so unterbrechen konnte. Aber sie tat es trotzdem. »Und was geschieht, wenn dieses Prion seine Nische ausgefüllt hat und beschließt, in die nächste überzuspringen? Was passiert dann mit unserer Welt?«

»Eine gute Frage, Frau Senatorin. Doch die schlechte Nachricht kommt nicht ohne eine gute. Prion-9 wurde exklusiv für den Einsatz im Subplaneten entwickelt. Es kann nur in der Dunkelheit leben – und töten. Es stirbt im Sonnenlicht.«

»Mit anderen Worten, es kann seine Nische nicht verlassen. Lautet so die Theorie?« Sie ließ ihre Skepsis im Raum stehen.

»Und noch eins«, ergänzte Sandwell. »Das synthetische Prion

wurde an gefangenen Hadal getestet. Wenn sie ihm ausgesetzt sind, sterben sie doppelt so schnell daran wie wir.«

»Ein grandioser Vorteil«, schnaubte jemand verächtlich. »Eine Sekunde.«

Gefangene Hadal? Tests? Davon hatte January noch nie gehört.

»Und schließlich«, fuhr Sandwell fort, »wurden sämtliche Überreste dieser Generation vernichtet.«

»Gibt es noch weitere Generationen?«

»Das ist streng geheim. Prion-9 sollte ohnehin vernichtet werden. Der Befehl dazu traf nur wenige Tage nach dem Diebstahl ein. Es gibt keine Zylinder mehr außer den bereits in den Subplaneten geschmuggelten.«

Aus dem dunklen Raum wurde eine andere Frage laut: »Wie haben die Hadal unser Material in die Hände gekriegt, General?«

»Nicht die Hadal haben das Prion verteilt«, sagte Sandwell langsam. »Dafür haben wir inzwischen Beweise. Es war einer von uns.«

Der Bildschirm ging wieder an. Aus hellgrünen Amöben wurden Zweibeiner. Aber das waren keine Soldaten. Plötzlich konnte man sehen, wie die Gestalten auf dem Bildschirm freudig losschrien, sich die Brillen von den Gesichtern rissen und sich ganz allgemein wie Zivilisten auf Urlaub benahmen. Ihre Helios-Uniformen waren schmutzig, aber weder zerrissen noch sehr abgewetzt.

»Sieh doch«, flüsterte January Thomas zu.

Dort war Ali. Sie trug einen Rucksack und sah zwar dünn, aber gesund aus. Sie ging an der Wandkamera vorbei, ohne zu wissen, dass sie aufgenommen wurde.

»Die Helios-Expedition«, sagte Sandwell für diejenigen, die nichts davon wussten.

»Wollen Sie damit sagen, dass einer von *denen* die Zylinder installiert hat?«, fragte jemand.

Wieder korrigierte Sandwell. »Ich wiederhole: Es war einer von uns.« Kurze Pause. »Nicht von *denen.* Von uns. Einer von Ihren Leuten.«

»Den Halunken dort kenne ich«, meldete sich einer der Kommandeure zu Wort.

In der Bildmitte stand ein schlanker Söldner, der drei anderen Bewaffneten Befehle erteilte. »Er heißt Walker«, sagte der Kommandeur. »Ehemals Air Force. F-16 Pilot, quittierte nach einer Menge Ärger aber freiwillig den Dienst, um in die Geschäftswelt einzusteigen. Dann hörte ich, dass er für Helios Truppen anheuerte. Mit dem haben sie sich einen schönen Haufen Scheiße eingehandelt.«

Sandwell ließ das Band noch eine Minute ohne jeden Kommentar weiterlaufen. Dann sagte er: »Walker hat die Prion-Kapseln nicht installiert.« Er ließ das Bild stehen. »Es war dieser Mann hier.«

Thomas schreckte kaum merklich zusammen. January spürte den Schock des Wiedererkennens und sah ihn fragend an. Er schüttelte den Kopf. Sie widmete ihre Aufmerksamkeit wieder dem Bildschirm und wühlte in ihrem Gedächtnis. Bei dieser Gestalt handelte es sich um niemanden, den sie kannte.

»Sie irren sich«, stellte ein Soldat aus dem Publikum nüchtern fest. January kannte die Stimme.

»Major Branch?«, sagte Sandwell. »Sind Sie es, Elias?«

Branch erhob sich und verdeckte einen Teil des Bildschirms. Seine Silhouette wirkte gedrungen, verzerrt und urzeitlich. »Ihre Information ist falsch, Sir.«

»Dann erkennen Sie ihn also?«

Das Standbild zeigte ein Gesicht im Dreiviertelprofil, tätowiert, das Haar wie mit einem Messer gestutzt. Wieder spürte January, wie Thomas erneut zusammenzuckte. Das Klacken aufeinander schlagender Zähne, eine leichte Veränderung in der Atmung. Er starrte auf den Schirm.

»Kennen wir diesen Mann?«, flüsterte sie. Thomas schüttelte wieder den Kopf.

»Sie haben einen Fehler gemacht«, wiederholte Branch.

»Schön wär's«, erwiderte Sandwell. »Er ist durchgedreht, Elias. So sieht es nun mal aus.«

»Nein, Sir.« Branch blieb stur.

»Wir sind selbst schuld daran«, sagte Sandwell. »Wir haben ihn bei uns aufgenommen. Die Army hat ihm Unterschlupf gewährt. Wir dachten, er sei zu uns zurückgekehrt. Aber es ist sehr wahrscheinlich, dass er nie aufgehört hat, sich mit den Hadal, die ihn gefangen genommen hatten, zu identifizieren.«

»Glauben Sie im Ernst, dass er für den Teufel arbeitet?«, spottete Branch.

»Ich sage nur, dass er ein psychologischer Flüchtling zu sein scheint. Er ist zwischen zwei Spezies gefangen und macht Jagd auf beide. Ich sehe, dass er meine Männer tötet und dass er es darüber hinaus auf den gesamten Subplaneten abgesehen hat.«

Jetzt war January zutiefst erschrocken. »Thomas, er ist der, von dem uns Ali in ihrem Brief berichtet hat. Dieser Kundschafter von Helios! Ike Crockett. Er ist den Hadal entkommen. Ali schrieb, sie hoffe, ihn befragen zu können. Wo habe ich sie da nur hineingeritten?«

»Seiner bisherigen Aktivität nach zu urteilen«, fuhr Sandwell fort, »ist Crockett dabei, einen Ring der Verseuchung um den gesamten subpazifischen Äquator zu legen. Mit einem einzigen Signal kann er eine Kettenreaktion auslösen, die jedes Lebewesen im Erdinneren auslöscht, egal ob Mensch, Hadal oder sonst was.«

»Welche Beweise haben Sie dafür?«, hakte Branch beharrlich nach. »Zeigen Sie mir eine Szene oder ein Bild, auf dem zu sehen ist, wie Ike die CBWs installiert.« January hörte aus den trotzig vorgebrachten Worten auch eine Spur Gram heraus. Branch musste irgendwie mit dem Kerl auf dem Bildschirm in Verbindung stehen.

»Wir verfügen über keine Bilder«, gab Sandwell zu. »Aber wir haben die Spur der gestohlenen Ladung Prion-9 verfolgt. Sie wurde aus unserem Depot für chemische Waffen in West Virginia gestohlen. Der Diebstahl ereignete sich in der gleichen Woche, in der Crockett sich vor einem Kriegsgericht in Washington verantworten musste und stattdessen geflohen ist. Und jetzt wurden vier von diesen Zylindern ausgerechnet in dem Korridor gefunden, durch den er die Helios-Expedition führt.«

»Wenn das Gift hochgeht, ist er selbst mit dran«, hielt Branch dagegen. »Das sieht Ike nicht ähnlich. Er würde sich niemals selbst umbringen. Er ist ein Überlebenskünstler.«

»Genau das ist unser letzter Beweis«, konterte Sandwell. »Ihr Schützling hat sich selbst immunisiert.«

Schweigen.

»Wir haben mit dem Arzt gesprochen, der den Impfstoff beaufsichtigte«, führte Sandwell weiter aus. »Er erinnerte sich genau an den Zwischenfall, und das aus gutem Grund. Es gibt nur einen Mann, der gegen Prion-9 immunisiert wurde.«

Auf dem Schirm blitzte ein Foto auf. Es zeigte einen medizinischen Entlassungsschein. Sandwell gab ihnen eine Minute, um ihn sich durchzulesen. Man konnte den Namen eines Arztes und eine Adresse im Briefkopf erkennen. Und ganz unten eine schlichte Unterschrift. Sandwell las sie laut vor: »Dwight D. Crockett.«

»Scheiße noch mal«, grunzte einer der Kommandeure.

Branch blieb weiterhin stur in seiner Loyalität. »Ich zweifle Ihren Beweis an.«

»Ich weiß, wie schwer das für Sie sein muss«, wandte sich Sandwell direkt an ihn.

January entging nicht, dass sich unter den Männern Unruhe breit machte. Erst später erfuhr sie, dass Ike nicht wenige von ihnen ausgebildet, einigen von ihnen sogar das Leben gerettet hatte.

»Es ist unumgänglich, dass wir diesen Verräter aufspüren«, verkündete Sandwell. »Ike hat sich damit zum meistgesuchten Mann der Welt gemacht.«

Jetzt ergriff January das Wort. »Habe ich das richtig verstanden?«, sagte sie. »Der einzige Mensch, der gegen diese Pest immun ist, ist derjenige, der sie einzusetzen droht?«

»Richtig, Frau Senatorin«, nickte Sandwell. »Aber nicht mehr lange. Momentan sind wir dabei, den gesamten Subplaneten innerhalb eines Radius' von drei Meilen zu evakuieren, inklusive Nazca City. Niemand, der nicht geimpft worden ist, geht wieder zurück. Mit Ihnen, meine Herren, fangen wir an. Nebenan warten mehrere Ärzte auf Sie. Sie, Frau Senatorin, und auch Sie, Pater Thomas, dürfen sich uns gerne anschließen.«

Bevor January ablehnen konnte, sagte Thomas zu. Er warf ihr einen Blick zu und sagte: »Nur für alle Fälle.«

Jetzt war der Schirm mit einer Landkarte bedeckt. »Das Helios-Kartell hat sich dazu bereiterklärt, uns seine Informationen hinsichtlich des geplanten Verlaufs der Expedition zu übermitteln«, erläuterte Sandwell. »In den kommenden Monaten werden wir eng mit ihrer kartografischen Abteilung zusammenarbeiten, um die Forscher zu lokalisieren und zu retten. In der Zwischenzeit gehen wir auf die Jagd. Ich möchte, dass Patrouillen ausgesandt und Ausstiegspunkte überwacht werden. Wir lauern ihm auf. Und wenn wir ihn ausfindig gemacht haben, erschießen wir ihn. Auf der Stelle. Dieser Befehl kommt von ganz oben. Ich wiederhole: auf der Stelle eliminieren. Bevor dieser Abtrünnige uns erledigt.« Sandwell sah sie direkt an. »Jetzt ist der Zeitpunkt gekommen, an dem sich jeder der hier Anwesenden fragen muss, ob er sich dieser Aufgabe stellen kann.«

Seine Frage galt allein einem Mann. Alle wussten das. Schweigend warteten sie auf Branchs Weigerung, dem Befehl Folge zu leisten. Er sagte nichts.

Der Anruf um 3.30 Uhr weckte Branch auf seiner Pritsche. Er schlief ohnehin nicht viel. Zwei Tage waren vergangen, seit die Kommandeure an ihre Stützpunkte zurückgekehrt waren und sofort mit der Suche nach Ike angefangen hatten. Branch hingegen hatte man zur Kontrollstation im Hauptquartier Südpazifik auf Neuguinea beordert. Die Versetzung war halbwegs als humanitäre Geste getarnt, doch eigentlich ging es darum, ihn weitgehend auszuschalten. Bei der großen Treibjagd brauchten sie zwar Branchs Sachverstand, trauten ihm jedoch nicht zu, dass er Ike selbst töten würde. Er konnte es ihnen nicht verübeln.

»Major Branch«, meldete sich die Stimme am Telefon. »Hier ist Pater Thomas.«

Seit der Lagebesprechung hatte Branch einen Anruf von January erwartet. Seine Verbindung lief über die Senatorin, nicht über ihren jesuitischen Vertrauten. Es hatte ihn sogar überrascht, dass January ihn zu ihrem Treffen in der Antarktis mitgebracht hatte.

»Wie haben Sie mich ausfindig gemacht?«, fragte er.

»January. Ich habe Informationen hinsichtlich Ihres Soldaten Crockett.«

Branch wartete.

»Jemand benutzt unseren Freund für seine Zwecke. Ich komme

gerade von dem Arzt zurück, der für die Impfung verantwortlich war.«

Branch lauschte gespannt.

»Ich zeigte ihm ein Foto von Mr. Crockett.«

Branch schraubte den Hörer fast in sein Ohr hinein.

»Ich glaube, wir stimmen darin überein, dass er nicht allzu leicht zu verwechseln ist. Trotzdem behauptete der Arzt, ihn noch nie im Leben gesehen zu haben. Jemand hat seine Unterschrift gefälscht. Jemand hat sich für ihn ausgegeben.«

Branch lockerte seinen Griff ein wenig.

»Dann ist es Walker?« Er hatte ihn von Anfang an im Verdacht gehabt.

»Nein«, erwiderte Thomas. »Ich habe dem Arzt auch ein Foto von Walker gezeigt. Außerdem Fotos von jedem Einzelnen aus seiner Söldnergruppe. Der Arzt war sich völlig sicher: Auch von denen keiner.«

»Wer sonst?«

»Ich weiß es nicht. Aber irgendetwas stimmt hier nicht. Ich versuche gerade, Fotos von allen Expeditionsmitgliedern zu bekommen, die ich ihm auch noch vorlegen werde. Helios erweist sich als wenig kooperativ. Genauer gesagt, erklärte mir der Vertreter von Helios, dass es eine solche Expedition offiziell überhaupt nicht gebe.«

Branch setzte sich auf den Rand des Bettgestells. Es fiel ihm schwer, ruhig zu bleiben. Welche Absichten verfolgte dieser Priester? Warum spielte er mit einem Militärarzt Detektiv? Warum führte er mitten in der Nacht Telefongespräche, in denen er Ikes Unschuld herausposaunte?

»Ich habe auch keine Fotos«, sagte Branch.

»Mir fiel ein, dass wir dieses Video, das uns Sandwell vorspielte, ebenso gut als Quelle benutzen könnten. Man konnte darin ziemlich viele Gesichter erkennen.«

Also das war es. »Sie möchten, dass ich es Ihnen beschaffe?«

»Vielleicht erkennt der Arzt seinen Mann unter den Teilnehmern.«

»Dann fragen Sie Sandwell.«

»Habe ich bereits. Er ist ebenso wenig entgegenkommend wie

Helios. Ehrlich gesagt, vermute ich, dass er noch eine ganz andere Rolle spielt.«

»Mal sehen, was ich tun kann«, sagte Branch. Dieser Theorie wollte er sich nicht anschließen.

»Besteht denn keine Möglichkeit, die Suche nach Crockett abzubrechen oder zumindest zu verzögern?«

»Nein. Inzwischen sind unsere Jagdpatrouillen bereits unterwegs. Sie können nicht zurückgerufen werden.«

»Dann müssen wir rasch reagieren. Schicken Sie das Video ins Büro der Senatorin.«

Nachdem er aufgelegt hatte, blieb Branch noch eine Weile im Halbdunkel sitzen. Er nahm seinen Eigengeruch wahr, den Geruch der plastizierten Haut, den Gestank seiner Zweifel. Er war hier völlig kaltgestellt. Genau das hatten sie beabsichtigt. Er sollte hier schön brav an der Oberfläche abwarten, während sie die Dinge in die Hand nahmen.

Die ClipGal-Videos für den Priester zu organisieren, mochte in gewisser Hinsicht sinnvoll sein. Doch selbst wenn der Arzt mit dem Finger auf den Schuldigen zeigte, war es längst zu spät, Sandwells Entscheidung zurückzunehmen. Die meisten Spähtrupps befanden sich inzwischen jenseits einer direkten Verbindung. Jede Stunde führte sie tiefer in das Gestein.

Branch erhob sich. Kein Zaudern mehr. Er hatte eine Aufgabe zu erfüllen. Für sich. Für Ike, der nicht einmal ahnen konnte, was sie gegen ihn im Schilde führten.

Branch zog die Uniform aus. Es war, als entledigte er sich der eigenen Haut. Nach dem, was er vorhatte, würde er sie nie wieder anziehen können.

Er betrachtete sich nackt im Spiegel. Ein dunkler Fleck auf dem dunklen Glas. Seine zerstörte Haut glänzte wie ein narbiger Edelstein. Plötzlich tat es ihm Leid, dass er nie eine Frau und auch keine Kinder gehabt hatte. Jetzt wäre es schön, für jemanden einen Brief zurückzulassen, zumindest eine Nachricht auf dem Anrufbeantworter.

Er zog sich Zivilkleider an und nahm sein Gewehr.

Am nächsten Morgen wollte niemand Branchs unerlaubte Entfernung von der Truppe melden. Irgendwann aber erreichte die

Nachricht General Sandwell. Er war außer sich und zögerte nicht, einen neuen Befehl auszugeben: Major Branch sei Teil der Verschwörung Crocketts. »Das sind beides Verräter. Sofort erschießen.«

Das war ein mächtig großer Fluß
dort unten.

Mark Twain,
Huckleberry Finns Abenteuer

16
Schwarze Seide

Am westlichen Äquator

Der Paladin eilte die Pfade am Flussufer entlang und legte in kurzer Zeit gewaltige Entfernungen zurück. Er hatte von einer noch größeren Invasion erfahren, die sich diesmal sogar auf dem uralten Weg direkt auf ihre letzte Zuflucht zubewegte. Deshalb hatte er sich dazu entschlossen, sich diese Eindringlinge näher anzusehen und zu vernichten. Er kämpfte gegen sämtliche Erinnerungen an. Erlitt Demütigungen. Entledigte sich seines Verlangens. Streifte allen Kummer ab. Zum Wohle seines Volkes lief der Paladin immer weiter und versuchte, alle Gedanken an seine große Liebe auszulöschen.

Die Frau hatte ihm ein Kind geboren, hatte ihren Platz eingenommen und die ihr zugewiesenen Pflichten erfüllt. Sie hatte sich zähmen lassen. Die Gefangenschaft hatte ihren Geist und ihren Willen gebrochen, hatte eine reine Fläche geschaffen. So wie er hatte sie sich von den Einführungsritualen erholt. Er hatte mitgeholfen, sie zu formen, und sich nach und nach in seine Schöpfung verliebt. Jetzt war Kora tot.

Getrennt von seinem Clan und ohne seine Frau war er wurzellos, die Welt war weit und leer. Es gab so viele neue Gebiete und Lebensformen zu untersuchen, so viele Ziele, die ihn lockten. Er hätte sich von den Stämmen der Hadal lossagen und tiefer in den Planeten eindringen, vielleicht sogar an die Oberfläche zurückkehren können. Doch er hatte seinen Weg schon vor langer Zeit gewählt.

Nach vielen Stunden wurde der Paladin müde. Es war Zeit, sich auszuruhen. Laufend verließ er den Pfad. Seine Hand berührte die Felswand. Seine Fingerspitzen fanden zufällige Haltepunkte. Ein Teil seines Gehirns schlug eine andere Richtung ein, und nun zog er sich mit den Händen nach oben. Er kroch diagonal über die sanft gewölbte Seitenwand hinauf bis zu einer Vertiefung direkt über dem Fluss. Er witterte an der Höhlenöffnung. Beruhigt setzte er sich dann in die Steinmulde, zog seine Gliedmaßen an, verkeilte sich mit dem Rücken und sagte sein Nachtgebet. Einige der Worte entstammten einer Sprache, die seine Eltern und deren Eltern und deren Eltern gesprochen hatten. Worte, die Kora ihrer Tochter beigebracht hatte: *Geheiligt werde Dein Name.*

Der Paladin machte die Augen nicht zu. Doch die ganze Zeit über verlangsamte er seinen Herzschlag. Seine Atmung hörte fast auf. Er wurde ruhig. *Und vergib uns unsere Schuld.* Der Fluss eilte unter ihm dahin. Er schlief ein.

Stimmen weckten ihn, Stimmen, die sich auf der Oberfläche des Flusses brachen. Menschenstimmen.

Die Erkenntnis stellte sich nur langsam ein. In den vergangenen Jahren hatte er sich bemüht, diesen Klang zu vergessen. Es war ein schriller Missklang. Seine Aggressivität drang bis ins Mark, breitete sich flirrend aus, genau wie Sonnenlicht. Es war kein Wunder, dass sogar stärkere Tiere vor ihnen davonliefen. Er schämte sich dafür, einmal selbst zu ihrer Rasse gehört zu haben, auch wenn das schon über ein halbes Jahrhundert zurücklag.

Hörte man den Menschen zu, lag es auf der Hand, dass allein ihre Sprache den Ort entweihte. Der offene Raum hatte sie hirnlos gemacht. Ohne etwas über sich, ohne den Fels, der die Welt bedeckte, flogen ihre Gedanken davon, in eine Leere, die schrecklicher war als jeder Abgrund. Kein Wunder, dass sie ohne jede Vorkehrungen einfach so hereinspaziert kamen. Die Menschen hatten ihren Verstand an den Himmel verloren.

Sie kamen in Booten. Ohne Vorhut, ohne Disziplin, ohne Sicherheitsmaßnahmen, ohne Schutz für ihre Frauen. Sie glitten unter seiner Höhle vorbei, ohne auch nur einmal aufzusehen. Nicht einer von ihnen! Sie waren so selbstsicher. Dabei hing er für jeden sichtbar an der Decke über ihnen.

Ihre Flöße drängten sich in einem lang gezogenen, zufällig arrangierten Pulk durch den Tunnel. Er hörte auf, sie zu zählen und konzentrierte sich stattdessen auf die Schwachen und Nachzügler. Im Lauf der folgenden Stunde beobachtete er immer wieder Einzelne, die die Sicherheit der Gruppe gefährdeten, indem sie die Seitenwände streiften oder Essensreste einfach ins Wasser warfen. Die Hinweise, die sie möglichen Verfolgern hinterließen, waren mehr als einladend. Sie hinterließen sogar ihren Geschmack. Jedes Mal, wenn einer von ihnen mit dem Kopf gegen den Stein stieß, schmierte er Menschenfett an die Wand. Ihr Urin strömte einen weithin wahrnehmbaren Geruch aus. Außer sich die Schlagadern aufzuschlitzen und sich abwartend auf den Boden zu legen, hätten sie nicht viel mehr tun können, um sich zum Schlachten anzubieten.

Unglaublich, wie viele Frauen sie mit sich führten. Schnatternd und ahnungslos. Reife Frauen. Unbewacht. In diesem Zustand war auch Kora vor langer Zeit zu ihm in die Dunkelheit gekommen.

Nachdem sie mit der Strömung des Flusses verschwunden waren, wartete er noch eine Stunde, bis sich seine Augen von dem Licht erholt hatten. Dann löste er sich, einen Muskel nach dem anderen, aus der Vertiefung, ließ sich an einem Arm von dem schmalen Vorsprung herunterhängen und lauschte. Dann ließ er los und landete auf dem Pfad.

In der Dunkelheit untersuchte er ihren Abfall, leckte an einem Schokoladenpapier, schnüffelte an einem Stein, an dem sich ihre Körper im Vorbeifahren gerieben hatten. Dann verfolgte er sie wieder, lief auf alten, in das Gestein des Flussufers eingegrabenen Pfaden und holte sie bei ihrem nächsten Rastplatz ein. Er beobachtete sie. Nur selten sah er den Einen, der anders war als sie, der zu ihm gehörte.

Viele von ihnen unterhielten sich oder sangen vor sich hin, was ihm vorkam, als lauschte er ihren geheimsten Gedanken. Manchmal hatte auch Kora so gesungen, besonders für ihre Tochter.

Immer wieder entfernten sich Einzelne vom Lager und begaben sich in seine Reichweite. Er fragte sich, ob sie seine Anwesenheit spürten und versuchten, sich ihm als Opfer darzubieten. Einmal, in der Nacht, als sie schliefen, schlich er durch ihr Lager. Ihre Körper leuchteten in der Dunkelheit. Eine einzelne Frau zuckte zusammen, als er vorüberging, und sah ihn direkt an. Sein Anblick schien sie zu erschrecken. Er machte sich davon, sie verlor sein Bild aus dem Sinn und sank wieder in den Schlaf. Er war nicht mehr als ein flüchtiger Albtraum gewesen.

Die Zeit war noch nicht gekommen, einen von ihnen zu schnappen. Es hatte keinen Sinn, sie schon in diesem frühen Stadium zu beunruhigen. Sie drangen von ganz allein immer weiter in Richtung der Zufluchtsstätte vor, und er wusste bislang noch nicht, was sie eigentlich hierher führte. Also aß er Käfer und achtete darauf, dass er sie, damit sie nicht knackten, mit der Zunge zerquetschte.

Der Fluss wurde zu ihrer alltäglichen Besessenheit.

Sie bildeten eine Flottille aus zweiundzwanzig teilweise miteinander vertäuten Flößen. Andere trieben mit großem Abstand hinterher, weil ihre Passagiere allein sein wollten, wissenschaftliche Experimente durchführten oder ihre Liebschaften pflegten. Die großen Pontonkähne hatten eine Kapazität von zehn Mann plus 650 Kilo Fracht. Mit den kleineren Booten transportierten sie tagsüber Passagiere von einer Polyurethan-Insel zur anderen oder setzten sie als schwimmende Krankenhausbetten ein. Ike hatte man den einzigen Kajak überlassen.

Eigentlich hätte es hier unten keine Klimaveränderungen geben dürfen. Wind, Regen und Jahreszeiten waren wissenschaftlich unmöglich. Man hatte ihnen erzählt, der Subplanet sei hermetisch abgeriegelt, nahezu ein Vakuum, dessen Thermostat bei 30 Grad Celsius feststeckte und in dessen Atmosphäre sich nicht das Geringste änderte. Keine Wasserfälle, keine Dinosaurier und kein Licht.

Trotzdem gab es das alles. Sie kamen an einem Gletscher vorüber, der kleine blaue Eisberge in den Fluss kalbte. Von der Decke regnete es manchmal mit der Wucht eines Monsuns. Einer der Söldner war von einem gepanzerten Fisch gebissen worden, der sich offensichtlich seit dem Zeitalter der Trilobiten nicht mehr verändert hatte.

In immer geringeren Abständen durchfuhren sie Höhlen, die von einer steinfressenden Flechtenart erleuchtet waren. Allem Anschein nach streckten die Flechten in ihrer Reproduktionsphase einen fleischigen Stängel mit sowohl positiver als auch negativer elektrischer Ladung aus. Das Ergebnis war Licht, das wiederum Millionen von Plattwürmern anlockte. Diese wurden von Mollusken gefressen, die zu neuen, unbeleuchteten Regionen weiterzogen. Die Mollusken schieden Flechtensporen aus. Die Sporen reiften und fraßen sich an dem neuen Gestein fest. Zentimeter um Zentimeter breitete sich das Licht in der Dunkelheit aus.

In der dritten Augustwoche passierten sie die Ausläufer eines namenlosen Meeresberges, eines Vulkans auf dem Meeresboden. Die unterseeische Erhebung selbst saß anderthalb Kilometer über ihnen auf dem Meeresgrund und wurde von diesen Ganglien, die tief in die Erdkruste hineinreichten, mit frischem, flüssigem Magma versorgt. Die Felswände links und rechts des Flusses wurden warm. Gesichter wurden rot, Lippen sprangen auf. Ike, der einen karierten Baumwollschal um den Kopf geschlungen hatte, riet ihnen, alle Kleider anzubehalten. Doch die Feuchtigkeit in den Anzügen wurde unerträglich. Es dauerte nicht lange, und alle hatten sich bis auf die Unterwäsche ausgezogen, sogar Ike in seinem Kajak. Blinddarmnarben, Leberflecken und Muttermale wurden preisgegeben und sorgten später für neue Spitznamen.

Ali hatte noch nie einen solchen Durst verspürt. An einer Stelle wurden die Tunnelwände so heiß, dass sie dunkelrot glühten. Durch einen Spalt, der sich in der Wand öffnete, sahen sie glühendes Magma, das wie Gold und Blut brodelte und wallte und sich in der Gebärmutter des Planeten wälzte. Ali wagte nur einen Blick, wandte das Gesicht aber sofort wieder ab und paddelte weiter. Das Rauschen war wie ein gewaltiges geologisches Wiegenlied.

Der Fluss schlängelte sich durch das kochende Wurzelsystem

des Vulkans. Wie immer gab es jede Menge Weggabelungen und falsche Abzweigungen. Ike wusste, woher auch immer, welchen Weg sie einschlagen mussten. Ali fuhr fast am Ende der Karawane. Der Tunnel wurde schmaler. Plötzlich ertönten von ganz hinten Schreie. O Gott, jetzt greifen sie uns an, dachte sie.

Dann tauchte Ike auf und schoss mit seinem Kajak flussaufwärts an Alis Floß vorbei. Plötzlich hielt er an. Vor ihm waren die Wände wie Plastik geschmolzen und beulten sich weit in den Tunnel hinein. Die schmale Fahrbahn war fast verschlossen und das allerletzte Floß hing auf der anderen Seite fest. Männerstimmen schrien nach Hilfe.

»Wer ist da drüben?«, fragte Ike Ali und ihre Mitfahrer.

»Walkers Leute«, antwortete jemand. »Es sind zwei.«

Der zusammengequetschte Fels gab wieder ein Geräusch von sich, als würde ein hölzerner Schiffsrumpf eingedrückt. Ein Stück der Außenwand des Tunnels sprang ab und schleuderte scharfkantige Brocken durch die Luft.

Walker und seine Leute kamen von weiter flussabwärts angepaddelt. Der Colonel schätzte die Situation ab.

»Zurücklassen«, sagte er.

»Aber es sind Ihre Männer«, erwiderte Ike.

»Wir können nichts für sie tun. Es ist jetzt schon zu schmal, um ihr Floß durchzukriegen. Die beiden wissen, dass sie umkehren und zurückgehen müssen, wenn sie abgeschnitten werden.« Die Soldaten in Walkers Booten waren starr vor Entsetzen. Von ihren Handrücken bis zu den Schultern zeichneten sich ihre Adern ab.

»Nein«, sagte Ike und paddelte flussaufwärts.

»Kehren Sie sofort um!«, rief ihm Walker nach.

Ike lenkte sein Kajak durch den sich verengenden Tunnel. Die Wände verformten sich unablässig, sie schmolzen und erstarrten wie Wachs. Ein Stück seines karierten Schals berührte die Wand und fing sofort Feuer. Die Haare auf seinem Kopf rauchten. Doch er drückte sich mit höchster Geschwindigkeit durch die Öffnung. Hinter ihm blähte sich der Stein auf. Auf einer Länge von drei Metern schloss sich der Schlund mit einem Schmatzen. Nur noch unter der Decke blieb ein Stück offen, aber dort kochte das Wasser in der Hitze, es war unmöglich, dass jemand hindurchkletterte.

»Ike?«, rief Ali.

Die neue Wand erdrosselte den Fluss sehr rasch. Die Boote sanken mit dem Wasserspiegel, nach und nach wurde der Flussgrund sichtbar. Der Tunnel füllte sich mit Dampf. Sie würden sich beeilen müssen, um mit dem letzten Wasser von hier verschwinden zu können.

»Hier können wir nicht bleiben«, sagte jemand.

»Wir warten!«, befahl Ali und fügte sogleich hinzu: »Bitte!«

Sie wartete, und der Wasserspiegel senkte sich immer mehr. In wenigen Minuten würde ihr Floß auf dem nackten Gestein festsitzen.

Alis aufgesprungene Lippen teilten sich. Gott im Himmel, betete sie. Lass diesen Mann zurückkommen. Das sah ihr gar nicht ähnlich. Gebete waren kein Tauschhandel. Mit Gott machte man keine Geschäfte. Damals, als Kind, hatte sie für die Rückkehr ihrer Eltern gebetet. Seither hatte Ali beschlossen, die Dinge so zu akzeptieren, wie sie waren. Dein Wille geschehe.

»Lass ihn leben«, murmelte sie.

Der Fels teilte sich nicht. Das hier war keine Märchenwelt.

»Gehen wir«, sagte Ali.

Dann hörten sie ein anderes Geräusch. Der auf der anderen Seite aufgestaute Fluss war entsprechend gestiegen. Mit einem Mal schoss ein Wasserstrahl durch die Öffnung unter der Decke.

»Seht doch!«

Wie Jonas, der aus dem Bauch des Wals ausgespien wurde, kamen zuerst ein Mann und dann ein zweiter durch das Loch geschossen. Das kalte Wasser schützte sie vor dem sengend heißen Stein und schleuderte sie in den tiefer gelegenen Fluss auf der anderen Seite. Die beiden Soldaten torkelten durch das hüfthohe Wasser, ohne Waffen, verbrannt und nackt. Aber sie waren am Leben. Das Floß mit den Wissenschaftlern kehrte um und die Besatzung zog die beiden unter Schock stehenden Männer an Bord.

»Wo ist Ike?«, schrie Ali sie an, aber ihre Kehlen waren so geschwollen, dass sie keinen Ton herausbrachten.

Sie drehten sich zu dem Wasserstrahl um, und jetzt schoss eine Gestalt durch die Düse. Sie war lang und schwarz und grau gesprenkelt... Ikes leerer Kajak. Als Nächstes kam das Paddel und dann Ike selber. Sobald er im flachen Wasser gelandet war, goss er das Wasser aus dem Kajak, schwang sich hinein und paddelte zu ihnen flussabwärts. Er war angesengt, aber unversehrt, sogar sein Gewehr hatte er noch umgehängt.

Es war empfindlich knapp gewesen, und das wusste er auch. Er holte tief Luft, schüttelte das Wasser aus dem Haar und bemühte sich, ein breites Grinsen zu unterdrücken. Dann blickte er ihnen der Reihe nach in die Augen, Ali zuletzt.

»Worauf warten wir?«, fragte er.

Die Expedition beendete ihren Marathonlauf unter dem unterseeischen Vulkan hindurch erst vier Stunden später, als die Boote auf eine Klippe in kühler Luft gezogen wurden. Auch ein kleines Rinnsal mit klarem Wasser gab es dort.

Walker erhielt seine beiden nackten Soldaten zurück. Es war nicht zu übersehen, wie dankbar sie Ike waren. Die Schande des Colonels, der sie einfach hatte im Stich lassen wollen, schwebte wie eine giftige Wolke über dem Lager.

Dann wurde zwanzig Stunden geschlafen. Als sie erwachten, hatte Ike mit Steinen einen kleinen Damm errichtet, um das Rinnsal als Trinkwasserbecken aufzustauen. Ali hatte ihn noch nie so glücklich gesehen.

»Du hast ihnen befohlen zu warten«, sagte er zu ihr. Vor aller Augen küsste er sie auf den Mund. Vielleicht hielt er das für die sicherste Art und Weise. Obwohl ihr die Röte ins Gesicht schoss, sträubte sie sich nicht.

Inzwischen sah Ali den Erzengel unter Ikes vernarbter und tätowierter Schale. Er strahlte einen Hauch von Unsterblichkeit aus. Sie sah, dass jede Herausforderung, jedes Risiko diesen Überlebenswillen verstärkte, und dass ihn letztendlich vielleicht nur ein Judaskuss vernichten konnte.

Natürlich tauften sie den Fluss auf den Namen Styx. Die langsame Strömung trug sie mit sich. An manchen Tagen tauchten sie kaum ein Paddel ein und ließen sich einfach treiben. Über Hunderte von Kilometern zog sich das Ufer mit elastischer Monotonie dahin. Den auffälligsten Orientierungspunkten gaben sie Namen, und Ali hielt die Namen jeden Abend auf ihren Karten fest.

Nach einem Monat der Akklimatisierung hatte sich ihr Wach- und Schlafrhythmus endlich an die unterirdische Nacht angepasst. Der Schlaf ähnelte einer Überwinterung, tiefen Stürzen in Träume und REMs, die sie förmlich durchschüttelten. Zuerst verlegte sich die Gruppe auf Schlafspannen von zehn, später auf zwölf Stunden. Jedes Mal, wenn sie die Augen schlossen, kam es ihnen vor, als schliefen sie länger. Letztendlich pendelten sich ihre Körper auf eine allgemeine Norm ein: fünfzehn Stunden. Nach einem solchen Schlaf waren sie normalerweise fit für einen »Tag« von dreißig Stunden.

Ike musste ihnen erst beibringen, wie man sich einen dermaßen langen Wachzyklus einteilte, sonst hätten sie sich womöglich selbst ruiniert. Man brauchte kräftigere Muskeln und dickere Schwielen, man musste ständig auf Atmung und Nahrungsaufnahme achten, um sich vierundzwanzig Stunden oder länger am Stück bewegen zu können.

Ike versuchte, sie auch mit einem neuen Bewusstsein auszurüsten. Die Formen der Steine, der Geschmack der Mineralien, die schweigenden Löcher einer Höhle: Prägt euch alles ein, sagte er. Sie zogen ihn damit auf. Er kannte sich mit all dem Kram aus, und damit waren sie entlastet. Es war seine Aufgabe, nicht ihre. Er versuchte es trotzdem. Eines schönen Tages habt ihr eure Instrumente und eure Karten vielleicht nicht mehr. Oder mich. Ihr müsst mit Hilfe eurer Fingerspitzen herausfinden, wo ihr seid, ihr müsst Echos bestimmen. Einige versuchten, von ihm zu lernen. Mittlerweile genoss er großen Respekt bei den Wissenschaftlern. Es gefiel ihnen, wie er Walkers finstere Pistolenhelden einschüchterte.

Noch bevor die andern morgens wach wurden, sah Ali ihn oft im schwarzen Wasser davongleiten, ohne die geringste Spur einer Kielwelle. Wenn sie ihn wie einen Mönch in die Wildnis entschwinden sah, musste sie unwillkürlich an die einfache Kraft eines reinen Gebetes denken.

Ike markierte die Wände einfach mit einem Paar Leuchtstäbe und zog weiter. Später trieben sie dann an seinen blauen Kreuzen vorüber, die wie eine Neonschrift über dem Wasser glommen und den Erlöser zu verkünden schienen. Sie folgten ihm durch Öffnungen und Kanäle. Für gewöhnlich wartete er auf einer Böschung aus grünem Granat, auf einem Vorsprung aus Eisenerz, oder er saß in seinem nachtfarbenen Kajak und hielt sich an einer Felsnase fest. Ali gefiel er besonders gut in diesem friedlichen, ruhigen Zustand.

Eines Tages kamen sie um eine Biegung und hörten ein seltsames Geräusch, eine Mischung aus Pfeifen und Windgeheul. Ike hatte ein primitives Musikinstrument gefunden, das ein Hadal zurückgelassen hatte. Es war aus Tierknochen gefertigt und verfügte über drei Löcher an der Oberseite und drei an der Unterseite. Die Flöße legten an, und einige Flötenspieler versuchten sich der Reihe nach an dem Instrument, wobei einer ihm ein paar Töne Bach, ein anderer eine Melodie von Jethro Tull entlockte.

Als sie Ike die Flöte zurückgaben, spielte er das, wozu sie einst gemacht worden war. Es war ein Lied der Hadal, eine fremdartige, langsame Melodie. Die nie gehörten Klänge schlugen alle in ihren Bann, sogar die Soldaten. Solche Töne brachten die Hadal hervor? Synkopen, Triller, plötzliche Grunzlaute, schließlich ein gedämpfter Ruf: Es war ein Lied der Erde, voll von Tier- und Wassergeräuschen und dem Grollen der Erdbeben.

Ali war begeistert und abgestoßen zugleich. Die Knochenflöte verriet noch mehr über Ikes Gefangenschaft als seine Tätowierungen und Narben. Nicht nur, dass er sich an das Lied erinnerte und seine Melodie spielen konnte – er war offensichtlich ganz versunken darin. Diese fremdartige Musik ging ihm zu Herzen.

Als Ike zu Ende gespielt hatte, betrachtete er die Knochenflöte, als hätte er noch nie im Leben ein solches Instrument gesehen. Dann schleuderte er sie in den Fluss. Nachdem die anderen weg waren, tastete Ali auf dem Grund herum und zog sie wieder heraus.

Zu Fuß hatten sie im Schnitt weniger als sechzehn Kilometer am Tag geschafft. Aber in den vergangenen zwei Wochen auf dem Wasser waren sie über 2000 Kilometer weit getrieben. Wenn der Fluss sie noch weiter begleitete, würden sie schon in drei Monaten im Bauch Asiens herauskommen.

Das dunkle Wasser war nicht völlig dunkel. Es hatte einen leichten pastellfarbenen Phosphorschimmer. Wenn sie ihre Scheinwerfer ausgeschaltet ließen, hob sich der Fluss wie eine bleichgrüne

Geisterschlange von der Dunkelheit ringsum ab. Mit Unterstützung des gedämpft glimmenden Flusses waren die Geduldigen unter ihnen schon bald in der Lage, in der dunklen Umgebung ausreichend zu sehen. Das einst so unentbehrliche Licht schmerzte nun in ihren Augen. Trotzdem bestand Walker auf hellen Scheinwerfern als Flankenschutz, auch wenn dadurch viele Experimente und Beobachtungen der Wissenschaftler zunichte gemacht wurden. Das wiederum veranlasste die Wissenschaftler, ihre Flöße in möglichst großer Entfernung von denen der Soldaten zu halten. Keiner von ihnen dachte sich etwas dabei – bis zu dem Abend, als sie das Mandala fanden.

Es war ein kurzer Tag gewesen, achtzehn leichte, von nur wenig Abwechslung unterbrochene Stunden. Die kleine Armada umrundete eine Flussbiegung, als ein Scheinwerfer in der Ferne eine blasse, einsame Gestalt auf dem Ufer erfasste. Es konnte eigentlich nur Ike sein, der an der Stelle wartete, die er für sie als Lagerplatz ausgesucht hatte; doch er reagierte nicht auf ihre Rufe. Als sie näher kamen, sahen sie, dass er in der klassischen Lotusposition dasaß und die Felswand anstarrte.

»Was soll dieser Quatsch?«, meckerte Shoat. »He, Buddha! Wir bitten untertänigst um Landeerlaubnis!«

Sie vertäuten die Flöße und suchten sich flache Stellen für die Schlafmatten. Ike schien fürs Erste vergessen. Erst nachdem das Lager eingerichtet war, widmeten sie ihm wieder ihre Aufmerksamkeit. Ali gesellte sich zu der rasch wachsenden Gruppe Neugieriger. Ikes Rücken war ihnen zugekehrt. Er war nackt und hatte sich noch keinen Zentimeter bewegt.

»Ike?«, sagte Ali. »Ist alles in Ordnung?«

Sein Brustkorb hob und senkte sich. Die Finger einer Hand berührten den Boden. Er war viel dünner, als Ali sich vorgestellt hatte. Seine Schlüsselbeine erinnerten eher an einen Bettelmönch als an einen Krieger, aber ihr Staunen rührte nicht allein von seiner Nacktheit her. Er war gefoltert worden: Lange, schmale Streifen aus Narbengewebe fassten seine Wirbelsäule ein und umrankten die Stelle, an der die Ärzte seinen berühmten Rückenmarksring entfernt hatten. Zusätzlich war diese ganze Leinwand des Schmerzes mit Tinte verziert, besser gesagt: verunstaltet. Im zitternden

Licht der Lampen schienen die geometrischen Muster, Tierbilder, Glyphen und Texte auf seiner Haut lebendig zu werden.

»Um Gottes Willen«, stöhnte eine Frau und verzog das Gesicht.

»Wie lange sitzt er schon so da?«, fragte jemand. »Was macht er da eigentlich?«

Niemand antwortete. Diesen Außenseiter umgab etwas ungemein Machtvolles. Er hatte Gefangenschaft, Armut und Erniedrigung in einem Ausmaß durchlitten, das sie sich nicht einmal vorstellen konnten. Trotzdem war diese Wirbelsäule gerade wie ein Schilfrohr, richtete dieser Geist sich auf etwas, das all seine Qualen transzendierte. Ike war eindeutig im Gebet versunken.

Erst jetzt sahen sie, dass die Wand, vor der er saß, eine Ansammlung von gemalten Kreisen aufwies. Die Strahlen ihrer Taschenlampen ließen die Umrisse nahezu verblassen.

»Hadal-Gekritzel«, schnaubte einer der Soldaten verächtlich.

Ali ging näher heran. Die Kreise waren mit schwach gezeichneten Linien und Schnörkeln ausgefüllt, eine Art Mandala. Sie vermutete, dass es im Dunkeln leuchtete. Im Licht so vieler Lampen ließ sich hingegen fast nichts erkennen.

»Crockett«, blaffte Walker, »jetzt reißen Sie sich mal zusammen.« Ikes Fremdartigkeit erschreckte manche Leute, und Ali vermutete, dass der Colonel von Ikes stummem Leiden peinlich berührt war, als entzöge es ihm noch mehr von seiner eigenen Autorität. Als Ike sich nicht rührte, sagte Walker nur: »Hängt dem Mann etwas über.«

Einer seiner Männer machte sich daran, Ike notdürftig mit seinen um ihn herum liegenden Kleidern zuzudecken. »Colonel«, sagte der Soldat, »vielleicht ist er ja tot. Fühlen Sie mal, wie kalt er ist.«

Innerhalb der folgenden hektischen Minuten stellten die Ärzte aus dem Team fest, dass Ike seinen Metabolismus fast bis zum Stillstand verlangsamt hatte. Sein Puls betrug kaum mehr als zwanzig, seine Atmung weniger als drei Zyklen pro Minute. »Ich habe schon von Mönchen gehört, die so was praktizieren«, sagte jemand. »Eine Art Meditationstechnik.«

Die Gruppe löste sich auf und ging wieder zum Lager, um zu essen und zu schlafen. Viel später kehrte Ali noch einmal zurück, um nach Ike zu sehen. Es geschah aus reiner Fürsorge, redete sie sich selbst ein. Er saß immer noch mit geradem Rücken und auf dem Boden ruhenden Fingerspitzen vor dem Mandala. Sie ließ ihre Lampe aus und kroch näher, um ihm sein Hemd, das heruntergerutscht war, wieder um die Schultern zu legen. Erst jetzt sah sie das Blut, mit dem sein Rücken überzogen war. Außer ihr musste noch jemand Ike einen Besuch abgestattet und ihm eine Messerklinge quer über die Schulter gezogen haben.

Ali war außer sich.

»Wer hat das getan?«, fragte sie gepresst. Es hätte ein Soldat sein können. Oder Shoat. Oder Walker.

Mit einem Mal füllten sich seine Lungen. Sie hörte, wie die Luft langsam aus seiner Nase entwich. Wie im Traum hörte sie ihn sagen: »Es läuft alles aufs Gleiche hinaus.«

Als die Frau sich von der Gruppe trennte und einen vom Fluss abzweigenden Seitengang heraufschlich, dachte er, sie wollte sich nur erleichtern. Es war eine perverse Eigenart dieser Rasse, dass die Menschen zu diesem Zweck immer allein irgendwohin gingen. Ausgerechnet im Moment ihrer größten Hilflosigkeit, mit geöffneten Därmen, von der Kleidung gefesselten Fußknöcheln und Wolken von Eigengeruch um sich herum, ausgerechnet in dem Augenblick, in dem sie den Schutz ihrer Gefährten am dringlichsten benötigten, bestanden sie auf ihrer Einsamkeit.

Zu seiner Verwunderung entleerte das Weibchen seine Därme nicht. Es nahm stattdessen ein Bad. Zuerst zog sie ihre Kleider aus. Im Licht der Stirnlampe seifte sie ihren Schamhügel ein, verteilte den Schaum mit den Handflächen auch auf Hüften und Oberschenkel und schrubbte dann mit den Händen an den Beinen auf und ab. Sie ähnelte keinesfalls den fetten Venusgöttinnen, die gewisse Stämme, die er beobachtet hatte, über alles schätzten. Aber sie war auch nicht knochig. Sowohl Hinterteil als auch Oberschenkel waren durchaus muskulös. Der Beckengürtel leuchtete in der Dunkelheit, ein solides Gefäß, bestens geeignet zum Austragen von Kindern. Sie goss den Inhalt einer Flasche über ihren Schultern aus, und das Wasser rann über ihre rundlichen Konturen. In diesem Augenblick beschloss er, sie zu schwängern.

Vielleicht, überlegte er, war Kora nur gestorben, um Platz für diese Frau zu machen. Oder sie war ein vom Schicksal gesandter Trost für Koras Tod. Es war sogar möglich, dass sie Kora *war*, von einem Gefäß ins nächste übergewechselt. Wer wusste das schon? Wie es hieß, ließen sich die Seelen auf der Suche nach einer neuen Wohnstatt im Fels nieder und suchten sich ihren Weg durch die Spalten.

Sie hatte die makellose Haut eines Neugeborenen. Ihre Statur und ihre langen Glieder waren viel versprechend. Das tägliche Leben würde wohl anstrengend für sie werden, aber insbesondere die Beine zeugten von Ausdauer. Er stellte sich ihren Körper mit den Ringen, Farben und Narben vor, die er anbringen würde, sobald er über ihn verfügte. Falls sie die Initiationszeit überlebte, würde er ihr einen Hadal-Namen geben, der gefühlt und gesehen, jedoch niemals ausgesprochen werden konnte, so wie er schon vielen Namen gegeben hatte. So wie auch er seinen Namen erhalten hatte.

Die Eroberung konnte auf mehreren Wegen erfolgen. Er konnte sie locken. Er konnte sie einfach packen. Er konnte ihr einfach ein Bein ausrenken und sie wegtragen. Schlug all das fehl, gab sie immer noch mehrere leckere Portionen Fleisch ab.

Seine Erfahrung lehrte ihn, dass Versuchung die verlockendste Methode war. In dieser Hinsicht war er sehr geschickt, beinahe artistisch, wie sich auch an seinem Status unter den Hadal ablesen ließ. Schon mehrere Male war es ihm nahe der Oberfläche gelungen, kleine Gruppen in seine Gewalt zu bekommen. Hatte man erst eine – oder einen – geschnappt, konnte man mit diesem Fang leicht auch die anderen anlocken. Handelte es sich um eine Frau, folgte ihr oft ihr Mann. Ein Kind garantierte zumindest einen Elternteil.

Er sprach sie an. Er flüsterte in ihre Richtung. Auf Englisch. »Hallo?« Er tat nichts, um sein Verlangen zu verbergen.

Sie hatte sich gerade nach einer zweiten Wasserflasche umgedreht und hielt beim Klang seiner Stimme inne. Ihr Kopf wandte sich nach links und rechts. Der Laut war von hinten gekommen, aber sie beurteilte mehr als nur seine Richtung. Diese Aufgewecktheit gefiel ihm, ihre Fähigkeit, die Gelegenheiten ebenso wie die Gefahren blitzschnell abzuwägen.

»Was tust du hier draußen?«, fragte die Frau. Sie war sich ihrer selbst so sicher, dass sie keinen Versuch unternahm, ihre Blöße zu bedecken.

»Beobachten«, antwortete er. »Ich habe dich beobachtet.«

»Und was willst du?«

»Was ich will?« Er fühlte sich an Kora erinnert. »Die Welt«, sagte er. »Ein Leben. Dich.«

Sie überlegte kurz. »Du bist einer der Soldaten.«

»Richtig«, sagte er. Er log sie nicht an. »Ich war einmal Soldat.«

»Willst du dich mir denn nicht zeigen?«, fragte sie, und er wusste, dass das nicht unbedingt ihren Wünschen entsprach.

»Nein«, sagte er. »Noch nicht. Vielleicht würdest du mich verraten.«

»Und wenn schon?«

Er roch ihr verändertes Verhalten. Der kräftige Duft ihres Geschlechts breitete sich in der kleinen Höhle aus.

»Sie würden mich deswegen töten«, erwiderte er.

Sie schaltete das Licht aus.

Ali wusste, dass die Hölle sie einholen würde.

Mollys Verfassung war Ali zum ersten Mal bei einem nachmittäglichen Pokerspiel aufgefallen. Sie saßen allein in einem kleinen Floß. Molly deckte ein Pärchen Asse auf, als Ali ihre Hände sah.

»Du blutest ja«, sagte sie.

Molly lächelte unsicher. »Ist nicht so schlimm. Das kommt und geht.«

»Seit wann?«

»Weiß nicht.« Sie wich aus. »Seit einem Monat oder so.«

»Was ist passiert? Das sieht ja schrecklich aus.«

Mitten in ihre Handfläche war ein Loch gekratzt, das darunter liegende Fleisch sah wie ausgepult aus. Es war kein Schnitt, aber es war auch kein Geschwür. Es sah aus wie von Säure verätzt, nur hätte Säure die Wunde ausgebrannt.

»Blasen«, sagte Molly. Unter ihren Augen hatten sich tiefe dunkle Ringe eingegraben. Sie rasierte sich den Schädel aus Gewohnheit ganz kahl, doch seit einiger Zeit machte sie nicht mehr den Eindruck strotzender Gesundheit.

»Das sollte sich vielleicht mal einer unserer Ärzte ansehen«, meinte Ali.

Molly schloss die Fäuste. »Mir fehlt nichts.«

»Ich mache mir nur Sorgen«, erwiderte Ali. »Wir müssen ja nicht darüber reden.«

Eines Abends tropfte Blut aus Mollys Augen. Um kein Risiko einzugehen, steckten die Ärzte sie auf einem Boot in Quarantäne, das hundert Meter hinter den anderen hergezogen wurde. Ali entschloss sich, bei ihr zu bleiben.

Die Aussicht auf eine exotische Krankheit versetzte die Expedition in Angst und Schrecken. Ali hatte Verständnis dafür, aber was ihr nicht gefiel, waren Walkers Soldaten, die sie und Molly durch die Fernrohre ihrer Gewehre beobachteten. Man hatte ihnen kein Walkie-Talkie mitgegeben, weil Shoat gemeint hatte, sie würden es doch nur benutzen, um die anderen zu beschwatzen, sie zurückzuholen.

Am Morgen des vierten Tages löste sich ein Schlauchboot von der Flottille und machte sich auf den Weg zu ihnen. Zeit für den Hausbesuch. Die Ärzte trugen Mundschutz, Einmalkittel und Gummihandschuhe. Einer richtete den Strahl seiner Taschenlampe auf Molly. Ihre schönen Lippen waren aufgesprungen, ihr üppiger Körper siechte dahin. Die Geschwüre hatten sich über den gesamten Körper ausgebreitet. Sie drehte den Kopf vom Licht weg.

Einer der Mediziner stieg in Alis Boot. Sie kletterte in das andere Boot, und der zweite Arzt paddelte ein Stück weg, um sich mit ihr zu unterhalten. »Wir können uns keinen Reim darauf machen«, sagte er mit vom Mundschutz gedämpfter Stimme. »Wir haben noch einen Bluttest gemacht. Es könnte sich immer noch als Insektengift oder allergische Reaktion herausstellen. Aber was es auch ist, Sie haben es nicht. Sie müssen nicht hier draußen bei ihr sein.«

Ali hielt der Versuchung stand. Von den anderen würde sich niemand freiwillig melden, so verängstigt wie sie waren. Und Molly durfte nicht allein gelassen werden. »Noch eine Transfusion«, sagte Ali. »Sie braucht mehr Blut.«

»Wir haben ihr schon zwei Liter gegeben. Sie ist das reinste Sieb. Ebenso gut könnten wir es ins Wasser gießen.«

»Haben Sie aufgegeben?«

»Natürlich nicht«, erwiderte der Arzt. »Wir versuchen alles, um ihr zu helfen.«

Ali fühlte sich kalt und hölzern. Und sehr, sehr müde. Molly würde sterben.

Fieber setzte ein. Ali spürte seine Hitze, wenn sie sich über Molly beugte. Eine Art ranziges Fett trat aus ihren Poren. Sie wurde auf Antibiotika gesetzt, aber es half nichts.

Irgendwann später schlug Ali die Augen auf, und Ike saß in seinem grau-schwarzen Kajak längs des Quarantänefloßes und schaukelte auf der trägen Strömung. Er trug weder den vorgeschriebenen Kittel noch einen Mundschutz. Seine Missachtung der Befehle war für Ali wie ein kleines Wunder. Er machte sein Kajak fest und wechselte ins Floß über.

»Ich wollte dich besuchen«, sagte er. Molly lag schlafend in Alis Schoß.

Ike schob eine Hand unter Mollys geschorenen Kopf, hob ihn vorsichtig an und beugte sich zu ihr hinab. Ali dachte schon, er wollte sie küssen, doch er roch an ihrem offenen Mund. Ihre Zähne waren rot verschmiert. »Es kann nicht mehr lange dauern«, sagte er, als handelte es sich dabei um eine Gnade. »Du solltest für sie beten.«

»Ach, Ike«, seufzte Ali. Mit einem Mal wollte sie in den Arm genommen werden, konnte sich jedoch nicht dazu überwinden, ihn darum zu bitten. »Sie ist noch viel zu jung. Und hier ist nicht der richtige Ort. Sie hat mich gefragt, was mit ihrem Körper geschehen wird.«

»Ich weiß, was zu tun ist«, beruhigte er sie, ließ sich aber nicht näher aus. »Hat sie dir erzählt, wie es passiert ist?«

»Das weiß keiner«, sagte Ali.

»Sie schon.«

Später beichtete Molly es ihr. Zuerst hörte es sich an wie ein Witz. »He, Al«, fing sie an. »Willste mal was 'ne richtig tolle Story hören?«

»Nur wenn sie gut ist«, scherzte Ali. Mit Molly musste man so umgehen. Sie hielten sich an den Händen.

»Na schön«, sagte Molly, und ihr schmales Grinsen flackerte auf und verschwand wieder. »Vor ungefähr einem Monat war es, als ich mit dieser Sache anfing. Ich hielt ihn für einen Soldaten. Damals, beim ersten Mal.«

Ali wartete, bis Molly die ganze Geschichte parat hatte. Sünde war Begräbnis. Erlösung war Ausgrabung. Wenn Molly Hilfe beim Buddeln brauchte, würde ihr Ali jederzeit beistehen.

»Er war irgendwo im Dunkeln«, sagte Molly. »Du kennst ja die Regeln des Colonel. Die Soldaten dürfen nicht mit uns Ungläubigen fraternisieren. Ich weiß auch nicht, was mich damals überkam. Vermutlich Mitleid. Also gewährte ich ihm die Dunkelheit, ließ ihm seine Anonymität. Er durfte mich haben.«

Ali war nicht im Geringsten schockiert.

»Ihr habt miteinander geschlafen«, sagte sie.

»Wir haben gefickt«, stellte Molly klar.

Ali wartete. Wo lag die Schuld?

»Es war nicht das einzige Mal«, fuhr Molly fort. »Abend für Abend schlich ich mich in die Dunkelheit, und er war immer da, wartete dort auf mich.«

»Verstehe«, sagte Ali, doch sie verstand nicht allzu viel. Sie konnte darin nichts Verwerfliches erkennen.

»Am Schluss war es wohl die Neugier, die mich nicht ruhen ließ. Eine Frau will doch wissen, wer ihr Märchenprinz ist, stimmt's?« Molly hielt inne. »Also machte ich eines Nachts meine Lampe an.«

»Und?«

»Das hätte ich besser nicht tun sollen.«

Ali runzelte die Stirn.

»Es war keiner von Walkers Soldaten.«

»Also einer der Wissenschaftler«, nickte Ali.

»Auch nicht.«

»Ach?« Wer war da noch übrig?

Mollys Unterkiefer versteifte sich in einem Fieberanfall. Sie fing an zu zittern. Nach einigen Sekunden machte sie die Augen wieder auf. »Ich weiß es nicht«, sagte sie. »Ich hatte ihn vorher noch nie gesehen.«

»Du weißt, dass das unmöglich ist. Nach vier Monaten gibt es keine Fremden in unserer Gruppe.«

»Ich weiß. Aber genau so ist es.«

Ali sah, dass sie es ernst meinte und erschrak zutiefst. »Beschreib ihn mir. Bevor du das Licht angemacht hast.«

»Er roch irgendwie anders. Seine Haut. Als er in meinem Mund war, schmeckte er auch anders. Kennst du das? Jeder Mann hat seinen eigenen Geschmack, aber etwas ist immer gleich. Ob schwarz, weiß oder braun, das spielt keine Rolle. Schweiß, Sperma, sogar der Atem, sie haben alle das gleiche Aroma.«

Ali hörte aufmerksam zu.

»Er nicht. Mein Mitternachtsmann. Das heißt nicht, dass er nach nichts schmeckte, aber es war anders. Als hätte er mehr Erde in seinem Blut. Mehr Dunkelheit. Ich weiß auch nicht.«

Das brachte sie nicht viel weiter. »Was ist mit seinem Körper? Gab es irgendetwas, was dir besonders auffiel? Körperbehaarung? Muskeln?«

»Doch. Ich spürte seine Narben. Wie durch den Wolf gedreht. Alte Wunden. Gebrochene Knochen. Und … jemand hat Muster in seinen Rücken und seine Arme geschnitten.«

Es gab nur einen, auf den Mollys Beschreibung passte. Erst jetzt erkannte Ali, dass Molly vielleicht versuchte, *seine* Identität vor ihr geheim zu halten. »Und als du das Licht anmachtest …«

»Mein erster Gedanke war: Ein wildes Tier! Er hatte Streifen und Flecken. Aber auch Bilder und Buchstaben.«

»Tätowierungen«, sagte Ali. Warum die Sache unnötig in die Länge ziehen? Aber es war schließlich Mollys Beichte.

Molly nickte zustimmend. »Es geschah alles ganz rasch. Er schlug mir die Lampe aus der Hand. Dann war er weg.«

»Fürchtete er sich vor deiner Lampe?«

»Das glaubte ich jedenfalls. Später fiel mir noch etwas anderes ein. In diesem ersten Moment schrie ich laut einen Namen. Jetzt glaube ich, es war dieser Name, der ihn davonlaufen ließ. Aber er hatte keine Angst.«

»Welchen Namen, Molly?«

»Es war falsch, Ali. Es war der falsche Name. Sie sahen sich nur ähnlich.«

»Ike«, murmelte Ali. »Du sagtest seinen Namen, weil er es war.«

»Nein.« Molly unterbrach sie.

»Natürlich war er es.«

»Nein, war er nicht. Ich wünschte, er wäre es gewesen. Verstehst du denn nicht?«

»Nein. Du glaubtest, er sei es gewesen. Du wolltest, dass er es war.«

»Ja«, flüsterte Molly. »Denn wenn er es nicht war...?«

Ali zögerte.

»Genau das will ich doch sagen«, stöhnte Molly. »Was ich da zwischen meinen Beinen hatte...« Die Erinnerung ließ sie zusammenzucken. »Da draußen ist jemand.«

Ali drehte den Kopf unwillkürlich nach hinten. »Ein Hadal! Aber warum hast du uns das nicht schon vorher gesagt?«

Molly lächelte. »Damit ihr es Ike sagt? Dann hätte er sich auf die Jagd gemacht.«

»Aber sieh doch«, sagte Ali und fuhr mit den Fingerspitzen über Mollys verwüsteten Körper. »Sieh doch nur, was er dir angetan hat.«

»Du kapierst es immer noch nicht, meine Kleine.«

»Sag jetzt nicht, du hast dich verliebt.«

»Warum denn nicht? Du doch auch.« Molly schloss die Augen. »Jedenfalls ist er jetzt weg. In Sicherheit. Vor uns. Und du darfst es niemandem verraten. Beichtgeheimnis, stimmt's, Schwester?«

Ike war bei ihnen, als es zu Ende ging. Molly schnappte nach Luft wie ein kleines Vögelchen. Fett schwitzte aus ihren Poren. Ali wusch ihren Körper immer wieder mit Wasser, das sie mit einer Tasse aus dem Fluss schöpfte.

»Du solltest dich ein wenig ausruhen«, sagte Ike. »Du hast getan, was du konntest.«

»Ich will mich nicht ausruhen.«

Er nahm ihr die Tasse ab. »Leg dich hin«, sagte er. »Schlaf.«

Als sie Stunden später aufwachte, war Molly nicht mehr da. Ali fühlte sich vor Müdigkeit wie benommen. »Haben die Ärzte sie geholt?«, fragte sie hoffnungsvoll.

»Nein.«

»Was soll das heißen?«

»Sie ist nicht mehr bei uns, Ali. Tut mir Leid.«

Ali beruhigte sich. »Wo ist sie, Ike. Was hast du getan?«
»Ich habe sie dem Fluss übergeben.«
»Molly? Das ist nicht dein Ernst!«
»Ich weiß, was ich tue.«
Für einige Sekunden litt Ali unter schrecklicher Einsamkeit. Es hätte nicht auf diese Weise geschehen dürfen. Die arme Molly! Verdammt dazu, bis in alle Ewigkeit in dieser Welt umherzutreiben. Ohne Begräbnis! Ohne dass andere auch nur die Chance erhielten, sich von ihr zu verabschieden?
»Wer hat dir das Recht gegeben?«, schrie sie.
»Ich wollte dir die Sache nicht noch schwerer machen.«
Ali spürte, wie der Zorn in ihr hochstieg. »Beantworte mir bitte eine Frage: War Molly tot, als du sie über Bord geworfen hast?«
Die Frage traf ihn wie ein Schlag. »Du glaubst doch nicht... ich hätte sie ermordet?«
Sie konnte förmlich zusehen, wie Ike sich von ihr zurückzog. Etwas huschte über sein Gesicht, das Entsetzen einer Missgeburt, die in ihr eigenes Spiegelbild blickt.
»Ich habe es nicht so gemeint«, sagte sie.
»Du bist müde«, entgegnete er. »Du bist völlig fertig.«
Er stieg in seinen Kajak und verschwand in der Dunkelheit. Sie fragte sich, ob es sich wohl so anfühlte, wenn man verrückt wurde.
»Lass mich bitte nicht allein«, murmelte sie.
Nach einer Minute spürte sie einen Ruck. Das Seil straffte sich. Das Floß bewegte sich. Ike zog sie in die Gesellschaft der Menschen zurück.

Die Azteken sagten, daß, solange
einer von ihnen übrig sei, er bis zum Tode
weiterkämpfen würde, und daß wir
nichts von ihnen bekommen würden,
weil sie alles entweder verbrennen
oder ins Wasser werfen würden.

Hernando Cortez,
Dritter Bericht an
König Karl V. von Spanien

17
Fleisch

Westlich der Clipperton-Stufe

Nach Mollys Tod stürzten sie sich mit betonter Ernsthaftigkeit in ihre wissenschaftliche Arbeit. Die Ufer rückten näher und die Strömung wurde schneller. Weil sie rascher vorankamen, blieb ihnen mehr Zeit, um ihr Ziel – das nächste Proviantlager – zu erreichen, und sie fingen an, die Uferstreifen genauer zu untersuchen. Manchmal blieben sie sogar zwei oder drei Tage an einem Ort.

Die Gegend musste früher einmal reich an Leben gewesen sein. An einem einzigen Tag entdeckten sie dreißig neue Pflanzen, darunter eine Grasart, die auf Quarz wuchs. Seine Wurzeln entzogen dem Untergrund Gase und wandelten sie in metallische Zellulose um. Sie fanden die kristallisierten Überreste eines Tieres und fingen eine fast siebzig Zentimeter lange Riesengrille. Die Geologen machten eine fingerdicke Goldader ausfindig.

Im Namen von Helios, das die Patentrechte auf sämtliche Entdeckungen dieser Art besaß, sammelte Shoat ihre Berichte jeden

Abend auf Diskette. Hatte eine Entdeckung – wie etwa das Gold – einen besonderen Wert, stellte er einen Gutschein für eine Prämienauszahlung aus. Die Geologen hatten inzwischen schon so viele davon, dass sie sie untereinander als Währung einsetzten und sich damit Kleidungsstücke, Nahrung oder Reservebatterien abkauften.

Ali interessierte sich mehr für die Beweise einer hadalischen Zivilisation. Sie entdeckten ein kompliziertes System von Wasserleitungen, das in den Felsen gegraben worden war, um das Wasser von weiter flussaufwärts bis in das terrassenförmige Tal zu transportieren. Auf einem etwas erhöht verlaufenden Pfad lag eine aus der Schädeldecke eines Neandertalers gefertigte Trinkschale. An einer anderen Stelle fanden sie ein riesenhaftes Skelett in vor Rost starrenden Ketten. Ethan Troy, der forensische Anthropologe, war der Meinung, dass die tief in den Schädel des Riesen eingeritzten Muster mindestens ein Jahr vor dem Tod des Gefangenen angebracht worden sein mussten.

Sie versammelten sich um eine Steinplatte, auf der ockerfarbene Handabdrücke leuchteten. In der Mitte waren Sonne und Mond dargestellt. Die Wissenschaftler waren verblüfft. »Soll das heißen, dass die Hadal Sonne und Mond anbeten? 5600 Faden unter dem Meer?«

Was für eine herrliche Ketzerei, dachte Ali. Die Kinder der Dunkelheit verehrten das Licht. Sie machte ein Foto. Als ihr Blitzlicht aufzuckte, verlor die gesamte, mit Piktogrammen überzogene Wand ihre Farbe; nicht nur die pigmentierten Darstellungen, sondern auch der Untergrund. Alles verblasste und verschwand. Zehntausend Jahre alte Kunstwerke verwandelten sich in nackten Stein.

Doch nachdem die Tierfiguren und Handabdrücke, die Bilder von Sonne und Mond weggebrannt waren, entdeckten sie eine tiefer liegende, in den Fels eingeritzte Schrift. Jemand hatte ein gut sechzig Zentimeter langes Stück mit Zeichen überzogen. In der Finsternis waren die Kerben kaum mehr als dunkle Linien auf dunklem Stein. Zögernd näherten sich die Wissenschaftler der Wand, als könnte sie ebenfalls vor ihren Augen entschwinden.

Ali strich mit den Fingerspitzen über die Steinwand. »Vielleicht ist es absichtlich eingekerbt worden, damit man es in der Dunkelheit lesen kann, wie Blindenschrift.«

»Das soll Schrift sein?«

»Ein Wort… ein einziges Wort. Seht euch dieses Zeichen an.« Ali fuhr an einer Gravur mit einem Y-ähnlichen Schweif entlang, dann an einem umgedrehten E. »Und diese hier. Schaut euch die Linienführung an. Buchstabenstellung und Strich erinnern an Sanskrit oder Hebräisch. Paleo-Hebräisch vielleicht. Oder noch älter. Ur-Hebräisch. Phönizisch. Wie man es auch nennen mag.«

»Hebräisch? Phönizisch? Womit schlagen wir uns denn jetzt herum? Mit den verlorenen Stämmen Israels?«

»Haben unsere Vorfahren den Hadal das Schreiben beigebracht?«

»Oder die Hadal uns«, erwiderte Ali.

Sie konnte ihre Fingerspitzen einfach nicht von dem Wort nehmen. »Ist euch klar, dass die Menschen schon vor hunderttausend Jahren Sprachen entwickelt haben?«, flüsterte sie. »Schriftzeichen findet man aber erst in der Jungsteinzeit. Hethitische Hieroglyphen. Die Kunst der australischen Aborigines. Siebentausend oder achttausend Jahre, wenn's hoch kommt. Diese Schrift muss mindestens fünfzehn- oder zwanzigtausend Jahre alt sein, zwei- oder dreimal älter als jede bisher bekannte Schrift. Wir haben es hier mit linguistischen Fossilien zu tun. Vielleicht tasten wir uns, sprachlich gesehen, an Adam und Eva heran. Die Wurzel der menschlichen Sprache. Das erste Wort.«

Ali war hingerissen. Als sie sich umsah, erkannte sie, dass die anderen sie nicht verstanden. Das hier war ein überwältigender Fund! Und sie konnte die Entdeckung mit niemandem feiern. Beruhige dich, sagte sie sich. Trotz ihrer vielen Reisen war Alis Welt ein papiernes Reich aus Linguisten und Bischöfen gewesen. Sie hatte sich in einer sehr ruhigen Nische eingerichtet, die keine ausgelassenen Feste kannte. Trotzdem hätte Ali es schön gefunden, wenn wenigstens einmal jemand einer Champagnerflasche den Hals abgeschlagen und sie mit Schaum bespritzt hätte, wenn ihr jemand um den Hals gefallen und ihr einen herzhaften Kuss aufgedrückt hätte.

»Ich frage mich bloß, was das heißt«, brummte jemand.

»Wer weiß?«, erwiderte Ali. »Wenn Ike Recht hat und es sich wirklich um eine verlorene Sprache handelt, dann wissen es nicht einmal die Hadal. Allein die Tatsache, dass sie die Schrift mit einer Schicht primitiver Bilder übermalt haben, spricht dafür, dass ihnen die Bedeutung völlig abhanden gekommen ist.«

Als sie zu den Flößen zurückgingen, tanzten die fremden Zeichen vor ihren Augen. Es ergab keinen Sinn.

Am fünften September trafen sie die ersten Hadal. Sie hatten gerade an einem mit Fossilien verkrusteten Ufer angelegt, die Flöße entladen, die Ausrüstung auf sichereres Terrain geschleppt und waren dabei, sich zum Schlafen fertig zu machen, als einer der Soldaten in den dunklen Falten des Gesteins weiter hinten ungewöhnliche Formen entdeckte. Wenn sie die Strahlen ihrer Lampen in einem bestimmten Winkel darauf hielten, wurde so etwas wie ein zweites Pompeji sichtbar, mehrere Schichten von Körpern, die von einer dicken Schicht durchsichtigen, kunststoffartigen Gesteins überzogen waren. Die Körper lagen so da, wie sie gestorben waren, einige zusammengekauert, die meisten lang ausgestreckt. Wissenschaftler und Soldaten schwärmten über das fast einen Hektar große Gräberfeld aus, wobei sie immer wieder auf der glatten Oberfläche ausrutschten.

Aus manchen Wunden ragten noch immer spitze Feuersteine heraus. Einige waren enthauptet oder mit ihren eigenen Eingeweiden erdrosselt worden. An allen hatten sich wilde Tiere zu schaffen gemacht. Einzelne Gliedmaßen fehlten, Brust- und Bauchhöhlen waren ausgeräubert. Es handelte sich zweifellos um das Ende eines ganzen Stammes oder der Bewohner eines Dorfes.

Unter Alis hin und her huschender Stirnlampe glänzte die weiße Haut wie Quarzkristall. Trotz der schweren Knochenwülste an Brauen und Wangen und trotz des bestialischen Endes, das sie genommen hatten, wirkten diese Gestalten auffällig fein gezeichnet. Die Toten hatten breite, negroide Nasen und volle Lippen, waren jedoch von der ewigen Nacht zu Albinos gebleicht. Einige hatten Andeutungen von Bartwuchs, kaum mehr als fusselige Ziegenbärtchen. Die meisten sahen kaum älter als dreißig aus. Viele waren noch Kinder.

Ali versuchte, sie in die Familie des *Homo sapiens* zu integrieren. Es trug nicht eben zur Erleichterung dieser Aufgabe bei, dass sie Hörner auf dem Schädel trugen, dazu Kalziumwülste und -auswüchse, die ihre Köpfe verformten. Sie kam sich merkwürdig bigott vor. Diese Mutationen, Krankheiten oder Launen der Evolution bewirkten, dass sie einen inneren Sicherheitsabstand einhielt. Sie bedauerte es, über sie hinwegzutrampeln, und gleichzeitig war sie froh darüber, dass sie sicher im Stein eingeschlossen waren. Denn sie konnte sich ohne weiteres vorstellen, dass diese Kreaturen all das, was man ihnen angetan hatte, ohne zu zögern auch ihr antun würden.

Ethan Troy deckte eines ihrer Geheimnisse auf. Es war ihm gelungen, einzelne Körper, meistens von Kindern, aus der durchsichtigen Gesteinsmasse herauszuhauen. »Ihr Zahnschmelz ist nicht richtig gewachsen. Er ist gestört worden. Und alle Kinder weisen Spuren von Rachitis oder anderen Missbildungen an den Gliedmaßen auf. Man muss sich nur die aufgeblähten Bäuche ansehen. Sie haben großen Hunger gelitten. Eine Hungersnot. So etwas habe ich einmal in einem Flüchtlingslager in Äthiopien gesehen. Das vergisst man nie wieder.«

»Soll das heißen, dass es sich hier um Flüchtlinge handelt?«, fragte jemand. »Vor wem sollen sie denn geflohen sein?«

»Vor uns«, sagte Troy.

»Willst du damit sagen, Menschen haben sie getötet?«

»Zumindest indirekt. Ihre Nahrungskette wurde unterbrochen. Sie waren auf der Flucht. Vor uns.«

»Quatsch«, raunzte Gitner, der in seinem Schlafsack auf dem Rücken lag. »Falls es Ihnen entgangen sein sollte. Was da aus den Leichen herausragt, sind steinzeitliche Speerspitzen. Wir haben nichts damit zu tun. Diese Leute hier sind von anderen Hadal abgemurkst worden.«

»Das hat nichts damit zu tun«, erwiderte Troy. »Sie waren am Ende ihrer Kräfte. So gut wie verhungert. Eine leichte Beute.«

»Sie haben Recht«, sagte Ike. Er mischte sich nicht oft in Gruppendiskussionen ein, aber diese hier hatte er aufmerksam verfolgt. »Sie sind unterwegs. Alle. Sie gehen immer tiefer, um unserem Vordringen auszuweichen.«

»Was macht das schon?«, fragte Gitner.

»Sie waren hungrig«, sagte Ike. »Verzweifelt. Das macht schon was.«

»Uralte Geschichte. Dieser Haufen hier ist schon vor langer Zeit gestorben.«

»Wie kommen Sie darauf?«

»Na, dieser merkwürdige Fließstein. Sie sind völlig damit überzogen. Das ist mindestens fünfhundert Jahre her, wahrscheinlich eher fünftausend.« Der Petrologe grinste wissend.

Ike ging zu ihm hinüber. »Leihen Sie mir mal Ihren Gesteinshammer«, sagte er.

Gitner warf ihn Ike zu. In letzter Zeit schien er nur noch genervt zu sein. Die endlosen Debatten über die Querverbindungen der Hadal zu den Menschen ödeten ihn an.

»Wann bekomme ich den wieder?«, fragte er.

»Ist nur geliehen«, erwiderte Ike. »Solange wir schlafen.« Er entfernte sich ein Stück und legte den Hammer gleich neben der Wand flach auf den Boden. Dann ging er weg.

Am nächsten Morgen musste sich Gitner von jemand anderem einen Hammer leihen, um seinen zu befreien. Über Nacht war er von einer zwei Millimeter dicken Schicht Fließstein überzogen worden.

Es war eine ganz einfache Rechnung. Die Flüchtlinge waren vor nicht länger als fünf Monaten hier niedergemetzelt worden. Die Expedition folgte ihrer Fluchtrichtung. Und diese Fährte war so gut wie frisch.

Sogar die Söldner verließen sich inzwischen auf Ikes untrüglichen Sinn für drohende Gefahren. Seit sich herumgesprochen hatte, dass er einmal Bergsteiger gewesen war, nannten sie ihn scherzhaft El Cap, nach El Capitan, dem Monolithen im Yosemite National Park. Es war eine gefährliche Anhänglichkeit, die Ike noch mehr störte als ihren Kommandeur. Ike wollte ihr Vertrauen nicht. Er ging ihnen aus dem Weg. Er hielt sich dem Lager noch mehr fern. Trotzdem bemerkte Ali seinen ungebrochenen Einfluss. Einige der jungen Kerle hatten sich die Arme und das Gesicht wie Ike tätowiert. Manche fingen sogar an, barfuß zu gehen oder die Gewehre quer über die Schulter zu tragen.

Ike verfiel wieder in die Gewohnheit, der Expedition einen oder zwei Tage vorauszugehen. Ali vermisste ihn. Sie wachte immer früh auf, doch jetzt sah sie sein Kajak nicht mehr davongleiten, während das Lager noch im Schlaf lag. Seine Abwesenheit machte ihr Angst, besonders am Abend, bevor sie einschlief. Wenn er weg war, spürte sie immer deutlicher, dass ihr etwas fehlte.

Am neunten September fingen sie das Signal für das zweite Proviantlager auf. Ohne es zu wissen, hatten sie die internationale Datumsgrenze überquert. Als sie den verabredeten Ort erreichten, waren weit und breit keine Zylinder zu sehen. Stattdessen fanden sie eine schwere Stahlkugel von der Größe eines Basketballs auf dem Boden. Sie war mit einem Kabel verbunden, das von der dreißig Meter hohen Decke herabbaumelte.

»He, Shoat«, erkundigte sich jemand gereizt. »Wo ist unser Essen?«

»Ich bin sicher, dass es dafür eine Erklärung gibt«, antwortete der ebenso verdutzte Shoat.

Sie entriegelten den Basketball. Darin lag, eingebettet in Styropor, ein kleiner Sender mit einer Nachricht. »An die Helios Expedition: Versorgungszylinder auf Ihr Signal hin bereit zum Eintauchen. Bitte die ersten Ziffern von Pi in umgekehrter Reihenfolge eingeben.« Sie vermuteten, dass es sich um eine Vorsichtsmaßnahme handelte, um ihren Nachschub vor eventueller Piraterie der Hadal zu schützen.

Shoat brauchte jemanden, der ihm die Zahlenfolge von Pi aufschrieb. Er tippte sie wie verlangt ein und drückte auf die Taste mit dem Pfundzeichen, und ein kleines rotes Lämpchen wechselte auf Grün.

»Ich denke, wir warten ab«, sagte er.

Sie schlugen das Lager gleich auf dem Uferstreifen auf und wechselten sich damit ab, die Unterseite des Bohrlochs mit einem Scheinwerfer abzusuchen. Kurz nach Mitternacht stieß einer von Walkers Posten einen lauten Ruf aus. Ali hörte das Schaben von Metall. Alle liefen zusammen und richteten die Lampen nach oben. Dort war es, eine silbrige Kapsel, die sich an einem schimmernden Faden zu ihnen herabsenkte. Es war, als schaute man einer Rakete beim Landen zu. Alle brachen in lauten Jubel aus.

Der Zylinder zischte, als er den Fluss berührte. Die Metallhülle war von blauen Brandflecken bedeckt. Alle drängten näher, wichen aber vor der immensen Hitze gleich wieder zurück. Keiner der Versorgungszylinder im ersten Proviantlager hatte dermaßen geglüht. Das hieß, dass der Zylinder durch eine vulkanische Schicht gedrungen war. Ali roch den auf der Oberfläche verdampfenden Schwefel.

»Unser Nachschub wird da drin gekocht«, schimpfte jemand.

Sie bildeten eine Kette und reichten Plastikflaschen durch, die über dem Zylinder ausgegossen wurden. Das Metall dampfte, Farbenspiele huschten über die Oberfläche. Endlich war sie so weit abgekühlt, dass sie die Verschlüsse aufdrehen konnten. Sie schoben ihre Messer in die Ritzen, lockerten die Lukentür und klappten sie dann ganz auf.

»O Gott, was ist das für ein Gestank?«

»Fleisch! Haben sie uns Fleisch heruntergeschickt?«

»Die Hitze muss da drinnen ein Feuer entfacht haben.«

Lichtstrahlen bohrten sich in den Innenraum. Ali blickte über mehrere Schultern, doch vor lauter Rauch, Gestank und Hitze war kaum etwas zu sehen.

»Herr im Himmel, was haben die uns bloß geschickt?«

»Sind das Menschen?«, fragte sie.

»Sehen aus wie Hadal.«

»Wie kannst du das sagen? Sie sind viel zu verbrannt«, sagte jemand.

Walker drängte sich nach vorne, dicht gefolgt von Ike.

»Was ist das, Shoat?«, wollte Walker wissen. »Was haben die bei Helios vor?«

Shoat war völlig aus der Fassung.

»Ich habe keine Ahnung«, sagte er, und dieses eine Mal glaubte ihm Ali.

Im Inneren der Kapsel befanden sich drei Körper, in einer provisorischen Wiege aus Nylon einer über den anderen geschnallt. Solange der Zylinder senkrecht gestanden hatte, mussten sie wie Feuerspringer in ihren Gurten gehangen haben.

»Das sind ja Uniformen«, bemerkte jemand. »Seht doch – U.S. Army!«

»Was machen wir jetzt? Die sind doch alle tot.«

»Schnallt sie los. Holt sie raus.«

»Die Schnallen sind festgeschmolzen. Wir müssen sie rausschneiden. Lasst das Ding erst noch ein bisschen abkühlen.«

»Was die bloß da drinnen wollten?«, fragte einer der Ärzte Ali verwundert.

Die leblosen Glieder rutschten herab. Ein Mann hatte sich die Zunge abgebissen, der kleine Muskelstrang lag noch auf seinem Kinn. Dann hörten sie ein Stöhnen. Es kam von unterhalb der Lukenöffnung, dort, wo der dritte Mann außerhalb ihrer Reichweite in den Gurten hing. Ohne ein Wort sprang Ike in das qualmende Innere. Gleich hinter der Luke stellte er sich breitbeinig über die Körper, zerschnitt das Gewirr aus Seilen und Gurten und holte zuerst die Toten heraus. Dann kroch er tiefer hinein, schnitt den dritten Mann los und zerrte ihn bis zur Luke, von wo ihn ein Dutzend Hände ganz aus dem Behälter herauszogen.

»Seht euch nur diese Zielfernrohre an.« Einer der Geologen nahm mit dem Gewehr eines der Soldaten den Fluss ins Visier. »Diese Dinger sind für nächtliche Scharfschützenaufgaben ausgerüstet. Was wollten die hier unten bloß jagen?«

»Um die kümmern wir uns«, sagte Walker, und seine Söldner sammelten alle anderen Waffen ein.

Ali half, den dritten Mann auf den Boden zu betten und trat dann zurück. Er lag im Sterben. Ike kniete sich neben ihn, zusammen mit den Ärzten, Walker und Shoat.

Walker schälte ein verkohltes Kleidungsstück zurück. »Erste Kavallerie«, las er und blickte Ike an. »Das sind doch Ihre eigenen Leute. Warum kommen die zu uns herunter?«

»Ich habe keine Ahnung.«

»Kennen Sie diesen Mann?«

»Nein.«

Die Ärzte deckten den verbrannten Mann mit einem Schlafsack zu und gaben ihm etwas Wasser zu trinken. Der Mann öffnete sein unversehrtes Auge.

»Crockett?«, krächzte er.

»Sieht aus, als kenne er Sie«, meinte Walker. Das ganze Lager war atemlos vor Spannung.

»Warum haben Sie dich heruntergeschickt?«, fragte Ike.

Der Mann versuchte, Worte zu bilden. Er kämpfte unter dem Schlafsack. Ike gab ihm mehr Wasser.

»Komm näher«, sagte der Soldat.

Ike beugte sich über ihn, um ihn besser verstehen zu können.

»Judas!«, zischte der Mann.

Das Messer stieß von unten durch den Schlafsack, doch der Stoß wurde entweder vom festen Gewebe oder den Schmerzen des Mannes abgelenkt. Die Klinge schrammte über Ikes Brustkorb, drang aber nicht ein. Der Soldat verfügte noch über genug Kraft, um einen zweiten Stich auszuführen, dann packte ihn Ike am Handgelenk.

Walker, Shoat und die Ärzte waren bei dem Angriff zurückgeschreckt. Einer der Söldner reagierte mit drei rasch aufeinander folgenden Schüssen in den Brustkorb des verbrannten Mannes. Bei jedem Treffer bäumte sich der Körper auf.

»Feuer einstellen!«, brüllte Walker.

Schnell war die Sache zu Ende. Das einzige Geräusch war das vorüberrauschende Wasser. Ungläubig sahen die Expeditionsteilnehmer einander an. Keiner rührte sich vom Fleck. Alle waren Zeugen des Angriffs gewesen, alle hatten sie das geflüsterte Wort des Soldaten vernommen.

Ike kniete wie vor den Kopf gestoßen in ihrer Mitte. Er hielt immer noch das Handgelenk des Attentäters in einer Faust, und der lange Schnitt quer über seine Rippen färbte sich rot. Dann blickte er verwirrt von einem zum anderen. Plötzlich löste sich ein schreckliches, grelles Geräusch aus seiner Kehle.

Das hatte Ali nicht erwartet.

»Ike?«, sagte sie aus dem Kreis der Zuschauer heraus. Sie verließen sich schon so lange auf seine Stärke, dass sie seine Schwäche in Gefahr brachte. Und jetzt zerbrach er vor aller Augen.

Ike warf Ali nur einen kurzen Blick zu. Dann rannte er weg.

»Was hatte das denn zu bedeuten?«, murmelte jemand.

Sie ließen die Leichen in den Fluss hinaustreiben. Viele Stunden später wurden noch zwei weitere Zylinder zu ihnen herabgelassen, jeder davon randvoll mit Versorgungsgütern. Sie aßen. Helios hatte ihnen ein Festmahl für einhundert Personen gesandt: geräucherte Regenbogenforelle, Lammfleisch in Kognak, Käsefondue, dazu ein Dutzend verschiedene Sorten Brot, Wurst, Teigwaren und Obst. Der knackige grüne Kopfsalat entlockte manch einem eine Freudenträne. Das Essen sei, so ein beigelegter Zettel, eine besondere Aufmerksamkeit anlässlich der Geburtstagsfeier von C. C. Cooper. Alis Vermutungen gingen in eine andere Richtung. Ike sollte jetzt eigentlich tot sein, und dieses Bankett war eher als Leichenschmaus gedacht.

Der Anschlag auf Ikes Leben war unerklärlich. Alle waren sich einig, dass Ike das wichtigste Expeditionsmitglied war. Sogar die Söldner hätten zu seinen Gunsten gesprochen. Mit ihm als Kundschafter waren sie sich wie das auserwählte Volk vorgekommen, dazu bestimmt, im Gefolge eines tätowierten Moses aus der Wildnis herauszufinden. Doch nun war er als Verräter gebrandmarkt und aus unerklärlichen Gründen auf die Abschussliste gesetzt worden.

Das Kommunikationskabel nach oben war von der Magmaschicht verbrannt worden, und so blieben der Expedition nichts anderes als Vermutungen und Aberglaube.

»Was muss man wohl tun, um die U.S. Army auf sich zu hetzen?«, fragte sich Quigley, der Psychiater. »Das war doch das reinste Selbstmordkommando. Ich meine, die opfern doch nicht einfach so drei Männer.«

»Und die Sache mit dem ›Judas‹? Ich dachte immer, wenn das Kriegsgericht einmal vorbei ist, dann lassen sie einen in Ruhe. Da sage noch mal einer was von Pech. Der Bursche ist der geborene Außenseiter.«

»Als hätte sich die ganze Welt gegen ihn verschworen.«

»Mach dir um ihn keine Sorgen, Ali«, sagte Pia, der die Liebe in Gestalt von Spurrier teilhaftig geworden war. »Er kommt schon wieder.«

»Da bin ich mir nicht so sicher«, meinte Ali. Sie wollte Shoat oder Walker die Schuld zuweisen, doch die beiden schienen von dem Zwischenfall ebenso schockiert zu sein wie alle anderen. Wenn Helios beabsichtigte, Ike zu töten, warum setzten sie dann nicht ihre eigenen Leute ein? Warum die U.S. Army? Und warum sollte die Army auf die Bitte von Helios eingehen? Das alles ergab keinen Sinn.

Als die anderen schliefen, entfernte sich Ali aus dem Lichtkreis ihrer Lagerstätte. Ike hatte weder sein Kajak noch seine Flinte mitgenommen, also suchte sie ihn zu Fuß mit ihrer Taschenlampe. Seine Spuren zogen sich das schlammige Flussufer entlang.

Die Selbstgefälligkeit der Gruppe machte sie wütend. Sie waren in jeder Hinsicht von Ike abhängig. Ohne ihn wären sie wahrscheinlich alle schon tot oder hätten sich hoffnungslos verlaufen. Er hatte sie nie im Stich gelassen, und jetzt, da er sie brauchte, ließen sie ihn einfach im Stich.

Wir waren sein Verderben. Das erkannte sie jetzt. Wären sie nicht so schwach, so unwissend und stolz gewesen, wäre er jetzt tausend Kilometer oder noch weiter entfernt. Doch er war an sie gefesselt. So waren Schutzengel nun mal. Von ihrem eigenen Pathos zum Untergang verdammt.

Doch die Schuld der Gruppe in die Schuhe zu schieben war, wie Ali zugeben musste, nur eine Ausflucht. Denn es war ihre *eigene* Schwäche, *ihr* Unwissen und *ihr* Stolz gewesen, der Ike gefesselt hatte – nicht an die Gruppe, sondern an *sie*, Ali. Das Wohlbefinden der Gruppe war lediglich ein angenehmer Nebeneffekt gewesen. Die unbequeme Wahrheit war die, dass er sich ihr versprochen hatte.

Auf dem Weg am Fluss entlang versuchte Ali, ihre Gedanken zu ordnen. Zu Anfang war ihr Ikes Ergebenheit eher unerwünscht, fast lästig gewesen. Sie hatte die Tatsache, dass er sie verehrte, unter einem Haufen eigener Phantasien vergraben, hatte sich eingeredet, er durchstreife die Tiefe aus eigenen, ihr unverständlichen Gründen, vielleicht um eine legendäre verlorene Gefährtin zu finden, oder um Rache zu üben. Womöglich war das am Anfang sogar der Grund für seine Teilnahme gewesen, aber jetzt stimmte es nicht mehr. Sie wusste es. Ike war ihretwegen hier.

Sie fand ihn umgeben von tiefster Nacht, ohne Licht und ohne Waffe. Er saß dem Fluss zugewandt in seiner Lotusposition, den Rücken schutzlos jedem Feind dargeboten. Er hatte sich der Gnade dieses unwirtlichen Ortes überantwortet.

»Ike«, sagte sie.

Sein struppiger Kopf blieb unbeweglich. Ihr Lichtstrahl warf seinen Schatten auf das schwarze Wasser, wo er sich rasch verlor. Sie kam näher und zog den Rucksack ab. »Du hast dein eigenes Begräbnis verpasst«, scherzte sie. »Sie haben uns das reinste Festessen heruntergeschickt.«

Nicht die kleinste Regung. Nicht einmal sein Brustkorb hob sich.

»Ike«, sagte sie. »Ich weiß, dass du mich hören kannst.«

Eine Hand ruhte in seinem Schoß; die Fingerspitzen der anderen stützten sich mit dem Gewicht eines Insekts auf den Steinboden. Sie kam sich vor wie ein unbefugter Eindringling. Aber jetzt störte sie ihn nicht bei einer inneren Einkehr, sondern dabei, wahnsinnig zu werden. Er würde diesen Kampf nicht gewinnen, jedenfalls nicht allein. Sie öffnete ihren Rucksack und zog ein Ersthilfe-Set heraus. »Ich versorge jetzt die Schnitte.«

Ali fing energisch mit einem Betadine-Schwamm zu reiben an. Dann hielt sie inne. Die malträtierte Haut selbst veranlasste sie dazu. Sie fuhr mit den Fingern über seinen Rücken. Knochen, Muskeln, Hadal-Tinte, Narbengewebe und die Schwielen von den Riemen seines Gepäcks versetzten sie in Erstaunen. Das war der Körper eines Sklaven.

Diese Erkenntnis brachte sie völlig aus der Fassung. Sie hatte die Verdammten in vielen Inkarnationen kennen gelernt, als Gefangene, als Prostituierte, als Mörder und davongejagte Aussätzige. Doch einem Sklaven war sie noch nirgendwo begegnet. In diesem Zeitalter sollte es solche Geschöpfe eigentlich nicht mehr geben.

Ali staunte, wie gut seine Schulter sich in ihre Hand schmiegte. Dann rief sie sich mit einem nüchternen Klaps auf diese Schulter wieder in die Wirklichkeit zurück.

»Du wirst es überleben«, raunte sie ihm ins Ohr. Sie entfernte sich ein Stück und setzte sich dann auf den Boden. Den Rest der Nacht lag sie dort zu einer Kugel zusammengerollt, mit seiner Flinte im Anschlag. Sie beschützte Ike, während er seine Rückkehr in die Welt zu Ende brachte.

Bin ich denn nicht
Eine Fliege gleich dir?
Oder bist du
Ein Mensch nicht gleich mir?

William Blake,
Die Fliege

18
Ein wunderschöner Morgen

Zentrum für Gesundheitswissenschaften, Universität Colorado, Denver

Dr. Yamamoto trat mit einem Lächeln aus dem Fahrstuhl.

»Einen wunderschönen guten Morgen!«, flötete sie dem Hausmeister zu.

»Na, schön wär's«, erwiderte er brummig.

Draußen wütete ein heftiger Schneesturm mit meterhohen Verwehungen. Das Forschungszentrum war von der Umwelt fast völlig abgeschnitten. Dr. Yamamoto hatte das ganze Labor für sich allein.

Sie betrat ihr Reich ohne doppelte Sicherheitshandschuhe und ohne Gesichtsmaske. Mit der Zeit waren alle möglichen Vorsichtsmaßnahmen auf der Strecke geblieben – ein Zeichen dafür, dass sich das Projekt »Digitaler Hadal« seinem Ende zuneigte. Das junge Hadal-Weibchen war bis auf den Kopf verschwunden. Dafür konnte man es schon bald mit Hilfe einer CD-ROM und einer

Maus wieder auferstehen lassen. Es würde elektronische Unsterblichkeit erlangen. Überall dort, wo ein Computer stand, würde Dawn auferstehen. In gewisser Hinsicht steckte ihre Seele tatsächlich in der Maschine.

Dr. Yamamoto wurde schon seit mehreren Wochen von Albträumen geplagt. Darin stürzte Dawn über eine Klippe oder wurde, laut um Hilfe rufend, aufs Meer hinausgezogen. Auch andere Labormitarbeiter berichteten über ähnliche Albträume. Trennungsangst, diagnostizierte sie selbst. Dawn war ein Teil von ihnen geworden. Sie würden sie sehr vermissen.

Inzwischen waren nur noch die oberen zwei Drittel ihrer Schädeldecke übrig. Es ging sehr langsam voran. Die Maschine war auf die feinste Stufe eingestellt. Das Gehirn bot das interessanteste Forschungsfeld. Die Hoffnung, dass sich sensorische und kognitive Prozesse tatsächlich enträtseln ließen – mit anderen Worten, dass sich der tote Verstand zum Sprechen bringen ließ –, war groß. Aber in den nächsten zehn Wochen konnten sie noch nichts anderes tun, als einen besseren Wurstschneider zu beaufsichtigen. Geduld war eine Sache von Diät-Pepsi und lästerlichen Scherzen.

Yamamoto ging auf den Metalltisch zu. Die Schädeldecke des Mädchens schimmerte blass aus dem gefrorenen blauen Gelblock. Sie sah aus wie ein Mond, der von einem Würfel Weltraum gehalten wird. Aus der Oberseite und den Seitenflächen des Gels ragten Elektroden heraus. An der Unterseite fraß sich die Klinge immer weiter voran. Die Kamera fotografierte unablässig. Die Maschine hatte den Unterkiefer abgeschält und sich dann über die obere Zahnreihe weiter zur Nasenhöhle vorgearbeitet. Äußerlich waren die fledermausartige Nase mit den breiten Nüstern und die lang gezogenen, zerfransten Ohrmuscheln verschwunden. Was die inneren Strukturen anging, war auch das Kleinhirn inzwischen fast vollständig in digitale Einzelteilchen aufgelöst. Für ein nekrotisches Gehirn waren alle Funktionen erstaunlich intakt, praktisch lebensfähig. Alle hatten sich darüber gewundert. Hoffentlich bin ich noch so gesund, wenn ich mal gestorben bin, hatte jemand gescherzt.

Gerade jetzt wurde es noch einmal richtig interessant. Von überall her meldeten sich fast täglich Neurochirurgen, Hirn- und Wahrnehmungsspezialisten, um auf dem Laufenden zu bleiben.

Vielleicht ergaben sich richtige Persönlichkeitsstrukturen, Denkvorgänge, Hinweise auf Gewohnheiten und Instinkte. Kurz gesagt, sie waren drauf und dran, durch ein Fenster in Dawns Kopf zu schauen und einen Blick auf ihre Sicht der Welt zu erhaschen. Ein Durchbruch, der sich etwa mit der Landung eines Raumschiffs auf einem anderen Planeten vergleichen ließ. Mehr noch, es war, als könnte man zum ersten Mal einen Außerirdischen interviewen und ihn nach seinen Ansichten befragen.

Yamamoto fingerte sich durch die Elektroden, entwirrte die Kabel auf der rechten Seite und legte sie ordentlich auf den Tisch. Es war noch immer ungeklärt, warum Dawn leichte elektrische Impulse erzeugte. Die Anzeige hätte eigentlich eine Nulllinie anzeigen müssen, doch in unregelmäßigen Abständen zeichnete das Gerät einen schroffen, nadelförmigen Ausschlag auf. Das ging schon seit Monaten so. Andererseits hieß es, wenn man bei Elektroden nur lange genug wartete, gäbe auch ein Glas Marmelade Lebenszeichen von sich.

Yamamoto wechselte zur linken Seite des Tisches und breitete die Kabel auf ihrer Handfläche aus. Es war fast so, als würde man einem Kind Zöpfe flechten. Sie unterbrach ihre Arbeit, um durch den Gelblock einen Blick auf das zu werfen, was von Dawns Gesicht übrig geblieben war.

»Einen wunderschönen guten Morgen«, sagte sie.

Der Kopf schlug die Augen auf.

Rau und Bud Parsifal fanden Vera in einem Laden für Westernbekleidung auf dem Flughafen Denver, wo sie Cowboyhüte anprobierte.

»Wie sehe ich aus?«, wollte Vera wissen.

Rau schlug applaudierend auf seine Aktentasche. Parsifal sagte nur: »Gott behüte!«

»Seid ihr zusammen angekommen?«, fragte sie.

»Aus London, über Cincinnati«, antwortete Parsifal.

»Mexico City«, sagte Rau. »Wir haben uns auf dem Laufband getroffen.«

»Ich hatte Angst, dass es keiner schafft«, meinte Vera. »Womöglich sind wir bereits zu spät dran.«

»Du hast angerufen, hier sind wir«, brummte Parsifal.

Rau, der jetzt selbst einen Hut anprobierte, warf einen Blick auf die Uhr. »Thomas kommt in ungefähr einer Stunde an. Was ist mit den anderen?«

»Überall verstreut«, erwiderte Vera. »Unterwegs, nicht zu erreichen, anderweitig beschäftigt. Ich vermute, ihr habt das mit Branch bereits mitgekriegt.«

»Ist der Kerl völlig übergeschnappt?«, sagte Parsifal. »Einfach so in den Subplaneten abzuhauen. Allein. Gerade er müsste doch wissen, wozu die Hadal fähig sind.«

»Um die mache ich mir die geringsten Sorgen. Du weißt wohl noch nichts von dem Eliminierungsbefehl? Sämtliche Armeen haben ihn erhalten. Sogar Interpol.«

Parsifal blinzelte Vera misstrauisch an: »Was soll der Quatsch? Branch eliminieren?«

»January hat alles getan, was in ihrer Macht steht, um den Befehl rückgängig zu machen. Aber da gibt es einen gewissen General Sandwell, der eine rachsüchtige Ader hat. Ziemlich merkwürdig. January versucht gerade, mehr über diesen General herauszufinden.«

»Thomas ist außer sich«, ergänzte Rau. »Branch war unser direkter Draht zum Militär. Jetzt können wir nur noch raten, was die Burschen im Schilde führen.«

»Und wer diese Virenkapseln aussetzt.«

»Widerliche Sache«, knurrte Parsifal.

Sie holten Thomas, der direkt aus Hongkong kam, am Flugsteig ab. Er ließ den Blick über sein Begrüßungskomitee schweifen.

»Mit Cowboyhut?«, fragte er Rau.

»Schau dich doch mal im Vatikan um«, meinte Rau grinsend.

Ein Kleinbus brachte sie zum medizinischen Zentrum. Am Eingang zum Forschungstrakt erwartete sie ein wildes Durcheinander von Polizisten und Fernsehkameras. Eine Phalanx von Vertretern der Universität warf sich abwechselnd den Medienwölfen zum Fraß vor. Aus allen Mündern stiegen Frostwölkchen auf. Offensichtlich hatte man sich gedacht, dass mitten im Winter eine Pressekonferenz im Freien zumindest nicht allzu lange dauern würde.

»Ich muss Sie abermals darum bitten, Ihren gesunden Menschenverstand einzusetzen«, redete eine altehrwürdig aussehende Gestalt beschwichtigend auf die Kameralinsen ein. »So etwas wie Besessenheit gibt es nicht.«

Aus der Menge rief eine hübsche Nachrichtenmoderatorin, die von den Knien abwärts vom geschmolzenen Schnee ganz nass war. »Dr. Yaron, dementieren Sie Berichte, dass im Medizinischen Zentrum der Universität zurzeit Exorzismus als Behandlungsmethode angewandt wird?«

Ein bärtiger Mann mit breitem Grinsen neigte sich zum Mikrofon hinunter. »Zurzeit warten wir noch damit«, sagte er. »Der Kerl mit den Hühnern und dem Weihwasser ist noch nicht eingetroffen.«

Die Polizisten vor den gläsernen Schiebetüren waren nicht gewillt, irgendjemanden einzulassen. Sogar Veras Ärzteausweis half nicht weiter. Schließlich zog Parsifal einen alten NASA-Pass heraus. »Bud Parsifal!«, staunte einer der Posten. »Aber selbstverständlich, kommen Sie herein!« Alle wollten ihm die Hand schütteln. Parsifal strahlte vor Freude.

»Diese Astronauten«, flüsterte Vera Rau zu.

Auch im Inneren des Labortrakts herrschte hektische Betriebsamkeit. Spezialisten überflogen Listen, Röntgenbilder und Filmaufnahmen oder klickten sich durch Computermodelle. Tragbare Telefone klemmten zwischen Kinn und Schultern, während Daten von Bildschirmen und Klemmbrettern abgelesen wurden. Anzüge waren ebenso anzutreffen wie Schulterhalfter und unterschiedlich gefärbte Chirurgenkittel. Das Durcheinander erinnerte Vera an das Nachbeben einer Naturkatastrophe, an eine völlig überlastete Notaufnahme.

Vera klopfte an eine Tür. Eine blonde Frau in einem Laborkittel stand über ein Mikroskop gebeugt. »Guten Tag, Frau Doktor Koenig«, sagte Vera. Die Frau sah auf, strahlte dann über das ganze Gesicht. Vera stellte sie den anderen vor. »Mary Kay war eine meiner besten Studentinnen.«

»Ach, Vera«, sagte Mary Kay, »du hast den schlechtesten Zeitpunkt für deinen Besuch erwischt«, sagte sie. »Die gesamte Fakultät ist aus dem Häuschen. Überall Regierungsleute, FBI und so weiter.« Die blauschwarzen Ringe unter den Augen der jungen

Ärztin lieferten den Beweis dafür. Worin auch immer dieser Notfall bestehen mochte – sie hatte bereits viele Stunden dafür geopfert.

»Eigentlich sind wir genau deshalb hergekommen. Wir haben mitbekommen, dass hier etwas vorgefallen ist«, sagte Vera, »und möchten so viel wie möglich darüber in Erfahrung bringen. Falls du ein paar Minuten entbehren kannst.«

»Aber selbstverständlich.«

Sie führte sie tiefer in diesen Trakt des Hauses hinein und redete beim Gehen weiter: »Unsere Abteilung für Computeranatomie hat im Lauf der vergangenen zweiundfünfzig Wochen ein Exemplar eines Hadal zur generellen Erforschung zerschnitten. Projektleiterin war Dr. Yamamoto, eine bekannte Pathologin. Sie kennen sie ja. Sie arbeitete am Sonntagmorgen allein im Labor, als es passierte.«

Die Gruppe betrat einen großen Raum, in dem es nach Chemikalien und totem Gewebe roch. Raus erster Eindruck war der, dass hier eine Bombe explodiert sein musste. Große Maschinen waren umgestürzt. Aus der Deckenabhängung waren Kabel herausgerissen. Überall lagen lange Streifen zerrissenen Teppichbodens. In den Überresten suchten Kriminologen und Mediziner gemeinsam nach Antworten.

»Ein Wachmann fand Dr. Yamamoto zusammengekauert in der Ecke dort drüben. Er forderte Hilfe an. Das war seine letzte Nachricht. Als wir ihn fanden, hing er mit Versorgungsleitungen gefesselt unter der Decke. Seine Speiseröhre war herausgerissen. Mit bloßer Hand. Yammie lag in der Ecke. Nackt. Blutend. Apathisch.«

»Was ist passiert?«

»Zuerst dachten wir, jemand sei eingebrochen, um entweder etwas zu stehlen oder unsere Forschungen zu sabotieren. Aber wie Sie sehen, gibt es hier keine Fenster und nur die eine Tür. Dann vermuteten wir, irgendwelche Hadal seien vielleicht durch das Belüftungssystem geklettert, um unsere Datenbank zu vernichten.«

»Wo ist Branch, wenn wir ihn brauchen?«, sagte Rau. »Ich habe noch nie gehört, dass die Hadal so etwas getan hätten.«

»Jedenfalls waren das unsere ersten Spekulationen«, fuhr Mary Kay fort. »Sie können sich den Aufruhr vorstellen. Die Polizei kam. Wir waren gerade dabei, Yammie auf einer Trage wegzubringen. Plötzlich kam sie wieder zu Bewusstsein und fing an zu toben. Es war schrecklich. Sie zerstörte die Maschinen. Sie verletzte zwei Wachleute mit einem Skalpell. Schließlich mussten wir sie mit einem Betäubungsgewehr zur Ruhe bringen. Wie ein wildes Tier.«

»Das ist ja grauenhaft.«

Sie waren vor einem über zwei Meter langen Sektionstisch angekommen. Vera hatte den menschlichen Körper schon auf viele Arten misshandelt gesehen, von Traumata erschüttert, von Krankheiten und Hunger entstellt. Auf den Anblick der schlanken jungen Frau mit den japanischen Zügen, die vor ihnen lag und deren Kopf wie bei einer elektronischen Medusa vor Steckern und Kabeln wimmelte, war sie nicht vorbereitet. Es sah aus wie bei einer Folterung. Hände und Füße waren provisorisch mit Handtüchern, Gummischläuchen und Klebeband festgebunden.

»Nachdem einer der Kriminalbeamten die Fingerabdrücke auf dem Körper des toten Wachmannes untersucht und verglichen hatte, wussten wir, wer der Übeltäter war«, sagte Mary Kay. »Yammie hat es getan.«

»Was hat sie getan?«, murmelte Vera.

»Wollen Sie damit sagen«, fragte Rau ungläubig, »dass Dr. Yamamoto ihn getötet hat?«

»Genau. Unter ihren Fingernägeln fand sich Gewebe von seinem Hals.«

»Diese Frau?« Parsifal schnaubte verächtlich. »Aber die Maschinen hier wiegen doch mindestens eine Tonne!«

»Warum hätte sie so etwas tun sollen?«, fragte Rau.

»Wir stehen vor einem Rätsel. Es könnte in Zusammenhang mit einer Familienkrankheit stehen, aber ihr Ehemann hat uns versichert, dass es in ihrer Familie keine Fälle von Epilepsie gibt. Es könnte sich auch um eine bisher unbekannte Form von psychotischer Raserei handeln. Der einzige Bildschirm, den sie nicht kurz und klein geschlagen hat, zeigt, wie sie erst bewusstlos zusammenbricht, dann aufsteht und sämtliche Maschinen vernichtet, die zum Zerschneiden des Gewebes eingesetzt waren. Diese Maschinen waren eindeutig das Ziel ihrer Wut, als wollte sie sich für ein erlittenes Unrecht rächen.«

»Aber der tote Wachmann?«

»Darüber wissen wir nichts. Der Mord geschah außerhalb des Kamerabereichs. Dem Bericht des Wachmanns zufolge hielt sie das hier fest umklammert.« Mary Kay zeigte auf einen Schreibtisch.

»Großer Gott!«, sagte Vera.

Parsifal ging näher an den Schreibtisch heran. Das also war die Ursache des üblen Geruchs. Das, was vom Kopf des Hadal-Weibchens übrig war, hatte jemand neben die Gelben Seiten des Telefonbuchs von Denver gelegt. Das blaue Gel war größtenteils weggetaut. Die Flüssigkeit rann über die Tischplatte und tropfte in die Schreibtischschubladen. Die untere Hälfte von Gesicht und Hinterkopf war von der Maschine so sauber abrasiert, dass die Kreatur direkt aus der Schreibtischplatte zu wachsen schien. Ihr schwarzes Haar klebte am missgestalteten Schädel fest. Aus einem Dutzend kleiner Bohrlöcher sprossen die Drähte der Elektrodenanschlüsse. Nachdem das Gewebe monatelang luftdicht abgeschlossen war, befand es sich jetzt im Stadium rascher Verwesung.

Beunruhigender als die Zersetzung und der fehlende Kiefer waren die Augen. Die Lider waren offen. Die Augen standen deutlich hervor, die Pupillen schienen wütend auf etwas fixiert zu sein.

»Das Ding sieht stocksauer aus«, bemerkte Parsifal.

»Wie kann jemand nur so ein Ding in die Arme nehmen?«, fragte Vera.

»Genau das haben wir uns auch gefragt. Hatte sich Yammie unbewusst nach und nach mit ihrem Untersuchungsgegenstand identifiziert? Hat sich ihre Persönlichkeit verändert? Wir haben alle Möglichkeiten durchgespielt. Aber Yammie war immer so ausgeglichen.« Mary Kay steckte die Decke um Yamamotos Hals fest, strich ihr das Haar aus der Stirn. Über ihren Augenbrauen wurde eine lange Schramme sichtbar. Die Frau musste sich in ihrem Wahn gegen Maschinen und Wände geworfen haben.

»Dann kehrten die Anfälle zurück. Wir schlossen sie an ein EEG an. So etwas haben wir noch nie gesehen. Das reinste neurologische Gewitter. Wir haben sie in ein künstliches Koma versetzt.«

»Gut«, sagte Vera.

»Es wirkte aber nicht. Wir registrierten weiterhin lebhafte Aktivität. Etwas scheint sich durch das Gehirn zu fressen und unterwegs Gewebe kurzzuschließen. Als beobachtete man einen Blitz in Zeitlupe. Der große Unterschied besteht darin, dass die elektrische Aktivität nicht übergreifender Natur ist. Eigentlich müsste man annehmen, dass eine elektrische Überlastung das gesamte Gehirn erfasst. Hier jedoch geht alles vom Hippocampus aus, beinahe selektiv.«

»Was bitte ist ein Hippocampus?«, erkundigte sich Rau.

»Das Erinnerungszentrum«, antwortete Mary Kay.

»Erinnerung«, wiederholte Rau leise. »War denn der Hippocampus der Hadalfrau bereits von Ihrer Maschine zerschnitten worden?«

Alle blickten Rau an. »Nein«, sagte Mary Kay. »Genauer gesagt, stand die Klinge kurz davor. Warum fragen Sie?«

»Einfach so.« Rau ließ den Blick durch das Zimmer schweifen. »Halten Sie hier im Labor Versuchstiere?«

»Mit Sicherheit nicht.«

»Das dachte ich mir.«

»Was haben denn Tiere damit zu tun?«, fragte Parsifal.

Doch Rau war mit seinen Fragen noch nicht am Ende: »Dr. Koenig, was ist eigentlich Erinnerung?«

»Nun«, sagte Mary Kay, »kurz gesagt besteht das Erinnerungsvermögen aus elektrischen Ladungen, die entlang des synaptischen Netzwerks biochemische Reaktionen hervorrufen.«

»Elektrische Vernetzung«, fasste Rau zusammen. »Darauf reduziert sich unsere Vergangenheit?«

»Es ist schon etwas komplizierter.«

»Aber grundsätzlich richtig?«

»Ja.«

»Ich danke Ihnen«, sagte Rau. Sie warteten auf seine Schlussfolgerung, doch nach einigen Sekunden wurde deutlich, dass er in tiefes Nachdenken versunken war.

»Noch etwas«, fuhr Mary Kay fort. »Zuerst sah es aus wie ein wildes Durcheinander von Gehirnaktivitäten. Aber wir sind dabei, es zu sortieren. Und es sieht ganz danach aus, als hätten wir es hier mit zwei unterschiedlichen kognitiven Mustern zu tun.«

»Was?«, entfuhr es Vera. »Das ist unmöglich.«

»Ich kann nicht ganz folgen«, schaltete sich Parsifal wieder ein.

Mary Kays Stimme wurde ganz leise.

»Yammie ist nicht allein dort drin«, sagte sie.

»Bitte noch einmal«, bat Parsifal.

»Sie verstehen sicherlich«, sagte Mary Kay, »dass nichts davon an die Öffentlichkeit dringen darf.«

»Sie haben unser Wort darauf«, sagte Thomas.

Sie streichelte Yamamotos Arm. »Wir wurden aus den beiden kognitiven Mustern nicht so recht schlau. Aber vor wenigen Stunden geschah etwas. Die Anfälle setzten aus. Restlos. Und Yammie fing zu sprechen an. Sie war nicht bei Bewusstsein, aber sie fing an zu sprechen.«

»Sehr schön«, sagte Parsifal.

»Aber nicht auf Englisch. Keiner von uns hat diese Sprache jemals zuvor gehört.«

»Was?«

»Aber ein Assistenzarzt hat als Sanitäter in Sub-Mexiko gedient. Angeblich stellt das Militär in weit entfernten Gängen und Nischen Mikrofone auf. Er hatte einige dieser Aufnahmen gehört und glaubt sich an den Klang zu erinnern.«

»Bitte nicht Hadalisch!«, sagte Parsifal. Verwirrung machte ihn immer wütend.

»Doch.«

»Unsinn!« Parsifals Gesicht lief rot an.

»Wir haben uns aus der Bibliothek des Verteidigungsministeriums ein Band mit Hadal-Stimmen kommen lassen, alles natürlich supergeheim. Wir verglichen es mit Yammies Sprache. Augenscheinlich sind die menschlichen Stimmbänder erst nach langer Übung in der Lage, die Konsonanten, Triller und Schnalzer zu artikulieren – aber Yammie sprach eindeutig diese Sprache.«

»Wo kann sie das gelernt haben?«

»Genau das ist die Frage«, sagte Mary Kay. »Was die Menschen anbetrifft, gibt es nicht mehr als eine Hand voll Befreite auf der ganzen Welt, die Hadal sprechen. Und Yammie. Wir haben den Beweis dafür auf Band.«

»Also muss sie irgendwie mit Befreiten in Kontakt gekommen sein«, sagte Parsifal.

»Es ist aber mehr als einfaches Nachahmen. Sehen Sie die Wand dort drüben?«

»Ist das Dreck?«

»Fäkalien. Ihre eigenen. Yammie hat damit diese Symbole gemalt.«

Alle Anwesenden erkannten die hadalischen Symbole wieder.

»Wir haben keine Ahnung, was sie bedeuten«, sagte Mary Kay. »Mir wurde gesagt, dass jemand bei einer wissenschaftlichen Expedition unter dem Pazifik dabei ist, den Code zu knacken. Ein Archäologe. Die Expedition ist supergeheim. Trotzdem ist etwas aus einer der Bergwerkskolonien an die Oberfläche durchgedrungen. Allerdings ist die ganze Expedition inzwischen verschwunden.«

»Es handelt sich nicht zufällig um eine Frau?«, erkundigte sich Vera. »Von Schade? Ali?«

»Doch. Der Name könnte richtig sein. Kennen Sie Ihre Arbeit?«

»Nicht gut genug«, erwiderte Vera.

»Sie ist eine Freundin von uns«, erklärte Thomas. »Wir sind sehr besorgt um sie.«

»Trotzdem verstehe ich immer noch nicht«, mischte sich Parsifal wieder ein, »wie es dieser jungen Frau möglich sein sollte, ein Alphabet nachzuahmen, von dessen Existenz die Menschheit erst seit kurzer Zeit weiß. Wie kann sie eine Sprache nachäffen, die kein Mensch spricht?«

»Es handelt sich weder um nachahmen noch um nachäffen.«

»Was denn?«

»Es sieht ganz so aus«, sagte Mary Kay langsam, »als sei Yammie eine Hadal geworden. Genauer gesagt: Dawn hat sich in sie verwandelt.«

Parsifal klappte der Unterkiefer herunter. »Nur damit ich nichts missverstehe«, sagte er und zeigte auf den verwesenden Schädel. »Die Seele von diesem Ding soll in diese junge Frau übergewechselt sein?«

»Glauben Sie mir«, beschwichtigte ihn Mary Kay, »auch von uns möchte das keiner glauben. Aber mit ihr ist etwas Furchtbares geschehen. Kurz bevor Yammie bewusstlos wurde, haben die Nadeln heftig ausgeschlagen. Wir haben uns die Videoaufzeichnung immer wieder angeschaut. Man sieht, wie Yammie die EEG-Kabel hält, und dann bricht sie zusammen. Vielleicht hat sie einen elektrischen Strom durch ihre Hände aufgenommen. Oder der Kopf hat ihn in sie umgeleitet. Ich weiß auch, dass sich das Ganze phantastisch anhört.«

»Phantastisch? Eher völlig durchgedreht!«, schnaubte Parsifal. »Ich habe jedenfalls die Nase voll davon!« Auf dem Weg nach draußen blieb er vor dem zerschnittenen Kopf stehen. »Sie sollten diese Nekropolis mal aufräumen«, verkündete er. »Kein Wunder, dass hier solch mittelalterlicher Mist ausgebrütet wird.« Er schlug eine Zeitschrift auf, breitete sie über den Hadalkopf und marschierte hinaus.

Parsifals polternder Auftritt hatte Mary Kay völlig eingeschüchtert. Sie zitterte am ganzen Leib.

»Verzeihen Sie bitte«, sagte Thomas zu ihr. »Wir sind an seine dramatischen Auftritte schon gewöhnt. Leider vergisst er sich manchmal in der Öffentlichkeit.«

»Ich finde, wir sind jetzt alle reif für eine Tasse Kaffee«, beschloss Vera. »Gibt es hier irgendwo einen Ort, an dem wir unsere Gedanken wieder sammeln können?«

Mary Kay zeigte ihnen den Weg zu einem kleinen Konferenzraum mit einer Kaffeemaschine. An der Wand hing ein Monitor, der das gesamte Labor zeigte. Das Kaffeearoma war eine willkommene Erlösung von dem Gestank der Chemikalien und der Verwesung.

»Eigentlich«, meldete sich Rau leise zu Wort, »dürften wir nicht allzu überrascht sein.«

»Und weshalb nicht?«, wollte Thomas wissen.

»Wir sprechen hier von der guten alten Reinkarnation. Wenn man weit genug in die Vergangenheit geht, findet man fast überall Spielarten dieser Theorie. Die Ureinwohner Australiens können seit zwanzigtausend Jahren die Kette ihrer Vorfahren in ihren Kindern lückenlos zurückverfolgen. Man findet die Vorstellung von Wiedergeburt überall, bei vielen Völkern, von den Indonesiern über die Bantus bis zu den Druiden. Große Denker wie Platon, Empedokles und Pythagoras versuchten sie zu beschreiben. Die orphischen Mysterien und die jüdische Kabbala haben sich daran versucht. Selbst unsere modernen Wissenschaften haben sich damit beschäftigt. Dort, wo ich herkomme, wird sie allgemein als ganz natürliches Phänomen akzeptiert.«

»Aber ich kann einfach nicht daran glauben, dass in einem solchen Labor die *Seele* eines Hadal in eine andere Person überwechselt.«

»Seele?«, fragte Rau. »Im Buddhismus gibt es so etwas nicht. Dort redet man von einem undifferenzierten Strom des Seins, der von einer Existenz zur anderen wechselt, das so genannte *Samsara.*«

Teilweise von Thomas' Skepsis dazu verleitet, widersprach auch Vera. »Seit wann gehören epileptische Anfälle, Mord und Kannibalismus zur Wiedergeburt? Ist das etwa auch ein ganz natürliches Phänomen?«

»Ich kann nur sagen, dass eine Geburt ein hochkomplexer Vorgang ist«, erwiderte Rau. »Warum sollte es bei einer Wiedergeburt anders sein? Und was die Raserei betrifft« – er wies auf den Bildschirm, auf dem das Ausmaß der Zerstörung noch zu sehen war –, »das hat womöglich mit der begrenzten Kapazität des Menschen für Erinnerung zu tun. Vielleicht ist die Erinnerung, wie es Dr. Koenig beschrieben hat, ein Fall von elektrischer Vernetzung. Aber die Erinnerung ist auch ein Labyrinth. Ein Abgrund. Wer weiß, wohin sie führt?«

»Was sollte deine Frage nach Labortieren, Rau?«

»Ich wollte nur andere Möglichkeiten ausschließen«, antwortete er. »Auf die klassische Weise erfolgt der Transfer zwischen einem sterbenden Erwachsenen und einem Kind. Oder einem Tier. Aber in diesem Fall stand dem Samsara des Hadal nur Dr. Yamamoto zur Verfügung, also sozusagen ein bereits besetztes Haus. Und jetzt ist es dabei, Dr. Yamamotos Erinnerung auszuschalten, um sich selbst genügend Platz zu verschaffen.«

»Aber warum jetzt?«, fragte Mary Kay. »Warum ausgerechnet jetzt, und warum auf diese schreckliche Weise?«

»Ich kann nur spekulieren«, erwiderte Rau. »Sie haben gesagt, die mechanische Klinge sei kurz davor gewesen, den Hippocampus zu zerschneiden. Vielleicht war es lediglich eine Art Selbstverteidigung der Erinnerung des Hadal, die Übernahme eines neuen Territoriums.«

»Übernahme eines Territoriums? Das klingt ja wie ein Eroberungsfeldzug.«

»Das ist es auch. Ihr Abendländer verwechselt Reinkarnation immer wieder mit einem freundschaftlichen sozialen Akt. Dabei ist sie eine Sache von Herrschaft. Kolonisation, wenn Sie so wollen. Als würde sich ein Land das Territorium eines anderen aneignen und darauf seine eigenen Menschen mit ihrer eigenen Sprache und ihrer eigenen Regierung ansiedeln. Über kurz oder lang sprechen die Azteken spanisch, die Mohawk englisch. Und schon fangen sie an zu vergessen, wer sie einmal gewesen sind.«

»Sie ersetzen den gesunden Menschenverstand durch Metaphern«, sagte Thomas. »Das bringt uns nicht weiter.«

»Denkt trotzdem einmal darüber nach!«, antwortete Rau. »Ein Strom kontinuierlicher Erinnerung. Ein ungebrochenes Band des Bewusstseins, das sich über Äonen erstreckt. Das könnte dazu beitragen, seine Langlebigkeit zu erklären. Aus der begrenzten Perspektive des Menschen betrachtet, erscheint er als ewig.«

»Von wem sprechen Sie überhaupt?«, fragte Mary Kay.

»Von jemandem, nach dem wir suchen«, antwortete Thomas rasch. »Von niemandem.«

»Entschuldigung, ich wollte meine Nase nicht in Ihre Angelegenheiten stecken.« Nach allem, was sie ihnen mitgeteilt hatte, war ihr die Verstimmung nur allzu deutlich anzumerken.

»Es ist nur eins unserer Spielchen«, beschwichtigte sie Vera. »Sonst nichts.«

Der Videoschirm an der Wand hinter ihnen war stumm, sonst hätten sie das plötzliche Treiben im Labor sofort bemerkt. Mary Kays Piepser sprang an, sie warf einen Blick darauf und wirbelte plötzlich in ihrem Stuhl herum, um auf den Bildschirm zu schauen.

»Yammie«, stöhnte sie.

Leute rannten im Labor hin und her. Jemand schrie etwas in den Monitor, ein tonloser Schrei.

»Was ist denn?«, fragte Vera.

»Code Blau.« Mary Kay war schon aus der Tür. Eine halbe Minute später erschien sie auf dem Monitor.

»Was spielt sich da ab?«, fragte Rau.

Vera drehte ihren Rollstuhl, um den Bildschirm besser im Blick zu haben. »Sie verlieren das arme Mädchen. Herzstillstand. Da kommt schon der Notfallwagen!«

Thomas war aufgesprungen und starrte aufmerksam auf den Schirm. Rau stellte sich neben ihn.

»Was geschieht jetzt?«, fragte er.

»Das ist ein Defibrilator«, sagte Vera. »Um ihr Herz wieder anzukurbeln.«

»Soll das heißen, sie ist tot?«

»Man unterscheidet zwischen biologischem und klinischem Tod. Vielleicht ist es noch nicht zu spät.«

Unter Mary Kays Anleitung schoben mehrere Leute Tische und zerschlagene Maschinen zur Seite, um dem schweren Notfallwagen Platz zu machen. Mary Kay packte die Handgriffe des Defibrilators und hielt sie hoch.

»Aber das dürfen sie nicht tun!«, rief Rau.

»Sie müssen es wenigstens versuchen«, sagte Vera.

»Hat denn niemand begriffen, wovon ich vorhin gesprochen habe?«

»Wo wollen Sie hin, Rau?«, fuhr ihn Thomas an. Doch Rau war bereits zur Tür hinaus.

»Da ist er«, sagte Vera und zeigte auf den Bildschirm.

»Was hat er bloß vor?«, wunderte sich Thomas.

Rau, immer noch mit dem Cowboyhut auf dem Kopf, drängte sich an einem stämmigen Polizisten vorbei und sprang über einen umgestürzten Stuhl. Sie sahen, wie die Leute von dem blanken Stahltisch zurückwichen und auch Yamamoto für die Kamera sichtbar wurde. Die zarte junge Frau war immer noch auf dem Tisch festgebunden und rührte sich nicht. Als Rau angestürmt kam, stellte sich ihm nur noch Mary Kay auf der anderen Seite des Tisches entgegen. Die beiden stritten miteinander.

»Ach, Rau!«, rief Vera verzweifelt. »Thomas, wir müssen ihn dort herausholen. Es handelt sich um einen medizinischen Notfall.«

Mary Kay sagte etwas zu einer Schwester, die versuchte, Rau am Arm wegzuziehen. Doch Rau schüttelte sie ab. Ein Labortechniker packte ihn an der Hüfte, und Rau klammerte sich hartnäckig an der Tischkante fest. Mary Kay beugte sich vor, um die Griffe des Defibrilators aufzusetzen. Das Letzte, was Vera auf dem Monitor sah, war sein sich aufbäumender Körper.

Thomas schob den Rollstuhl eilig in Richtung Labor vor sich her, vorbei an Polizisten, Feuerwehrleuten und Laborpersonal. Als sie das Labor endlich erreichten, war das Drama offensichtlich schon beendet. Mehrere Leute verließen den Raum. Eine Frau stand neben der Tür, die Hände vor das Gesicht geschlagen.

Drinnen sahen Vera und Thomas, dass ein Mann halb über dem Tisch hing. Er hatte den Kopf neben Yamamoto gelegt und schluchzte. Ihr Ehemann, vermutete Vera. Mary Kay stand daneben, die Griffe immer noch in der Hand. Ein Kollege redete auf sie ein. Da sie nicht reagierte, nahm er ihr die Griffe aus der Hand. Ein anderer klopfte ihr mitfühlend auf die Schulter, doch sie rührte sich immer noch nicht.

»Mein Gott«, flüsterte Vera, »hat Rau etwa Recht gehabt?« Sie bahnten sich ihren Weg durch die Trümmer. Yamamotos Leichnam wurde zugedeckt und auf eine Trage gehoben. Der Ehemann folgte den Trägern nach draußen.

»Dr. Koenig?«, sagte Thomas. Auf dem schimmernden Tisch lagen die Kabel wirr durcheinander.

Beim Klang seiner Stimme zuckte sie leicht zusammen und richtete den Blick auf ihn.

»Pater?«, sagte sie benommen.

Vera und Thomas wechselten einen besorgten Blick.

»Mary Kay?«, sagte Vera. »Ist alles in Ordnung?«

»Pater Thomas? Vera?«, antwortete Mary Kay. »Ist Yammie jetzt auch tot? Was haben wir denn falsch gemacht?«

Vera atmete erleichtert aus.

»Du hast mir ganz schön Angst eingejagt«, sagte sie. »Komm her, mein Kind. Komm her.« Mary Kay kniete neben dem Rollstuhl nieder und barg das Gesicht an Veras Schulter.

»Rau?«, fragte Thomas und schaute sich suchend um. »Wo ist er denn jetzt schon wieder hin?«

Völlig unerwartet brach Rau aus seinem Versteck unter einem Haufen von Papierausdrucken und Kabelsalat hervor. Er bewegte sich so schnell, dass sie ihn kaum erkannten. Als er an Veras Rollstuhl vorbeirannte, beschrieb seine Hand einen großen Bogen.

Mary Kay stöhnte auf und bäumte sich vor Schmerz nach hinten. Ihr Laborkittel klaffte von einer Schulter zur anderen auf und färbte sich rasch rot. Rau hatte ein Skalpell in der Hand.

Thomas schrie Rau an. Es klang wie ein Kommando. Vera sprach kein Hindi, falls es das war, außerdem war sie viel zu schockiert, um sich darum zu kümmern.

Rau blieb stehen und blickte Thomas mit von Seelenqual und Verwirrung verzerrtem Gesicht an.

»Thomas!«, schrie Vera und stürzte mit der verwundeten Mary Kay im Arm aus dem Rollstuhl.

In dem kurzen Augenblick, in dem Thomas den Blick von Rau abwandte, verschwand dieser durch die Tür.

Am gleichen Abend wurde der Selbstmord landesweit im Fernsehen gezeigt. Rau hätte sich keinen besseren Zeitpunkt dafür aussuchen können, da die Medien wegen der Pressekonferenz bereits auf der Straße versammelt waren. Die Leute mussten nichts anderes tun, als ihre Kameras zum acht Stockwerke hohen Dach hochschwenken.

Mit einem lodernden Sonnenuntergang als Hintergrund schoben sich die Polizisten mit schussbereiten Pistolen näher an Raus schwankende Gestalt heran. Die Tonleute der Kamerateams richteten ihre Mikrofone genau aus und fingen jedes Wort auf. Teleobjektive holten das verzerrte Gesicht heran und verfolgten seinen Sprung. Einige besonders gewitzte Kameraleute machten den kleinen Hüpfer am Boden mit, um den Aufprall stilecht nachzuempfinden.

Es bestand kein Zweifel daran, dass der ehemalige indische Parlamentsvorsitzende Rau verrückt geworden war. Der Hadal-Kopf, den er mit beiden Armen fest an sich presste, war der letzte Beweis dafür. Der Hadal-Kopf – und der Cowboyhut.

Bruder, dein Schwanz baumelt hinter dir.

RUDYARD KIPLING,
Das Dschungelbuch

19
Kontakt

UNTER DER MAGELLAN-SCHWELLE,
176 Grad West, 8 Grad Nord

Ali lag schlafend auf dem Boden, als das Lager von heftigen Erdstößen erschüttert wurde. Sie spürte das Beben tief in ihrem Körper. Es schien alle ihre Knochen zu erfassen. Einige Wissenschaftler krümmten sich wie Föten zu einer Kugel zusammen, andere griffen nach der Hand des Nachbarn oder umarmten einander. In einem schrecklichen Schweigen befangen, warteten sie darauf, dass sich die Tunnelwände zusammenschoben oder der Boden unter ihnen wegbrach.

Schließlich rief irgendein Witzbold: »Alles klar. Das war bloß dieser verflixte Shoat! Ständig am Wichsen, der Halunke!« Alle lachten nervös. Es folgten zwar keine weiteren Erdstöße mehr, aber sie waren daran erinnert worden, wie nichtig sie hier unten waren.

Als der Morgen weiter vorangeschritten war, konnten mehrere Frauen aus der Gruppe, mit der sie auf einem Floß saß, in dem feinen Staub, der über dem Fluss hing, riechen, was von dem Erdbeben geblieben war. Pia, eine Planetologin, sagte, der Geruch erinnere sie an den Hof eines Steinmetzes unweit ihres Elternhauses, dort habe es immer genauso gerochen, wenn die Grabsteine poliert und die Namen der Toten sandgestrahlt wurden.

»Grabsteine? Sehr tröstlicher Gedanke«, sagte eine der anderen Frauen.

Um das Gefühl einer Vorahnung zu zerstreuen, sagte Ali: »Seht ihr, wie weiß der Staub ist? Habt ihr schon mal frischen Marmor gerochen, kurz nachdem er mit dem Meißel bearbeitet wurde?« Sie beschrieb ihnen das Bildhauerstudio, das sie einmal in Norditalien besucht hatte. Der Meister war gerade nicht sonderlich erfolgreich mit einem weiblichen Akt beschäftigt und bat Ali, für ihn Modell zu stehen, ihm dabei zu helfen, die Gestalt aus dem Steinquader zu befreien.

»Er wollte, dass du dich nackt vor ihn hinstellst?« Pia war entzückt. »Wusste er denn nicht, dass du Nonne bist?«

»Das war ziemlich deutlich zu sehen.«

»Und? Hast du es getan?«

Plötzlich erfasste Ali ein Gefühl von Traurigkeit. »Natürlich nicht.«

Das Leben in diesen finsteren Gängen und Stollen hatte sie verändert. Sie war darauf gedrillt worden, ihre Identität zu verleugnen, damit Gott seine Signatur auf ihr hinterlassen konnte. Jetzt verlangte es sie mit aller Verzweiflung danach, in Erinnerung zu bleiben, wenn auch nur als kaltes Stück bearbeiteter Marmor.

Die Unterwelt hinterließ auch bei den anderen ihre Spuren. Als Anthropologin beobachtete Ali die Metamorphose der Gruppe mit beruflicher Neugier. Das Aufspüren der jeweiligen Eigenheiten war, als sähe man einem Garten beim Wuchern zu. Die Teilnehmer nahmen seltsame Gewohnheiten an, etwa eine besondere Methode, sich die Haare zu kämmen oder ihre Rettungsanzüge bis zum Knie oder zur Schulter aufzurollen. Viele Männer hatten sich angewöhnt, mit nacktem Oberkörper herumzulaufen und die obere Hälfte ihrer Anzüge wie eine abgestreifte Haut um die Hüfte baumeln zu lassen. Deodorant war ein Gerücht aus der Vergangenheit, doch man nahm die Körpergerüche, bis auf die einiger bedauernswerter Teilnehmer, kaum mehr wahr. Besonders Shoat war für die Ausdünstungen seiner Füße bekannt. Einige Frauen flochten sich Perlen oder Muscheln ins Haar. Es sei nur zum Spaß, sagten sie, doch ihre Kreationen wurden von Woche zu Woche ausgefallener.

Manche der Soldaten verfielen in einen bestimmten Banden-Slang, wenn Walker nicht in der Nähe war, und ihre Waffen waren mit einem Mal mit wilden Schnitzereien überzogen. Sie kratzten Tiere, Bibelzitate oder die Namen ihrer Freundinnen in Plastikgriffe und -kolben. Sogar Walker hatte sich den Bart zu einem langen mosaischen Busch stehen lassen, der für die Höhlenläuse, die sie beständig peinigten, der reinste Garten Eden sein musste.

Ike unterschied sich nicht mehr allzu sehr von ihnen. Nach dem letzten Zwischenfall hatte er sich noch rarer gemacht. An vielen Abenden bekamen sie ihn überhaupt nicht zu Gesicht, nur seinen kleinen Dreifuß mit den grünen Leuchtkerzen, die einen guten Lagerplatz markierten. Wenn er auftauchte, dann nur für ein paar Stunden. Er zog sich in sich zurück, und Ali wusste nicht, wie sie an ihn herankommen sollte. Aber es machte ihr viel aus. Vielleicht lag es daran, dass derjenige aus der Gruppe, der am meisten der Versöhnung bedurfte, sich ihr auch am heftigsten widersetzte. Die andere Möglichkeit war die, dass sie sich verliebt hatte. Aber das wäre, wie sie fand, höchst unvernünftig.

Als Ike wieder einmal über Nacht im Lager blieb, brachte Ali ihm einen Teller Essen ans Flussufer und setzte sich neben ihn. »Was träumst du?«, fragte sie. Als er die Augenbraue runzelte, fügte sie rasch hinzu: »Du musst es mir nicht sagen.«

»Hast du dich mit den Psychofritzen unterhalten?«, fragte er. »Sie wollten nämlich das Gleiche von mir wissen. Soll wohl sowas wie ein Gradmesser für meine Verlässlichkeit sein, oder? Ob ich auf Hadalisch träume.«

Sie war unentschlossen. Jeder beanspruchte ein Stück von diesem Mann. »Ja, es ist ein Gradmesser. Und nein, ich habe mit niemandem über dich geredet.«

»Was willst du also?«

»Ich will wissen, wovon du träumst. Aber du musst es ja nicht sagen.«

»Gut.«

Sie lauschten dem Wasser. Nach einer Weile überlegte sie es sich anders.

»Doch, du musst es mir sagen!« Sie machte es ihm leicht.

»Ali«, sagte er. »Das willst du bestimmt nicht hören.«

»Mach schon«, redete sie ihm zu.

»Ali«, sagte er und schüttelte den Kopf.

»Ist es so schlimm?«

Plötzlich stand er auf und ging zum Kajak hinüber.

»Wo willst du hin?« Es war alles so merkwürdig. »Hör doch, vergiss die Sache einfach. Ich war zu neugierig, tut mir Leid.«

»Es ist nicht dein Fehler«, sagte er und zog das Boot ins Wasser.

Erst als sich das Boot schon wie ein Pfeil durchs Wasser schob, dämmerte es ihr. Ike träumte von ihr.

Am 28. September erreichten sie das dritte Proviantlager. Seit zwei Tagen hatten sie stärker werdende Signale aufgefangen. Da Walker nicht wusste, welche Überraschungen Helios diesmal für sie bereithielt, und weil er immer noch nicht ganz schlau aus dem Attentatsversuch geworden war, wies er Ike an, sich im Hintergrund zu halten und schickte seine Soldaten voraus. Ike hatte keinerlei Einwände und lenkte sein Kajak zwischen die Flöße der Wissenschaftler.

Dort, wo das Proviantlager sein sollte, rauschte ein gewaltiger Wasserfall. Walker und seine Söldner hatten unweit seines Fußes angelegt und suchten den unteren Teil der Höhlenwände mit ihren starken Bootsscheinwerfern ab. Der Wasserfall ergoss sich aus einer Höhe, die sich sowohl ihren Blicken als auch den Lichtstrahlen entzog, über eine olivgrüne Felswand herab und wirbelte dabei eine Gischtwolke auf, in deren feinem Nebel die Scheinwerfer Regenbogen hervorzauberten. Die Wissenschaftler brachten ihre Flöße ebenfalls ans Ufer und stiegen aus. Irgendeine Besonderheit in der Akustik dieser Sackgasse verwandelte das Tosen des Wasserfalls in ein gleichmäßiges Hintergrundrauschen.

Walker kam herüber. »Der Entfernungsmesser zeigt Null an«, berichtete er. »Das heißt, die Zylinder müssen hier irgendwo sein. Aber außer dem Wasserfall haben wir nichts gefunden.«

Ali schmeckte eine Spur von Meersalz in dem Sprühnebel und blickte in den riesigen Schlund des Schachts hinauf, der sich über ihr in der Dunkelheit auflöste. Inzwischen hatten sie zwei Drittel ihrer Wegstrecke unterhalb des Pazifiksystems zurückgelegt und hielten sich knapp zehn Kilometer unterhalb des Meeresspiegels auf. Über ihnen war nichts als Wasser, und dieses Wasser hier leckte anscheinend durch den Meeresboden.

»Es muss hier irgendwo sein!«, polterte Shoat.

»Sie haben doch ein eigenes Peilgerät dabei«, erwiderte Walker. »Vielleicht funktioniert das ja besser.«

Shoat trat einen Schritt zurück und legte die Hand auf den flachen Lederbeutel, der um seinen Hals hing. »Das funktioniert nicht bei solchen Sachen«, sagte er. »Es ist speziell für die Transistorenempfänger, die ich unterwegs aussetze, entworfen. Nur für den Notfall.«

»Vielleicht sind die Zylinder auf einem Vorsprung hängen geblieben«, schlug jemand vor.

»Wir sehen nach«, sagte Walker. »Aber unsere Suchgeräte sind präzise eingestellt. Die Zylinder müssten hier in einem Radius von sechzig Metern liegen, aber bisher haben wir nicht das Geringste gefunden. Keine Kabel, keine Bohrspuren, nichts.«

»Eins dürfte klar sein«, meinte Spurrier. »Ohne den Nachschub gehen wir nirgendwohin.«

Ike fuhr ein Stück weiter flussabwärts, um einige der kleineren Buchten abzusuchen. »Wenn Sie die Dinger finden, lassen Sie die Finger davon. Kommen Sie zurück und sagen Sie uns, wo sie liegen«, wies ihn Walker an. »Jemand hat Sie im Visier, und ich möchte nicht, dass Sie sich in der Nähe befinden, wenn die auf den Knopf drücken.«

Die Expedition teilte sich in mehrere Suchtrupps auf, fand jedoch nichts. Frustriert befahl Walker einigen seiner Soldaten, im groben Ufersand zu graben. Vielleicht waren die Behälter ja überspült und mit Sand bedeckt worden. Nichts. Die Stimmung wurde gereizter. Als jemand anfing, Berechnungen hinsichtlich der Rationierung ihrer spärlichen Reserven anzustellen, wollte keiner so recht zuhören. Das nächste Proviantlager würden sie erst in fünf Wochen erreichen.

Sie unterbrachen die Suche, um etwas zu essen und ihre Aussichten neu zu überdenken. Ali saß mit einigen anderen an die Flöße gelehnt, den Blick auf den Wasserfall gerichtet. Plötzlich sagte Ethan Troy: »Vielleicht sind sie dort!«

Er zeigte auf den Wasserfall.

»Im Wasser?«, fragte Ali.

»Sonst haben wir ja schon überall gesucht.«

Sie ließen ihr Essen stehen und gingen zum Ufer des Seitenarms, der sich vom Bassin unterhalb des Wasserfalls zum eigentlichen Flussbett erstreckte. Durch die Gischt und das herabstürzende Wasser war nichts zu sehen. Troys Vermutung hatte sich rasch herumgesprochen, und andere schlossen sich ihnen an.

»Jemand muss da durchgehen«, sagte Spurrier.

Inzwischen war auch Walker bei ihnen eingetroffen.

»Ab jetzt übernehmen wieder wir«, kommandierte er.

Es dauerte noch eine weitere Viertelstunde, bis Walker einen »Freiwilligen« ausgesucht hatte. Es war ein Riese aus San Antonio, der sich seit einiger Zeit damit beschäftigte, sich Glyphen der Hadal in die Haut zu tätowieren. Ali hatte gehört, wie ihn der Colonel einmal wegen Gotteslästerung zur Schnecke gemacht hatte – vermutlich sollte dieser Erkundungsgang eine Strafe sein. Als sie ihm das Ende eines Seiles umbanden, konnte man sehen, dass er Angst hatte. »Wasserfälle sind nicht mein Ding«, sagte er immer wieder. »El Cap soll das machen.«

»Crockett ist nicht hier«, rief Walker in den Lärm. »Halte dich einfach immer an der Wand.«

Der Soldat zog sich die Haube seines Rettungsanzugs über den Kopf, setzte eine Nachtsichtbrille auf, die er eher als Taucherbrille als der Lichtverstärkung wegen benutzte, und watete langsam ins Wasser, bis er sich kaum wahrnehmbar im Nebel aufgelöst hatte. Sie gaben immer mehr Seil in den Wasserfall, doch nach einigen Minuten ließ die Spannung plötzlich nach. Das Seil wurde schlaff.

Sie zogen am Seil und holten die ganzen fünfzig Meter wieder ein. Walker hielt das Ende in der Hand. »Er hat sich losgebunden«, sagte er und brüllte nach einem zweiten »Freiwilligen«. »Das heißt, hinter dem Wasserfall ist ein Hohlraum. Diesmal aber nicht losbinden! Zieh dreimal kurz am Seil, wenn du die Grotte erreicht hast, und mach es dann an einem Stein oder sonst wo fest. Damit haben wir so etwas wie einen Handlauf, kapiert?«

Der zweite Soldat watete ein wenig zuversichtlicher durch den Wasserfall. Das Seil schlängelte sich hinein, tiefer als beim ersten Mal.

»Wohin geht er bloß da drin?«, wunderte sich Walker.

Das Seil spannte sich und wurde fester angezogen. Der Mann am Ufer wollte sich gerade beschweren, als ihm das Seil aus der Hand gerissen wurde und das Ende zuckend in der Gischt verschwand.

»Wir spielen hier nicht Tauziehen«, belehrte Walker seinen dritten Kundschafter. »Ein paar Mal Rucken reicht völlig aus.« Im Hintergrund witzelten einige Söldner. Ihre Kameraden im Wasserfall hatten sich auf Kosten des Colonel einen kleinen Scherz erlaubt. Die Anspannung ließ deutlich nach.

Walkers dritter Mann marschierte durch den Dunstvorhang, und kurz darauf hatten sie ihn aus den Augen verloren. Doch er tauchte wieder auf. Er war zwar noch auf den Beinen, taumelte jedoch wie ein Betrunkener und schlug wie wahnsinnig mit den Armen um sich. Seine Arme droschen kreiselnd auf ein unsichtbares Gewicht vor ihm ein, etwas, das ihn offensichtlich fest hielt. Der Schwung ließ ihn mitten in seine Zuschauer stürzen. Er landete direkt zwischen ihnen, drehte sich auf den Bauch, krümmte sich und stemmte sich vom Boden weg und stieß ein gurgelndes Grollen aus. Es kam tief aus seinem Inneren, eine Entladung seiner Eingeweide. Dann sackte er zusammen und fiel mit dem Gesicht in den Sand, wo er heftig zuckend liegen blieb.

»Tommy?«, rief einer seiner Kameraden.

Tommy richtete sich noch einmal auf, jedenfalls das, was von ihm noch übrig war, und sie sahen, dass sein Gesicht und sein Rumpf in Fetzen gerissen waren. Dann kippte der Körper nach hinten um.

Erst jetzt erblickten sie den Hadal. Er hockte dort im Sand, wohin Tommy ihn getragen hatte. Im Licht der Scheinwerfer glänzten Maul, Hände und Krallen vom Blut. Der Hadal war geblendet, der Körper so weiß wie ein Tiefseefisch. Ali sah ihn nur für den Bruchteil einer Sekunde.

Die Menge wich mit einem Aufschrei von der Kreatur zurück. Ali wurde zu Boden geschleudert. Rings um sie herum fuchtelten Soldaten mit ihren Waffen herum. Neben ihrem Kopf glänzte ein Stiefel. Weiter vorne brach Walker durch die aufgescheuchte Herde. In den wild durcheinander zuckenden Lichtstrahlen sah er mehr wie ein Schatten als ein Mensch aus. Seine Pistole blitzte mehrmals auf.

Der Hadal vollführte einen unmöglichen Sprung auf den olivfarbenen Felsvorsprung. Alle Scheinwerfer richteten sich auf ihn. Er war geisterhaft weiß und, wie es aussah, mit Schuppen oder Schmutz überkrustet.

Walker rannte an der Felswand entlang und feuerte ununterbrochen auf das davonhastende Wesen. Es hielt auf den Wasserfall zu. Doch entweder waren die Steine dort von der Gischt glitschig, oder eine von Walkers Kugeln hatte ihr Ziel getroffen. Der Hadal stürzte. Walker und seine Männer waren sofort da, und dann sah Ali nur noch das Aufblitzen von Mündungsfeuer.

Benommen rappelte sich Ali langsam auf und ging auf die Gruppe aufgeregter Soldaten zu. Ihrem Jubel nach musste es der erste lebendige Hadal sein, den sie jemals gesehen, geschweige denn besiegt hatten. Walkers Spezialistenteam war mit dem Feind keinen Deut besser vertraut als diejenigen, die sie schützen sollten.

»Zurück zu den Booten«, sagte Walker zu ihr.

»Was haben Sie vor?«

»Sie haben unsere Zylinder geklaut«, sagte er.

»Wollen Sie da etwa rein?«

»Erst wenn wir den Wasserfall im Griff haben.«

Sie sah, dass einige Soldaten die größeren Maschinengewehre, mit denen ihre Flöße bestückt waren, in Stellung brachten. Sie waren so eifrig und verbissen bei der Arbeit, dass Ali vor ihrem Enthusiasmus erschrak. Von ihren Aufenthalten in afrikanischen Bürgerkriegsgegenden wusste sie nur zu gut, dass das Ungeheuer, war es erst einmal losgelassen, nicht mehr zurückzurufen war. Das alles passierte viel zu schnell. Sie wollte Ike um sich haben, jemanden, der das Territorium kannte und den Vergeltungsschlag des Colonels verhindern konnte. »Aber zwei von Ihren Leuten sind noch da drin.«

»Gute Frau«, antwortete Walker, »mischen Sie sich nicht in militärische Angelegenheiten.« Auf eine knappe Handbewegung hin führte sie einer der Söldner am Arm zu der Stelle, an der die letzten Wissenschaftler gerade ihre Flöße bestiegen. Ali kletterte an Bord, dann legten sie ab und betrachteten das Spektakel aus sicherer Entfernung.

Walker ließ sämtliche Scheinwerfer auf den Wasserfall richten. Die hohe Wassersäule war jetzt so hell erleuchtet, dass sie wie ein gläserner Drache aussah, der sich heftig atmend am Fels festgekrallt hatte. Walker wies seine Leute an, direkt in den Wasserfall zu feuern.

Ali fühlte sich an den König erinnert, der versucht hatte, den Meereswogen Einhalt zu gebieten. Das Wasser verschlang die Geschosse. Das mächtige Rauschen schluckte die Geräusche fast vollständig, verwandelte das Geschützfeuer in patschendes Feuerwerksgeknatter. Sie verstärkten das Feuer, rissen hier und dort aufplatzende Löcher ins Wasser, die sich jedoch sofort wieder schlossen. Einige der speziell angefertigten Lucifer-Geschosse trafen mit ihren Uraniumköpfen auf den nackten Fels und rissen große Steinsplitter heraus. Ein Soldat feuerte eine Rakete in den Schlund hinter dem Wasserfall, woraufhin sich die flüssige Säule nach außen stülpte und für einen kurzen Moment eine verschwommene Lücke dahinter freigab. Fast im gleichen Augenblick schloss sich die Lücke wieder unter den unablässig herabrauschenden Wassermassen.

Und dann fing der Wasserfall an zu bluten. Im Strahl der mächtigen Scheinwerfer färbte sich das Wasser rot. Kurz darauf war auch der kleine Seitenarm blutrot, die Färbung ergoss sich in den Hauptstrom und wurde flussabwärts mitgerissen. Ali dachte, dass die Farbe Ike zurückrufen müsste, wenn er schon nicht durch den Lärm der Schüsse alarmiert worden war. Das Ausmaß der Aktion, die Walker befohlen hatte, jagte ihr Angst ein. Die mörderischen Hadal niederzuschießen war eine Sache, aber wie es aussah, hatte er soeben die Schlagadern einer gewaltigen Naturkraft aufgerissen. Sie spürte ganz deutlich, dass er etwas Grauenhaftes entfesselt hatte.

»Was in Gottes Namen war dort drin?«, keuchte jemand.

Auf Walkers Signale hin schwärmten seine Soldaten aus. In ihren geschmeidigen Rettungsanzügen wateten sie vorwärts und stellten sich links und rechts vom Wasserfall auf. Dann trat die Hälfte von Walkers Kontingent von beiden Seiten her in den wirbelnden Nebel, während die andere Hälfte direkt von vorne auf die herabstürzende Wasserwand zurobbte, bereit, jederzeit weitere Salven hineinzupumpen. Die Wissenschaftler sahen mit angehaltenem Atem auf ihren schaukelnden Flößen zu.

Mehrere Minuten vergingen. Dann kehrte einer der Männer in seinem glänzenden Neopren-Amphibienanzug zurück und rief: »Alles klar!«

»Was ist mit den Zylindern?«, schrie ihm Walker zu.

»Sind hier drin«, antwortete der Soldat. Walker und die verbliebenen Männer erhoben sich und gingen ohne ein Wort an die Zurückbleibenden in den Wasserfall.

Schließlich paddelten die Wissenschaftler ans Ufer zurück. Einige hatten Angst davor, dass noch mehr Hadal sich auf sie stürzen könnten. Eine kleine Gruppe, der sich auch Ali anschloss, ging zu dem getöteten Hadal, um ihn sich näher anzusehen. Viel war von dem Wesen nicht mehr übrig. Die Kugeln hatten es praktisch von innen nach außen gewendet.

Zusammen mit den anderen ging Ali dann durch den Wasserfall. Ali knipste ihre Stirnlampe an und schob sich zwischen Wasser und Fels vorwärts. Schließlich erreichten sie eine kugelförmige Grotte.

Die vermissten Zylinder lagen alle drei gleich am Eingang, bedeckt von einem Gewirr dicker Kabel. Vollbeladen wog jeder Zylinder über vier Tonnen – wie hatten die Hadal sie nur in dieses Versteck schleppen können? Zwei der Kabel liefen nach oben in den Wasserfall, was die Vermutung nahe legte, dass ihre Verbindung zur Oberfläche noch intakt war.

Seitlich auf einem Zylinder schimmerten unter der fast gänzlich abgeschliffenen Inschrift HELIOS die Buchstaben NASA geisterhaft durch. Die Außenhülle war von Gewehrkugeln und Granattreffern eingedellt und zerschrammt, sonst aber unversehrt. Die Hadal hatten versucht, den Zylinder mit Steinen und Eisenstäben zu knacken, doch es war ihnen lediglich gelungen, einige der dicken Bolzen abzubrechen. Die Luken waren nach wie vor fest verschlossen. Ali kletterte um einen Haufen Seile und Kabel herum und erkannte in dem ersten Leichnam, den sie entdeckte, Walkers ersten Freiwilligen, den hünenhaften Teenager aus San Antonio. Sie hatten ihm mit bloßen Händen die Kehle herausgerissen.

Weiter drinnen hatten Walkers Leute chemische Fackeln auf Vorsprünge gelegt oder in Felsspalten geklemmt, von wo aus sie jetzt im gesamten Gewölbe einen grünen Schimmer verbreiteten. Der Rauch von den Explosionen hing wie nasser Nebel in der Luft. Die Soldaten umkreisten die Toten. Ali warf einen raschen Blick auf die großen Haufen aus Fleisch und Knochen, hob den Kopf jedoch sofort wieder, um die aufkommende Übelkeit zu ersticken. Die Wände schienen in dem grünen Licht Feuchtigkeit auszuschwitzen, doch was da schimmerte, war Blut. Es war überall.

Einige Soldaten starrten Ali mit großen Augen an. Von ihrem früheren Übereifer war nicht viel übrig geblieben.

»Das sind alles Frauen«, murmelte ein Soldat.

»Und kleine Kinder.«

Ali musste genauer hinsehen, als ihr lieb war, hinter die tätowierte Haut und die Gesichter mit den buschigen Augenbrauen. Sie musste nach ihren Geschlechtsorganen und nach ihrer Zartheit suchen, doch dann sah sie, dass die Worte des Soldaten der Wahrheit entsprachen.

»Säue und Ferkel«, scherzte einer in dem Versuch, die Schmach ein wenig herunterzuspielen. Aber niemand lachte. So etwas gefiel ihnen nicht: Keine Waffen, kein einziger Mann. Sie hatten Unschuldige abgeschlachtet.

Über ihnen tauchte ein Soldat in der Öffnung einer Seitenhöhle auf, brüllte etwas herunter und wedelte mit den Armen. Beim Rauschen des Wasserfalls war er unmöglich zu verstehen, doch Ali bekam das Gespräch aus einem Walkie-Talkie gleich neben ihr mit. »Sierra Victor, hier Fox Eins. Colonel«, berichtete eine aufgeregte Stimme, »wir haben hier Überlebende gefunden. Was sollen wir mit ihnen tun?«

Ali sah, wie Walker sich zwischen den Toten erhob und die Hände nach seinem eigenen Walkie-Talkie ausstreckte, und sie ahnte, welchen Befehl er geben würde. Er würde den Soldaten einfach befehlen, ihren Job zu beenden. Walker hob das Walkie-Talkie an den Mund.

»Warten Sie!«, schrie Ali und rannte auf ihn zu.

Sie sah, dass er genau wusste, was sie von ihm wollte.

»Hallo Schwester!«, begrüßte er sie.

»Tun Sie es nicht!«, erwiderte sie.

»Sie sollten mit den anderen wieder hinausgehen«, lautete seine Antwort.

»Nein.«

In diesem Augenblick brüllte ein Mann aus Richtung Eingang, und alle drehten sich zu ihm um. Es war Ike. Vom tosenden Wasser eingerahmt stand er auf den Zylindern. »Was haben Sie bloß angerichtet?«

Er hob ungläubig die Hände und stieg von den Zylindern herab. Sie sahen zu, wie er auf eine Leiche zuging und vor ihr niederkniete. Er legte seine Flinte neben sich auf den Boden, zog die Leiche einer Frau an den Schultern hoch. Ihr Kopf fiel zur Seite, weißes Haar kräuselte sich um die Hörner, die Zähne waren gebleckt. Sie waren zu nadelscharfen Spitzen gefeilt. Ike ging fast zärtlich mit ihr um. Er richtete den Kopf wieder auf, blickte in das Gesicht, roch hinter ihrem Ohr und legte sie wieder auf den Boden. Direkt neben ihr lag ein kleiner Hadal. Ike wiegte ihn so behutsam in den Armen, als wäre er noch am Leben.

»Ihr habt keine Ahnung, was ihr da angerichtet habt«, sagte er mit hohler Stimme.

»Hier Sierra Victor, Fox Eins«, murmelte Walker in sein Walkie-Talkie. Er hielt die Hand vor Mund und Sprechmuschel, doch Ali konnte ihn trotzdem hören. »Feuer frei.«

»Was tun Sie da!«, schrie Ali, riss dem Colonel das Funkgerät aus der Hand und fingerte an der Sendetaste herum. »Auf keinen Fall schießen!«, stieß sie hervor und fügte rasch hinzu: »Verdammt noch mal!«

Sie ließ die Sendetaste los, und sofort war eine unsichere, verwirrte Stimme zu hören: »Colonel? Bitte wiederholen Sie, Colonel.«

Walker machte keine Anstalten, das Walkie-Talkie wieder an sich zu nehmen.

»Das konnten wir doch nicht wissen«, sagte einer der Soldaten zu Ike.

»Du warst nicht hier, Mann«, sagte ein anderer. »Du hast nicht gesehen, was sie mit Tommy gemacht haben!«

»Was habt ihr denn erwartet?«, fuhr Ike sie grollend an. Sie verstummten sofort. Ali hatte ihn noch nie so aufgeregt gesehen. Und woher kam diese Stimme bloß?

»Ihre kleinen Kinder!«, polterte Ike.

Sie wichen ängstlich vor ihm zurück.

»Es waren Hadal«, sagte Walker.

»Genau«, erwiderte Ike. Er hielt das zerschmetterte Kind auf Armeslänge von sich und untersuchte das kleine Gesicht, dann drückte er den Körper an sein Herz. Er nahm sein Gewehr und erhob sich.

»Das sind wilde Tiere, Crockett.« Walker sprach so laut, dass alle ihn hören konnten. »Sie haben uns drei Mann gekostet. Sie haben unsere Zylinder gestohlen und hätten sie aufgebrochen. Hätten wir sie nicht angegriffen, hätten sie unsere Vorräte geplündert – und das wiederum hätte unseren Tod bedeutet.«

»Das hier«, entgegnete Ike und streckte ihm das tote Kind entgegen, »das ist euer Tod!«

»Wir sind ...«, hob Walker an.

»Damit habt ihr euch selbst umgebracht«, sagte Ike jetzt etwas ruhiger.

»Das reicht, Crockett. Schließen Sie sich der menschlichen Rasse an. Oder gehen Sie zu denen zurück!«

Das Walkie-Talkie in Alis Hand fing wieder zu quäken an. Sie hielt es hoch, damit Ike die Worte auch verstehen konnte. »Sie fangen an herumzulaufen. Bitte um Bestätigung. Sollen wir das Feuer eröffnen oder nicht?«

Walker entriss ihr das Gerät, doch Ike war ebenso schnell. Ohne zu zögern richtete er die Mündung seiner abgesägten Flinte auf das Gesicht des Colonels. Walkers Mund zuckte.

»Gib mir das Kind«, sagte Ali zu Ike und nahm ihm den kleinen Jungen ab. »Wir haben etwas anderes zu tun, finden Sie nicht, Colonel?«

Walker blickte sie mit vor Zorn aufgerissenen Augen an. »Nicht schießen«, schnarrte er in das Walkie-Talkie. »Wir sehen uns die Sache an.«

Der Steinboden unter ihren Füßen war uneben, und sie mussten tiefen Löchern ausweichen. Sie kletterten eine glitschige Schräge zu der höher gelegenen zweiten Grotte hinauf. Der tödliche Geschosshagel war, mit Ausnahme einiger Querschläger, die genug Unheil angerichtet hatten, nicht bis hier vorgedrungen. Bevor sie die obere Ebene erreicht hatten, kamen sie an weiteren Leichen vorbei.

Die Überlebenden drängten sich in einer Nische aneinander. Es sah aus, als spürten sie die Lichtstrahlen auf der Haut. Ali zählte insgesamt sieben Hadal, zwei davon waren noch sehr jung. Sie waren stumm und bewegten sich nur dann, wenn jemand seine Stirnlampe zu lange auf sie richtete.

»Mehr nicht?«, fragte Ike die Soldaten, die den ängstlichen Haufen bewachten.

»Noch die dort drüben. Die wollten abhauen.« Der Mann zeigte auf elf oder zwölf Leute, die in der Nähe einer Tunnelmündung auf dem Boden lagen.

Die Hadal hielten die Gesichter vom Licht abgewandt, die Mütter schützten ihre Kinder. Ihre Haut leuchtete. Wenn sich die Muskeln bewegten, setzten sich die Tätowierungen und Narben wellenförmig in Bewegung.

»Sind die alle so schrecklich fett, oder was?«, fragte ein Söldner Walker.

Mehrere der Weibchen waren tatsächlich fettleibig. Genauer ausgedrückt waren sie steatopygisch, mit gewaltigen Fettreserven in Hinterbacken und Brüsten. In Alis Augen sahen sie genauso aus wie die in Stein gekratzten oder auf Felswände gemalten steinzeitlichen Venusfiguren. So dick und verziert und mit dem eingefetteten Haar sahen sie wahrhaftig prächtig aus.

»Diese Frauen sind heilig«, sagte Ike. »Sie sind geweiht.«

»Aus Ihrem Mund hört es sich an, als wären es vestalische Jungfrauen«, höhnte Walker.

»Ganz im Gegenteil. Das hier ist eine Art Brutstätte. Hier leben die Schwangeren und die Mütter, die gerade entbunden haben, die Säuglinge und die kleinen Kinder. Die Hadal wissen, dass ihre

Rasse vom Aussterben bedroht ist. Deshalb werden die schwangeren Frauen an solche geschützten Orte wie diesen gebracht. Sie leben hier ungefähr so wie in einem Harem.« Er überlegte kurz und fügte dann hinzu: »Oder in einem Kloster.«

»Was wollen Sie uns mit all dem sagen?«

»Hadal sind Nomaden. Sie gehen je nach Jahreszeit auf Wanderschaft. Solange sie unterwegs sind, hält jeder Stamm seine Frauen, um sie besser schützen zu können, immer in der Mitte der Karawane.«

»Schöner Schutz«, meldete sich ein Soldat zu Wort. »Wir haben soeben ihre nächste Generation in Hackfleisch verwandelt.«

Ike antwortete nicht.

»Moment mal«, meinte Walker. »Heißt das, wir haben ihre Kette genau in der Mitte erwischt?«

Ike nickte.

»Das heißt, vor und hinter uns befinden sich die Männchen?«

»Pech«, sagte Ike. »Richtiges Pech. Ich glaube, wenn sie hier eintreffen, sollten wir verschwunden sein.«

»Na schön«, nickte Walker. »So, jetzt haben wir uns alles angesehen. Bringen wir die Sache hinter uns.«

Sofort stellte sich Ike zwischen die Hadal. Ali konnte seine Worte nicht deutlich genug hören, erkannte jedoch das Auf und Ab in seinem Tonfall, unterbrochen von gelegentlichem Zungenschnalzen. Die Frauen antworteten überrascht, und ebenso verdutzt richteten die Soldaten ihre Waffen auf sie. Walker warf Ali einen raschen Blick zu, und mit einem Mal hatte sie Angst um Ikes Leben.

»Wenn auch nur eine von ihnen versucht wegzulaufen, eröffnet ihr das Feuer auf die ganze Bande«, befahl Walker seinen Leuten.

»Aber El Cap ist noch da drin«, gab ein junger Bursche zu bedenken.

»Und zwar Dauerfeuer«, fuhr ihn Walker zornig an.

Ali löste sich von Walkers Seite, ging zu Ike hinüber und stellte sich ebenfalls in die Schusslinie.

»Geh zurück«, flüsterte Ike.

»Ich tue es nicht für dich«, log Ali, »sondern für sie.«

Hände reckten sich, um Ike und sie zu berühren. Die Handflächen waren rau, die Fingernägel abgebrochen und verkrustet. Ike hockte sich zwischen sie, und Ali erlaubte Einzelnen, ihre Hände zu ergreifen und an ihr zu riechen. Sein Stammeszeichen erregte besonderes Interesse. Eine Greisin mit vor Entsetzen weit aufgerissenen Augen klammerte sich an seinen Arm. Sie streichelte über die vernarbten Knoten und fragte ihn etwas. Als Ike ihr antwortete, hatte es den Anschein, als weiche sie angewidert zurück. Sie flüsterte mit den anderen, die sofort versuchten, hastig von ihm wegzukommen. Ike, der immer noch in der Hocke saß, senkte den Kopf. Er versuchte es mit einigen anderen Sätzen, doch sie bekamen nur noch mehr Angst.

»Was machst du da?«, erkundigte sich Ali. »Was hast du ihnen gesagt?«

»Ich habe ihnen meinen Hadal-Namen genannt«, sagte Ike.

»Aber du sagtest doch, es sei verboten, ihn laut auszusprechen.«

»Das war es auch. Bis ich ihr Volk verließ. Ich wollte herausfinden, wie schlimm es wirklich um mich steht.«

»Kennen sie dich denn?«

»Sie wissen einiges über mich.«

Der Reaktion der Hadal nach zu urteilen, war sein Ruf nicht der Beste. Sogar die Kinder hatten Angst vor ihm.

Das Walkie-Talkie verkündete, dass zwei der Zylinder geöffnet seien und Shoat eine Verbindung nach oben hergestellt hatte. Ali konnte es Walker vom Gesicht ablesen, dass er von dem Hin und Her genug hatte.

»Das reicht jetzt«, sagte er.

»Lassen Sie sie einfach in Ruhe«, rief ihm Ali zu.

»Ich bin ein Mann, der zu seinem Wort steht«, erwiderte Walker. »Ihr Freund Crockett hat doch selbst die Parole ausgegeben, keine Gefangenen zu machen.«

»Colonel«, sagte Ike, »die Hadal zu töten, ist eine Sache, aber ich habe hier einen Menschen bei mir. Wenn Sie sie abknallen, haben Sie einen Mord am Hals.«

Ali nahm an, dass er von ihr redete. Doch er griff zwischen die Hadal und packte eine der Kreaturen, die sich hinter den anderen versteckt gehalten hatte. Sie kreischte auf und biss ihn, doch Ike hielt ihre Arme fest und zog sie heraus. Ali hatte keine Gelegenheit, sie zu sehen. Die anderen klammerten sich an ihre Beine und ließen erst von ihr ab, als Ike nach ihnen trat. »Los«, sagte er zu Ali. »Lauf, solange wir noch können.«

Die Hadal stießen ein durchdringendes Geheul aus. Ali war sicher, dass sie jeden Moment hinter Ike und dem Wesen, das er aus ihrer Mitte gerissen hatte, herstürmen würden.

»Lauf!«, rief Ike und sie rannte in Richtung der Soldaten, die eine Lücke für sie, Ike und seine Beute bildeten. Sie stolperte und fiel hin. Ike stürzte quer über sie.

»Im Namen des Vaters«, intonierte Walker. »Fackelt sie ab.«

Die Soldaten eröffneten das Feuer auf die Überlebenden. Der Lärm war in der kleinen Grotte ohrenbetäubend. Ali hielt sich beide Ohren zu. Das Morden dauerte weniger als zwölf Sekunden. Der ganze Raum stank nach den Ausdünstungen der Waffen, und Ali hörte immer noch eine Frau schreien.

»Hier entlang.« Ein Soldat packte sie am Arm.

»Aber Ike ...«

»Der Colonel sagte sofort«, antwortete er. Ali sah aus dem Augenwinkel, dass an der Höhlenwand ein Handgemenge stattfand, Ike mittendrin. In der anderen Ecke lagen die Reste ihres Massakers. Warum nur, dachte sie und ließ sich von dem Soldaten wegbringen, zurück auf den Boden der ersten Höhle und durch den Wasserfall.

Die nächsten paar Stunden verbrachte Ali wartend in der Nähe der Gischt. Jedes Mal, wenn ein Soldat herauskam, fragte sie nach Ike. Die Leute wichen ihrem Blick aus und gaben keine Antwort.

Endlich tauchte Walker auf. Hinter ihm, von Söldnern geführt, ging das von Ike gerettete Mädchen. Sie hatten die Arme der Frau mit Stricken gefesselt und ihr den Mund mit Klebeband zugeklebt. Auch die Hände waren mit Klebeband aneinander gebunden, außerdem trug sie eine Drahtschlinge wie eine Hundeleine um den Hals, und die Füße waren mit einem Stück Kabel in ihrer Bewegungsfreiheit behindert. Ihre mit geronnenem Blut verschmierte Haut wies Schnitte und Kratzer auf. Trotzdem schritt sie wie eine Königin einher, nackt wie Eva im Paradies.

Ali erkannte, dass sie keine Hadal war. Vom Hals abwärts waren die meisten Vertreter der Spezies *Homo* in den letzten hunderttausend Jahren einander ziemlich ähnlich geblieben. Ali wusste das und konzentrierte sich auf die Schädelform. Sie war schmal und sehr *sapiens.* Abgesehen davon erinnerte jedoch wenig an die menschliche Herkunft des Mädchens. Ihre Tätowierungen stellten selbst Ike in den Schatten. Sie waren im wahrsten Sinne des Wortes blendend. Vor lauter Details war der Körper kaum zu sehen. Die Pigmente, die in ihre Haut appliziert worden waren, hatten ihre natürliche braune Hautfarbe so gut wie getilgt. Ihr Bauch war rund, ihre Brüste geschwollen. Sie war von Kopf bis Fuß tätowiert, mit Edelsteinen geschmückt und bemalt. An jeder Zehe trug sie einen dünnen Eisenring. Ali schätzte sie auf nicht älter als vierzehn.

»Unser Kundschafter hat uns davon überzeugt«, sagte Walker, »dass dieses Kind hier womöglich weiß, was uns bevorsteht. Wir brechen auf. Sofort.«

Bis auf den Verlust der drei Soldaten sah es ganz so aus, als seien sie ohne größeren Schaden entkommen. Sie hatten für weitere sechs Wochen Lebensmittel und Batterien erhalten und Helios in einer kurzen Botschaft an die Oberfläche mitgeteilt, dass sie noch am Leben waren. Von einer Verfolgung war nichts zu bemerken, abgesehen davon, dass Ike sie dreißig Stunden ohne Nachtlager weitertrieb. Er machte ihnen Angst.

»Wir werden gejagt«, warnte er immer wieder.

Am 2. Oktober blieben zwei Söldner, die die Nachhut bildeten, spurlos verschwunden. Ihr Fehlen wurde erst zwölf Stunden später bemerkt. Walker war davon überzeugt, dass die Männer ein Floß entwendet und sich auf eigene Faust auf den Rückweg gemacht hatten. Er schickte fünf Soldaten los, die sie verfolgen und zurückbringen sollten. Ike riet ihm davon ab. Kurze Zeit später änderte der Colonel seine Meinung, aber nicht auf Grund von Ikes Warnungen, sondern weil eine Nachricht über das Walkie-Talkie kam. Alle im Lager verstummten, denn man war sicher, dass die beiden Vermissten sich melden und Bericht erstatten würden.

»Vielleicht haben sie sich nur verlaufen«, mutmaßte einer der Wissenschaftler.

Die Nachricht war von vielen Gesteinsschichten verzerrt, doch es war eindeutig eine männliche Stimme mit britischem Akzent, die da aus dem Gerät zu hören war. »Jemand hat einen schlimmen Fehler begangen«, sagte die Stimme. »Ihr habt mir meine Tochter genommen.«

»Wer spricht da?«, wollte Walker wissen.

Ali wusste es. Es war Mollys nächtlicher Liebhaber.

Auch Ike wusste es. Die Stimme gehörte demjenigen, der ihn einst in die Dunkelheit geführt hatte.

Isaak war zurückgekehrt.

Jeder Löwe kommt aus seiner Höhle,
Alle Schlangen beißen;
Lauernde Dunkelheit, schweigende Erde,
Ruhend ihre Schöpfer im Lichtland.

»Die Große Hymne an Aten«,
1350 v. Chr.

20
Tote Seelen

San Francisco, Kalifornien

Der Hadal schob sich mit dem Kopf zuerst aus einem der vielen Höhlenausgänge. Vor Hunger wie benommen, kämpfte er gegen einen Schwächeanfall an. Raureif verkrustete die kreisrunden Öffnungen der Zementröhren. Der Nebel war kalt. Aus den übereinander geschichteten Röhren konnte er die Kranken und Sterbenden hören. Die Krankheit war so tödlich wie eine Pestepidemie oder ein vergifteter Fluss.

Aus seinen Augen rann Eiter. Diese Luft. Dieses schreckliche Licht. Wie ein Leprakranker zog er sich Stofffetzen über den Kopf. In den zerschlissenen Umhang gekauert, fühlte er sich besser. So konnte er auch besser sehen. Sein Stamm brauchte ihn. Alle anderen erwachsenen Männer waren tot. Jetzt hing alles von ihm ab. Waffen. Nahrung. Wasser. Ihre Suche nach dem Messias würde warten müssen.

Selbst wenn er die Kraft zur Flucht gehabt hätte, hätte er es nicht einmal versucht, nicht solange hier noch Kinder und Frauen am Leben waren. Sie würden zusammen überleben, oder zusammen sterben. So war es nun einmal. Es hing von ihm ab. Mit erst achtzehn Jahren war er jetzt ihr Ältester.

Wer war noch übrig? Von seinen eigenen Frauen atmete nur noch eine, dazu drei seiner Kinder. Das Bild seines neu geborenen Sohnes stieg vor ihm auf – kalt wie ein Kieselstein. Die Körper seiner Leute lagen dort, wo sie taumelnd zu Boden gegangen waren. Ihr langsames Ende war merkwürdig mitanzusehen. Es musste an dieser dünnen, erstickenden Luft liegen. Oder an dem säureartigen Licht. Er hatte in seinem Leben schon viele Leichen gesehen, aber noch keine, die sich so rasch zersetzt hatten. Schon nach einem einzigen Tag hier oben war das Fleisch ungenießbar geworden.

Alle paar Schritte stützte er die Hände auf die Knie, um zu verschnaufen. Er war ein Krieger und ein Jäger. Der Boden war flach wie ein Teich. Trotzdem konnte er sich kaum auf den Beinen halten! Was war das nur für ein schrecklicher Ort?

Er erreichte eine geisterhafte weiße Linie und hob seinen Lumpenumhang ein wenig an, um in den Nebel zu blinzeln. Die Linie war zu gerade, um ein Wildwechsel zu sein. Der Gedanke, er habe womöglich einen Pfad entdeckt, weckte seine Lebensgeister. Vielleicht führte er zu einer Wasserstelle.

Er folgte der Linie und musste immer wieder kurze Erholungspausen einlegen. Er wagte nicht sich hinzusetzen. Wenn er sich erst setzte, würde er sich auch hinlegen, wenn er sich hinlegte, würde er einschlafen, und war er erst einmal eingeschlafen, würde er nie wieder aufwachen.

Die Linie stieß an ihrem Ende auf eine zweite Linie, die sich links und rechts im Nebel verlor. Er wählte den linken, den heiligen Weg. Er musste doch irgendwohin führen. Er traf auf noch mehr Linien. Er bog wieder und wieder ab, manchmal nach rechts, manchmal nach links, obwohl er damit gegen den heiligen Weg verstieß. Bei jeder Abzweigung pisste er seine Duftmarke auf den Boden. Trotzdem hatte er sich schon bald verlaufen. Wie war das möglich? Ein Labyrinth ohne Wände? Er haderte mit sich. Wäre er nur, wie man es ihm beigebracht hatte, bei jeder Kreuzung nach links gegangen, wäre er unvermeidlich wieder am Ursprungsort herausgekommen. Zumindest wäre es möglich gewesen, seinen Weg zurückzuverfolgen. Jetzt hatte er sich völlig verlaufen.

In der Hoffnung, trotz allem seinen Duft in der bizarren Vegetation wiederzufinden, schleppte er sich weiter. Sein Kopf hämmerte. Übelkeit überkam ihn. Er versuchte, den Frost von den stachligen Pflanzen zu lecken, doch der Geschmack von Salzen und Stickstoff war mächtiger als sein Durst. Der Boden vibrierte pausenlos vor Erschütterungen. Er tat alles, was in seiner Macht stand, um sich auf sein Tun zu konzentrieren, einen Fuß vor den anderen zu setzen und abschweifende Gedanken zu verbannen. Doch die leuchtende weiße Linie wiederholte sich so unbarmherzig, dass seine Aufmerksamkeit abgelenkt wurde. Deshalb übersah er die zerbrochene Flasche und bemerkte sie erst, als sie sich bereits halb durch seinen nackten Fuß gebohrt hatte. Er verschluckte den Aufschrei, bevor er seiner Kehle entweichen konnte. Sie hatten ihn gut ausgebildet. Schmerz war entweder ein Freund oder ein Feind, je nachdem, wie gut man ihn unter Kontrolle hatte.

Glas! Er hatte um eine Waffe gebetet, und hier lag sie. Er hielt die glatte Flasche in Händen und untersuchte sie. Das Glas war von minderwertiger Güte, nicht für den Krieg, sondern zu Handelszwecken hergestellt. Es verfügte nicht über die Schärfe des schwarzen Obsidians, der zu rasiermesserscharfen Scherben splitterte, auch nicht über die Haltbarkeit des von hadalischen Handwerkern geschaffenen Glases. Aber es würde ausreichen.

Der junge Hadal warf seinen zerlumpten Kopfputz nach hinten, bereit, sich dem Licht zu stellen. Er musste irgendwie zu seinem Stamm zurück, solange noch Zeit war. Wenn seine anderen Sinne von der Verwesung, den Erschütterungen und den Stimmen dieses Ortes irritiert waren, so musste er sich eben zum Sehen zwingen.

Etwas geschah, etwas Bedeutendes. Indem er die Lumpen, die seinen missgestalteten Kopf bedeckt hatten, abschüttelte, schien er diesen Nebel vertrieben zu haben. Er löste sich auf wie eine Illusion, und plötzlich sah alles ganz anders aus. Auf der 50-Yard-Linie des Candlestick Park Stadion stehend, fand sich der Hadal auf dem Grund eines tiefen Kelches wieder, über den sich ein ganzes Universum an Sternen spannte.

Der Anblick war grauenhaft, selbst für einen so mutigen Krieger. Himmel! Sterne! Der legendäre Mond!

Er wirbelte mehrere Male zuckend im Kreis herum. Dort, nicht weit entfernt, waren seine Höhlen, und darin seine Leute. Weiter drüben lagen die Skelette seiner Verwandten. Er machte sich auf den Weg, quer über den Platz, verletzt, humpelnd, die Augen fest auf den Boden gerichtet. Die Unermesslichkeit um ihn herum beraubte ihn jeglicher Vorstellungskraft, es kam ihm vor, als müsse er jeden Moment in diese riesenhafte Schale stürzen, die sich drohend über ihn stülpte.

Es wurde noch schlimmer. Weit über seinem Kopf sah er sich selbst schweben. Er war riesengroß. Er hob die rechte Hand, um das kolossale Bild zu verjagen, und das Bild hob ebenfalls die rechte Hand, um ihn zu vertreiben. Zu Tode erschrocken, heulte er laut auf. Auch das Bild heulte.

Ein Schwindelgefühl ließ ihn zu Boden stürzen. Er krümmte und wand sich auf dem getrimmten Gras wie ein mit Salz bestreuter Blutegel.

•

»Heiliger Strohsack«, sagte General Sandwell und wandte sich von der Stadionleinwand ab. »Jetzt stirbt der auch noch. Am Ende stehen wir ganz ohne Männchen da.«

Es war drei Uhr morgens, und es roch intensiv nach Meer, sogar hier drinnen. Das Heulen des Wesens dort draußen, von teuren Stereolautsprechern wiedergegeben, hing noch immer im Raum.

Thomas, January und Foley, der Industrielle, beobachteten die bizarre Szene unter ihnen durch Nachtsichtgläser. Wie sie so vor der breiten Spiegelglasscheibe einer Loge am oberen Rand des Candlestick Park Stadion standen, sahen sie aus wie drei Kapitäne auf der Brücke eines Ozeandampfers. Tief unter ihnen stolperte die arme Kreatur immer noch in der Mitte der Arena herum. De l'Orme saß artig neben Veras Rollstuhl und schnappte so viel wie möglich von ihrer Unterhaltung auf.

Während der vergangenen zehn Minuten hatten sie das Infrarotbild des Hadal verfolgt, der sich im kalten Nebel an den Spielfeldmarkierungen entlanggeschlichen hatte. Hatte er sich, mal nach links und mal nach rechts, von der Geometrie leiten lassen, war er einem primitiven Instinkt gefolgt oder einfach verrückt geworden? Plötzlich hatte sich der Nebel gelichtet – und dann das! Sein Verhalten ergab auf dem Live-Videoschirm vergrößert ebenso wenig Sinn wie in der winzigkleinen Realität dort unten auf dem Rasen.

»Ist das ihr normales Verhalten?«, fragte January den General.

»Nein. Er ist mutig. Der Rest bleibt immer in der Nähe der Abflussrohre. Dieser Bursche hat die Grenzen ausgedehnt. Bis zur 50-Yard-Linie.«

»Ich habe noch nie einen lebenden Hadal gesehen.«

»Dann schauen Sie genau hin. Sobald ihn die Sonne erwischt, ist er erledigt.« Der General trug heute gebügelte Cordhosen und ein blau gemustertes Flanellhemd. Die Rolex war aus Platin. Der Ruhestand bekam ihm gut, insbesondere, weil er bei Helios sehr weich gelandet war.

»Und Sie sagen, sie hätten sich Ihnen ergeben?«

»Ich habe so etwas auch noch nicht erlebt. Wir hatten eine Patrouille unten, sechshundert Meter unterhalb der Sandia-Berge. So hoch kommt eigentlich nichts mehr herauf. Plötzlich taucht dieser Trupp auf, wie aus dem Nichts. Ein paar Hundert von denen.«

»Sie sagten, hier seien nur ein paar Dutzend.«

»Korrekt. Wie ich bereits sagte, haben wir so eine Massenkapitulation noch nie zuvor erlebt. Unsere Soldaten haben schnell reagiert.«

»Vielleicht eher überreagiert?«, fragte Vera.

Der General grinste sie sardonisch an. »Als sie hier oben ankamen, waren es noch zweiundfünfzig. Bei der letzten Zählung gestern waren es noch neunundzwanzig. Inzwischen sind es wahrscheinlich noch weniger.«

»Sechshundert Meter?«, fragte January. »Das ist so gut wie an der Oberfläche. Handelte es sich vielleicht um eine Invasionseinheit?«

»Keinesfalls. Eher um einen Herdenzug. Die meisten von ihnen sind Weibchen und Jungtiere.«

»Aber was wollen sie bloß hier oben?«

»Keine Ahnung. Wir können uns nicht mit ihnen verständigen.

Der Patrouillenführer sagte jedoch, die Gruppe sei eindeutig in Richtung Erdoberfläche unterwegs gewesen. Sie waren kaum bewaffnet. Es sah fast danach aus, als suchten sie etwas. Oder jemanden.«

Die Beowulf-Gelehrten verstummten. Ihre Augen reichten die Frage von einem zum anderen weiter. War dieser Hadal, der dort unten über das mit Raureif überzogene Gras des Stadions kroch, auf einer ähnlichen Mission wie sie selbst? Wollte er Satan finden? Hatte dieser verlorene Stamm seinen entschwundenen Anführer gesucht? Und zwar *auf* der Erde?

Sie hatten in der vergangenen Woche über diese Möglichkeit diskutiert. Gault und Mustafah hatten die Theorie aufgestellt, dass seine satanische Majestät womöglich ein Wanderer zwischen den Welten sei, der gelegentlich Ausflüge an die Oberfläche unternehme und die menschliche Entwicklung schon seit Ewigkeiten verfolge. Abbilder – meist in Stein gehauen – sowie die mündliche Überlieferung von Völkern auf der ganzen Welt zeichnen ein erstaunlich einheitliches Bild seiner Person. Er tauchte aus dem Nichts auf und verschwand ebenso plötzlich wieder. Er war ein Meister der Verkleidung und der Täuschung.

Gault und Mustafah hatten die Theorie bei einem gemeinsamen Aufenthalt in Ägypten zusammengebastelt. Seither hatten sie eine diskrete Telefonkampagne durchgeführt, mittels derer sie ihre Kollegen davon überzeugen wollten, dass der wahre Satan wahrscheinlich nicht in einem dunklen Loch tief im Inneren des Subplaneten lauernd aufzufinden, sondern eher davon auszugehen sei, dass er sich inmitten seiner Feinde aufhielt und sie aus nächster Nähe studierte. Sie waren der Ansicht, der historische Satan verbringe die Hälfte seiner Zeit drunten bei den Hadal, die andere Hälfte bei den Menschen. Wenn er sich so oft bei den Menschen aufhielt, war es wahrscheinlich, dass er ihnen stark ähnelte. Wenn Satan wirklich unter den Menschen weilte, welche Verkleidung würde er wohl wählen? Bettler, Dieb oder Despot? Gelehrter, Soldat oder Börsenmakler?

Thomas verwarf diese Theorie. Wir müssen mehr über diese Gestalt in Erfahrung bringen, hatte er gesagt. Wir müssen seine Wünsche und seine Bedürfnisse kennen, seine Schwächen und seine Stärken, müssen wissen, welchen Mustern er unbewusst folgt, welche Wege er aller Wahrscheinlichkeit einschlagen wird. Sonst würden sie niemals einen Vorteil über ihn erringen. Und dabei hatten sie es belassen und die Gruppe hatte sich in alle Winde verstreut.

Foley blickte von Thomas zu de l'Orme. Das gnomenhafte Gesicht war wie eine Chiffre. De l'Orme hatte dieses Treffen mit Helios erzwungen und jedes erreichbare Mitglied von Beowulf mitgezerrt. Er hatte ihnen versprochen, dass die Vorgänge im Stadion das Resultat ihrer Arbeit beeinflussen würden, jedoch nicht verraten, in welcher Hinsicht.

Von all dem hatte Sandwell keinen Schimmer. Vor ihm sprachen sie kein einziges Wort über Beowulf. Sie waren immer noch dabei herauszufinden, wie viel Schaden der General seit seinem Wechsel zu Helios vor fünf Monaten angerichtet hatte.

Die verglaste Loge diente Sandwell zurzeit als Büro. Das Stadion wurde völlig umgebaut. Helios errichtete hier eine Biotech-Forschungsstation, die darauf angelegt war, nach ihrer Fertigstellung fünfhundert SLF – Subterrane Lebensformen – gleichzeitig zu beherbergen.

Unten auf dem Feld hatte sich der Hadal wieder in Bewegung gesetzt und kroch jetzt auf die übereinander gestapelten Röhren zu, die seinen Artgenossen vorübergehend als Unterkunft dienten. Es würde wohl noch ungefähr ein Jahr dauern, bis der Umbau des Stadions abgeschlossen war.

»Lebendige Hadal sind so selten wie Marsmenschen«, erläuterte der General. »Sie intakt an die Oberfläche zu schaffen, bevor ihre Magenbakterien gerinnen oder ihr Lungengewebe zusammenfällt oder was sonst noch alles passieren kann, ist schwerer, als Haare auf einem Stein sprießen zu lassen.«

»Ich sehe nirgendwo Wasser. Auch keine Nahrung. Wovon sollen sie denn leben?«

»Das wissen wir nicht. Genau darin besteht ja das Problem. Wir haben ihnen eine Zinkwanne mit frischem Wasser hingestellt, aber sie haben sie nicht angerührt. Sehen Sie dort drüben das Klohäuschen für die Arbeiter? Gleich am ersten Tag haben es ein paar Hadal aufgebrochen und das Abwasser mitsamt den Chemikalien getrunken. Es dauerte Stunden, bis sie endlich zu zucken und zu schreien aufhörten.«

»Das heißt... sie sind gestorben?«

»Entweder sie passen sich an oder sie sterben«, sagte der General. »Man nennt das Reifungsprozess.«

»Und diese Leichen drüben an der Seitenlinie?«

»Die Überreste eines Fluchtversuchs.«

Aus der Höhe konnten die Besucher sehen, dass die unteren Tribünen mit Soldaten besetzt und mit auf das Feld gerichteten Maschinengewehren bestückt waren.

Der Hadal kroch auf die Pyramide aus Abflussrohren zu. Er musste sich seinen Weg durch Skelette und halb verweste Kadaver bahnen.

»Warum lassen Sie die sterblichen Überreste einfach so herumliegen?«, fragte Thomas. »Meiner Meinung nach dürfte das eher ein Herd für Krankheiten sein.«

»Möchten Sie sie etwa beerdigen, Pater? Das hier ist kein Friedhof.«

Vera wandte sich ihm zu. Sandwells Wortwahl bewies eindeutig, dass er mittlerweile zur anderen Seite übergewechselt war. Er gehörte jetzt zu Helios. »Es ist auch kein Zoo, General. Warum bringen Sie sie hierher, wenn Sie ihnen doch nur dabei zusehen, wie sie sterben?«

»Wie ich bereits sagte: Alles nur für die Forschung und Entwicklung. Wir wollen endlich herausfinden, wie sie funktionieren.«

»Und welche Rolle spielen Sie dabei?«, fragte ihn Thomas. »Warum sind Sie hier? Bei Helios?«

Der General warf den Kopf nach hinten.

»Einsatzkonfiguration«, knurrte er.

»Aha«, sagte January, als hätte er ihr etwas Entscheidendes mitgeteilt.

»Ja, ich habe der Armee den Rücken gekehrt. Aber ich stehe immer noch an vorderster Front«, sagte Sandwell. »Ich stemme mich dem Feind immer noch entgegen. Nur dass ich es jetzt mit richtiger Unterstützung tun kann.«

»Sie meinen Geld«, konterte January. »Die Schatzkammer von Helios.«

»Womit, spielt keine Rolle. Hauptsache, wir halten Haddie auf. Nach all den Jahren, in denen mich Globalisten und lauwarme Pazifisten herumkommandiert haben, habe ich es jetzt endlich wieder mit echten Patrioten zu tun.«

»Das ist dummes Geschwätz, General«, erwiderte January. »Sie sind ein kleiner Angestellter, der Helios bei der Inbesitznahme des Subplaneten Hilfe leistet.«

Sandwell wurde rot. »Diese verdammten Gerüchte über eine neue Nation unter dem Pazifik! Das sind doch nur Sensationsmeldungen aus der Regenbogenpresse!«

»Als Thomas das zum ersten Mal erwähnte, dachte ich auch, er sei paranoid«, konterte January. »Ich dachte, niemand, der noch einigermaßen bei Trost ist, kommt auf die Idee, die Landkarte zu zerreißen, die Fetzen wieder neu zusammenzukleben und das Ganze ein Land zu nennen. Aber genau das geschieht, General, und Sie tragen Ihren Teil dazu bei.«

»Aber Ihre Landkarte bleibt doch noch völlig intakt«, sagte eine neue Stimme. Alle drehten sich um. Auf der Türschwelle stand C.C. Cooper. »Wir haben sie lediglich ein wenig angehoben und die blanke Tischplatte sichtbar gemacht. Wir haben dort neue Grenzen gezogen, wo es zuvor weder Land noch Grenzen gab. Sie können nach wie vor Ihren Geschäften nachgehen, als sei nichts geschehen. Und wir den unseren. Wir steigen einfach nur aus Ihrem Karussell aus, das ist alles.«

Cooper trat ein, gefolgt von seinem Sohn. Die Ähnlichkeit zwischen den beiden war erschreckend, allerdings hatte der Sohn die Nackenmuskeln eines Quarterbacks. Mit den beiden Coopers trat eine große attraktive Frau Ende vierzig mit kurz geschnittenem pechschwarzem Haar ein.

»Eva Shoat«, stellte sie Cooper den Anwesenden vor. »Meine Frau. Und das ist mein Sohn, Hamilton Cooper.« Im Unterschied zu Montgomery Shoat, dachte Vera. Dem Stiefsohn.

Cooper gesellte sich zu Sandwell und den Beowulf-Gelehrten. Er erkundigte sich nicht nach ihren Namen. Er entschuldigte sich nicht für sein Zuspätkommen.

»Ihr gerade entstehendes Land tanzt aus der Reihe«, sagte Foley. »Keine Nation stellt sich außerhalb der internationalen Ordnung.«

»Dann denken Sie einmal an die Ordnung, die ich durch meine Inbesitznahme der Unterwelt garantiere«, antwortete Cooper liebenswürdig. »Dieser Abgrund unter unseren Füßen wird nie mehr von unbekannten Schrecken heimgesucht werden. Er wird nie wieder von diesen Kreaturen beherrscht sein.« Er zeigte auf den Videoschirm des Stadions. Der Hadal schlürfte sein eigenes Erbrochenes vom Spielfeld auf. Eva Shoat zitterte angeekelt.

»Sobald unsere koloniale Strategie einsetzt, brauchen wir uns nicht mehr vor irgendwelchen Ungeheuern zu fürchten. Kein Aberglaube mehr. Keine nächtlichen Heimsuchungen und Ängste. Für unsere Kinder und Kindeskinder wird die Unterwelt nichts anderes als eine große Immobilie sein. Sie werden Ferienreisen zu den Naturwundern unter unseren Füßen buchen. Ihnen werden sämtliche bislang ungenutzten Quellen des gesamten Planeten zur Verfügung stehen. Ihnen wird die Freiheit vergönnt sein, an einem Utopia zu arbeiten.«

»Das ist nicht der Abgrund, den die Menschen fürchten«, protestierte Vera. »Es ist der Abgrund hier drin.« Sie legte die Hand auf die Rippen über ihrem Herzen.

»Abgrund ist Abgrund«, sagte Cooper. »Bringt man Licht in den einen, wird auch der andere hell. Sie werden sehen, dass wir alle wesentlich besser damit fahren.«

»Propaganda!« Vera drehte angewidert den Kopf zur Seite.

»Ihre Expedition«, mischte sich jetzt Thomas ein. Er war ziemlich geladen. »Wo ist sie hin?«

»Ich fürchte, ich habe keine besonders guten Nachrichten«, antwortete Cooper. »Wir haben den Kontakt zur Expedition verloren. Sie können sich unsere Sorge bestimmt vorstellen. Ham, hast du unsere Karte dabei?«

Coopers Sohn klappte seine Aktentasche auf und zog eine zusammengefaltete Karte des Meeresbodens hervor. Sie war zerknittert und mit einem Dutzend unterschiedlicher Kugelschreiber und Buntstifte beschriftet. Cooper fuhr mit den Fingern über Längen- und Breitengrade. »Ihre letzte bekannte Position war südsüdwestlich von Tarawa, der Hauptinsel der Gilbert Islands. Natürlich ändert sie sich ständig. Hin und wieder fangen wir Nachrichten aus dem Grundgestein auf.«

»Sie hören immer noch Nachrichten von ihnen?«, fragte January.

»Im Prinzip ja. Allerdings sind die Berichte seit drei Wochen nicht mehr als Fetzen älterer Berichte. Die Übertragung wird von den Gesteinsschichten gestört. Bei uns kommen nur noch Echos an. Elektromagnetische Rätsel. Daraus können wir nur ungefähr bestimmen, wo sie sich vor Wochen aufgehalten haben. Wo sie heute sind, kann niemand mit Gewissheit sagen.«

»Mehr wissen Sie nicht?«, fragte January.

»Wir werden sie finden«, meldete sich Eva Shoat plötzlich zu Wort. Sie war wütend.

Cooper warf ihr einen strengen Blick zu.

»Sie müssen krank vor Sorge sein«, sagte Vera mitfühlend. »Ist Montgomery Ihr einziges Kind?«

»Ja«, antwortete Eva und schaute dann zum Sohn ihres Mannes. »Ich meine, nein. Ich mache mir Sorgen. Ich würde mir auch Sorgen machen, wenn Hamilton da unten wäre. Ich hätte Monty niemals erlauben dürfen mitzugehen.«

»Er hat sich selbst dafür entschieden«, bemerkte Cooper streng.

»Aber nur, weil er verzweifelt war«, konterte Eva. »Wie hätte er sich sonst in dieser Familie behaupten können?«

Vera sah, wie Thomas ihr mit einem kaum wahrnehmbaren Lächeln dankte. Sie hatte ihre Sache gut gemacht und die Coopers zum Reden gebracht.

»Ich habe dir mehr als einmal gesagt, dass er ein Teil davon ist, Eva. Du hast keine Vorstellung davon, wie wichtig sein Beitrag einmal für uns sein wird.«

»Mein Sohn muss also sein Leben aufs Spiel setzen, um dir wichtig zu sein?«

Cooper winkte ab. Sie führten diese Auseinandersetzung offensichtlich nicht zum ersten Mal.

»Worum handelt es sich hier eigentlich genau, Mr. Cooper?«, fragte Foley.

»Das sagte ich Ihnen doch bereits«, schaltete sich Sandwell wieder ein. »Eine Forschungseinrichtung.«

»Wofür genau brauchen Sie lebende Hadal? Welche Art von Forschung betreiben Sie?«, erkundigte sich Vera.

Cooper presste mit ernster Miene die Handflächen fest aufeinander. »Wir fangen endlich damit an, Langzeituntersuchungen und daraus resultierende Daten über die Kolonisierung zu sammeln«, sagte er. »Die erste Gruppe, die in nennenswerter Anzahl hinunterstieg, waren die Soldaten. Sechs Jahre später waren sie die Ersten, bei denen sich schwere Nebenwirkungen bemerkbar machten.«

»Die Knochenauswüchse und der graue Star?«, fragte Vera. »Das ist doch schon bekannt. Diese Veränderungen verschwinden mit der Zeit wieder.«

»Das hier ist anders. In den vergangenen vier bis zehn Monaten haben wir den Ausbruch bisher unbekannter Symptome beobachtet. Vergrößerte Herzen, Höhenödeme, skelettale Dysplasie, akute Leukämie, Sterilität, Hautkrebs. Was uns am meisten beunruhigt, ist die Tatsache, dass wir diese Symptome auch bei den Neugeborenen der Unterweltsveteranen feststellen. Fünf Jahre lang hatten wir nur normale Geburten. Und auf einmal zeigen ihre Kinder morbide Defekte. Mutationen.«

»Warum habe ich davon noch nichts gehört?«, fragte January misstrauisch.

»Aus dem gleichen Grund, aus dem Helios fieberhaft an einem Heilmittel arbeitet. Sobald etwas davon an die Öffentlichkeit dringt, wird kein Mensch mehr im Subplaneten bleiben wollen. Stellen Sie sich doch einmal die Folgen vor! Nach so vielen Anstrengungen und Investitionen würden wir den Subplaneten eventuell doch noch verlieren. Darauf legt Helios absolut keinen Wert.«

»Was geht denn da unten vor sich?«

»Der Subplanet verändert uns.« Cooper wies mit einer Geste auf die Gestalt auf dem Stadionschirm. »In *das* da.«

Eva Shoat legte eine Hand auf ihren langen Hals. »Du hast das alles gewusst, und trotzdem hast du meinen Sohn dort hinuntergehen lassen?«

»Die Effekte treten nicht immer und nicht bei jedem auf«, sagte Cooper. »Bei den Veteranen ist das Verhältnis etwa fünfzig zu fünfzig. Die Hälfte von ihnen hat überhaupt keine Symptome, die andere Hälfte hat mit diesen verspätet auftretenden Mutationen zu kämpfen. Alles Symptome, die auch die Hadal entwickeln, sobald sie an die Erdoberfläche kommen. Etwas schaltet irgendetwas in der DNA an und aus. Verändert den genetischen Code. Ihre Körper fangen an, Proteine zu produzieren, Proteinchimären, die das Gewebe auf radikale Weise verändern.«

»Und Helios muss eine Lösung finden«, bemerkte Foley. »Sonst wird aus dem Reich unter dem Meer eine Geisterstadt, noch bevor das Projekt richtig in Gang kommt.«

»Genau so ist es.«

»Offenbar glauben Sie, die Lösung in der Physiologie der Hadal selbst zu finden?«, vermutete Vera.

Cooper nickte. »Die Gentechniker nennen es ›den gordischen Knoten zerschneiden‹. Wir müssen die Komplexität aufdröseln, Viren und Retroviren sowie Gene und Erscheinungsbilder isolieren. Die Umweltfaktoren untersuchen, das ganze Chaos systematisch erfassen. Deshalb stampft Helios hier ein milliardenschweres Forschungszentrum aus dem Boden und deshalb bringen wir lebende Hadal hierher.«

»Das verstehe ich nicht ganz«, sagte Vera. »Forschung und Entwicklung wären doch dort unten viel unkomplizierter zu betreiben. Sie müssten ihre Versuchskaninchen nicht durch den Transport an die Oberfläche gefährden. Sie könnten die gleiche Einrichtung für einen Bruchteil der Kosten als unterirdische Station bauen lassen. Hier oben müssen Sie das gesamte Labor künstlich auf subplanetaren Druck bringen. Warum die Hadal nicht gleich dort unten studieren? Die Sterblichkeitsrate wäre wesentlich niedriger. Und ihre Kolonisten könnten Sie ebenfalls gleich vor Ort testen.«

»Diese Option besteht nicht«, sagte de l'Orme. »Jedenfalls noch nicht so bald.«

Alle drehten sich zu ihm um.

»Wenn er keine Versuchskaninchen heraufbringt, wird es dort unten schon bald keine Hadal mehr zu holen geben. Habe ich Recht, Mr. Cooper?«

»Ich habe keine Ahnung, wovon Sie reden«, entgegnete Cooper.

»Vielleicht erzählen Sie uns etwas über die Seuche«, sagte de l'Orme. »Über Prion-9.«

Cooper taxierte den kleinen Archäologen von oben bis unten abschätzend. »Ich weiß, was Sie wissen. Wir haben in Erfahrung gebracht, dass entlang der Expeditionsroute Prion-Kapseln ausgesetzt werden. Aber Helios hat nichts damit zu tun. Es ist mir egal, ob Sie mir glauben oder nicht. Letztendlich sind es meine Leute, die dort unten dem Risiko ausgesetzt sind. Meine Expedition. Mit der Ausnahme Ihres Spions«, fügte er hinzu. »Dieser Frau von Schade.«

Januarys Miene wurde starr.

»Was ist das für eine Geschichte von einer Seuche?«, fragte Eva Cooper scharf.

»Ich wollte dich nicht noch mehr beunruhigen«, sagte Cooper zu seiner Frau. »Ein geistig gestörter ehemaliger Soldat hat sich der Expedition angeschlossen und legt überall auf dem Weg einen synthetischen Virus aus.«

»Mein Gott«, flüsterte seine Frau.

De l'Orme lächelte bitter. »Derjenige, der das Gift auslegt, heißt Shoat. Es ist Ihr Sohn, Ma'am.«

»Mein Sohn?«

»Er wird dazu missbraucht, eine synthetische Seuche auszusetzen. Und Ihr Mann hat ihn dazu auserwählt.«

Die Versammlung starrte den Archäologen verdutzt an. Sogar Thomas war bestürzt.

»Das ist absurd!«, brauste Cooper auf.

De l'Orme zeigte auf Coopers Sohn. »Er hat es mir verraten.«

»Ich habe Sie in meinem ganzen Leben noch nicht gesehen«, protestierte Hamilton.

»Das stimmt. Ebenso wenig habe ich Sie gesehen.« De l'Orme grinste. »Trotzdem haben Sie es mir verraten.«

»Sie sind ja verrückt!«, brauste Hamilton auf.

»Aber, aber«, tadelte ihn de l'Orme. »Wir haben uns doch schon einmal über Ihre emotionalen Ausbrüche unterhalten. Keine Demütigung der Ehefrau mehr auf Cocktailpartys. Und keine Schlägereien mehr. Darin waren wir uns doch einig? Sie wollten daran arbeiten, Ihren Zorn in den Griff zu bekommen, richtig? *Ihr Temperament zu zügeln.*«

Der junge Mann wurde aschfahl.

Nun wandte sich de l'Orme an sie alle. »Über die Jahre habe ich festgestellt, dass die Geburt eines Sohnes einen Mann gelegentlich zur Vernunft bringt. In einigen Fällen bewirkt sie sogar seine Rückkehr zum Glauben. Als ich von der Taufe von Hamiltons Sohn hörte, kam mir eine Idee. Es war deutlich zu sehen, dass die Vaterschaft unseren jungen Sünder veränderte. Er hat sich mit dem besonderen Eifer eines verlorenen und doch noch zurückgekehrten Sohnes auf den Pfad der Tugend begeben. Seit mehr als einem Jahr hat Hamilton jetzt seiner Vorliebe für Heroin entsagt und sich von seinen teuren Callgirls fern gehalten.«

»Was reden Sie da überhaupt?«, fragte Cooper entgeistert.

»Hamilton Cooper hat den Geschmack der heiligen Hostie entdeckt«, sagte de l'Orme. »Und Sie alle kennen die Spielregel: ohne Beichte keine Eucharistie.«

Cooper wandte sich entsetzt an seinen Sohn. »Hast du Kontakt mit der Kirche aufgenommen?«

Hamilton sah niedergeschlagen aus. »Ich habe mit Gott gesprochen.«

»Und was ist mit dem Beichtgeheimnis?«, fragte Vera staunend.

»Ich habe die Kutte schon vor langer Zeit abgelegt«, klärte sie de l'Orme auf. »Meine Freundschaften und persönlichen Verbindungen pflege ich jedoch nach wie vor. Es war einfach nur eine Frage der Vorahnung, wann es mit dem *mea culpa* dieses korrupten jungen Mannes so weit sein würde. Ich musste mich nur bei gewissen Gelegenheiten in eine kleine hölzerne Kabine setzen. Hamilton und ich, wir haben uns stundenlang unterhalten. Ich habe viel über das Haus Cooper erfahren. Sehr viel.«

Cooper der Ältere lehnte sich zurück. Er starrte aus der Loge in die Nacht hinaus.

»Helios verfolgt folgende Strategie«, fuhr de l'Orme fort: »Die Seuche soll wie ein gewaltiger Gewittersturm des Todes durch den Subkontinent fegen. Anschließend kann die Firma eine praktisch von allen störenden Lebensformen gereinigte Welt in Besitz nehmen. Dann gibt es dort auch keine Hadal mehr. Deshalb hält sich Helios hier oben eine gewisse Population. Weil sie vorhaben, alles, was dort unten atmet, in Kürze zu töten.«

»Aber warum?«

De l'Orme blieb auch diese Antwort nicht schuldig. »Historie«, sagte er. »Mr. Cooper hat seine Lektion ordentlich gelernt. Eroberungen verlaufen immer auf die gleiche Weise. Es ist wesentlich einfacher, ein leeres Paradies zu besetzen.«

Cooper warf seinem Sohn einen vernichtenden Blick zu.

De l'Orme fuhr unbeirrt fort: »Helios erhielt das Prion-9 aus einem Labor, das im Auftrag der U.S. Army arbeitete. Wer es für Helios besorgt hat, dürfte außer Frage stehen. General Sandwell, Sie waren es auch, der den Soldaten Dwight Crockett als Sündenbock rekrutierte, unter dessen Namen Montgomery Shoat immunisiert wurde.«

»Monty wurde immunisiert?«, fragte seine Mutter.

»Ihr Sohn hat nichts zu befürchten«, beruhigte sie de l'Orme. »Zumindest nicht von der Seuche.«

»Wer kontrolliert die Freisetzung des Giftes?« Vera richtete ihre Frage direkt an Cooper. »Sie?«

Cooper schnaubte verächtlich.

»Montgomery Shoat«, vermutete Thomas. »Aber wie? Sind die Kapseln so programmiert, dass sie das Gift automatisch freisetzen? Gibt es eine Fernbedienung? Einen Code?«

»Um Gottes Willen, sag es ihnen!«, flehte Eva ihren Ehemann an.

»Wir können es nicht mehr aufhalten«, sagte Cooper. »Das ist die Wahrheit. Montgomery hat den Auslöser selbst codiert. Er ist der Einzige, der die elektronische Sequenz kennt. Auf diese Weise kann seine Mission von niemandem gefährdet werden. Nicht von Ihnen«, sagte er zu Thomas und fügte dann verbittert hinzu: »Und auch nicht von einem indiskreten Sohn. Und bei all unserer Ungeduld können wir den Virus nicht freisetzen, bevor Montgomery die Zeit für reif hält.«

»Dann müssen wir ihn finden«, sagte Vera. »Geben Sie uns Ihre Karte. Zeigen Sie uns, an welchen Stellen die Kapseln deponiert wurden.«

»Das hier?« Cooper schlug mit dem Handrücken auf die Karte. »Das ist lediglich ein Entwurf. Nur die Expeditionsteilnehmer wissen, welchen Weg sie wirklich genommen haben. Aber selbst wenn Sie ihn aufspüren, bezweifle ich, dass Montgomery sich noch an jede einzelne Kapsel auf der fünfzehntausend Kilometer langen Reise erinnert.«

»Wie viele davon gibt es?«

»Mehrere Hundert. Wir wollten keine halben Sachen machen.«

»Und wie viele Auslöser?«

»Nur den einen.«

Thomas forschte in Coopers Gesicht. »Für wann haben Sie den Massenmord geplant? Wann genau soll Shoat die Seuche entfesseln?«

»Das sagte ich bereits. Sobald er die Zeit für gekommen hält. Selbstverständlich wird er die Expedition so lange wie möglich nutzen. Sie garantiert ihm Transport, Nahrung und Schutz. Er ist kein Selbstmörder und bestand darauf, geimpft zu werden. Ich zweifle nicht daran, dass er die Aufgabe zu Ende bringt, wenn es so weit ist.«

»Auch dann, wenn er dazu die Expeditionsteilnehmer umbringen muss? Und jeden einzelnen Kolonisten, Bergarbeiter und Soldaten, der sich dort unten aufhält?«

Cooper antwortete nicht.

»Was hast du aus meinem Sohn gemacht?«, fragte Eva.

Cooper sah sie an. »Aus *deinem* Sohn.«

»Du Ungeheuer«, flüsterte sie.

In diesem Augenblick sagte Vera: »Seht doch!«

Sie starrte auf den Videoschirm. Der Hadal hatte die übereinander gestapelten Abflussröhren erreicht und zog sich an den runden dunklen Öffnungen hoch. Auf der Projektion war er an die zwölf Meter groß. Sein nackter, von alten Wunden und Stammeszeichen bedeckter Brustkasten zuckte in raschen, pumpenden Wellen. Das Wesen sagte eindeutig etwas. Sandwell eilte zur Wand und drehte an einem runden Knopf. Jetzt war auch die Tonübertragung aus den Lautsprechern zu hören. Es hörte sich an wie das Kreischen und Schnauben eines gefangenen Affen.

In der Mündung eines der Rohre erschien ein Gesicht. Dann tauchten in anderen Öffnungen andere Gesichter auf. Von den eigenen Exkrementen nass und verklebt, kamen sie aus ihren zementenen Höhlen und ließen sich zu Füßen des Hadal auf den Boden fallen. Es waren nur noch neun oder zehn von ihnen übrig. Die

Stimme des Hadal veränderte sich. Er schien jetzt zu singen oder zu beten. Die anderen, bei denen es sich ausschließlich um Frauen und Kinder handelte, fingen laut zu heulen an.

»Was macht er da?«

Immer noch singend, nahm der Hadal einer der Frauen ein Kind weg und wiegte es in den Armen. Er vollführte eine weihevolle Bewegung, als striche er Asche auf den Kopf und den Hals des Kindes und nahm ein anderes, das ihm gereicht wurde, entgegen, woraufhin er die Geste wiederholte.

»Es schneidet ihnen die Kehle durch«, erkannte January.

»Was?«

»Ist das ein Messer?«

»Glas«, sagte Foley.

»Wo hat er das Glas her?«, fuhr Cooper den General an.

Jetzt stellte sich eine ausgemergelte Frau vor den Schlächter. Sie warf den Kopf in den Nacken, öffnete die Arme weit, und es dauerte kaum eine Sekunde, bis er ihre Schlagader gefunden und ihr die Kehle aufgeschlitzt hatte. Eine zweite Frau erhob sich.

Das Lied erstarb, eine Stimme nach der anderen.

»Halten Sie ihn auf!«, schrie Cooper Sandwell an. »Der Saukerl bringt meine ganze Herde um!«

Aber es war bereits zu spät.

Liebe ist Verpflichtung. Er wiegte seinen eigenen Sohn in den Armen. Er war kalt, kalt wie ein kleiner Stein. Er rief den Namen des Messias. Weinend führte er den Schnitt aus und drückte sein letztes, still verblutendes Kind an seine Brust. Nun endlich war es so weit, sein eigenes Blut mit dem der Seinen zu vereinen.

BUCH DREI

Gnade

Inter Babiloniam et Jerusalem nulla pax est sed guerra continua. Zwischen Babylon und Jerusalem gibt es keinen Frieden, sondern immerwährenden Krieg.

BERNHARD VON CLAIRVAUX,
Predigten

21
Ausgesetzt

6000 FADEN UNTER DEM MEER

Niemand hatte sich je einen solchen Ort erträumt. Geologen hatten immer wieder von urzeitlichen, unter den Kontinenten verborgenen Ozeanen gesprochen, allerdings nur als hypothetische Erklärung für die wandernden Pole und Schwerkraftabweichungen der Erde. Doch lag er wirklich vor ihnen.

Am 22. Oktober war er da, ohne Vorwarnung, reglos und schweigend. Die Männer und Frauen, die eine Woche lang flussabwärts um ihr Leben gerannt waren, hielten an. Sie stiegen aus den Flößen und standen staunend mit offenen Mündern auf dem zinnfarbenen Strand. Die Wasserfläche dehnte sich wie ein gewaltiger Halbmond vor ihnen aus. Sanft schlugen winzige Wellen ans Ufer. Die Wasseroberfläche war völlig glatt und warf das Licht der flüchtig über sie hinweghuschenden Scheinwerfer zurück.

Sie hatten keine Vorstellung von der Ausdehnung oder der Gestalt des urzeitlichen Ozeans. Auf der Suche nach der Decke des gewaltigen Hohlraums schickten sie Laserstrahlen nach oben und trafen schließlich achthundert Meter über ihren Köpfen auf Gestein. Die Wasserfläche schien endlos. Sie konnten lediglich feststellen, dass der Horizont gut 32 Kilometer entfernt war und das andere Ufer sich ihren Blicken entzog.

Der Weg verlief sowohl rechts als auch links am Ufer entlang. Niemand wusste, welcher Weg wohin führte. »Da sind Walkers Stiefelspuren«, sagte jemand, und sie folgten ihnen.

Ein Stück weiter am Strand fanden sie ihr viertes Proviantlager. Walkers Leute waren schon vor Stunden angekommen und hatten die Zylinder innerhalb eines provisorischen Schutzwalles aus Sand ausgepackt.

Die Wissenschaftler näherten sich der Sandburg zu Fuß. Walker kam heraus und streckte ihnen abwehrend die Hände entgegen. »Der Zutritt zum Depot ist verboten!«

»Das können Sie doch nicht machen!«, rief jemand.

»Wir befinden uns in Alarmbereitschaft«, entgegnete Walker. »Unser höchstes Ziel ist der Schutz von Nahrungsmitteln und Nachschub. Falls wir angegriffen werden und Sie sich innerhalb unserer Stellung aufhalten, führt das nur zu Chaos. Das hier ist die beste Lösung. Wir haben für Sie ein Lager auf der anderen Seite des Felsens dort drüben eingerichtet. Der Quartiermeister hat bereits Post und Rationen ausgeteilt.«

»Ich muss zu dem Mädchen«, sagte Ali.

»Zutritt verboten«, gab Walker zurück. »Sie wurde als militärisch wichtig eingestuft.«

Die Art, in der er das sagte, war selbst für Walkers autoritären Stil merkwürdig.

»Wer hat sie so eingestuft?«, wollte Ali wissen.

»Geheimsache.« Walker blinzelte. »Sie verfügt über wichtige Informationen hinsichtlich des Terrains.«

»Aber sie spricht doch nur Hadal.«

»Ich habe vor, ihr Englisch beizubringen.«

»Das dauert doch viel zu lange. Ike und ich können dabei helfen. Ich habe schon ein Glossar zusammengestellt.« Dies war ihre Chance, endlich die tatsächlich gesprochene Sprache kennen zu lernen.

»Vielen Dank für Ihre Einsatzfreudigkeit, Schwester.«

Walker zeigte auf zwanzig bruchsicher verpackte Flaschen, die im Sand lagen. »Helios hat Whiskey mitgeschickt. Trinken Sie ihn oder gießen Sie ihn aus. Er bleibt jedenfalls hier. Wir nehmen auf keinen Fall flüssiges Gepäck mit.«

Schlecht gelaunt fügten sich die Wissenschaftler. Die Entfremdung von den Söldnern war in den letzten Wochen immer deutlicher geworden, und das Massaker hatte die Kluft nur noch weiter aufgerissen. Jetzt gab es sogar schon zwei Lager! In der Nacht wurden die Whiskey-Flaschen herumgereicht. »Sie behandeln uns wie lästige Deppen!«, beschwerte sich jemand.

»Was sollen wir noch alles einstecken?«, fragte eine Frau.

»Mir reicht's jedenfalls. Ich würde ohne Zögern jederzeit nach Hause gehen«, verkündete Gitner. Der grantige Petrologe hatte schon mehrfach überlegt, umzukehren.

Ali erkannte, welche Stimmung da aufkam, und beschloss, sich herauszuhalten. Sie ging lieber auf die Suche nach Ike, um ihre Gedanken mit ihm auszutauschen, und fand ihn mit einer Flasche Whiskey an einen Felsen gelehnt. Walker hatte ihn gehen lassen, wenn auch ohne seine Waffen. Ali war enttäuscht. Ohne seine Waffe schien Ike hilflos zu sein. »Warum trinkst du?«, fragte sie ihn. »Und das ausgerechnet heute Nacht?«

»Warum denn nicht?«, erwiderte er.

»Die Gruppe bricht auseinander. Schau dir doch mal Walkers Festung an!«

»Das ganze Unternehmen war von Anfang an eine Nummer zu groß«, sagte Ike.

Ali blickte ihn an. »Ist dir inzwischen alles egal?«

Er setzte die Flasche ab, wischte sich über den Mund und murmelte: »Manchmal muss man einfach mit dem Strom schwimmen.«

»Lass uns nicht im Stich, Ike.«

Er sah weg.

Ali ging zu einer einsamen Stelle irgendwo auf halbem Weg zwischen den beiden Lagern und legte sich schlafen.

Mitten in der Nacht wachte sie auf, weil sich eine Hand fest auf ihren Mund presste.

»Schwester«, flüsterte ein Mann.

Sie spürte, wie ihr jemand ein schweres Bündel in die Hand drückte. »Verstecken Sie das.«

Er ging, bevor Ali auch nur ein einziges Wort sagen konnte. Sie legte das Bündel neben sich und betastete den Inhalt. Ein Gewehr, eine Pistole, drei Messer, eine abgesägte Flinte, die nur Ike gehören konnte, sowie mehrere Schachteln Munition. Verbotene Früchte. Ihr Besucher konnte nur ein Soldat gewesen sein, und sie war sich ziemlich sicher, dass es einer von den beiden war, die Ike damals aus dem Vulkan gerettet hatte. Aber warum diese Waffen?

Ali wollte Ike nach seiner Meinung fragen. Doch Ike war nicht mehr ansprechbar. Schließlich vergrub sie das merkwürdige Geschenk am Fuß einer Felswand.

Als Ali am nächsten Morgen sehr früh aufwachte, lag Nebel über dem Strand. In der Stille fühlte sie die Schritte im Sand eher als dass sie sie hörte. Sie erhob sich und erkannte einzelne Soldaten, die durch den Nebel schlichen, geisterhafte Silhouetten, die einen Schatz wegschleppten.

Sie gingen in Richtung Wasser. Erst als nach mehreren Minuten niemand mehr im Nebel auftauchte, erhob sie sich und ging zum Strand, wo sie die Scheinwerfer der Flöße über das ruhige, pechschwarze Meer entschwinden sah.

Sie dachte, Walker habe eine Frühpatrouille losgeschickt, aber es lagen überhaupt keine Flöße mehr auf dem Strand. Ali lief auf und ab, überzeugt davon, dass sie einfach nur an der falschen Stelle suchte. Doch die Schleifspuren der Ausleger auf dem Sand ließen keine falschen Schlüsse zu. Sämtliche Flöße waren weg. Erst jetzt wurde ihr klar, dass das alles geplant war. Sie hatten sie absichtlich zurückgelassen.

Der Schock machte sie innerlich ganz leer.

Ausgesetzt. Das Gefühl von Verlust und Verlorenheit war überwältigend, genau wie damals, als der Polizist zu ihr nach Hause gekommen war, um ihr die Nachricht vom Unfalltod ihrer Eltern zu überbringen.

Ein Husten drang durch den Nebel, und mit einem Mal wurde ihr die ganze Wahrheit klar. Sie war nicht allein zurückgelassen worden. Walker hatte alle, die nicht seinem unmittelbaren Kommando unterstanden, im Stich gelassen.

Stolpernd rannte sie über den Sand, bis sie die Wissenschaftler fand, die weit verstreut überall dort lagen, wo sie im Rausch umgekippt waren. Sie ließen sich nur widerwillig wecken und weigerten sich, Alis Worten zu glauben. Erst als sie fünf Minuten später an der Stelle am Meeresufer standen, an der ihre Flöße gelegen hatten, sickerte die schreckliche Tatsache langsam in ihre Köpfe.

»Was hat das zu bedeuten?«, brüllte Gitner.

»Sie haben uns sitzen lassen! Wo ist Shoat?«

Aber Shoat war ebenfalls weg, genau wie das Hadal-Mädchen.

»Das darf doch nicht wahr sein!«

Ali beobachtete ihre Reaktionen, als handele es sich um einen Teil ihrer selbst. Sie fühlte sich gelähmt. Am liebsten hätte sie wie ihre Freunde und Weggefährten laut geschrien, voller Wut in den Sand getreten und sich auf den Rücken geworfen. Dieser Verrat war einfach unglaublich.

»Warum haben sie das getan?«, schrie jemand.

Ike kam mit einem Zettel in der Hand herbei, auf dem Ali eine Zahlenkolonne erblickte. »Walker hat einiges an Lebensmitteln und Medizin zurückgelassen. Aber die Verbindung nach oben ist zerstört. Außerdem haben sie sämtliche Waffen mitgenommen.«

»Sie haben uns hier einfach zurückgelassen«, heulte jemand. »Als Opfergabe für die Hadal.«

Ali packte Ike am Arm. Ihr Gesichtsausdruck ließ die anderen verstummen. Mit einem Mal konnte sie sich einen Reim auf ihren nächtlichen Besucher machen.

»Glaubst du an Karma?«, fragte sie Ike, und dann gingen sie alle zu der vergrabenen Decke, in die die Gewehre und Messer eingeschlagen waren.

»Ich kapiere das nicht«, sagte Gitner. »Ike rettet dem Kerl das Leben, aber dann gibt er das ganze Zeug einer Nonne?«

»Ist das nicht offensichtlich?«, fragte Pia. »Es ist doch Ikes Nonne.« Alle Augen richteten sich auf Ali.

Ike wechselte rasch das Thema.

»Jetzt haben wir wenigstens eine Chance«, knurrte er und schob eine Patrone in sein Gewehr.

Im Depot wühlten sie Kisten und Dosen durch. Walker hatte mehr als erwartet zurückgelassen, aber weniger als sie brauchten.

Schlimmer noch: Seine Männer hatten die Pakete geplündert, die den Wissenschaftlern von ihren Familien und Freunden herabgeschickt worden waren. Die kleine Sandfestung war mit Postkarten und Schnappschüssen übersät, was dem Ganzen noch eine Dimension der Erniedrigung hinzufügte.

Insgesamt waren sie noch 46 Personen. Nach einer sorgfältigen Berechnung stellte sich heraus, dass ihnen noch 1.124 Rationen oder insgesamt Vollverpflegung für 29 Tage geblieben war. Man kam sofort überein, die Rationen zu strecken. Wenn man die tägliche Ration halbierte, reichte das Essen für zwei Monate.

Ihre Forschungsarbeit war damit gestorben. Geblieben war jetzt nur noch ein Wettlauf mit dem Tod. Die Expedition stand vor der Entscheidung: Entweder sie versuchten, zu Fuß nach Esperanza zurückzumarschieren, oder sie gingen weiter und machten sich auf die Suche nach dem nächsten Proviantlager und einem Ausgang aus dem Subplaneten.

Gitner versteifte sich sofort darauf, dass Esperanza ihre einzige Hoffnung sei.

»Zumindest müssen wir uns auf diesem Weg nicht dem absolut Unbekannten aussetzen«, sagte er. Mit Rationen für zwei Monate blieb ihnen Zeit genug, die Überreste des dritten Proviantlagers zu erreichen, die Verbindungsleitung zu flicken und mehr Nachschub anzufordern. Gitner bezeichnete jeden, der ihm nicht zustimmte, als hirnverbrannten Idioten.

»Wir haben keine Minute zu verlieren«, sagte er immer wieder.

»Was meinst du?«, fragte sie Ike.

»Das ist Schwachsinn«, sagte er.

»Aber wohin sollen wir sonst gehen?«

Alle wussten, dass Ike seine Entscheidung bereits gefällt hatte. Aber er wollte keine Verantwortung für ihre Entscheidungen übernehmen und blieb stumm.

»Im Westen erwartet uns nichts als endlose Tunnelsysteme«, verkündete Gitner. »Alle, die nach Osten wollen, kommen mit mir.«

Ali staunte, wie ausgefuchst Ike mit Gitner um die Waffen schacherte. Schließlich trennte Ike sich gegen eine Extraration Protein-Riegel von einem Gewehr und der dazugehörigen Munition, vom

Funkgerät und einem Messer. »Ich glaube«, sagte er, »wir versuchen es einfach auf dem Weg um dieses Gewässer herum.«

Nachdem ihm die meisten Waffen, Gefolgsleute und Nahrungsmittel sicher waren, machte das Gitner überhaupt nichts aus. »Sie sind völlig irre«, sagte Gitner zu Ike. »Was ist mit euch anderen?«

»Neues Territorium«, sagte Troy, der junge Anthropologe.

»Ike hat uns bisher gut geführt«, sagte Pia.

Ali wollte ihre Wahl nicht auch noch begründen.

»Dann also gute Reise«, erwiderte Gitner.

Es blieb kaum Zeit, dass sich die beiden kleinen Gruppen voneinander verabschiedeten. Die Angehörigen beider Fraktionen schüttelten einander herzlich die Hände, wünschten sich Hals- und Beinbruch und versprachen, sofort Hilfe loszuschicken, sollten sie als Erste die Oberfläche erreichen.

Kurz bevor sie aufbrachen, ging Gitner mit seiner neuen Flinte auf Ali zu. »Ich halte es für nicht mehr als gerecht, wenn du uns deine Karten mitgibst«, sagte er. »Du brauchst sie nicht. Wir schon.«

»Meine Tageskarten?« Sie gehörten ihr. Sie hatte sie mit ihrem künstlerischen Herzblut geschaffen und betrachtete sie als einen Teil von sich.

»Wir müssen uns an alle nur erdenklichen Orientierungspunkte erinnern.«

Es war das erste Mal, dass Ali wünschte, Ike würde für sie eintreten, als sie Gitner die Trommel mit den Karten reichte. »Versprechen Sie, dass Sie gut darauf aufpassen«, sagte sie. »Ich hätte sie eines Tages gern zurück.«

»Klar doch.« Gitner bedankte sich nicht einmal, sondern schob die Trommel einfach in seinen Rucksack und machte sich auf den Weg. Seine Leute folgten ihm.

Abgesehen von Ali und Ike blieben nur sieben Leute zurück.

»Welchen Weg nehmen wir?«

»Links«, sagte Ike.

»Aber Walker ist mit den Booten nach rechts weg«, sagte Ali. »Ich habe ihn noch gesehen.«

»Könnte funktionieren«, gestand Ike ein. »Aber es ist falsch herum.«

»Falsch herum?«

»Spürst du das nicht?«, fragte Ike. »Das hier ist ein heiliger Ort. Um heilige Orte geht man immer links herum. Berge. Tempel. Seen. So wird es eben gemacht. Im Uhrzeigersinn.«

»Ist das nicht irgend so ein buddhistisches Ding?«, fragte Pia.

»Dante«, sagte Ike. »Hast du das Inferno gelesen? Jedes Mal, wenn sie an eine Weggabelung kommen, biegt die Gruppe nach links ab. Immer nach links. Soviel ich weiß, war Dante kein Buddhist.«

»Das ist das ganze Geheimnis?«, staunte ein stämmiger Geologe. »Haben wir uns die ganzen Monate von einem Gedicht und deinem Aberglauben führen lassen?«

Ike grinste. »Hast du das nicht gewusst?«

Die ersten fünfzehn Tage marschierten sie barfuß. Der Sand war kühl zwischen den Zehen. Sie schwitzten unter ihrem schweren Marschgepäck. Nachts schmerzten ihnen die Oberschenkel. Jetzt forderte die lange Flussfahrt ihren Tribut.

Ike hielt sie ständig in Bewegung, doch eher im gemächlichen Tempo von Nomaden. »Es hat keinen Sinn, sich abzuhetzen«, sagte er. »Wir kommen gut voran.«

Sie lernten das Wasser des urzeitlichen Ozeans besser kennen. Ali tauchte ihre Stirnlampe unter Wasser, doch sie hätte ebenso gut versuchen können, Licht von der Rückseite eines Spiegels hereinfallen zu lassen. Sie schöpfte Wasser mit der hohlen Hand, und es war, als hielte sie die Zeit fest. Das Wasser war uralt.

»Dieses Wasser lebt hier schon seit einer halben Million Jahre«, erklärte ihr Chelsea, die Hydrologin. Es verströmte einen Geruch, als hätte man tief in die Erde gegraben.

Ike ließ ein paar Tropfen auf seine Zunge fallen.

»Schmeckt anders«, kommentierte er. Danach trank er aus dem Meer. Er ließ die anderen selbst entscheiden und wusste, dass sie ihn genau beobachteten, um zu sehen, ob ihm schlecht wurde oder sich sein Urin rot verfärbte.

Am Ende des zweiten Tages tranken alle das Wasser, ohne es vorher zu reinigen.

»Es schmeckt köstlich«, sagte Ali. Eigentlich hatte sie »sinnlich«

gemeint, wollte das Wort aber nicht laut aussprechen. Es unterschied sich irgendwie von normalem Wasser, so wie es über die Zunge rann, auch hinsichtlich seiner Sauberkeit. Sie schöpfte sich eine Hand voll ins Gesicht und rieb es über die Wangenknochen. Sie kam zu dem Schluss, dass sich alles nur in ihrem Kopf abspielte, und dass es etwas mit diesem Ort zu tun haben musste.

Eines Tages sahen sie kleine, schwefelgelbe Blitze hinter dem schwarzen Horizont aufzucken. Ike meinte, es handele sich um Mündungsfeuer, wahrscheinlich weit über hundert Kilometer entfernt, auf der anderen Seite des Meeres. Entweder machte Walker dort Ärger, oder er hatte welchen bekommen.

Das Wasser wies ihnen die Richtung. Seit fast sechs Monaten waren sie ohne Aussicht marschiert, waren in blinden Adern gefangen gewesen. Jetzt hatten sie das Meer. Sie konnten im phosporeszierenden Licht des Wassers bis morgen und sogar bis übermorgen sehen. Es war kein gerader Verlauf, es gab Bögen und Buchten, doch endlich einmal konnten sie wieder so weit sehen, wie es ihre Augen zuließen, eine willkommene Abwechslung zu dem schier endlosen Labyrinth klaustrophobischer Tunnel.

Obwohl sie die Rationen halbiert hatten, litten sie keinen Hunger. Außerdem war immer genug Wasser da, um sie zu erfrischen. Mehrmals am Tag spülten sie ihren Schweiß ab. Sie banden Fäden an ihre Plastikbecher und zogen sich so eine Erfrischung aus dem Meer heraus, ohne sich bücken oder den Marsch unterbrechen zu müssen. Alis Haar war länger geworden. Sie befreite es von seinem Band und ließ die saubere Mähne ungebändigt herunterhängen.

Mit Ike als Anführer waren sie mehr als zufrieden. Er trieb sie nicht. Wenn jemand zu erschöpft war, nahm ihm Ike einen Teil seines Gepäcks ab. Einmal, als Ike erneut zu einem kleinen Erkundungsgang in eine Seitenschlucht losgezogen war, versuchte jemand, seine Last anzuheben. Sie ließ sich nicht einmal bewegen.

»Was hat er bloß da drin?,« fragte Chelsea. Natürlich traute sich niemand nachzusehen, denn das hätte bedeutet, das Schicksal herauszufordern.

Wenn sie nachts das letzte Licht ausmachten, schimmerte der Strand mit einer Phosphoreszenz aus der frühen Kreidezeit. Ali sah stundenlang zu, wie sich der Sand und das tintige Meer miteinander vermählten und dabei die Dunkelheit zurückdrängten. In letzter Zeit legte sie sich immer auf den Rücken und stellte sich beim Beten die Sterne vor. Alles, nur nicht schlafen. Seit Walker das Massaker angerichtet hatte, war für Ali der Schlaf gleichbedeutend mit schlimmen Träumen. Frauen ohne Augen verfolgten sie.

Einmal weckte sie Ike aus einem Albtraum.

»Ali?«, sagte er.

Sand klebte an ihrer verschwitzten Haut. Sie atmete schwer und klammerte sich an seine Hand.

»Ist schon gut«, keuchte sie.

»Es ist nicht so einfach«, murmelte er, »mit dir.«

Bleib, hätte sie beinahe gesagt. Aber was dann? Was sollte sie dann mit ihm anfangen?

»Schlaf jetzt«, sagte Ike. »Du solltest dir nicht alles so zu Herzen nehmen.«

Noch eine Woche verging. Sie wurden langsamer. Nachts knurrten ihre Mägen.

»Wie lange noch?«, fragten sie Ike.

»Wir liegen gut im Rennen«, munterte er sie auf.

»Wir haben Hunger.«

Ike musterte sie von oben bis unten. »So schlimm ist es noch nicht«, sagte er kryptisch. Wie groß musste ihr Hunger denn noch werden?, fragte sich Ali. Und was würde er dann vorschlagen?

»Wo ist das vierte Proviantlager? Wir müssen doch schon ganz in der Nähe sein!«

Alle wussten, dass die nächsten Zylinder in frühestens sechs Tagen heruntergelassen würden. Was sie jedoch nicht davon abhielt, hoffnungsvoll nach Signalen zu lauschen. Jeder von ihnen hatte ein winziges Peilgerät in der Helios-Armbanduhr. Bei der Suche nach dem Signal verbrauchten zuerst Pia, dann Chelsea ihre Uhrenbatterien. Keiner wollte darüber reden, was passierte, wenn Walker und seine Piraten das Proviantlager vor ihnen erreichten.

Die sechs Tage vergingen, und sie hatten noch immer nichts gefunden. Sie schafften jetzt nur noch wenige Kilometer pro Tag. Ike übernahm immer mehr von ihrem Gepäck. Ali schleppte sich gerade noch mit acht Kilo auf dem Rücken dahin.

Ike empfahl, dass sie sich ihre Rationen selbst einteilten. »Teilt euch ein Päckchen Proteinriegel mit zwei oder drei Leuten«, schlug er vor. »Oder esst über eine Periode von zwei Tagen nicht mehr als eins.« Aber er nahm ihnen nie das Essen weg oder rationalisierte es für sie.

Ihn selbst sahen sie nie essen.

»Wovon lebt der Kerl bloß?«, wollte Chelsea von Ali wissen.

Seit dreiundzwanzig Tagen führte Gitner seine Ausgesetzten durch ein steinernes Labyrinth. In der zweiten Woche hatten sie den Fluss aus den Augen verloren. Gitner machte Alis Tageskarten dafür verantwortlich. Er riss die Papierrollen aus der Ledertrommel und schleuderte sie auf den Boden. »So ein Mist!«, schrie er. »Das ist die reinste Sciencefiction!«

Nachdem der Fluss verschwunden war, hatten sie keine Verwendung mehr für ihre Wasserausrüstung. Sie ließen ihre Rettungsanzüge als schwabbeligen Neoprenhaufen zurück.

Gegen Ende der dritten Woche fielen einige Leute zurück und blieben verschwunden. Ein Salzbogen, den sie als Brücke benutzten, brach zusammen und riss fünf weitere in die Tiefe. Beide Ärzte der Expedition erlitten komplizierte Beinbrüche. Auf Gitners Veranlassung wurden sie zurückgelassen. Heile dich selbst, Arzt! Es dauerte zwei volle Tage, bis ihr flehendes Rufen in den Tunneln hinter ihnen verhallt war.

Bei ständig schwindender Teilnehmerzahl stützte sich Gitner auf drei Dinge: sein Gewehr, seine Pistole und den Gruppenvorrat an Amphetaminen. Der Schlaf war ihr Feind. Gitner glaubte immer noch daran, dass sie das dritte Proviantlager finden und die Verbindung nach oben reparieren könnten. Die Lebensmittel gingen zur Neige. Kurz darauf wurden zwei Frauen aus der Gruppe erschlagen aufgefunden. In beiden Fällen war ein Stein benutzt und anschließend das Marschgepäck der Opfer geplündert worden.

An einer Tunnelgabelung setzte Gitner seine Marschrichtung gegen den Widerstand der Gruppe durch. Er führte sie direkt in ein als Schwammlabyrinth bekanntes geologisches Gebilde. Zuerst dachten sie sich nicht viel dabei. Der poröse Irrgarten bestand aus

Hohlräumen, miteinander verbundenen Kammern und Gesteinsblasen, die sich in alle Richtungen erstreckten. Es war so, als kletterte man durch einen gigantischen, erstarrten Schwamm.

»Jetzt haben wir eine Spur«, behauptete Gitner. »Offensichtlich hat sich eine gasartige Lösung aus dem Inneren nach oben gefressen. Dadurch können wir ebenfalls rascher hinaufsteigen.«

Die Verbliebenen seilten sich hinauf und bewegten sich jetzt hauptsächlich in vertikaler Richtung durch die engen Röhren. Löcher verengten sich und klafften dann gähnend ins Nichts. Immer wieder musste das Gepäck durch Spalten und Zwischenräume hinauf- und hindurchgereicht werden. All das kostete viel Zeit.

»Wir müssen zurückgehen«, knurrte jemand zu Gitner hinauf. Gitner band sich vom Seil los, damit niemand ihn zurückziehen konnte, und kletterte einfach weiter. Auch die anderen lösten sich vom Seil, und bald waren wieder einige verschwunden, was Gitner nur mit dem Satz »Allmählich erreichen wir unsere optimale Kampfgruppenstärke« kommentierte. In der Nacht hörten sie die Stimmen der Verlorenen, die versuchten, die Gruppe ausfindig zu machen. Gitner warf lediglich mehr Tabletten ein und ließ das Licht brennen.

Schließlich waren nur noch Gitner und ein anderer Mann übrig.

»Du hast alles vermasselt, Boss«, krächzte er.

Gitner schoss ihm in den Kopf. Er lauschte, wie der Körper tiefer und tiefer polterte, dann drehte er sich um und stieg weiter, überzeugt davon, dass ihn die Schwammwucherungen aus der Unterwelt wieder zurück zur Sonne bringen würden. Irgendwo unterwegs hängte er sein Gewehr an einen Vorsprung. Ein Stück weiter ließ er die Pistole zurück.

Am 15. November um 4.40 Uhr hörte der Schwamm auf. Gitner hatte eine feste Gesteinsdecke erreicht. Er zog seinen Rucksack nach vorne und setzte vorsichtig das Funkgerät zusammen. Die Batterie war so gut wie verbraucht. Mit großer Sorgfalt befestigte er die Antennendrähte an mehreren Schwammgebilden, setzte sich auf einen Marmorvorsprung, ordnete seine Gedanken und räusperte sich. Dann schaltete er das Funkgerät ein.

»Mayday, Mayday«, sagte er, und ein unbestimmtes Déjà-vu-Gefühl beschlich ihn. »Hier ist Professor Gitner von der University of Pennsylvania, Mitglied der subpazifischen Helios-Expedition. Niemand von meiner Gruppe ist mehr am Leben. Ich bin als Einziger übrig und brauche Hilfe. Ich wiederhole: Bitte schicken Sie Hilfe.«

Dann war die Batterie alle. Er legte den Apparat zur Seite, nahm seinen Hammer in die Hand und fing an, an der Decke zu kratzen. Eine Erinnerung, die keine genaue Gestalt annehmen wollte, geisterte in seinem Kopf herum. Er hämmerte immer entschlossener drauflos.

Mitten im Ausholen hielt er inne und senkte den Hammer. Vor fünf Monaten hatte er seiner eigenen Stimme zugehört, die genau den Notruf formuliert hatte, den er soeben ausgesendet hatte. Er hatte einen Bogen zu seinem eigenen Anfang geschlagen.

Für einige Leute hätte das neue Hoffnung bedeutet.

Für Gitner bedeutete es das Ende.

Ich sitze an die Klippe gelehnt, und die Jahre ziehen dahin, bis das Gras zwischen meinen Füßen wächst und der rote Staub meinen Kopf bedeckt. Und die Menschen der Welt, die mich für tot halten, suchen mich auf mit ihren Opfergaben, die sie neben meinen Leichnam legen.

HAN SHAN,
Gedichte vom Kalten Berg (ca. 640 n. Chr.)

22
Üble Winde

IN DEN DOLOMITEN

Seit dem Abend, an dem sie zum ersten Mal zusammengekommen waren, hatten die Gelehrten auf diesen Tag zugearbeitet. Monatelang hatten sie ihre Reisen wie eine Hand voll Würfel über die Weltkarte geworfen. Endlich saßen sie wieder beisammen, beim Essen in de l'Ormes Burg auf einem Schwindel erregend hohen Kalksteinfelsen.

»Ist es nicht herrlich hier?«, sagte de l'Orme. Er hatte ihnen bereits von den Ursprüngen der Burg berichtet: Ein deutscher Kreuzritter war vor den Mauern von Jerusalem verrückt geworden und auf diese Felsen hier verbannt worden. Es war eine vergleichsweise kleine Burg. Das beinahe perfekte, direkt an den Rand des Felssturzes gebaute Rund erinnerte ein wenig an einen Leuchtturm. Der Esssaal war kahl, die Wände nackt, nicht einmal ein Gobelin oder ein Keilerkopf hingen dort. De l'Orme hatte keinen Bedarf an Dekor.

De l'Orme schlug vor, auf ihre großzügigen Herzen und ihren sogar noch großzügigeren Appetit zu trinken. Er war zwar der Gastgeber, doch es war nicht direkt seine Party. Thomas hatte das Treffen einberufen, nur wusste bislang niemand so recht, warum. Seit seiner Ankunft hatte sich Thomas in brütendes Schweigen gehüllt. Doch zunächst widmeten sie sich der Mahlzeit.

Eine heiße Suppe und der Wein erweckten ihre Lebensgeister wieder, und sie erfreuten sich an der Gesellschaft ihrer Gefährten. Die meisten waren einander zu Beginn ihrer gemeinsamen Aufgabe noch fremd gewesen, und seitdem Thomas sie in alle Winde zerstreut hatte, waren sich nur einige von ihnen zwischendurch wieder begegnet. Doch mittlerweile fühlten sie sich ihrer gemeinsamen Aufgabe so stark verpflichtet, dass sie ebenso gut Brüder und Schwestern hätten sein können. Aufmerksam lauschten alle den Erzählungen der anderen.

January berichtete von der letzten Stunde mit Desmond Lynch am Flughafen von Phnom Penh. Er war auf der Suche nach dem Warlord, der behauptete, sich mit Satan getroffen zu haben. Seither hatte niemand etwas von ihm gehört.

Sie warteten darauf, dass auch Thomas etwas erzählte, aber er war abwesend und melancholisch. Er war spät eingetroffen, hatte eine rechteckige Schachtel mitgebracht und gab sich unnahbar.

»Und wo ist Santos?«, erkundigte sich Mustafah bei de l'Orme. »Ich bekomme allmählich den Eindruck, er kann uns nicht leiden.«

»Er ist nach Johannesburg geflogen«, antwortete de l'Orme. »Es scheint, als habe sich dort eine weitere Gruppe von Hadal ergeben – und zwar einer Hand voll unbewaffneter Minenarbeiter!«

»Das ist schon die Dritte in diesem Monat«, sagte Parsifal. »Eine im Ural, die Zweite bei Yucatán.«

»Fangen wir an«, sagte Thomas abrupt.

Sie hatten lange damit gewartet, ihre Informationen zusammenzutragen. Endlich ging es los. Es dauerte jedoch nicht lange, bis der Austausch in einen allgemeinen gleichberechtigten Ideentausch umschlug. Sie psychoanalysierten Satan wie wissenshungrige Erstsemester. Die Spuren führten in viele Richtungen zugleich. Obwohl sie es besser wussten, übertrafen sie einander genüsslich mit immer wilderen Theorien.

»Ich bin so erleichtert«, gab Mustafah zu. »Ich dachte schon, ich sei der Einzige, der zu derart außergewöhnlichen Schlussfolgerungen gekommen ist.«

»Wir sollten uns an das halten, was wir bestimmt wissen«, erinnerte ihn Foley prüde.

»In Ordnung«, sagte Vera. Doch es wurde nur noch wilder.

Sie kamen darin überein, dass es sich um einen »er« handele. Mit Ausnahme der viertausend Jahre alten sumerischen Sage von Königin Ereschkigal – in Assyrien auch Allatu genannt –, wurde der Herrscher der Unterwelt stets als männliche Erscheinung dargestellt. Selbst wenn der zeitgenössische Satan sich als ganze Führungsclique herausstellen sollte, wurde sie höchstwahrscheinlich von einer männlichen Sensibilität dominiert, einem Drang zum Herrschen und der Bereitschaft, dafür Blut zu vergießen.

Sie extrapolierten aus vorherrschenden Ansichten über das Verhalten von Alpha-Männchen im Tierreich, über Territorialansprüche und reproduktive Tyrannei. Bei solchen Charakteren war Diplomatie eine unsichere Bank. Eine geballte Faust oder eine leere Drohung stachelten ihn womöglich erst recht an.

Seine Anonymität war eine Fertigkeit, eine Kunst, aber nicht unfehlbar. Er war noch nie gefasst worden. Aber man hatte ihn gesichtet. Niemand wusste genau, wie er aussah, was bedeutete, dass er nie so auftrat, wie man es erwartete. Höchstwahrscheinlich hatte er weder rote Hörner noch gespaltene Hufe noch einen Schwanz mit einem Stachel an der Spitze. Dass er gelegentlich grotesk und animalisch, dann wiederum verführerisch, lüstern und sogar gut aussehend sein konnte, ließ auf Masken, mehrere Statthalter oder Spione schließen. Oder auf eine Folge satanischer Persönlichkeiten.

Die inzwischen nachgewiesene Fähigkeit, Erinnerung von einem Bewusstsein zum anderen zu transferieren, war, laut Mustafah, bezeichnend. Durch Wiedergeburt war eine der Theokratie der Dalai Lamas ähnliche »Dynastie« möglich.

»Vielleicht täte Satan besser daran, einfach auszusterben und sich mit einem Dasein als bloßes Konzept zufrieden zu geben«, meinte de l'Orme respektlos, »als ständig darum zu kämpfen, Wirklichkeit zu werden. Durch die permanente Herumschnüffelei im Lager der Menschheit ist der Löwe zur Hyäne degeneriert. Der Sturm ist zu einem Hauch übler Winde geworden, zu einem Furz in der Nacht.«

»Je mehr ich über die hadalische Kultur erfahre«, sagte Mustafah, »desto überzeugter bin ich davon, dass es sich um eine Kultur im Niedergang handelt. Es kommt mir vor, als sei eine kollektive Intelligenz an Alzheimer erkrankt und verlöre jetzt nach und nach komplett die Orientierung.«

»Ich denke eher an Autismus, nicht Alzheimer«, sagte Vera. »Das Unvermögen, die äußere Welt zu erkennen, und damit auch die Unfähigkeit, etwas zu schaffen. Seht euch nur die Kunstgegenstände an, die von den Hadal aus dem Subplaneten heraufkommen. In den vergangenen drei- bis fünftausend Jahren sind diese Produkte den von Menschenhand geschaffenen immer ähnlicher geworden: Münzen, Waffen, Höhlenkunst, Werkzeuge. Vergleicht das doch mal mit dem Massensterben der hadalischen Bevölkerung! Irgendetwas ist da unten schief gelaufen. Sie haben sich nicht weiterentwickelt. Sie sind bestenfalls Packratten geworden, die von Menschen entwendeten Krimskrams in ihren Stammesnestern horten und immer weniger wissen, wer sie überhaupt sind.«

»Vera und ich haben auch darüber diskutiert«, sagte Mustafah. Wenn man in den fossilen Dokumenten hunderttausend Jahre zurückgeht, dann sieht es ganz so aus, als hätten die Hadal damals Werkzeuge und sogar Kunstgegenstände aus Metalllegierungen hergestellt, lange bevor die Menschen auf der Erdoberfläche dazu in der Lage waren. Wer weiß, vielleicht haben die Menschen das Feuer überhaupt nicht entdeckt. Vielleicht hat man uns beigebracht, wie man es entfacht! Und jetzt sind diese grotesken Kreaturen in die Barbarei zurückgefallen und ziehen sich in die tiefsten Löcher zurück. Eine traurige Angelegenheit.«

»Die Frage ist nur«, sagte Vera, »ist dieser allgemeine Niedergang für alle Hadal charakteristisch?«

»Und vor allen Dingen«, nickte January, »inwieweit betrifft das alles Satan?«

»Zwischen einem Volk und seinem Anführer besteht immer ein gewisses Wechselspiel«, sagte Mustafah. »Er ist ein Spiegelbild seines Volkes, eine Art umgekehrter Gott.«

»Willst du damit sagen, dass der Anführer sie gar nicht anführt? Dass er vielmehr seinem umnachteten Volk nachfolgt?«

»So ungefähr«, erwiderte Mustafah. »Selbst der isolierteste Despot spiegelt sein Volk wider. Ansonsten wäre er nur ein einsamer Verrückter.«

»Vielleicht ist er ja genau das«, sagte Vera. »Isoliert. Durch sein Genie abgesondert. Deshalb durchwandert er die Welt und versucht, von den Seinen abgeschnitten, sich auch bei uns einzumischen.«

»Sind wir denn so attraktiv für sie?«, fragte sich January.

»Warum nicht? Vielleicht sehen sie ja unsere Zivilisation, unsere intellektuelle wie körperliche Gesundheit sozusagen als ihre Erlösung an? Was, wenn wir für sie – oder für ihn – das Paradies darstellen, so wie ihre Dunkelheit, Barbarei und Unwissenheit für uns immer die Hölle symbolisierte?«

»Und Satan hat genug davon, Satan zu sein?«, fragte Mustafah.

»Genau!«, sagte Parsifal. »Was könnte besser zu ihm passen, dem größten Judas aller Zeiten? Dieser Ratte, die das sinkende Schiff verlässt?«

January öffnete ihnen ihre Handflächen wie rosafarbene Früchte. »Warum so abstrakt?«, fragte sie. »Die Theorie funktioniert auch mit einer ganz simplen Erklärung. Was, wenn Satan heraufgekommen wäre, um mit uns ein Geschäft zu machen? Um Wissen, Information, um das Überleben einzuhandeln. Was, wenn er ebenso fieberhaft nach jemandem sucht, wie wir versuchen, ihn ausfindig zu machen?«

Foleys Bleistift wirbelte wie ein gelber Fächer hin und her. »Genau daran habe ich auch gedacht«, sagte er. »Nur bin ich zu der Überzeugung gekommen, dass er uns bereits gefunden hat.«

»Was?«, entfuhr es allen Anwesenden gleichzeitig. Nur Thomas blickte mit gerunzelter Stirn in die Runde.

»Wenn es eins gibt, das ich als Unternehmer gelernt habe, dann das, dass neue Ideen immer in Wellen auftreten. Warum sollte es bei der Idee des Friedens anders sein? Warum sollte unser Satan nicht ebenso wie wir an ein Gipfeltreffen oder einen Waffenstillstand gedacht haben?«

»Aber du vermutest, dass er uns bereits gefunden hat.«

»Warum nicht? Wir sind nicht unsichtbar. Das Projekt Beowulf ist bereits seit anderthalb Jahren auf der ganzen Welt aktiv. Wenn Satan auch nur halb so intelligent ist, wie wir annehmen, dann hat er garantiert von uns gehört. Und uns ausfindig gemacht. Vielleicht hat er uns sogar bereits infiltriert.«

»Absurd!«, riefen alle. Aber sie wollten mehr über seine Theorie erfahren.

»Wie steht es denn mit Beweisen?«, fragte Thomas.

»Ja, die Beweise«, sagte Foley. »Es sind deine eigenen Beweise, Thomas. Hast du nicht selbst die Idee ins Spiel gebracht, Satan wolle womöglich mit einem Anführer in Kontakt treten, der so verzweifelt ist wie er selbst? Mit einem Anführer wie beispielsweise diesem Warlord, den Desmond Lynch im Dschungel aufsuchen wollte. Du hast sogar vermutet, dass Satan vielleicht eine Kolonie auf der Oberfläche gründen wolle! Vor aller Augen, in einem Land wie Burma oder Ruanda, an Orten also, die so abgelegen sind, dass sich niemand traut, einen Fuß über ihre Grenze zu setzen.«

»Willst du damit etwa andeuten, *ich* sei Satan?«, fragte Thomas ironisch.

»Nein. Überhaupt nicht.«

»Da bin ich ja erleichtert. Wer dann?«

Foley setzte alles auf eine Karte: »Desmond Lynch.«

»Was redest du da?«, protestierte January. »Der arme Mann ist verschwunden. Vielleicht haben ihn die Tiger gefressen.«

»Vielleicht. Wenn er sich nun aber in unsere Mitte eingeschlichen hatte? Um unsere Gedanken zu belauschen? Um auf eine Gelegenheit wie diese zu warten, einen Pakt mit einem Warlord zu schließen?«

»Absurd.«

Foley legte den gelben Bleistift ordentlich neben seinen Notizblock. »Wir hatten uns doch auf bestimmte Dinge geeinigt. Dass Satan ein gerissener Betrüger ist. Ein Meister der Verkleidung. Und dass er es womöglich darauf angelegt hat, ein Abkommen zu schließen, um Frieden oder zumindest ein sicheres Versteck zu bekommen, ganz egal. Ich weiß nur, dass Desmond Lynch zuletzt lebend gesehen wurde, als er kurz davor war, in einen Dschungel zu reisen, den niemand zu betreten wagt.«

»Ist dir bewusst, was du da sagst?«, fragte Thomas. »Ich habe den Mann selbst ausgewählt. Ich kenne ihn seit Jahrzehnten.«

»Satan ist geduldig. Er verfügt über Unmengen von Zeit.«

»Du behauptest, Lynch habe uns von Anfang an etwas vorgemacht? Uns benutzt?«

»Genau.«

Thomas sah traurig aus. Traurig und entschlossen.

»Dann klage ihn selbst an«, sagte er. Mit diesen Worten stellte er seine Schachtel auf den Tisch, mitten zwischen Käse und Obst. Unter den verschiedenen Postaufklebern kamen diplomatische Siegel aus zerbrochenem Wachs zum Vorschein. »Das hier wurde mir vor drei Tagen zugestellt«, sagte Thomas. »Es kam über Rangun und Peking. Es ist auch der Grund dafür, dass ich euch alle hier zusammengerufen habe.«

Lynchs Kopf war in Schellack getaucht worden. Er wäre sicherlich nicht damit einverstanden gewesen, was diese Behandlung mit seinem dichten, schottischen Haarschopf angestellt hatte, der normalerweise an der rechten Schläfe gescheitelt war. Hinter den leicht geöffneten Lidern konnten sie runde Kieselsteine erkennen.

»Sie haben seine Augen ausgekratzt und Steine eingesetzt«, sagte Thomas. »Womöglich bei lebendigem Leibe. Vermutlich war er auch noch am Leben, als sie ihm das hier antaten.« Er zog eine Halskette aus Menschenzähnen hervor.

»Warum zeigst du uns das?«, flüsterte January.

Mustafah senkte den Blick auf seinen Teller. Foleys Arme lagen schlaff auf den Stuhllehnen. Parsifal war wie vor den Kopf geschlagen.

»Noch etwas«, fuhr Thomas fort. »In seinem Mund fand man Genitalien. Die Genitalien eines Affen.«

»Wie kannst du es wagen«, flüsterte de l'Orme. Er witterte den Tod im Schweigen der anderen. »Hier, in meinem Haus, an meinem Tisch?«

»Ja, ich habe das hier in dein Haus gebracht, an deinen Tisch. Damit ihr nie wieder an mir zweifelt.« Thomas stand da, die großen Knöchel flach auf der Eichenplatte, den misshandelten Kopf vor sich. »Meine Freunde«, sagte er, »wir sind am Ende angekommen.«

Seine Worte entsetzten sie nicht weniger, als hätte er noch einen zweiten Kopf auf den Tisch gelegt.

»Am Ende?«

»Wir haben versagt.«

»Wie kannst du so etwas sagen?«, widersprach ihm Vera. »Nach allem, was wir erreicht haben?«

»Seht ihr denn nicht den armen Lynch?«, sagte Thomas und hielt den Kopf in die Höhe. »Könnt ihr denn eure eigenen Worte nicht hören? Ist das hier Satan?«

Sie antworteten nicht, und er legte das grauenhafte Beweisstück zurück in die Schachtel.

»Ich bin ebenso dafür verantwortlich wie ihr«, sagte Thomas. »Ja, ich habe die Möglichkeit in Betracht gezogen, Satan habe Kontakt zu einem irgendwo versteckten Despoten aufgenommen, und das hat euch auf eine falsche Fährte geführt. Aber ist es nicht ebenso wahrscheinlich, dass sich Satan mit einer anderen Sorte von Tyrann in Verbindung gesetzt hat, zum Beispiel mit dem Oberhaupt von Helios? Oder heißt das jetzt, dass ein anderer von uns Satan sein muss? Vielleicht sogar du, Brian? Nein, das glaube ich nicht.«

»Na schön, ich habe mich hinreißen lassen«, warf Foley ein. »Trotzdem sollten wir unsere Suche nicht wegen einer überstürzten Schlussfolgerung anfechten.«

»Der ganze Beowulf-Kreis ist eine überstürzte Schlussfolgerung«, erwiderte Thomas. »Wir haben uns von unserem eigenen Wissen in die Irre führen lassen. Wir kennen Satan keinen Deut besser als zu Beginn unserer Suche. Wir sind am Ende.«

»Ganz bestimmt nicht«, warf Mustafah ein. »Es gibt noch so vieles, was wir herausfinden müssen.«

Alle Gesichter drückten die gleiche Empfindung aus.

»Ich kann die Entbehrungen und die Gefahren nicht mehr rechtfertigen«, sagte Thomas.

»Du musst auch nichts rechtfertigen«, gab Vera trotzig zurück. »Wir alle haben von Anfang an aus eigenen Stücken mitgemacht. Sieh uns an.«

Trotz der schweren Prüfungen und der schweren gesundheitlichen Belastungen waren sie nicht mehr die geisterhaften Gestalten, die Thomas im Metropolitan Museum of Art zusammengerufen hatte, um das Unternehmen aus der Taufe zu heben. Ihre Gesichter waren von südländischer Sonne gebräunt, ihre Haut von Wind und Kälte gegerbt, ihre Augen funkelten vor Abenteuerlust. Sie hatten auf den Tod gewartet, und sein Ruf hatte ihnen das Leben zurückgegeben.

»Die Gruppe möchte eindeutig weitermachen«, sagte Mustafah.

»Außerdem wurde eine weitere Geisterübertragung aus der Erde aufgefangen«, sagte Parsifal. »Von der Helios-Expedition. Der Datumcode nennt den 8. August. Das ist schon fast vier Monate her, ich weiß. Aber immerhin ganze vier Wochen aktueller, als alles andere, was wir bis jetzt empfangen haben. Die digitale Folge muss noch entsprechend verstärkt werden, und es ist auch nur ein Teil einer Nachricht, irgendetwas über einen Fluss. Aber sie sind am Leben. Waren es jedenfalls. Noch vor wenigen Wochen. Wir können uns nicht einfach von ihnen lossagen, Thomas. Sie sind von uns abhängig.«

Parsifals Bemerkung war nicht grausam gemeint, doch sie ließ Thomas' Kinn auf die Brust sinken. Woche um Woche war sein Gesicht mehr eingefallen. Es war, als würde er von dem, was er da in Gang gesetzt hatte, heimgesucht.

»Nein«, sagte Thomas, »wir haben Lynch an den Dschungel verloren, Rau an den Wahnsinn. Und Branch an seine Besessenheit. Wir haben eine junge Frau tief unter die Erde in den sicheren Tod geschickt. Ich habe euch euren Familien entrissen. Jeder weitere Tag bringt neue Gefahren.«

»Aber Thomas«, sagte Vera. »Wir sind doch freiwillig dabei.«

»Nein«, erwiderte er. »Ich kann das nicht länger gutheißen.«

»Dann hörst du eben auf«, ließ sich de l'Ormes Stimme vernehmen. Hinter seinem Kopf, auf der anderen Seite der Fensterscheibe, ballten sich dunkle Gewitterwolken zu einem spätnachmittäglichen Unwetter zusammen. De l'Ormes Gesicht strahlte zuversichtlich im Widerschein des Kaminfeuers. Sein Ton war ernst. »Wenn du möchtest, kannst du die Fackel weiterreichen«, sagte er zu Thomas, »aber du darfst sie nicht auslöschen.«

»Wir sind so verdammt nahe dran, Thomas«, sagte January.

»Woran?«, fragte Thomas. »Zusammengerechnet verfügen wir

über fünfhundert Jahre an Wissen und Erfahrung. Und wohin hat uns das nach anderthalb Jahren intensiver Suche geführt?« Er ließ die Kette mit Lynchs Zähnen wie einen Rosenkranz in die Kiste gleiten. »Zu der Annahme, dass einer von uns Satan sein muss. Meine Freunde, wir haben so lange ins dunkle Wasser gestarrt, dass es sich inzwischen in einen Spiegel verwandelt hat.«

In nicht allzu weiter Entfernung zuckte ein Blitz zwischen zwei Kalksteinnadeln auf. Der Donner ließ den Raum erbeben.

»Du kannst uns nicht aufhalten, Thomas«, sagte de l'Orme. »Wir haben unsere eigenen Mittel. Wir folgen unseren eigenen Geboten. Wir folgen dem Pfad, den du uns gewiesen hast, wohin er uns auch führen mag.«

Thomas setzte den Deckel auf die Schachtel und legte die Hände auf den Pappdeckel. »Dann folgt ihm«, sagte er. »Es schmerzt mich sehr, so etwas sagen zu müssen, aber von diesem Tag an folgt ihr eurem Pfad ohne mich. Meine Freunde, mir fehlt eure Kraft, und mir fehlt eure Überzeugung. Vergebt mir meinen Zweifel. Gott schütze euch.« Er nahm die Schachtel in die Hand.

»Geh nicht«, flüsterte January.

»Auf Wiedersehen«, sagte er und trat in das tobende Gewitter hinaus.

> Und mit einem Mal war es kein unbeschriebener Ort
> köstlicher Geheimnisse mehr…
>
> Joseph Conrad,
> Herz der Finsternis

23
Das Meer

Unter dem Marianengraben, 6010 Faden

Das Meer nahm kein Ende. Sie waren schon einundzwanzig Tage unterwegs. Ike bestimmte das Tempo, ließ sie alle halbe Stunde rasten, füllte ihre Wasserflaschen nach, gratulierte ihnen zu ihrer Ausdauer.

»Verdammt, warum bin ich damals nicht mit euch auf den Makalu gestiegen?«, sagte er immer wieder.

Neben Ike erwies sich Troy, der forensische Anthropologe, als der Zäheste. Er war ein junger Bursche, der wahrscheinlich noch zu Hause die *Sesamstraße* angesehen hatte, als Ike auf die Himalaya-Gipfel gestiegen war. Er versuchte, Ike nachzueifern, fürsorglich und immer hilfsbereit, und er machte seine Sache gut. Manchmal ließ Ike ihn vorne gehen. Es war eine vertrauensvolle Aufgabe, seine Art, dem Jüngeren Anerkennung zu zollen.

Ali fand, dass sie am meisten zum allgemeinen Wohlbefinden beitragen konnte, wenn sie mit Twiggs marschierte, den alle anderen am liebsten gefesselt und geknebelt zurückgelassen hätten. Sobald er aufwachte, fing der Mikrobotaniker an, zu jammern und zu schimpfen. Außerdem war er der geborene Schnorrer. Nur Ali konnte mit ihm umgehen. Sie behandelte ihn wie eine von Akne geplagte Novizin. Wenn Pia oder Chelsea über ihre Geduld staunten, erklärte Ali ihnen, dass irgend jemand das schwächste Glied sein musste, wenn nicht Twiggs, dann ein anderer. Ihr war noch keine Gruppe ohne Sündenbock untergekommen.

Ihre Zelte waren längst vergessen. Sie schliefen auf dünnen Schlafmatten, eher eine Erinnerung an ihre frühere Expeditionskultur. Nur noch drei von ihnen besaßen Schlafsäcke, für die anderen waren die anderthalb Kilo Extragepäck zu schwer gewesen. Wenn es kühler wurde, drängten sie sich eng aneinander und breiteten die Schlafsäcke wie eine große Decke über allen aus. Ike schlief fast nie bei ihnen. Normalerweise nahm er sein Gewehr, schlenderte davon und kehrte erst am Morgen wieder zurück.

An einem jener Morgen wachte Ali auf, bevor Ike zurück war, und ging zum Strand hinunter, um sich das Gesicht zu waschen. Gerade als sie um einen großen Felsbrocken herumgehen wollte, hörte sie Stimmen. Sie hörten sich sehr fein und zerbrechlich an. Ali wusste sofort, dass es nicht Englisch, wahrscheinlich überhaupt keine Menschensprache war. Sie lauschte aufmerksamer, schob sich dann vorsichtig ein paar Schritte weiter bis dicht an die Flanke des Felsens und hielt sich versteckt.

Sie wagte kaum, Luft zu holen. Eine der Stimmen unterschied sich nur unwesentlich von den sanft am Ufer plätschernden Wellen. Die andere verband die Vokale weniger fließend miteinander und artikulierte die Pausen und Enden ihrer Wortreihen prägnanter. Beide klangen höflich und alt. Sie machte noch einen Schritt um den Felsen und sah sie.

Es waren nicht zwei, sondern drei. Einer war ein geflügelter Dämon von der Sorte, wie sie Shoat und Ike getötet hatten. Er schwebte direkt über dem Wasser, mit flach ausgestreckten Händen, während sich seine Flügel sanft auf und nieder bewegten. Die beiden anderen schienen Zwitterwesen zu sein, halb Mensch, halb Fisch. Eines lag auf die Seite gestützt im Sand mit den Füßen im Wasser, das andere ließ sich lässig vom Wasser tragen. Ihre glänzenden Köpfe und Augen erinnerten an Robben, aber sie hatten spitz gefeilte Zähne. Ihre Haut war weiß und glitschig, mit dünnem schwarzem Haarflaum auf den Rücken.

Erst hatte Ali Angst gehabt, die Wesen würden vor ihr die Flucht ergreifen. Plötzlich hatte sie Angst, dass sie genau das nicht tun würden.

Eines der Wasserwesen drehte sich gemächlich zu ihr um und verzog den Mund wie ein Pavian. Sein scharfes Gebiss sah nicht gerade einladend aus.

»Oh!«, sagte Ali törichterweise.

Was hatte sie sich nur dabei gedacht, allein hierher zu kommen?

Sie betrachteten sie mit der Gelassenheit entspannter Philosophen. Eines der Amphibienwesen beendete seinen Satz in der leise plätschernden Sprache, ohne den Blick von Ali zu wenden.

Ali überlegte, ob sie zur Gruppe zurücklaufen sollte. Sie setzte einen Fuß hinter sich, um sich umzudrehen und loszurennen. Der fliegende Dämon warf ihr einen Blick aus dem Augenwinkel zu.

»Nicht bewegen«, murmelte Ike. Er kauerte auf dem Steinbrocken links von ihr. Die Pistole lag in seiner Hand.

Die drei Gestalten unterhielten sich nicht mehr. Außer den am Strand leckenden Wellen war nichts zu hören. Nach einer Weile warf der fliegende Dämon abermals einen kurzen Blick in Alis Richtung, stieß sich von der Wasseroberfläche ab und flog dann mit trägem Flügelschlag davon, ohne sich mehr als ein paar Zentimeter über das Meer zu erheben. Die beiden Wasserwesen glitten unter die Wasseroberfläche, und es war, als hätte sie ein großer Mund verschluckt. Die Lippen des Meeres schlossen sich über ihnen.

»Ist das eben wirklich passiert?«, fragte Ali mit heiserer Stimme. Ihr Herz pochte wie wild. Sie machte ein paar Schritte nach vorne, um die Abdrücke auf dem Sand zu überprüfen.

»Geh nicht zu nah ans Wasser«, warnte sie Ike. »Sie warten auf dich.«

»Sind sie immer noch da?« Diese Gestalten aus einer Traumwelt sollten ihr auflauern? Sie waren ihr so friedlich vorgekommen.

»Geh jetzt lieber zurück. Du machst mich nervös.«

»Ike... kannst du sie verstehen?«, sprudelte es plötzlich aus ihr heraus.

»Kein einziges Wort. Nicht diese hier.«

»Gibt es denn noch andere?«

»Ich habe euch doch schon oft gesagt, dass wir nicht allein sind.«

»Aber sie tatsächlich zu sehen …«

»Ali. Wir bewegen uns schon die ganze Zeit zwischen ihnen.«

»Zwischen solchen hier?«

»Und auch anderen, von deren Existenz du nichts wissen willst.«

»Aber sie sahen so friedlich aus. Wie drei Dichter.«

Ike schüttelte ungläubig den Kopf.

»Warum haben sie uns nicht angegriffen?«, fragte Ali leise.

»Ich weiß es nicht. Es kam mir beinahe vor, als hätten sie mich erkannt.« Er zögerte.

»Oder dich.«

Branch schaffte es einfach nicht, sie einzuholen. Er schnitt ihnen immer wieder den Weg ab, aber genauso oft verlor er ihre Spur wieder. Fieberanfälle schüttelten ihn, und er kämpfte gegen die Versuchung, sich einfach in eine Mulde zu legen und zu schlafen. Aber stehen zu bleiben hieß, kilometerweit die Jäger anzulocken. Wenn ihn einer aufspürte, während er schlief, war alles vorbei. Also hielt sich Branch weiter auf den Beinen.

Er kam am Skelett einer Frau vorbei. Ihr langes schwarzes Haar lag neben dem Schädel, was ungewöhnlich war, denn geflochten würde es eine durchaus brauchbare Schnur abgeben. Dass man es einfach liegen gelassen hatte, verriet ihm, dass es noch andere Menschen zur Auswahl gegeben hatte. Das war gut. Also konzentrierten sich die Jäger nicht auf ihn.

Dann stieß er auf einen schwabbeligen Haufen mit Rettungsanzügen, von denen mehrere durchbohrt oder zerstückelt waren. Einem Hadal mussten die Neoprenanzüge wie übernatürliche Häute oder sogar lebende Tiere vorkommen. Er durchwühlte den Haufen und streifte sich einen Anzug über, der noch fast unversehrt war.

Kurz darauf fand Branch die Papierrollen mit Alis Karten. Er ging sie eilig in chronologischer Folge durch. Am Ende berichtete eine andere Handschrift von Walkers Verrat am Meer und von der

Aufsplitterung der Gruppe. Jetzt wurde ihm klar, weshalb dieser Trupp hier sich verlaufen hatte und warum er Ike nirgendwo finden konnte. Branch wusste jetzt, wohin seine Reise ging: Zu dem unterirdischen Ozean. Dort würde er weitere Zeichen finden. Er nahm die Karten an sich und machte sich auf den Weg.

Einen Tag darauf bemerkte Branch, dass er verfolgt wurde. Er konnte sie förmlich im Luftstrom wittern, und das beunruhigte ihn. Da seine Nase nicht besonders sensibel war, mussten sie schon ziemlich nahe sein. Ike hätte sie viel früher wahrgenommen. Wieder einmal fühlte er sich alt. Jetzt blieb ihm die gleiche Wahl wie jedem anderen gejagten Tier: Kämpfen oder Flüchten. Branch wählte die zweite Möglichkeit.

Nach drei Stunden hatte er den Fluss erreicht. Er sah den Pfad, der am Ufer entlangführte, doch dafür war es zu spät. Er drehte sich um und sah sie. Vier Hadal, die blass wie Larven auf der Böschung über ihm ausschwärmten.

Ein schlanker Speer – Schilfrohr mit einer Spitze aus Obsidian – zersplitterte auf dem Felsen direkt neben ihm. Ein zweiter zischte ins Wasser. Branch hätte mit Leichtigkeit den jungen Burschen erschießen können, der sich von links näherte. Damit wären immer noch drei übrig geblieben, was an der Notwendigkeit dessen, was er ohnehin tun musste, nichts geändert hätte.

Sein Sprung war unbeholfen und das Gewehr und die wasserdichte Trommel mit den Landkarten behinderten ihn. Er hatte gleich bis ins Tiefe springen wollen, doch sein Fuß traf auf einen Stein. Mit einem schnalzenden Geräusch sprang sein rechtes Knie aus dem Gelenk. Er hielt sich am Gewehr fest, die Karten jedoch entglitten seinen Händen und blieben am Ufer zurück. Die Strömung riss ihn weiter und zog ihn sofort nach unten. Branch ergab sich dem Fluss, solange er den Atem anhalten konnte. Dann riss er an der Leine des Rettungsanzugs und spürte, wie sich die Kammern füllten. Wie ein Korken schoss er an die Wasseroberfläche.

Einer von den Hadal verfolgte ihn immer noch am Ufer. In dem Augenblick, in dem Branchs Kopf aus dem Wasser auftauchte, schleuderte sein Verfolger in vollem Lauf den Speer auf ihn. Die Waffe drang tief ein, und im gleichen Augenblick feuerte Branch sein Gewehr noch unter Wasser ab. Das Wasser peitschte wie eine lange Hahnenfeder auf. Der Hadal wirbelte herum und stürzte ins Wasser.

In den folgenden fünf Tagen leistete der tote Hadal dem treibenden Branch auf dem Weg zum Meer Gesellschaft. Der Fluss war wie eine Mutter, die ihren so unterschiedlichen Kindern die gleiche Fürsorge entgegenbrachte. Er trank ihr Wasser. Sein Fieber kühlte ab.

Schließlich löste sich der Speer aus ihm. Kleine, blasse Aale saugten zärtlich an ihm. Sie labten sich an seinem Blut, doch auf diese Weise blieb die Wunde sauber. Irgendwo unterwegs gelang es ihm auch, das Knie wieder einzurenken. Bei den vielen Schmerzen war es kein Wunder, dass er auf seiner Reise zum Meer so viel träumte.

Am Ufer des Flusses hob ein tätowiertes und mit Narben überzogenes Wesen die Trommel mit den Karten auf. Es zog sie aus der wasserdichten Hülle und beschwerte die Ecken mit Steinen. Die anderen Hadal hatten kein Auge für solche Dinge, doch Isaak erkannte die Sorgfalt und Detailgenauigkeit, die der Kartograf angewandt hatte.

»Es besteht noch Hoffnung«, sagte er auf Hadal.

Seit Tagen schon war ihnen ein nebelhafter, milchiger Schimmer über dem fernen Horizont aufgefallen. Sie hielten ihn für eine Wolkenbank oder die Gischt eines Wasserfalls, vielleicht war es sogar ein Eisberg. Ali befürchtete, das Ganze sei eine kollektive, vom Hunger hervorgerufene Wahnvorstellung. Keiner von ihnen rechnete mit einer in das phosphoreszierende Gestein gehauenen Festung.

Die Wände waren fünf Stockwerke hoch und glatt wie ägyptischer Alabaster. Das gesamte Bauwerk war direkt aus dem massiven Stein herausgehauen worden, ein riesiger Komplex aus Kammern, Brustwehren und Statuen, dem weder ein Steinquader noch ein einziger Ziegel hinzugefügt worden war. Der Bau war dreimal so breit wie hoch, völlig leer und schon teilweise verfallen. Er richtete sich trotzig gegen das Meer, eindeutig ein Bollwerk, das zum

Schutz eines verschwundenen Imperiums errichtet worden war. Einige Zentimeter unter Wasser konnte man noch immer sehen, was von den alten steinernen Kaimauern übrig war.

Trotz ihres Hungers waren sie wie verzaubert. Sie wanderten durch das Labyrinth der Kammern, blickten über das nächtliche Meer und in tiefe Abgründe auf der Rückseite der Festung. In die Felswände waren Tausende von Stufen gehauen, die in neue Tiefen hinabführten. An den Wänden fanden sich Spuren eingravierter Bilder sowie einzelne Glyphen, und Ali erklärte die Inschriften für noch älter als alles, was sie bisher gesehen hatten.

Tief in dem höhlenhaften Inneren, im Herzen des Gebäudekomplexes, erhob sich eine freistehende Säule zwanzig Meter hoch bis in eine große, gewölbte Kammer. Die Turmspitze wurde den Blicken der Reisenden durch eine weit oben angebrachte Plattform entzogen. Sie richteten ihre Scheinwerfer auf den oberen Teil des Turms. Weder Türen noch Treppen führten zu dieser Plattform hinauf.

»Die Säule könnte ein Königsgrab sein«, meinte Ali.

»Oder ein Bergfried«, sagte Troy.

»Oder ein gutes altes Phallussymbol«, gab Pia zu bedenken, die sich der Gruppe angeschlossen hatte, weil ihr Liebhaber, der Primatologe Spurrier, Gitner noch weniger als Ike über den Weg getraut hatte. »Wie ein Schiwa-Stein oder ein Pharaonenobelisk.«

»Das müssen wir herausfinden«, sagte Ali. »Es könnte wichtig sein.« Wichtig für ihre Suche nach Satan, aber das sagte sie nicht.

»Was schlägst du vor?«, fragte Spurrier. »Sollen wir uns Flügel wachsen lassen?«

Mit einem bleistiftdünnen Lichtstrahl verfolgte Ike mehrere kleine Haltegriffe, die in die obere Hälfte des kreisrunden Geländers der Plattform gemeißelt waren. Er öffnete seinen bleischweren Rucksack und breitete den Inhalt vor sich aus. Alle sahen ihm neugierig dabei zu.

»Du hast Seil dabei?«, staunte Ruiz. »Wie viele Rollen denn?«

»Seht doch, die vielen MRE-Riegel«, sagte Twiggs. »Die hast du die ganze Zeit vor uns versteckt.«

»Halt die Klappe, Twiggs«, sagte Pia. »Das ist seine eigene Ration.«

»Bitte sehr, ich habe sie extra aufgehoben«, sagte Ike und reichte die Päckchen herum. »Das sind die Letzten. Guten Appetit.«

Gierig fielen sie über das Essen her. Sie schlugen sich die zusammengeschrumpften Mägen voll, ohne auch nur den Versuch zu unternehmen, die Nahrung einzuteilen.

Ike rollte eines seiner Seile auf. Er lehnte das Essen höflich ab, nahm aber einige M&Ms an, aber nur die roten. Sie wussten nicht, was sie davon halten sollten, dass ihr kampferprobter Fährtenleser sich so viel aus den Süßigkeiten machte.

»Aber sie unterscheiden sich doch kein bisschen von den gelben und blauen«, sagte Chelsea.

»Klar«, erwiderte Ike. »Sie sind rot.«

Er band sich ein Seilende um die Hüfte. »Ich bringe das Seil nach oben. Falls es dort etwas zu sehen gibt, mache ich es fest, und ihr könnt nachkommen.«

Nur mit einer Stirnlampe und ihrer einzigen Pistole ausgerüstet, stellte sich Ike auf die Schultern von Spurrier und Troy und machte einen kleinen Sprung bis an den untersten Griff. Von dort aus waren es nur noch sieben Meter bis nach oben. Er kroch wie eine Spinne hinauf, hielt sich am Rand der Plattform fest und wollte sich über das Geländer ziehen. Mitten in der Bewegung hielt er inne und rührte sich eine ganze Minute nicht vom Fleck.

»Stimmt was nicht?«, rief Ali hinauf.

Ike zog sich auf die Plattform und schaute zu ihnen herunter. »Das müsst ihr euch selbst ansehen.«

Er knotete Schlaufen in das Seil, um ihnen eine provisorische Leiter zu basteln. Einer nach dem anderen kletterten sie hinauf. Als sie sich über den Rand der Plattform hievten, wären sie vor Schreck fast wieder heruntergefallen.

Auf einer Breite von dreißig Metern stand ihnen eine Armee gegenüber. Leblos und doch lebendig.

Es waren aus glasiertem Terrakotta gefertigte Hadal-Krieger. Es mussten Hunderte von ihnen sein, in konzentrischen Kreisen um den Turm aufgestellt, den Blick in die Ferne auf etwaige Eindringlinge gerichtet. Jede Statue war mit Waffen und einem grimmigen Gesichtsausdruck ausgestattet. Einige trugen Rüstungen aus dünnen, mit Goldfäden aneinandergestickten Jadeplättchen. Bei den meisten hatte der Zahn der Zeit am Gold genagt, und die Plättchen lagen den nackten Figuren zu Füßen.

Es fiel schwer, nicht automatisch in Flüstern zu verfallen. Sie staunten voller Ehrfurcht, beinahe eingeschüchtert.

»Wo sind wir denn jetzt hineingeraten?«, fragte Pia.

Einige Statuen schwangen mit Obsidiansplittern besetzte, präaztekische Streitkolben. Es gab Steinkeulen mit Eisenketten und Griffen. Einige Waffen waren mit geometrischen Mustern versehen, die an die der Maoris erinnerten. Speere und Pfeile aus unterirdischem Schilfrohr waren nicht mit Vogelfedern, sondern mit Fischgräten gefiedert.

»Wie das Oin-Grabmal in China«, sagte Ali. »Nur kleiner.«

»Und siebenmal älter«, ergänzte Troy. »Und Hadalisch.«

»Diese Rinnen auf dem Boden sind mit Quecksilber ausgefüllt«, sagte Pia und zeigte auf ein in den Steinboden geritztes Netzwerk. »Es bewegt sich, wie Blut. Welche Bedeutung wohl dahinter steckt?«

Den Details nach zu urteilen, waren die Statuen maßgerecht angefertigt worden. In diesem Fall hatten die Krieger über die ungewöhnliche Größe von einem Meter siebzig verfügt – und das vor annähernd fünfzehntausend Jahren. »Neben diesen Burschen hier hätte Conan der Barbar wie ein Zwerg ausgesehen«, witzelte Troy. »Ich frage mich wirklich, warum die Hadal uns mit ihrer körperlichen und zivilisatorischen Überlegenheit nicht einfach platt gemacht haben.«

»Wer sagt denn, dass sie das nicht getan haben?«, fragte Ali und widmete sich wieder den Statuen. »Was mich erstaunt, ist die gewölbte Schädelbasis. Und dieser gerade Unterkiefer.«

»Das ist mir auch aufgefallen«, sagte Troy. »Denkst du das Gleiche wie ich?«

»Reversibilität?«

Anscheinend hatten die Hadal bereits vor fünfzehn- oder zwanzigtausend Jahren einen geraden Unterkiefer entwickelt, wie man an diesen Statuen ablesen konnte, und anschließend wiederum einen vorstehenden Kiefer, der äußerst affenartig und primitiv wirkte. Aus welchem Grund auch immer, schien sich *H. hadalis* im Zustand der Reversibilität zu befinden.

»Wie kann sich eine Entwicklung so schnell wieder umkehren?« Troy war verwirrt. »Lass es meinetwegen zwanzigtausend Jahre sein. Das ist auch zu kurz.«

Ike war ein Stück weiter mit Ruiz und Pia damit beschäftigt, einige Figuren zu untersuchen, die flammende Schwerter schwangen. Dabei sah er ihnen in die Gesichter, als suche er nach seiner eigenen Identität.

»Stimmt etwas nicht?«, fragte Ali.

»Sie sind nicht mehr so«, sagte Ike. »Es gibt Ähnlichkeiten, aber sie sind nicht mehr so.«

Ali und Troy blickten einander an.

»Wie meinst du das?« Ali dachte an die Schädelform und die veränderten Unterkiefer.

Ike breitete die Arme aus. »Seht euch doch um. Das ist... das war wirkliche Größe. Glanz. Herrlichkeit. Solange ich bei ihnen war, habe ich nirgendwo auch nur eine Spur davon gesehen. Herrlichkeit? Niemals.«

Sie verbrachten noch den Rest des ersten Tages und den ganzen folgenden Tag damit, die Festung zu erforschen. Fließstein quoll aus Türöffnungen, hatte ganze Bereiche einstürzen lassen. Weiter im Inneren fanden sie Unmengen von Relikten. Dort lagen antike Münzen aus Stygien und Kreta, vermischt mit spanischen Dublonen. Sie fanden ein Steinschlossgewehr, eine komplette Samurai-Rüstung, einen Inka-Spiegel, Lehmtafeln und Knochenschnitzereien längst vergessener Zivilisationen. Zu ihren merkwürdigsten Entdeckungen gehörte eine Armillarsphäre, ein Anschauungsmodell aus der Renaissance aus ineinander geschobenen metallenen Kreisbändern, anhand derer man sich die Planetenlaufbahnen begreifbar machen konnte.

»Was in Gottes Namen wollen die Hadal denn damit anfangen?«, fragte Ruiz.

Immer wieder zog es sie auf die kreisrunde Plattform mit der Armee rings um den steinernen Turm. Wie unschätzbar die Kunstgegenstände, die überall in der Festung verstreut lagen, auch sein mochten, im Vergleich mit dem Ensemble aus Turm und Kriegern waren sie minderwertig. Am zweiten Morgen fand Ike mehrere versteckte kleine Wölbungen am Turm, die er benutzte, um ohne jede Absicherung zur Spitze der Säule hinaufzusteigen.

Sie beobachteten, wie er auf dem Turm balancierte. Er blieb sehr lange oben, dann rief er zu ihnen herab, sie sollten ihre Lichter ausmachen. Sie saßen eine halbe Stunde in der Dunkelheit auf dem nur schwach leuchtenden Boden.

Nachdem er sich wieder abgeseilt hatte, wirkte Ike zutiefst ergriffen. »Wir stehen auf ihrer Welt«, sagte er. »Diese ganze Plattform ist eine riesige Karte. Der Turm wurde als Aussichtspunkt gebaut.«

Sie blickten auf den Boden zu ihren Füßen, erkannten jedoch lediglich einige schlangenförmige Rillen auf einer flachen, unbemalten Oberfläche. Doch Ike nahm den ganzen Nachmittag über einen nach dem anderen am Seil mit hinauf, von wo aus sie es mit eigenen Augen sehen konnten. Als Ali an der Reihe war, hatte Ike den Weg bereits sechsmal zurückgelegt und war allmählich mit Teilen der Karte vertraut geworden. Die abgeflachte Spitze bot kaum einen Quadratmeter Platz. Offenbar hatte sich bis auf Ike keiner dort oben besonders wohl gefühlt, denn er hatte ein Paar Schlingen angebracht, in die man sich einhängen konnte, ohne ganz oben balancieren zu müssen. Jetzt hing Ali neben Ike zwanzig Meter über dem Boden und wartete, bis sich ihre Augen an die Dunkelheit gewöhnt hatten.

»Es ist wie ein riesiges Sandmandala, nur ohne Sand«, sagte Ike. »Es ist merkwürdig, dass ich hier unten immer wieder auf Mandalas oder Teile von Mandalas stoße. Damit meine ich Orte unterhalb von Gibraltar oder dem Iran. Ich dachte immer, die Hadal hätten einen Haufen Mönche gekidnappt und sie alles verzieren lassen. Jetzt erst verstehe ich das alles.«

Ihr ging es ebenso. Die Plattform unter ihr fing an, in einem riesigen Kreis rings um sie her geisterhafte Farben auszustrahlen.

»Es ist eine Art in den Felsen eingearbeitetes Pigment«, sagte Ike. »Vielleicht war es früher einmal auch vom Boden aus sichtbar. Obwohl mir die Idee einer unsichtbaren Landkarte auch sehr gut gefällt. Vielleicht hatten gewöhnliche Sterbliche wie du und ich gar keinen Zutritt zu diesem Wissen, und nur der Elite war erlaubt, hier heraufzukommen.«

Je länger sie wartete, desto besser gewöhnten sich ihre Augen daran. Einzelheiten wurden deutlich. Die kleinen Quecksilberkanäle wurden zu winzigen Flüssen, die sich wie Adern über die Oberfläche zogen. Andere türkisfarbene, rote und grüne Linien kreuzten und verzweigten sich in wilden Mustern: Tunnel.

»Ich glaube, dieser große Fleck ist unser Meer«, sagte Ike.

Die schwarze Form befand sich ziemlich dicht am Fuß des Turms. Viele von weither kommende Pfade trafen sich hier.

»Was geschieht jetzt?«, fragte Ali. »Es wird lebendig!«

»Nein, deine Augen sind nur noch dabei, sich daran zu gewöhnen«, sagte Ike. »Gedulde dich. Es ist dreidimensional.«

Mit einem Mal bauschte sich die Fläche zu Konturen und Tiefen auf. Die Farblinien liefen nicht mehr nur übereinander, sondern wiesen selbst unterschiedliche Ebenen auf, die sich zwischen anderen Linien hinabsenkten und aufstiegen.

»Oh«, murmelte Ali, »ich glaube, ich falle.«

»Ich weiß. Es öffnet sich immer weiter. Das liegt an der künstlerischen Gestaltung. Die Kulturen des Himalaya müssen sie vor langer Zeit irgendwie abgekupfert haben. Heute benutzen sie die Buddhisten, um Pläne von Dharam-Palästen anzufertigen. Wenn man lange genug meditiert, verwandeln sich die geometrischen Linien in die optische Illusion eines Gebäudes. Unser Bild hier vermittelt uns eine Karte der gesamten inneren Erde.«

Diese Karte unterschied sich von der Methode, mit der sie ihre eigenen Karten gezeichnet hatte. Da sie auf keine Kompassangaben zurückgreifen konnte, spiegelten die Karten, die sie nach wie vor anfertigte, auch immer ihren Wunsch, immer weiter nach Westen zu gelangen, wenn auch notgedrungen als generell gerade Linie mit vielen Umwegen. Die Linien hier waren zugleich unbestimmter und genauer. Die unterirdische Welt war praktisch unendlich und glich in dieser Hinsicht eher dem Himmel als der Erde.

Der Ozean hatte den Umriss einer in die Länge gezogenen Birne. Vergeblich versuchte Ali auf der Route nach rechts, die Walker eingeschlagen hatte, besondere Merkmale auszumachen. Bis auf die Tatsache, dass mehrere Flüsse seinen Weg kreuzten, ließ sich nichts über die Gefahren auf seiner Route aussagen.

»Der Turm hier, diese Festung, muss das Zentrum der Karte darstellen«, sagte Ali. »Das X, an dem wir uns gerade befinden. Aber er grenzt nicht direkt ans Meer. Es ist ein ganzes Stück entfernt.«

»Das hat mich auch stutzig gemacht«, erwiderte Ike. »Aber hast du gesehen, wie sämtliche Linien hier, an diesem Turm, zusammenlaufen? Wir alle haben uns draußen umgesehen, doch dort ließ sich das nicht feststellen. Der Weg, auf dem wir gekommen sind, läuft stur weiter an der Küste entlang. Und von der Rückseite der Festung führt nur ein einziger Pfad nach unten. Inzwischen glaube ich, dass wir nur ein Punkt auf einer von vielen Straßen sind.« Er zeigte auf eine Stelle, an der eine einzelne grüne Linie vom Meer weglief. »Dieser Punkt auf der Straße dort drüben.«

Wenn Ike Recht hatte und die Proportionen der Karte stimmten, dann hatte ihre Gruppe weniger als ein Fünftel der Meeresküste abgelaufen.

»Was repräsentiert dann aber dieser Turm?«, fragte Ali.

»Ich habe darüber nachgedacht. Du kennst doch das Sprichwort: ›Alle Wege führen...‹« Er ließ sie den Satz beenden.

»Nach Rom?«, hauchte sie.

»Warum nicht?«, sagte er.

»Ins Zentrum der Hölle unserer Vorzeit?«

»Kannst du dich ein paar Minuten da oben halten?«, fragte Ike. »Ich halte deine Beine fest.«

Ali stützte sich mit den Knien auf den kaum meterbreiten Gipfel und stellte sich dann auf die Füße. Aus dieser größeren Höhe sah sie, wie alle Linien auf ihre Füße zuliefen, und mit einem Mal überkam sie ein Gefühl gewaltiger Macht. Es war, als verschmelze die ganze Welt mit ihr. Das Zentrum war hier. Das einzige Zentrum. Jetzt verstand sie, warum Ike so erschüttert herabgestiegen war.

»Erzähl mir, ob du die Karte von dort oben anders siehst.« Ikes Finger spannten sich fest um ihre Beine.

»Die Linien sind noch deutlicher«, sagte sie. Jetzt, da sie sich nirgendwo mehr festhalten konnte, vor und hinter ihr absolut nichts mehr war, brandete das Panorama förmlich auf sie ein. Das gewaltige Gewebe schien heraufzusteigen. Mit einem Mal war ihr so, als schaute sie nicht nach unten, sondern nach oben.

»Mein Gott«, sagte sie.

Der Turm war zur Grube geworden. Sie sah die Welt von ganz tief innen.

In ihrem Kopf fing sich alles zu drehen an. »Lass mich runter«, flehte sie, »sonst falle ich.«

In der Nacht kam Ike zu ihr. »Ich muss dir etwas zeigen«, sagte er.

»Hat das nicht bis morgen Zeit?«, fragte sie müde. Ihr schwindelte noch der Kopf von der optischen Täuschung der Landkarte. Außerdem hatte sie Hunger.

»Eigentlich nicht«, antwortete er.

Sie hatten ihr Lager in dem Säulengang hinter dem Tor aufgeschlagen, wo ein Strahl reines Wasser aus einem verwitterten Speirohr sprudelte. Der Hunger hatte sie fest im Griff. Sie lagen auf dem Boden, die meisten um ihre leeren Mägen gekrümmt. Pia hielt Spurrier umschlungen, der an einem Migräneanfall litt. Troy hielt mit Ikes Pistole im Schoß Wache, sein Kopf war zur Seite gekippt, und er döste. Alle waren am Ende ihrer Kräfte, und es ging immer weiter bergab.

Ali überlegte es sich anders.

»Also los«, sagte sie.

Sie nahm Ikes Hand und zog sich daran hoch. Er führte sie tiefer in die Festung hinein, zu einem Geheimgang mit einer aus dem Stein geschnittenen Treppe.

»Nicht so schnell«, sagte er. »Es kommen noch mehr Treppen.«

Sie erreichten einen Turm, der hoch über der Festung aufragte, und mussten durch einen weiteren versteckten Gang zu einer anderen Treppe schleichen. Als sie die letzten Stufen erklommen, sah sie oben ein kräftiges, buttergelbes Leuchten.

Ike hatte in einem Zimmer hoch über dem Meer Hunderte von Öllampen angezündet. Es handelte sich um kleine Tonschälchen in Blattform, die das an ihrer Spitze brennende Flämmchen über eine kleine Rinne speisten.

»Woher hast du die?«, fragte sie. »Und woher kommt das Öl?«

In einer Ecke standen drei große irdene Amphoren, die ohne weiteres aus dem Wrack eines antiken griechischen Schiffes hätten stammen können.

»Alles in Vorratskammern unter dem Boden verstaut. Dort unten stehen mindestens noch fünfzig von diesen Krügen«, sagte er. »Das hier muss so eine Art Leuchtturm gewesen sein. Vielleicht gab es noch mehr davon an der Küste, ein ganzes System von Signalstationen.«

Eine einzige Lampe hätte kaum ausgereicht, sie ihre Fingerspitzen erkennen zu lassen. Die vielen Lampen jedoch verwandelten den Raum in Gold. Sie versuchte sich vorzustellen, welcher Anblick sich wohl den vor zwanzigtausend Jahren auf dem dunklen Meer kreuzenden Hadal-Schiffen geboten haben mochte.

Ali blickte verstohlen zu Ike hinüber. Er hatte das alles für sie getan. Das Licht tat ihm ein wenig in den Augen weh, aber er versteckte sie nicht vor ihr hinter seiner Gletscherbrille.

»Wir können nicht hier bleiben«, sagte er und wischte sich die Tränen ab. »Ich möchte, dass du mit mir kommst.« Er versuchte, nicht zu blinzeln. Was für sie wunderschön war, war für ihn schmerzhaft. Sie war versucht, einige Lampen auszublasen, um sein Unbehagen zu lindern, wusste aber nicht, ob sie ihn damit beleidigen würde.

»Es gibt keinen Ausweg«, erwiderte sie. »Wir können nicht mehr weiter.«

»Doch.« Er wies auf das endlose Meer. »Es ist nicht hoffnungslos. Die Wege führen weiter.«

»Und was ist mit den anderen?«

»Sie können auch mitkommen. Aber sie haben aufgegeben. Bitte, Ali«, sagte er inbrünstig, »gib nicht auf. Komm mit mir.«

Wie schon das Licht, war diese Aufforderung für sie allein gedacht.

»Es tut mir Leid«, sagte sie. »Du bist anders. Ich bin immer noch wie sie. Ich bin müde. Ich möchte hier bleiben.«

Er wandte das Gesicht zur Seite.

»Ich weiß, du denkst jetzt, ich bin feige«, sagte sie.

»Wir müssen nicht sterben«, gab Ike ungerührt zurück. »Was auch mit den anderen geschieht, wir jedenfalls müssen nicht hier sterben.« Er war unerbittlich. Es entging ihr nicht, dass er von »wir« sprach.

»Ike«, sagte sie, verstummte jedoch gleich wieder. Sie hatte auch

Erfahrungen mit langem Fasten und wusste, dass es zu früh war, sich von Euphorie hinreißen zu lassen. Doch ihr Glücksgefühl war eindeutig und unmissverständlich.

»Wir können hier herauskommen«, drängte er.

»Du hast uns so weit gebracht, wie wir gehen konnten«, sagte sie. »Du hast dafür gesorgt, dass wir unsere Aufgabe erfüllen konnten. Wir haben Entdeckungen gemacht. Wir wissen, dass hier unten einst ein großartiges Imperium existierte. Jetzt ist es vorbei.«

»Komm mit mir, Ali.«

»Wir haben nichts mehr zu essen.«

Sein Blick veränderte sich für den Bruchteil einer Sekunde, nicht länger. Er sagte nichts, aber etwas in seinem Schweigen widersprach ihr. Wusste er etwa, wo es etwas zu essen gab? Die Vorstellung verletzte sie.

Seine Augen wichen ihr wie wilde Tiere aus. *Ich bin nicht du,* sagten sie. Dann kam sein Blick zurück, und er war wieder ein Mensch wie sie.

»Ich bin dir sehr dankbar für alles, was du für uns getan hast«, fuhr sie fort. »Jetzt wollen wir einfach nur noch unseren Frieden machen mit dem, was wir aus unserem Leben gemacht haben. Für dich gibt es keinen Grund mehr, länger hier zu bleiben. Du solltest gehen.«

Da haben wir's, dachte sie. Alle edlen Gedanken in einem Becher dargeboten. Jetzt war er an der Reihe. Er würde ritterlich widerstehen. Er war Ike.

»Das werde ich auch tun«, sagte er.

Ein Runzeln huschte über ihre Stirn.

»Du verlässt uns?« Sie konnte die Enttäuschung nicht zurückhalten. Wollte er die Gruppe tatsächlich verlassen? Wollte er sie, Ali, verlassen?

»Ich habe daran gedacht zu bleiben«, sagte er. »Ein romantischer Gedanke. Ich habe mir vorgestellt, wie man uns in zehn Jahren findet. Dich. Und mich.«

Ali blinzelte. Sie hatte sich genau die gleiche Szene ausgemalt.

»Man würde dich eng umschlungen in meinen Armen finden«, fuhr er fort. »Denn das würde ich tun, nachdem du gestorben bist, Ali. Ich würde dich für alle Zeiten im Arm halten.«

»Ike«, sagte sie und verstummte abermals. Mit einem Mal war sie nur noch in der Lage, einsilbige Wörter auszusprechen.

»Ich glaube, das wäre durchaus legal. Wenn du tot bist, bist du auch keine Braut Christi mehr, oder? Er könnte deine Seele haben. Ich darf das behalten, was übrig ist.«

Der Gedanke war zwar ein wenig morbide, trotz allem jedoch wahr.

»Falls du mich um Erlaubnis fragen willst«, sagte sie, »die Antwort lautet Ja.« Ja, er durfte sie in den Armen halten. In ihrer Vorstellung war es umgekehrt gewesen. Er war zuerst gestorben, und sie hatte ihn in ihre Arme gebettet. Die Grundidee war die gleiche.

»Das Problem besteht darin«, fuhr er jetzt fort, »dass ich noch ein wenig genauer darüber nachgedacht habe. Und, um es offen zu sagen, ich kam zu dem Schluss, dass es für mich ein ziemlich schlechtes Geschäft wäre.«

Sie ließ den Blick langsam durch den schimmernden Raum wandern.

»Ich würde dich zwar bekommen«, sagte er, »aber zu spät.«

Leb wohl, Ike, dachte sie. Die Worte mussten jetzt nur noch ausgesprochen werden.

»Es fällt mir nicht leicht«, sagte er.

»Ich weiß.« *Vaya con Dios.*

»Nein«, sagte er. »Ich glaube nicht, dass du das weißt.«

»Schon gut.«

»Nein. Ist es nicht. Es würde mir das Herz brechen. Es würde mich umbringen.« Er fuhr sich mit der Zunge über die Lippen. Dann wagte er den Sprung. »Dass ich mit dir viel zu lange gewartet habe.«

Ihre Augen hefteten sich auf sein Gesicht.

Ihre Überraschung erschreckte ihn. »Wenn ich schon hier bleibe, sollte ich das auch sagen können«, verteidigte er sich. »Darf ich es denn nicht einmal sagen?«

»Was willst du sagen, Ike?« Ihre Stimme kam ihr wie von sehr weit entfernt vor.

»Ich habe genug gesagt.«

»Es ist gegenseitig, weißt du?« Gegenseitig? Brachte sie nicht mehr zustande?

»Ich weiß«, sagte er. »Du liebst mich auch. Und alle Geschöpfe Gottes mit mir.« Er bekreuzigte sich spöttisch.

»Hör auf damit!«, sagte sie.

»Schon gut«, sagte er, und die Augen in dem zerstörten Gesicht schlossen sich.

Jetzt lag es an ihr, einen Ausweg zu finden. Keine Geister mehr. Keine Phantasien. Keine weiteren toten Geliebten: ihr Christus, seine Kora.

Als sie ihre Hand nach ihm ausstreckte, kam es ihr vor, als betrachte sie sich aus großer Entfernung. Es hätten ebenso gut die Finger einer anderen sein können, bis auf die Tatsache, dass es ihre waren. Sie berührte seinen Kopf.

Ike wich der Berührung aus. Ali erkannte sofort, dass er glaubte, sie wolle ihn trösten, weil er ihr Leid tat. Früher einmal, mit einem makellosen und jungen Gesicht, hätte er so etwas wahrscheinlich nie in Betracht gezogen. Doch er war vorsichtig und überzeugt davon, andere abzustoßen. Selbstverständlich misstraute er jeder Berührung.

Ali kam es vor, als habe sie so etwas seit einer Ewigkeit nicht mehr getan. Hätte sie es geplant, vorher auch nur flüchtig daran gedacht, sie hätte es nicht fertig gebracht. Trotzdem zitterten ihre Hände, als sie die Knöpfe öffnete und ihre Schultern entblößte. Dann ließ sie die Kleider von ihrem Körper gleiten. Alle.

Sie spürte die Wärme der Lampen auf der nackten Haut. Aus dem Augenwinkel sah sie, wie das zwanzigtausend Jahre alte Licht sie in Gold verwandelte.

Als ihre Körper eins wurden, wusste sie, dass zumindest ein Hunger jetzt nicht mehr an ihr nagen würde.

Sie schmachteten weiterhin in der Festung dahin, kaum zu mehr in der Lage, als zum Pinkeln nach draußen zu schlurfen. Sie rutschten auf ihren Schlafmatten herum. Es war nicht besonders bequem, auf den eigenen Knochen zu liegen.

Das also bedeutet Verhungern, dachte Ali. Ein langes Warten, bis endgültig alles verschwindet. Sie war immer stolz auf ihre Fähigkeit gewesen, über den Augenblick hinauszudenken. Man gab seine weltlichen Verbindungen auf, aber stets in dem Wissen, dass man zu ihnen zurückkehren würde. Beim Verhungern gab es so etwas nicht.

Bevor ihre Kraft noch mehr abnahm, verbrachten Ali und Ike noch zwei Nächte in dem Turmzimmer mit den goldenen Lampen. Am 30. November stiegen sie mit dem Wissen, dass es das letzte Mal gewesen war, vom Turm herab und kehrten zu dem provisorischen Lager zurück. Ab jetzt konnte sie keine Treppen mehr steigen, ihr wurde zu schwindlig.

Das langsame Verhungern machte sie alle sehr alt und sehr jung. Besonders Twiggs sah mit seinen eingefallenen Wangen und den lose herabhängenden Backen wie ein Greis aus. Trotzdem ähnelten sie kleinen Kindern. Sie rollten sich um ihre Mägen zusammen und schliefen jeden Tag mehr. Mit Ausnahme von Ike dehnten sie ihre Schlafpausen auf zwanzig Stunden aus.

Ali versuchte, sich zum Arbeiten zu zwingen, ihre Gebete aufzusagen und auch weiterhin ihre Landkarten zu zeichnen. Es ging ihr darum, Ordnung in Gottes tägliches Chaos zu bringen.

Am Morgen des 2. Dezember hörten sie Geräusche vom Strand her. Diejenigen, die noch dazu in der Lage waren, setzten sich auf. Ihre schlimmsten Ängste wurden Wirklichkeit. Die Hadal kamen, um sie zu holen.

Es hörte sich an wie ein Rudel Wölfe, das sich strategisch verteilte. Man hörte Bruchstücke geflüsterter Worte. Troy wankte davon, um Ike zu suchen, doch seine Beine versagten ihm den Dienst. Er musste sich wieder setzen.

»Hätten sie nicht warten können?«, stöhnte Twiggs leise. »Ich wollte einfach nur im Schlaf sterben.«

»Halt die Klappe, Twiggs«, zischte Ruiz, einer der Geologen. »Und mach das Licht aus. Vielleicht wissen sie nicht, dass wir hier sind.« Er rappelte sich hoch. Im übernatürlichen Schimmer des Steins schauten sie zu, wie er zur Tür wankte und den Kopf durch die Öffnung steckte. Sofort fiel er in den Sand.

»Was hast du gesehen?«, flüsterte Spurrier.

Der Geologe blieb stumm.

»He, Ruiz!« Schließlich kroch Spurrier zu ihm hinüber. »Oh Gott! Sein Hinterkopf ist weg!«

In diesem Augenblick brach der Angriff los.

Riesenhafte Gestalten drängten herein, monströse Silhouetten zeichneten sich von dem schimmernden Stein ab.

»Verdammte Scheiße!«, schrie Twiggs.

Ohne seinen Fluch wären sie von Kugeln zerfetzt worden.

»Feuer einstellen«, befahl stattdessen eine Stimme. »Wer spricht da Englisch?«

»Ich«, winselte Twiggs. »Davis Twiggs.«

»Das ist unmöglich«, sagte die Stimme.

»Nein, wir sind es wirklich«, sagte Spurrier und leuchtete sich mit der Taschenlampe ins Gesicht.

Überall im Raum flammten Scheinwerfer auf. Verwahrloste Söldner sicherten mit ihren Gewehren nach links und rechts, blieben jedoch nach wie vor schussbereit auf dem Boden knien. Es war nicht leicht zu sagen, wer überraschter war, die entkräfteten Wissenschaftler oder der zerlumpte Rest von Walkers Truppe.

»Keiner rührt sich! Keine Bewegung!«, brüllten die Soldaten. Ihre Augen waren blutunterlaufen. Ihre Gewehrläufe zuckten wie Kolibris hin und her und suchten den Feind.

»Holt den Colonel«, sagte ein Mann.

Walker, der auf einem von zwei Mann getragenen Gewehr saß, wurde hereingebracht. Ali dachte zuerst, er sei ebenfalls vom Hunger ausgezehrt, bis sie das Blut sah. Aus den aufgeschnittenen Hosenbeinen ragten Dutzende von Obsidiansplittern heraus, die sich tief in sein Fleisch gegraben haben mussten. Es war der Schmerz, der sein Gesicht hatte einfallen lassen. Seine geistigen Fähigkeiten waren aber anscheinend unbeeinträchtigt. Mit dem Blick eines gefährlichen Raubtiers erkundete er die neue Umgebung.

»Seid ihr krank?«, fragte Walker.

Ali sah, was er sah: ausgemergelte Männer und Frauen, die kaum mehr sitzen konnten. Sie sahen aus wie Vogelscheuchen.

»Nur sehr hungrig«, sagte Spurrier. »Habt ihr was zu essen?«

Walker schaute in die Runde. »Wo sind die anderen?«, fragte er. »Ihr wart doch mehr als neun.«

»Sie sind nach Hause gegangen«, antwortete Chelsea, die neben ihrem Schachbrett auf dem Bauch lag. Sie blickte auf Ruiz' Leiche. Jetzt konnte sie erkennen, dass den Geologen die Kugel eines Scharfschützen ins Auge getroffen hatte.

»Sie wollten auf dem Weg zurück, den wir gekommen sind«, erläuterte Spurrier.

»Die Ärzte auch?«, fragte Walker. Einen Augenblick flammte Hoffnung in ihm auf.

»Nur wir sind noch übrig«, sagte Pia. »Und ihr.«

Walker sah sich um. »Was ist das hier? Ein Heiligtum?«

»Eine Festung«, sagte Pia. Ali hoffte, sie würde nicht mehr verraten. Sie wollte nicht, dass Walker etwas von der kreisförmigen Karte erfuhr, und auch nichts von den Soldaten aus Keramik.

»Wir haben sie vor zwei Wochen entdeckt«, bot sich Twiggs an.

»Und warum seid ihr immer noch hier?«

»Wir haben nichts mehr zu essen.«

»Sieht aus, als ließe sich das Ding hier verteidigen«, sagte Walker zu einem Lieutenant mit angesengter Uniform. »Stellung sichern. Boote ans Ufer bringen. Die Ausrüstung und unseren Gast hier herein. Und schafft den Toten weg.«

Sie setzten Walker vor einer Wand ab. Sie gingen sehr vorsichtig mit ihm um, doch man sah, dass es ihm große Schmerzen bereitete, die Beine auszustrecken.

Jetzt tauchten immer mehr mit Nahrung und anderen Helios-Versorgungsgütern schwer beladene Söldner vom Strand auf. Ihre Uniformen hingen in Fetzen an ihnen herunter, einige gingen ohne Stiefel. Manche hatten Kopfverletzungen, andere Wunden an den Beinen. Der Lack von Walkers Elitetruppe war ab. Übrig gebliebenen waren müde, verängstigte Revolverhelden.

»Wie viele Leute habt ihr unterwegs verloren?«, wollte Walker wissen.

»Keinen«, sagte Pia. »Bis jetzt.«

Der Colonel suchte nicht einmal nach einer Erklärung, als der Geologe Ruiz an den Fersen aus dem Raum gezogen wurde. »Ich bin beeindruckt«, sagte er. »Ihr habt es geschafft, euch ohne Verluste hunderte von Kilometern durch die Wildnis zu schlagen. Und das unbewaffnet.«

»Ike weiß, was er tut«, sagte Pia.

»Crockett ist hier?«

»Er ist auf Erkundungstour«, warf Troy rasch ein. »Manchmal ist er tagelang weg. Er sucht das nächste Proviantlager.«

»Er vergeudet seine Zeit.« Walker drehte den Kopf zu dem schwarzen Lieutenant. »Nimm dir fünf Mann. Finde unseren Freund Crockett. Wir können keine Überraschungen mehr gebrauchen.«

»Wir sollten diesen Mann besser nicht jagen, Sir«, sagte der Soldat. »Unsere Leute haben im letzten Monat mehr als genug durchgemacht.«

»Ich will aber nicht, dass er hier irgendwo herumschleicht.«

»Warum tun Sie das?«, fragte Ali. »Was hat er Ihnen getan?«

»Das Problem besteht eher darin, was ich ihm getan habe. Crockett ist nicht der Typ, der vergibt und vergisst. Er hockt irgendwo da draußen und beobachtet uns.«

»Er ist bestimmt schon weg. Hier gibt es nichts mehr für ihn zu tun. Er hat gesagt, wir hätten ohnehin aufgegeben.«

»Und warum weinen Sie dann?« Walker wurde energisch. »Keine Gefangenen, Lieutenant, verstanden? Crocketts erstes Gebot!«

»Jawohl, Sir«, murmelte der Lieutenant. Er suchte sich fünf Männer aus und machte sich mit ihnen auf den Weg.

Nachdem der Suchtrupp gegangen war, schloss Walker die Augen. Ein Soldat zog ein Messer aus seiner Stiefelscheide, schnitt eine Kiste mit Proteinriegeln auf und zeigte auf die Wissenschaftler. Er überließ es Troy, die Päckchen an seine Kameraden zu verteilen. Twiggs küsste seine Ration und riss sie dann mit den Zähnen auf.

Ali nahm nur kleine Happen und nippte ein wenig Wasser dazu. Twiggs übergab sich. Und aß gierig weiter.

Allmählich füllte sich der Raum. Mehr Verwundete wurden hereingebracht. Zwei Mann bauten am Fenster ein Maschinengewehr auf. Insgesamt zählte Ali mit sich und ihren Gefährten weniger als fünfundzwanzig Leute. Mehr waren offensichtlich von den ursprünglichen 150 Expeditionsteilnehmern nicht mehr übrig.

Walker öffnete die blutunterlaufenen Augen. »Bringt alles rein«, befahl er. »Auch die Boote. Wir graben uns hier ein paar Tage ein. Das hier ist die Antwort auf unsere Gebete. Eine feste Burg an diesem verdammten Ozean.«

Die Schweinsäuglein des Soldaten waren anderer Meinung. Er salutierte. Aber Walker entglitt sein Kommando.

»Wie habt ihr uns gefunden?«, fragte Pia.
»Wir haben euer Licht gesehen«, sagte Walker.
»Unser Licht?«
Ikes Öllampen, dachte Ali. Sie waren ihr kleines Geheimnis gewesen. Ein Leuchtturm für alle anderen.
»Habt ihr das fünfte Proviantlager gefunden?«, wollte Spurrier wissen.
»Die Hadal hatten sich schon die Hälfte geschnappt«, erwiderte Walker.
»Nennen wir es einfach den Anteil des Teufels«, ertönte eine Stimme, und Montgomery Shoat betrat den Raum.
»Sie? Sie sind immer noch am Leben?« Ali konnte ihren Abscheu nicht verbergen. Von den Soldaten im Stich gelassen zu werden, war eine Sache, aber Shoat war wie die Wissenschaftler Zivilist, und er hatte von Walkers hinterhältigem Plan gewusst. Sein Verrat wog doppelt schwer.
»Es war ein abenteuerlicher Ausflug«, sagte Shoat. Er hatte ein blaues Auge und einen gelben Bluterguss an der Wange. »Haddie hat uns wochenlang ziemlich gerupft. Und die Jungs haben schwer daran gearbeitet, mich unterzukriegen. Inzwischen glaube ich beinahe, dass wir unsere Bildungsreise unter dem Pazifik nicht ganz zu Ende bringen werden.«
Walker ignorierte ihn einfach. »Ist diese Küste hier besiedelt?«
»Ich habe unterwegs nur drei Hadal gesehen«, sagte Ali.
»Mehr nicht? Keine Siedlungen?« Walkers schwarzer Bart teilte sich zu einem Grinsen. »Dann haben wir sie abgehängt, Gott sei Dank. Über das offene Wasser können sie unsere Spur nicht aufnehmen. Wir haben noch Nahrung für zwei Monate. Und wir haben Shoats Peilgerät.«
Shoat wedelte mit erhobenem Zeigefinger in Richtung des Colonel. »Ah-ah«, sagte er. »Noch nicht. Noch drei Tage nach Westen. So ist es abgemacht. Dann können wir uns über den Heimweg unterhalten.«
»Wo ist das Mädchen?«, fragte Ali.
»Ich habe sie falsch eingeschätzt«, krächzte Walker. Er brauchte Morphium.
»Sie haben sie getötet«, sagte Ali.

»Ich hätte es tun sollen. Sie hat mir nur Ärger eingebracht.« Er winkte mit der Hand. Zwei Soldaten zerrten das wilde Mädchen herein und fesselten es mit einer Drahtschlinge um den Hals an die Wand. Ihr Mund war mit Klebeband umwickelt. Sie roch stechend nach Kot und Schweiß. Auf dem Klebeband trockneten Streifen aus Blut und Rotz.

»Was haben Sie diesem Kind angetan?«

»Sie war für meine Männer eine gottlose Versuchung«, antwortete Walker.

»Sie haben Ihren Männern erlaubt ...«

Walker blickte sie verwundert an. »So moralisch? Dabei sind Sie selbst nicht besser, Schwester. Jeder will etwas von dieser Kreatur. Bitte schön, bedienen Sie sich, holen Sie sich das Wörterbuch von ihr. Aber verlassen Sie diesen Raum nicht ohne ausdrückliche Erlaubnis.«

Troy erhob sich und legte dem Mädchen seine Jacke über die Schultern. Das Mädchen wich zurück.

»In die würde ich mich nicht verlieben, mein Junge«, lachte Walker. »Die ist von Natur aus wild.«

Ali und Troy machten sich daran, das Mädchen zu füttern.

»Was habt ihr vor?«, wollte ein Soldat wissen.

»Wir nehmen das Klebeband ab«, antwortete Ali. »Wie soll sie sonst essen?«

Der Soldat riss brutal am Band und zog sofort die Hand weg. Das Mädchen schnappte so wütend nach ihm, dass es sich beinahe an dem Draht erdrosselt hätte. Ali zuckte erschrocken zurück. Überall im Raum wurde Gelächter laut. »Viel Spaß«, sagte der Soldat.

Als es fertig gegessen hatte, schloss das Mädchen die Augen. Zwischen Nahrungsaufnahme und Schlaf gab es so gut wie keinen Übergang. Sie nahm, was sie kriegen konnte.

Zwei Tage vergingen. Ike zeigte sich noch immer nicht. Ali spürte, dass er irgendwo in der Nähe war, aber die Suchtrupps kamen mit leeren Händen zurück.

Dann passierte es. Die Soldaten prügelten Shoat bei dem Versuch, ihm den Code für den Peilsender zu entreißen, fast bewusstlos. Seine Sturheit trieb sie zur Weißglut, und sie hörten erst auf, als Ali sich schützend über ihn warf.

»Wenn ihr ihn tötet, werdet ihr den Code nie erfahren«, sagte sie. Sie nahm die Pflege Shoats in ihre täglichen Pflichten auf, obwohl sie sich bereits um Walker und mehrere alte Soldaten kümmerte. Jemand musste es schließlich tun. Auch sie waren noch immer Geschöpfe Gottes.

Walker versank immer wieder im Fieber und fluchte im Schlaf in verschiedenen Sprachen. Die Soldaten tauschten finstere Blicke aus. Ihre Absichten waren deutlich, und Ali machte sich immer größere Sorgen. Die einzige gute Nachricht war die, dass Ike immer noch nicht aufgespürt worden war.

In der zweiten Nacht versuchte Troy, einen Soldaten davon abzuhalten, das Mädchen zu seinen draußen wartenden Kameraden mitzunehmen. Die Soldaten prügelten mit ihren Pistolen auf ihn ein, bis das Mädchen schrill zu lachen begann, worauf sie das Interesse daran verloren, weiter auf Troy einzuschlagen. Viel später wurde sie wieder hereingezerrt, verschwitzt, den Mund wieder zugeklebt. Obwohl er selbst noch blutete, half Troy Ali dabei, das Mädchen mit einer Flasche Wasser zu waschen.

»Sie hat schon Kinder gehabt«, stellte Troy mit leiser Stimme fest. »Hast du das gesehen?«

»Du täuschst dich«, gab Ali zurück.

Doch zwischen den tätowierten Stammesmarkierungen verbargen sich tatsächlich Schwangerschaftsstreifen. Ihre Brustwarzenhöfe waren dunkel. Ali hatte die Zeichen übersehen.

In der dritten Nacht holten die Söldner das Mädchen wieder ab. Stunden später wurde es halb bewusstlos zurückgebracht. Während sie und Troy das Mädchen wuschen, summte Ali leise eine Melodie. Sie war sich dessen nicht einmal bewusst, als Troy plötzlich sagte: »Ali, sieh nur!«

Ali hob den Blick von den blaugelben Flecken rings um das Becken des Mädchens. Das Mädchen sah sie an. Tränen rannen über ihr Gesicht. Ali gab dem Summen Worte. »To many dangers, toils and snares, I have already come«, sang sie leise. »Tis Grace that brought me safe thus far, and Grace will lead me home.«

Das Mädchen begann zu schluchzen. Ali machte den Fehler, sie in den Arm nehmen zu wollen. Die freundliche Geste löste ein Gewitter heftig tretender Beine und um sich schlagender Arme aus.

Der Vorfall war auf grausige Art erhellend, denn jetzt wusste Ali, dass das Mädchen einst eine Mutter gehabt hatte, die ihm dieses Lied vorgesungen hatte.

Ali verbrachte die ganze Nacht bei der Gefangenen und beobachtete sie. Dieses Mädchen war verheiratet, zumindest mit einem Mann zusammen gewesen. Sie schien ein Kind zur Welt gebracht zu haben. Und bislang schien sie trotz der brutalen Massenvergewaltigungen ihre geistige Gesundheit bewahrt zu haben. Diese innere Kraft war erstaunlich.

Am nächsten Morgen musste Twiggs zum ersten Mal seit der unfreiwilligen Hungerkur austreten gehen. Natürlich dachte jemand wie Twiggs nicht daran, die Erlaubnis der Soldaten einzuholen. Einer der Söldner erschoss ihn.

Damit war das Ende des Rests an Freiheit besiegelt, den man ihnen zugestanden hatte. Walker befahl, die Wissenschaftler zu fesseln und in einem weiter hinten gelegenen Raum mit Drahtschlingen festzubinden. Ali war nicht überrascht. Sie war sich bereits seit einiger Zeit darüber im Klaren, dass ihre Exekution nur eine Frage der Zeit war.

Und es war finster auf der Tiefe

GENESIS 1:2

24
Tabula Rasa

NEW YORK CITY

Bis auf das blaue Flackern des Fernsehschirms war es dunkel in der Hotelsuite. Es war ein Rätsel: Fernseher an, Lautstärke ausgestellt, und das alles im Zimmer eines Blinden. Früher einmal hätte sich de l'Orme einen solchen Widerspruch selber arrangiert, um seine Besucher zu verunsichern. Doch heute Abend hatte er keine Besucher. Das Zimmermädchen hatte vergessen, ihre Seifenopern auszuschalten.

De l'Orme blätterte in seinem Meister Eckhart. Der Mystiker aus dem 13. Jahrhundert hatte so merkwürdige Dinge in so schlichten Worten gepredigt. Wahrhaft mutig, inmitten der finsteren Zeiten des tiefsten Mittelalters.

Gott wartet schon auf uns. Seine Liebe ist wie die Angel des Fischers. Der Fischer kann den Fisch nicht erhalten, wenn der sich nicht an der Angel fängt. Wenn er nach der Angel schnappt, dann ist der Fischer seiner sicher. Wohin sich der Fisch dann wendet, hin oder her, der Fischer hat ihn doch. So spreche ich auch von der Liebe. Wer an dieser Angel haftet, der ist so gefangen, dass der Fuß und die Hand, der Mund, die Augen, das Herz und alles was am Menschen ist, Gott zu Eigen sein muss. Und je mehr gefangen, desto mehr befreit.

Kein Wunder, dass der große Theologe von der Inquisition verurteilt und exkommuniziert worden war. Gott als Dominatrix! Noch verwirrender die Vorstellung des von Gott befreiten Menschen. Des von Gott befreiten Gottes. Und was dann? So weit war er gekommen, als das Telefon klingelte.

»Kennen Sie meine Stimme?«, fragte der Mann am anderen Ende.

»Bud Parsifal?«, sagte de l'Orme.

»Volltreffer.« Der Astronaut hörte sich schwerfällig an. Betrunken.

»Hören Sie mal: Ist Santos bei Ihnen?«

»Nein.«

»Wo ist er dann?«, wollte Parsifal wissen. »Oder wissen Sie das nicht?«

»In Korea«, erwiderte de l'Orme, wusste wirklich nicht genau, in welchem der beiden Koreas. »Dort ist noch eine Gruppe Hadal aufgetaucht. Er studiert einige der Kunstgegenstände, die sie mitgebracht haben.«

»Korea. Hat er Ihnen das gesagt?«

»Ich habe ihn dorthin geschickt, Bud.«

»Woher wissen Sie denn, dass er auch tatsächlich dort ist, wo Sie ihn hingeschickt haben?«, fragte Parsifal.

De l'Orme nahm die Brille ab. Er rieb sich die Augen und öffnete sie. Sie waren weiß, ohne Netzhaut und ohne Pupille. Der Widerschein des Feuerwerks überzog sein Gesicht mit bunten Streifen. Er wartete.

»Ich habe schon versucht, die anderen anzurufen«, sagte Parsifal. »Die ganze Nacht über. Nichts.«

»Es ist Silvester«, sagte de l'Orme. »Wahrscheinlich feiern sie bei ihren Familien.«

»Also hat es Ihnen niemand gesagt.« Es war eine Feststellung, keine Frage.

»Sieht so aus. Worum es sich auch handeln mag.«

»Lesen Sie keine Zeitung? Hören Sie keine Nachrichten?«

»Ich habe mir ein wenig Einsamkeit verordnet. Aber bitte, klären Sie mich auf.«

Buds Stimme klang schleppend. »Wir sind in großer Gefahr. Sie sollten nicht einmal ans Telefon gehen.«

Er redete ziemlich verworren weiter. Vor zwei Wochen war im Landkartenraum des Metropolitan Museum ein großer Brand ausgebrochen. Davor war in einer alten Felsenbibliothek in Yungang in China eine Bombe hochgegangen. Innerhalb des letzten Monats waren Archive und archäologische Ausgrabungsstätten in zehn oder noch mehr Ländern verwüstet oder völlig zerstört worden.

»Das vom Met habe ich natürlich mitgekriegt. Aber die anderen Geschichten … Gibt es eine Verbindung zwischen ihnen?«

»Jemand versucht, unsere Informationen auszulöschen. Sieht aus, als ob jemand reinen Tisch macht und alle Spuren vernichtet.«

»Welche Spuren? Wozu soll es denn gut sein, Museen abzufackeln und Bibliotheken in die Luft zu jagen?«

»Er macht den Laden dicht.«

»Er? Von wem reden Sie überhaupt? Ich verstehe gar nichts.«

Parsifal berichtete von mehreren anderen Begebenheiten, darunter auch einem Brand in der Bibliothek von Cambridge, in der die uralten Genizah-Fragmente aus Kairo aufbewahrt wurden.

»Zerstört«, sagte er. »Bis auf die Grundmauern abgebrannt. Ausgelöscht. In Fetzen gesprengt.«

»Das sind alles Orte, die wir im Lauf des vergangenen Jahres aufgesucht haben.«

»Jemand ist schon seit geraumer Zeit dabei, unsere Quellen zu vernichten«, sagte Parsifal. »Bis vor kurzem handelte es sich lediglich um kleinere Bereinigungen: hier ein verändertes Manuskript, dort ein verschwundenes Fotonegativ. Inzwischen geht die Vernichtung umfassender und spektakulärer vor sich. Als versuchte jemand, reinen Tisch zu machen, bevor er aus der Stadt verschwindet.«

»Das sind doch Zufälle«, meinte de l'Orme. »Bücherverbrenner. Anti-Intellektuelle. Heutzutage gibt es eben zu viele Verrückte.«

»Das ist kein Zufall! Er hat uns benutzt. Wie Bluthunde hat er uns auf seine eigene Fährte gehetzt. Und jetzt geht er den ganzen Weg zurück.«

»Er?«

»Er löscht sein eigenes Bild aus.«

»Dann vernichtet er sich selbst.« Doch noch während er die Worte aussprach, spürte de l'Orme, dass ferne Alarmsirenen in seinem Kopf klingelten.

»Er vernichtet unsere Erinnerung«, sagte Parsifal. »Wir sind das letzte Zeugnis. Nach uns heißt es wieder Tabula rasa.«

De l'Orme versuchte, die Informationen auf die Reihe zu kriegen. »Sie wollen also damit sagen, dass wir den Feind auf seine eigene Spur geführt haben. Dass es eine gezielt durchgeführte Aktion gewesen sei. Dass Satan einer von uns ist. Dass er – oder sie? – inzwischen alle unsere Beweise vernichtet. Ich frage noch einmal: weshalb? Was gewinnt er dadurch, dass er sämtliche bisherigen Bilder von sich vernichtet? Wenn Ihre Theorie einer durch Wiedergeburt fortgesetzten Reihe von Hadal-Königen der Wahrheit entspricht, wird er beim nächsten Mal ohnehin mit einem unbekannten Gesicht auftauchen.«

»Aber mit den immer gleichen unterbewussten Verhaltensmustern«, erwiderte Parsifal. »Erinnern Sie sich? Wir haben darüber geredet. Man kann nicht grundsätzlich gegen den eigenen Charakter angehen. Er ist wie ein Fingerabdruck. Er kann versuchen, sein Benehmen zu ändern, doch die Beweise aus fünftausend Jahren menschlicher Kultur haben ihn identifizierbar gemacht. Wenn nicht für uns, dann doch der nächsten Beowulf-Gruppe oder der übernächsten. Gibt es jedoch keine Beweismittel mehr, kann er auch nicht mehr aufgespürt werden. Er wird zu einem Unsichtbaren. Wer oder was zum Teufel er auch immer sein mag.«

»Lassen Sie ihn toben«, sagte de l'Orme und meinte dabei Parsifals Zorn ebenso wie das hadalische Objekt ihrer Treibjagd. »Wenn er sein Zerstörungswerk beendet hat, kennen wir ihn noch besser als er sich selbst kennt. Wir sind dicht dran.«

Er lauschte Parsifals schwerem Atem am anderen Ende der Leitung und hörte, wie Wind gegen eine Telefonzelle peitschte. De l'Orme stellte sich eine gottverlassene Tankstelle irgendwo an einer Autobahn vor.

»Gehen Sie nach Hause«, sagte er.

»Auf wessen Seite stehen Sie? Deswegen habe ich eigentlich angerufen. Auf wessen Seite stehen Sie?«

»Auf wessen Seite ich stehe?«

»Genau darum geht's doch bei dieser ganzen Sache, oder nicht?« Parsifals Stimme verlor sich. Wind brüllte fauchend auf. Parsifal hörte sich an wie ein Mensch, der sowohl seinen Verstand als auch seinen Körper an den Sturm verliert.

»Ihre Frau fragt sich doch bestimmt schon, wo Sie sich herumtreiben. Gehen Sie nach Hause.«

»Damit sie endet wie Mustafah? Wir haben uns getrennt. Sie wird mich nie wieder sehen.«

»Was ist mit Mustafah?«

»Man hat ihn letzten Freitag in Istanbul gefunden. Das, was von ihm übrig geblieben ist, trieb in der Zisterne der Basilika von Yerebatan Sarayi. Wir sind Teil des Beweismaterials, begreifen Sie das nicht?«

Mit konzentrierter Präzision legte de l'Orme seine Brille auf den Tisch. Ihm war schwindlig. Er wollte Parsifal dazu bringen, seine grausame Nachricht zu widerrufen.

»Es gibt nur einen, der dafür verantwortlich sein kann«, sagte Parsifal. »Sie wissen es ebenso gut wie ich.«

Ein paar Sekunden herrschte Stille. Keiner der Männer sagte etwas. Aus dem Telefonhörer drangen die wütenden Böen des Schneesturms.

Dann ergriff Parsifal wieder das Wort: »Ich weiß, wie nah Sie beide sich standen.«

»Ja«, sagte de l'Orme.

Es war die schlimmste Täuschung, die er sich vorstellen konnte. Er hatte sie von Anfang an nur benutzt. Sie waren für ihn nicht mehr als Lasttiere gewesen, die man zu Tode reiten konnte.

»Sie müssen weg von ihm«, sagte Parsifal.

Doch de l'Ormes Gedanken drehten sich jetzt nur um den Verräter. Er versuchte, sich die abertausend Täuschungen vorzustellen, mit denen er sie hinters Licht geführt hatte – mit der Unverfrorenheit eines Königs! Beinahe bewundernd flüsterte er seinen Namen.

»Lauter«, sagte Parsifal. »Ich kann Sie bei dem Wind kaum verstehen!«

»Thomas«, sagte de l'Orme noch einmal. Was für ein grandioser Mut! Welch skrupellose Hinterlist! Aber hinter was war er her gewesen? Wer war er in Wirklichkeit? Und weshalb hatte er eine derartige Treibjagd auf sich selbst inszeniert?

»Dann haben Sie also davon gehört«, rief Parsifal. Der Schneesturm wurde schlimmer.

»Ist er gefunden worden?«

»Ja.«

De l'Orme war verdutzt. »Aber... das heißt doch, dass wir gewonnen haben.«

»Sind Sie jetzt total verrückt geworden?«, rief Parsifal. »Thomas ist tot!«

De l'Orme versuchte, die Worte zu verdauen, aber jetzt begriff er überhaupt nichts mehr. »Tot?«

»Ja«, schrie der Astronaut. »Endlich haben Sie verstanden! Erst Mustafah. Jetzt Thomas. Satan hat sie getötet!«

De l'Orme runzelte die Stirn. »Sie sagten doch, sie hätten ihn gefunden. Satan.«

»Nein! Thomas!«, korrigierte Parsifal. »Sie haben Thomas gefunden. Heute Nachmittag. Er ist von einem der Felsen des Berges Sinai gestürzt – oder heruntergestoßen worden. Satan hat es getan. Er bringt uns alle um, einen nach dem anderen.«

Jetzt endlich verstand de l'Orme, was Parsifal ihm da erzählte. Nicht Thomas war der große Betrüger. Es war jemand, der ihm noch näher stand.

»Sind Sie noch dran?«, brüllte Parsifal.

De l'Orme räusperte sich. »Was ist mit Thomas' Leiche geschehen?«

»Das, was die Wüstenmönche sonst auch mit ihren Toten tun. Sie wollen ihn so rasch wie möglich unter die Erde bringen. Er wird am Mittwoch begraben, bei ihnen im Kloster.« Er machte eine kleine Pause und sagte dann: »Sie wollen doch nicht etwa hin, oder?«

So viel zu planen. Eigentlich so wenig. De l'Orme wusste genau, was als Nächstes zu tun war.

»Es ist Ihr Leben«, sagte Parsifal.
De l'Orme legte den Hörer auf.

Savannah, Georgia

Sie erwachte aus alten Träumen. Das Zimmer war von Mondlicht durchflutet. Die Leinenvorhänge bewegten sich im Luftzug. Grillen zirpten auf dem Rasen vor der Veranda. Das Fenster war offen.

»Vera«, sagte ein Mann aus einer dunklen Ecke.

Sie zuckte zusammen, und die Brille fiel ihr aus den Fingern. Ein Einbrecher, dachte sie. Aber ein Einbrecher, der ihren Namen kannte? Wer mochte ihn wohl auf so traurige Weise aussprechen?

»Wer ist da?«, fragte sie unsicher.

»Ich habe dir beim Schlafen zugesehen«, sagte er. »In diesem Licht sehe ich ein kleines Mädchen, das von seinem Vater sehr geliebt wurde.«

Er würde sie umbringen. Vera hörte die Entschlossenheit hinter seinen zärtlichen Worten.

Eine Gestalt erhob sich im Mondschatten. Von seinem Gewicht befreit, knackte und knisterte das Geflecht des Korbstuhls, und der Mann kam auf sie zu.

»Wer sind Sie?«, fragte sie noch einmal.

»Hat dich Parsifal nicht angerufen?«

»Doch.«

»Hat er es dir nicht gesagt?«

»Was denn?«

»Wer ich bin.«

Ein frostiger Schauer senkte sich auf sie. Parsifal hatte sie tatsächlich angerufen, doch sie hatte seine Litanei rasch abgewürgt. Der Himmel stürzt herab, mehr hatte sie seinem betrunkenen Nonsens nicht entnehmen können. Sie hatte einfach aufgelegt. Er hatte mehrere Male zurückgerufen, hatte vehement auf sie eingeredet und sich dabei wie ein Weltuntergangsprophet angehört. Ich bleibe, wo ich bin, hatte sie ihm gesagt.

Also hatte er doch Recht gehabt.

Ihr Rollstuhl stand direkt neben dem Nachttisch. Sie versuchte nicht, ihrem Besucher seine mörderischen Gedanken auszureden. Sie wollte auch seinen Sadismus nicht auf die Probe stellen. Vielleicht würde er rasch und geschäftsmäßig vorgehen. Also würde sie letztendlich doch im Bett sterben, schoss es ihr durch den Kopf.

»Hat er dir Lieder vorgesungen?«, fragte der Mann.

Vera versuchte, ihren Mut und ihre Gedanken zu sortieren. Ihr Herz raste. Sie wollte ruhig sein.

»Parsifal?«

»Nein. Ich meine deinen Vater.«

Seine Frage irritierte sie. »Lieder?«

»Vor dem Einschlafen.«

Es war eine Einladung. Sie nahm sie an. Vera schloss die Augen und erinnerte sich. Sie versuchte, die Grillen zu ignorieren, ihr dröhnendes Herz zu übertönen und in die Vergangenheit hinabzusteigen, die sie schon immer verloren geglaubt hatte. Aber dort war er, ja, es war Abend, und er sang ihr etwas vor. Sie legte den Kopf ins Kissen. Seine Worte bildeten eine Decke, und seine Stimme versprach Schutz. Papa, dachte sie.

Die Dielen knarrten. Ohne dieses Geräusch wäre Vera bei ihrem Lied geblieben, doch das knarrende Holz holte sie wieder in ihr Schlafzimmer zurück. Sie stieg aus der Tiefe ihres Herzens wieder hinauf, zurück ins Land der Grillen und des Mondlichts.

Sie öffnete die Augen, und da stand er und streckte die Hände nach ihr aus wie ein Geliebter. Dann tauchte sein Gesicht in den Lichtschein, und sie sagte: »Du?«

Im Katharinenkloster Jabal Musa, Berg Sinai

De l'Orme stellte die Becher ab und legte den Brotlaib an seinen Platz. Der Abt hatte ihm eine Meditationszelle überlassen, eine von der Sorte, wie sie seit Tausenden von Jahren von den Menschen benutzt wurden, die hierher kamen und spirituelle Weisheit suchten.

Santos würde entzückt sein. Er liebte Einfachheit und Beschränkung. Der Weinkrug war aus Lehm. Die Bretter der Tischplatte waren vor mindestens fünf Jahrhunderten gezimmert und zusammengenagelt worden. Kein Vorhang vor dem Fenster. Nicht einmal eine Scheibe. Nur Staub und Insekten leisteten einem beim Beten Gesellschaft.

De l'Orme atmete in der Abendluft tief durch, sog den Weihrauchduft wie Sauerstoff ein. Sogar jetzt, im Winter, konnte er einen nicht weit entfernten Mandelbaum riechen.

Die Abendandacht begann. Im Hof stand ein Käfig mit einem Wellensittich, und sein Gesang passte wie die Noten eines kleinen Engels zum Kyrie der Mönche. In solchen Momenten verlangte es de l'Orme, wieder die Kutte zu nehmen oder zumindest sein Leben als Einsiedler in einer Zelle zu fristen. Aber dafür war es zu spät.

Santos kam in einem Jeep und scheuchte damit eine Herde Ziegen auf, wie man am Glockengebimmel und Hufgetrappel hören konnte. De l'Orme lauschte. Santos war allein.

Es dauerte nicht lange, bis er den Kopf in de l'Ormes Kammer streckte.

»Hier steckst du«, sagte er.

»Komm rein«, begrüßte ihn de l'Orme. »Ich wusste nicht, ob du es bis zum Einbruch der Nacht schaffst.«

»Hier bin ich«, sagte Santos. »Und du hast mit dem Abendessen gewartet. Ich habe nichts mitgebracht.«

»Setz dich, du musst müde sein.«

»Es war eine lange Reise«, gab Santos zu. »Ist Thomas schon beerdigt worden?«

»Heute. Auf dem Friedhof.«

»Ich habe ihn nie besonders gemocht. Aber du hast ihn geliebt. Geht es dir gut?«

»Das Leben geht weiter«, antwortete de l'Orme. Er erhob sich und umarmte Santos. Der Geruch des jungen Mannes tat ihm gut. Es schien, als habe Santos die Sonne in seinen Poren eingefangen.

»Er hat ein erfülltes Leben gelebt«, drückte Santos sein Mitgefühl aus.

»Wer weiß, was er noch alles entdeckt hätte?«, sagte de l'Orme. Er klopfte auf den breiten Rücken und löste sich aus der Umarmung. Dann setzte er sich vorsichtig auf den dreibeinigen Hocker. Santos zog sich den Stuhl heran, den de l'Orme für ihn auf die andere Seite des Tisches gestellt hatte.

»Und jetzt? Was fangen wir jetzt an?«

»Zuerst essen wir«, sagte de l'Orme. »Über die Zukunft lässt sich besser bei einer guten Mahlzeit reden.«

»Oliven. Ziegenkäse. Eine Orange. Brot. Ein Krug Wein«, sagte Santos. »Alles Zutaten für das letzte Abendmahl.«

»Wenn du dich über Jesus lustig machen willst, ist das deine Sache. Aber mach dich nicht über das Essen lustig«, meinte de l'Orme. »Du musst nichts essen, wenn du keinen Hunger hast.«

»War nur ein kleiner Scherz. Ich bin halb verhungert.«

»Dann schenke den Wein ein.«

»Ich frage mich, was Thomas hierher geführt hat«, sagte Santos nach den ersten Schlucken. »Sagtest du nicht, er habe die Suche abgebrochen?«

»Ich glaube, dass ihn Satan hierher lockte«, antwortete de l'Orme.«

»Was? Wie denn?«

»Vielleicht mit seiner Anwesenheit. Oder durch eine Nachricht. Ich weiß es nicht.«

»Dann hat Satan jedenfalls eine theatralische Ader«, bemerkte Santos zwischen zwei Bissen. »Ausgerechnet der Berg Gottes.«

Die Mönche in der Kirche strengten sich sehr an. Ihr tiefer Gesang ließ den Stein vibrieren. Herr, erbarme dich. Christus, erbarme dich. Herr, erbarme dich.

»Weinst du um Thomas?«, fragte Santos plötzlich.

De l'Orme machte keine Anstalten, die Tränen abzuwischen, die ihm über die Wangen rollten. »Nein«, sagte er. »Ich weine um dich.«

»Um mich? Weshalb denn das? Ich bin doch hier, bei dir.«

»Richtig.«

Santos senkte die Stimme. »Bist du nicht glücklich mit mir?«

»Das ist nicht der Grund.«

»Was dann? Sag's mir.«

»Du stirbst«, sagte de l'Orme.

»Da irrst du dich«, lachte Santos erleichtert. »Mir geht es hervorragend.«

»Nein«, erwiderte de l'Orme. »Ich habe deinen Wein vergiftet.«

»Was für ein makabrer Scherz.«

»Es ist kein Scherz.«

In diesem Augenblick schlug Santos seine Hände vor den Bauch. Er richtete sich auf, und der Hocker fiel krachend auf die Steinfliesen.

»Was hast du getan?«, keuchte er.

Es war nicht besonders dramatisch. Er fiel nicht um, sondern kniete sich auf den Boden und legte sich hin.

»Ist das wahr?«, fragte er.

»Ja«, nickte de l'Orme. »Schon seit Borobudur hatte ich dich in Verdacht. Du hast die Reliefs ausgelöscht.«

»Nein.« Der Protest war kaum mehr als ein Hauch.

»Nein? Wer denn sonst? Ich? Thomas? Sonst war niemand dort. Außer dir.«

Santos stöhnte auf. De l'Orme stellte sich vor, wie sein geliebtes weißes Hemd ganz schmutzig wurde.

»Du bist es, der es darauf angelegt hat, das Bild, das sich die Menschen von ihm gemacht haben, zu demontieren«, fuhr er fort.

Von unten drang ein heiseres Krächzen herauf.

»Ich kann mir nicht erklären, wie du es geschafft hast, mich vor so langer Zeit auszuwählen«, sagte de l'Orme. »Ich weiß nur, dass ich dein Schlüssel zu Thomas gewesen bin. Ich habe dich zu ihm geführt.«

Santos sammelte seine Kraft für einen letzten Atemzug. »... ganz falsch«, flüsterte er.

»Wie lautet dein Name?«, fragte de l'Orme.

Aber es war zu spät.

Eigentlich hatte er die ganze Nacht Totenwache halten wollen. Als es zu kalt wurde, hüllte er sich in eine Decke und legte sich neben den Leichnam auf den Boden. Am Morgen würde er den Mönchen seine Mordtat erklären. Was danach geschah, war ihm gleichgültig. Und so schlief er ein, Schulter an Schulter mit seinem Opfer.

Der Schnitt quer über seinen Unterleib weckte ihn.

Der Schmerz war so plötzlich und so extrem, dass ihm sofort klar wurde, dass es nur ein Albtraum sein konnte, also kein Grund zur Panik. Dann spürte er, wie das Tier in seinen Brustkorb eindrang, und er begriff, dass es kein Tier, sondern eine Hand war. Mit chirurgischem Geschick wanderte sie nach oben. Sein Kopf bog sich zurück, sein Körper konnte nicht zurückweichen und sich gegen diesen grausigen Übergriff wehren.

»Santos!«, keuchte er.

»Nein. Nicht er«, murmelte eine Stimme, die er kannte.

De l'Ormes Augen starrten in die Nacht.

So machten sie es in der Mongolei. Der Nomade öffnet den Bauch des Schafes mit einem raschen Schnitt, schiebt die Hand hinein und arbeitet sich durch die glitschigen Organe bis zum pochenden Herzen vor. Wenn man es richtig anstellt, ist es ein fast schmerzloser Tod. Allerdings musste es eine kräftige Hand sein, die das Organ zum Stillstand quetschte. Diese Hand war kräftig.

De l'Orme kämpfte nicht dagegen an. Auch das war ein Vorteil dieser Methode. Wenn die Hand erst einmal drin war, gab es nichts mehr zu kämpfen. Der Körper arbeitete bereitwillig mit. Kein Instinkt konnte einen Menschen auf solch einen Augenblick vorbereiten. Zu fühlen, wie sich fremde Finger um das eigene Herz schließen... Sein Schlächter hielt den Kelch des Lebens in der Hand.

Er ließ den Kopf nach links rollen, und da lag Santos neben ihm, kalt wie Wachs. Sein Entsetzen war komplett. Er hatte sich versündigt. Jahr um Jahr hatte er die Güte des jungen Mannes empfangen, hatte sie auf die Probe gestellt und nie so recht daran geglaubt, dass sie echt sein könne. Und er hatte sich getäuscht.

De l'Orme stemmte sich ein wenig hoch, und der Arm schob sich weiter in ihn. Wie eine Puppe streckte er sich der Hand in seinem Brustkorb entgegen. Sanft legte er die eigenen Hände über sein Herz. Sein wehrloses Herz. Herr, erbarme dich.

Die Faust schloss sich.

In seinem letzten Augenblick kam ein Lied zu ihm. Es drang in sein Ohr, eigentlich unmöglich, aber so wunderschön. Die reine Stimme eines noch kindlichen Mönches? Das Radio eines Touristen, ein Stück aus einer Oper. Er erkannte, dass es der Wellensittich im Hof sein musste. Er stellte sich vor, wie der Mond über den Bergen aufging. Natürlich wachten die Tiere dabei auf. Natürlich brachten sie diesem herrlichen Schein ihr Morgenlied dar. Nicht einmal in seiner Phantasie hatte de l'Orme ein solches Licht gekannt.

Unter der Halbinsel Sinai

Durch die Wunde eintreten. Durch die Venen zurückweichen.

Seine Aufgabe war erledigt. Wie jeder wahrhaft Suchende hatte er am Ende sich selbst gefunden. Jetzt brauchte ihn sein Volk, das sich voller Verzweiflung versammelte. Es war seine Bestimmung, seine Leute in ein neues Land zu führen, denn er war ihr Erlöser.

Er eilte hinab. Weg von ihrem Himmel, der wie ein umgestülptes Meer war, weg von ihren Sternen und Planeten, die einem die Seele durchbohrten, weg von ihren insektenhaften Städten, ihren Schwindel erregenden Ebenen und Bergen. Weg von den Milliarden, die sich die Welt nach ihrem eigenen Abbild geschaffen hatten. Ihre Handschrift hätte ein Instrument der Schönheit sein können, doch sie war ein Werkzeug des Todes.

Die Erde schloss sich über ihm. Mit jeder Windung, jeder Abzweigung blieb sie weiter hinter ihm zurück. Lange verschüttete Sinne erwachten zum Leben.

Einsamkeit! Stille! Die Dunkelheit war das Licht. Er konnte die Gelenke und das Herzblut des Planeten hören. Die Bewegung der Steine. Hier war die Zeit wie Wasser. Die unscheinbarsten Geschöpfe waren seine Väter und Mütter. Die Fossilien waren seine Kinder. Er streifte mit seinen Handflächen die Tunnelwände, krallte sich stolpernd in das Fleisch Gottes. In diesen herrlichen Stein. Diese Festung ihres Daseins.

Der Geruch des Gesteins führte ihn immer tiefer hinab. Er vergaß den Namen des Indischen Ozeans, als er unter ihm entlangeilte. Er spürte, wie Gold weich und schlangenhaft aus den Wänden rann, doch er erkannte es nicht mehr als Gold. Die Zeit verging, doch er hörte auf, sie zu zählen. Tage? Wochen? Er verlor seine Erinnerung ebenso rasch, wie er sie gewann.

Er sah sich selbst in einem Stück schwarzen Obsidian und wusste nicht, dass er es war. Sein Abbild hob sich als dunkle Silhouette inmitten der Schwärze ab. Er trat näher und legte die Hände auf das vulkanische Glas, starrte in sein sich spiegelndes Gesicht. Etwas um die Augen wirkte vertraut.

Er eilte weiter, müde, aber doch erfrischt. Die Tiefe gab seiner Kraft neue Nahrung. Hin und wieder brachten ihm Tiere ihr Fleisch zum Geschenk dar. Er fand Hinweise auf seine Flüchtlinge, und lange vor ihnen, auf hadalische Nomaden und fromme Pilger. Ihre an den Wänden hinterlassenen Markierungen erfüllten ihn mit Kummer über die verlorene Herrlichkeit seines Reiches.

Sein Volk war in Ungnade gefallen, jäh und steil und schon so lange, dass es sich kaum mehr seines Abstiegs bewusst war. Sogar jetzt noch, sogar in seiner Nichtigkeit und seinem Elend, wurde es im Namen Gottes verfolgt, und das durfte nicht sein. Denn sie waren Gottes Kinder und hatten lange genug in der Wildnis gelebt, um sich von ihren Sünden reinzuwaschen. Sie hatten für ihren Stolz oder ihre Unabhängigkeit oder womit auch immer sie die Ordnung der Natur beleidigt haben mochten, genug gebüßt, und jetzt, nach einem Exil von unzähligen Jahren, waren sie ihrer Unschuld zurückgegeben worden.

Es war falsch, dass Gott sie immer weiter bestrafte, bis zur Ausrottung jagen ließ. Aber Gott ließ niemals Gnade walten. Die Hoffnung, Gott würde sie von seinem Zorn erlösen und wieder in seine Liebe aufnehmen, war von jeher vergeblich gewesen. Nein, die Erlösung musste von anderer Seite kommen.

Die Toten haben keine Rechte.

Thomas Jefferson
am Ende seines Lebens

25
Pandämonium

5. Januar

Das Ende nahm seinen Anfang mit einem kleinen Ding, das Ali auf dem Boden erblickte. Es hätte ein Engel sein können, der dort unsichtbar für alle Augen bis auf ihre lag und ihr mitteilte, sie solle sich bereithalten. Ohne ihre Schritte zu verlangsamen, setzte sie den Fuß auf die Nachricht und zermalmte sie. Wahrscheinlich war es ohnehin unnötig. Wer sonst hätte soviel aus einem roten M&M herausgelesen?

Das unscheinbare Öllämpchen steckte in Augenhöhe vor ihr in einer Felsspalte. Auf der stinkenden, improvisierten Latrine hockend, die Hände schmerzhaft gefesselt, schaffte Ali es trotzdem, die Finger in den Spalt zu zwängen. Sie erwartete eine versteckte Nachricht von Ike, aber als sie das Lämpchen herauszog, spürte sie den daran geknüpften Faden. Sie zog weiter, und der glatte Knauf eines Messers folgte.

»Was treibst du bloß da drin?«, rief der Wächter. Ali ließ das

Messer in ihren Kleidern verschwinden, und der Wächter brachte sie in die kleine Kammer zurück, die zu ihrem Kerker geworden war. Mit klopfendem Herzen ließ sich Ali neben dem Mädchen nieder. Sie hatte Angst und war gleichzeitig wild entschlossen. Das war ihre Chance. Sollte sie ihre Fesseln durchtrennen oder noch abwarten? Welche Fähigkeiten traute Ike ihr zu? Er musste doch wissen, dass es gewisse Grenzen gab. Sie war eine Nonne.

Drei Söldner stolzierten mit einigem Abstand durch die Terrakotta-Armee, die den Turm bewachte. »Das ist reine Zeitverschwendung«, sagte einer, »der ist längst weg. An seiner Stelle wäre ich auch abgehauen.«

»Was haben wir überhaupt hier verloren? Wir sitzen fest. Will der Colonel sich vielleicht noch mal mit den Haddies anlegen?«

»Wir sind nur die Totenwache für ihn, Mann. Er will, dass wir ihm das Händchen halten, während er verfault. Und dann auch noch die ganze Zeit Gefangene durchfüttern. Ich habe die Schnauze voll.«

»Außerdem sitzen wir hier wie auf dem Präsentierteller. Frei zum Abschuss.«

»Wir müssen uns abseilen, Mann. Harte Zeiten erfordern harte Maßnahmen. Der Colonel stiehlt uns die Zeit. Die Zivilisten stehlen uns das Essen. Und die Verwundeten sind sozusagen tot. Ziemlich beschissene Lage hier.«

»Wer macht noch mit?«

»Mit euch beiden sind wir zwölf. Dazu kommt der Schwachkopf Shoat. Er will einfach nicht den Code für seinen Peilsender ausspucken.«

»Wenn ihr mir den Burschen nur eine Stunde überlasst, kriegt ihr euren Code. Und dazu die Telefonnummer seiner Süßen.«

»Du vergeudest nur deine Zeit. Er weiß, dass er tot ist, wenn er damit rausrückt. Wir müssen nur abwarten, bis er die Kiste aktiviert. Dann ist er Hundefutter.«

»Wann schlagen wir los?«

»Du kannst deine Zahnbürste schon einpacken. Bald.«

»Autsch«, brüllte einer auf. »Dämliche Statuen!«

»Sei froh, dass die Dinger nicht echt sind.«

»He, Jungs, seht doch mal! Münzen!«
»Wow, das ist Gold!«
»Wird auch langsam Zeit. Dort liegt noch mehr!«
»Hier auch. Na los, machen wir ein bisschen Beute.«

Die drei trennten sich und sammelten mit der Eleganz pickender Hühner Münzen vom Boden auf. Einer von ihnen verlegte sich auf einen geduckten Watschelgang, damit er beide Hände frei hatte, um den Schatz einzusammeln. »He, Leute!«, rief er. »Meine Taschen sind schon voll. Hebt mir ein bisschen Platz bei euch auf!«

Eine weitere Minute verging. »He!«, rief er etwas lauter und blieb stehen. »Jungs?« Seine Hände öffneten sich. Die Münzen fielen herab. Langsam tastete er nach seinem Gewehr.

Zu spät. Schon hörte er das feine Klingeln der Jade. Die Chinesen hatten einen besonderen Ausdruck dafür. Sie nannten das musikalische Klingeln des Jadeschmucks lautmalerisch »ling-lung«. Wie die Hadal es zwanzigtausend Jahre zuvor genannt haben mochten, wusste niemand mehr. Doch die Statue neben ihm erwachte mit diesem Geräusch zum Leben.

Der Söldner erhob sich langsam. Die aztekische Keule sauste nieder und spaltete seinen Schädel. Obsidian war tatsächlich schärfer als moderne Skalpelle. Die Statue streifte ihre Jaderüstung ab und wurde zu einem Menschen. Ike schob die Keule wieder in die Terrakottahände zurück und nahm das Sturmgewehr in die Hand. Fairer Tausch, dachte er.

Die Meuterer trugen die Flöße zum Meer und beluden sie mit den verbliebenen Vorräten. Das alles geschah vor den Augen ihres Kommandeurs, den sie in einen Drahtkokon eingewickelt und an eine Wand gehängt hatten.

»Weder der Tod noch das Leben, weder Engel noch dunkle Mächte, weder Gegenwärtiges noch Zukünftiges, weder Hohes noch Tiefes noch eine andere Kreatur kann uns scheiden von der Vergeltung Gottes«, verfluchte er sie in wütender Raserei.

Die gefangenen Wissenschaftler konnten ihn brüllen hören. Es ist die Liebe, nicht die Vergeltung, dachte Ali. Der Colonel zitierte die Römerbriefe falsch.

Die Zeit war gekommen. Ike hatte Ali so viel geholfen wie er konnte. Ab jetzt musste sie selbst improvisieren. Sie zog das Messer heraus.

Troy hob den Kopf. Sie hielt es an die Fesseln um ihre Handgelenke. Das Messer war scharf. Das Seil löste sich fast von selbst. Sie rollte sich zur Seite und blickte Troy an.

Spurrier hörte sie und schaute herüber. »Was tust du da?«, zischte er. »Bist du übergeschnappt?«

Sie dehnte und streckte Handgelenke und Schultern, dann setzte sie sich auf, um den Draht aufzuwickeln, der sie mit dem Hals an der Mauer anleinte.

»Wenn du sie wütend machst, nehmen sie uns nicht mit«, sagte Spurrier.

Ali blickte ihn finster an. »Sie nehmen uns so oder so nicht mit.«

»Aber natürlich werden sie das«, meinte Spurrier. Doch sie hatte seine Hoffnung bereits erschüttert. »Du wirst schon sehen.«

»Sie kommen bald zurück«, sagte Ali. »Bis dahin müssen wir hier weg sein.«

Troy übernahm das Messer und ging dann zu Chelsea, Pia und Spurrier hinüber.

»Komm mir nicht zu nahe«, fauchte ihn Spurrier an.

Pia packte Alis Hände, zog sie dicht an sich und starrte Ali mit wildem Blick an. Ihr Atem roch wie etwas schon lange Begrabenes. Neben ihr raunte Spurrier: »Wir dürfen sie nicht reizen, Pia.«

»Dann bleib hier«, erwiderte Ali.

»Was ist mit ihr?« Troy kniete neben dem gefangenen Mädchen. Sein Blick ruhte aufmerksam und unerschütterlich auf ihm.

Das Mädchen würde vielleicht sofort zum Ausgang rennen, zu schreien anfangen oder sogar ihre Befreier anfallen. Andererseits kam es einem Todesurteil gleich, wenn sie zurückblieb. »Nimm sie mit«, sagte Ali, »aber lass ihr vorerst das Klebeband auf dem Mund. Auch ihre Hände bleiben gefesselt.«

Troy hatte die Messerschneide schon unter dem Seil. Er zögerte. Die von Gelbsucht verfärbten, katzenhaften Augen des Mädchens zuckten zu Ali hinüber. »Sie bleibt gefesselt, Troy. Mehr sage ich nicht.«

Spurrier weigerte sich, an der Flucht teilzunehmen.

»Ihr Narren«, zischte er.

Pia wollte aus der Tür gehen, kam jedoch zurück.

»Ich kann nicht«, sagte sie zu Ali.

»Du kannst nicht hier bleiben«, erwiderte Ali.

»Soll ich ihn hier lassen?«

Ali packte Pia am Arm und wollte sie wegziehen, ließ jedoch wieder los.

»Tut mir Leid«, sagte Pia. Ali küsste sie auf die Stirn.

Die Flüchtenden stahlen sich aus dem Raum und gingen tiefer in die Festung hinein.

»Ich weiß, wo wir hin können«, verriet ihnen Ali. Sie folgten ihr ohne weitere Fragen. Sie fand die Stufen, die Ike ihr gezeigt hatte.

Chelsea humpelte stark. Ali stützte sie, und Troy kümmerte sich um das wilde Mädchen. Oben angekommen, führte Ali sie durch Ikes Geheimgang in das Zimmer im Leuchtturm.

Bis auf eine winzige Flamme war es stockfinster. Jemand hatte die in den Boden eingelassenen Kammern aufgehebelt und geplündert. Und eine einzige Tonlampe brennen lassen. Ali ließ sich in das Versteck hinab, dann half sie Chelsea. Troy hob die Gefangene hinunter. Ali staunte, wie leicht sie war.

»Das hier war ein Vorratsraum voll mit Fässern«, sagte Ali. »Fässer voller Öl. Ike hat sie irgendwo hingeschafft.«

»Wo ist er jetzt?«

»Bleibt hier«, sagte sie. »Ich finde ihn.«

»Ich gehe mit«, sagte Troy unsicher. Er wollte das Mädchen ungern verlassen. In den letzten Tagen hatte er eine Art Zuneigung zu ihr entwickelt. Ali blickte Chelsea an. Sie war in einer schrecklichen Verfassung. Troy musste bei ihnen bleiben.

»Bleibt in diesem Versteck«, sagte sie. »Verhaltet euch ruhig. Macht keinen Lärm. Wir holen euch heraus, sobald die Luft rein ist.«

»Nimm das Messer mit«, sagte Troy.

»Ich wüsste nicht, was ich damit anfangen sollte«, erwiderte Ali. »Bis bald.«

Die Flöße schaukelten auf dem Wasser. Irgendetwas weit draußen rief eine leichte Dünung auf dem sonst so spiegelglatten Meer hervor. Lebensmittel und Ausrüstung wurden festgezurrt. Das Maschinengewehr war aufgebaut, die Suchscheinwerfer angeschaltet. Es würde schwierig werden für die elf Mann, doch sie hatten immerhin Verpflegung für mehrere Monate, und je weiter sie vorwärts kamen, umso leichter würde ihr Gepäck werden.

Die Hälfte der Truppe saß wartend auf den Flößen, während die andere Hälfte noch einmal zurückging, um das Lager aufzuräumen. Da keiner die Drecksarbeit freiwillig verrichten wollte, hatten sie Streichhölzer gezogen. Sie fanden es widerwärtig, dass Shoat darum gebeten hatte, zusehen zu dürfen.

Sie wollten keine Zeugen zurücklassen, nicht einmal diese lebenden Toten. Jeder von ihnen konnte noch lange vor dem Hungertod irgendeinen verräterischen Bericht niederschreiben. Man wusste nie, was daraus wurde. Vielleicht vergingen noch zehn Jahre oder mehr, bis diese Festung von Kolonisten entdeckt wurde, aber warum sollte man die Zeugenaussagen von Geistern riskieren?

Sie fingen vor der Festung an und arbeiteten sich nach innen durch, ganz professionell. Jeder ihrer verwundeten Kameraden erhielt einen exakt platzierten Gnadenschuss zwischen die Augen. Walker, der unaufhörlich Bibelstellen vor sich hin brabbelte, ließen sie an der Wand hängen. Scheiß auf ihn. Der ging nirgendwo mehr hin. Jetzt blieben nur noch die Zivilisten im hinteren Raum. Zwei Soldaten gingen hinein.

»Was zum Teufel ist hier los?«, schrie einer.

Spurrier blickte auf und schob sich schützend vor Pia. »Sie sind ausgebrochen. Wir hätten mit ihnen gehen können«, sagte er. »Aber wir sind lieber hier geblieben.«

»Blödes Arschloch«, sagte der Soldat. Sie ließen zwei Splittergranaten über den Boden rollen, machten einen Satz aus dem Zimmer und drückten sich gegen die Außenwand. Dann verballerten sie auf das, was übrig war, jeder noch ein ganzes Magazin und kehrten in den vorderen Raum zurück. Nachdem das Betteln und Jammern der Verwundeten verstummt war, war es ruhig geworden. Nur Walker stöhnte immer noch vor sich hin.

»Das war vielleicht ein Scheißjob«, sagte einer der Soldaten.

»Ihr habt ja keine Ahnung«, meldete sich Shoat. Er hatte gerade eine seiner Peilungskapseln in eine Felsspalte geschoben.

»He, Shoat«, schrie der Soldat zurück, »warum verteilst du eigentlich immer noch diese blöden Peildinger? Wir kommen sowieso nie wieder hierher!«

»Und wenn morgen die Welt unterginge, ich würde heute noch ein Apfelbäumchen pflanzen.«

»Halt's Maul, Schwachkopf.«

Sie beobachteten alles von dicht unter der Wasseroberfläche. Andere hockten mit Steinstaub getarnt auf den höher gelegenen Felsen. Sie sahen aus wie Reptilien. Oder Insekten. Eine Frage des Clans. Isaak hatte alles so angeordnet.

Hätten die Söldner auch nur einen Gedanken darauf verschwendet, die Klippen auszustrahlen, hätten sie womöglich ein schwaches Pulsieren wahrgenommen, das Zittern vieler flach atmender Lungen. So aber prallten ihre Suchscheinwerfer lediglich von der oszillierenden Oberfläche des Wassers ab.

Der Erschießungstrupp tauchte am Tor der Festung auf. Sie gingen mit schweren Schritten, wie Bauern am Abend eines arbeitsreichen Tages.

»Mein ist die Rache, sprach der Herr!«, brüllte Walkers irre Stimme aus den Festungsmauern hinter ihnen her.

»Schönen Tag noch«, murmelte jemand.

Flackernder Feuerschein drang aus dem Eingang. Einer der Soldaten hatte mit den letzten Aufzeichnungen der Wissenschaftler ein kleines Feuer entfacht.

»Jetzt geht's ab nach Hause, Jungs«, rief der Lieutenant seinen Leuten zur Begrüßung entgegen.

Die Lanze, die ihn durchbohrte, war ein herrliches Beispiel altsteinzeitlicher Technologie. Ihre lange, blattförmige Feuersteinspitze war mit dem tödlichen Gift eines unterirdischen Rochen bestrichen. Es war das klassische Pfählen, bei dem der Spieß aus dem Wasser senkrecht nach oben direkt in den Anus eindrang und den Lieutenant dabei auf die gleiche Weise aufspießte, wie er es als Kind in der Schule beim Präparieren von Fröschen getan hatte.

Niemand bemerkte etwas. Der Lieutenant blieb aufrecht stehen, jedenfalls beinahe. Sein Kopf neigte sich ein wenig nach vorne, doch seine Augen blieben offen und das breite Grinsen wich nicht aus seinem Gesicht.

»Super, Boss«, schrie einer der Soldaten zurück.

Sie schwärmten auf dem Strand aus und zogen die Boote, die noch auf dem Sand lagen, zum Wasser. Zwei von ihnen trugen ihre Gewehre an den Tragegriffen, einer legte sich seine Flinte wie einen Balken quer über die Schultern.

»Auf geht's, Jungs«, rief einer der Leute vom Boot.

Angeblich konnten römische Steinschleudern noch auf 185 Meter Entfernung ein Ziel von der Größe eines Menschen treffen. Der Stein, der Boom-Boom Jefferson erwischte, wurde aus einer Entfernung von 235 Metern geschleudert. Sein Nachbar hörte ein dumpfes Geräusch wie von einer platzenden Wassermelone, und als er aufblickte, sah er den einst so berühmten Baseballstar der Utah Jazz wie einen Baum zu Boden kippen.

»Haddie!«, schrie er.

Sie hatten schon zuvor solche Überfälle erlebt und waren es gewohnt, ohne viel Nachdenken um sich zu schießen und dabei möglichst viel Radau und Licht zu machen. Zwar hatten sie noch keine Ziele, aber bei Zusammenstößen mit den Hadal wartete man nicht auf Ziele. In den ersten paar Sekunden waren die überlegenen Waffen die einzige Chance, die Hadal durcheinander zu bringen und das Blatt zu wenden.

Also ballerten sie auf die Felshänge. Sie ballerten in den Sand. Sie ballerten ins Wasser. Sie ballerten nach oben. Sie versuchten, sich nicht gegenseitig zu beballern, aber dieses Risiko musste man schon eingehen.

Die unterschiedliche Munition rief verschiedene Wirkungen hervor. Die Lucifer-Kugeln zerplatzten in grell leuchtenden Splitterschauern wie ein todbringendes Feuerwerk am Gestein. Sie pflügten durch den Sand und warfen das Wasser in sprudelnden Bögen auf. Weit über ihnen blitzte die Decke in tödlichen Sternbildern auf, Gesteinssplitter prasselten wie Regen herab.

Es funktionierte. Haddie hörte auf.

Kurzzeitig.

»Feuer einstellen!«, schrie jemand. »Durchzählen. Ich bin Eins!«

»Zwei!«, brüllte eine andere Stimme.

»Drei!«

Es waren nur noch sieben übrig.

Die Söldner, die am nächsten bei den Booten standen, rannten hinunter zum Wasser. Die drei anderen kämpften sich durch den sirupdicken Sand zur Festung zurück.

»Verdammt, ich hab was abgekriegt.«

»Der Lieutenant ist tot.«

»Boom-Boom?«

»Auch.«

Shoat kauerte gleich hinter dem Eingang zur Festung, spähte nach draußen und versuchte, die Lage einzuschätzen. Als der Angriff einsetzte, war er noch nicht ganz aus dem Tor getreten, und es gab keinen Anlass dafür, allen zu zeigen, dass er unverletzt geblieben war. Seine Finger legten sich auf den Brustbeutel, in dem er das Peilgerät aufbewahrte. Es war für ihn so etwas wie ein Talisman, eine Quelle des Trostes und großer Macht. Eine Möglichkeit, diese gefährliche Welt verschwinden zu lassen. Er musste nur ein paar Tasten drücken, dann war die Bedrohung ein für alle Mal ausgelöscht. Das Gleiche würde jedoch auch mit den Söldnern passieren, und die konnten ihm vorerst immer noch nützlich sein. Mit dem Apokalypse-Beutel in der Hand dachte er nach: Jetzt oder später? Er entschied sich für später. Es konnte nicht schaden, ein paar Minuten zu warten und die Lage zu peilen. Wie es aussah, hatten die Hadal sozusagen ihre Punkte gemacht und sich wieder in die Dunkelheit verzogen.

»Was sollen wir tun?«, rief ein Soldat.

»Abhauen! Wir müssen abhauen!«, schrie ein anderer. »Alles in die Boote! Auf dem Wasser sind wir in Sicherheit!«

Mehrere Flöße trieben unbemannt dahin. Der Maschinengewehrschütze paddelte sein Boot zum Ufer zurück. »Los jetzt! Kommt schon!«, brüllte er seinen drei an der Außenmauer der Festung kauernden Kameraden zu.

Unsicher erhoben sich die drei und hielten nach weiteren im Hinterhalt liegenden Feinden Ausschau. Da sie niemanden entdecken konnten, schoben sie neue Magazine in die Gewehre und bereiteten sich auf den Sprint vor.

»Hundert Meter«, schätzte einer. »Das hab ich mal in neun Komma neun geschafft.«

»Aber nicht im Sand.«

»Dann pass mal auf!«

Sie trennten sich von ihrem Gepäck, streiften jedes unnötige Gramm ab, ließen Granaten, Messer, Lampen und kugelsichere Westen zurück.

»Fertig?«

»Neun Komma neun? Bist du wirklich so langsam?«

»Los!«

Von den höchsten Zinnen der Festung erreichte sie der Schrei einer Frau. Alle hörten ihn. Sogar Ali, die sich innerhalb der Festung immer weiter nach unten durchkämpfte, blieb stehen, um dem Schrei zu lauschen. Also hatte sich Troy ihren Anweisungen widersetzt.

Die Söldner sahen nach oben. Es war das wilde Mädchen, das sich weit aus dem Fenster des Turms herauslehnte. Sein Schrei hallte über die Soldaten hinweg. Es kam ihnen vor, als flögen ihre eigenen Herzen über das Wasser davon.

Und dann erwachte der Strand zum Leben.

Ali kam gerade rechtzeitig an ein Fenster, um es zu sehen. Auf halber Strecke zwischen Festung und Wasser bäumte sich ein Stück Strand auf, wuchs zu einem kleinen Berg heran. Der Hügel richtete sich auf und nahm die Gestalt eines Tieres an. Der Sand rann ihm von den Schultern, und aus dem Tier wurde ein Mann. Die Söldner waren viel zu verblüfft, um auf ihn zu schießen.

Er war nicht muskulös wie ein Athlet oder ein Bodybuilder, aber seine Muskeln wanden sich wie drahtige Platten über seinen Körper. Sie schienen aus schierer Notwendigkeit aus seinen Knochen herausgewachsen und dann ohne besondere Symmetrie immer weiter gewuchert zu sein. Ali sah verwundert auf ihn herab.

Sein massiger Körper, seine Größe und die Silberbänder um seine Arme bekundeten so etwas wie eine Art Adelsstand. Er war beeindruckend, direkt majestätisch. Einen Moment lang fragte sie sich, ob diese barbarische Missbildung vielleicht sogar der Satan war, den sie suchte.

Die Suchscheinwerfer der Söldner machten alle Einzelheiten für alle sichtbar. Ali war nahe genug, um ihn allein schon auf Grund der Verteilung der Narben als Krieger zu erkennen. Es war gerichtsmedizinisch erwiesen, dass primitive Krieger dem Gegner beim Kampf normalerweise immer die linke Seite darboten. Bei diesem Barbaren wies die linke Seite von Kopf bis Fuß doppelt so viele alte Verletzungen auf wie die rechte. Sein linker Unterarm war beim Parieren heftiger Schläge schon mehr als einmal aufgeschnitten und gebrochen worden. Die aus seinem Kopf sprießenden Kalkauswüchse hatten eine geriffelte Oberfläche, und die Spitze eines Horns war wohl im Kampf abgeschlagen worden.

In der Rechten hielt er ein aus dem 16. Jahrhundert stammendes Samurai-Schwert. Mit seinen wilden Augen und der erdfarben bemalten Haut hätte er eine der Terrakottastatuen vom Wachtturm der Festung sein können. Ein Dämon, der ein Heiligtum bewachte. Dann erhob er die Stimme. Er sprach mit Londoner Akzent.

»Willst du um dein Leben betteln, mein Junge?«, fragte er sein erstes Opfer. Ali hatte diese Stimme schon einmal gehört. Aus dem Funkgerät. Sie hatte gesehen, wie sich Ikes Augen bei der Erinnerung an ihn vor Entsetzen geweitet hatten.

Isaak schüttelte den Sand vom Körper und wandte sich, ohne sich um seine Feinde zu kümmern, der Festung zu. Er ließ den Blick über die hohen Gebäude wandern und sog die Luft durch die Nasenlöcher ein, um eine bestimmte Witterung aufzunehmen. Er roch etwas. Dann antwortete er dem Ruf des Mädchens.

Es gab keinen Zweifel an dem, was gerade geschah. Sie hatten seine Tochter gestohlen. Jetzt forderte er sie zurück.

Bevor die Soldaten reagieren konnten, schnappte die Falle zu. Isaak sprang den ersten Soldaten an und brach ihm das Genick. Das größte Floß schnellte nach oben und hielt sich für Sekundenbruchteile auf der Klippe, bis seine Insassen mit wild rudernden Armen ins schwarze Wasser stürzten. Immer mehr Lanzen harpunierten durch die Böden der Flöße, und ein verzweifelter Maschinengewehrschütze feuerte auf die eigenen Füße. Scheinwerfer schwenkten herum. Automatische Lichtblitze zuckten. Obsidian prasselte herab.

Die drei vor der Festung umzingelten Soldaten versuchten, den Eingang zu erreichen, doch von sämtlichen Mauern sprangen Hadal herunter und versperrten ihnen den Weg. Mit dem Rücken zur Wand rief einer der Männer: »Erinnert euch an Alamo!«, und sein Kumpel, ein Macho aus Miami, schrie: »Scheiß auf Alamo!« und schoss ihm durch den Kopf. Eine Sekunde später riss die Kugel des dritten Soldaten ein Loch zwischen seine Augen. Dann schob der Letzte sich den Lauf in den Mund und drückte ab.

Draußen auf dem Wasser schickte das Maschinengewehr noch einige Lichtbögen in den schwarzen Horizont, bis der Patronengürtel sich schließlich verhakte und der verbliebene Schütze sich ein Paddel schnappte und sich in Richtung offenes Meer davonmachte. In der nun einsetzenden Stille konnte man seine verbissene Flucht hören, Schlag für Schlag, wie Flügel.

Drinnen in der Festung wurde Colonel Walker bei lebendigem Leibe aufgefressen. Sie machten sich nicht erst die Mühe, ihn von der Wand loszuschneiden, sondern rissen sich einfach Stück um Stück von ihm ab, während er unaufhörlich Bibelstellen zitierte.

Hoch oben in der Festung rannte Ike auf der Suche nach Ali durch die Gänge. In dem Augenblick, in dem er den Schrei des Mädchens vernommen hatte, war er losgelaufen. Das Wasser von seinem Versteck am Strand troff noch an ihm herunter, als er die Stufen hinauf und durch die Korridore stürmte.

Er hätte wissen müssen, dass Ali ihr Messer auch zur Befreiung der anderen benutzen würde. Eine Nonne wusste eben nicht, wann es des Guten zu viel war. Hätte sie die anderen gut verschnürt ihrem Schicksal überlassen, dann wäre ihr Verschwinden gar nicht aufgefallen. Der Überfall der Hadal wäre wie ein sommerliches Gewitter vorübergezogen. Sie hätten ihre Speere mit Blut benetzt und Ike und Ali in ihrem Versteck zurückgelassen. Stattdessen durchkämmten sie jetzt das gesamte Gebäude auf der Suche nach dem wilden Mädchen. Und auf die eine oder andere Art würde dieses Mädchen Ali verraten. Er musste sie finden. Dann würden sie weitersehen.

Der Angriff der Hadal hatte sich schon seit Tagen zusammengebraut, doch Walker und seine Söldner hatten die Anzeichen dafür nicht bemerkt. Ike hingegen hatte von seinem Versteck in den Klippen aus beobachtet, wie die Hadal beinahe zeitgleich mit Walkers Truppen eingetroffen waren. Ihre Strategie war klar. Sie würden warten, bis die Soldaten mit den Booten ablegten, und erst dann angreifen, beim Übergang vom Land aufs Wasser. Da er den

Plan kannte, hatte Ike sich einige Ablenkungsmanöver einfallen lassen, mögliche Verstecke ausfindig gemacht und sich alles geholt, was er von den Soldaten haben wollte. Neunzig Kilo Militärrationen und ein Floß. Nur Ali fehlte noch. Mit neunzig Kilo würden sie bis nach oben kommen. Er würde essen, was er finden konnte.

Ike setzte seine ganze Hoffnung auf seine Tarnung. Die Hadal wussten nicht, dass er sich auf ihrem Terrain bewegte. Er war wie sie mit Steinstaub, Ocker und Lumpen bedeckt. Seit Monaten hatte er das Gleiche wie sie gegessen, sich von Fleisch ernährt, roh oder in gedörrten Streifen. Sein Geruch war ihr Geruch, seine Fährte war ihre Fährte. Sie würden ihn nicht suchen. Noch nicht.

Er war bei der Treppe zum Turm angekommen und eilte nach oben. Ausstaffiert wie ein urzeitlicher Krieger stürmte Ike in voller Kriegsausrüstung in das Zimmer.

Chelsea saß auf der Fensterbank und baumelte mit den Beinen nach draußen, als wartete sie auf einen Bus. Was sie ins Zimmer hereinstürmen sah, war ein Hadal. Gerade in dem Augenblick, in dem Ike schrie: »Halt! Nicht!«, wollte sie sich über die Brüstung schwingen. Sie hörte ihn im letzten Moment.

»Ike?«, sagte sie. Doch das, was sie der Schwerkraft bereits anheim gegeben hatte, ließ sich nicht mehr zurückholen. Sie fiel aus dem Fenster.

Ike verschwendete keinen weiteren Blick an sie und rannte gleich auf die Bodenkammer zu. Sie war leer. Ali war weg. Er sah sich um. Keine Fußspuren. Keine Blutspur. Keine Kratzspuren von ihren Fingernägeln. Warum hatte sie den Raum verlassen? *Warum hast du mich verlassen,* dachte er. Dann fielen ihm die anderen ein. Vielleicht hatte sie Troy und das Mädchen mitgenommen. Aber hätte sie denn Chelsea allein gelassen? Allmählich wurde Ike klar, dass Ali ihn suchen gegangen war.

Die Erkenntnis war ein Hoffnungsschimmer. Wenn er ihre Vermutungen nachvollzog, war es noch nicht zu spät. Aber die Chancen standen schlecht. Sie wusste nichts von den siebzig Meter höher gelegenen Höhlen in den Klippen, auch nichts von seinem Versteck zwischen Sandwürmern und Röhrenmuscheln. Sie würde hier in der Festung nach ihm suchen, wo es von Hadal wimmelte.

Ike schätzte seine Chancen ab. Natürlich konnte er durch das

Gebäude schleichen und kriechen, aber seine Suche war kein Versteckspiel, sondern eher ein Wettlauf. Die einzige Alternative bestand darin, sich zu verraten und zu hoffen, dass sie das Gleiche tat.

»Ali!«, schrie er. Er ging durch die Tür und rief ihren Namen. Dann lauschte er, ging zum Fenster und rief wieder.

Tief unten drehten sich die Hadal, die sich gerade über ihre Beute hermachten, zu ihm um und schauten nach oben. Die Boote wurden ausgeräumt, die Vorräte geplündert. Er sah, dass einige der kräftigeren Söldner schon unter dem Messer lagen. Die gewaltigen Fleischstreifen würden getrocknet und geräuchert werden. Mindestens zwei von ihnen waren lebend gefangen worden und wurden jetzt zum Transport fertig gemacht. Am Strand trieben sich gut und gerne einhundert Hadal herum, wahrscheinlich noch einmal so viele streiften durch die Kammern und Gänge der Festung. Es war eine gewaltige Streitmacht, die hier an einem Ort zusammengezogen worden war. Ike hatte bis jetzt elf verschiedene Clans gezählt.

Er streckte den Kopf aus dem Fenster. Mehrere Hadal kletterten über die Fassade der Festung auf ihn zu. Er zielte sorgfältig auf die Amphoren, die er ringsum auf den Zinnen aufgestellt hatte. Dann feuerte er dreimal, und jeder Schuss ließ eines der Tongefäße zerplatzen und entzündete gleichzeitig seinen Inhalt. Sofort ergoss sich das brennende Öl die Mauern hinab. Die Hadal wichen auf der senkrechten Fassade nach links und rechts aus. Einige sprangen ab, doch mehrere hatte es erwischt.

Die blauen Flammen rannen in versiegenden Rinnsalen zu Boden. Ein Gewitter aus Pfeilen und Steinen prasselte gegen die Wand rings um Ikes Fenster. Einige kamen hereingeflogen. Jetzt hatte er ihre Aufmerksamkeit auf sich gelenkt.

Ike hörte Schritte die Treppe heraufkommen. Er jagte einen einzigen Schuss durch die Amphoren, die er über dem Treppenabsatz festgebunden hatte. Aus zwanzig Krügen ergoss sich das Öl wie ein brennender Wasserfall die Stufen hinab. Schreie gellten herauf.

Ike ging zum hinteren Fenster und rief abermals Alis Namen. Diesmal sah er ein einzelnes winziges Licht, das sich den Korkenzieherweg hinaufbewegte, ungefähr einen halben Kilometer entfernt. Das Licht musste von einem Menschen stammen. Er zog sein Gewehr heran. Das Magazin hatte er zwar leer geschossen, doch das Zielfernrohr funktionierte noch. Er suchte die Gegend damit ab und fand das Licht. Das dort unten waren Troy und das wilde Mädchen. Ali war nirgendwo zu sehen.

Genau in diesem Moment hörte er sie. Ihr Echo schien im Inneren seines Schädels aufzusteigen, durch die Flammen auf dem Treppenabsatz und tief aus dem Gebäude. Er legte das Ohr auf den Stein. Ihre Stimme, die durch die Wände drang, vibrierte im Stein noch nach.

»O Gott, nein«, stöhnte sie plötzlich, und sein Herz stockte in der Brust. Sie hatten sie.

»Wartet doch!«, flehte sie. Diesmal war ihre Stimme schon weiter entfernt. Dann sagte sie etwas, das ihn erstarren ließ. Sie sprach den Namen Gottes aus. In der Sprache der Hadal.

Es gab kein Missverständnis. Sie setzte die Schnalz- und Kehllaute exakt an der richtigen Stelle. Ike war wie vor den Kopf gestoßen. Wo mochte sie das gelernt haben? Und welche Wirkung würde sie damit erzielen? Er wartete, den Kopf fest an den Stein gepresst.

Ike war außer sich vor Angst um sie. Hier oben war er hilflos. Er hatte keine Ahnung, wo sie war. Ein Stockwerk unter ihm, oder noch tiefer? Ihre Stimme schien von überall her zu kommen. Er nahm das Ohr vom Boden, und ihre Stimme verstummte abrupt. Er presste das Ohr abermals auf den glatt gescheuerten Stein, und da war sie wieder. »Hier«, sagte sie. »Seht mal, was ich habe.«

»Bitte, rede weiter«, murmelte er in der Hoffnung, ihren Aufenthaltsort herauszufinden.

Jetzt fing sie an, Flöte zu spielen. Er kannte diesen Klang. Es war die Knochenflöte, die er vor Monaten aus dem Fluss gefischt hatte. Ali musste sie als Souvenir oder Kunstgegenstand aufgehoben haben. Sie brachte kaum mehr als ein paar Quietscher und ein schrilles Pfeifen hervor. Glaubte sie wirklich, sie damit beeindrucken zu können?

Die Flöte verstummte. Ike stand auf. Was ging da vor sich? Er rannte zum gegenüberliegenden Fenster. Gerade quoll unten eine Gruppe von Hadal aus dem Tor hervor, Ali in der Mitte. Sie war gefesselt und humpelte, aber sie lebte.

»Ali!«, rief er. Beim Klang seiner Stimme drehte sie sich um.

Sofort schwang sich eine affenartige Gestalt durch den Fensterrahmen. Lange Zehen suchten kratzend und scharrend einen Halt. Ike taumelte nach hinten, doch der Hadal hatte ihn schon erwischt, riss mit seinen Krallen tiefe Kratzer. Ike zerrte an der rosafarbenen Schlinge vor seiner Brust, zog die Flinte vom Rücken unter dem Arm nach vorn, bis er sie zu fassen bekam. Dann drückte er ab.

Als er wieder aus dem Fenster schaute, war Ali bereits auf einem der Flöße, aber nicht allein. Das Floß bewegte sich vom Ufer weg. Sie saß im Bug und sah zu ihm herauf. Alis Bewacher drehte sich um und folgte ihrem Blick, war jedoch zu weit entfernt, als dass Ike ihn hätte identifizieren können. Er hielt sich das Nachtsichtfernrohr vors Auge und suchte das Wasser ab, aber vergeblich. Das Floß hatte die Klippe bereits passiert.

Seine Zeit lief ab. Er war der Letzte ihrer Feinde, und sie kletterten schon an den Mauern empor, um ihn zu fangen. Er musste sich beeilen. Ike fuhr mit der Hand suchend über dem Fenster hin und her, bis er das Zündkabel in der Nische wieder fand, in der er es versteckt hatte. Es war geradezu sträflich einfach gewesen, den Söldnern einen Sprengsatz zu stehlen. Er hatte tagelang Zeit gehabt, um die C-4 anzubringen, die Drähte zu verstecken und die Ölkrüge an den richtigen Stellen aufzubauen. Mit zwei geschickten Handbewegungen legte er die beiden Drahtenden an der Höllenmaschine an, drehte den Griff mit einem Ruck, zog ihn kurz hoch und drückte ihn herunter.

Die Festung schien in sich zusammenzuschmelzen. Die ölgefüllten Amphoren auf der Krone des Bauwerks brachen wie Sonnengewitter aus, selbst dann noch, als diese Krone brüchig wurde und einstürzte. Noch niemals war dieser riesige in Nacht und Finsternis gehüllte Hohlraum von einem derartig goldenen Licht erleuchtet worden. Zum ersten Mal seit 160 Millionen Jahren wurde das Gewölbe in seiner Ganzheit sichtbar. Es sah aus wie die Innenseite einer Gebärmutter, überzogen mit einem aderähnlichen Netz aus geologischen Druckrissen.

Ali sah einmal genau hin, dann verschloss sie die Augen vor der blendenden Hitze. Sie stellte sich vor, Ike säße ihr gegenüber auf dem Floß und grinste sie breit an, während der Scheiterhaufen sich in den Linsen seiner Gletscherbrille spiegelte. Diese Vorstellung brachte sie zum Lächeln. Im Tod war er zum Licht geworden. Dann senkte sich wieder die Dunkelheit herab, und die Gestalt gegenüber war nicht mehr Ike, sondern dieses fremde, verstümmelte Geschöpf. Ali hatte mehr Angst als je zuvor.

Hier stehe ich, ich kann nicht anders. Gott helfe mir! Amen!

MARTIN LUTHER,
Rede vor dem Reichstag zu Worms

26
Der Höllenschlund

UNTERHALB DES YAP- UND DES PALAU-GRABENS

Seit zwei Tagen verfolgte sie ihn. Sie hielt Abstand, stets darauf bedacht, ihn nicht zu erschrecken. Zu viele Geschichten hatte sie schon gehört, die von Beutetieren berichteten, die aus Panik in tiefe Abgründe gesprungen waren. Außerdem wollte sie ihn nicht mehr als nötig hetzen, um die Energie in seinen Muskeln nicht zu vergeuden, in diesem Fleisch, das bald ihr gehören würde.

Sie leckte über die Wand, an die er sich gelehnt hatte, und sein Geschmack steigerte ihr Verlangen. Sie war sich immer noch nicht ganz sicher, doch sein Salz und sein Fleisch waren zu verführerisch. Sie gab dem Drängen ihres Magens nach. Es war Zeit, die Beute zu schlagen. Sie fing an, den Abstand zu verringern.

Schließlich erreichte sie eine Engstelle, die heruntergebrochene Felsstücke so gut wie unpassierbar gemacht hatten. Sie sah, wie er vor dem Steinhaufen niederkniete und sich kopfüber in den schmalen Tunnel quetschte. Mit einem Satz sprang sie los, um ihn noch zu erwischen, solange seine Beine herausschauten. Als ahnte er etwas, zog er die Beine schnell nach. Sie senkte das Messer, hockte sich auf den Boden und wartete, bis sich seine Geräusche entfernten, während er immer tiefer kroch.

Endlich wurde es da drinnen still. Sie kniete sich hin und kroch ebenfalls mit dem Kopf voran in das Loch. Der Engpass war länger als sie angenommen hatte und knickte unangenehm zur Seite und nach oben ab. Mit der Geschicklichkeit eines Schlangenmenschen wand sie sich auf dem Rücken hindurch und wunderte sich, dass der deutlich größere Mensch es mit solcher Leichtigkeit geschafft hatte.

Mit dem Messer voran kam sie auf der anderen Seite heraus. Gerade als sie sich aufrichtete, trat er von hinten an sie heran, warf ihr eine Schlinge um den Hals und zog zu. Sie stach mit dem Messer nach hinten, doch er bohrte ihr das Knie in den Rücken, was sie sofort zu Fall brachte. Er war schnell und stark, fesselte Handgelenke und Ellbogen mit Schlingen und zog das Seil straff.

Die Gefangennahme dauerte zehn Sekunden und verlief in absoluter Stille. Erst jetzt wurde ihr klar, wer hier wen gejagt hatte. Das Humpeln, der sträfliche Mangel an Vorsicht, das war alles nur vorgetäuscht. Er hatte sich ihr als leichte Beute angeboten, und sie war darauf hereingefallen. Sie wollte ihre Wut laut herausschreien, doch in diesem Augenblick spürte sie den Knebel.

Ihr kam der Gedanke, dass es sich bei ihm womöglich um einen Hadal handelte, der seine menschlichen Schwächen nur vortäuschte, doch dann sah sie im schwachen Schimmerlicht des Felsens, dass er wirklich ein Mensch war. Seine Hautmuster verrieten den ehemaligen Gefangenen, und sie wusste auch sofort, wer er war. Die Legenden erzählten von diesem Abtrünnigen, der so viel Leid über ihr Volk gebracht hatte. Die Geschichte seines Verrats wurde allen Kindern als Beispiel für Entfremdung und Ungehorsam erzählt.

Er sprach mit ihr in schwerfälligem Hadal, dessen Schnalzer und Worte fast unverständlich waren. Seine Aussprache war barbarisch und seine Frage dumm. Wenn sie ihn richtig verstanden hatte, wollte er wissen, in welcher Richtung das Zentrum lag, und das machte sie misstrauisch. Sie hoffte darauf, dass er sich verlaufen hatte und sie ihn noch weiter in die Irre führen konnte, und so zeigte sie in die falsche Richtung. Er lächelte wissend, tätschelte ihren Kopf – eine unerhörte, wenn auch neckische Beleidigung –, und sagte etwas in seiner ausdruckslosen Sprache. Dann zog er an ihrer Leine und ließ sie den Pfad hinuntertraben.

In der Zeit, die sie als Gefangene bei den Söldnern verbracht hatte, war das Mädchen nie besonders berührt gewesen. Sie war allein gewesen, und das bedeutete, nicht mehr als ein Schatten seiner selbst zu sein. Ihr Leben war einfach ein Teil des größeren *sangha*, der Gemeinschaft, und ohne das *sangha* war sie im Grunde tot. So war es eben. Doch jetzt stellte sie dieser schreckliche Feind in die Gemeinschaft ihres Volkes zurück, und sie wusste, dass er sie auf irgendeine Weise gegen das *sangha* benutzen würde. Und das wäre schlimmer als tausend Tode.

Es hatte Ike eine Woche gekostet, um das Mädchen aufzuspüren, und dann noch mal zwei Tage, um sie zu ködern. Wohin sie unterwegs war, konnte er nur vermuten. Aber sie schien fest entschlossen gewesen, ihm zu folgen, also vertraute Ike darauf, dass dieser Tunnel zu dem Ort führte, an den er gelangen wollte.

Er spürte, dass die gesamte Unterwelt in Bewegung war, fast so, als dränge sie sich in einen noch tiefer gelegenen Schlupfwinkel hinein. Dieser immer tiefer werdende Tunnel, das fühlte er, führte ins Zentrum jener Mandalakarte, die sie in der Festung gefunden hatten. Dort würde er eine Antwort auf das Verschwinden der Hadal finden. Dort würde er auch Ali finden. Jetzt, da er das Mädchen in seiner Gewalt hatte, wurde Ike wieder zuversichtlicher.

Weil er wusste, dass sie sich lieber töten würde, als ihm bei seinem Plan behilflich zu sein, durchsuchte er das nackte Mädchen. Er fuhr mit den Fingern über ihre Gliedmaßen und entdeckte drei unter der Haut versteckte Obsidiansplitter, einen an der Innenseite des Bizeps, die beiden anderen am Oberschenkel. Sie waren zu genau diesem Zweck gedacht. Mit dem Messer ritzte er die Haut gerade so weit auf, um ihr die kleinen, rasiermesserscharfen Klingen herauszuziehen.

Das Mädchen war genau die Geisel, die er brauchte. Ike musterte sie. Fast jeder Gefangene, dem er hier unten begegnet war,

war seelisch gebrochen gewesen und hatte nur dumpf darauf gewartet, als Packtier eingesetzt zu werden, als Fleischvorrat, als Opfer oder als Köder, um weitere Menschen herunterzulocken. Diese Gefangene nicht. Sie bestimmte ihr eigenes Schicksal, zumindest so weit, wie es hier unten möglich war. Ike schätzte sie auf ungefähr vierzehn Jahre. Er sah die Stammeszeichen rings um ihre Augen und auf den Armen, kannte den Clan jedoch nicht. Sie war wohl von Geburt an als Hadal erzogen worden.

Ebenso unübersehbar war, dass man sie zur Fortpflanzung bestimmt hatte. Ihre Brüste waren makellos und unbemalt, zwei weiße Früchte, die aus der Ansammlung von Stammessymbolen herausragten, die den Rest ihres Körpers bedeckten. Auf diese Weise war den Säuglingen in den ersten Lebensmonaten Ruhe und Frieden gesichert. Mit der Zeit fing das Kind dann an zu lernen, indem es die Haut seiner Mutter las.

Abgesehen von den Obsidianklingen bestand ihr einziger Besitz aus ihrem Nahrungsvorrat: einem schlecht getrockneten Unterarm mitsamt verkrümmter Hand, an deren Gelenk noch immer eine Helios-Uhr befestigt war. Das meiste Fleisch war bereits bis zum Knochen abgenagt. Ike war vor zwölf Tagen an Troys sterblichen Überresten vorbeigekommen.

Da seine eigene Uhr bei der Zerstörung der Festung kaputt gegangen war, nahm er diese. Es war 2.40 Uhr und der 14. Januar, aber inzwischen hatte die Zeit für ihn keine Bedeutung mehr. Der Höhenmesser zeigte 7950 Faden, also fast 15 Kilometer unter der Meeresoberfläche, tiefer als jeder bislang bekannte Abstieg in die Abgründe der Erde. Das allein war von Bedeutung. Denn die Tiefe war es, die das letzte Bollwerk der Hadal in ihrem Schoß verbarg.

Ike hatte viele kleine Hinweise auf einen zentralen Zufluchtsort gefunden. Schließlich mussten die Hadal irgendwo geblieben sein. Es war unwahrscheinlich, dass sie sich an vielen verschiedenen Stellen versteckt hielten, denn in diesem Fall wären sie häufiger Soldaten oder Kolonisten ins Gehege gekommen. Vor allem der Angriff auf die Festung hatte seine Theorie bestätigt. Die Hadal hatten für den Kampf gegen eine kleine Gruppe menschlicher Eindringlinge eine ungewöhnlich große Zahl von Angreifern zusammengezogen. Bestimmt hatten sie sich hier unten an einem Ort versammelt, den sie absolut unangetastet bewahren wollten, einem Ort, der so alt wie ihre kollektive Erinnerung war.

Deshalb hatte sich Ike dazu entschlossen, Ali und ihre Kidnapper nicht über das Wasser zu verfolgen und dabei mehrere Wochen zu verlieren, sondern immer weiter hinabzusteigen. Bis dahin musste Ali ohne ihn überleben. Er konnte ihr das, was auch er zu Beginn seiner Gefangenschaft durchlitten hatte, nicht ersparen, und er konnte sich keine Verzweiflung leisten, also versuchte er, sie ganz und gar zu vergessen.

Eines Morgens wachte Ike auf und hatte gerade von Ali geträumt. Doch es war das Mädchen, das da rittlings und mit gefesselten Armen auf ihm saß und sich auf seiner Hose hin und her rieb. Sie bot sich ihm zu seinem Vergnügen an, und Ike kam einen Augenblick lang sogar in Versuchung.

»Du bist eine schlaue Füchsin«, flüsterte er mit ehrlicher Bewunderung. Das Mädchen war fest entschlossen, jeden Vorteil zu nutzen. Und sie verachtete ihn zutiefst. Genau das war Troys Verderben gewesen. Ike war sicher, dass der Junge der gleichen Verführung nachgegeben und damit sein Schicksal besiegelt hatte.

Er hob das Mädchen zur Seite. Nicht ihre offenkundige Gerissenheit gab ihm zu denken, auch nicht der Traum von Ali. Nein, das Mädchen kam ihm irgendwie bekannt vor. Er hatte sie schon einmal gesehen, und das beunruhigte ihn, denn es musste zurzeit seiner Gefangenschaft gewesen sein, als sie noch ein kleines Kind war. Aber er konnte sich nicht an ein solches Kind erinnern.

Tag für Tag gelangten sie tiefer hinunter. Ike erinnerte sich an die Überzeugung der Geologen, dass sich vor einer Million Jahren eine Blase aus Schwefelsäure gebildet habe, die durch die Erdkruste nach oben gestiegen sei und die Höhlen in der oberen Lithosphäre gebildet habe. Als sie den gewaltigen, ungleichmäßig ausgebildeten Höllenschlund hinabstiegen, fragte sich Ike, ob diese Säureblase sich nicht genau hier ihren Weg nach oben gebahnt habe. Das physikalische Geheimnis sprach den Bergsteiger in ihm an. Wie tief konnte dieser Schlund wohl hinabreichen? Von welcher Stelle an wurde solch ein Abgrund unerträglich?

In einer Tiefe von 8700 Faden, fast 16 Kilometern, erreichten sie den Rand einer Klippe über einer ausgedehnten Schlucht. Ein Bach vereinigte sich mit anderen Wasserläufen und ergoss sich als Wasserfall über die Klippe. Das Gestein war von Fluorinen durchzogen und sorgte für eine geisterhafte Beleuchtung. Sie standen am Rand eines abschüssigen Tals, das sich teilweise bis zu den Felswänden heraufzog. Ihr Wasserfall war nur einer von Hunderten.

Der Pfad wand sich über eine Gesteinsplatte aus olivgrünem Fels und war dort, wo es die natürlichen Gegebenheiten erforderten, ins blanke Gestein gehauen. An einer Stelle waren die Bruchstücke eines gewaltigen Stalaktiten zu einer Brücke zusammengefügt worden. Eisenketten überspannten dunkle Abgründe.

Der Abstieg erforderte Ikes gesamte Konzentration. Der Weg war uralt, links und rechts stürzten die Wände Hunderte von Metern steil ab. Das Mädchen fand, dass dies der richtige Zeitpunkt war, ihre gemeinsame Reise zu beenden und warf sich ohne jede Vorwarnung ins Nichts. Um ein Haar hätte sie auch Ike mit sich gerissen, doch es gelang ihm gerade noch, das wild um sich tretende Wesen wieder nach oben zu ziehen und in Sicherheit zu bringen. In den folgenden drei Tagen musste er ständig auf solche Ausbrüche gefasst sein.

Sie aßen nur wenig, meistens Insekten und ein paar von den Schilfschösslingen, die in der Nähe des Wassers gediehen. Ike hätte auf die Suche gehen können, überlegte es sich jedoch anders. Abgesehen davon, dass sie so schneller vorankamen, machte der Hunger das Mädchen gefügiger. Sie befanden sich tief in feindlichem Gebiet, und er hatte vor, noch tiefer einzudringen, ohne Alarm auszulösen. Deshalb hielt er Hunger für eine bessere Maßnahme als straffe Fesseln.

Am Boden trieb Nebel in großen, ausgefransten Inseln dahin. Ike konnte sich diese Wolkenbildung nur durch die vielen Wasserfälle erklären. Ihr Geräusch sorgte für ein gleichmäßiges Donnern im Hintergrund, das von hoch aufragenden Felstürmen ein wenig gedämpft wurde. Links und rechts des Weges verliefen geschickt angelegte Kanäle, ohne die wohl der gesamte Boden der Schlucht überflutet gewesen wäre. Zum großen Teil war das System noch intakt, nur hier und dort waren die Rinnen verschüttet, und sie mussten durch überschwemmte Senken waten. Gelegentlich hörten sie Musik, doch es war nur Wasser, das durch die Überreste von Instrumenten rann, die in den Gehweg eingelassen waren.

Ike konnte an der Besorgnis des Mädchens ablesen, dass sie dem Zentrum immer näher kamen. Schließlich erreichten sie ein Spalier menschlicher Mumien, die links und rechts den Weg säumten.

Ike und das Mädchen gingen zwischen ihnen hindurch. Das, was von Walker und seinen Leuten übrig geblieben war, hatte man hier aufrecht festgebunden, insgesamt dreißig von ihnen. Ihre Schenkel und Oberarme waren rituell verstümmelt. Die Augen waren ausgestochen und durch runde, weiße Marmorkugeln ersetzt worden. Da die Steinaugen ein bisschen zu groß waren, verliehen sie den Schädeln ein grausames, insektenhaftes Glotzen. Die beiden Soldaten, denen er im Vulkan das Leben gerettet hatte, standen dort, auch der schwarze Lieutenant, schließlich Walkers Kopf. Als Akt der Verachtung hatten sie sein getrocknetes Herz in seinen Bart geflochten, damit es alle sehen konnten. Hätten sie ihn als Feind respektiert, hätten sie das Herz an Ort und Stelle verspeist.

Jetzt war Ike froh, dass er seine Gefangene ausgehungert hatte. Im vollen Besitz ihrer körperlichen Kräfte hätte sie sein unbemerktes Vordringen sehr gefährden können. So konnte sie jedoch kaum einen Kilometer gehen, ohne eine Pause einzulegen. Schon bald würde sie, wie er hoffte, genug zu essen bekommen und wieder frei sein. Und Ali, die ihn jede Nacht in seinen Träumen besuchte, würde wieder bei ihm sein.

Am 23. Januar unternahm das Mädchen einen Versuch, sich in einem der Kanäle zu ertränken, indem es ins Wasser sprang und sich unter einem kleinen Vorsprung verkeilte. Obwohl Ike sie sofort herauszog, wäre es fast zu spät gewesen. Er riss ihr den Knebel heraus und pumpte das Wasser aus ihren Lungen. Sie lag schlaff vor seinen Knien, besiegt und enttäuscht. Von dem wütenden Handgemenge erschöpft, mussten sich beide ausruhen.

Später fing sie mit geschlossenen Augen an zu singen. Es war ein Lied, das sie sich selbst zum Trost sang, leise und auf Hadal. Zuerst wusste Ike gar nicht, was sie da tat, so dünn war ihre Stimme. Dann hörte er es, und es kam ihm vor, als hätte ihn jemand ins Herz getroffen.

Ungläubig schaukelte Ike in der Hocke vor und zurück. Er hörte genauer hin. Die Worte waren zu kompliziert für seinen beschränkten Wortschatz. Aber die Melodie war unverkennbar. Das Mädchen sang »Amazing Grace«.

Das Lied raubte ihm beinahe den Verstand. Es war ihr unverkennbar ebenso vertraut und teuer wie ihm. Es war das Letzte, was er je von Kora gehört hatte, ihr Gesang, als sie vor so vielen Jahren in die unendlichen Tiefen unterhalb Tibets hinabsank. *I once was lost, but now am found, was blind, but now I see.* Das Mädchen hatte einen eigenen Text erfunden, doch die Melodie war genau die gleiche.

Isaak war ihr Vater, aber Ike konnte keine Ähnlichkeit mit ihm feststellen. Ausgelöst durch das Lied, erkannte Ike jetzt Koras Züge im Gesicht des Mädchens wieder. Fieberhaft suchte er nach anderen Erklärungen. Vielleicht hatte Kora ihr diese Melodie nur beigebracht. Oder Ali hatte sie ihm vorgesungen. Andererseits schleppte er schon seit Tagen dieses unbestimmte Gefühl mit sich herum, dass er sie schon einmal gesehen hatte. Etwas um ihre Stirn- und Wangenpartie, die Art, in der sie eigensinnig den Unterkiefer vorschob, die ganze Größe und Gestalt ihres Körpers. War das denn möglich? So manches entsprach dem Bild ihrer Mutter, aber so vieles auch nicht: ihre Augen zum Beispiel und die Form ihrer Hände.

Müde öffnete sie die Augen. Er hatte Kora nicht in ihnen gesehen, weil es nicht Koras türkisgrüne Augen waren. Und doch waren ihm diese Augen vertraut. Erst jetzt wurde es ihm klar.

Das waren seine Augen! Sie war seine eigene Tochter!

Ike ließ sich gegen die Felswand sinken. Das Alter stimmte. Die Haarfarbe auch. Er verglich ihre Hände. Sie hatte die gleichen langen Finger, seine Nägel.

»Mein Gott«, flüsterte er. »Was nun?«

In seinem bruchstückhaften Hadal fragte er: »Mutter. Du. Wo?«

Sie hörte auf zu singen und hob den Blick. Ihre Gedanken waren leicht zu erraten. Sie sah seine Verwirrung und witterte sofort eine Gelegenheit. Doch als sie versuchte, sich von dem nassen Stein zu erheben, versagte ihr der Körper den Dienst.

»Sprich bitte deutlicher, Tier-Mann«, sagte sie höflich und sehr langsam auf Hadal.

Für Ikes Ohren hatte sie so etwas wie »Was?« ausgedrückt. Er versuchte es noch einmal, kehrte seine Frage um, suchte nach dem richtigen Satzbau. »Wo. Deine. Mutter.«

Sie schnaubte verächtlich, und er wusste, dass seine Worte sich für sie wie Grunzen anhörten. Ihre Augen ruhten die ganze Zeit auf seinem Messer mit der schwarzen Klinge. Ike wusste, dass es das eigentliche Objekt ihrer Begierde war. Sie wollte ihn töten.

Diesmal kratzte er ein Zeichen auf den Boden und verband es dann mit einem anderen. »Du«, sagte er. »Mutter.«

Sie machte eine kurze, elegante Bewegung mit den Fingern, und das genügte als Antwort. Über die Toten sprach man nicht. Sie wurden jemand – oder etwas – anderes. Und da man nie wissen konnte, welche Gestalt sie bei ihrer Wiedergeburt annahmen, war es klüger, sie überhaupt nicht zu erwähnen. Ike ließ es dabei bewenden.

Natürlich war Kora tot. Und falls nicht, würde er das, was von ihr übrig war, höchstwahrscheinlich nicht mehr erkennen. Trotzdem saß vor ihm ihre Hinterlassenschaft. Und genau dieses Kind wollte er als Pfand benutzen, um Ali auszulösen. Jedenfalls war das sein Plan gewesen, doch mit einem Mal kam es ihm vor, als sei das Rettungsfloß, das er aus lauter Wrackteilen zusammengebastelt hatte, selbst wieder zum Wrack geworden.

Es war grausam, plötzlich mit seiner Tochter konfrontiert zu sein, von der er nie etwas gewusst hatte, und die in etwas verwandelt war, in das auch er sich beinahe verwandelt hätte. Was sollte er tun? Sie retten? Und dann? Offensichtlich hatten die Hadal sie angenommen und zu einer der ihren gemacht. Sie hatte keine Ahnung, wer sie war oder aus welcher Welt sie stammte. Was für eine Rettung sollte das also sein? Er blickte auf den schmalen, bemalten Rücken des Mädchens. Seit er sie gefangen genommen hatte, hatte er sie wie ein Stück Vieh behandelt. Das Einzige, was man ihm zu Gute halten konnte, war, dass er sie weder geschlagen noch vergewaltigt und auch nicht getötet hatte. *Meine Tochter?* Er ließ den Kopf hängen.

Wie konnte er sein eigen Fleisch und Blut zum Tausch anbieten, selbst für die Frau, die er liebte? Doch wenn er es nicht tat, musste Ali bis ans Ende ihrer Tage in Gefangenschaft bleiben. Seine

Tochter hatte keine Ahnung von ihrer Herkunft. Ihr Platz war bei den Hadal, wie entbehrungsreich dieses Leben auch sein mochte. Sie von hier wegzuschleppen, bedeutete, ihr die einzigen Wurzeln zu nehmen, die sie besaß. Und Ali hier zurückzulassen, was bedeutete das? Wahrscheinlich rechnete sie nicht damit, dass er die Explosion in der Festung überlebt hatte und nach ihr suchte. Also würde sie es auch niemals erfahren, wenn er jetzt umkehrte und sein Kind mitnahm. So wie er sie kannte, würde sie dieser Entscheidung sogar zustimmen. Und was würde dann aus ihm werden? Er war ein Fluch geworden, für alle, die er jemals geliebt hatte.

Er spielte mit dem Gedanken, das Mädchen freizulassen. Das jedoch wäre nur ein feiges Ausweichen vor der Entscheidung. Er konnte nur die eine oder die andere Richtung wählen. Den Rest der Nacht quälte er sich mit diesen Gedanken.

Als das Mädchen aufwachte, überraschte Ike es mit einem Frühstück aus Larven und bleichen Knollengewächsen. Außerdem lockerte er ihre Fesseln. Er wusste, dass er die Dinge nur unnötig verkomplizierte, wenn er ihr zu neuer Kraft verhalf, und dass seine Gewissensbisse, weil er sein Kind misshandelt hatte, letztendlich nichts anderes als lebensgefährliches Moralisieren waren. Trotzdem konnte er seine Tochter nicht länger hungern lassen.

Er rechnete nicht damit, dass sie ihm antwortete, fragte sie aber trotzdem nach ihrem Namen. Sie verdrehte die Augen über so viel Dummdreistigkeit. Kein Hadal würde einem Gefangenen jemals diese Macht in die Hände spielen. Kurz darauf führte er sie wieder den Pfad hinab, wenn auch aus Rücksicht auf ihre Erschöpfung ein wenig langsamer.

Seine Entdeckung quälte ihn. Nach der Rückkehr zu den Menschen hatte Ike sich geschworen, nur noch zwischen Schwarz und Weiß zu wählen. Bleib immer deinen Grundsätzen treu. Weichst du davon ab, bist du tot. Eine Sache, die sich nicht innerhalb von drei Sekunden entscheiden ließ, war zu kompliziert.

Obwohl er nicht genau wusste, wie es so weit gekommen war, glaubte Ike doch fest daran, dass er sich für jeden einzelnen Schritt, der ihn in diese Situation geführt hatte, selbst entschieden hatte. Aber hatte seine Tochter jemals die Entscheidung getroffen, in der

Dunkelheit geboren zu werden? Und niemals ihren leiblichen Vater kennen zu lernen?

Die Stimmen des Wassers begleiteten ihre Reise in die Unterwelt. Mit verbundenen Augen verbrachte Ali die ersten Tage damit, dem Meer zu lauschen, das an dem von Amphibienwesen gezogenen Floß vorbeirauschte. An den folgenden Tagen ging es tiefer hinab, an schäumenden Kaskaden vorbei und hinter gewaltigen Wasserfällen entlang. Als sie endlich ebenes Gelände erreichten, überquerten sie immer wieder Bäche auf groben Steinbrocken. Das Wasser war ihr einziger Anhaltspunkt.

Sie hielten sie abseits von den beiden Söldnern, die ihnen lebend in die Hände gefallen waren. Einmal jedoch, als ihr die Augenbinde ein wenig verrutschte, sah sie die Gefangenen im ewigen Zwielicht, das von den phosphoreszierenden Flechten ausging. Die Männer waren mit Stricken aus geflochtener Haut gefesselt und aus ihren Wunden ragten immer noch Pfeile hervor. Einer sah Ali mit entsetzten Augen an, und sie machte für ihn das Zeichen des Kreuzes. Dann schob ihr ein Bewacher die Binde wieder fest über die Augen, und sie gingen weiter. Erst später wurde Ali klar, warum man den Söldnern die Augen nicht verbunden hatte. Es war den Hadal egal, ob die beiden Soldaten den Pfad sahen oder nicht. Keiner von ihnen würde ihn jemals wieder betreten.

Diese grausame Erkenntnis war gleichzeitig ihre Hoffnung. Die Hadal hatten nicht vor, sie in nächster Zeit zu töten. Sie klammerte sich mit einer Gier an diesen Gedanken, die sie bisher nicht gekannt hatte. Nie hätte sie geglaubt, wie rücksichtslos der Willen zum Überleben war und wie wenig Heroisches er an sich hatte. Gestoßen, gezerrt, getragen und getrieben, taumelte sie weiter. Man tat ihr nichts zu Leide. Sie wurde nicht vergewaltigt. Aber sie litt.

Obwohl sie ihr regelmäßig Essen anboten, hatte sie großen Hunger. Ali weigerte sich, das Fleisch zu essen. Der Anführer der Gruppe kam zu ihr.

»Aber meine Liebe, Sie müssen doch etwas essen«, sagte er in perfektem Oxford-Englisch. »Wie wollen Sie sonst diese Pilgerfahrt beenden?«

»Ich weiß, woher dieses Fleisch stammt«, sagte sie. »Ich habe diese Leute gekannt.«

»Aber gewiss. Nun, Sie sind anscheinend noch nicht hungrig genug.«

»Wer sind Sie?« Ihre Stimme war nur noch ein Krächzen.

»Ein Pilger, genau wie Sie.«

Aber Ali wusste es besser. Bevor man ihr die Augen verbunden hatte, hatte sie gesehen, wie er die Hadal herumkommandierte und wie sie ihm gehorchten. Aber auch ohne diese Beweise sah er genau so aus, wie man sich Satan vorstellte: die tief ins Gesicht gezogene Stirn, die asymmetrischen, gewundenen Hörner und die über und über tätowierte Haut. Er war größer als die meisten Hadal, hatte mehr Narben und in seinen Augen lag ein Ausdruck, der von einem Wissen um die Dinge des Lebens kündete, das Ali auf keinen Fall mit ihm teilen wollte.

Nach ihrer Unterhaltung wurde Alis Speiseplan auf Insekten und kleine Fische umgestellt. Sie würgte alles herunter. Am Abend taten ihr die Beine weh, die sie sich immer wieder an vorstehenden Felsen stieß. Ali hieß den Schmerz willkommen. Er half ihr, zumindest eine Weile nicht zu trauern. Vielleicht wäre es ihr möglich gewesen, überhaupt nicht zu trauern, wenn sie wie die Söldner auch noch Pfeile mit sich hätte herumschleppen müssen. Doch die Wirklichkeit lag ständig auf der Lauer, um sie anzuspringen. Ike war tot.

Schließlich erreichten sie eine Stadt, die so alt war, dass sie eher wie ein zerbröckelnder Berg aussah. Das war ihr Ziel. Ali wusste es, weil ihr hier die Augenbinde abgenommen wurde. Müde, verängstigt und zugleich fasziniert stieg sie die ansteigenden Straßen hinan. Die Stadt lag in einem Gletscher aus Fließstein, von dem ein schwaches Leuchten ausging. Das Ergebnis war weniger Licht als ein schwacher Schimmer, in dem Ali immerhin erkennen konnte, dass die Stadt auf dem Grund einer gewaltigen Schlucht stand. Die sich langsam voranarbeitende mineralische Flut hatte schon einen Teil der Stadt verschluckt, doch viele der Gebäude ragten noch heraus und waren nun wie Bienenwaben zugänglich.

Geschleift von der Zeit und dieser geologischen Belagerung, war die Stadt dennoch nicht unbewohnt. Zu Alis Erstaunen hatten sich hier Tausende, wenn nicht gar Zehntausende Hadal versammelt. Dieser Ort war die Antwort auf die Frage, wohin die Hadal verschwunden waren. Es war, wie Ike gesagt hatte: Sie waren auf der Flucht. Und diese Stadt war ihr Ziel.

Die kleine Karawane erklomm einen Hügel in der Mitte der Stadt, auf dem sich die Überreste eines Palastes über dem bernsteinfarbenen Fließstein erhoben. Ali wurde in einen Korridor geführt, der sich in der Ruine wie eine Wendeltreppe hinaufwand. Sie sperrten sie in eine Bibliothek und ließen sie allein.

Ali sah sich erstaunt in dieser Schatzkammer um. Das also sollte die Hölle sein, eine Bibliothek unentzifferbarer Texte? Wenn ja, dann hatten sie die falsche Bestrafung für sie gewählt. Sogar eine kleine Öllampe hatten sie ihr gelassen, ähnlich denen, die Ike damals entzündet hatte. Aus der Tülle zuckte ein blaues Flämmchen.

Ali begann, mit Hilfe dieses Lichtleins ihre Umgebung zu erforschen, war jedoch beim Herumgehen nicht vorsichtig genug, und so ging die Flamme nach kurzem Zucken aus. Jetzt stand sie in der Dunkelheit, unsicher, verängstigt und allein. Mit einem Mal holte sie die lange Reise ein, und sie legte sich einfach auf den Boden und schlief ein.

Als Ali Stunden später erwachte, flackerte in der entgegengesetzten Ecke des Raums eine zweite Lampe. Als sie darauf zuschritt, löste sich eine Gestalt in einem weiten Umhang von der Wand. »Wer bist du?«, fragte eine Männerstimme. Sie klang müde und mutlos, wie ein Geist. Ali war mit einem Schlag hellwach. Das musste noch ein Gefangener sein! Sie war nicht allein!

»Und wer bist du?«, fragte sie zurück. Als sie keine Antwort erhielt, trat sie kurzerhand auf den Unbekannten zu und zog ihm die Kapuze aus dem Gesicht.

Es war nicht zu glauben. »Thomas!«

»Ali?«, entgegnete er ungläubig. »Was machen Sie denn hier?«

Als sie ihn umarmte, spürte sie seine Knochen an Rücken und Brustkorb hervorstehen. Der Jesuit hatte noch immer das gleiche zerfurchte Gesicht wie damals, als sie ihn im Museum in New York kennen gelernt hatte. Nur seine Stirn war dicker geworden, sein grauer Bart war schon mehrere Wochen alt, und auch sein Haar war lang, grau und von Dreck verklebt. Seine Augen waren unverändert. Sie hatten immer noch diesen weit gereisten Ausdruck.

»Was haben sie Ihnen angetan?«, fragte sie. »Wie lange sind Sie schon hier unten? Warum sind Sie überhaupt hier?«

Sie half dem alten Mann, sich hinzusetzen, brachte ihm etwas Wasser. Er lehnte sich an die Wand und wollte nicht aufhören, ihr vor Glück und Freude die Hand zu tätscheln. »Es ist Gottes Wille«, sagte er immer wieder.

Mehrere Stunden vergingen, bis sie einander ihre Geschichten erzählt hatten. Er habe sich auf die Suche nach ihr gemacht, berichtete Thomas, sobald die Nachricht vom Verschwinden der Expedition an die Oberfläche durchgedrungen sei. »Ihre Wohltäterin, January, hat mich unermüdlich an die Verantwortung der Beowulf-Gruppe Ihnen gegenüber erinnert. Am Ende kam ich zu dem Schluss, dass es nur eine Möglichkeit gab. Ich musste selbst nach Ihnen suchen.«

»Aber das ist doch verrückt«, sagte Ali. Ein Mann in seinem Alter, und dann auf eigene Faust!

»Hat aber trotzdem geklappt«, erwiderte Thomas vergnügt.

Er war von einer Tempelruine in Java aus in einen Tunnel hinabgestiegen, hatte gegen die Dunkelheit angebetet und versucht, die ungefähre Route der Expedition zu erraten. »Ich habe mich nicht besonders geschickt angestellt«, gab er zu. »Es dauerte nicht lange, bis ich mich total verlaufen hatte. Meine Batterien gingen zur Neige, ebenso die Lebensmittelvorräte. Als mich die Hadal mitnahmen, war es weniger eine Gefangennahme als ein Akt der Nächstenliebe. Aber wer kann schon sagen, warum sie mich nicht gleich getötet haben? Oder Sie?«

Seit seiner Ankunft hatte Thomas zwischen diesen Textbergen geschmachtet. »Ich dachte, sie würden meine Knochen einfach zwischen den Büchern verfaulen lassen«, sagte er. »Aber jetzt sind Sie hier!«

Im Gegenzug erzählte Ali vom Niedergang der Expedition. Sie berichtete auch von Ikes Selbstopferung in der Hadal-Festung.

»Sind Sie sicher, dass er tot ist?«, fragte Thomas.

»Ich habe es selbst gesehen.« Ihre Stimme versagte. Thomas sprach ihr sein Beileid aus.

»Es war Gottes Wille«, sagte Ali schließlich. »Und dieser Wille hat uns auch hierher geführt, in diese Bibliothek. Wir sollen unsere Aufgabe hier zu Ende bringen. Gemeinsam werden wir der Ursprache vielleicht ein Stück näher kommen.«

»Sie sind eine bemerkenswerte Frau«, sagte Thomas.

Sie machten sich mit ungebremstem Eifer ans Werk, stellten Textgruppen zusammen und verglichen ihre Beobachtungen. Sie durchforsteten Bücher, einzelne Blätter, alte Handschriften, Schriftrollen und Texttafeln. Die Anordnung der Werke folgte keiner bestimmten Logik. Es sah eher aus, als hätte sich der Schriftenberg dort wie eine Schneewehe angesammelt. Sie stellten die Lampe zur Seite und vergruben sich in den größten Haufen.

Das am weitesten oben liegende Material war neueren Datums, einiges sogar auf Englisch, Japanisch oder Chinesisch. Je tiefer sie vordrangen, desto älter wurden die Schriften. Einige Seiten lösten sich unter Alis Fingern auf. Auf anderen hatte sich die Tinte durch mehrere Lagen beschriebenen Papiers gefressen. Einige Bücher waren von mineralischen Verkrustungen fest verschlossen. Die meisten lieferten ihnen jedoch Schriften und Glyphen in Hülle und Fülle. Glücklicherweise war der Raum ziemlich groß, denn schon bald hatten sie einen symbolischen Sprachenbaum auf dem Boden ausgelegt, an dessen Ästen ein Bücherstapel neben dem anderen hing.

Nach fünf Wochen hatten Ali und Thomas Alphabete zu Tage gefördert, die noch kein Linguist je zu Gesicht bekommen hatte. Ali trat einen Schritt von ihrer Arbeit zurück und musste feststellen, dass sie lediglich eine dünne Schicht des angehäuften Schriftenberges abgetragen hatten. Vor ihnen lagen die Anfänge der Sprache, die Anfänge der Geschichte. In gewissem Sinne enthielten die Funde auch den Beginn der Erinnerung, sowohl der Menschen als auch der Hadal. Was mochte sich in der Mitte verbergen?

»Wir müssen uns ausruhen. Wir dürfen uns nicht verausgaben«, gab Thomas zu bedenken. Er hustete fast ununterbrochen. Ali half ihm in seine Ecke und zwang sich dazu, ebenfalls eine Pause einzulegen. Aber sie war zu aufgeregt.

»Ike erzählte mir einmal, die Hadal wollten sein wie wir«, sagte sie. »Aber sie sind schon wie wir. Und wir wie sie. Das hier ist der

Schlüssel zu ihrem Paradies. Auch wenn es ihnen ihre alte Herrlichkeit nicht mehr zurückbringt, so kann es sie doch verankern, ihnen einen Zusammenhalt als Volk vermitteln. Es kann die Kluft zwischen ihnen und uns überbrücken. Das hier ist der Beginn ihrer Rückkehr zum Licht. Oder zumindest der Souveränität ihrer Rasse. Vielleicht können wir eine gemeinsame Sprache finden. Vielleicht finden wir einen Platz für sie – in unserer Mitte. Oder sie finden bei sich einen Platz für uns. All das hat jedenfalls hier seinen Anfang!«

Die Folterung von Walkers Männern begann. Ihre Schreie drangen bis zu Ali und Thomas herauf. Nach und nach verstummten sie. Nach einer Nacht des Schweigens war Ali überzeugt davon, die Männer seien gestorben. Doch dann setzten die Schreie wieder ein und hielten, mit einigen Unterbrechungen, noch mehrere Tage an.

Bevor Ali und Thomas ihre Gelehrtenarbeit wieder aufnehmen konnten, bekamen sie einen Besucher. »Das ist der, von dem ich Ihnen erzählt habe«, flüsterte sie Thomas zu. »Ich glaube, er ist ihr Anführer.«

»Das ist möglich«, erwiderte Thomas. »Aber was hat er mit uns vor?«

Der tätowierte Riese kam mit einer zerkratzten Plastikröhre auf sie zu, die die Aufschrift HELIOS trug. Ali erkannte ihre Kartentrommel sofort wieder. Er ging direkt auf sie zu. Sie roch das frische Blut an ihm. Seine Füße waren nackt. Er schüttelte die Karten heraus und entrollte sie.

»Das hier ist in meinen Besitz gelangt«, sagte er in seinem steifen Englisch.

Ali wollte ihn schon fragen, wo er die Trommel gefunden hatte, überlegte es sich dann aber anders. Offensichtlich war Gitner und seiner Gruppe die Flucht nicht gelungen.

»Sie gehören mir«, sagte sie.

»Ja, ich weiß. Die Soldaten haben es mir erzählt. Leider sind es noch keine brauchbaren Karten. Sie zeigen nur den ungefähren Verlauf Ihrer Expedition. Ich will aber mehr. Details. Umwege. Abweichungen. Jedes Lager, jeden Abend. Wer war im Lager, wer nicht. Ich will alles wissen.«

Ali warf Thomas einen ängstlichen Blick zu. Wie sollte sie sich an all diese Einzelheiten jetzt noch erinnern?

»Ich kann es versuchen«, sagte sie.

»Versuchen?« Der Riese witterte ihren Geruch. »Ihr Leben hängt allein von Ihrem Gedächtnis ab. Ich an Ihrer Stelle würde es nicht nur versuchen.«

Thomas ging einen Schritt auf ihn zu.

»Ich werde ihr helfen«, sagte er.

»Dann helfen Sie ihr gut«, sagte das Ungeheuer. »Jetzt hängt auch Ihr Leben davon ab.«

Am 11. Februar um 14.20 Uhr erreichten sie in einer Tiefe von 9856 Faden eine Klippe, die hoch über einem lang gezogenen Tal aufragte. Es war noch immer nicht der Boden des Höllenschlundes, denn in weiter Ferne konnte man ein weiteres Loch klaffen sehen. Aber es war ein geologischer Absatz, eine Art Hochebene zwischen steil abfallenden Felswänden.

Damit sie nicht wieder in Versuchung geriet, sich zur Märtyrerin zu machen, fesselte Ike seine namenlose Tochter an einen Felsvorsprung in der Wand. Dann legte er sich am Rand der Klippe auf den Bauch, um sich einen Eindruck von der Umgebung zu verschaffen.

Das Tal hatte die Form eines Kraters und war von einem bräunlichen Leuchten erhellt. Ringsum zogen sich dicke Adern schimmernder Mineralien über die Felswände. Ike erkannte, dass es sich um einen gigantischen Hohlraum von vier oder fünf Kilometern Durchmesser handelte, und er erblickte die riesige, verwinkelte Stadt, die dieser Felsendom in seinem Schoß barg.

Sie lag etwa fünfhundert Meter unter seinem Ausguck und bedeckte den gesamten Kraterboden. Sie wirkte zugleich prächtig und erbärmlich. Von seinem Aussichtspunkt konnte er die heruntergekommene Metropolis vollständig überblicken.

Türme und Pyramiden waren verfallen. In der Ferne erhoben sich ein oder zwei Gebäude bis ungefähr zur Höhe des Klippenrandes, doch auch deren Spitzen waren weggebrochen. Kanäle hatten die breiten Straßen ausgehöhlt und mäandrierende Schluchten zwischen die Gebäude gegraben. Weite Teile waren geflutet oder von Fließstein eingeschlossen. Mehrere riesige Stalaktiten waren so schwer geworden, dass sie von der unsichtbaren Decke herabgebrochen waren und sich in die Gebäude gebohrt hatten.

Ike brauchte eine Weile, bis er sich an den Maßstab dieses Ortes gewöhnt hatte. Erst dann bemerkte er, wie viele Wesen sich dort unten aufhielten. Sie waren so zahlreich und dicht gedrängt, dass er zunächst nur eine Art Flecken auf dem Kraterboden erkannte. Doch der Fleck bewegte sich langsam, träge wie ein Gletscher. Aus der Entfernung konnte er keine einzelnen Gestalten erkennen, aber seiner Schätzung nach mussten sich dort unten mehrere Tausend Hadal aufhalten, vielleicht sogar Zehntausende. Er hatte also richtig vermutet: Es gab eine Zufluchtsstätte.

Sie mussten von überall her, aus dem gesamten Subplaneten an diesen Ort gekommen sein. Ihre große Anzahl verhieß sowohl gute als auch schlechte Nachrichten. Wahrscheinlich würden Alis Entführer ebenfalls dieses Flüchtlingslager ansteuern, wenn sie nicht bereits angekommen waren. Ike hatte zwar noch keinen konkreten Plan gefasst, war jedoch davon ausgegangen, dass er es mit einer weitaus kleineren Horde zu tun haben würde. Aber hier war es unmöglich, Ali aus der Ferne ausfindig zu machen. Sich unter die Hadal zu mischen war unmöglich. Vielleicht würde es Monate dauern, sie zu finden, und die ganze Zeit über würde er sich auch noch um seine Geisel kümmern müssen. Diese Aussicht brachte ihn wieder auf den Boden der Tatsachen zurück. Er warf einen Blick auf seine Uhr und prägte sich Zeit, Datum und Höhe ein.

Als er die Schritte hinter sich hörte, wollte er mit dem Messer in der Hand aufspringen, sah jedoch nur noch einen Gewehrkolben, der ihm ins Gesicht schlug. Er spürte, wie ihm die Haut über dem Schläfenbein aufplatzte. Dann wurde es schwarz um ihn.

Als Ike wieder zu sich kam, waren seine Hände mit seinem eigenen Seil an seine Füße gefesselt. Mühsam öffnete er die Augen. Sein Bezwinger saß wartend in anderthalb Metern Entfernung, barfuß und in Lumpen, und betrachtete Ikes Gesicht durch ein Nachtsicht-Zielfernrohr der U.S. Army. Ike seufzte. Letztendlich hatten ihn die Ranger doch noch aufgespürt.

»Warte«, sagte Ike. »Warte noch, bevor du schießt.«

»Klar doch«, sagte der Mann, dessen Gesicht noch immer hinter dem Gewehr und dem Zielfernrohr verborgen war.

»Sag mir nur, warum.« Was hatte er getan, um ihre Rache auf sich zu ziehen?

»Warum was, Ike?« Der Mann hob den Kopf.

Ike war wie vom Donner gerührt. Es war kein Ranger.

»Tja, das ist eine Überraschung, was?«, sagte Shoat. »Ich hätte es auch nicht für möglich gehalten, dass ein stinknormaler Typ wie ich den großen Ike Crockett überlisten kann. Aber es war das reinste Kinderspiel. Ich habe den Supermann fertig gemacht und nebenbei auch noch das Mädchen gekriegt.«

Ike sah zu seiner Tochter hinüber. Shoat hatte ihre Fesseln fester gezogen. Immerhin hatte er das Mädchen nicht ohne viel Federlesens abgeknallt.

Auch bärtig und ausgemergelt hatte Shoat sein feistes Grinsen nicht verloren. Er war sehr mit sich zufrieden. »In gewisser Hinsicht«, sagte er, »sind wir uns sehr ähnlich, du und ich. Wir sind Gründlinge. Wenn's darauf ankommt, ernähren wir uns von der Scheiße anderer Leute. Und wir halten uns immer ein Hintertürchen offen. Damals in der Festung, als die Haddies plötzlich über uns herfielen, war ich darauf vorbereitet. Genau wie du.«

Ikes Gesicht schmerzte von dem Kolbenhieb. Was ihn aber am meisten schmerzte, war sein verletzter Stolz. »Hast du mich verfolgt?«

Shoat tätschelte das Zielfernrohr seines Gewehres. »Überlegene Technologie«, sagte er. »Ich habe dich aus zwei Kilometern Entfernung entdeckt, so deutlich wie am hellllichten Tag. Und nachdem dir unser kleines Vögelchen ins Netz gegangen ist, war es noch viel einfacher. Aber wie auch immer...« Er warf einen Blick hinter Ike über den Vorsprung. »Jedenfalls sind wir der Sache auf den Grund gegangen, was?«

Während Shoat redete, versuchte Ike die Lage einzuschätzen. Ein Rucksack an der Wand, halb leer. Nicht weit von dem lauernden Mädchen entfernt hatte Shoat den Plastikmüll einer Militärration auf dem Boden verstreut. Also war er ziemlich lange ohnmächtig gewesen; Shoat hatte ihn nicht nur fesseln können, sondern auch noch Zeit fürs Essen gehabt. Noch wichtiger war die

Information, dass er offensichtlich allein gekommen war: Es waren nur ein Rucksack und die Reste einer Ration zu sehen. Und die Proteinriegel ließen darauf schließen, dass er sich nicht von dem ernährte, was ihm die Umgebung bot. Wahrscheinlich hatte er keine Ahnung, wie man das machte.

Eine Sache jedoch machte Ike stutzig. Shoat hatte doch ein Peilgerät, also eine Fahrkarte nach Hause. Warum trieb er sich immer noch so tief unter der Erde herum?

»Sie hätten ein Floß nehmen oder einfach losmarschieren sollen«, sagte Ike. »Inzwischen könnten sie schon fast oben sein.«

»Das hätte ich auch getan, aber leider hat mir jemand mein Lieblingsspielzeug weggenommen.« Shoat hob den Lederbeutel an, der ihm wie ein Amulett um den Hals hing. »Das war die Garantie für meine Rückkehr. Ich habe erst gemerkt, dass mein Peilungsschätzchen weg ist, als ich es brauchte und im Beutel nur das hier fand.« Er öffnete den Beutel und schüttelte ein flaches Jadeplättchen heraus.

Ike war sofort klar, dass jemand das Gerät gestohlen und durch dieses Stück aus einer antiken Hadal-Rüstung ersetzt haben musste.

»Und jetzt wollen Sie, dass ich Sie nach oben führe?«, vermutete er.

»Ich glaube nicht, dass wir ein gutes Team wären, Ike. Wie weit würden wir kommen, bevor uns Haddie erwischt? Oder du mich fertig machst?«

»Was wollen Sie dann?«

»Mein Peilgerät. Das wäre wirklich nett von dir.«

»Selbst wenn wir es finden – was können Sie hier schon damit anfangen?« Die Hadal würden ihn trotzdem aufspüren, ob er sein Peilgerät nun bei sich trug oder nicht.

Shoat lächelte rätselhaft und richtete das Jadeplättchen wie eine Fernbedienung auf Ike. »Damit kann ich das Programm wechseln.« Er machte ein schnalzendes Geräusch. »Ich spiele nur ungern den Propheten, Ike, aber du bist nicht mehr als eine Illusion. Genau wie das Mädchen und alle anderen da unten. Keiner von euch existiert.«

»Und Sie?« Ike verspottete ihn nicht. Das hier war der Schlüssel zu Shoats eigenartigem Benehmen.

»Ich schon. Klar doch. Ich bin so etwas wie die treibende Kraft. Der Urgrund aller Dinge. Oder die letzte Ursache. Wenn Ihr alle nicht mehr existiert, werde ich immer noch da sein.«

Shoat wusste etwas, oder glaubte es jedenfalls, doch Ike hatte keine Ahnung, worum es sich dabei handeln könnte. Er war ihnen unbekümmert ins Zentrum des Abgrunds gefolgt und hatte ihnen dort aufgelauert. Er hätte sie in den vergangenen Wochen jederzeit aus der Entfernung erschießen können. Stattdessen hatte er sie aus irgendeinem Grund verschont. Welcher Logik folgte dieser Bursche? Shoat war klug, gerissen und gefährlich. Ike machte sich Vorwürfe. Er hatte ihn unterschätzt.

»Sie haben den Falschen erwischt«, sagte Ike. »Ich habe Ihr Gerät nicht mitgenommen.«

»Natürlich nicht. Ich habe lange darüber nachgedacht. Walkers Jungs hätten sich solche Tricks auch nicht einfallen lassen. Die hätten mir einfach eine Kugel verpasst. Du wahrscheinlich auch. Also muss es jemand anderes gewesen sein, jemand, der den Diebstahl vertuschen wollte. Jemand, der glaubt, meinen Code zu kennen. Ich weiß, wer es war, Ike. Und ich weiß, wann sie es getan hat.«

»Das Mädchen?«

»Glaubst du wirklich, ich hätte dieses wilde Tier in meine Nähe gelassen? Nein. Ich meine Ali.«

»Ali? Sie ist eine Nonne.« Ike schnaubte verächtlich, um seine Ablehnung zu unterstreichen. Aber wer könnte es sonst gewesen sein?

»Eine ziemlich gerissene Nonne. Du brauchst es gar nicht erst abzustreiten, Ike. Ich weiß, dass sie mit dir Hasch-mich gespielt hat. Solche Dinge bleiben mir nicht lange verborgen. Ich habe eine gute Menschenkenntnis.«

Ike betrachtete ihn. »Also sind Sie mir gefolgt, um ihr auf die Spur zu kommen.«

»Kluger Junge.«

»Aber ich habe sie nicht gefunden.«

»Doch, Ike. Du hast sie gefunden.« Shoat zog ihn an seinen Fesseln zum Klippenrand, legte Ike das Fernglas um den Hals und lockerte vorsichtig den Strick, mit dem Ikes Hände an seine Füße gefesselt waren. Dann trat er ein Stück zurück und zückte seine Pistole.

»Schau mal durch«, forderte er Ike auf. »Dort unten ist jemand, den du kennst. Sie und dieser lächerliche Häuptling. Seine satanische Majestät. Der Bursche, der sie entführt hat.«

Ike setzte sich mühsam auf. Seine Hände waren taub vom Strick, doch es gelang ihm, das Fernglas vor die Augen zu halten. Er suchte die Kanäle und die überfüllten Straßen ab, die jetzt vom grünen Licht des Nachtsichtgerätes erhellt waren.

»Such nach einem spitzen Turm, dann halte dich links«, wies ihn Shoat an.

Selbst mit Shoats Anweisungen, der durch das Zielfernrohr seines Gewehrs blickte, dauerte es mehrere Minuten. »Siehst du diese Säulen?«

»Sind das Walkers Leute?« Dort unten hingen zwei leblose Körper. Ali war nicht dabei. Noch nicht.

»Die ruhen sich nur ein bisschen aus«, sagte Shoat. »Sind ganz schön hart rangenommen worden. Es gibt noch einen weiteren Gefangenen. Ich habe ihn gesehen, bei Ali. Aber sie holen ihn immer wieder weg.«

Ike suchte weiter oben.

»Sie ist da«, ermutigte Shoat ihn. »Ich kann sie sehen. Unglaublich. Sieht aus, als schriebe sie in ihr Fahrtenbuch. Notizen aus dem Untergrund?«

Ike suchte weiter. Über den Hadal-Massen erhob sich ein Berg aus Fließstein, der ein aus dem Fels gehauenes Gebäude bis auf die oberen Stockwerke eingeschlossen hatte. Auf Ikes Seite waren Außenmauern des Gebäudes eingestürzt und gaben den Blick auf einen geräumigen Saal ohne Decke frei. Und dort saß sie. Ungefesselt. Warum auch nicht? Zwei Stockwerke tiefer belagerte sie die gesamte Hadal-Bevölkerung.

»Gefunden?«

»Ich sehe sie.« Eigenartigerweise konnte er keine Spuren ritueller Verstümmelungen erkennen. Normalerweise fingen sie mit den Brandzeichen und den Wundnarben gleich in den ersten Tagen an. Es dauerte Jahre, bis man davon genesen war. Aber Ali sah immer noch unberührt und unversehrt aus.

»Gut.« Shoat riss ihm das Fernglas aus den Händen. »Jetzt hast du deine Spur wieder. Du weißt, wohin du gehen musst.«

»Sie wollen, dass ich mich durch eine Stadt voller Hadal schleiche und Ihnen Ihr Peilgerät zurückhole?«

»Für so dumm musst du mich nicht halten. Auch du bist sterblich. Abgesehen davon: Warum sollte man eine Stadt heimlich betreten, wenn man ebenso gut einen großen Auftritt haben kann?«

»Ich soll einfach so hineinmarschieren und Ihr Eigentum zurückverlangen?«

»Besser du als ich.«

»Selbst wenn Ali das Peilgerät hätte – was dann?«

»Ich bin Geschäftsmann, Ike. Ich lebe und sterbe für Verhandlungen. Mal sehen, auf welche Geschäfte sich die Brüder dort unten einlassen.«

»Die dort unten? Die Hadal?«

»Du bist mein Bevollmächtigter. Mein privater Gesandter.«

»Sie werden Ali niemals freilassen.«

»Ich will ja nur mein Gerät.«

Ike war völlig verwirrt. »Warum sollten sie es herausrücken?«

»Genau darüber will ich mit ihnen verhandeln.« Shoat streckte die Hand nach seinem Tornister aus und zog einen ramponierten Laptop heraus, auf dem das Helios-Logo prangte. »Unsere Walkie-Talkies sind alle weg. Aber hier drin ist eine kleine Gegensprechanlage. Wir schalten eine Art Videokonferenz.«

Shoat klappte das Gerät auf und stellte den Rechner an. Er ging ein Stück zurück, steckte sich einen kleinen Ohrhörer ins Ohr und hielt sich das kleine Videomikrofon vors Gesicht. Seine grinsende Fratze huschte über den Bildschirm. »Test, Test, Test«, kam seine Stimme aus dem Computerlautsprecher.

Das noch immer an die Wand gefesselte wilde Mädchen stieß einen angsterfüllten Laut aus. Diese Art von Magie war ihr völlig unbekannt.

»Ich sage dir, was du zu tun hast, Ike. Du nimmst den Laptop mit hinunter in diese Totenstadt. Sobald du Ali gefunden hast, klappst du den Laptop auf. Achte darauf, dass zwischen dem Computer und mir kein Hindernis steht. Ich möchte nicht, dass die Übertragung gestört wird. Dann holst du mir ihren Häuptling ans Rohr. Und dann gibst du ihm erst mal diese Göre zurück, sozusagen als Beweis für meinen guten Willen. Von da an übernehme ich.«

»Und was ist für mich drin?«

Shoat grinste. »Kluges Kerlchen. Woran denkst du denn? Dein Leben? Oder Alis Leben? Jede Wette, dass ich die Antwort kenne.«

Das war genau die Chance, die Ike für Ali gewollt hatte. »Na gut«, sagte er. »Sie sind der Boss.«

»Schön, dich wieder an Bord zu haben, Ike.«

»Schneiden Sie mich los.«

»Aber sicher.« Shoat wackelte mit dem Messer, als sei Ike ein ungezogener kleiner Junge. Dann ließ er es auf den Boden fallen. »Ich möchte nur rasch noch etwas klarstellen. Es wird eine Weile dauern, bis du zum Messer gekrochen bist und dich losgeschnitten hast. Bis dahin sitze ich längst gemütlich mit geladener Flinte in meinem Versteck. Du begleitest diese kleine Menschenfresserin durch den Mob dort unten zu ihren Leuten, wo du mich sofort mit ihrem Obermacker in Verbindung setzt, egal wer dieser Kerl sein mag.«

Shoat stellte den Computer auf den Boden und zog sich zu einer höher gelegenen Nische mit schartigen Rändern in der Felswand zurück. Ikes Blick ruhte auf dem Messer.

»Keine Tricks, keine Umwege, keine Täuschungsmanöver. Der Laptop ist angeschaltet. Schalte ihn nicht aus. Ich möchte alles hören, was du sagst«, rief Shoat. »Und komm bloß nicht auf die Idee, mich zu suchen. Von meiner Position aus habe ich alles prima unter Kontrolle. Eine falsche Bewegung, Ike, und das Feuerwerk geht los. Aber ich erschieße nicht dich, Ike. Ali wird für deine Sünden bezahlen. Sie ist zuerst dran. Danach suche ich mir meine Ziele nach Lust und Laune aus. Für dich wird es allerdings keine Kugel geben, das verspreche ich dir. Die Hölle darf dich behalten. Haben wir uns verstanden?«

Ike kroch auf das Messer zu.

Und in der tiefsten Tiefe lauert stets
Noch eine tiefere und tut sich auf
Und droht, mich zu verschlingen, gegen die
Die Hölle, die ich leide, himmlisch scheint.

John Milton,
Das verlorene Paradies

27
Shangri-La

Unter dem Schnittpunkt von Javagraben, Palaugraben und Philippinengraben

Ike stieg in die urzeitliche Stadt hinab und führte seine Tochter an einem Seil mit sich. Die Stadt erstreckte sich in dem organischen Zwielicht vor ihm, ein Puzzle aus Überresten geschmolzener Architektur und augenloser Fenster. Auf dem Boden des riesigen Kraters angelangt, schlang Ike sich Shoats Laptop über die Schulter und knickte die Leuchtkerze, die Shoat ihm mitgegeben hatte. Sofort glühte der Stab grün auf. Selbst ohne Zielfernrohr konnte Shoat jetzt seinen Weg durch die Stadt verfolgen.

Auf dem ersten Kilometer stellte sich ihm niemand in den Weg, nur hier und da krabbelten kleinere Tiere über den Fließstein. Bei jedem Schritt versuchte Ike sich eine Alternative zu dem sich jetzt anbahnenden Szenario zu überlegen. Shoats Spinnennetz schien lückenlos geknüpft. Ike spürte förmlich das elektronische Zielfernrohr, das auf seinen Hinterkopf gerichtet war. Er konnte versuchen, der Kugel zu entkommen – oder sie eben abkriegen. Aber Shoat hatte sein Ziel deutlich genug verkündet: zuerst Ali. Ike ging weiter durch die versteinerte Stadt.

Die Nachricht, dass ein Mensch die Stadt unbefugt betreten hatte, eilte ihm voraus. Im Zwielicht der grünen Kerze wirkten die Gestalten, die sich normalerweise als Silhouetten vor dem blassen Schimmer des Gesteins abgezeichnet hätten, wie lauernde Schatten. Der Neonschein der Kerze machte seine Nachtsicht zunichte. Andererseits hatte er seine Fähigkeit, sich im Dunkeln zu bewegen, schon seit Anbeginn der Expedition sträflich vernachlässigt. Er hatte sogar die Nahrung der Menschen zu sich genommen. Es war unmöglich, seine Herkunft zu verschleiern.

Er roch, dass sich rings um ihn herum viele Hadal drängten. Ein Stein traf ihn am Oberarm, nicht fest, nur um ihn ein wenig aus der Reserve zu locken. Geflügelte Tiere strichen dicht über ihn hinweg. Ike behielt seinen gleichmäßigen Schritt bei.

Die ausgetretenen Treppen der Stadt führten ihn immer höher. Ike näherte sich jener Erhebung im Zentrum, die er durch das Fernglas bereits gesehen hatte. Die Gebäude ringsum waren mit Flüchtlingen überfüllt. Sie lagen auf dem nackten Boden, krank und hungrig.

In all seinen Jahren der Gefangenschaft hatte Ike nicht einmal einen Bruchteil der hier versammelten hadalischen Varianten gesehen. Einige Arten hatten Flossen an Stelle von Armen, andere wiederum Füße, die Händen glichen. Es gab Köpfe, die durch Abbinden abgeflacht waren, und mutationsbedingte leere Augenhöhlen. Die Vielfalt der Körperverzierungen und Kleidungsstücke war atemberaubend. Einige gingen nackt, andere trugen Rüstungen oder Kettenhemden. Er ging an Eunuchen vorbei, die ihre Beschneidung stolz zur Schau stellten, an Kriegern mit Perlen im Haar und Skalps an den Hörnern, an Frauen, die absichtlich klein oder fett gezüchtet worden waren.

Ike durchwanderte dieses Panoptikum mit ungerührtem Gesichtsausdruck. Er stieg zur Bergspitze hinauf, und die Hadal-Meute schloss sich immer enger um ihn. Hier und da wölbten sich abgenagte Rippen über ausgeweideten Kadavern. Er wusste, dass in Notzeiten das menschliche Vieh zuerst geschlachtet wurde.

Das Mädchen ging hinter ihm und versuchte, Schritt zu halten. Seine Tochter war sein Passierschein. Niemand stellte sich ihm mehr in den Weg. Vom Klippenrand aus hatte Ike gesehen, dass dieser Krater keine Sackgasse war, dass der Höllenschlund sich weiter hinten noch tiefer in den Abgrund bohrte. Trotzdem schien sich das gesamte Volk hier versammelt zu haben. Keiner von ihnen machte Anstalten, noch tiefer in die Erde vorzudringen. Genau das machte Ike neugierig darauf, was sich noch alles in den finsteren Abgründen verbergen mochte. Im nächsten Moment stimmte ihn seine Neugier traurig, denn es war unwahrscheinlich, dass er die nächsten Stunden überleben und noch irgendwelche Erkundungstouren unternehmen würde.

Sie gingen weiter in einem Halbkreis um den Hügel herum. Die Ruinen auf der abgeflachten Spitze bedeckten eine Fläche von mehreren Hektar. Überall auf den amorphen Steinfalten lagen oder saßen Hadal, doch eigenartigerweise hatten sie das Gebäude selbst nicht besetzt. Sie machten keinerlei Anstalten, ihn aufzuhalten und schienen in aller Ruhe abzuwarten.

Die Fassade des Hauptgebäudes war auf einer Seite eingestürzt. Ike und das Mädchen kletterten über den Schutt in das obere Stockwerk der Ruine, das Ike bereits durch das Fernglas gesehen hatte. Das Dach war heruntergebrochen oder abgedeckt worden, wodurch sich Shoat und seinem Zielfernrohr eine perfekte Bühne darbot. Die Galerie war geräumiger, als Ike erwartet hatte. Erst jetzt sah er, dass es sich um eine Art Bibliothek voller Schränke und Regale handelte.

Ike blieb in der Mitte des Raums stehen. Hier hatte er Ali lesen gesehen. Sie war nicht mehr da. Der Boden war leicht geneigt, wie bei einem sinkenden Schiff. An diesem Ort, unter dem Gegenstück eines Himmelsgewölbes, fühlte er sich wenigstens nicht beengt. Wenn er schon die Wahl hatte, so wollte er nicht in irgendeinem engen Schacht sterben. Dann lieber im Freien. Außerdem musste er der Anweisung nach in Sichtkontakt zu Shoat bleiben.

Er stellte den Computer auf eine abgebrochene Stele und klappte den Deckel auf. Shoats Gesicht leuchtete wie ein verkleinerter Zauberer von Oz auf. »Worauf warten die denn?«, fragte seine Stimme aus dem Lautsprecher. Das wilde Mädchen wich erschrocken zurück. Einige Hadal, die sich in der Nähe aufgehalten hatten, verzogen sich in die Dunkelheit und stießen heulende Alarmrufe aus.

»Hier müssen wir nach den Spielregeln der Hadal spielen«, antwortete Ike.

Zehn endlose Minuten vergingen. Dann trat Ali aus dem unübersichtlichen Gebäudeinneren zu ihm heraus. Ein paar Meter vor ihm blieb sie stehen. Tränen rannen über ihr Gesicht. »Ike.« Sie hatte um ihn getrauert. Und jetzt trauerte sie noch einmal um ihn. »Ich dachte, du seist tot. Ich habe für dich gebetet. Und dann habe ich darum gebetet, dass du mich, wenn du doch noch lebst, auf keinen Fall suchen kommst.«

»Den Schluss muss ich irgendwie nicht mitgekriegt haben«, lächelte Ike. »Ali, ist mit dir alles in Ordnung?«

»Sie haben mich gut behandelt, jedenfalls im Vergleich zu Walkers Leuten. Ehrlich gesagt, inzwischen glaube ich sogar, es könnte hier einen Platz für mich geben.«

»Sag so was nicht!«, fuhr Ike sie an. Die Hadal hatten also bereits angefangen, sie zu verführen. Es war der verführerische Zauber einer Märchenwelt, der verlockende Gedanke, keine Vergangenheit mehr zu haben. Man begeisterte sich für einen Ort wie Schwarzafrika, Paris oder Katmandu, und schon besaß man kein Heimatland mehr, man war einfach nur noch ein Bürger der Zeit. Das hatte er hier unten gelernt. Unter den gefangenen Menschen hatte es schon immer Sklaven gegeben, lebende Tote. Und es gab die anderen, nur sehr wenige, wie ihn – oder Isaak –, die ihre Seele an diesen Ort verloren hatten.

»Aber ich bin schon so dicht dran am Wort. Am ersten Wort. Ich spüre es bereits, es ist hier irgendwo, Ike.«

Ihrer aller Leben stand auf dem Spiel. Shoats Sturm würde bald losbrechen, und sie erzählte ihm etwas von der Ursprache? Das Wort war ihre Verführung. Sie war seine.

»Kommt nicht in Frage«, sagte er.

»Hallo, Ali«, rief Shoat über die Computerverbindung. »Du bist ein sehr böses Mädchen gewesen.«

»Shoat?« Ali schluckte und starrte auf den Bildschirm.

»Bleib ruhig«, sagte Ike.

»Aber …?«
»Er hat keine Schuld«, sagte Shoats Bild. »Ike ist nur mein Pizzabote.«
»Ike, ich bitte dich«, flüsterte sie. »Was hat er vor? Hör zu, die Hadal lassen mit sich reden. Lass mich mit ihnen verhandeln.«
»Verhandeln? Du redest von ihnen immer noch wie von edlen Wilden.«
»Ich kann ihnen helfen, ich kann …«
»Ihnen helfen? Sieh dich nur einmal um!«
»Ich habe einen Schatz gefunden.« Ali zeigte auf die Schriftrollen, Glyphen und Texte. »Hier liegt das Geheimnis ihrer Vergangenheit, das Gedächtnis ihres Volkes, es liegt alles hier!«
»Sie können weder lesen noch schreiben. Sie verhungern.«
»Genau deshalb brauchen sie mich«, erwiderte sie. »Wir können ihre Größe zu neuem Leben erwecken. Es braucht Zeit, gewiss, aber ich weiß jetzt, wie wir es anstellen können. Der innere Zusammenhang ist in diesen Schriften bewahrt. Sie sind etwa so weit von der heutigen Sprache der Hadal entfernt wie Altägyptisch vom Englischen. Aber dieser Ort gibt uns den Schlüssel dazu. Mit etwas Geduld können wir eine zwanzigtausend Jahre alte Zivilisation enträtseln.«
»Wir?«, fragte Ike.
»Ja, es gibt hier noch einen zweiten Gefangenen. Ich kannte ihn schon früher. Wir haben das ganze Ursprachen-Projekt gemeinsam aus der Taufe gehoben.«
»Du kannst die Hadal nicht mehr zu dem machen, was sie einmal waren. Sie brauchen keine Geschichten aus der glorreichen Vergangenheit.« Ike hob die Nase witternd in die Luft. »Riech nur, Ali. Das ist der Geruch des Todes und der Verwesung. Wir sind hier in der Stadt der Verdammten. Ich weiß nicht, warum sich die Hadal alle hier versammelt haben. Es spielt auch keine Rolle. Sie gehen zu Grunde. Deshalb rauben sie unsere Frauen und Kinder. Deshalb lassen sie dich am Leben. Sie brauchen dich als Zuchtstute. Wir sind Vieh für sie. Sonst nichts.«
»Hallo, ihr zwei Turteltäubchen«, unterbrach sie Shoats quäkende Stimme. »Meine Uhr tickt. Bringen wir die Sache hinter uns, ja?«

Ali wandte sich dem Bildschirm zu. Sie wusste nicht, dass er sie durch sein Zielfernrohr im Visier hatte. »Was wollen Sie, Shoat?«

»Erstens: den Oberboss. Zweitens: mein Eigentum. Fangen wir bei Punkt eins an. Stellt mich zu ihm durch.«

Sie schaute Ike an.

»Er glaubt, die Hadal lassen mit sich handeln. Soll er es doch versuchen. Also, wer führt hier das Kommando, Ali?«

»Derjenige, den ich die ganze Zeit über gesucht habe, Ike. Der, nach dem auch du gesucht hast. Es ist ein und derselbe.«

»Das kann nicht sein.«

»Doch. Er ist es. Ich habe mit ihm geredet. Er kennt dich.« Ali sprach den hadalischen Namen des Gottkönigs in der Schnalzsprache aus.

»Älter-als-Alt«, sagte sie dann auf Englisch.

Es war ein verbotener Name, und das wilde Mädchen warf ihr einen strengen, erstaunten Blick zu.

»Er.« Ali zeigte auf das in Ikes Arm tätowierte Stammeszeichen, und ihn fröstelte. »Satan.«

Sein Blick huschte suchend über die Gestalten, die im Gewölbe hinter Ali lauerten. War das möglich? Hier?

Plötzlich stieß das Mädchen einen leisen Schrei aus. *»Batr!«*, sagte sie auf Hadal. Das Wort traf Ike ganz unerwartet. Sie hatte »Vater« gesagt. Sein Herz schlug schneller, und er drehte sich zu ihr um. Doch sie witterte in Richtung der lauernden Schatten. Kurz darauf nahm auch Ike den Geruch wahr. Abgesehen von einem kurzen Blick bei der Belagerung der Festung hatte Ike diesen Mann seit seinen Tagen im Höhlensystem von Tibet nicht mehr gesehen.

Isaak hatte sich kaum verändert. Und wenn, dann war er noch eindrucksvoller geworden. Keine Spur mehr von dem ausgemergelten Asketenkörper. Er hatte kräftige Muskeln angesetzt, was bedeutete, dass die Hadal ihm einen höheren Status und damit größere Fleischrationen zugestanden. Kalziumauswüchse bildeten an einer Seite seines bemalten Kopfes ein gewundenes Horn. Er bewegte sich mit der Anmut eines Tai-Chi-Meisters. Von den Silberbändern, die seinen Bizeps umspannten, über den drohenden Dämonenblick bis zu dem antiken Samuraischwert, das er in einer

Hand führte, sah Isaak wie geschaffen dafür aus, hier unten zu regieren. Ein wahrhaftiger Herrscher der Unterwelt.

»Unser Abtrünniger«, begrüßte ihn Isaak mit mörderischem Grinsen. »Und er hat Geschenke mitgebracht? Meine Tochter. Und eine Maschine.«

Das Mädchen wollte sich losreißen, doch Ike hielt sie zurück, indem er den Strick noch einmal um seine Hand wand. Isaaks Oberlippe zog sich über die gefeilten Zähne zurück. Er sagte etwas auf Hadal, das zu kompliziert für Ike war.

Ike packte sein Messer und erstickte seine Angst. Das war Alis Satan? Es sah ihm ähnlich, sie davon zu überzeugen, er sei der große Khan. So wie er Ikes eigene Tochter glauben gemacht hatte, er sei ihr Vater.

»Ali«, murmelte Ike, »er ist es nicht.« Er sprach den Namen von Älter-als-Alt nicht aus, nicht einmal geflüstert. Stattdessen berührte er sein Sippenzeichen, um ihr zu signalisieren, wen er meinte.

»Natürlich ist er es.«

»Nein. Er ist nur ein Mensch. Ein Gefangener wie ich.«

»Aber sie gehorchen ihm.«

»Weil er ihrem König gehorcht. Er ist ein Statthalter. Ein Günstling.«

Ali sah ihn verdutzt an. »Aber wer ist dann der König?«

Ike vernahm ein leises Klingeln. Er kannte dieses Geräusch aus der Festung. Das Klirren von Jade gegen Jade. Kriegerrüstungen, zehntausend Jahre alt. Ali drehte sich um und starrte in die Dunkelheit.

Eine schreckliche Kraft fing an, an Ike zu zerren. Er spürte, wie er den Halt verlor und die Tiefe ihn magisch anzog.

»Wir haben dich vermisst«, sprach eine Stimme aus den Ruinen zu ihm.

Als eine vertraute Gestalt aus der Dunkelheit hervortrat, senkte Ike die Hand mit dem Messer. Er ließ den Strick los, an den seine Tochter gefesselt war, und sie huschte von seiner Seite. Sein Bewusstsein füllte sich. Sein Herz wurde leer. Er ergab sich dem Abgrund.

Endlich, dachte Ike und fiel auf die Knie. *Er.*

Shoat summte in seinem Scharfschützenversteck vor sich hin. Das Gewehr ruhte in einer Rille im Felsgestein vor ihm. Von hier aus hatte er das gesamte Höllenloch im Blick. Sein Auge haftete am Zielfernrohr, durch das er beobachtete, wie die kleinen Gestalten dort unten das abgesprochene Drehbuch aufführten. »Tick-tack«, flüsterte er.

Höchste Zeit, den Deckel auf den Sarg zu nageln und die lange Heimreise anzutreten. Da der Fluchttunnel mit synthetischen Viren blockiert war, brauchte er sich vor keiner dieser Kreaturen mehr zu verstecken, musste vor niemandem mehr davonlaufen. Die größten Gefahren, die ihm drohten, waren Einsamkeit und Langeweile. Immerhin lag ein einsamer Marsch von einem halben Jahr vor ihm, den er mit einem eintönigen Speiseplan aus überall am Weg versteckten Energieriegeln hinter sich bringen musste.

Dass sich die Hadal alle hier an einem Fleck zusammengerottet hatten, war ein wahrer Glücksfall für ihn. Die Forscher bei Helios hatten berechnet, dass es bis zu zehn Jahren dauern könnte, bis die Kontaminierung mit Prion das subpazifische Höhlensystem durchdrungen und die gesamte Nahrungskette inklusive der Hadal selbst vernichtet hatte. Jetzt aber, nachdem er seine letzten fünf Kapseln im Gehäuse des Laptops festgeklebt hatte, konnte Shoat die lästige Bevölkerung hier unten weit vor dem veranschlagten Zeitpunkt ausradieren. Es war das ultimative Trojanische Pferd.

Shoat genoss das Glücksgefühl des Überlebenden. Zugegeben, es war zuweilen ziemlich hart zugegangen, und eigentlich hatte er schon wesentlich weiter sein wollen. Aber insgesamt hatte es die Vorsehung gut mit ihm gemeint. Die Expedition hatte sich selbst aufgelöst, aber erst, nachdem sie ihn weit und tief genug begleitet hatte. Die Söldner waren durchgedreht, aber erst, nachdem er ohnehin kaum noch Verwendung für sie gehabt hatte. Und jetzt hatte Ike das Verderben direkt ins Wohnzimmer des Feindes befördert.

»Himmlische Heerscharen werden dich in den Schlaf singen«, murmelte er und hielt das Auge wieder vor das Zielfernrohr.

Noch vor einer Minute hatte es so ausgesehen, als würde Ike jeden Augenblick türmen. Eigenartigerweise lag er jetzt auf den

Knien, buckelte vor einer Gestalt, die aus dem Gebäudeinneren herauskam. Das war vielleicht mal ein Anblick: Crockett in der Pose des Besiegten, die Stirn unterwürfig auf den Fußboden gepresst.

Shoat wünschte, er hätte ein besseres Fernglas zur Hand. Wer mochte das wohl sein? Wie gerne hätte er das Gesicht des Hadal aus der Nähe gesehen. So aber musste er sich mit dem Zielfernrohr zufrieden geben.

Pleased to meet you, summte Shoat. *Hope you guessed my name.*

»Du bist also zu mir zurückgekehrt«, sprach die Stimme aus der Dunkelheit. »Erhebe dich.«

Ike hob nicht einmal den Kopf.

Wie gelähmt von Ikes unterwürfiger Geste, starrte Ali seinen nackten Rücken an. Das stellte ihr ganzes Weltbild auf den Kopf. War er nicht immer das Urbild des freien Geistes gewesen, der Rebell schlechthin? Und jetzt kniete er im Staub, ohne jeden Widerstand, ohne den geringsten Protest.

Das Oberhaupt der Hadal – ihr Fürst, Mahdi, Khan, König oder wie immer man seinen Namen übersetzen mochte – stand reglos vor dem demütig kauernden Ike. Er trug eine Rüstung aus Jade- und Kristallplatten, darunter das kurzärmelige Kettenhemd eines Kreuzritters.

Das war Satan? Die plötzliche Erkenntnis verursachte Ali Übelkeit. Das war derjenige, den Ike gesucht hatte? Sie hatte geglaubt, er wolle ihn vernichten, aber jetzt betete er ihn an. Ikes Unterwerfung war vollständig, seine Angst und seine Scham waren nicht zu übersehen. Er scheuerte mit der Stirn über den Fließstein.

»Was tust du da?«, murmelte sie, aber die Frage war nicht an Ike gerichtet.

Thomas öffnete feierlich die Arme, und ringsum erhob sich aus der Stadt das Gebrüll der Hadal-Clans. Ali sank fassungslos in die Knie. Sie wusste nicht, wo sie anfangen sollte, um das Ausmaß seiner Täuschungen zu ergründen. Immer wenn sie gerade eine davon begriffen hatte, schob sich eine noch unglaublichere in den Vordergrund. Er hatte sich als ihr Mitgefangener ausgegeben, er hatte von Anfang an Januarys Gruppe manipuliert, und am verblüffendsten war seine Fähigkeit, als Mensch aufzutreten, obwohl er durch und durch Hadal war.

Trotzdem sah Ali selbst hier, wo sie ihn in eine uralte Kampfausrüstung gekleidet die Huldigungen seines Volkes entgegennehmen sah, immer noch den Jesuiten in ihm, streng, rigoros und human. Es war unmöglich, das Vertrauen und die Kameradschaft, die sie in den vergangenen Wochen aufgebaut hatte, einfach auszubrennen.

»Erhebe dich«, befahl Thomas. Dann fiel sein Blick auf Ali und wurde sanfter. »Bitte, sag ihm doch, er soll aufstehen. Ich muss ihm ein paar Fragen stellen.«

Ali kniete sich neben Ike, lehnte den Kopf an seinen, damit sie einander durch die tosenden Lobpreisungen der Hadal verstehen konnten. Sie ließ die Hand über seine knotigen Schultern streichen, über die Narben an seinem Hals, dort, wo einst der Eisenring in seiner Wirbelsäule gesteckt hatte.

»Steh auf«, wiederholte Thomas.

Ali sah zu ihm auf.

»Er ist nicht dein Feind«, sagte sie. Eine innere Stimme riet ihr, sich für Ike einzusetzen. Nicht nur wegen seiner Unterwerfung und Hilflosigkeit – plötzlich hatte sie Angst um sich selbst. Wenn Thomas tatsächlich der oberste Herrscher war, dann war er es, der es zugelassen hatte, dass Walkers Soldaten tagelang gefoltert wurden. Und auch Ike war Soldat.

»Zu Anfang nicht«, erwiderte Thomas. »Zu Anfang, als wir ihn hereinholten, war er eher so etwas wie ein Waisenkind. Und ich führte ihn zu unserem Volk. Aber was ist der Dank dafür? Er bringt Krieg, Hungersnot und Krankheit über uns. Wir schenkten ihm das Leben und zeigten ihm den Weg. Er aber brachte Soldaten, diente Kolonisten als Kundschafter. Jetzt ist er zu uns heimgekehrt. Aber ist er als verlorener Sohn gekommen? Oder als unser Todfeind? Antworte mir. Erhebe dich.«

Ike stand auf.

Thomas nahm Ikes linke Hand und hob sie an seinen Mund. Ali dachte, er wollte die Hand des Sünders küssen, sich mit ihm versöhnen. Schon stieg ein Hoffnungsschimmer in ihr auf. Stattdessen spreizte er Ikes Finger und schob sich den Zeigefinger in den

Mund. Er saugte daran. Der Anblick war so pervers, dass Ali nicht wusste, wo sie hinsehen sollte. Der alte Mann schob den Finger bis zum letzten Glied hinein und legte die Lippen um den untersten Knöchel.

Ike sah mit zusammengepressten Kiefern zu Ali hinüber. Mach die Augen zu, signalisierte er.

Sie behielt sie offen.

Thomas biss zu.

Seine Zähne bohrten sich durch den Knochen.

Ikes Blut sprudelte über Thomas' Jaderüstung und in Alis Haare. Sie schrie auf. Ikes Körper zitterte. Sonst zeigte er keine Reaktion, nur sein Kopf senkte sich demütig.

Jetzt erkannte Ali, dass der leibhaftige Satan vor ihr stand. Er hatte sie von Anfang an in die Irre geführt. Sie hatte sich selbst verleiten lassen. Durch die systematische Beschäftigung mit ihren Landkarten und ihrer viel versprechenden Interpretation des hadalischen Alphabets, seiner Glyphen und seiner Geschichte, hatte sich Ali zu der Überzeugung verleiten lassen, sie kenne die Bedingungen dieses Ortes. Es war der Glaube der Gelehrten, Worte seien schon die Welt selbst. Doch hier stand die Legende mit den tausend Gesichtern. Erst freundlich, dann zornig, erst gebend, dann nehmend. Erst Mensch, dann Hadal.

Mit immer noch geneigtem Kopf kniete Ike nieder. »Verschone diese Frau«, bat er. Seine Stimme verriet die Schmerzen.

»Wie galant«, erwiderte Thomas eiskalt.

»Sie kann dir von Nutzen sein.«

Ali staunte weniger darüber, dass Ike sie zu retten versuchte, sondern darüber, dass sie gerettet werden musste. Bis vor wenigen Minuten hatte sie sich in Sicherheit geglaubt. Jetzt klebte Ikes Blut in ihrem Haar. Egal wie sehr sie sich auch in ihre wissenschaftliche Arbeit vertiefte, die Grausamkeit dieses Ortes war unerbittlich.

»Allerdings«, sagte Thomas. »In vielerlei Hinsicht.« Er streichelte Ali über das Haar, und seine Rüstung klingelte wie ein kristallener Kronleuchter. Sie zuckte vor der besitzergreifenden Geste zurück.

»Sie wird meine Erinnerung wieder herstellen. Sie wird mir tausend Geschichten erzählen. Durch sie werde ich mich an all die Dinge erinnern, die mir die Zeit gestohlen hat. Wie man die alten Schriften liest, wie man sich ein Imperium erträumt, wie man ein Volk zu wahrer Größe führt. So viel ist meinem Geist entfallen. Wie es ganz am Anfang war. Das Gesicht Gottes. Seine Stimme. Seine Worte.«

»Gott?«, murmelte sie.

»Oder wie du ihn sonst nennen willst. Der *shekinah*, der vor mir existierte. Die Fleisch gewordene Göttlichkeit. Noch vor Anbeginn der Geschichte. Im hintersten Winkel meiner Erinnerung.«

»Du hast ihn gesehen?«

»Ich *bin* er. Die Erinnerung an ihn. Ein hässliches Scheusal, so weit ich mich entsinne. Mehr Affe als Moses. Aber ich habe, wie du siehst, sehr viel vergessen. Es ist so, als wollte ich mich an den Augenblick meiner Geburt erinnern. Meine erste Geburt als der, der ich bin.« Seine Stimme wurde so matt wie Staub.

Erste Geburt? Die Stimme Gottes? Ali konnte sich keinen Reim auf diese Worte machen, und mit einem Mal wollte sie es auch nicht mehr. Sie wollte nach Hause. Sie wollte Ike. Doch das Schicksal hatte sie mit diesem Höllenschlund verwoben. Da hatte sie nun ihr ganzes Leben lang gebetet, und jetzt stand sie hier, umzingelt von Ungeheuern.

»Pater Thomas«, sagte sie. Sie hatte keine Angst davor, seinen anderen Namen auszusprechen, aber sie brachte ihn einfach nicht über die Lippen. »Seit wir uns kennen lernten, habe ich Ihre Wünsche stets getreu erfüllt. Ich habe meine eigene Vergangenheit hinter mir gelassen und bin hierher gekommen, um Ihre Vergangenheit wieder herzustellen. Ich werde hier bleiben, wie wir es vereinbart haben. Ich helfe Ihnen dabei, Ihre alte Sprache neu zu erlernen. Daran hat sich nichts geändert.«

»Ich wusste, dass ich auf dich zählen kann,« erwiderte Thomas. Ali erkannte, dass ihre Treue lediglich eines seiner vielen Besitztümer war. Sie faltete gehorsam die Hände und versuchte, keinen Blick auf seine blutigen Lippen zu werfen. »Sie können sich bis zum Ende meiner Tage auf mich verlassen. Aber im Gegenzug dürfen Sie diesem Mann hier nichts mehr antun.«

»Ist das eine Forderung?«

»Auch er hat seine Verdienste. Ike kann meine Lücken ergänzen. Er kann Sie überall hinführen, wohin ich Sie bringen soll.«

Ikes Kopf hob sich kaum wahrnehmbar.

»Nein«, sagte Thomas. »Du verstehst das nicht. Ike weiß nicht mehr, wer er ist. Begreifst du, wie gefährlich das ist? Er ist ein Tier geworden, das andere für ihre Zwecke einsetzen. Die Armee benutzt ihn, um uns zu töten. Die Multis benutzen ihn dazu, unser Territorium zu besetzen und Mörder herabzuführen, die uns mit Krankheiten verseuchen. Und er verbirgt seine eigene Verderbtheit, indem er von einer Rasse zur anderen wechselt.«

»Seuchen?«, fragte Ali. Thomas hatte das schon einmal erwähnt, und sie hatte keine Ahnung, was er damit meinte.

»Ihr habt Elend und Verwüstung über mein Volk gebracht. Die Vernichtung folgt euch auf dem Fuße.«

»Welche Seuche?«

Thomas' Augen blitzten sie an.

»Keine Heucheleien mehr!«, donnerte er.

Ali wich unwillkürlich vor ihm zurück.

»Ganz meiner Meinung«, piepste eine hohe Stimme aus dem Laptop.

Thomas wandte den Kopf, als hörte er eine Fliege summen und warf einen misstrauischen Blick auf den Computer.

»Was soll das?«, zischte er.

»Ein Mann namens Shoat«, sagte Ike. »Er möchte mit dir sprechen.«

»Montgomery Shoat?« Thomas sprach den Namen aus, als würge er einen üblen Geschmack hervor. »Ich kenne Sie.«

»Ich wüsste nicht, woher«, antwortete Shoat. »Aber wir haben ein gemeinsames Anliegen.«

Thomas packte Ike am Arm und wirbelte ihn herum, sodass er mit dem Gesicht zur fernen Klippe stand. »Wo ist dieser Mann? Ist er in der Nähe? Beobachtet er uns?«

»Ah-ah, vorsichtig, Ike. Kein Wort mehr«, ertönte Shoats Stimme. Sein erhobener Zeigefinger drohte ihnen vom Bildschirm.

Thomas stand wie angewurzelt hinter Ike, reglos, bis auf seinen Kopf, den er hin und her drehte und dabei ins Zwielicht hinausspähte. »Warum kommen Sie nicht zu uns, Mr. Shoat?«

»Danke für die Einladung«, sagte Shoats Bild auf dem Schirm. »Für meinen Geschmack bin ich dicht genug dran.«

Die Surrealität des Computerbildschirms in dieser Unterwelt war atemberaubend. Die Moderne sprach zum Althergebrachten. Dann bemerkte Ali, dass Ikes Blick unruhig suchend im Zimmer hin und her huschte.

»Sie werden früh genug hier unten sein, Mr. Shoat«, sagte Thomas zu dem Computer. »Aber gibt es bis dahin etwas, worüber Sie reden möchten?«

»Ein gewisses Stück Ausrüstung, Eigentum von Helios, ist in Ihre Hände gefallen.«

»Was will dieser Narr?«, wollte Thomas von Ike wissen.

»Sein Peilgerät«, antwortete Ike. »Er behauptet, jemand habe es ihm gestohlen.«

»Ohne das Ding bin ich verloren«, sagte Shoat. »Geben Sie es mir zurück, und schon sind Sie mich los.«

»Mehr wollen Sie nicht?«

Shoat überlegte. »Vielleicht einen kleinen Vorsprung?«

Thomas' Gesicht wurde zornig, aber er behielt seine Stimme im Griff. »Ich weiß, was Sie getan haben, Shoat. Ich weiß, was Prion-9 ist. Sie werden mir zeigen, wo sie es versteckt haben. Jede einzelne Kapsel.«

Ali warf Ike einen Blick zu, doch der war ebenso verdutzt wie sie.

»Gemeinsame Interessen«, dozierte Shoat, »sind die Grundlage jeder Verhandlung. Ich verfüge über Informationen, die Sie haben möchten, und Sie können mir einen sicheren Rückweg garantieren. Quid pro quo.«

»Sie brauchen keine Angst um Ihr Leben zu haben, Mr. Shoat«, behauptete Thomas. »Sie werden noch lange in unserer Gesellschaft leben. Länger, als Sie es sich je erträumen könnten.«

Ali zweifelte nicht daran, dass er Shoat nur hinhielt, um seinen Aufenthaltsort zu entdecken. Auch Isaak neben ihm spähte angestrengt ins Dämmerlicht, um einen Hinweis zu finden, wo sich Shoat verbergen mochte. Das Mädchen stand direkt an seiner Schulter und lenkte flüsternd seine Blicke.

»Mein Peilsender«, sagte Shoat.

»Ich habe erst kürzlich Ihrer Mutter einen Besuch abgestattet«, sagte Thomas, als sei ihm soeben eine kleine Höflichkeit eingefallen.

Isaak hatte unmerklich aus dem Mundwinkel murmelnd mehrere Hadal-Krieger losgeschickt. Ihre dunklen Silhouetten unterschieden sich kaum von den Schatten, in die sie in die Ruinenstadt hinuntereilten.

»Meine Mutter?« Shoat war verwirrt.

»Eva. Vor drei Monaten. Eine elegante Gastgeberin. Wir waren auf ihrem Landsitz. Wir haben uns ausführlich über Sie unterhalten, Montgomery. Sie war sehr bestürzt über das, was Sie hier vorhaben.«

»Das ist unmöglich.«

»Kommen Sie herunter, Monty. Wir haben einiges zu besprechen.«

»Was haben Sie meiner Mutter angetan?«

»Warum machen Sie uns solche Schwierigkeiten? Wir finden Sie ohnehin. Ob in einer Stunde oder in einer Woche, das spielt keine Rolle. Jedenfalls kommen Sie nie wieder von hier weg.«

»Sie haben meine Frage noch nicht beantwortet.«

Ikes Augen hörten auf zu suchen. Ali sah, dass sie sich eindringlich auf die ihren konzentrierten. Sie atmete tief durch und versuchte, ihre Verwirrung und ihre Angst zu bekämpfen. Dann verankerte sie sich in seinen Augen.

»Quid pro quo?«, fragte Thomas.

»Was haben Sie ihr angetan?«

»Wo soll ich anfangen?«, fragte Thomas gelassen. »Am Anfang? An Ihrem Anfang? Sie kamen mit Hilfe eines Kaiserschnitts zur Welt...«

»Meine Mutter würde niemals...«

Thomas' Stimme wurde schneidend: »Das hat sie auch nicht, Monty.«

»Aber wie...« Shoats Stimme verebbte.

»Ich habe die Narbe selbst entdeckt«, sagte Thomas. »Und dann habe ich sie geöffnet. Diese Wunde, durch die Sie in die Welt gekrochen kamen.«

Shoat war verstummt.

»Kommen Sie herunter zu uns«, wiederholte Thomas. »Dann verrate ich Ihnen, in welcher Müllkippe ich sie abgeladen habe.«

Shoats Augen füllten den gesamten Bildschirm und wichen dann zurück. Der Schirm wurde schwarz.

Was kommt jetzt, fragte sich Ali.

»Er hat sich davongemacht«, sagte Thomas zu Isaak. »Bring ihn mir. Lebend.«

Ein friedlicher Ausdruck zuckte über Ikes Gesicht. Er hob den Blick zu den fernen Klippen. Thomas lauerte, direkt hinter ihm. Ali hatte keine Ahnung, wonach Ike suchte. Sie ließ den Blick über die dunklen Felsen wandern – und da war es. Ein winziges Glitzern. Ein flüchtiger Nordstern.

Ike duckte sich weg.

Im gleichen Moment loderte Thomas auf. Die Hadal-Rüstung, das Kettenhemd der Kreuzritter und das goldene Wams schützten ihn nicht. Normalerweise hätte die Kugel seinen Rücken durchschlagen und sich sofort in einen Phosphorschrapnelle versprühenden Feuerball verwandelt. In Thomas jedoch, der sowohl hinten als auch vorne in einer Rüstung steckte, fand sie keinen Ausgang. Die Hitze und die Splitter entluden sich mit voller Wucht in ihm. Der Körper fauchte flammend auf. Seine Wirbelsäule zerbarst. Und trotzdem schien sein Ende unendlich lange zu dauern.

Ali starrte wie gebannt auf das Schauspiel. Flammen sprangen aus der Halskrause von Thomas' Rüstung, und er atmete tief ein. Das Feuer ergoss sich in seinen Hals. Er atmete aus, und die Flammen schossen aus seinem Mund. Seine Stimmbänder verschmorten. Thomas verstummte. Die Goldnähte des Jadepanzers schmolzen dahin, und die Plättchen fielen leise klirrend zu Boden.

Der Fürst der Unterwelt stand wankend vor ihr. Es sah aus, als würde er im nächsten Augenblick umstürzen. Aber sein Wille war stark. Seine Augen richteten sich nach oben, als wolle er davonfliegen. Schließlich gaben seine Knie nach. Ali spürte, wie sie jemand von den Beinen riss.

Ike hob sie hoch und rannte auf eine umgestürzte Säule im Halbdunkel zu. Er schleuderte sie hinter die Säule und sprang mit einem Satz hinter ihr her. Shoats vernichtender Feuerzauber fing jetzt erst richtig an. Es hatte den Anschein, als verberge sich dort oben eine ganze Armee. Seine Kugeln schlugen wie Blitze ein, detonierten in Kaskaden gleißenden Lichts und ließen tödliche Splitter durch die Bibliothek schwirren. Er bestrich die Ruine von einer Seite zur anderen, und überall sanken Hadal zu Boden.

Die steinerne Säule bot ihnen Deckung gegen den direkten Beschuss, aber nicht gegen die überall umherspritzenden Querschläger. Ike zog tote Körper heran und legte sie wie Sandsäcke über sich und Ali.

Ali schrie auf, als sie sah, wie wertvolle Handschriften, Dokumente und Schriftrollen durchsiebt wurden und in Flammen aufgingen. Kostbare Glaskugeln, die mit einer längst vergessenen Technik auf der Innenseite beschriftet waren, zerplatzten. Tontafeln, die von Teufeln, Göttern und Städten kündeten, zehnmal älter als der mesopotamische Schöpfungsmythos Enuma Elish, verwandelten sich in Staub. Die Feuersbrunst breitete sich in die weiter innen gelegenen Räume der Bibliothek aus, nährte sich an Reispapier, Papyrus und ausgetrockneten hölzernen Kunstwerken.

Die ganze Stadt schien aufzuheulen. Die Horden flohen den Berg hinab, weg von den Ruinen, obwohl eine Hand voll Märtyrer sich um Thomas scharte, um ihren Herrn vor weiterer Entweihung zu schützen. Mit einem schrillen Schrei sprang Isaak, gefolgt von einigen Kriegern, in die Dunkelheit.

Ali spähte um die Säule. Shoats Mündungsfeuer blitzte immer noch in der Ferne auf. Ein einziger Schuss hätte seine Flucht perfekt vorbereiten können. Stattdessen hatte er sich von seinem Zorn übermannen lassen.

Solange das Chaos in vollem Gange war, machte sich Ike daran, Ali zu verwandeln. Er ging nicht zimperlich vor. Die Flammen, das Blut, die Vernichtung uralter Schriften, uralten Wissens und verlorener Geschichte – das war alles zu viel für sie. Ike riss ihr die Kleider vom Leib und bestrich sie mit der schmierigen Ockerfarbe von den Leichnamen rings um sie her. Mit seinem Messer schnitt er gebräunte Häute und Haarflechten von den Toten. Er richtete Ali nach ihrem Vorbild her, machte ihr Haar mit geronnenem Blut steif und drehte es zu hornartigen Gebilden. Noch vor einer

Stunde war sie eine über kostbare Texte gebeugte Wissenschaftlerin gewesen, ein Gast des Imperiums. Jetzt war sie von oben bis unten mit Tod besudelt. »Was tust du da?«, schluchzte sie.

Der Beschuss hörte auf. Sie hatten Shoat gefunden.

Ike erhob sich. Er duckte sich vor dem lodernden Scheiterhaufen gesammelter Schriften, und während einige Verwundete vorsichtig über die nadelartigen Schrapnellsplitter staksten, zog er Ali auf die Füße.

»Schnell!« sagte er und drapierte ein paar Stofffetzen um ihren Kopf.

Sie kamen an Thomas vorbei, der verbrannt und blutend, in seine Rüstung eingeschweißt zwischen seinen Getreuen lag. Sein Gesicht war versengt, aber noch vollständig. Unverständlicherweise war er immer noch am Leben. Seine Augen waren offen, sein starrender Blick wanderte umher.

Das Geschoss musste seine Wirbelsäule durchtrennt haben, schloss Ali daraus. Er konnte gerade noch den Kopf bewegen. Halb begraben unter seinen sterbenden Getreuen, erkannte er Ike und Ali, die auf ihn hinabblickten. Sein Mund bewegte sich, um sie zu verfluchen, aber da seine Stimmbänder verbrannt waren, war kein Laut zu hören.

Immer mehr Hadal tauchten auf, um sich um ihren Gottkönig zu scharen. Ike senkte den Kopf und machte sich mit Ali im Schlepptau auf den Weg hinaus. Mit etwas Glück konnten sie in dem allgemeinen Durcheinander entwischen. Dann spürte Ali, wie sie jemand von hinten am Arm packte.

Es war das wilde Mädchen. Ihr Gesicht war blutverschmiert, doch sie hatte die Verkleidung sofort durchschaut und wusste genau, was Ike und Ali vorhatten. Sie musste nur laut losschreien.

Ike zog ein Messer. Das Mädchen blickte auf die schwarze Klinge, und Ali konnte sich denken, was in ihr vorging. Da sie als Hadal erzogen worden war, konnte sie nur eine tödliche Absicht dahinter vermuten.

Stattdessen bot ihr Ike das Messer an. Ali folgte ihrem Blick, der von Ike zu ihr und wieder zurück zuckte. Vielleicht erinnerte sie sich an etwas Freundliches, das sie ihr getan hatten, an einen Akt des Mitleids. Vielleicht sah sie etwas in Ikes Gesicht, das zu ihr gehörte, eine Verbindung zu ihrem eigenen Spiegelbild. Was auch immer in ihrem Kopf vor sich ging, jedenfalls traf sie ihre Entscheidung.

Das Mädchen drehte den Kopf einen Augenblick zur Seite. Als sie wieder hinsah, waren die beiden nicht mehr da.

Ich sank hinunter zu der Berge Gründen,
der Erde Riegel schlossen sich hinter mir ewiglich.
Aber du hast mein Leben aus dem Verderben geführt.

JONA 2:7

28
Der Aufstieg

Wie ein Fisch mit wunderschönen grünen Schuppen lag Thomas auf dem Steinboden. Sein Mund war offen, aber stumm. Er starb, daran bestand kein Zweifel. Vom Hals abwärts konnte er weder einen Muskel bewegen noch seinen Körper spüren, was in Anbetracht der Zerstörungen, die Shoats Kugel angerichtet hatte, eine Gnade war. Trotzdem marterten ihn fürchterliche Seelenqualen.

Mit jedem angestrengten Atemzug roch er das verbrannte Fleisch auf seinen Knochen. Wenn er die Augen öffnete, sah er seinen Mörder vor sich. Wenn er sie schloss, hörte er, wie seine Untertanen stoisch auf seine große Verwandlung warteten. Seine größte Qual bestand darin, dass das Feuer seinen Kehlkopf versengt hatte, und er seinem Volk nicht befehlen konnte, sich zu zerstreuen.

Er öffnete die Augen. Dort hing Shoat mit gefletschten Zähnen am Kreuz. Sie hatten dabei ausgezeichnete Arbeit geleistet, hatten die Nägel durch die Lücken in seinen Handgelenken getrieben und kleine Stützen für Hinterteil und Füße angebracht, damit er nicht an den Armen hing und zu bald erstickte. Das Kruzifix war eigens zu Thomas' Füßen errichtet worden, damit er sich an den Qualen des Menschen laben konnte.

Shoat würde dort oben wochenlang aushalten. Ein Fleischfetzen baumelte von seiner Schulter herab, damit er Nahrung zu sich nehmen konnte. Seine Ellbogen waren ausgerenkt und seine Genitalien verstümmelt worden; ansonsten war er noch ziemlich intakt. Hier und da hatte man ihm Zeichen in die Haut geschnitten. Ohren und Nasenflügel waren mit Metallklammern markiert. Damit niemand auf den Gedanken kam, der Gefangene habe keinen Eigentümer, hatte man ihm das Symbol für Älter-als-Alt ins Gesicht gebrannt.

Thomas wandte den Kopf von diesem grausigen Kunstwerk ab. Sie konnten nicht wissen, dass Shoats Gegenwart ihm keine Freude bereitete. Sein Anblick machte Thomas nur noch wütender. Es war dieser Mann, der das Verderben entlang der Route der Helios-Expedition ausgesetzt hatte, und trotzdem konnte Thomas ihn nicht befragen, um die heimtückischen Details zu erfahren. Er konnte den Völkermord nicht abwenden. Er konnte seine Kinder nicht warnen, sie tiefer hinab ins Unbekannte schicken. Und schließlich wollte es ihm nicht gelingen, sich aus seiner zerfetzten Hülle zu lösen und in einen neuen Körper überzuwechseln. Er konnte nicht sterben und wieder geboren werden.

Dabei fehlte es ihm nicht an neuen Gefäßen. Seit Tagen schon wurde Thomas von Frauen in allen Stadien von Schwangerschaft oder Mutterschaft umringt; die Luft war vom würzigen Duft ihrer Körper und ihrer Milch erfüllt. Sie trugen ihren Reichtum auf dem eigenen Leib zur Schau: Pokerchips aus Plastik und Münzen waren zu Halsketten zusammengenäht, bunte Bänder, Federn und Muscheln in die Haarsträhnen gewebt. Einige dieser Frauen waren mit getrocknetem Schlamm überzogen und sahen aus wie die zum Leben erwachte Erde selbst.

Ihr Warten war eine Art Totenwache, aber auch ein Warten auf die Geburt. Sie boten ihm die Frucht ihrer Leiber zu seinem Gebrauch dar. In der Hoffnung, seine Aufmerksamkeit zu erregen, wurden immer wieder Neugeborene vor ihm in die Luft gereckt. Der größte Wunsch einer jeden Mutter bestand darin, der Messias möge in ihr eigenes Kind fahren, auch wenn das bedeutete, dass die bereits darin befindliche, noch nicht vollständig ausgebildete Seele vertrieben wurde.

Doch Thomas hielt sich zurück. Er wusste nicht, was er tun sollte. Shoats Gegenwart erinnerte ihn pausenlos daran, dass ein Virus dort draußen lauerte und darauf wartete, sein Volk zu vernichten. Die Übernahme eines bereits entwickelten Bewusstseins bedeutete, den Verlust seiner eigenen Erinnerung aufs Spiel zu setzen. Doch was brachte es ihm andererseits, den Körper eines Säuglings zu besetzen, wenn er danach hilflos war, unfähig, sein Volk vor der drohenden Gefahr zu warnen? Er selbst hatte sich schon vor Monaten, nachdem die Existenz dieser Prion-Kapseln bekannt geworden war, zusammen mit January und Branch auf jenem Stützpunkt in der Antarktis gegen das Gift impfen lassen. Immerhin bot ihm dieser Körper, verwüstet und gelähmt wie er war, jetzt Schutz davor.

So lag er also in seinem Körper gefangen, der zugleich sein Grab war, und konnte sich nicht entscheiden. Der Tod bedeutete großes Leid. Doch wie Buddha einst sagte, bedeutete auch die Geburt großes Leid. Priester und Schamanen hatten sich um ihn versammelt und fuhren unermüdlich mit ihren Beschwörungen und ihrem Getrommel fort. Die Kinder weinten. Shoat wimmerte. Ein Stück weiter entfernt tippte Isaaks Tochter fasziniert auf dem Laptop herum, wie ein Affe auf einer Schreibmaschine.

Thomas schloss die Augen vor dem Albtraum, der er geworden war.

Nach einer Woche Aufstieg erreichten Ike und Ali das Ufer des Meeres. Das letzte Floß der Helios-Expedition dümpelte am Rand eines Überlaufs, von wo aus sich die Fluten in einem Wasserfall viele Kilometer in die Tiefe ergossen. Das Floß wartete treu wie ein Schlachtross und kreiselte in einem kleinen Strudel. An einem Schwimmer war sogar noch ein Paddel festgebunden.

»Steig ein«, flüsterte Ike, und Ali ließ sich dankbar auf dem Gummiboden des Floßes nieder. Seit ihrer Flucht hatte Ike sie beinahe ununterbrochen zur Eile angehalten. Zur Nahrungssuche war ihnen keine Zeit geblieben, und jetzt war Ali vom Hunger geschwächt.

Ike stieß das Floß vom Ufer ab.
»Erkennst du hier irgendetwas?«, fragte er sie.
Sie schüttelte den Kopf.
»Die Wege führen in alle Richtungen. Ich weiß nicht mehr genau, wo wir sind, Ali.«
»Vielleicht hilft uns das weiter«, erwiderte Ali, öffnete ein kleines Ledersäckchen, das sie an ihrer Hüfte trug und zog Shoats Peilgerät heraus.
»Du hast es ja wirklich gestohlen!«
»Walkers Leute haben Shoat immer wieder verprügelt. Ich dachte, sie schlagen ihn tot. Und ich dachte, dass uns das Ding eines Tages nützlich sein könnte.«
»Aber der Code …«
»In seinem Delirium sagte er immer wieder eine Zahlenreihe auf. Ich weiß nicht, ob es der Code war oder nicht, aber ich habe sie mir jedenfalls gemerkt.«
Ike ging neben ihr in die Hocke. »Mal sehen, was passiert.«
Ali zögerte. Was, wenn nicht? Vorsichtig drückte sie die Tasten auf dem Nummernfeld und wartete. »Nichts.«
»Versuch es noch einmal.«
Diesmal blitzte ein rotes Lämpchen ungefähr zehn Sekunden lang auf. Das winzige Display verkündete: BEREIT. Nach einem kurzen hohen Piepton leuchtete das Wort ABGESCHICKT auf, woraufhin das rote Lämpchen wieder erlosch.
»Und jetzt?«, fragte Ali verzweifelt.
»Davon geht die Welt auch nicht unter«, meinte Ike und warf das Gerät ins Wasser. Dann zog er eine kleine Münze hervor, die er unterwegs gefunden hatte. Sie war sehr alt, mit einem Drachen auf der einen und einem chinesischen Schriftzeichen auf der anderen Seite. »Bei Kopf geht's nach links, bei Schrift nach rechts«, sagte er und schnippte die Münze hoch.

Sie gingen fort vom schimmernden Wasser des Meeres und seiner Zuflüsse, hinein in eine tote Zone, die die beiden Welten voneinander trennte. Auf ihrer Fahrt von Galápagos aus nach unten hatten sie diese Region umfahren, doch Ike kannte diese Barriere bereits von anderen Reisen. Sie lag zu tief, um eine auf Photosynthese basierende Nahrungskette zuzulassen, andererseits war sie noch so kontaminiert von der Oberfläche, dass auch die subplanetare Biosphäre hier keinen Fuß fassen konnte. Nur wenige Tierarten wanderten zwischen den beiden Welten, und keine davon rein zufällig. Nur die wirklich Verzweifelten wählten den Weg durch diese leblose, aus Röhren bestehende Wüste.

Ike führte sie wieder ein Stück aus der toten Zone heraus und fand eine Höhle, die Ali im Notfall alleine verteidigen konnte; dann ging er auf die Jagd. Nach einer Woche kam er mit langen Streifen getrockneten Fleisches zurück. Sie fragte nicht nach der Herkunft. Derart mit Proviant ausgerüstet, kehrten sie in die tote Zone zurück.

Ihr Vorankommen wurde von Blockaden aus Felsbrocken, Hadal-Fetischen und Fallen gebremst. Zusätzliche Schwierigkeiten bereitete der allzu rasche Aufstieg. Je mehr sie sich dem Meeresspiegel näherten, umso stärker nahm der Luftdruck zu. Physiologisch gesehen bestiegen sie einen Berg, weshalb auch einfaches Laufen zur Strapaze wurde. Sobald es steiler hinaufging und sie durch Schlote oder fast vertikale Tunnel klettern mussten, hatte Ali das Gefühl, als müssten ihre Lungen jeden Augenblick zerplatzen.

Eines Nachts fuhr sie hoch und schnappte verzweifelt nach Luft. Danach besann sich Ike auf eine uralte Regel aus dem Himalaya: hoch klettern, tief schlafen. Fortan stiegen sie bis zu einem hohen Punkt hinauf und kletterten zum Schlafen zwei- oder dreihundert Meter wieder hinab. Auf diese Weise entwickelte keiner von ihnen Lungen- oder Hirnödeme. Trotzdem litt Ali unter Kopfschmerzen und wurde regelmäßig von Halluzinationen heimgesucht.

Sie wussten nicht, wie viel Zeit vergangen war oder wie rasch sie vorankamen. Ali empfand diese Unwissenheit als befreiend. Theoretisch konnte hinter jeder Wegbiegung das Sonnenlicht in der Ferne aufleuchten. Doch nach Tausenden von Kehren und Abzweigen, nach denen kein Ende in Sicht war, verlor auch diese Spannung ihren Reiz.

Als Nächstes hörte Thomas die Stille. Der Singsang, die Trommeln, das Gemurmel der Frauen: Alles verstummte. Sein Volk schlief, offensichtlich erschöpft von den Anstrengungen der Wache und der heiligen Rituale. Die Stille war eine Wohltat für die Ohren eines geschulten Mönchs.

Sei still, wollte er dem gekreuzigten Schwachkopf befehlen. Du weckst sie noch auf.

Erst dann vernahm er das Zischen und sah den feinen Nebel aus Shoats Laptop entweichen. Thomas saugte so viel Luft wie möglich in seine versengten Lungen und stieß sie dann in einem verzweifelten pfeifenden Krächzen wieder aus. Doch sein Volk wachte nicht mehr auf.

Voller Entsetzen starrte er Shoat an. Shoat nahm einen Bissen von dem Fleischfetzen neben seiner Wange und starrte zurück.

Ikes Bart wuchs. Alis goldfarbenes Haar reichte ihr fast bis zur Hüfte. Da sie schon zu Anfang ihrer Flucht kaum wussten, wo sie überhaupt waren, konnten sie auch nicht in die Irre laufen. Ali fand jeden Morgen Trost in ihren Gebeten, aber auch in der wachsenden Vertrautheit mit Ike. Sie träumte von ihm, selbst wenn sie in seinen Armen lag.

Eines Morgens wachte sie auf und fand Ike in der Lotusposition mit dem Gesicht zur Wand sitzend vor, beinahe so wie damals, als sie ihn noch kaum gekannt hatte. In der Dunkelheit der toten Zone erkannte sie das schwache Leuchten eines an die Felswand gemalten Kreises. Er hätte die bildliche Darstellung der Traumzeit eines australischen Ureinwohners oder ein prähistorisches Mandala sein können, aber nach den Erlebnissen in der Festung wusste sie, dass es sich um eine Landkarte handelte. Nachdem sie sich ebenfalls in eine versunkene Betrachtung hatte fallen lassen, nahmen die verschlungenen und einander überschneidenden Linien mit einem Mal eine neue Dimension an, bekamen Höhen, Tiefen und Richtungen. In den folgenden Tagen führte sie die Erinnerung an das Wandgemälde weiter nach oben.

Schwer hinkend betrat Branch die Ruinen der Stadt der Verdammten. Er hatte die Hoffnung aufgegeben, Ike lebend zu finden. Das Gift des Hadal-Speers, das Wundfieber und das Delirium peinigten ihn so sehr, dass er sich eigentlich kaum noch an Ike erinnerte. Seine Wanderung führte ihn tiefer und tiefer hinunter, aber nicht auf Grund seiner ursprünglichen Suche, sondern weil der Mittelpunkt der Erde zu einem Mond geworden war, der ihn unterschwellig in eine neue Umlaufbahn gezogen hatte. Die zahllosen Wege und Pfade waren in seinem Geist auf einen einzigen zusammengeschrumpft. Und jetzt war er angekommen.

Alle lagen sie reglos da. Zu Tausenden.

In seinem Fieberwahn fühlte er sich an eine Nacht in Bosnien vor langer Zeit erinnert. Um ihn herum lagen Skelette in der letzten Umarmung des Todes. Viele waren inzwischen vom Fließstein in den plastikartigen Boden absorbiert worden. Die Fäulnis hatte eine ganz eigene Atmosphäre geschaffen. Beißende Windböen schlugen wie Horden respektloser Geister um Gebäudeecken. Mit Ausnahme des unterirdischen Windes gab es nur das Geräusch des Wassers, das sich weiter und weiter in den Bauch der Stadt hineingrub.

Branch ließ sich durch diese Apokalypse treiben.

Mitten in der Stadt kam er zu einem Hügel, auf dem die Ruine eines großen Gebäudes thronte. Misstrauisch beobachtete er alles durch sein Nachtsichtglas. Dort oben stand ein Kreuz. Ein Kreuz, an dem ein Körper hing.

Sein verletztes Bein und die dicht an dicht liegenden Toten erschwerten den Aufstieg. Während er mühsam darüber hinweg kletterte, dachte er an Ike, der immer mit so viel Begeisterung von seinen Touren im Himalaya gesprochen hatte. Er fragte sich, ob Ike womöglich irgendwo in der Nähe war. Vielleicht war er es ja, der an diesem Kreuz hing.

Der Leichnam am Kreuz war deutlich frischer als die anderen. Nicht weit entfernt lag ein zerschlagenes Scharfschützengewehr, daneben ein Laptop. Branch konnte nicht erkennen, ob der Tote Soldat oder Wissenschaftler gewesen war. Eines war jedoch sicher: Der Mann war nicht Ike. Seine Haut war erst vor kurzem mit Tätowierungen verziert worden.

Als er sich umdrehte, erblickte Branch einen toten Hadal in einem Königsgewand aus Jade. Im Gegensatz zu den anderen war dieser vollkommen erhalten, zumindest vom Hals aufwärts. Das Gesicht des Mannes kam ihm bekannt vor. Er beugte sich zu ihm hinab und erkannte den Priester. Was mochte ihn hierher verschlagen haben? Er war es doch gewesen, der ihnen die Information über Ikes Unschuld gegeben hatte, und Branch fragte sich, ob er wohl ebenfalls herabgestiegen war, um Ike zu retten. Was für ein Schock musste die Hölle für einen Jesuiten sein! Er schaute in das Gesicht und versuchte angestrengt, sich den Namen des Mannes ins Gedächtnis zurückzurufen.

»Thomas«, erinnerte er sich plötzlich.

Und Thomas schlug die Augen auf.

Neuguinea

Sie standen bewegungslos am Ausgang einer namenlosen Höhle, unter der sich der Dschungel ausbreitete. Fast betäubt vom Licht und vor Erschöpfung zitternd, nahm Ali instinktiv zu etwas Vertrautem Zuflucht und begann mit heiserer Stimme ein Dankgebet zu sprechen.

Auch Ike war geblendet und von Angst erfüllt. Es war nicht die Sonne über dem Blätterbaldachin, auch nicht die Gefahren im Urwald dort unten, vor denen er sich fürchtete. Nicht die Welt jagte ihm Angst ein. Es lag eher daran, dass er nicht wusste, was nun aus ihm werden sollte.

Bei jedem Abstieg aus den eisigen Regionen eines Berges gibt es einen Moment, in dem man die Grenze zurück zum Leben überschreitet. Das kann ein erster Streifen grünen Grases neben dem Pfad sein, eine würzige Brise aus dem viel tiefer gelegenen Wald oder der schmelzende Schnee, der sich zu einem Rinnsal vereinigt. Ike hatte diesen Augenblick immer in jeder Faser seines Körpers gespürt, gleichgültig, wie lange er fort gewesen war oder wie viele Berggipfel hinter ihm lagen. Doch jetzt überwältigte ihn nicht das Gefühl des Abschiedes, sondern der Ankunft. Er verspürte nicht die Euphorie des Überlebenden. Er empfand Gnade.

Da er seiner Stimme nicht traute, umschlang er Ali mit beiden Armen.

Danksagung

Es ist ein frommes Märchen, dass Schriftsteller menschenscheue Einsiedler sind, die zu Hause im stillen Kämmerlein mit ihren Musen verkehren. Dieser Autor hier hat jedenfalls von einem ganzen Gedankenuniversum und der tatkräftigen Unterstützung anderer Menschen profitiert. Dieses Buch entstand aus einer Idee, die ich einem Bergsteiger, meinem Freund und Manager Bill Groß unterbreitete. Er verbrachte die folgenden fünfzehn Monate damit, mir dabei zu helfen, die Geschichte genauer auszuarbeiten. Jede einzelne Seite verdankt ihr Entstehen seiner Begabung und seiner Ermutigung. Schon sehr früh machte er zwei andere kreative Geister aus der Filmwelt auf das Projekt aufmerksam, Bruce Berman und Kevin McMahon von Village Roadshow Pictures. Ihre Unterstützung ermöglichte meinen Wiedereintritt in die New Yorker Verlagswelt, wo mich der Kletterer und Schriftsteller Jon Waterman der Obhut einer anderen Bergsteigerin anvertraute, der Literaturagentin Susan Golomb. Sie arbeitete hart daran, die Geschichte vorzeigbar, verständlich und in sich schlüssig zu machen. Mit ihrem unbestechlichen Auge und ihrem Orientierungssinn gäbe sie eine hervorragende Scharfschützin ab.

Ich danke auch meinen Lektoren: Karen Rinaldi für ihre literarische Unvoreingenommenheit, Richard Marek für sein beherztes, professionelles Zupacken und Panagiotis Gianopoulos, einem aufsteigenden Stern am Verlagshimmel. Dank gebührt auch meinem namen- und gesichtslosen Redakteur. Obwohl es sich hier bereits um mein siebtes Buch handelt, habe ich erst jetzt erfahren, dass Redakteure aus betriebsbedingten Gründen niemals mit den Autoren bekannt gemacht werden. Sie plagen sich wie Mönche in der Anonymität mit unseren Werken ab. Ich habe mir ausdrücklich den besten Redakteur im Lande ausgebeten, und – wer er oder sie auch sein mag – meinem Wunsch wurde entsprochen. Dankbare Anerkennung gilt ebenso Jim Walsh, auch er einer der unsichtbaren Geister hinter diesem Buch.

Ich bin weder Höhlenforscher noch Epiker. Mit anderen Worten: Ich war auf die Hilfe anderer angewiesen, die mich durch meine imaginäre Hölle führten. Da ist einmal mein Vater, ein Geologe, der mich schon in meiner Kindheit mit der Faszination von Labyrinthen vertraut machte, von Pennsylvania über Mesa Verde bis hin zum Arches National Park in Utah. Abgesehen von den offenkundigen und nach Kräften ausgeschlachteten dichterischen Vorbildern, bin ich mehreren zeitgenössischen Quellen zu tiefem Dank verpflichtet. Alice K. Turners *The History of Hell* ist hinsichtlich seiner Bandbreite, seiner Gelehrtheit und seines boshaften Humors einfach phänomenal. Dante hatte seinen Vergil, ich hatte meine Turner. Ein weiterer Mentor in Sachen Unterwelt war mir der unverzichtbare *Atlas of The Great Caves of The World* von Paul Courbon. *Lechuguilla Restoration: Techniques Learned in The Southwest Focus* von Val Hildreth-Werker und Jim C. Werker vermittelte mir ein Verständnis für den Lebensraum Höhle. Donald Dale Jacksons *Underground Worlds* brachte mir die Schönheit unterirdischer Orte so nahe, dass sie mich nicht mehr losließ. Schließlich ließ *Jacob's Well,* der bemerkenswerte Roman meines Freundes Steve Harrigan über die Höhlentaucherei, meine Albträume hinsichtlich dunkler, unergründlicher Tunnel und Schächte Gestalt annehmen.

Was Fakten und Sachverstand angeht, verdankt dieses Buch so manches der Arbeit und den Ideen vieler anderer Leute, die eine ganze Bibliographie füllen würden. Erwähnen möchte ich trotzdem *Turin Shroud von Lynn Picknett und Clive Prince,* wo ich mir fundiertes Hintergrundwissen für mein eigenes Grabtuchkapitel verschaffte. *Egil's Bones* von Jesse L. Byook, das mich mit einer Seuche bekannt machte, die gut zu meinen Vorstellungen passte. *Unveiled: Nuns Talking* von Mary Loudon ermöglichte mir einen Blick hinter den Nonnenschleier. Stephen S. Halls *Mapping The Next Millennium* weckte mein Verständnis für die Welt der Kartografie. Peter Sloss von der »Marine Geology and Geophysics Computer Graphics at The National Oceanic and Atmospheric Administration« weihte mich großzügigerweise in den neuesten Stand der Kartografie ein. Philip Liebermanns *The Biology and Evolution of Language* half mir zu den Ursprüngen der Sprache zurück, ebenso wie Dr. Rende, Pathologe mit dem Fachgebiet Sprache und Sprachbildung an der University of Colorado. Das Buch von Michael D. Coes *Breaking The Maya Code* sowie die Forschungsbeiträge von David Roberts »The Decipherment of Ancient Maya« *(Atlantic Monthly, 9/1991),* Colin Renfrews »The Origins of The Judo-European Languages« *(Scientific American, 10/1989)* und insbesondere Robert Wrights »The Quest for The Mother Tongue« *(Atlantic Monthly, 4/1991)* verhalfen mir zu einem kleinen Einblick in die Entdeckungen der Linguistik. »Unusual Unity« von Stephen Jay Gould *(Natural History, 4/1997)* und »The Africa Emergence and Early Asian Dispersals of The Genus Homo« von Roy Larick und Russel L. Cicchon *(American Scientist, 6/1996)* brachten mein Räderwerk erst richtig in Gang und verwiesen mich auf weiterführende Lektüre. Cliff Watts, auch ein Bergsteiger und Freund, wies mich auf einen Internetartikel von Stanley B. Prusiner zum Thema »Prione« hin und stand mir bei medizinischen Themen von Höhenkrankheit bis Sehvermögen mit fachlichem Rat zur Seite. Ein anderer Bergsteigerkollege, Jim Gleason, setzte alles daran, mein wissenschaftliches Halbwissen auf ein erträgliches Maß zu reduzieren, auch wenn er wahrscheinlich immer noch der Meinung ist, es sei ihm nicht besonders gut gelungen. Ich kann nur hoffen, dass meine Beutezüge und meine Faktenhuberei den Weg zu einigen amüsanten Abschweifungen pflastern mögen.

Schon sehr früh gab Graham Henderson, ein Reisegefährte aus Tibet-Zeiten, meiner Odyssee mit seinen Kommentaren zu Dantes *Inferno* eine konkrete Richtung. Die ganze Zeit über half mir Steve Long dabei, die Reiseroute auszuarbeiten, sowohl auf dem Papier als auch in zahllosen Gesprächen. Pam Novotny schenkte mir, abgesehen von ihrem redaktionellen Beistand, ihre unendliche Geduld und Gelassenheit. Angela Thieman, Melissa Ward und Margo Timmins sorgten unablässig für Inspiration. Herzlichen Dank auch an Elizabeth Crook, Craig Blockwick, Arthur Lindquist-Kliessler und Cindy Butler für den überaus wichtigen Hinweis auf das Licht am Ende des Tunnels.

Und schließlich danke ich Barbara und Helena, dass sie das ganze Chaos einfach hingenommen haben, bis es letztendlich doch noch geordnete Züge annahm. Die Liebe bezwingt vielleicht nicht alles, aber zum Glück bezwingt sie uns.